श्री कृष्ण लीला

ॐ

ओउम् गणेशाय नमः!

मैं भगवान गणेश की वंदना करती हूँ।
वे समस्त बाधाओं को दूर करके मुझे उच्चतम
आध्यात्मिक श्रेष्ठता प्रदान करें

ओउम् श्रीकृष्णाय परब्रह्मणे नमः!

श्री कृष्ण लीला

प्राचीनतम मौखिक कथाओं एवं पवित्र ग्रंथों पर आधारित

वनमाली

अनुवाद : आशुतोष गर्ग

मंजुल पब्लिशिंग हाउस

मंजुल पब्लिशिंग हाउस

कॉरपोरेट एवं संपादकीय कार्यालय

• द्वितीय तल, उषा प्रीत कॉम्प्लेक्स, 42 मालवीय नगर, भोपाल-462 003

विक्रय एवं विपणन कार्यालय

• सी-16, सेक्टर 3, नोएडा, उत्तर प्रदेश - 201301, इंडिया

वेबसाइट : www.manjulindia.com

वितरण केन्द्र

अहमदाबाद, बेंगलुरू, भोपाल, कोलकाता, चेन्नई,
हैदराबाद, मुम्बई, नई दिल्ली, पुणे

आर्यन बुक्स इंटरनैशनल
के सहयोग से प्रकाशित

वनमाली द्वारा लिखित मूल अंग्रेजी पुस्तक
श्री कृष्ण लीला का हिन्दी अनुवाद

यह हिन्दी संस्करण 2017 में पहली बार प्रकाशित
द्वितीय आवृत्ति 2024

ISBN 978-81-8322-807-7

अनुवाद : आशुतोष गर्ग

मुद्रण व जिल्दसाज़ी : रेप्रो इंडिया लिमिटेड

वनमाली इस पुस्तक की लेखिका होने की नैतिक ज़िम्मेदारी वहन करती हैं

ॐ

श्री तुलसीधामभूषणाय नमः!

हे वनमाली!
मैं आपकी आराधना करती हूँ और
आपकी दिव्य लीलाओं की मंजरियों से
युक्त सदाबहार पुष्पहार
आपके चरण-कमलों में
अर्पित करती हूँ!

यह पुस्तक मेरी प्रिय बहन लीला को समर्पित है जिसके प्रोत्साहन ने मुझे देवताओं के बारे में लिखने को प्रेरित किया।

ॐ

श्री कृष्ण द्वैपायनाय नमः!

नमोस्तुते व्यास विशाल बुद्धे,
फुल्लारविन्दयातपत्र नेत्रा,
येन त्वया भरत तैल पूर्णा,
प्रज्वलितो ज्ञानम्या प्रदीपा।

हे व्यास, आपको प्रणाम है! आपकी कुशाग्र बुद्धि है, तथा आपके नेत्र पूर्ण खिले हुए कमल की पँखुड़ियों के समान हैं, जिनसे आपने महाभारत के तेल की सहायता से विवेक का दीपक जलाया।

श्रीकृष्ण द्वैपायन व्यास को प्रणाम, जिनके श्रीमद् भागवत पुराण एवं महाभारत के रूप में नैसर्गिक लेखन से भगवान कृष्ण की लीलाओं की मुख्य विशेषताओं को एकत्रित किया गया है।

ॐ

श्री शुकब्रह्मऋषे नमः!

याम प्रवजनतैननुपेतामपेतक्रित्यम,
द्वैपायनो विरहक्तरा अजुहवा,
पुत्रेति तन्मयतया तारावोभिनेदु,
स्तवं सर्वभूताहृदयं मुनिमनातोस्मि।

श्री शुक को प्रणाम, जो अपने जन्म के समय से ही गृह एवं संबंधों का त्याग करके अकेले घूमते रहे। वे प्रबुद्ध थे तथा उन्होंने अपने पिता व्यास की करुण पुकार का उत्तर दिया। अद्वैत के वेदांत सत्य के ज्ञान के कारण, वे आत्मा के साथ एकाकार हो पाए थे!

व्यास-पुत्र एवं शाश्वत रूप से प्रबुद्ध युवा ऋषि, श्री शुक ब्रह्मर्षि को प्रणाम जिनके द्वारा रचित श्रीमद् भागवत से भगवान कृष्ण की बाल-लीलाओं की कथाओं को लिया गया है।

ॐ

ओ३म् निर्वाणाय नमः !

सभी ऋषि-मुनियों को प्रणाम, जिनके आशीर्वाद से यह विनीत सुता ने भगवान के पूर्ण अवतार की लीलाओं के वर्णन का बृहत् कार्य आरंभ करने का साहस किया है।

ॐ

ओ३म् गोपथये नमः !

हे माता भारतवर्ष, असंख्य ऋषियों की जन्मभूमि, पावन धरती, आपको भी प्रणाम, जिसके निष्पाप गर्भ में भगवान ने जन्म लिया और जिसके वक्ष पर प्रभु ने अपनी लीला रची और जिसकी मिट्टी में भगवान के चरण कमल के चिह्न अब तक अंकित हैं!

ॐ

ओ३म् वन्दे मातरम् !

वनमाली, गादि, सार्नगी,
शंकि, चक्रि च नन्दकी,
श्रीमन् नारायणो विष्णु,
वासुदेवोभि रक्षतु!

भगवान नारायण अथवा विष्णु, जिन्होंने गले में वन्य पुष्पों की माला पहनकर वसुदेव का रूप धारण किया तथा अपने समस्त दिव्य उपकरणों, जैसे : गदा, शंख, चक्र, शारंग धनुष और नंदक तलवार के साथ मुझे सब ओर से सुरक्षा प्रदान की।

हरि ॐ तत्सत्

ॐ

ॐ

श्री गुरुवे नमः!

मंगलकामना

मैं गुरुदेव श्री काँची कामकोटि पीठ के उनहत्तरवें और मौजूदा शंकराचार्य, परमपूज्य जगद्गुरु श्री जयेंद्र सरस्वती श्रीपाद के चरण-कमल में प्रणाम अर्पित करती हूँ जिन्होंने मुझे सब प्रकार से आशीर्वाद दिया है।

ॐ

मैं उन गुरु को प्रणाम करती हूँ जो ब्रह्मा, विष्णु, महेश्वर होने के साथ परम लोकोत्तर ब्रह्म भी हैं।

मैं उन गुरु की वंदना करती हूँ जिन्होंने विवेक का अंजन लगाकर अज्ञान का अंधापन दूर किया है।

ध्यान का केंद्र, गुरु का रूप है। वंदनीय वस्तुएँ, गुरु के चरण के समान हैं। मंत्र, गुरु द्वारा दिया पवित्र शब्द है तथा गुरु की कृपा से ही मोक्ष प्राप्त होता है।

मैं अपने सबसे प्रबुद्ध गुरु श्री जयेंद्र सरस्वती का ध्यान करती हूँ, जो तेजस्वी श्री शंकराचार्य के क्रम के, जिन्होंने संसार की अज्ञानता को दूर किया था, यशस्वी उत्तराधिकारी हैं।

हरि ॐ तत्सत्

ॐ

अनुक्रमणिका

भाग 3 : उत्तम लीला

ॐ

ओउम् श्री आनंदाय नमः!

प्रस्तावना

मुझे यह जानकर बहुत प्रसन्नता हुई कि भगवान श्रीकृष्ण के जीवन पर आधारित इस प्रशंसनीय पुस्तक की लेखिका देवी वनमाली चाहती हैं कि मैं प्रस्तावना और सुझाव के चंद शब्द लिखूँ। यह पुस्तक पढ़ने के बाद, मेरा पहला विचार यह है कि किसी विद्वान-भक्त द्वारा भगवान के परम अवतार के महान एवं बहुआयामी जीवन पर संक्षिप्त पुस्तक लिखने का शायद यह प्रथम प्रयास है। मुझे जिस बात ने विशेष रूप से मोहित किया, वह यह है कि इस पूरी कथा को अत्यंत सुंदर और व्यापक ढंग से बड़ी सूक्ष्म एवं मार्मिक शैली में प्रस्तुत किया गया है।

भगवान श्रीकृष्ण के भक्त, सामान्यतया, गोकुल, वृंदावन और मथुरा में कृष्ण के बचपन एवं किशोरावस्था के दिनों तक सीमित रहते हैं और यदि इन घटनाओं को थोड़ा विस्तार दिया भी गया हो, तो इसमें केवल *श्रीमद् भागवत महापुराण* में वर्णित श्रीकृष्ण के शासनकाल और उनकी सामाजिक महानता से संबद्ध द्वारका की घटनाएँ सम्मिलित हो पाती हैं।

बहुत कम लोगों का ध्यान महाभारत के दौरान कृष्ण के महान कृत्यों की ओर जाता है, जिसके बिना उनकी महान जीवनगाथा अधूरी रह जाएगी। यह बहुत प्रसन्नता की बात है कि माता देवी वनमाली से कोई भी महत्त्वपूर्ण बात छूटी नहीं है और उन्होंने अपनी पुस्तक में सभी आवश्यक बातों का उसी रूप में समावेश कर लिया है जिस तरह, वे हमें *श्रीमद् भागवत* और *महाभारत* में मिलती हैं।

श्रीकृष्ण के जीवन चरित पर लिखी इस पुस्तक को तीन भागों में बाँटा गया है : वृंदावन में कृष्ण की बाल लीलाएँ, द्वारका में उनका परिपक्व शासनकाल तथा महाभारत युद्ध में उनकी उत्कृष्ट शक्ति का प्रदर्शन देखने को मिलता है। इस पुस्तक की लेखिका कोई केवल साधारण भक्त नहीं हैं, अपितु उन्होंने अपने प्रयास से अपने जीवन को कृष्ण की भक्ति से ओत-प्रोत कर लिया है जिसके कारण उनके कार्य में विशेषता, आत्मा की दीप्ति एवं प्रस्तुतीकरण में स्पष्टता की कांति से चमकती है। ईश्वर के सान्निध्य में रहने वाले किसी भक्त द्वारा ईश्वर की जीवनगाथा पर लिखी यह पुस्तक, निस्संदेह प्रत्येक पाठक पर चुंबकीय प्रभाव डालेगी।

श्रीकृष्ण के जीवन एवं उस दिव्य महापुरुष के चमत्कारों को दृश्य रूप में पढ़ना, न केवल पुरस्कार के समान होगा, अपितु इससे पाठक का व्यक्तित्व दिव्य ऊर्जा और उत्साह से भर उठेगा।

ईश्वर से प्रार्थना है कि इस प्रकार की और अनेक पुस्तकें संपूर्ण मानवजाति के लाभार्थ प्रकाशित होती रहें।

—स्वामी कृष्णानंद

महासचिव

डिवाइन लाइफ़ सोसाइटी

ऋषिकेश, भारत

ॐ

हरि ओउम् तत्सत्

आमुख

कृष्ण का इतिहास

सागर ने अपना तट तोड़ दिया, जिससे प्रकृति ने उसे बाँधा हुआ था। समुद्र का पानी नगर में घुस आया। वह सुंदर वीथिकाओं में फैल गया। समुद्र के जल ने समूचे नगर को ढँक दिया। अर्जुन ने देखा कि अत्यंत सुंदर भवन, एक-एक करके पानी में डूबते जा रहे थे। उसने कृष्ण के महल पर अंतिम बार दृष्टि डाली। कुछ ही क्षणों में सब समाप्त हो गया। सागर, अब सरोवर की भाँति शांत हो गया था। उस रमणीय नगरी का, जो कभी पांडवों का मनपसंद भ्रमण-स्थल थी, कोई अवशेष बाकी नहीं था। द्वारका का अब केवल नाम था, उसकी सिर्फ स्मृति शेष थी।

—मौसल पर्व, महाभारत

हिंदू धर्म, ऐतिहासिक धर्म नहीं है। यदि कोई निश्चित तौर पर, यह सिद्ध कर दे कि कृष्ण, राम एवं अन्य हिंदू देवता कभी हुए नहीं थे, तो अधिकतर हिंदुओं पर इस बात का कोई प्रभाव नहीं पड़ेगा तथा धर्म उसी तरह समृद्ध होता रहेगा, जैसे वह अनेक शताब्दियों से होता आया है। हालाँकि, कृष्ण के भक्तों के लिए श्रीकृष्ण उनके किसी भी मित्र अथवा संबंधी या बच्चों जितने वास्तविक हैं। यह इस बात पर निर्भर करता है कि लोग उन्हें मित्र, संबंधी, बच्चे अथवा प्रेमी - किस रूप में देखते हैं। इस कारण, अधिकतर भारतीयों ने कृष्ण के अस्तित्व की पुष्टि करने का प्रयास नहीं किया। यह बात थोड़ी विचित्र है क्योंकि कृष्ण के विश्वभर में ऐसे असंख्य भक्त हैं, जिन्होंने उनकी बाँसुरी की मधुर धुन सुनी है अथवा उनके मनमोहक रूप की झलक देखी है। परंतु भारतीय मानसिकता की एक कमज़ोरी है कि वह ऐतिहासिकता को बहुत कम महत्त्व देती है। हमारे लिए इससे अधिक आवश्यक यह है कि उस व्यक्ति ने हमें किस तरह प्रभावित किया है। कृष्ण ने शताब्दियों तक हमारी संस्कृति, कला, संगीत और शिल्पकला के प्रचलन को आकार दिया और हमारे लिए इतना पर्याप्त है। इस बात से कि कृष्ण की कथाओं ने शताब्दियों पुरानी चुनौतियों का सामना किया है, हमें यह मान लेना चाहिए कि हमारे ग्रंथों में बताए समय पर, कृष्ण का

वास्तव में ठोस अस्तित्व था। आधुनिक मस्तिष्क का झुकाव विज्ञानपरक है। हमारी पीढ़ी को सदियों पुराने आवरण को हटाकर अपने मनपसंद भगवान के विषय में सत्य को जानने का प्रयास करना चाहिए था।

परंतु दुर्भाग्य से, हमारे देश के आधुनिक शिक्षित युवा वर्ग को इतिहास की पुस्तकों के माध्यम से, जिन्हें ऐसे पाश्चात्य मानसिकता वाले पूर्वी लोगों ने लिखा जिनके अपने निहित स्वार्थ थे, झूठ परोसा गया है। हमारे युवा वर्ग के दिमाग़ में यह बैठा दिया गया है कि हमारे ग्रंथ विसंगतियों से भरे हैं और उन्हें अधिक से अधिक कपोल कल्पना कहा जा सकता है। परंतु, सत्य यह है कि हमारे पुराण हमारे गौरवशाली अतीत के अभिलेख हैं। जब अंग्रेज़ पहली बार भारत आए तो उन्हें यह जानकर अचंभा हुआ कि यदि हमारे पुराणों में दी गईं तिथियाँ सही हैं, तो भारतीय सभ्यता, उनकी सभ्यता से हज़ारों वर्ष पहले की है। उन्होंने इस तथ्य को स्वीकार करने से मना कर दिया कि जिस समय यूरोप के लोग असभ्य थे तथा कच्चे हथियार घुमाते फिरते थे, उस समय भारत में एक गौरवशाली और समृद्ध सभ्यता मौजूद थी। इसलिए, उन्होंने हिंदू ग्रंथों, विशेषकर पुराणों के समस्त ऐतिहासिक प्रमाणों को कल्पना कह दिया।

पाश्चात्य इतिहासकारों द्वारा पैदा किए गए इसी मतिभ्रम के कारण, हम लोग अपने ग्रंथों को निष्पक्ष दृष्टि से देखना भूल गए हैं। यदि हम ऐसा करते तो हमें पता लगता कि *महाभारत* के रचयिता व्यास, भगवान श्रीकृष्ण के समकालीन थे और उन्होंने जिन घटनाओं का वर्णन किया, वे स्वयं उनके साक्षी थे तथा उनमें से कुछ में उन्होंने महत्त्वपूर्ण भूमिका निभाई थी। परंतु दुर्भाग्य से, जैसा मैंने कहा, पाश्चात्य इतिहासकारों ने हमारे पुराणों को हमारे इतिहास का सच्चे अभिलेख नहीं माना और उन्हें कथाओं और कल्पनाओं की श्रेणी में डाल दिया। इस तरह का वर्गीकरण, अंग्रेज़ विद्वानों ने किया है, जो वास्तव में धर्मप्रचारक थे और वे नहीं चाहते थे कि भारतीय इतिहास का, *बाइबल* में कही गई बातों से टकराव हो। कृष्ण की ऐतिहासिकता को नष्ट करना, भारत में उनके धर्म की स्थापना की योजना का एक महत्त्वपूर्ण अंश था। उनकी बात को उचित ठहराना हो, तो यह कह सकते हैं कि वे हिंदू ग्रंथों में छिपे ज्ञान को समझ नहीं पाए। दुःख की बात यह है कि भारतीय इतिहासकारों ने, जिन्हें इसकी बेहतर जानकारी होनी चाहिए थी, पाश्चात्य विद्वानों द्वारा उनकी पुस्तकों में दिए तथ्यों का आँख बंद करके अनुसरण किया। पाश्चात्य देशों से आए आरंभिक भारतीय विद्या शास्त्री ने धर्म के प्रचार की आड़ में वेदों के महत्त्व को भी कम करने का प्रयास किया। उन्होंने वेदों को रूढ़िवादी कल्पना का नाम दे दिया।

यद्यपि अनेक महान लोगों, जैसे यूरोप के शोपनहावर और अमेरिका के एमर्सन ने, वेदों को मानव जाति के समक्ष ईश्वरत्व का सबसे बड़ा प्राकट्य माना। कहते हैं, जब परमाणु बम के आविष्कारक ओपेनहीमर ने बम विस्फोट को देखा, तो उन्होंने *श्रीमद् भगवद्गीता* के ग्यारहवें अध्याय से उद्धरण प्रस्तुत किया, जिसमें श्रीकृष्ण को महाकाल का रूप बताया गया है, जो जगत का एकमात्र हन्ता है! उनसे जब पूछा गया कि क्या यह संसार का पहला विस्फोट था, तो उन्होंने उत्तर दिया, 'आधुनिक समय में, हाँ!' जिसका आशय था कि उससे पूर्व, अनेक विस्फोट हो चुके थे। वास्तव में, इस बात का प्रमाण है

कि महाभारत युद्ध में परमाणु अस्त्रों का उपयोग हुआ था।

पाश्चात्य इतिहासकारों ने आर्य संस्कृति का महत्त्व कम करने के लिए एक और निंदनीय कार्य किया। उन्होंने यह कहा कि आर्य जाति, एशिया माइनर से आई विदेशी जाति थी। आधुनिक पुरातत्त्ववेत्ताओं ने इस बात को पूरी तरह ग़लत सिद्ध किया है। पुरातत्त्व-विज्ञान निश्चित तौर पर आर्य आक्रमण सिद्धांत को नहीं मानता। हाल के स्वतंत्र अध्ययनों में इस बात का कोई प्रमाण नहीं मिलता कि इतिहासकारों द्वारा बताई गई तिथियों पर भारत पर कोई आक्रमण हुआ था। ऋग्वेद में सरस्वती नदी का पचास से अधिक बार उल्लेख मिलता है। उपग्रह से लिए गए चित्र स्पष्ट रूप से दर्शाते हैं कि सरस्वती का उद्गम हिमालय से हुआ और फिर वह अरब सागर में मिल गई। उन चित्रों में, अनेक भू-वैज्ञानिक कारणों से नदी के सूख जाना भी दिखाई पड़ता है। सरस्वती नदी के तट के किनारे, महान वैदिक संस्कृति मौजूद थी और वह पूर्ण रूप से बाहर से आरोपित न होकर, भारत की मिट्टी की उपज है। इसे वेदों में भी स्पष्ट रूप से दर्शाया गया है। उन इतिहासकारों ने वेदों में दिए आँकड़ों को न मानकर, अपने उन पूर्वाग्रहों को स्थापित करने के लिए, जिन्हें हमारे ग्रंथ किसी तरह भी समर्थन नहीं करते, अपने तरीक़ों का सहारा क्यों लिया? यह सब भारत में अपने धर्म को थोपने के लिए ही किया गया था।

दुर्भाग्य से, भारत के इतिहासकारों ने अपने ही देश के इतिहास के विषय में ग़लत धारणाओं का अनुकरण किया और इन्हीं विचारों को अब स्कूली बच्चों को पढ़ाया जा रहा है। पाश्चात्य शिक्षा पद्धतियों एवं पुस्तकों से पढ़ने वाले भारतीय बच्चों को अपने ही धर्म की निंदा करना तथा अपनी संस्कृति के आधारभूत देवताओं की सत्यता पर संदेह करना सिखाया जाता है।

सौभाग्य से, इस शताब्दी में, जो अन्वेषण की पिपासा के लिए विख्यात रही है, अनेक आश्चर्यजनक तथ्य सामने आए हैं। जो लोग प्रमाण माँगते हैं, उनके लिए यह अन्वेषण ये सिद्ध करते हैं कि हमारे ग्रंथों में द्वारका का, कृष्ण द्वारा निर्मित यादवों के गढ़ के रूप में, बिलकुल सही और सटीक विवरण दिया गया है। इनसे यह भी प्रमाणित होता है कि कृष्ण सचमुच एक महामानव और ईश्वर का अवतार थे, जैसा कि ग्रंथों में बताया गया है।

पांडवों ने जब यह सुना कि उनके प्रिय मित्र, भगवान एवं मार्गदर्शक कृष्ण इस मर्त्यलोक से प्रस्थान कर चुके हैं, तो युधिष्ठिर ने अर्जुन को द्वारका भेजा ताकि वह पता लगा सके कि बाद में, यादव कुल का क्या हुआ। अर्जुन ने वहाँ पहुँचकर जो कुछ देखा, उसे देख वह घबरा गया। इस आमुख के आरंभ में दिया उद्धरण *महाभारत* से लिया गया है और वह अर्जुन द्वारा देखा गया प्रत्यक्ष वर्णन है जब उसने द्वारका को, कृष्ण की भविष्यवाणी के अनुसार, अपनी आँखों के सामने पानी में डूबते देखा।

द्वारका का आधुनिक नगर सौराष्ट्र में है और इसे एक महान तीर्थ माना जाता है क्योंकि यह क्षेत्र यादव वंश का निवास-स्थान तथा श्रीकृष्ण की राजधानी रह चुका है। यद्यपि अनेक पुराणों, जैसे : *महाभारत, हरिवंश, विष्णु पुराण* आदि में वर्णित कथाओं के अनुसार, द्वारका की प्रसिद्ध नगरी, कृष्ण द्वारा की गई भविष्यवाणी के अनुरूप पानी में डूब गई थी।

वर्ष 1983 में, आधुनिक द्वारका नगर के बाहरी क्षेत्रों में खुदाई करने पर पता लगा कि प्राचीन समय में उस स्थान पर एक समृद्ध नगर मौजूद था। सबसे रोचक खोज यह थी कि उस खुदाई में सात मंदिर मिले, जो विभिन्न कालखंडों में एक के ऊपर एक बनाए गए थे। सबसे नीचे वाला मंदिर सबसे रोचक था क्योंकि उसमें बहुत-से मिट्टी के टुकड़े और मुहरें प्राप्त हुईं जो निश्चित तौर पर, किसी महाभारत कालीन शानदार नगर की मौजूदगी की ओर संकेत करती हैं। इनसे राष्ट्रीय समुद्र-विज्ञान संस्थान के समुद्रीय पुरातत्त्व केंद्र को द्वारका नामक द्वीप के तट पर खुदाई करने की प्रेरणा मिली।

द्वारका के अस्तित्व का सबसे ठोस पुरातत्त्व समर्थन 1980 के दशक में मिले उन ढाँचों से मिलता है, जो गुजरात में आधुनिक द्वारका तट से अलग समुद्र-तल के नीचे से प्राप्त हुए। इन्हें भारत के सबसे प्रसिद्ध पुरातत्त्ववेत्ता डॉ. एस. आर. राव के नेतृत्व में पुरातत्त्ववेत्ताओं और गोताखोरों के दल ने खोजा था। राष्ट्रीय समुद्र-विज्ञान संस्थान, गोवा के समुद्रीय पुरातत्त्व केंद्र से सेवा-निवृत्त वैज्ञानिक, राव ने गुजरात में लोथल शहर सहित बड़ी संख्या में हड़प्पा स्थानों की खुदाई की है।

वर्ष 1999 में प्रकाशित, *द लॉस्ट सिटी ऑफ़ द्वारका* नामक पुस्तक में राव, समुद्र तक के नीचे की गई खोज के विषय में लिखते हैं : 'यह खोज भारत के इतिहास में एक महत्त्वपूर्ण घटना है। इसने महाभारत की ऐतिहासिकता एवं द्वारका नगरी के अस्तित्व के विषय में इतिहासकारों द्वारा व्यक्त शंकाओं को समाप्त कर दिया है।'

वर्ष 1983 से 1990 के बीच बारह अभियानों के दौरान, राव ने समुद्र के नीचे दो नगरों की पहचान की। एक, आधुनिक द्वारका के समीप है और दूसरा, द्वारका द्वीप के तट से थोड़ा दूर है। यह तथ्य *महाभारत* में वर्णित दो द्वारका नगरों से मेल खाता है। इन समुद्र के नीचे चलाए अभियानों के लिए राव को व्यक्तिगत उपलब्धि के क्षेत्र में प्रथम वर्ल्ड शिप ट्रस्ट अवार्ड दिया गया था। हमारे पुराणों में दिए गए तथ्यों की पुष्टि हेतु किए गए प्रयासों के लिए, जिनमें ऐसे प्रमाण जुटाए गए हैं जो आलोचनात्मक विश्लेषण एवं वैज्ञानिक मूल्यांकन की कसौटी पर खरे उतरते हैं, राव बधाई के पात्र हैं। उनका कहना है कि भारत के ऐतिहासिक तथ्यों से भरे विस्तृत ख़ज़ाने को और अधिक खोदने एवं उसके भीतर उतरने से हमारे विख्यात और गौरवशाली इतिहास की अन्य महत्त्वपूर्ण तिथियों की पुष्टि हो सकती है।

गोताखोरों द्वारा प्राप्त शंख-मुहर एक और महत्त्वपूर्ण खोज है, जिससे *महाभारत* में वर्णित द्वारका का जलमग्न नगरी का संबंध स्थापित होता है। यह मुहर, प्राचीन ग्रंथ *हरिवंश पुराण* में किए उल्लेख की पुष्टि करती है कि द्वारका के प्रत्येक नागरिक को पहचान के रूप में, इस तरह की मुहर साथ रखनी पड़ती थी। यह कृष्ण का आदेश था कि, केवल उसी व्यक्ति को नगर में प्रवेश की अनुमति दी जाए जिसके पास मुहर हो। ऐसी ही एक मुहर समुद्र-तट पर मिली थी।

वर्ष 1998 से 2001 के बीच हुए अनेक समुद्रीय अभियानों से इस बात के प्रमाण मिले हैं जिनसे उस स्थान पर अत्यंत सभ्य नगर के होने के संकेत मिलते हैं जिसके अन्य देशों के साथ बहुत बढ़िया सामुद्रिक संबंध थे, जो बाद में तूफ़ान या सुनामी की लहरों में

बह गए। खुदाई से यह भी पता चलता है कि द्वारका एक विशाल दुर्ग के समान नगरी थी जिसमें शानदार जल निकासी व्यवस्था थी, विशाल द्वार थे तथा लगभग 180 मील तक लंबी दीवारें थीं। वहाँ विस्तृत शहर था जिसमें अनेक उद्यान, फलों के बाग, और दुर्ग थे तथा उसकी जनसंख्या लगभग दस हज़ार थी। कुछ संकेतों से लगता है कि द्वारका में व्यस्त बंदरगाह भी था। प्राचीन लंगर के पत्थरों से इसका पर्याप्त प्रमाण मिलता है।

इन खोजों से भारत और विदेशों में रहने वाले हिंदुओं में अचानक इसके प्रति रुचि जाग्रत हो गई है क्योंकि इससे हिंदुओं के मनपसंद भगवान श्रीकृष्ण के होने के व्यापक प्रमाण मिले हैं।

इसी दौरान, अन्य देशों के पुरातत्त्ववेत्ता भी व्यस्त थे। कैम्बे की खाड़ी के किनारे तथा आधुनिक द्वारका के तट से अलग, उन्हें समुद्र के बहुत नीचे किसी शहर के होने के प्रमाण मिले थे। पानी में सत्तर फ़ीट नीचे, पुरातत्त्ववेत्ताओं को बलुआ पत्थर की दीवारें तथा पक्के फ़र्श वाली सड़कें मिलीं। प्राचीन हिंदू ग्रंथों में दिए द्वारका के वर्णन को पढ़कर, उन्होंने पाया कि वह भगवान श्रीकृष्ण की राजधानी द्वारका के ही अवशेष थे। लकड़ी और मिट्टी के टुकड़े मिले जो बत्तीस हज़ार वर्ष पूर्व के हैं, जिनसे यह सिद्ध होता है कि प्राचीन ग्रंथों में दी गई तिथियाँ सही हो सकती हैं हालाँकि अधिकांश पश्चिम वासी इसे ग़लत मानते हैं। प्राप्त नगरी का कालखंड 32000 से 9000 ई.पू. के बीच का है। यह खोज इस बात को सिद्ध करती है कि कृष्ण की जीवनगाथा काल्पनिक नहीं, बल्कि भारत भूमि पर उस महापुरुष के जीवन का सत्य एवं ऐतिहासिक अभिलेख है। अनेक वर्षों से, पाश्चात्य भारत-विज्ञानियों ने जान-बूझकर प्राचीन भारत की कीर्ति को अनदेखा किया हुआ है, किंतु आशा है कि इन नवीन परिणामों के सामने आने के बाद, यदि वे करना चाहें, तो विश्वास कर सकते हैं!

गुजरात का पश्चिमी तट, कृष्ण के वंशज यादवों की भूमि थी। *भागवत पुराण* के अनुसार, कृष्ण यादवों को उनकी पहली राजधानी मथुरा से एक हज़ार किलोमीटर चलकर भारत के पश्चिमी तट पर ले आए, जहाँ उन्होंने द्वारका की शानदार नगरी बसाई ताकि वे गांगेय क्षेत्र में अपने शत्रुओं से दूर नया और सुरक्षित जीवन आरंभ कर सकें।

महाभारत के अनुसार द्वारका को समुद्र से निकालकर उसका पुनर्निर्माण किया गया था। राव के गोताखोरों को पता लगा कि जलमग्न नगरी की दीवारें बड़ी शिलाओं की नींव पर खड़ी की गई थीं जिससे यह आभास मिलता है कि उस भूमि का समुद्र के नीचे से पुनर्निर्माण किया गया। हालाँकि, उस नगर के राजा के मर्त्यलोक से चले जाने के उपरांत, सागर ने उस भूमि को फिर से छीन लिया, जो उससे वापस ली गई थी। द्वारका को कृष्ण से अलग नहीं किया जा सकता। यदि नगर था, तो कृष्ण भी थे!

मेम्फ़िस विश्वविद्यालय, टेनेसी में भौतिकी के प्रोफ़ेसर, डॉ. नरहरि अचर ने खगोलशास्त्र एवं तारामंडल सॉफ़्टवेयर की सहायता से महाभारत की तिथियों की गणना की है। वर्ष 2004 से 2005 तक उनके शोधों के अनुसार, कौरवों और पांडवों के बीच का महायुद्ध 3067 ई.पू. में हुआ था। उसी सॉफ़्टवेयर द्वारा, अचर ने कृष्ण के जन्म का वर्ष 3112 ई.पू. निकाला है। वास्तव में, हमारे पुराणों के अनुसार, यह और भी पहले हुआ था।

अंतरिक्षीय प्रौद्योगिकी-विज्ञानियों ने एक अन्य रोचक तथ्य की खोज की। उनके अनुसार, राजा शाल्व और कृष्ण के बीच हुआ युद्ध, जिसका उल्लेख *महाभारत* और *भागवत पुराण* दोनों में मिलता है, शायद पर-ग्रह वासियों के बीच हुआ था। *भागवत पुराण* में शाल्व के जीवन का उल्लेख है, जिससे वह पर-ग्रह वासी नहीं लगता, किंतु यह सत्य है कि उसके पास एक अद्‌भुत हवाई विमान था जो किसी अन्य ग्रह का हो सकता है। ग्रंथ कहते हैं कि शाल्व ने कठोर तप करके सूर्यदेव से सौभ नामक वह दिव्य विमान प्राप्त किया था। वह विमान महल के समान विशाल था और उसमें चमत्कारी शक्तियाँ थीं, जैसे वह ओझल होकर अलग-अलग समय पर विभिन्न स्थानों पर दिखाई पड़ता था। सूर्यदेव का उल्लेख सिर्फ़ इस ओर संकेत करता है कि शाल्व का संपर्क किसी अन्य ग्रह से रहा होगा और उसे वह विमान वहीं से मिला होगा। शाल्व, द्वारका पर कब्ज़ा करना चाहता था और जब उसे पता लगा कि कृष्ण और बलराम दोनों पांडवों के पास इंद्रप्रस्थ गए हुए थे, और नगर की सुरक्षा के लिए केवल कृष्ण का पुत्र प्रद्युम्न मौजूद था, तो उसने द्वारका पर आक्रमण करने का निश्चय किया। वह सौभ विमान में बैठकर द्वारका के ऊपर से उड़ता हुआ गया और उसने नगर के बाहर वनों और उद्यानों को नष्ट कर दिया। फिर उसने दुर्ग पर हमला किया ताकि उसकी सेना सरलता से भीतर प्रवेश कर सके। उसने सौभ में बैठकर ही वज्रपात, ओला-वृष्टि, तूफ़ान तथा धूल के बादल उत्पन्न कर दिए। प्रद्युम्न सहित कृष्ण के अन्य पुत्रों ने सत्ताईस दिन तक नगर की रक्षा की किंतु शाल्व की शक्तिशाली सेना ने उन्हें अंत में परास्त कर दिया।

भगवान कृष्ण को इस हमले का पता लगा तो वे अपने पुत्र की सहायता हेतु द्वारका पहुँच गए और फिर श्रीकृष्ण तथा शाल्व के बीच भयंकर युद्ध हुआ। कहते हैं, इसमें कृष्ण ने वज्र के समान घातक बाण एवं गोले चलाए और सूर्य की चमचमाती किरणों से प्रहार किया। शाल्व द्वारा प्रयुक्त अस्त्रों से लगता है कि वह किसी अन्य ग्रह की तकनीक का उपयोग कर रहा था जबकि वह स्वयं अन्य ग्रह का वासी नहीं था। उसका विमान, उड़न तश्तरी की भाँति अलग-अलग स्थानों पर दिखाई देता था। परंतु श्रीकृष्ण ने बेहतर दिव्यास्त्रों से उसका मुक़ाबला किया। शाल्व पर दबाव बढ़ने लगा तो उसने मायाजाल का प्रयोग किया और कृष्ण के पिता वासुदेव का प्रतिरूप तैयार करके, कृष्ण के सामने उसका गला काटने का नाटक किया। एक पल के लिए कृष्ण लड़खड़ाए, किंतु फिर वे समझ गए कि वह शत्रु की चाल थी। उन्होंने अपने अभिमंत्रित दिव्यास्त्र से जल्द ही सौभ विमान को नष्ट कर दिया। शाल्व बच निकला, किंतु वह महाभारत युद्ध के समय, फिर से पांडवों के विरुद्ध लड़ने आ गया था।

श्रीकृष्ण अपनी लीलाओं, विनोद एवं क्रीड़ाओं के लिए प्रसिद्ध हैं। उन्होंने इतनी शताब्दियों तक अपनी पहचान को गुप्त रखा और वे पाश्चात्य इतिहासकारों के साथ मज़ाक करते रहे। उन्होंने लोगों के इस भ्रम को बने रहने दिया कि वे व्यास की शक्तिशाली कल्पना की रचना मात्र थे! परंतु अब ऐसा लगता है कि उन्होंने लोगों के समक्ष अपना असली रूप प्रकट करने का निश्चय कर लिया ताकि माया का बंधन कट सके और लोगों के सामने उनके प्रेरक जीवन का सत्य प्रकट हो सके!

इस महान खोज को देखते हुए, मुझे आशा है कि हिंदू धर्म के शाश्वत दर्शन में लोगों की रुचि जाग्रत होगी तथा भगवान श्रीकृष्ण के अवतार रूप की कीर्ति फिर से स्थापित हो सकेगी।

हरि ॐ तत्सत्

ॐ

ॐ

श्रीकृष्णाय परमात्मने नमः!

भूमिका

परम अवतार कृष्ण

वंशी विभूषित करा नवनीरदाभात्,
पीताम्बरथ अरुणबिम्ब फलाधरोष्ठात्,
पूर्णेन्दु सुन्दर मुखादरबिन्दु नेत्रात्,
कृष्णात् परम किमपि तत्त्वंहम नजानि।

मैं भगवान कृष्ण के अतिरिक्त किसी सत्य को नहीं जानता, जिनका मुख पूर्णिमा के चंद्रमा के समान देदीप्यमान है, जिनका वर्ण जल-पूरित वर्षा मेघ के समान है, जिनके नेत्र कमल के समान बड़े और चमकदार हैं, जिनके होंठ बिंब बेर के समान लाल हैं, जिनके हाथों में बाँसुरी सुशोभित है और जो चमकीले वस्त्र धारण करते हैं।

—मधुसूदन सरस्वती

इस संसार में यदुवंशी कृष्ण के रूप में ईश्वर के अवतार की कथा ने उन सब लोगों को आकर्षित किया है, जिन्हें इस कथा को सुनने का सौभाग्य प्राप्त हुआ है। यह उस अज (अजन्मे) एवं अरूप ईश्वर द्वारा द्वैत जगत में साकार रूप में जन्म लेने की गौरवशाली गाथा है और इसे सुनकर पाँच हज़ार वर्षों से लोग प्रसन्न होते हैं। यह उस अनंत, शाश्वत परमात्मा की कथा है, जिसने यादव प्रमुख वसुदेव एवं उनकी पत्नी देवकी तथा भोजराज कंस के भांजे के परिवार में, एक कोठरी में कृष्ण नाम से जन्म लिया। इस कथा में बताया गया है कि किस प्रकार राजकुमार कृष्ण का लालन-पालन, गोकुल नाम के गाँव में ग्वालों के मुखिया नंद एवं उसकी पत्नी यशोदा के घर में हुआ। यह मनुष्य रूप में ईश्वर के जन्म की कथा है। यह एक अतुलनीय कथा है।

कृष्ण के जन्म की इस कथा का पूर्वार्द्ध, *श्रीमद् भागवत* से तथा उत्तरार्द्ध, *महाभारत* से लिया गया है। उनका जन्म वसुदेव और देवकी के पुत्र के रूप में, देवकी के अत्याचारी भाई और मथुरा के राजा कंस के कारागृह में हुआ। जन्म के तुरंत बाद, कृष्ण को मथुरा

से ग्वालों के गाँव गोकुल में ले जाया गया, जहाँ उनका पालन-पोषण नंद और यशोदा ने किया। बालक कृष्ण अत्यंत आकर्षक एवं शरारती थे। बारह वर्ष की आयु में, कृष्ण ने मथुरा जाकर अपने मामा कंस का वध कर दिया और यदुवंशियों को उस अत्याचारी के शासन से बचाया।

कृष्ण एक साहसी एवं अजेय नायक के रूप में बड़े हुए तथा वे धीरे-धीरे यादवों और वृष्णि वंश के राजा बन गए, हालाँकि उन्होंने राजा का पद ग्रहण नहीं किया। उन्होंने अनेक अत्याचारी राजाओं को पराजित करके यादव कुल को अपने समय का सबसे शक्तिशाली वंश बना दिया। उन्होंने भारतवर्ष के पश्चिमी तट पर स्थित द्वारका द्वीप पर अपनी राजधानी स्थापित की तथा उस समय के सांस्कृतिक और राजनीतिक जीवन को आकार देने में महत्त्वपूर्ण भूमिका निभाई। उन्होंने महाभारत युद्ध में अस्त्र नहीं उठाए, तथापि उस महायुद्ध में उनकी निर्णायक भूमिका थी।

वे महायोगी थे। उनमें पूर्ण अनासक्ति, स्वयं पर पूरा नियंत्रण और आवश्यकता पड़ने पर, मूलभूत तत्त्वों को नियंत्रित करने की क्षमता थी। उनके द्वारा किए चमत्कार, ईश्वर एवं प्रकृति के साथ उनकी पूर्ण एकरूपता का परिणाम थे। उनके द्वारा दिया गया आध्यात्मिक उपदेश भागवत धर्म कहलाता है तथा *भग्वद्गीता, उद्धव गीता* एवं *अनु गीता* में उपलब्ध है। उनके उपदेश वैदिक उपदेशों के तरह जटिल नहीं, अपितु इतने सरल हैं कि उन्हें कोई भी पुरुष, स्त्री, बच्चा समझ सकता है। वैदिक धर्म में धार्मिक अनुष्ठानों को इतने विस्तृत एवं जटिल ढंग से बताया गया है कि उन्हें केवल क्षत्रिय आयोजित और ब्राह्मण करवा सकते हैं। वेदों से उपनिषद का दर्शन निकला, जिसे समझने के लिए श्रेष्ठ बौद्धिक क्षमता, नैतिक योग्यता तथा किसी निपुण आध्यात्मिक गुरु के प्रशिक्षण की आवश्यकता पड़ती थी।

भगवान कृष्ण का आगमन ऐसे समय पर हुआ, जब सामान्य व्यक्ति के लिए कोई सरल धर्म उपलब्ध नहीं था जो उसकी भावनात्मक ज़रूरतों को पूरा करके, बुद्धि पर बिना ज्यादा ज़ोर डाले उसे आध्यात्मिक तौर पर ऊपर उठा सकता था। भागवत धर्म ने लोगों को भक्ति-परक सिद्धांत प्रदान दिया जिसमें कर्म, भावना और बुद्धि का बराबर महत्त्व था तथा कृष्ण को ईश्वर का अवतार बताया था जिन्होंने मानव जाति के लिए पृथ्वी पर जन्म लिया। उनके साथ प्रेम और सेवा द्वारा संपर्क किया जा सकता था तथा वे साधारण लोगों की सच्ची प्रार्थना एवं मन से माँगी गई कामना का उत्तर देते थे। इस तरह, भगवान कृष्ण केवल असामयिक बालक, अजेय नायक और महायोगी ही नहीं थे, अपितु अपितु वे निष्कलंक महापुरुष थे जिनके संपर्क में आने से पापी भी संत, मूढ़ लोग ऋषि, ऐंद्रिय आसक्ति में फँसे लोग आध्यात्मिक तथा पशु भी भक्त बन जाते थे। कृष्ण, उपनिषदों में वर्णित तात्त्विक सच्चिदानंद ब्रह्म का मानवीय रूप हैं, जिन्होंने मनुष्य रूप इसलिए धारण किया ताकि वे साधारण मनुष्यों को उपनिषदों में बताए गए समाधि और ध्यान के मार्ग के अतिरिक्त, भक्ति द्वारा निराकार ब्रह्म के साथ एकरूप होने में सहायता कर सकें। उनके लौकिक जीवनकाल के दौरान, उनके द्वारा किए समस्त मानवीय कृत्य, केवल उनके समकालीन लोगों को आशीर्वाद देने और पृथ्वी पर सदाचार स्थापित करने के उद्देश्य से नहीं किए गए थे, अपितु उनके लौकिक जीवन के आध्यात्मिक रूप से सशक्त वर्णन प्रस्तुत करने के लिए किए गए थे ताकि

भावी पीढ़ियों को प्रेरणा मिल सके। इन कथाओं पर चिंतन करने से, कोई व्यक्ति, कृष्ण के साथ उसी तरह का भक्तिमय संबंध स्थापित कर सकता है, जैसा उनके कुछ समकालीन भक्तों ने उनके जीवनकाल में किया था। कृष्ण, मानव जाति के लिए ईश्वर के मुक्तिदायक प्रेम को अभिव्यक्त करते हैं, जो विभिन्न युगों और विभिन्न स्थानों में स्वयं को प्रकट करता है और हमारे नीरस जीवन में आध्यात्मिक बोध एवं आनंद प्रदान करता है।

ईश्वर का मनुष्य रूप में अवतार लेना वैष्णव वाद की स्थापित मान्यता है और इसे आधुनिक विचारों के लोग नहीं समझ सकते। यदि हम भगवान के अजन्मे और निराकार रूप को मानते हैं तो हम उनके मनुष्य रूप को कैसे स्वीकार कर सकते हैं? वैदिक मत के अनुसार सब कुछ अलौकिक है। ब्रह्मांड के प्रत्येक कण में अलौकिक शक्ति विद्यमान है। अजन्मा के लिए शरीर धारण करने में अक्षम बताने वाला वेदांत, यह कहता है कि संसार के सभी रूप उसी अजन्मा आत्मा का अनंत प्रतिरूप हैं, जो अनादि और अनंत है। आदर्श द्वारा किसी त्रुटि की संकल्पना इस रहस्यमयी ब्रह्मांड की मुख्य घटना है और इसका कारण केवल ईश्वर की दिव्य लीला है। अवतार का अर्थ अवतरण है और यह अवतरण, परमेश्वर का मानव रूप में प्राकट्य है, जो मनुष्य की आत्मा को दिव्यता की ओर ले जाने में सहायक होता है। यह ऊपर के उस तथ्य की अभिव्यक्ति है, जो हमें नीचे से विकसित करना है। अवतार, मानवता के बाहरी धर्म को भीतरी अर्थ प्रदान करने आता है, जिससे उसका आध्यात्मिक उत्थान होता है। सामान्य व्यक्ति को विकसित होकर देवत्व प्राप्त करना है, किंतु अवतार, मनुष्य रूप में सीधा अवतरण होता है। एक, माया के पर्दे में अज्ञानता से अज्ञानता में जन्म लेता है, जबकि दूसरा, ज्ञान से ज्ञान में जन्म पाता है और उसकी सब शक्तियाँ और परम स्थिति के प्रति चेतना और पूर्ण सजगता यथावत रहती है। इस प्रकार, उसका द्वैत रूप है क्योंकि वह मनुष्य के रूप में देवता यह होना आवश्यक है क्योंकि अवतार का उद्देश्य यह दर्शाना है कि समस्त बाधाओं के बावजूद, मनुष्य के रूप में जन्म लेकर भी देवत्व को प्राप्त किया जा सकता है। यदि अवतार, हर समय अलौकिक ढंग से व्यवहार करेगा तो यह उद्देश्य नष्ट हो जाएगा। उसे मानवीय वेदना को भी सहन करना पड़ता है, जैसे ईसा मसीह अथवा श्रीराम ने किया क्योंकि वे यह दर्शाना चाहते थे कि मानवीय कष्ट एवं पीड़ा से भी मुक्ति मिल सकती है। कृष्णावतार अपने आप में विशिष्ट है क्योंकि कष्ट और दुःख के क्षणों में भी, कृष्ण ने स्थिति पर पूर्ण नियंत्रण बनाए रखा और यह सिद्ध किया कि परमेश्वर के साथ एकात्मकता बनाकर रखने से किस प्रकार, मनुष्य दुःख में भी अप्रभावित रह सकता है। इसलिए, कृष्ण के रूप में इस अवतार को पूर्ण अवतार कहा जाता है। *भागवत पुराण* में कहा गया है, 'कृष्णस्तु भगवान स्वयं' अर्थात, कृष्ण अपने पूर्ण रूप में स्वयं ईश्वर हैं।

यहाँ तक कि अपने जीवनकाल में ही, कृष्ण को उनके अपने कुल के तथा अन्य लोगों ने संत की उपाधि से विभूषित कर दिया था। उन्हें विष्णु का अवतार, वैष्णव धर्म का प्रणेता तथा ब्रह्मा, विष्णु और महेश के त्रिदेव रूप में रक्षक माना जाता था। बाद में, विष्णु को वेदों के सूर्यदेव के रूप में जाना गया, जिनकी स्तुति गायत्री मंत्र में की गई है। समय के साथ, विष्णु सबसे शक्तिशाली देवता बन गए और उन्हें ही परमेश्वर मान लिया गया।

विष्णु के रूप में कृष्ण की वंदना करने से, व्यक्ति विभिन्न प्रकार के जटिल योगाभ्यासों द्वारा योगी बन सकता है।

इस अवतार का आकर्षण, उस योग्यता में निहित है जिससे वे किसी भी भूमिका को बहुत अच्छी तरह निभाते हैं। वे निष्ठावान मित्र, कर्तव्यनिष्ठ पुत्र, रोमांचक प्रेमी और केवल एक पत्नी के नहीं, अपितु उन्हें चाहने वाली सब स्त्रियों के लिए आदर्श पति रूप हैं। ऐसा कोई नहीं, जिसने उन्हें प्रगाढ़ भाव से याद किया हो, और वे तत्काल उसके पास न पहुँचे हों!

उनका सिद्धांत था, 'मुझे मनुष्य जिस तरह याद करता है, मैं उसी रूप में उसके पास जाता हूँ।' लोग उन्हें जिस भी रूप में - पुत्र, प्रेमी अथवा पति - देखते थे, कृष्ण उसी रूप में उनके पास पहुँचकर उनकी इच्छा पूरी करते थे। साथ ही, वे उनकी इच्छाओं का परिशोधन करके, उनके मानवीय जीवन को पूर्ण करते एवं उन्हें आनंद प्रदान करते थे। प्रत्येक व्यक्ति ने, जिसने उन्हें स्मरण किया, चाहे वह संत हो या पापी, वह चाहे उन्हें घृणा, भय या प्रेम से पुकारे, उसे मुक्ति मिली है। कंस, जिसने उन्हें मारना चाहा और सुदामा (कुचेल) में, जिसने उनकी भक्ति की, अधिक अंतर नहीं है। एक ने उन्हें घृणा से और दूसरे ने प्रेम से स्मरण किया, किंतु दोनों कृष्ण को याद करते रहे और दोनों को मोक्ष प्राप्त हो गया। मृत्यु का भय एवं प्रतिरोध पैदा करने वाली वस्तु भी मन में उतनी ही तन्मयता जाग्रत कर सकती जितना प्रेम पैदा करने वाली वस्तु! जिस तरह इलाज के समय कड़वी दवा का प्रभाव होता है, उसी तरह, यदि भय उत्पन्न करने वाली वस्तु ईश्वर हो, तो विरोध से प्रेरित होने के बावजूद, उसका ध्यान करने से मनुष्य का मन शुद्ध हो जाता है। यही *भागवत पुराण* में भी कहा गया है।

इस प्रकार, भगवान कृष्ण केवल सच्चिदानंद ही नहीं, अपितु वे समस्त अपूर्ण परिस्थितियों में भी उत्तम पुरुष हैं। वे पौरुष सौंदर्य के आदर्श हैं, सनातन युवक हैं जिनमें आध्यात्मिक विनम्रता सदैव रही है, जो किसी भी परिस्थिति में, चाहे चरवाहों का निर्धन आवास हो, आश्रम की कठिनाइयाँ हों, सुंदर नर्तकियों का मनमोहक आकर्षण हो, युद्धक्षेत्र का रक्तरंजित दृश्य हो, अपने सगे-संबंधियों के आत्मघाती विध्वंस हो अथवा मित्रों के साथ अवकाश के क्षण हों, वे सदा अविचलित और स्थिर रहते हैं। कृष्ण, अपने उपदेशानुसार, इस द्वैतवाद युक्त संसार में ऐसे विरक्त एवं तटस्थ भाव से रहते हैं जैसे जल में रहकर भी कमल का पत्ता जल को स्पर्श नहीं करता।

समय की धारा मार्ग में अनेक अनावश्यक वस्तुओं का संग्रह करती चलती है और ईश्वर की जीवनगाथा शायद सत्य, शायद काल्पनिक, तथ्यों भरे विवरण की संपदा से सुशोभित है। तथ्य और कल्पना, सत्य एवं भ्रम परस्पर गुँथे हुए हैं। परंतु सत्य की असली परीक्षा स्वयं समय है। वह सच्चा आधार है। यह धातु मल को हटाकर, शुद्ध स्वर्ण को बचा लेता है। किसी दिव्य रूप की कथा सदा रहस्य से भरी होती है तथा मानवीय विश्लेषण के सभी प्रयासों का विरोध करती है। परंतु इसमें स्वयं प्रकाश का गुण होता है, जिसके कारण इस कथा को सुनाने वाला स्वयं भीतर से प्रकाशित हो जाता है क्योंकि परमगुरु कृष्ण सारथी बनकर, प्रत्येक मनुष्य के हृदय में विद्यमान हैं। सदियों से चली आ रही इस

कथा में वर्णित अनावश्यक लगने वाले विवरण, इसकी असाधारण सुंदरता को बनाए रखते हैं क्योंकि इनमें कृष्ण के मनमोहक व्यक्तित्व का शक्तिशाली प्रभाव मौजूद है, जिसमें ऋषियों के ज्ञान के साथ, बालक का आकर्षण और उसकी सादगी तथा ईश्वर का प्रताप मिला हुआ है। इसके कारण, इस कथा से दिव्य प्रेम और ज्ञान का अनवरत फ़व्वारा फूटता है।

भगवान की कथा को उसकी अनुकंपा द्वारा ही लिखा और समझा जा सकता है। ईश्वर, वह अनुकंपा हमारे ऊपर भी करें, हमें प्रेरित करें, ज्ञान दें तथा परमानंद की ओर ले जाएँ!

वन्य पुष्पों के हार को धारण करने वाले वनमाली, भगवान श्रीकृष्ण की महिमा में मग्न हो जाइए।

हरि ॐ तत्सत्

ॐ

ॐ

ओ३म् श्री बाल गोपालाय नमः!

भाग 1

बाल-लीला

ॐ

ओउम् सर्वपालकाय नमः!

बाल लीला

हे गोपाल, मेरे पास आओ!
मैं तुम्हें दुलार और प्यार करूँ
तुम्हारा पालन-पोषण करूँ
हे जगत के पालनहार!
मैं तुम्हें गले लगाऊँ और तुम्हें चूम लूँ
हे मनमोहन!
मुझे किसी अन्य वस्तु की क्या आवश्यकता,
जब तुम स्वयं मेरे हृदय में विराजमान हो!
मैं आनंदित और संपन्न हूँ!
जब तुम मेरे मन में समाए हो!
मेरे पास, हे गोपाल!
हे दिव्य रूप बालक!
मेरा पालन-पोषण करो
कि मैं तुम्हारी संतान हूँ!

हे विश्वात्मा!

मैं आपके अनंत प्रताप के किनारे को भी
समझ सकने में अक्षम हूँ।
तथापि, आपकी परम कृपा के ही कारण
मैंने ये पंक्तियाँ रचने का साहस किया है
जिसमें आपकी बाल-लीला की
कथा का वर्णन है।
मैं इसके लिए आपसे क्षमा माँगती हूँ।

दीर्घायु, स्वस्थ जीवन और चरम परमानंद
का आपका आशीर्वाद
उन सबको प्राप्त हो, जो भगवान नारायण की
इस कथा का श्रवण करते हैं, जिसे
स्वयं नारायण ने
मेरे प्रिय प्रभु - वनमाली
के रूप में वर्णित किया है।

—श्री भट्टाथिरिपाद द्वारा रचित 'नारायणीयम्' के
अंतिम छंद का रूपांतरण

ॐ

ओउम् वैष्णवे नमः!

अध्याय 1

आगमन

यदा यदा हि धर्मस्य ग्लानिर्भवति भारत,
अभ्युत्थानमधर्मस्य तदात्मानं सृजाम्यहम्,
परित्राणाय साधूनां विनाशाय च दुष्कृताम्,
धर्मसंस्थापनार्थाय सम्भवामि युगे युगे।

जब-जब धर्म की हानि होती है और अधर्म की वृद्धि होती है, मैं अच्छाई की रक्षा और बुराई का नाश करने हेतु तथा धर्म की स्थापना के लिए प्रकट होता हूँ। इस उद्देश्य से प्रत्येक युग में मैं जन्म लेता हूँ!

—श्रीमद् भगवद्गीता

भगवान ने गंभीरता से यह वचन दिया था और इसके लिए, उन्होंने मथुरा नगरी में देवकी और वसुदेव के घर में अवतार लिया।

पाँच हज़ार वर्ष पूर्व, मथुरा नगरी पर अत्याचारी राजा कंस का शासन था। वह यादव वंश का मुखिया था, जो अनेक कुलों, जैसे : भोज, वृष्णि, दशहर और अंधक से मिलकर बना था। कंस को दुष्ट राक्षस कालनेमि का अवतार माना जाता था और उसके कर्म इसकी पुष्टि करते थे। किसी भी यादव प्रमुख में कंस के विरुद्ध बोलने का साहस नहीं था क्योंकि वह अपने अत्याचार के लिए विख्यात था।

भारतवर्ष के अन्य क्षेत्रों में भी, दुष्ट शासकों की, और उसके फलस्वरूप अधर्म की लहर आई हुई थी क्योंकि कहते हैं - यथा राजा, तथा प्रजा। अन्याय के बोझ से पृथ्वी कराह रही थी तथा उससे इस दुराचार का बोझ और अधिक नहीं उठाया जा रहा था। वह गाय का रूप धारण करके, भगवान विष्णु के धाम, वैकुंठ में उनसे मिलने गई। उसने भगवान को उनका वचन याद दिलाया कि अधर्म की वृद्धि होने पर वे अवतार लेंगे।

'तथास्तु,' प्रभु ने कहा, 'मैं मथुरा नगरी में यादव कुल में देवकी और वसुदेव के घर जन्म लूँगा क्योंकि मैंने उनको एक अन्य युग में यह वचन दिया था कि मैं उनके पुत्र के रूप में जन्म लूँगा।'

इस आश्वासन से प्रसन्न होकर, देवी पृथ्वी ने ईश्वर के आगमन की तैयारी आरंभ कर दी। उस महान नाटक के लिए मंच तैयार हो रहा था। अन्य देवताओं और दिव्य प्राणियों ने यादव कुल में जन्म लेने का मन बना लिया ताकि वे प्रभु के स्वागत एवं उनकी लीला में भागीदार बनने हेतु तैयारी कर सकें। वह अप्रत्यक्ष प्राणी अपनी ही बाल-लीलाओं का आनंद लेने के अतिरिक्त, अन्य किस कारण से स्वयं को प्रकट करने वाला था? देवलोक के निवासी यह जानते थे कि यह ईश्वर के शेष अवतारों का चरम बिंदु - प्रकृति के समान अकथनीय और गूढ़, मानव रूप में, दैव का शानदार खेल होने वाला था। तथापि यह रूप, पुष्प की भाँति, सादगी एवं प्रेम से भरा था, जिसे कोई बालक भी समझ सकता है, किंतु फिर भी, यह वैज्ञानिक, ऋषि-मुनि के लिए गहन और गूढ़ अर्थ से भरा है। इसी तरह प्रभु के जीवन को, जब ज्ञान के नेत्रों से देखा जाता है, तो उससे हमें सृष्टि ही नहीं अपितु अपनी प्रकृति का भी ज्ञान होता है क्योंकि ईश्वर हमारे भीतर मौजूद स्व के अतिरिक्त और कुछ नहीं है।

कंस की देवकी नामक एक बहन थी। कंस जितना नीच था, वह उतनी ही शुद्ध थीं। वह सुंदरता में अप्सराओं के समान थीं तथा उनकी बुद्धि किसी भी अन्य स्त्री की बुद्धि से श्रेष्ठ थी। भगवान की माता बनने के लिए उनका चयन बिलकुल उचित था। अपने पूर्वजन्मों में, उन्होंने प्रभु को पुत्र रूप में पाने के लिए कठिन तपस्या की थी। यह उनका अंतिम जन्म था और उन्हें तीसरी बार, ईश्वर को अपने गर्भ में स्थान देना था। वसुदेव भी यादव कुल के एक संत पुरुष थे।

प्रथम अंक के मंचन हेतु जब पर्दा उठा, तो वह उल्लास और हर्ष का क्षण था क्योंकि कंस की एकमात्र बहन, देवकी का विवाह वसुदेव के साथ किया जा रहा था। विवाहित दंपत्ति महल से बाहर निकले तो उनके आगे कंस था और पीछे संबंधी एवं अन्य राजसी मेहमान थे। चारों ओर, तुरही तथा मधुर गीतों की ध्वनि गूँज रही थी तथा वायु में सैकड़ों धूप-बत्तियों तथा चमेली के फूलों की सुगंध फली हुई थी। सोलह वर्षीय देवकी प्रसन्नता एवं सौंदर्य से चमक रही थीं। वे आभूषणों से लदी, विनम्रता एवं सिर पर फूलों के बोझ से सिर झुकाए चल रही थीं। उनके भाई ने उन्हें उठाकर पुष्प-सज्जित विवाह रथ में बैठाया तो उन्होंने भाई की बाँह पकड़ ली। वसुदेव भी कूदकर, रथ पर सवार हो गए और अपने महल की ओर चलने की तैयारी कर ली। उस समय सबको आश्चर्य हुआ कि कंस ने सारथी को रथ से उतरने को कहा और उसने रथ की लगाम अपने हाथ में ले ली। ऐसा करके, वह दर्शाना चाहता था कि वह अपनी बहन से कितना प्रेम करता था। उसके इस कृत्य पर अनेक टिप्पणियाँ की गईं। भोजराज द्वारा अपनी बहन की ख़ातिर इतना नीचे गिर जाना सचमुच एक समाचार था! प्रजा ज़ोर-ज़ोर से शोर करने लगी। यद्यपि, नगरवासी कंस से घृणा करते थे, किंतु उसके इस कृत्य के लिए उसकी बहुत प्रशंसा की गई क्योंकि देवकी को सब पसंद करते थे। इसके अतिरिक्त, राजा की जयजयकार करने में ही भलाई

थी क्योंकि किसे पता, आस-पास कौन गुप्तचर मौजूद था और अगले दिन किसका सिर काट दिया जाए?

देवकी, हालाँकि, पूर्ण रूप से संतुष्ट थीं। वे बहुत प्रसन्न थीं। उन्होंने काँपते हुए अपने कठोर स्वभाव वाले भाई को देखा जिसने उनके साथ अब तक केवल उसके साथ सदाशयता पूर्ण व्यवहार किया था। देवकी का विवाह उनकी पसंद के पुरुष से किया जा रहा था। उन्हें और क्या चाहिए था? परंतु मानवीय प्रसन्नता की भाँति, उनकी ख़ुशी भी कम समय के लिए थी। दुष्ट लोगों के स्वभाव का पूर्वानुमान नहीं लगाया जा सकता। उन्हें सच्चे प्रेम का अर्थ नहीं पता होता। उनका प्रेम केवल तभी तक रहता है, जब तक उनका हित पूरा होता है। वे आत्मा से आगे का प्रेम करने में असमर्थ होते हैं। यह शीघ्र ही सिद्ध होने वाला था।

शोभायात्रा बाहर निकली तो शंख एवं नगाड़ों की आवाज़ सुनाई देने लगी। चार साहसी घोड़े आगे बढ़े और कंस द्वारा चाबुक मारते ही तेज़ गति से दौड़ने लगे। परंतु वे अभी कुछ ही दूर पहुँचे थे कि आकाश में बादल छा गए, गर्जना होने लगी और बिजली चमकने लगी। तभी बादलों को चीरती, एक शक्तिशाली आवाज़ को सुनकर संपूर्ण विवाह-मंडली स्थिर हो गई।

'सावधान कंस!' आकाश में स्वर गूँजा, 'तेरी मृत्यु का क्षण निकट आ गया है! देवकी का आठवाँ पुत्र, तेरा वध करेगा और इस पृथ्वी को तेरे अत्याचार से मुक्त कराएगा!'

एक पल के लिए सब शांत हो गए, कोई कुछ नहीं बोला और कंस आकाश की ओर देखने लगा। उसके हाथ से रथ की लगाम छूट गई और उसके मन में उस प्रभावशाली आवाज़ को सुनकर ऐसा भय उठा कि वह काँपने लगा। अगले ही क्षण, आकाश साफ़ हो गया, सूर्य निकल आया और गर्जना शांत हो गई। वहाँ खड़े लोग बातें करने लगे। परंतु कंस ने एक पल भी नहीं गँवाया। वह रथ से कूदा और उसने देवकी को चमेली के फूलों से गुँथे बाल पकड़कर रथ से नीचे खींच लिया। उसने अपनी तलवार म्यान से बाहर निकाली और देवकी के आभूषणों से सजे असहाय गले पर रख दिया। उसी पल, वसुदेव उन दोनों के बीच में कूद पड़े पड़े और उन्होंने कंस का हाथ पकड़ते हुए कहा, 'कंस! तुम्हारा सम्मान कहाँ चला गया? तुम्हारा क्षत्रिय धर्म कहाँ ग़ायब हो गया, जो तुम अपनी ही बहन को उसके विवाह के समय, उसकी इच्छाओं की पूर्ति होने से पूर्व मार डालना चाहते हो? हे वीर, तुमने अपने साहसिक कारनामों से भोज वंश की ख्याति बढ़ाई है और अब तुम ऐसा घृणित अपराध करने जा रहे हो? प्रत्येक मनुष्य की मृत्यु होना निश्चित है। वह आज आए, या सौ वर्ष बाद, किंतु उसका आना तय है। ऐसे कर्म करने वाले लोग यहाँ और परलोक, दोनों जगह कष्ट पाते हैं। यह कन्या तुम्हारी अपनी बहन है और गुड़िया की तरह असहाय है। इस निर्दोष को मारना तुम्हारे लिए सर्वथा अनुचित है!'

कंस ने वसुदेव के हाथ को झटक दिया मानो कह रहा हो, 'स्त्री या कन्या अथवा बहन, मुझे क्या? आज से, यह मेरी शत्रु है। मेरे लिए, मेरा अपना जीवन मेरी बहन के जीवन से अधिक महत्त्वपूर्ण है!' उसका क्रूर हाथ फिर से ऊपर उठा और वसुदेव ने फिर उसे रोका और कंस को वह कृत्य करने से रोकने का एक और प्रयास किया।

'प्रिय भाई! तुम्हें देवकी को मारने की क्या आवश्यकता है? इसने क्या किया है? भविष्यवाणी के अनुसार, तुम्हें इसकी संतान, और वह भी आठवीं संतान से ख़तरा है। तुम इसे छोड़ दो। मैं तुम्हें वचन देता हूँ कि अपनी प्रत्येक संतान को, वह पुत्र हो या पुत्री, तुम्हें सौंप दूँगा। तुम्हें फिर उसका जो करना हो, कर लेना!'

यह तर्क कारगर सिद्ध हुआ। आख़िरकार, कंस ने अपना हाथ नीचे कर लिया और देवकी के बालों पर उसकी पकड़ ढीली हो गई। कंस ने घूर कर वसुदेव को देखा। 'तुम सही कहते हो। तुम सच्चे हो और मैं तुम पर विश्वास करता हूँ। इसके अतिरिक्त, मेरे पास ऐसे तरीक़े हैं, जिनसे मैं तुम्हें अपना वचन भूलने नहीं दूँगा। जाओ, और इसे अपने साथ ले जाओ! मैं इसका चेहरा और नहीं देख सकता।'

एक क्षण पहले, कंस को अपनी बहन से अधिक प्रिय कोई नहीं था और अब वह उससे सबसे अधिक घृणा करता था। कंस, बिना पीछे मुड़े, देवकी और वसुदेव को वहीं मार्ग में खड़ा छोड़कर चला गया। भयभीत लोगों ने कंस को जल्दी से जाने का मार्ग दे दिया। बाहर से उन्होंने अपनी ख़ुशी को छिपाए रखा, किंतु मन में वे सब प्रसन्न थे और देवकी को आशीर्वाद दे रहे थे ताकि प्रत्येक वर्ष उसे संतान पैदा हो और उसकी आठवीं संतान, उन्हें कंस के अत्याचार से मुक्त करवाए। वसुदेव, बिना संगीत और नृत्य के, देवकी को चुपचाप अपने घर ले आए। एक घंटा पहले, सारा राज्य उनसे ईर्ष्या कर रहा था और अब किसी में, उनकी ओर देखने का साहस नहीं था। लोगों की प्रार्थना सार्थक हुई और एक वर्ष के बाद, देवकी ने एक प्यारे-से बालक को जन्म दिया। अभी उसकी नाभि-रज्जु काटी भी नहीं गई थी कि वसुदेव, उस बच्चे को लेकर कंस के पास चल पड़े। देवकी एक बार उस बालक को दूध पिलाना चाहती थी किंतु वसुदेव ने देवकी को इतना समय भी नहीं दिया। ज्ञानी पुरुष को किसी वस्तु से लगाव नहीं होता और कोई ऐसा दुःख नहीं होता, जिसे वह सहन नहीं कर सकता।

वसुदेव की सत्य परायणता और उनका समभाव देखकर, कंस बहुत प्रभावित हुआ। वह बोला, 'इस बालक को वापस ले जाओ। मुझे इससे कोई ख़तरा नहीं है। मुझे केवल तुम्हारी आठवीं संतान से ख़तरा होगा। इस बालक को ले जाकर मेरी बहन को लौटा दो और उससे कहना कि उसका भाई उतना क्रूर नहीं है, जितना कि वह समझती है!'

कंस की उदारता से वसुदेव को ख़ुशी नहीं हुई, बल्कि वे इस अप्रत्याशित बदलाव से परेशान हो गए क्योंकि उन्हें पता था कि दुष्ट लोगों का मन कितना अस्थिर होता है। वह अभी कुछ और कह रहा है और जब उनकी बालक से आसक्ति हो जाएगी, तब वह कुछ और कह सकता है। वह बालक वसुदेव की बाँहों में निष्क्रिय और शांत लेटा था और इस अवस्था में उससे अलग होना आसान था। परंतु वह जब बड़ा हो जाएगा और मुस्कराने एवं बोलने लगेगा और उनकी गले में अपनी नन्ही बाँहें डाल देगा, तब उससे दूर होना बहुत कठिन हो जाएगा।

वसुदेव ने उस बालक से दृष्टि हटाई और सिर झुकाकर महल से बाहर निकल गए। वे उस बालक को प्रेम नहीं करना चाहते थे क्योंकि बुद्धिमान व्यक्ति जानता है कि जिस वस्तु से अलग होना हो, उससे अधिक आसक्ति नहीं करनी चाहिए।

इस तरह, छह वर्ष बीत गए और प्रत्येक वर्ष, देवकी एक-एक बालक को जन्म देती रही। हर बार, वसुदेव, बालक को कंस के पास ले जाते और वह हर बार, उसे लौटा देता। देबकी और वसुदेव, दोनों प्रसन्न थे। उनके पास एक-दूसरे के साथ के अतिरिक्त, छह प्यारे शिशु थे और वे राजसी जीवन और षड्यंत्र से दूर, आराम से रह रहे थे। वे अपनी आठवीं संतान के, जो ईश्वर का रूप थी, जन्म की तैयारी हेतु पूजा करते और उपवास रखते थे। परंतु, उन्हें हर समय ऐसा लगता था कि वे किसी गह्वर के सिरे पर खड़े हैं और किसी को नहीं पता कि वह नाज़ुक संतुलन कब बिगड़ जाएगा और वे नीचे भँवर में जा गिरेंगे।

उसी समय, देवर्षि नारद ईश्वर के आगमन को जल्दी करने में अपनी छोटी-सी भूमिका निभाने के उद्देश्य से कंस के दरबार में पहुँचे। यदि कंस इसी तरह उदारता दिखाता रहा तो भगवान को अवतार लेने में विलंब होगा क्योंकि अधर्म जब अपने चरम पर पहुँच जाता है, तभी भगवान का अवतरण होता है। अपनी वीणा हाथ में लेकर, नारद कंस की सभा में पहुँच गए। कंस ने नारद को ठीक से देखा तक नहीं क्योंकि वह, नारद को केवल भगवान की स्तुति गाने वाला भिक्षु समझता था, जो उसके सम्मान के योग्य नहीं था। हालाँकि, इससे नारद परेशान नहीं हुए।

उन्होंने अपनी वीणा बजाते हुए कहा, 'महाराज, मैंने सुना है कि आजकल आप कुछ अस्वस्थ हैं और आप, पहले की भाँति, ध्यान से निगरानी नहीं कर पाते।'

'क्या?!' कंस गुस्से से उठ खड़ा हुआ। 'तुम यह क्या बकवास कर रहे हो? मैं पूरी तरह स्वस्थ हूँ!'

राजा कंस के उठने के बाद, नारद अनामंत्रित ही बैठ गए और बोले, 'मैंने सुना कि आपका घोर शत्रु आपकी पकड़ में था और आपने उसे मछुआरे के फंदे में से किसी चालाक मछली की तरह निकल जाने दिया।'

'तुमने ग़लत सुना है,' कंस क्रोध में चिल्लाया। 'कोई भी शत्रु, छोटा या बड़ा, जो मेरे शिकंजे में आ गया, अपनी कथा सुनाने के लिए जीवित नहीं बचा। परंतु, तुम, कथा-गीत गाने वाले, साहसिक कारनामों के विषय में क्या जानो?'

'मुझे लगता है, कंस कि तुम्हारी स्मृति ख़राब हो गई है!' नारद ने ताना मारते हुए कहा। 'क्या तुम देवकी के विवाह के समय हुई भविष्यवाणी को भूल गए हो, जो तुमने देवकी के छह बच्चों को छोड़ दिया है? क्या यह चतुर प्राणी की पहचान है?'

'क्यों नहीं?' राजा चिल्लाया। 'तुम्हें चूँकि इतना कुछ पता है, तो यह भी पता होना चाहिए कि भविष्यवाणी में आठवीं संतान की बात कही गई थी, न कि पहली या बाद की छह संतानों की!'

'अभागे कंस,' नारद ने सहानुभूति भरे स्वर में कहा, 'कितना कुछ है जो तुम्हें नहीं पता। परंतु अपने शत्रु को कम आँकने की भूल मत करो। वह विष्णु है, सम्मोहन कला में माहिर! वह पूरे संसार को जिस बात का चाहे, विश्वास दिला सकता है। वह एक को आठ और आठ को एक बना सकता है। यदि ऊपर से नीचे की ओर गिना जाए तो अंतिम

पुत्र, आठवाँ होगा, परंतु यदि तुम नीचे से ऊपर की ओर गिनोगे, तो पहला पुत्र, आठवाँ माना जाएगा, और यदि तुम उन्हें वृत्त की तरह देखो तो क्या होगा? कोई भी पुत्र, आठवाँ हो सकता है! तुम ख़तरे से बेख़बर, मग्न होकर, सुरक्षा के भ्रम में बैठे हो और यही तो विष्णु चाहता है! तुम्हें यह भी समझना चाहिए कि यह देवताओं द्वारा असुरों को मारने की योजना है। कंस, तुम पूर्वजन्म के महानतम असुर कालनेमि का रूप हो। तुम्हारे वंश के कुछ लोगों को छोड़कर, शेष सभी देव श्रेणी में हैं और वे मिलकर तुम्हें और तुम्हारे समान असुरों को मारना चाहते हैं। तुम इस बात से अंजान हो, और इसीलिए मैं, यह जानते हुए भी कि तुम मुझे पसंद नहीं करते, तुम्हें सावधान करने आया हूँ क्योंकि मैं संसार का शुभचिंतक हूँ। मैं सृष्टि के हित के अतिरिक्त कुछ नहीं चाहता।'

ऐसा कहकर, नारद वीणा बजाते हुए जिस तरह बिना कुछ कहे और अकेले आए थे, वैसे ही लौट गए। कंस अचंभित था और उसे अपनी मूर्खता पर क्रोध आ रहा था कि उसने छह शिशुओं को ऐसे ही छोड़ दिया। उसने फिर एक पल भी नहीं गँवाया। छह वर्षों की भूल को एक दिन में ठीक करना था। उसने अपने सब दुष्ट सलाहकारों, केशी, पूतना तथा अन्य को बुलाया और अपने श्वसुर मगध नरेश जरासंध की सहायता से यादवों के दमन की योजना बनाने लगा। इसके बाद, आतंक का अभियान आरंभ हो गया, जिसमें उसने उन सब लोगों की हत्या करवा दी जिनकी देवता होने की आशंका थी ताकि सदाचारी लोगों में भय व्याप्त हो जाए और लोग नगर छोड़ दें तथा अन्यत्र छिप जाएँ। वसुदेव ने अपनी पहली पत्नी, रोहिणी को गोकुल के ग्वाल-प्रमुख और अपने मित्र नंद के घर भेज दिया। कंस के पिता, उग्रसेन ने कंस को बहुत डाँटा और उसे उसके अत्याचारों के परिणाम से सावधान किया। कंस ने उत्तर में कुछ नहीं कहा, बल्कि अपने पिता को पकड़कर कारागृह में बंद कर दिया।

उसके बाद, उसने अपना कोप अपनी बहन और उसके पति पर केंद्रित कर दिया। एक-एक करके, उनके बच्चों को उनकी आँखों के सामने पत्थर पर पटक-पटककर मार दिया गया! दुष्ट व्यक्ति, अपने प्राण बचाने के लिए क्या नहीं कर सकता? वसुदेव को जिस बात का डर था, वही हुआ। देवकी केवल एक ही शिशु की हत्या देख सकी और फिर वह मूर्छित होकर गिर पड़ी। शुष्क नेत्र और कठोर हृदय वाले वसुदेव अंत तक वह निर्मम दृश्य को देखते रहे। जिस बीच उनके बच्चों की हत्या की जा रही थी, उन्हें केवल एक विचार का सहारा था : वे और उनकी पत्नी जीवित थे और बच्चे पैदा कर सकते थे। कुछ भी हो, उन्हें कितना भी कष्ट हो, किंतु यह उनका सौभाग्य था कि भगवान ने अपने आगमन के लिए उन्हें माध्यम चुना था। वसुदेव को इस बात की प्रसन्नता थी कि केवल दो वर्ष बाद, वह भविष्यवाणी सत्य होने वाली थी। पृथ्वी पर उनका कार्य पूरा होने वाला था और उनके जन्म का उद्देश्य भी सफल होने वाला था। उनका समर्पण इतना दृढ़ था कि वह निर्दयी दृश्य भी उन्हें अपने स्थान से डिगा न सका। परंतु यह आशा भी शीघ्र ही टूट गई जब कंस ने यह निश्चय किया कि उस विश्वासघाती दंपत्ति के लिए कारागृह ही उपयुक्त स्थान था जहाँ से वह उनके ऊपर नज़र रख पाएगा। उसने, उन दोनों को कारागृह में डाल दिया और उनके ऊपर दिन-रात पहरा बैठा दिया।

कुछ समय बाद, देवकी ने सातवीं बार गर्भ धारण किया। कंस के अत्याचार के बोझ से धरती पीड़ित थी तथा लोग सतत प्रार्थना करते रहते थे। कहते हैं, भगवान विष्णु ने निश्चय किया कि वे अवतार लेने के लिए एक वर्ष और प्रतीक्षा नहीं करेंगे। नारद ने पूर्वानुमान लगा लिया था कि प्रार्थना में कितनी शक्ति होती है। भगवान ने योगमाया अथवा शक्ति को आदेश दिया, 'हे देवी, आप ग्वालों के प्रदेश, व्रज में नंद के घर में जाइए, जहाँ वसुदेव की पत्नी रोहिणी ने शरण ली हुई है। शेष नामक मेरी आध्यात्मिक शक्ति ने देवकी के गर्भ में स्थान बना लिया है। आप उसके गर्भ से उस भ्रूण को रोहिणी के गर्भ में स्थानांतरित कर दीजिए। उसके बाद जल्द ही, मैं देवकी के गर्भ में अवतार लूँगा, और आप देवी, यशोदा की पुत्री के रूप में जन्म लीजिए। आप पृथ्वी पर वरदान दिया करेंगी और पृथ्वी वासी, अनेक नामों से आपकी पूजा करेंगे।'

भगवान से आदेश प्राप्त करने के बाद, योगमाया धरती पर पहुँच गईं और वे सब कार्य कर दिए जो उन्हें करने के लिए कहा गया था। बाहर यह समाचार फैला दिया गया कि देवकी का सातवाँ गर्भ गिर गया है। यह सुनकर, कंस को संदेह हुआ और वह स्वयं सत्य का पता लगाने कारागृह में गया।

'क्या यह सत्य है कि तुमने सातवीं बार गर्भ धारण किया था?' वह गरजा।

'हाँ,' देवकी ने धीरे-से उत्तर दिया।

'फिर उस शिशु का क्या हुआ?' उसने संदेह से पूछा।

'मुझे नहीं पता,' वह बोलीं और वास्तव में उन्हें नहीं पता था क्योंकि भगवान की माया कौन समझ सकता है? वह कुछ दिन पहले तक गर्भवती थीं और फिर अचानक उन्हें महसूस हुआ कि उनका गर्भ रिक्त हो गया है।

कंस कुछ देर सोचता रहा। यह कोई चाल हो या न हो, किंतु अगली संतान अवश्य आठवीं होगी। उपचार से निरोध बेहतर होता है। उसने दंपत्ति को गर्भ धारण न करने देने का निश्चय किया और उन्हें बहुत मोटी ज़ंजीरों से बाँध दिया। कंस ने स्वयं अपने हाथों से देवकी को एक स्तंभ से और वसुदेव को दूसरे स्तंभ से बाँध दिया ताकि उन दोनों के मध्य किसी तरह का शारीरिक संपर्क न हो सके। उसने निर्देश दिया कि उन्हें किसी स्थिति में साथ न रहने दिया जाए। अपने कार्य से संतुष्ट होने के बाद, वह कारागृह के दरवाज़े ज़ोर से बंद करके, आशा की अंतिम किरण का मार्ग अवरुद्ध करता हुआ बाहर चला गया।

'हे भगवान! आपके वचन का क्या होगा?' वसुदेव ने पुकारा, 'क्या आप हमें इस अंधकार में अकेला छोड़ देंगे? आपके अतिरिक्त हमारी सहायता करने वाला कोई नहीं है।' यह कहकर वसुदेव ने सिर झुकाया और दुःख में डूब गए। उसी क्षण, सृष्टि के रक्षक परमात्मा ने वसुदेव के मस्तिष्क में प्रवेश किया जिसके कारण वसुदेव, सूर्य के समान तेजस्वी और दीप्तिमान दिखने लगे। उनके चेहरे एवं रूप पर इतना आनंद छा गया कि उनकी पत्नी चिल्ला पड़ी।

'पतिदेव!' देवकी ने कहा, 'वह कौन-सा विचार है जिसने आपको ख़ुशी से सराबोर कर दिया है? हम अभागे लोगों के पास प्रसन्न होने का क्या कारण है? हम दुर्भाग्यशाली

माता-पिता हैं! हमें अपने बच्चों के सामने उनकी हत्या देखने को विवश किया गया है। हमारी एकमात्र इच्छा अपनी आठवीं संतान का जन्म देखने की थी किंतु वह इच्छा भी अब धराशायी हो गई है। आप इतने प्रसन्न क्यों हैं?'

'प्रिय, मेरे भीतर कुछ है जो प्रकाशमान हो रहा है,' वसुदेव ने ख़ुशी से कहा, 'उसी से मैं इतना प्रसन्न हूँ कि मुझे न तो इस स्तंभ की कठोरता भी महसूस हो रही है और न ही इन बेड़ियों की जकड़न से मेरी त्वचा में कोई परेशानी है।'

'स्वामी!' देवकी ने कहा, 'आप इस दृश्य का वर्णन विस्तार से कीजिए ताकि मैं भी आपके साथ ख़ुशी बाँट सकूँ।'

तब वसुदेव ने विचार की शक्ति से उस दिव्य परमात्मा का रूप, देवकी तक स्थानांतरित कर दिया, जो सर्वव्यापी है। देवकी ने उस रूप को उसी तरह ग्रहण कर लिया, जिस प्रकार पूर्वी क्षितिज पूर्णिमा के चंद्रमा की आभा को ग्रहण करता है। इस प्रकार, देवकी ने अपने पति वसुदेव के मस्तिष्क से संपर्क स्थापित करके गर्भ धारण कर लिया।

अगले दिन, जब बंदीगृह के अध्यक्ष ने कारागृह का द्वार खोला तो उसने देखा कि वह कक्ष दिव्य प्रकाश में नहाया हुआ था और देवकी भी दीप्तिमान दिख रही थी मानो उनके भीतर कोई जीवंत अग्नि प्रज्ज्वलित हो, ऐसी अग्नि जो संसार के समस्त अधर्म को जलाकर उसे शुद्ध और चमकदार बना सकती थी। उसने जल्दी से द्वार बंद किए और भागता हुआ राजा के पास पहुँचा। उसने समाचार दिया कि देवकी के साथ कोई विचित्र और चमत्कारी घटना हुई थी। कंस स्वयं जाँच करने के लिए तेज़ी से गया। वह दृश्य कारागृह के अधीक्षक ने जैसा बताया था, वैसा ही था। उसने जब द्वार खोला तो भीतर से तेज़ नीले प्रकाश से उसकी आँखें चौंधिया गईं। उससे वह प्रकाश सहन नहीं हुआ और वह पीछे हट गया।

उसने सोचा, 'भगवान हरि (विष्णु), जो मेरी मृत्यु का कारण बनने वाले हैं, निश्चित रूप से देवकी के भीतर प्रविष्ट हो गए हैं। मैंने ऐसा दिव्य प्रकाश पहले कभी नहीं देखा। अब मैं क्या करूँ? यदि मैं इसे अभी मार दूँगा तो सब मेरी निंदा करेंगे, इसलिए मुझे शिशु के जन्म तक प्रतीक्षा करनी चाहिए और फिर मैं उसे मार डालूँगा।'

उसने कारागृह पर पहरेदारों की संख्या को दुगुना कर दिया, बेड़ियों को अधिक मज़बूत कर दिया और उसने आदेश दिया कि किसी को कारागृह के भीतर जाने अथवा बाहर आने न दिया जाए। उसके सभी आदेशों का कड़ाई से पालन हो रहा था, किंतु देवकी और वसुदेव ने इन सब बातों पर कोई ध्यान नहीं दिया। वे तो परमानंद के सागर डूबे हुए थे और जैसे-जैसे गर्भस्थ शिशु बड़ा होने लगा, देवकी की प्रसन्नता का ठिकाना नहीं रहा। उन्हें किसी स्थिति में असुविधा नहीं होती थी और न ही उन्हें अपने शिशु के जन्म लेने अथवा बड़ा होकर उनके भाई को मारने के विषय में कोई चिंता थी। इन साधारण बातों से उन्हें कोई सरोकार नहीं था क्योंकि वे पूरा समय अपने भीतर स्थित उस चमत्कारी जीव पर का ध्यान करती थीं जिसने उन्हें प्रसन्नता से भर दिया था।

कंस की भी यही अवस्था थी। वह पूरी तरह भगवान विष्णु के विषय में सोचता रहता था। उसका संसार तीव्र भय के माध्यम से भगवान विष्णु से व्याप्त था, यद्यपि उसके लिए

विष्णु का यह रूप प्रतिशोध लेने वाले हत्यारे का था। चलते, सोते, खाते और बात करते समय, वह भयभीत रहता था और सोचता रहता कि उसका हत्यारा किस रूप में प्रकट होगा। उसने भगवान विष्णु के पिछले अवतारों के विषय में सुना था, जब वे हिरण्यकशिपु नामक असुर को मारने के लिए स्तंभ तोड़कर नरसिंह के रूप में बाहर आए थे। यह सोचकर, वह अचानक अपने सिंहासन से नीचे कूद पड़ता था। वह सोने से पूर्व अपनी शैय्या और गद्दे को भी ध्यान से जाँचता था। वह चावल के प्रत्येक दाने को ध्यान से देखता कि कहीं उसमें विष्णु तो नहीं हैं। सोते-जागते, कंस का जीवन विष्णु से भर उठा। इस अवस्था को प्राप्त करने के लिए ध्यानस्थ योगी अथक परिश्रम करते हैं। इस तरह, कंस ने भगवान के आगमन से पूर्व माह निरंतर भयग्रस्त होकर व्यतीत किए।

हरि ॐ तत्सत्

ॐ

ॐ

ओउम् जनार्दनाय नमः!

अध्याय 2

परमेश्वर का जन्म

निशेथे तमउद्भूते जायमाने जनार्दने।
देवक्यां देवरूपिण्यां विष्णुः सर्वगुहाशयः।
आविरासीद् यथा प्राच्यां दिशिन्दुरिव पुष्कलः।।

उस शुभ घड़ी में, मध्यरात्रि के अंधकार में भगवान विष्णु ने, जो सभी प्राणियों के हृदय में वास करते हैं, पारलौकिक रूप से सुंदर देवकी के गर्भ से जन्म लिया मानो पूर्वी क्षितिज में पूर्णिमा का चंद्रमा उदय हुआ हो।

—श्रीमद् भागवत

सबसे शुभ मुहूर्त में, जब रोहिणी नक्षत्र लग्न बेला में था तथा अन्य सभी ग्रह एवं नक्षत्र भी अनुकूल स्थिति में थे तो भगवान जनार्दन ने, जो जन्म और मृत्यु के कष्टों को हरने वाले हैं, शाश्वत, अनश्वर और अजन्मे हैं, देवकी और वसुदेव के पुत्र के रूप में जन्म लिया।

सर्वत्र शांति छाई हुई थी। आकाश में तारे टिमटिमा रहे थे। नदियों में स्वच्छ जल बह रहा था और सरोवर कमल-पुष्पों से भरे हुए थे। वन में पक्षियों का कलरव एवं वृक्षों तथा लताओं के मध्य, मधुमक्खियों का गुंजार सुनाई पड़ रहा था। शीतल, मंद और सुंगधित वायु बह रही थी तथा यज्ञ-वेदियों में धीमी अग्नि प्रज्ज्वलित थी। सब लोग के हृदय में अनुपम शांति व्याप्त थी। मध्यरात्रि का समय था तथा पृथ्वी के अंतर में रत्न झिलमिला रहे थे। पक्षी उठ गए और धीमे स्वर में कूजन करने लगे। सूर्य और चंद्र दोनों तारों के बीच से झाँक रहे थे। तारों के बीच रोहिणी नक्षत्र सबसे अधिक चमक रहा था।

अष्टमी के चंद्रमा और रोहिणी नक्षत्र के संयोग के समय भगवान ने पृथ्वी पर जन्म लिया। गंदला पानी स्वच्छ हो गया, जलधाराएँ बह निकलीं और समुद्र की लहरें तट की ओर बढ़ने लगीं मानो उस स्थान पर पहुँचना चाहती हों, जहाँ यह दिव्य नाटक खेला जाने वाला था। लाखों नवपल्लवित फूलों की सुगंध लेकर, हवा के मंद झोंके उस कारागृह तक पहुँच गए और देवकी को सहलाने लगे। अन्य स्थानों पर सदाचारी लोग जाग रहे थे क्योंकि

उन्हें आभास था कि कुछ महत्त्वपूर्ण घटने वाला था। दुष्ट लोग गहरी नींद में सो रहे थे। भविष्यवाणी के बाद से, कंस इससे पहले इतनी गहरी नींद नहीं सोया और कारागृह के प्रहरी इतनी ज़ोर से खर्राटे ले रहे थे कि भूचाल ही उन्हें जगा सकता था। सृष्टि के रचयिता ब्रह्मा और अन्य देवगण, बंदीगृह में पहुँचकर भगवान को, जिन्हें वे देवकी के गर्भ के भीतर देख रहे थे, गीत सुनाने लगे। ऋषि-मुनियों और देवताओं ने आकाश से पुष्प-वर्षा की और बादल समुद्र की लहरों के साथ मिलकर हलका शोर करने लगे।

उस शुभ घड़ी में, मध्यरात्रि के अंधकार में भगवान विष्णु ने, जो सभी प्राणियों के हृदय में वास करते हैं, पारलौकिक रूप से सुंदर देवकी के गर्भ से जन्म लिया। उनके जन्म के समय, कारागृह शिशु से निकलते मंद प्रकाश से भर गया। देवकी, उस एक क्षण में, जब उन्होंने प्रभु को अपनी बाँहों में उठाया, आने वाले कष्ट के विषय में भूल गईं, उस क्रूर हत्या को भूल गईं जो उस शिशु की प्रतीक्षा कर रही थी। उन्हें उस समय केवल असीम आनंद मिल रहा था जो एक माँ को अपने शिशु को गोद में लेने से मिलता है। वसुदेव, प्रसन्नता से तन्मय हो गए थे क्योंकि उनके समक्ष भगवान का वही दिव्य रूप था, जो उन्होंने दस माह पूर्व अपने हृदय में महसूस किया था और जो तभी से देवकी के गर्भ में धड़क रहा था।

हे सौभाग्यशाली माता-पिता! उस दृश्य को देखने के लिए व्यक्ति कौन-सा कष्ट नहीं सहन कर लेगा? कमल-नयन, चतुर्भुज, हाथ में शंख, गदा एवं अन्य अस्त्र धारण किए हुए, चमकता श्रीवत्स चिह्न तथा वक्ष पर दीप्तिमान कौस्तुभ मणि, पीत-वस्त्र, वर्षा-मेघ का तेज और आकर्षण, मुकुट के आलोक में चमकते केश, कानों में बहुमूल्य रत्नजड़ित बालियाँ तथा शानदार आभूषणों से सुसज्जित - ऐसा था उस दिव्य शिशु का रूप, जो उनके समक्ष प्रकट हुआ। वसुदेव ने शिशु के रूप में भगवान हरि को प्रणाम किया और उनकी स्तुति गाई। वसुदेव ने भगवान के प्रतापी नेत्रों में देखा, जो प्रेम से ओत-प्रोत थे, तो उन्हें आनंद की ऐसी अनुभूति हुई कि वे अपना संतुलन खो बैठे। उन्होंने बार-बार, वेदों में वर्णित निराकार ब्रह्म स्वरूप प्रभु हरि को प्रणाम किया, जिन्होंने उनके पुत्र के रूप में जन्म लिया था।

देवकी ने कहा, 'आप सचमुच, आध्यात्मिक, अप्रत्यक्ष, अनंत और दीप्तिमान विष्णु हैं। मैं आपकी शरण में हूँ। यह संपूर्ण ब्रह्मांड आपके भीतर समाविष्ट है और फिर भी आपका, मेरे छोटे-से गर्भ में जन्म लेना आपकी एक दिव्य लीला है, आपका अबोध्य खेल है जिससे आप समस्त संसार को मोहित करते हैं।'

भगवान ने उत्तर दिया, 'हे देवी! आपने अपने मस्तिष्क पर नियंत्रण किया और पिछले दो जन्मों में आपने यही वरदान माँगा कि मैं आपके पुत्र के रूप में जन्म लूँ। मैं आपकी इसी प्रार्थना के उत्तर में अपना तीसरा जन्म आपके पुत्र के रूप में ले रहा हूँ। मैंने अपना दिव्य रूप आपके सामने इसलिए प्रकट किया है ताकि आप मुझे पहचान सकें। आप केवल अपने पुत्र के रूप में नहीं, बल्कि ईश्वर के रूप में मेरा ध्यान करें, जिससे आप चेतना के उच्च स्तर पर पहुँचकर मुझे प्राप्त कर सकें।'

अपने पिता को देखकर, प्रभु बोले, 'उठिए और गोकुल में नंद के घर जाइए। उनकी पत्नी यशोदा ने अभी-अभी एक कन्या को जन्म दिया है, जो मेरी योगमाया का ही रूप है।

मुझे वहाँ ले जाकर छोड़ दीजिए और योगमाया को यहाँ ले आइए।' यह कहकर, भगवान ने फिर से नवजात शिशु का रूप धारण कर लिया और उनके माता-पिता के ऊपर माया का आवरण छा गया। वसुदेव को जाने की जल्दी थी, किंतु देवकी की इच्छा नहीं थी। उन्हें कौन दोष दे सकता है? प्रभु का आलिंगन करके, उन्हें कौन दूर जाने देगा?

शिशु अपनी माता की बाँहों में सो गया। देवकी मोहित थीं। उन्होंने अनिच्छा से आनंद की उस पोटली को अपने आतुर पति के हाथों में सौंप दिया, जो उस शिशु को अपने हृदय से लगाने की प्रतीक्षा कर रहे थे। वे यह पूछना भूल गए कि एक बंदी, मध्यरात्रि के समय कारागृह से बाहर निकलकर गोकुल कैसे जाएगा! परंतु वे जैसे ही उठे, उन्होंने देखा कि वे बेड़ियों से मुक्त हो चुके थे। उन्होंने शिशु को अपने वस्त्र में लपेटा, अपने हृदय से लगाया और बंदीगृह के विशाल द्वार की ओर बढ़े, जो लोहे की साँकल से बंद था। तभी साँकल पीछे खिसक गई, ताले खुल गए, बेड़ियाँ नीचे गिर गईं तथा द्वार अपने आप बाहर की ओर खुल गए। यह देखकर वसुदेव आश्चर्यचकित रह गए। बाहर बैठे प्रहरी, गहरी नींद में सोए, खर्राटे भर रहे थे।

वसुदेव, नन्हे बालक को गोद में लिए बाहर आ गए, किंतु कोई प्रहरी नींद से नहीं उठा। वहाँ भयंकर तूफ़ान आया हुआ था। थोड़ी दूर, यमुना के जल का तेज़ स्वर सुनकर वसुदेव को चिंता होने लगी और वह सोचने लगे कि वे ऐसे में, नदी पार करके दूसरी ओर कैसे जाएँगे। परंतु देखो! वसुदेव ज्यों ही बाहर पहुँचे, दिव्य सर्प शेषनाग ने, जिसके ऊपर भगवान विष्णु शयन करते हैं, अपना फन फैलाकर उनके ऊपर विशाल छत्र बना दिया, जिससे वसुदेव और शिशु पर एक बूँद पानी भी नहीं गिरा। उन्होंने दूर से देखा कि यमुना में भयंकर बाढ़ आई हुई थी, किंतु वे जैसे-जैसे नदी के निकट पहुँच रहे थे, नदी का जल विभक्त होने लगा और वसुदेव के निकलने के लिए मार्ग बन गया। जल के केवल कुछ छींटे उनके पैरों पर गिर रहे थे मानो यमुना, वसुदेव के चरण धोना चाहती थी, जो भगवान को सिर पर उठाए चल रहे थे।

आख़िरकार वसुदेव, ग्वाल-प्रमुख नंद के गोकुल ग्राम पहुँच गए। उनके वहाँ पहुँचते ही, घर का द्वार खुल गया और भीतर प्रवेश करने पर, उन्हें प्रथम कक्ष में प्रकाश दिखाई दिया। शैय्या के निकट दीपक जल रहा था और माता अपने नवजात शिशु के साथ सो रही थी। वसुदेव, धीरे-से झुके और उन्होंने बच्चों को बदल दिया। उन्होंने दिव्य बालक को नंद की पत्नी के पास लिटा दिया और उनकी कन्या को उठा लिया। उन्होंने फिर झुककर, शिशु का माथा चूमा और अपने प्यारे पुत्र का चेहरा देखते हुए, धीरे-से बाहर निकल गए।

वसुदेव, बालक को छोड़ने के बाद इतने मायूस हो गए कि उन्हें पता नहीं था कि वे कहाँ जा रहे हैं और उन्हें इसकी चिंता भी नहीं थी। माया को वसुदेव के पैरों को सही दिशा में मोड़ना पड़ा ताकि वे दोबारा नदी पार करके मथुरा के कारागृह पहुँचकर, यशोदा की पुत्री को देवकी के हाथों में सौंप सकें। वे बंदीगृह में लौटे तो उन्होंने स्वयं को फिर से स्तंभ के साथ बेड़ियों में बँधा पाया। द्वार पहले की भाँति बंद थे। उन्होंने जैसे ही कन्या को देवकी की गोद में रखा, वह ज़ोर-ज़ोर से रोने लगी। प्रहरी झटके से उठ बैठे और उन्होंने भागकर कंस को देवकी के प्रसव का समाचार सुनाया। उन्हें यह आदेश था कि

शिशु के जन्म लेते ही उसे बताया जाए चाहे उस समय दिन या रात्रि का कोई भी समय हो। राजसी आभूषणों के बिना, कंस हाथ में तलवार लिए पैर पटकता हुआ बंदीगृह की ओर दौड़ा। उसके वस्त्र अस्त-व्यस्त और बाल बिखरे हुए थे।

'कहाँ है वो?' वह चिल्लाया। 'वह बालक, जो रो-चीख़ रहा था, कहाँ है? उस साँप के बच्चे को अभी मार देना उचित है, इससे पहले कि वह बड़ा होकर मुझे मार डाले!'

'परंतु यह कन्या है,' देवकी ने कहा, 'इसे छोड़ दिया जाना चाहिए। भाई, तुमने हमारे अग्नि के समान तेजस्वी, इतने सारे बच्चे मार डाले। कम से कम, इस एक कन्या को छोड़ दो। क्या मैं तुम्हारी बहन नहीं हूँ? भविष्यवाणी में पुत्र की बात कही गई थी, कन्या की नहीं! यह तुम्हें क्या क्षति पहुँचा सकती है? मैं तुमसे विनती करती हूँ, इसे मुझे लौटा दो।'

देवकी की करुण याचना के बावजूद, कंस ने उस कन्या को छीन लिया और कहा, 'यह उस मायावी विष्णु की कोई चाल है। लड़का हो या लड़की, मुझे इससे क्या? मैं इसे अवश्य मार डालूँगा!'

ऐसा कहकर, कंस ने उस बालिका को नन्हे पैरों से पकड़कर उसे घुमाया और उसी पत्थर पर पटकना चाहा, जो छह अन्य शिशुओं के रक्त से लाल हो रखा था। परंतु, कंस ने ज्यों ही कन्या को ऊपर उठाया, वह उसकी पकड़ से छूटकर ऊपर उड़ गई। कंस ने हैरानी से ऊपर मुख किया तो उसे देवी का अष्टभुज रूप नज़र आया। उन्होंने गले में दिव्य माला और आभूषण धारण कर रखे थे और उनके सब हाथों में दिव्यास्त्र चमक रहे थे।

देवी योगमाया ने हँसते हुए कहा, 'मूर्ख! मुझे मारने से क्या लाभ होगा? तुझे मारने वाला जन्म ले चुका है। वह दस मील के भीतर है। मैं तुझे इसलिए छोड़ रही हूँ क्योंकि तूने अभी मेरे पैर पकड़े थे। इसके लिए, मैं तुझे आशीर्वाद देती हूँ, कंस कि तेरी मृत्यु, शाश्वत जीवन के दाता, भगवान विष्णु के हाथों होगी!' ऐसा कहकर, योगमाया अंतर्ध्यान हो गईं। उन्हें संसार में विभिन्न नामों से जाना जाता है।

कंस उदासी में डूब गया और उसने अपनी बहन और उसके पति को मुक्त करके, उनसे अपने अत्याचारों के लिए क्षमा माँगने का निश्चय किया। उसने अगले दिन अपने दुराचारी सलाहकारों को बुलाया। उन्होंने उसे यह सुझाव दिया कि आस-पास के क्षेत्र में सभी नवजात शिशुओं एवं सदाचारी लोगों को मरवा दिया जाए क्योंकि कहा जाता है कि विष्णु का सदाचारी लोगों के हृदय में वास है। अपने दुष्ट मंत्रियों के कहने पर, कंस ने शिशुओं और सदाचारी लोगों की हत्या जैसा राक्षसी पाप कर डाला। संसार के इतिहास में इतना आतंक पहले कभी नहीं देखा गया। सदाचारी लोगों को दुःख देने से व्यक्ति का संपूर्ण विनाश हो जाता है। इससे उसकी आयु, समृद्धि, कीर्ति तथा परलोक-गमन की संभावना नष्ट हो जाती है।

भगवान नारायण ही परम सत्य हैं, जिन्हें ब्रह्म कहा जाता है। नारायण आत्मा का श्रेष्ठ स्वरूप हैं। नारायण परम प्रकाश हैं। नारायण अनंत आत्मा हैं। नारायण सर्वश्रेष्ठ ध्यानी हैं और नारायण ही ध्यान देने योग्य श्रेष्ठ वस्तु हैं।

—'नारायण सूक्त,' ऋग्वेद

इस संसार में जो कुछ अनुभव अथवा वर्णन द्वारा ज्ञात है, उस सब में नारायण व्याप्त हैं।

—'नारायण सूक्त,' ऋग्वेद

हरि ॐ तत्सत्

ॐ

ॐ

ओउम् नंदकुमाराय नमः!

अध्याय 3

दिव्य शिशु

यो लीलास्य समलांगो,
गतो अलोलोपि लोलतां, तम लीला
वपुशं बलं, वन्दे लीलार्थ सिद्धये।

उस दिव्य बालक की जय हो, जिसने लीला करने के लिए शरीर धारण किया है। उसकी चंचल हरकतें देखकर, गंभीर लोगों के मन भी विचलित हो जाते हैं। ईश्वर करे कि वह चंचल साकार रूप, मुझे इस जीवन रूपी खेल के अंत तक ले जाए!

अब दृश्य गोकुल का है, जहाँ कृष्ण अगले बारह वर्ष तक अपने धात्रेय माता-पिता तथा गोप-गोपियों को विभिन्न प्रकार से मोहित करते रहे। वे लोग सौभाग्यशाली थे, जिन्होंने भगवान को अपने घुटनों पर बैठाकर खिलाया, सृष्टि के पालनकर्ता का पालन किया, उस अनंत और निराकार को अपने साथ बाँधकर रखा और अपनी स्नेहमयी बाँहों से उन्हें पकड़े रखा। भगवान की जीवन-गाथा में इससे अधिक भावुक अध्याय नहीं है। इसमें सभी प्रकार के प्रेम की ऊँचाइयों और गहराइयों का वर्णन है, जो एक सरल एवं सच्चा हृदय किसी को प्रदान कर सकता है : *वात्सल्य भाव* यानी, माता-पिता का अपने पुत्र के प्रति प्रेम तथा *माधुर्य भाव*, यानी कन्या का अपने प्रेमी के प्रति स्नेह। उनके लिए कृष्ण सब कुछ थे : पुत्र, मित्र, प्रेमी, रक्षक और ईश्वर!

उस शिशु को उसके पिता ज्यों ही यशोदा के पास सोता छोड़कर गए, उसने अपना गुलाब की कली-सा मुख खोला और रोना आरंभ कर दिया मानो कह रहा हो, 'क्या? मैं तुम्हारे घर में आया हूँ और तुम सो रहे हो? इसी तरह, मैं रात्रि में चोर के समान तुम्हारे हृदय में प्रवेश कर जाऊँगा, किंतु एक बार भीतर आने के बाद, आपको मेरी उपस्थिति पर कोई संदेह नहीं होगा!' पूरा घर, जो उस समय गहरी निद्रा में डूबा हुआ था, सहसा जीवंत हो उठा। उन्होंने जब देखा कि जिसे वे कन्या समझ रहे थे, वह वास्तव में पुत्र था, तो उनकी ख़ुशी का ठिकाना नहीं रहा। उनके पास इस बात का कोई स्पष्टीकरण भी नहीं था।

'लड़का हुआ है!' यह समाचार जंगल की आग की तरह फैल गया।

'हमारे मुखिया के घर अत्यंत सुंदर पुत्र ने जन्म लिया है!'

नंद खुशी से भागते हुए भीतर गए और कक्ष में चमकते हुए उस दिव्य बालक को निहारने लगे। उन्होंने ज़ोर-ज़ोर से भगवान की स्तुति आरंभ कर दी। नंद ने अपने पुत्र के कल्याण हेतु गाँव के लोगों को वस्त्र, आभूषण, गाएँ तथा धन दिया। नंद को बिलकुल उम्मीद नहीं थी कि वे जीवनभर पिता बन पाएँगे क्योंकि उनकी पत्नी, यशोदा की आयु पैंतालीस वर्ष हो चुकी थी। उन दोनों ने पुत्र की आशा छोड़ दी थी और ऐसे में, पुत्र का होना और वह भी इतना सुंदर; उनकी ख़ुशी का ठिकाना नहीं था। सुबह होने पर, गोप और गोपियों का पूरा समुदाय बालक को देखने आ पहुँचा और वे सब अपने साथ माखन, दही और दूध लाए थे क्योंकि उनके पास देने को और कुछ नहीं था। परंतु उन्होंने ये सब उपहार शुद्ध हृदय से दिए थे, इसलिए भगवान को मूल्यवान उपहारों की तुलना में ये वस्तुएँ अधिक प्रिय लगीं। जिसने भी बालक को देखा, उसे वह अपना-सा लगा और इसमें कोई आश्चर्य की बात नहीं थी क्योंकि भगवान समान रूप से सबके हैं।

कृष्ण से गोपियों को असीम सुख मिलता था। वे सब अपना घर का काम समाप्त करके जल्दी से जल्दी, यशोदा के घर आ जाती थीं और फिर कृष्ण को दुलार करती रहती थीं। उन्हें अपने घरों, पतियों और यहाँ तक कि बच्चों की भी सुध नहीं रही और वे केवल उस दिव्य बालक से मिलने वाले आनंद में डूबी रहती थीं। उस दिन से, ग्वालों का ग्राम, गोकुल हरि का निवास तथा धन और समृद्धि की देवी, लक्ष्मी का क्रीड़ास्थल बन गया।

कंस चूँकि वहाँ का राजा था, सब ग्राम-प्रमुख उसे वार्षिक शुल्क देते थे। नंद भी शुल्क देने के लिए मथुरा के लिए निकल पड़े और जाते समय, उन्होंने यशोदा को अनेक बार चेतावनी दी कि बालक कृष्ण को अकेला न छोड़ा जाए। नंद के आगमन का समाचार सुनकर, वसुदेव बहुत प्रसन्न हुए क्योंकि वे उनके पुत्र का, तथा नंद के साथ रह रही उनकी पत्नी रोहिणी के पुत्र का समाचार सुनने को उत्सुक थे।

'हे भाई!' वे बोले, 'मैं तुम्हें बधाई देता हूँ। मैंने सुना है कि इस आयु में भी तुम्हें पुत्र हुआ है। तुम सचमुच बहुत भाग्यशाली पिता हो। और मेरा पुत्र कैसा है, जो तुम्हारे घर पर अपनी माँ के साथ रहता है? वह कैसा है?'

बेचारे वसुदेव! यद्यपि वे ईर्ष्यालु स्वभाव के नहीं थे, तथापि उनका मन यह सोचकर ईर्ष्या से भर गया कि जिस पर उनका अधिकार था, उसका आनंद नंद को मिल रहा था और यशोदा को स्वयं भगवान की देखभाल करने का सौभाग्य प्राप्त हुआ था। वसुदेव की अपनी पत्नी केवल आँसू बहाती थीं। उनके स्तन, अवांछित और अतृप्त रहकर सूख चुके थे। यह विचार सचमुच बहुत कठोर था। उन्हें इस बात की खुशी अवश्य थी कि उनका पुत्र कम से कम सुरक्षित तो था, किंतु कंस द्वारा सभी शिशुओं की हत्या का आदेश सुनकर वसुदेव भयभीत हो गए और उन्होंने नंद को सतर्क कर दिया।

नंद ने कहा, 'मुझे यह सुनकर बहुत दुःख हुआ कि आपको बहुत-से कष्टों का सामना करना पड़ा है। सब कुछ ईश्वर के हाथ में है। जिन्हें यह बात पता है, वे दुःखी नहीं होते।'

वसुदेव अपने पुत्रों के विषय और जानना चाहते थे, परंतु उन्हें बालकों की अधिक चिंता थी। उन्होंने नंद से कहा, 'मुझे अपशकुन दिखाई दे रहे हैं और मुझे आपके पुत्र की चिंता हो रही है। आप तत्काल गोकुल लौट जाइए। आप यहाँ नगर में समय व्यर्थ न कीजिए और बच्चों को अकेला बिलकुल न छोड़ें।' यह सुनकर नंद घबरा गए और तुरंत अपनी बैलगाड़ी में गोकुल के लिए रवाना हो गए।

इस बीच, शिशु-हत्या में माहिर राक्षसी, पूतना ने नगरों, गाँवों आदि में घूम-घूमकर, कंस की आज्ञानुसार नवजात शिशुओं को मारना आरंभ कर दिया। वह किसी भी रूप में, कहीं भी पहुँच सकती थी। एक दिन, वह सुंदर स्त्री का रूप धारण करके गोकुल आ गई। उसने शिशुओं को मारने का नया तरीक़ा निकाला था। उसने दूध पिलाने वाली धाय बनकर अपने स्तनों पर विष लगा लिया और बच्चों को दूध पिलाने लगी। परिणाम निश्चित था। वह गोकुल पहुँची तो उसे नंद के घर में एक बालक के जन्म का समाचार मिल गया। वह तुरंत वहाँ पहुँच गई। वह जब उस कक्ष में घुसी जहाँ बालक सो रहा था, तो वह देवी के समान लग रही थी। उसने कृष्ण को उठा लिया किंतु उसे यह पता नहीं था कि यह उसका अंतिम कृत्य होने वाला था।

उसका प्रभावशाली रूप देखकर, रोहिणी और यशोदा को कुछ कहने का या उसे डाँटने का साहस नहीं हुआ हालाँकि उसने अजनबी होते हुए भी बच्चे को उठा लिया था। पूतना ने बिना हिचकिचाए, सोते हुए शिशु को अपनी गोद में बैठाया और उसे स्तनपान करवाने लगी। कहते हैं, भगवान ने उस समय सोने का दिखावा किया था क्योंकि वे जानते थे कि यदि पूतना ने उनकी दिव्य आँखों में देख लिया तो, निर्दयी पापिन होने के बावजूद, उसे पश्चाताप होने लगेगा और वह उन्हें मारने का प्रयास किए बिना ही वहाँ से लौट जाएगी और फिर भगवान का उद्देश्य पूरा नहीं हो पाएगा। तथापि, पूतना ने जब भगवान को सोते हुए देखा, तो उसके भीतर मातृत्व प्रेम उमड़ने लगा और उसके स्तनों से, जो दुग्ध-पान करवाने में असमर्थ थे, दूध बहने लगा। वह स्तन पर लगे विष को भूल गई और शिशु को दूध पिलाने और गाना सुनाने लगी। परंतु उसकी लोरी जल्द ही, रुदन-गीत में बदल गई क्योंकि उसे नन्हे शिशु ने, जिसके अभी तक दाँत भी नहीं आए थे, पूतना के स्तन को शिकंजे की तरह मुँह में जकड़ लिया और बहुत ज़ोर से चूसने लगे। कृष्ण मानो पूतना की प्राण ऊर्जा बाहर खींच रहे थे। वह दर्द से चीख़ती हुई बाहर भागी और उसने अपना राक्षसी रूप धारण कर लिया। आख़िर, वह पीड़ा से कराहती हुई, पर्वत के समान होकर प्रांगण में गिर पड़ी। उसके गिरने से गायों का बाड़ा और घास का ढेर नष्ट हो गया। उसके गिरने से पृथ्वी पर भूचाल आ गया और गोपियाँ तथा गोपाल भयभीत हो गए। मथुरा से लौटने पर नंद को यही दृश्य देखने को मिला।

'बालक कहाँ है? बच्चा कहाँ है?' सब तरफ़ यही भयभीत स्वर सुनाई दे रहा था।

सहसा, उन्होंने शिशु को निर्भय होकर पैर चलाते देखा। वह ख़ुशी से उस विशालकाय राक्षसी के ऊपर लेटा हुआ था। गोपाल भयभीत थे, किंतु गोपियाँ भागकर आगे गईं क्योंकि उन्हें स्वयं से अधिक कृष्ण का जीवन प्रिय था। उन्होंने बालक को गोद में उठा लिया। उन्हें आश्चर्य हो रहा था कि वह अब तक जीवित कैसे था। उन्होंने यह कल्पना भी नहीं की

कि उस नन्हे शिशु ने उस राक्षसी को मारा था।

'ईश्वर के चमत्कार से यह बालक बच गया है,' उन सबका यही मत था।

उन्होंने उसे नहलाया और उसकी रक्षा हेतु धार्मिक अनुष्ठान किए। उसके शरीर पर गाय की पूँछ घुमाई, गो-पद की धूल से उसका लेप किया तथा शिशु के बारह महत्त्वपूर्ण अंगों पर सूखे हुए गोबर का चूर्ण लगाया और इस बीच विष्णु के पवित्र नामों का जाप किया। बालक कृष्ण को यह सब करवाने में आनंद आ रहा था और वह ख़ुशी से किलकारियाँ मार रहा था।

चूँकि पूतना के विशालकाय शरीर की अंत्येष्टि करने के लिए गाँव में उचित स्थान नहीं था, तो उन्होंने उसके शरीर के बहुत-से टुकड़े करके उन्हें दूर ले जाकर जला दिया। उन्होंने सोचा था कि उसके जलने से भयंकर दुर्गंध उठेगी, किंतु पूतना के तन से चंदन की सुगंध निकलने लगी। ऐसा इसलिए हुआ क्योंकि उसने दिव्य बालक को स्तनपान करवाया, जिसके कारण वह समस्त पापों से मुक्त हो गई थी। शिशु ने अपने पवित्र चरण, जिन्हें भक्त अपने हृदय में धारण करते हैं तथा जहाँ ऋषि-मुनि शरण पाते हैं, पूतना की गोद में रखे थे। उसने राक्षसी होते हुए भी बालक को दूध पिलाया था इसलिए उसे मातृत्व का पुरस्कार मिल गया। शिशुओं की हत्या करने वाली राक्षसी को यदि भगवान को दूध पिलाने से मुक्ति मिल सकती है तो कृष्ण के माता-पिता और उन गोपियों जैसे सौभाग्यशाली लोगों के विषय में सोचिए, जिन्होंने भगवान को उनकी प्रिय वस्तुएँ अर्पित की होंगी। उन गोपियों और यहाँ तक कि उन गायों के विषय में क्या कहा जाए जिन्होंने कृष्ण को अत्यंत प्रेम से खिलाया-पिलाया था?

नंद की पत्नी एवं भगवान की धाय-माँ यशोदा, इससे पहले इतनी प्रसन्न कभी नहीं हुईं। वे प्रति दिन, कृष्ण को गोद में खिलातीं, उन्हें दूध पिलाती और झुला कर सुलाती थीं मानो वह कोई सामान्य शिशु हो क्योंकि उन्हें बालक कृष्ण की शक्ति का कोई अनुमान नहीं था।

पूतना, कंस द्वारा शिशु को मारने के लिए नियुक्त अनेक राक्षसों में से पहली थी। वे बाद में, अनेक रूपों में आए। यह कहने की आवश्यकता नहीं है कि उनमें से कोई भी जीवित नहीं लौटा। शुरू में, किसी गोपाल को शिशु की अद्‌भुत शक्तियों का आभास नहीं हुआ किंतु धीरे-धीरे, उन्हें कृष्ण के नन्हे हाथों में छिपी अपार शक्ति का आभास होने लगा।

कृष्ण के जन्म के नब्बे दिन के बाद, जब रोहिणी नक्षत्र तीसरी बार दिखाई दिया तो लोगों ने शिशु को पहली बार घर से बाहर ले जाने का अनुष्ठान आयोजित किया। वहाँ बहुत भीड़ थी। यशोदा ने मंत्रोच्चारण के बीच, बालक को नहलाया। ब्राह्मणों का आशीर्वाद मिलने के बाद, यशोदा ने बालक को एक गाड़ी के पास सुला दिया। उन्होंने कुछ लड़कों को बालक का ध्यान रखने को कहा और स्वयं मेहमानों की देखभाल करने लगीं। उसी क्षण, शकट दैत्य गाड़ी में प्रवेश कर गया और उसने सोचा कि गाड़ी को पलटकर बालक को मारना सरल होगा और देखने से ऐसा लगेगा कि वह दुर्घटना थी। परंतु उसे अपने शत्रु की शक्ति का अनुमान नहीं था।

ज्यों ही गाड़ी पलटी, शिशु ने अपने नन्हे पैर से उसे ठोकर मारी तो वह उछलकर आँगन के दूसरे चोर पर जा गिरी और शकट मारा गया। कहते हैं, उसका शरीर किसी को नहीं मिला क्योंकि भगवान के पैर से ठोकर खाकर, उसके शरीर को भी मुक्ति मिल

गई। उस ज़ोरदार आवाज़ को सुनकर सब लोग भागे आए।

'क्या हुआ? क्या हुआ?' उन्होंने आस-पास खड़े लड़कों से पूछा जो बालक की देखभाल कर रहे थे।

'यह गाड़ी पलट गई थी और इस शिशु ने उसे पैर की ठोकर से उछाल दिया जिससे कि वह टूट गई,' उन्होंने गर्व से कहा।

सब लोग आश्चर्य से बालक को देखने लगे, जो आनंदपूर्वक से पैर चला रहा और हँस रहा था मानो उन लड़कों द्वारा कही गई बात की पुष्टि कर रहा हो।

'ये लड़के कुछ भी कहानी बना लेते हैं,' वयस्क लोगों ने अविश्वास से कहा।

यशोदा ने बालक को उठाया और उसके फूल-से कोमल पैर सहलाने लगीं। 'तुम्हें चोट तो नहीं लगी, मेरे बच्चे?' वह बोलीं, 'क्या उस गाड़ी ने तुम्हें चोट पहुँचाई?'

'यशोदा, ईश्वर सचमुच तुम्हारे पुत्र की रक्षा करते है!' गोपियों ने कहा।

अपनी संतान की अलौकिक शक्तियों से अनजान माता-पिता ने बुरी शक्तियों से अपने बालक की रक्षा हेतु बहुत-से अनुष्ठान करवाए।

इस घटना के बाद, यशोदा कृष्ण को एक क्षण के लिए भी अकेला छोड़ने से डरतीं थीं। एक दिन, जब वे कृष्ण को गोद में लेकर बैठीं, गुनगुना रही थीं, तब उन्हें महसूस हुआ कि कृष्ण का भार बढ़ रहा है तथा उन्हें शिशु को उठाने में कठिनाई होने लगी। इसका क्या कारण हो सकता था? उन्हें लगा कि बालक पर किसी की कुदृष्टि पड़ गई है और वे कृष्ण को चटाई पर बैठाकर रसोई में कुछ मसाले लेने चली गईं, जिन्हें बालक के ऊपर घुमाने से कुदृष्टि का प्रभाव समाप्त हो जाता है। वे जैसे ही भीतर गईं, शिशु ने स्वयं को फिर से हलका कर लिया क्योंकि उसे तृणावर्त नामक दैत्य का आभास हो गया था, जो चक्रवात के रूप में आ रहा था। उस चक्रवात ने समस्त गोकुल को धूल के बादलों से ढँक दिया और सर्वत्र अंधकार छा गया। उस धूल के बवंडर में, यशोदा को अपना बालक दिखाई नहीं दिया। वे भयभीत होकर गिर पड़ीं और रोने लगीं। तृणावर्त बालक को उठाकर ऊपर उड़ गया किंतु जल्दी ही, वह बालक का भार उठाने में असमर्थ हो गया। उसकी गति लगातार घटती गई और फिर वह एक बड़ी शिला पर ज़ोर से आ गिरा तथा मारा गया। सभी गोपाल दौड़कर उस स्थान पर गए जहाँ दैत्य गिरा था। उन्होंने बालक कृष्ण को उस शिला के ऊपर रत्न की भाँति चमकता पाया। उन्होंने शिशु को उठाकर उसकी माता को सौंप दिया। उन्हें शिशु के चमत्कारी ढंग से बच जाने पर आश्चर्य हो रहा था।

बेचारी यशोदा! बच्चा जब तक घुटनों के बल सरकना आरंभ नहीं करता, वह एक स्थान पर लेटा रहता है। ढलती आयु में माँ बनीं यशोदा, पहले से ही चिंतित थीं और तिस पर, उस बालक के साथ दुर्घटनाएँ होती रहती थीं। वे उसे एक जगह छोड़कर निश्चिंत नहीं रह सकती थीं कि वह उसी स्थान पर मिलेगा। यद्यपि, बालक दुर्घटनाओं के बाद भी सकुशल रहता था, यशोदा के पास यह जानने का कोई तरीक़ा नहीं था कि ऐसा किसी चमत्कार के कारण नहीं, अपितु शिशु की अपनी शक्तियों से होता था। वे उसे भाग्य अथवा ईश्वर की इच्छा ही समझती थीं। वे इस बात की कल्पना कैसे कर सकती थीं कि उस

बालक के भीतर समूचा ब्रह्मांड समाहित था? एक दिन, कृष्ण ने यशोदा के मन को शांत करने के लिए उन्हें एक चमत्कार दिखा दिया।

वे सदा की भाँति, अपने घर के आँगन में बैठी, वहाँ लगे दो वृक्षों की ओर देखते हुए, कृष्ण पर आने वाली विपत्तियों के विषय में सोचकर चिंतित हो रही थीं। उन्होंने असीम प्रेम के साथ, बालक के दिव्य चेहरे को दुलारा। उसी क्षण, भगवान ने अपना मुख खोलकर जम्हाई ली। और यह क्या! माता नए बालक के छोटे-से मुख में पूरा ब्रह्मांड देख लिया। वे मुग्ध-सी देखती रहीं। इसमें कोई संदेह नहीं था। आकाश, पृथ्वी, स्वर्ग, नक्षत्र, ग्रह, सूर्य, चंद्रमा, अग्नि, वायु, समुद्र, नदियाँ तथा महाद्वीप, सब कुछ बालक के मुख के भीतर था। यशोदा, एक क्षण के लिए, स्वयं को और बालक को भूल गईं और उन्हें लगा कि वे अनंत संसार के छोर पर खड़ी उस महान लौकिक घटना को देख रही थीं। आख़िर, उनसे सहन नहीं हुआ और उन्होंने अपनी आँखें बंद कर लीं। उन्होंने आँखें खोलीं तो वह भ्रम, यदि उसे ऐसा कहा जा सके, ग़ायब हो गया। और वे पहले की भाँति, हाथ में अपने शिशु को लिए बैठी थीं।

'रोहिणी! रोहिणी!' वे चिल्लाकर बोलीं, 'यहाँ आओ और मुझे बताओ कि तुम्हें इस बालक के मुख में क्या दिखाई दे रहा है। मुझे लगता है कि मैंने इसके मुख में कुछ विचित्र और आश्चर्यजनक दृश्य देखा है।'

रोहिणी भागती हुई आई और उसने अत्यंत कठिनाई से बालक का मुख खोलकर उसके भीतर अँगुली डाली तो उसे चुभन से दर्द महसूस हुआ।

'मुझे पता है कि इसके मुख में क्या है,' उसने यशोदा को बताया, 'इसके दाँत आ रहे हैं। तुमने यही देखा है।'

यशोदा ने संदेह से सिर हिलाया। उन्होंने जो चमत्कार अभी देखा था, वह उनके मस्तिष्क में धुंधला पड़ रहा था किंतु विस्मय का भाव बना हुआ था तथा उन्हें अब थोड़ा चैन महसूस हो रहा था। उन्हें लगा कि वह बालक, जितना असहाय लगता है, वास्तव में, उतना है नहीं! उसके इतनी अधिक चिंता करने की आवश्यकता नहीं थी क्योंकि वह अपनी देखभाल स्वयं करने में समर्थ था। इस विचार से यशोदा को संतोष हो गया और भगवान यही चाहते थे।

इस बीच, यादवों के पुरोहित गर्ग मुनि, वासुदेव के आग्रह पर उनके पुत्रों का नामकरण संस्कार करने हेतु व्रज पहुँच गए। गर्ग मुनि अपनी ज्योतिष-विद्या के लिए प्रख्यात थे। नंद ने उनका स्वागत किया तथा उनसे अनुरोध किया कि वे उनके व रोहिणी के पुत्र का नामकरण संस्कार संपन्न करें।

गर्ग मुनि बोले, 'मैं यादवों का पुरोहित हूँ और यदि मैंने इन बालकों के लिए अनुष्ठान किया और कंस को इस बात का पता लग गया तो यह मानकर चलिए कि बालकों का शत्रु यहाँ आ जाएगा और इन्हें मारने का प्रयास करेगा।'

नंद ने फिर मुनि से उस अनुष्ठान को, गोपाल की दृष्टि से दूर, किसी एकांत स्थान पर करने का अनुरोध किया। चूँकि मुनि सब कुछ जानते थे और वे इसी कार्य के लिए

गोकुल आए थे, तो उन्होंने नंद की बात सहर्ष मान ली। इस तरह, बिना किसी को बताए, वह अनुष्ठान केवल नंद, यशोदा और रोहिणी की उपस्थिति में एक गाय के बाड़े में संपन्न हुआ। गर्ग मुनि ने रोहिणी के पुत्र को, जो दोनों बालकों में बड़ा था, गोद में उठाया और फिर अत्यंत शक्तिशाली होने एवं सबको प्रसन्न करने स्वभाव के कारण, उसका नाम बलराम रख दिया। उसके बाद गर्ग मुनि ने यशोदा के पुत्र को उठाया और उसे स्नेहपूर्वक अपनी गोद में बैठाया। शरारती शिशु ने मुनि को तीखी दृष्टि से देखा मानो कह रहा हो, 'मुझे कोई अच्छा-सा नाम देना जो पहले किसी ने सुना न हो और जो मेरे लिए उपयुक्त हो तथा जिसे सब लोग आने वाले समय में याद रखें... अन्यथा...'

तभी मुनि को लगा कि बालक ने पेट तक लटकती, उनकी लंबी सफ़ेद दाढ़ी को झटके से खींच लिया। गर्ग मुनि ने मुस्कराते हुए शिशु की चमत्कारी आँखों में देखा तो वे उस पर सदा के लिए मोहित हो गए!

कृष्ण! उसे यही नाम दिया गया। कृष्ण – जो लोगों का दिल चुरा ले, और जिसके संपर्क में एक बार कोई आ गया तो फिर सदा के लिए उसी का हो गया। कृष्ण का अर्थ 'श्याम वर्ण वाला' भी होता है क्योंकि उस बालक का वर्ण, वर्षा ऋतु के मेघों के समान था। इसके बाद गर्ग मुनि ने बालक की जन्म-कुंडली बनाई और नंद को बताया कि वह बालक पूर्व-जन्म में वसुदेव का पुत्र होने के नाते वासुदेव भी कहलाएगा। 'यह बालक अपने गुणों एवं उपलब्धियों के कारण अनेक नामों से जाना जाएगा। यहाँ तक मैं भी सभी नाम नहीं जानता। मेरी बात याद रखना, नंद! यह बालक ख्याति, शक्ति एवं उत्कृष्टता में भगवान नारायण (विष्णु) के समान है। इसका पूरा ध्यान रखना। इसे क्षति पहुँचाने वाले स्वयं अपना नुक़सान करेंगे और इससे प्रेम करने वाले सदा सुरक्षित रहेंगे।'

कृष्ण ने खुशी से किलकारी मारी। आख़िर, कोई तो था, जिसने उनकी महानता को पहचान लिया था। और अब उन्हें मनमानी करने का अधिकार भी मिल गया था! कृष्ण ने गोकुल वासियों को अपनी ऐसी लीला दिखाने का निश्चय किया जिसके बाद, वे उन्हें जीवन-भर नहीं भूल पाएँगे।

हम सबके कल्याण हेतु परमेश्वर विष्णु से प्रार्थना करते हैं। हमारे समस्त कष्ट और दुःख सदा के लिए दूर हो जाएँ ताकि हमेशा ईश्वर की स्तुति कर सकें। यहाँ इतने औषधीय वृक्ष उगने लगें कि सब रोग पूरी तरह नष्ट हो जाएँ। भगवान हमारे ऊपर शांति की वर्षा करें। दो पैरों और चार पैरों वाले सभी प्राणी सुखी रहें। शांति, शांति, शांति।

—'पुरुष सूक्त,' ऋग्वेद

हरि ॐ तत्सत्

ॐ

ॐ

ओ३म् नवनीतनादाय नमः!

अध्याय 4

माखन चोर

बलं नवीना शत्पत्र नेत्रं,
बिम्बाधरं सजल मेघा रुचिम् मनोजन्यम्,
मन्दंस्मितं माधु सुन्दर मन्दयानम्
श्री नन्दानन्दानामहम मनसा स्मरामि।

मैं नंद के प्रिय के मनमोहक रूप का ध्यान करता हूँ जिनके नेत्र ताज़े खिले कमल-पुष्प की पंखुड़ियों के समान, होंठ लाल बेर के समान हैं, मनमोहक मुस्कान वाला आकर्षक चेहरा है और जिनका वर्ण जल से भरे वर्षा-मेघों के समान है।

बलराम और कृष्ण, जल्द ही, रेंगने लगे और उन्हें अन्य बच्चों से कहीं अधिक खरोंच लगती थीं। यशोदा को आराम करने का समय ही नहीं मिलता था। वे पैंतालीस वर्ष में कभी इतना नहीं दौड़ी थीं। वे बच्चों को खेलता देख, अपने घर का काम करना भूल जाती थीं। कृष्ण बहुत तेज़ी से आगे रेंगने लगते थे और फिर अपने ही पैरों में बँधी पाजेब की खनखनाहट सुनते तो पीछे मुड़कर देखते थे मानो उनके पीछे कोई आ रहा हो। वह जिज्ञासु दृष्टि अत्यंत सम्मोहक होती थी। यह देखकर यशोदा दौड़कर, कृष्ण के पीछे जातीं, उन्हें उठाती तथा उनके मनमोहक चेहरे को चूमने लगती थीं। कृष्ण भी अपने हाथ तेज़ी-से चलाते हुए आगे रेंगने लगते थे और पीछे-पीछे पाजेब की छन-छन चलती जाती थी। वह बालक कहाँ गया?

यशोदा, जितनी देर में वहाँ पहुँचती, कृष्ण गाय के पास पहुँच जाते और उसके बछड़े को एक हाथ से हटाकर, सीधे गाय के थन से बछड़े की तरह दूध पीने लगते थे। यशोदा भय से चिल्लाने लगतीं क्योंकि गाय गुस्सैल स्वभाव की थी और वह क्रोध से सिर हिलाती हुई अपने सींग बालक के निकट ले आती थी। यशोदा को घबराहट से यह समझ में नहीं आता था कि वे दौड़कर बालक को उठा लें अथवा ऐसा करने से गाय को और अधिक गुस्सा आ जाएगा। परंतु यशोदा उसे खड़ी देख रही थीं, कि तभी गाय ने जीभ से बालक

को स्नेहपूर्वक चाटना शुरू कर दिया जैसे वह अपने बछड़े को चाटती थी। कृष्ण पीछे मुड़कर अपनी माँ को देखने लगे मानो कह रहे हों, 'देखो माँ, सब प्राणी मुझसे कितना प्रेम करते हैं क्योंकि मैं सबकी आत्मा में बसा हूँ।' परंतु, बेचारी माँ सोचती कि यह भी कोई चमत्कार है और वह बालक को उठाकर उसे दोबारा न करने के लिए सावधान करतीं।

कृष्ण अपनी माता के पीछे रसोई तक आ जाते और सब मटकों में हाथ डाल-डालकर देखते जब तक उन्हें किसी एक में माखन नहीं मिल जाता। फिर वे थोड़ा माखन खा लेते और शेष अपने मुँह पर लगा लेते। इसके बाद बिल्ली के बच्चे मिमियाते हुए निकट आकर कृष्ण के मुख पर लगा माखन चाटने लगते। माँ अब दुविधा में पड़ गईं कि वे घर का काम करें या बालक को देखती रहें। कृष्ण इतने नटखट थे कि हर समय गाय, आग, बिल्ली, छुरा, सरोवर, काँटे तथा पक्षियों से होने वाले ख़तरे से उनका ध्यान रखना पड़ता था।

कृष्ण ने ज्यों ही चलना आरंभ किया, स्थिति और भी विकट हो गई। एक दिन, यशोदा ने कृष्ण को चिल्लाते सुना तो दौड़ी गईं। कृष्ण कुएँ की मुँडेर पर लटके हुए भीतर झाँक रहे थे। 'माँ! माँ! यहाँ आओ और देखो! कुएँ के अंदर मेरे जैसा एक और बच्चा है। यहाँ आओ और इसे बाहर निकालो!'

यशोदा ने भागकर कृष्ण को पकड़ लिया। 'ऐसा फिर कभी मत करना,' उन्होंने कृष्ण को डाँटा। इसके बाद, वे जब भी कुएँ से पानी निकालतीं तो उन्हें कृष्ण की छवि पानी में दिखाई देती थी। ऐसी कोई शरारत नहीं थी जो कृष्ण न करते हों। उनके नन्हे हाथ कुछ न कुछ करते रहते थे। वे कभी रसोई के छुरे को घुमाते तो अगले पल आग में से गर्म कोयला उठाने लगते। यशोदा, हर क्षण दौड़ती रहती थीं और अपने शेष जीवन में उन्हें सर्वत्र - कोयले में, आग में, पानी में, गाय के निकट, सब्ज़ी काटते अथवा फूल चुनते समय कृष्ण का ही चेहरा दिखाई देता था। इस तरह, कृष्ण ने यशोदा को भावी वियोग के लिए तैयार कर दिया। यह सब गृहिणियों के लिए सबक़ है। सामान्य कार्य करते समय, निराकार भगवान का ध्यान करना कठिन होता है किंतु किसी दिव्य बालक की शरारतों को और उसे ताकते और हँसते हुए याद रखना कितना सरल है।

कभी-कभी गोपियाँ कृष्ण को दिन-भर के लिए अपने घर ले जाने का हठ करती थीं। यशोदा, अनिच्छा से अनुमति दे दिया करतीं क्योंकि कृष्ण से एक क्षण के लिए भी अलग होना उनसे सहन नहीं होता था। कृष्ण, एक बार किसी के घर चले जाते तो फिर वहाँ अगली बार बिना निमंत्रण के पहुँच जाते थे। वे उनके घर में चोर की तरह घुसकर उनकी प्रिय वस्तुएँ जैसे घी, दही, और दूध आदि चुराकर खा लेते थे। वे इतने दयालु हैं कि उन्हें यदि हम एक बार अपने हृदय में स्थान दे दें तो वे बिन बुलाए आकर, हमारे प्रेम का माखन चुरा लेते हैं और हमें आशीर्वाद में वह सब कुछ प्रदान करते हैं, जो हमने उनसे माँगा भी नहीं होता।

एक दिन, गोपियाँ एकत्रित होकर कृष्ण की माता को उनकी शरारतों के बारे में बता रही थीं। कृष्ण के विरुद्ध अनेक दोष बताए गए : 'वह गाय का दूध निकालने के समय से पहले पहुँचकर बछड़ों को खोल देता है। वह घर में घुसकर माखन, दूध और दही चुराता है और स्वयं खा लेने के बाद, अपने साथियों को और यदि वे साथी न हों, तो अपने

पीछे आए बिल्ली एवं बंदर के बच्चों को भी वह सब बाँट देता है। पेट भर जाने के बाद, वह मटकी फोड़ देता है। हम उसे डाँटते हैं तो हम पर हँसता है। हम उसका क्या करें?'

'वह जो चाहता है, तुम उसे वह दे क्यों दे देतीं?' कृष्ण को अत्यधिक प्रेम करने वाली माता ने कहा। 'वह अभी बच्चा है और उसे यह सब बहुत पसंद है। तुम उसे आते ही एक गिलास दूध और माखन क्यों नहीं देतीं? माह के अंत में, तुम मुझे व्यय बता देना, मैं उसका भुगतान कर दूँगी।'

'हम उसे वह सब देते हैं!' उन्होंने संयुक्त स्वर में कहा। 'एक बच्चा जितना खा सकता है, हम उसे वह देते हैं किंतु फिर भी वह चुपचाप घर में घुसकर चोरी करता है। हम दही की मटकी ऊपर लटकाते हैं तो वह उसमें छिद्र कर लेता है और नीचे टपक रहे दही को खाता है। उसके खाने के बाद, उसके मित्र खाते हैं और दही की अंतिम बूँदें, बिल्लियाँ चाट जाती हैं!'

एक अन्य गोपी ने दुःखी स्वर में कहा, 'एक बार मैंने दूध की मटकी बहुत ऊपर लटका दी ताकि वह डंडी की सहायता से भी वहाँ तक न पहुँच सके, तो तुम्हें पता है उसने क्या किया? मुझे नहीं पता कैसे, परंतु वह बाहर से एक बड़ा-सा पत्थर घसीट लाया और उस पर चढ़कर उसने डंडी से मटकी फोड़ दी। फिर अपना नन्हा-सा मुँह खोलकर नीचे गिरता दूध पीने लगा। आधा दूध उसके मुँह में गया, थोड़ा उसके ऊपर फैल गया और शेष नीचे ज़मीन पर गिर गया। नीचे प्रतीक्षा कर रही बिल्लियाँ बहुत प्रसन्न हुईं। अब उसे देखो, इतनी शरारत करने के बाद, कैसे भोला-भाला बनकर खड़ा है।'

कृष्ण अपनी माँ के पीछे छिपे झाँक रहे थे। उनका चेहरा बनावटी भय से काँप रहा था और अपनी शरारतों के किस्से सुनकर उनकी आँखें गोल-गोल घूम रही थीं। वे घबराकर अँगूठा चूस रहे थे और भयभीत होकर अपनी माँ की प्रतिक्रिया जानने के लिए उनकी ओर देख रहे थे।

यशोदा केवल हँस रही थीं। वे अपने प्रिय पुत्र को किसी भी कारण से डाँट नहीं सकती थीं। 'कोई बात नहीं,' उन्होंने गोपियों को समझाया, 'मैं तुम्हें मिट्टी की मटकी की जगह सोने के मटकी दे दूँगी।'

इस तरह, प्रत्येक गोपी को कृष्ण द्वारा तोड़ी गई मटकी के स्थान पर सोने का घड़ा मिल गया। कृष्ण यही चाहते थे क्योंकि उनकी इच्छा थी कि उनके घर में मौजूद सुख-सुविधाएँ सबको मिलें।

परंतु शिकायतें बढ़ती गईं, तो यशोदा ने कृष्ण का ध्यान रखना शुरू कर दिया ताकि वे यह जान सकें कि कृष्ण किस समय घर से बाहर निकलकर ये शरारतें करते थे। वे जल्दी ही इस निष्कर्ष पर पहुँच गईं कि कृष्ण के विरुद्ध समस्त शिकायतें झूठी थीं क्योंकि कुछ पलों को छोड़कर, कृष्ण उनकी आँखों के सामने से कभी ओझल नहीं होते थे। उन्होंने आश्चर्य से सोचा, 'क्या यह संभव है कि सोने की मटकों के लालच में गोपियाँ झूठ बोलती थीं?'

उसी क्षण, एक अन्य गोपी ने कहा, 'मेरी बात सुनो, मैया! मैं अपनी सब चीज़ें बहुत सँभालकर और ताले में बंद करके रखने लगी हूँ ताकि कृष्ण उन्हें चुरा न ले। कल जब

उसे चुराने को कुछ नहीं मिला, तो उसने घर से जाते समय मेरी पुत्री को चिकोटी काटकर जगा दिया और वह रोने लगी।'

यह सुनकर कृष्ण हँसने लगे क्योंकि वह लड़की राधा थी, जो भविष्य में उनकी प्रेयसी बनने वाली थी। कृष्ण, राधा को यह कहना चाहते थे, 'तुम अपना समय सोने में व्यर्थ क्यों कर रही हो, जबकि तुम्हें जल्दी-से बड़ा हो जाना चाहिए? तुम्हें किस बात से प्रसन्नता मिलेगी? मैं तुम्हें जो ख़ुशी दूँगा, उसकी तुलना किसी से संभव नहीं है।' यह कहते हुए, कृष्ण ने राधा को चिकोटी काटी थी, जिससे वे चिल्लाकर उठ बैठी थीं। यशोदा को गोपी की बात पर विश्वास नहीं हुआ तो वे बोलीं, 'अच्छा, यदि अगली बार यह ऐसा करे तो इसे पकड़कर मेरे पास ले आना। तब मैं इसे दंड दूँगी।'

गोपी ने बात मान ली किंतु उसे संदेह था क्योंकि वह जानती थी कि कृष्ण को पकड़ना सरल नहीं था। अगले दिन, संयोग से उसने कृष्ण को मटकी से माखन चुराते हुए रंगे हाथों पकड़ लिया। वह कृष्ण को माखन-भरे हाथों से पकड़कर यशोदा के घर ले गई। वे ज्यों ही घर के मोड़ पर पहुँचे, कृष्ण ने कहा, 'देखो! वह क्या है?'

गोपी ने हाथ ढीला छोड़ा और पीछे मुड़कर देखा। और लो! कृष्ण चिकने हाथ छुड़ाकर, प्रकाश-किरण की तेज़ी से भाग गए। वह उनके पीछे दौड़ी, किंतु वे तो पारे की भांति चंचल थे और गोपी सीसा की तरह भारी! वह भागती हुई घर पहुँची तो देखा कि कृष्ण अपनी माता की गोद में बैठे, भोलेपन की प्रतिमा बने, झूल रहे थे।

'अच्छा! तो तुम यहाँ हो!' उसने कहा। 'देखो यशोदा! मैंने इसे दस मिनट पहले माखन चुराते हुए पकड़ा था और यह तेज़ी से भागकर यहाँ आ गया मानो वह इसके मुँह में नहीं घुलेगा!'

यशोदा ने गोपी को आश्चर्य से देखा। उसे समझ में आ गया कि गोपी में झूठ बोलने की अथाह क्षमता थी। 'तुम क्या बोल रही हो?' यशोदा ने पूछा। 'यह बालक मेरी गोद में बैठा एक घंटे से कहानी सुन रहा है। यह दस मिनट पहले तुम्हारे घर पर कैसे हो सकता है?'

गोपी देखती रही। उसे दुःख हुआ कि उसने यह बात पहले नहीं सोची। यह स्वाभाविक था कि माँ अपने शिशु का ही साथ देगी। परंतु यह तो सफ़ेद झूठ है! यशोदा ऐसे कैसे कह सकती है? वे दोनों शांत रहे और कृष्ण उन्हें देखकर मुस्करा रहे थे। यशोदा ने गोपी का निराश चेहरा देखा तो बोली, 'कोई बात नहीं। अगली बार फिर पकड़ो तो इसे कसकर बाँध लेना और फिर मेरे पास लाना तब मैं इसे अवश्य दंड दूँगी।'

गोपी के लिए यह ख़ुशी की बात थी कि उसे अगले दिन फिर, यशोदा के वचन की जाँच करने का अवसर मिल गया। कृष्ण ने स्वयं को पकड़वा दिया। आख़िर, वह राधा की माता थी। इस बार गोपी ने कृष्ण को एक बड़े-से भारी संदूक में बंद कर दिया और उस पर ताला लगाकर चाबी अपने पास रख ली। 'बदमाश! तुम यहीं रुको और कोई नई शरारत सोचो। मैं अपना काम समाप्त करके तुम्हें तुम्हारी प्रिय माता के पास ले जाऊँगी। फिर देखते हैं, क्या होता है।' अपना काम समाप्त करने के बाद, वह गोपी संदूक को घसीटकर यशोदा के घर ले आई। 'यह रहा कृष्ण!' उसने ख़ुशी से हाँफते हुए कहा। 'मैं तुम्हारे भोले-भाले

पुत्र को ले आई हूँ। तुमने जैसा कहा था, मैंने उसे पकड़कर संदूक में बंद कर रखा है।'

'तुमने उसे कब पकड़ा?' यशोदा ने उत्सुकता से पूछा।

'दोपहर के भोजन के बाद,' राधा की माता ने कहा, 'उसने हमारे साथ भोजन किया और फिर आगे वाले द्वार से चला गया। फिर वह पिछले द्वार से भीतर घुसा और माखन चुराने लगा। उसने यह माखन अपने लिए नहीं चुराया था क्योंकि उसका पेट तो मेरे दिए स्वादिष्ट भोजन से भरा हुआ था। वह मेरे दिन-भर के परिश्रम के बाद, तैयार किए माखन को बंदरों और बिल्लियों को खिला रहा था!'

यशोदा को बहुत आश्चर्य हुआ। 'या तो तुम पागल हो या फिर मैं!' यशोदा ने कहा। 'कृष्ण ने दोपहर का भोजन हमारे घर पर किया। वह अपने पिता और भाई के बीच में बैठा था और वह तब से यहीं खेल रहा है। अब इस संदूक को खोलो और देखो कि इसमें कौन है, तुम अथवा मैं!'

गोपी ने बिना हिचकिचाए, संदूक खोला क्योंकि उसे तनिक भी संदेह नहीं था कि भीतर कौन था। दोनों ने संदूक में झाँका। लो! संदूक के भीतर गोपी की अपनी पुत्री बैठी, रो रही थी। यशोदा खिलखिलाकर हँसने लगी। 'मुझे पता ही नहीं था कि तुम्हारी दृष्टि इतनी कमज़ोर है!'

बेचारी गोपी आश्चर्यचकित रह गई। उसे यह बात कैसे समझ में आती कि भगवान एक ही समय पर सब स्थानों पर हो सकते हैं क्योंकि वे सर्वव्यापी हैं? उसके बाद, वह कभी यशोदा के पास शिकायत लेकर नहीं गई और कृष्ण के प्रति उसका प्रेम और समर्पण निरंतर बढ़ता गया। उसकी पुत्री भी बड़ी हो गई तथा कृष्ण के प्रति अपनी माता का समर्पण देखकर, राधा को कृष्ण से प्रेम हो गया।

एक दिन कृष्ण के भाई बलराम समेत, बड़े बच्चे आँगन के वृक्ष से फल खाने के बाहर गए, तो कृष्ण भी उनके पीछे चल पड़े हालाँकि उन्हें किसी ने अपने साथ बुलाया नहीं था। उन लड़कों ने बालक कृष्ण को वापस भेजने का प्रयास किया क्योंकि वे पेड़ पर चढ़ने के लिए बहुत छोटे थे। परंतु कृष्ण ने जब उनके साथ चलने का हठ किया तो उन्होंने कृष्ण को नीचे गिरे फलों को उठाने का काम सौंप दे दिया।

'इनमें से एक भी फल मत खाना,' उन्होंने कृष्ण को चेताया क्योंकि वे कृष्ण की खाने की क्षमता से परिचित थे। 'तुम्हारा काम केवल फल जमा करना है। हम लौटकर इन्हें सब में समान रूप से बाँटेंगे।'

'ठीक है,' कृष्ण ने धीरे-से कहा।

बलराम सहित, सब बड़े लड़के फटाफट पेड़ पर चढ़ गए और स्वादिष्ट और रसदार फलों के गुच्छे नीचे गिराने लगे। कृष्ण ने तत्काल फल उठाकर खाने आरंभ कर दिए। उनके हाथ मूसली की भाँति तेज़ी से ज़मीन और मुँह के बीच ऊपर-नीचे चल रहे थे। कुछ देर बाद, एक लड़के ने नीचे देखा तो उसे पता लगा कि वहाँ क्या हो रहा था। 'अरे! यह क्या कर रहे हो? रुको!' वह चिल्लाया। 'कृष्ण को देखो,' उसने अन्य लड़कों को भी देखने को कहा, 'वह फलों को एकत्रित करने की जगह उन्हें खा रहा है!'

'रुको! रुको!' वे सब पेड़ के ऊपर से चिल्लाए। सब अपने सिर वृक्ष की डालियों के बीच में से निकालकर नीचे देखने लगे। कृष्ण ने किसी बात पर ध्यान नहीं दिया और वे अपने मुँह में फल भरते गए। उनके मुँह से फलों का जामुनी रस टपक रहा था और उन्होंने जल्दी में, फलों को धोकर साफ़ भी नहीं किया। उनके मुख में बहुत-सी मिट्टी भी चली गई। वे लड़के उतरकर नीचे आए और कृष्ण को फटकारने लगे। 'यह तुम क्या कर रहे हो?' वे चिल्लाए।

कृष्ण ने एक भी शब्द नहीं कहा क्योंकि उनके मुँह में फल भरे थे।

'ठीक है, हम तुम्हें बताते हैं।' ऐसा कहकर, वे सब कृष्ण की माता को खोजते हुए भीतर भागे।

'माता!' वे बोले, 'तुम्हारा पुत्र मिट्टी खा रहा है!'

यशोदा ने शोरगुल सुना तो दौड़ती हुई आईं।

'तुम्हारा पुत्र मिट्टी खा रहा है!' उन्होंने कृष्ण की शिकायत करते हुए कहा।

कृष्ण ने अपना सिर झटका और ज़ोर-से सुबकना आरंभ कर दिया। यह रोने की शुरुआत थी। उनका मुँह खोलने का साहस नहीं हो रहा था क्योंकि उनके मुख में भरे फल अब तक समाप्त नहीं हुए थे।

'इसे मुँह खोलने के लिए कहो, मैया!' बलराम ने कहा। कृष्ण ने बलराम को घूरा मानो उन्हें विश्वास नहीं हो रहा था कि उनका भाई ऐसी तुच्छ चाल चल सकता है।

'हाँ, इसे मुँह खोलने के लिए कहो।' शेष लड़के भी एक स्वर में चिल्लाए।

'कृष्ण, अपना मुँह खोलो,' यशोदा ने कड़ाई से कहा।

कृष्ण ने निर्विकार ढंग से अपनी माता की ओर देखा। 'क्या आप भूल गईं कि जब आपने पिछली बार मेरे मुख के भीतर देखा था तो क्या हुआ था?' कृष्ण ने अपनी माता से मूक प्रश्न किया।

यशोदा सचमुच भूल गईं थीं अथवा उन्हें बात समझ में नहीं आई। ऐसे में, दूसरे पाठ के लिए यह उपयुक्त क्षण था। अथवा कृष्ण ने सोचा कि यदि उनकी माता मिट्टी ही देखना चाहती हैं तो उन्हें भरपूर मात्रा में उसे देखना चाहिए!

भगवान ने, जिन्होंने अपनी दिव्य शक्तियाँ खोए बिना केवल लीला करने हेतु मनुष्य रूप धारण किया था, अपना गुलाब की कली के समान मुख खोल दिया। यशोदा ने ध्यान से देखने के लिए मुख के भीतर झाँका तो यह लो! उन्हें लगा कि वे स्थान और समय में खो गई थीं क्योंकि बालक के मुख में समूचा ब्रह्मांड, पृथ्वी, पर्वत, समुद्र, सूर्य, चंद्र, नक्षत्र, ग्रह एवं प्रदेश थे। यशोदा ने मुख में व्रज तथा अपने गोकुल ग्राम को देखा। उन्होंने गोकुल में स्वयं को कृष्ण के पास खड़े होकर बालक के मुख में झाँकते हुए देखा। उस बालक के मुख में एक और ब्रह्मांड था और यही क्रम अनंत रूप से चल रहा था!

'हे भगवान!' यशोदा ने सोचा, 'क्या मैं पागल हो गई हूँ अथवा यह कोई स्वप्न है या मेरा यह पुत्र जादू करता है? कृष्ण...' उन्होंने कृष्ण को पुकारा मानो कोई डूबता हुआ

मनुष्य जीवन रक्षक को पुकारता है। कृष्ण ने तत्काल मुख बंद कर लिया और तब, यशोदा सँभल पाईं। अगले ही क्षण, वह सब कुछ भूल गईं जो उन्होंने देखा था। 'तुम क्या खा रहे हो... ' वे बोलते-बोलते रुक गईं। वे कितनी नासमझ थीं! जो बालक अपने मुख में समूचा ब्रह्मांड लेकर चलता है, वे उसके मुँह में पड़े मिट्टी के कुछ कणों की चिंता कर रही थीं! उन्होंने कृष्ण को गोद में उठाते हुए कहा, 'कृष्ण! हे कृष्ण! तुम कौन हो? तुम कौन हो? कौन हो तुम?' ऐसा कहते हुए उन्होंने कृष्ण के बालों को अपने होंठों से चूमा। आश्चर्य से देख रहे दर्जन-भर लड़कों के सामने, यशोदा अपने कृष्ण को प्यार करतीं, दुलार करतीं भीतर ले गईं। लड़के निराशा से देखते रह गए। उन्होंने मान लिया कि वयस्क लोगों के विषय में कुछ नहीं कहा जा सकता। उन्होंने तो क्रोध में भरी यशोदा के सामने रोते हुए कृष्ण की कल्पना की थी और यहाँ तो वे उसे चूम और दुलार रही थीं!

उस परमेश्वर को, जिसे वेदांत के अनुगामी ब्रह्म मानते हैं, जिसे योगी पुरुष आत्मा मानते हैं तथा भक्तजन भगवान कहते हैं, यशोदा अपना पुत्र समझती थीं।

हम नारायण को जानें। उसके लिए हम वासुदेव का ध्यान करें।
विष्णु हमारा मार्गदर्शन करें।

—'नारायण सूक्त,' ऋग्वेद

हरि ॐ तत्सत्

ॐ

ॐ

ओउम् दामोदराय नमः!

अध्याय 5

असीम का बंधन

दामोदरा गुणमन्दिरा,
सुन्दर वदनारविन्द गोविन्दा,
भव जलधि मादन मन्दारा,
परमं धर्म पन्था त्वं मे।

दामोदर, आप सद्‌गुणों के धाम हैं!
गोविंद! आपका मुख अनुपम कमल के समान है!
आप मंदार पर्वत से मृत्यु-सागर का मंथन करके
मुझे थोड़ा-सा अविनाशी अमृत प्रदान करें!

एक दिन, यशोदा सुबह जल्दी उठकर दासियों की दही मथने में सहायता करने लगीं। वे कृष्ण को सोता छोड़कर, उनके उठने से पहले दूध उबालने और दही मथने के लिए चुपचाप बाहर निकल गईं। परंतु कृष्ण, अपनी माता के बाहर जाने के तुरंत बाद उठ गए और उन्हें पास में न देखकर उन्हें अच्छा नहीं लगा। यद्यपि कृष्ण तीन वर्ष के हो गए थे, परंपरा के अनुसार उन्हें माता ने अपना दूध पिलाना नहीं छोड़ा था और कृष्ण को सुबह उठते ही पेट-भर के दूध पीना होता था। उन्होंने अपनी माता को पुकारा किंतु लकड़ी की मथनी चलने और यशोदा द्वारा गाने की आवाज़ में बालक का स्वर दब गया। इतनी देर में, कृष्ण को क्रोध आ गया और वे स्वयं नीचे देखने चले गए। 'ओह! तो मैया यहाँ दही मथ रही हैं जबकि इन्हें मुझे दूध पिलाना चाहिए!' उन्होंने सोचा। कृष्ण भागकर माता के पास पहुँचे और उनकी मथनी पकड़कर पूरी प्रक्रिया को रोक दिया।

वे कृष्ण को देखने के लिए मुड़ी। उनकी आँखें प्रेम से पिघलने लगीं और उनकी छाती से अपने आप दूध बहने लगा। कृष्ण का रूप अत्यंत मनोहर था। उनके बाल, जिन्हें यशोदा ने पिछली शाम को ही बाँधा था, सिर के ऊपर से लटक रहे थे और उनके बीच में मोर का पंख लगा हुआ था। रोने के कारण, आँखों का काजल फैल गया था। आँसू की एक बूँद निचली पलक पर अब तक टिकी हुई थी और इस दुविधा में थी कि उस अनुपम नेत्र को छोड़कर नीचे कैसे गिरे। उनके होंठ गुलाबी थे और निचला होंठ बाहर की ओर

निकला हुआ था। यशोदा ने कृष्ण को कसकर गले से लगा लिया तथा अपने वस्त्र ढीले करके दूध पिलाने लगीं। माता और पुत्र, दोनों ही पूर्ण आनंद में मग्न थे। कृष्ण तेज़ गति से दूध पी रहे थे और यशोदा उन्हें स्नेहपूर्वक देख रही थीं। तभी यशोदा को उबलते दूध की सरसराहट सुनाई पड़ी। वे बालक को नीचे बैठाकर, दूध की ओर भागी। कृष्ण को क्रोध आ गया। उनकी आँखें लाल हो गईं और होंठ फड़कने लगे। उन्हें सुबह-सुबह अपना आनंद छीना जाना पसंद नहीं था किंतु यह तो अति हो गई थी! उन्होंने अभी दूध पूरा पिया भी नहीं था और उन्हें आलू के बोरे की भाँति नीचे पटक दिया गया था! उन्होंने गुस्से में वह काष्ठ का पात्र, जिसमें दही मथा जा रहा था, नीचे गिरा दिया। सारा दही ज़मीन पर फैल गया और बीच में माखन की बड़ी-सी डली तैर रही थी। आँखों में कृत्रिम आँसू भरकर कृष्ण, अपनी शरारत को देखने लगे। संकट का सामना करने से बेहतर उससे बच निकलना होता है! कृष्ण अपने नन्हे पैरों से झटपट भाग लिए। उन्होंने द्वार पर पहुँचकर पीछे मुड़कर देखा। माखन की डली बहुत लुभावनी लग रही थी और कृष्ण को भूख भी लगी थी। वे लौटे, माखन उठाया और आँगन की ओर दौड़े, जहाँ चावल कूटने का खरल रखा था और उस पर बैठकर माखन खाने लगे। उन्होंने कुछ टुकड़े यहाँ-वहाँ बिल्लियों के लिए भी डाल दिए। यशोदा दूध उबालकर लौटी तो देखा कि कृष्ण ने वहाँ ज़मीन पर कैसी गंदगी फैलाई थी। परंतु बालक का कुछ पता न था। वे दबे पाँव बाहर गईं तो देखा कि कृष्ण खोज लिए जाने के भय का दिखावा करते हुए खरल पर बैठे इधर-उधर ताक रहे थे। वे पीछे से उनके निकट पहुँच गईं। कृष्ण ने पीछे मुड़कर देखा तो माता को निकट देखकर नीचे कूदे और भयभीत अवस्था में तेज़ी से भाग गए।

यशोदा उनका पीछा करने लगीं, जिन्हें योगी, साधना द्वारा शुद्ध मस्तिष्क से भी नहीं पकड़ पाते। कृष्ण ने रोते हुए माखन से भरी अँगुलियों से अपनी आँखें मलीं और अपने पीछे आती माता को देखकर खरल के पीछे जा छिपे। यशोदा ने कृष्ण को भयभीत देखा तो हाथ में पकड़ी डंडी फेंक दी तथा कृष्ण को खरल से बाँधने का निश्चय किया। जल्द ही, यशोदा घर में से सबसे लंबी और मज़बूत रस्सी ले आईं। उन्होंने खरल के निकट आकर, रस्सी को कृष्ण के ऊपर से उछालते हुए कहा, 'अब मैं तुम्हें बाँधने वाली हूँ!'

ऐसा कहते ही, खरल के ऊपर से बालों का गुच्छा ऊपर उठा और दो उत्सुक आँखें, एक छोटी-सी नाक, माखन से भरे होंठ, प्यारी-सी ठुड्डी दिखा देने लगी।

'मैं तुम्हें बाँधने वाली हूँ,' यशोदा ने कृष्ण की मनमोहक दृष्टि से बचने के लिए अपने हृदय को कठोर करते हुए कहा। कृष्ण नीचे की ओर देखने लगे किंतु उनकी आँखों में उपहास की चमक थी। वे निराकार परमेश्वर, मनुष्य रूप धारण करके लीला कर रहे थे, और यह गोपी उन्हें अपना पुत्र समझकर खरल से बाँधना चाहती थी। यशोदा ने रस्सी को कृष्ण की कमर में लपेटा तो वह दो अंगुल छोटी पड़ गई। उन्होंने एक और रस्सी उसमें जोड़ी और दूसरी बार लपेटा तो वह फिर से दो अंगुल छोटी पड़ गई। अन्य गोपियाँ, जो यह तमाशा देख रही थीं, यशोदा के परेशानी पर हँसने लगीं परंतु यशोदा को समझ में नहीं आ रहा था कि उनके साथ यह क्या हो रहा था। उन्हें अभी यह सीखना बाक़ी था कि वे बंधनों से परे, परमेश्वर को बाँधने की भूल कर रही थीं। कृष्ण की आँखों में उपहास की

चमक और तेज़ हो गई थी और गोपियाँ परस्पर बातें करने लगीं, 'हमें जब इसे बताया तो इसने हमारी बात नहीं मानी, और अब स्वयं संकट में पड़ी है!'

बेचारी यशोदा माता परेशान हो गईं। उन्होंने विनती-भरी दृष्टि से अपने पुत्र को देखा। अपनी माता के अस्त-व्यस्त बाल, नीचे गिरते फूल और पसीने से भरे चेहरे को देखकर कृष्ण को उन पर दया आ गई और उन्होंने स्वयं को बँध जाने दिया। देवताओं को भी इतना अनुग्रह प्राप्त नहीं होता, जितना कि कृष्ण ने गोपी के रूप में अपनी माता पर किया था क्योंकि अनंत परमेश्वर को केवल प्रेम की रस्सी से बाँधा जा सकता है।

'तुम यहीं ठहरो, नटखट बालक!' वे बोलीं और कृष्ण को सरलता से बाँध दिया। उन्हें आशा थी कि अन्य लोग यह समझ जाएँगे कि वे उस शरारती बालक को दंड देने में समर्थ थीं। सब लोग चले गए और कृष्ण को वहाँ अकेला छोड़ दिया। माता यशोदा भी एक बार फिर डाँटकर भीतर चली गईं।

संयोग से, कृष्ण ने थोड़ा-सा माखन खरल के नीचे छिद्र में छिपा दिया था। उन्होंने वह निकाला और खा लिया, किंतु शीघ्र ही वे बैठे-बैठे ऊब गए। वे अपनी माता को बँधे रहने का वचन दे चुके थे और अब उन्हें समझ में नहीं आ रहा था कि वे क्या करें। अचानक उन्हें सामने दो विशाल वृक्ष दिखाई पड़े। वे दोनों इतने पास उगे हुए थे कि उनके बीच में केवल कृष्ण के जैसे छोटे-से बालक के निकलने की जगह थी। उनके मन में इसकी जाँच करने का विचार उत्पन्न हो गया। इस कार्य के लिए वह समय बिलकुल उपयुक्त था। वे अपने नन्हे पैरों से डगमगाते हुए चल पड़े और उनके पीछे खरल गड़गड़ाहट करता घिसट रहा था। जीवन में, उसका इतना तिरस्कार पहले कभी नहीं हुआ था। ऐसे छोटे-से बालक के हाथों यूँ रगड़ा जाना, उसकी प्रतिष्ठा के विरुद्ध था! कृष्ण वृक्षों के बीच में से सरलता से निकल गए और अपनी बात की पुष्टि कर दी परंतु बेचारा खरल बीच में फँस गया। कृष्ण ने पीछे मुड़कर देखा तो उन्हें रुकावट दिखाई पड़ी।

'एक, दो, तीन,' वे बोले और हलका-सा झटका दिया। दोनों वृक्ष भयंकर गर्जना के साथ नीचे गिर पड़े। उनके स्थान पर दो दिव्य पुरुष खड़े थे। वे दोनों धन के देवता कुबेर के पुत्र, नलकुबेर एवं मणिग्रीव थे। अत्यधिक वैभव के कारण उन्हें घमंड हो गया था उर देवर्षि नारद ने उनका घमंड तोड़ने के लिए उन्हें शाप देकर वृक्ष बना दिया था। उन्हें भगवान के स्पर्श द्वारा ही मुक्ति मिल सकती थी और भगवान ने अपने भक्त नारद के वचन की पूर्ति के लिए यह लीला रची थी। दोनों ने हाथ जोड़कर कृष्ण को प्रणाम किया और उनकी वंदना की।

'हे प्रभु, हमें आशीर्वाद दीजिए। हम आपके भक्त नारद के सेवक हैं। उन्हीं की कृपा से हमें आपके दर्शन का सौभाग्य प्राप्त हुआ है। हम भविष्य में भी, आपकी स्तुति करना चाहते हैं। हमारे कान आपकी लीलाओं का श्रवण करते रहें। हमारे हाथ आपकी सेवा में रत रहें। हमारा मस्तिष्क सदा आपके चरणों का ध्यान करता रहे। हमारे सिर सदा ब्रह्मांड रूपी आपके मंदिर में झुके रहें।'

यह सुनकर, भगवान प्रसन्न हो गए। उन्होंने दोनों को आशीर्वाद दिया और हिमालय में उनके धाम लौटने की अनुमति दे दी। दोनों ने भगवान पर पुष्प-वर्षा की तथा भगवान

को उनके नए नाम - दामोदर, यानी जिसके उदर के चारों ओर रस्सी बँधी हो - से संबोधित किया।

वृक्षों के गिरने की भयंकर आवाज़ सुनकर, नंद और गोपाल भागते हुए आए। उन्होंने देखा कि कृष्ण खरल पर बैठकर पेड़ों पर लगे काले बेर खा रहे थे। नंद उन्हें मुक्त करने पहुँचे, जो समस्त प्राणियों को मुक्त करते हैं। यशोदा ने ध्यान से देखा कि कहीं कृष्ण को चोट न लगी हो लेकिन उन्हें कुछ नहीं मिला। सबने बालक का चमत्कारी ढंग से, संकट से बच जाने का उल्लेख किया।

एक दिन, कृष्ण किसी अन्य शरारती उद्देश्य से मार्ग में घूम रहे थे कि उन्होंने एक वृद्ध स्त्री को देखा जो फलों की टोकरी लेकर जा रही थी, जो उसने वन से अत्यंत परिश्रम से चुने थे।

'मुझे भी दो, मुझे भी चाहिए!' कृष्ण ने स्त्री का वस्त्र पकड़कर कहा।

उस स्त्री ने कृष्ण का मनोहर चेहरा देखा तो वह खो गई। 'मैं अधिकतर अनाज के बदले फल देती हूँ, किंतु मैं तुम्हें फल की यह टोकरी बिना मूल्य लिए दे सकती हूँ।'

कृष्ण ने, जो सबके उनके कर्मों का फल देने वाले हैं, कोई भी वस्तु बिना मूल्य लेने से मना कर दिया। वे बोले, 'मेरे पिता बहुत धनवान हैं। उनके पास बहुत-सा अनाज है। मेरे साथ आओ। मैं तुम्हें, जितनी तुम्हारी इच्छा होगी, उतना अनाज दूँगा।'

ऐसा कहकर, वे तेज़ी से चल पड़े और वृद्ध स्त्री भी उनके पीछे चल दी। उसे रास्ते-भर इधर-उधर, नीली अग्नि चमकती दिखाई देती रही और जल्द ही, वे दोनों घर पहुँच गए। इतनी देर में, कृष्ण घर के भीतर जाकर माता को पुकारने और अनाज देने के लिए कहने लगे। परंतु यशोदा काम से बाहर गई हुई थीं। घर में कोई नहीं था। वे क्या करते? उन्होंने भीतर जाकर, अपने नन्हे हाथों में जितना हो सका, अनाज भरा और बहुत ध्यान से बाहर आ गए ताकि अनाज का एक दाना भी नीचे न गिर सके। परंतु उनके भरसक प्रयास के बाद भी, उनकी नन्ही अँगुलियों के बीच से अनाज के दाने नीचे गिरते गए। उन्होंने जब अपने दोनों हाथ स्त्री की टोकरी में ख़ाली किए, तो शायद कुल मिलाकर पाँच या छह से अधिक दाने नहीं थे। बालक अपने प्रयास से प्रसन्न था। उसने ख़ुशी से स्त्री की ओर देखा। वह भी स्नेहपूर्वक मुस्कराई। उसने अपने फटे वस्त्र से बालक के माथे का पसीना पोंछा।

वह सीढ़ी पर बैठ गई और उसने कृष्ण को अपनी गोद में बैठा लिया। उसने टोकरी से मुट्ठी भर के बेर निकाले और कृष्ण के हाथ पर रख दिए। हथेली को पूरा भरने के लिए दो बेर और चाहिए थे। वह टोकरी से बेर निकालकर, ज्यों ही मुड़ी तो उसने देखा कि कृष्ण के दोनों हाथ ख़ाली थे। उसने फिर से हाथों को बेर से भरा और फिर वही हुआ। यह तब तक होता रहा, जब तक अंतिम बेर कृष्ण के मुख में नहीं चला गया और वृद्धा की टोकरी ख़ाली हो गई। 'क्या अब तुम संतुष्ट हो?' उसने उत्सुकता से पूछा।

कृष्ण ने ज़ोर से सिर हिलाकर हामी भरी और उनके बाल ऊपर-नीचे उछलने लगे। उनसे बोला नहीं गया क्योंकि उनका मुँह बेर से भरा हुआ था। यद्यपि, उस स्त्री को फलों से भरी टोकरी के बदले में, अनाज के कुछ ही दाने मिले थे, किंतु उसका हृदय किसी

अज्ञात आनंद से भर गया था। ख़ाली टोकरी को सिर पर उठाकर जाने लगी। वह अभी कुछ ही क़दम चली थी कि उसे अपने सिर पर बहुत भार महसूस हुआ। उसने टोकरी को सिर से नीचे उतारा तो देखा कि वह फलों जितने बड़े बहुमूल्य रत्नों से भरी हुई थी। वे सूर्य की रोशनी में चमक रहे थे - कुछ कृष्ण की आँखों के समान काले वर्ण के तो कुछ उनके तन के समान नीले वर्ण के थे और कुछ कृष्ण की हथेलियों की भाँति गुलाबी थे। वृद्धा की आँखें उन रत्नों में कृष्ण की छवि देखकर चौंधिया रही थीं। उसे फिर कृष्ण तो नहीं दिखाई पड़े किंतु उसके हृदय में उनकी छवि सदा के लिए बस गई थी।

उन दिव्य पुरुष की लीला को कौन समझ सकता है, जिन्होंने गोकुल के भोले ग्वालों को प्रसन्न करने हेतु ऐसे खेल खेले? कृष्ण ने गाँव का बालक बनकर गोपियों के कहने पर गीत गाए, नृत्य किया मानो वे कोई कठपुतली हों। वे उनके लिए काम करते, सहायता करते, उनके साथ खेलते तथा उनकी इच्छा से भागते-दौड़ते और यह दर्शाते कि वे अपने भक्तों की छोटी से छोटी इच्छा मानते हैं।

नंद और गाँव के गोप, वहाँ होने वाली असाधारण घटनाओं से तथा उस बालक के अनेक बार चमत्कारी ढंग से बच जाने को देखकर घबराए हुए थे। उन्होंने एक बैठक बुलाई और यह विचार किया कि उन्हें क्या करना चाहिए। उपनंद नामक एक वृद्ध पुरुष का मत था कि वहाँ दुष्ट शक्तियों का वास है और केवल भगवान ही बालक को ऐसे संकटों से बचा सकते हैं। उसने सुझाव दिया कि उन्हें किसी बड़ी आपदा के आने से पूर्व किसी अन्य स्थान पर चले जाना चाहिए। निकटस्थ वृंदावन अपने अनुपम सौंदर्य और गायों के लिए नए चरागाहों के लिए प्रसिद्ध था। यह उनके लिए महत्त्वपूर्ण बात थी क्योंकि उनकी आजीविका गायों पर निर्भर थी। सबने जाने का निश्चय कर लिया और अपनी गाड़ियाँ तैयार कर लीं तथा निकल पड़े। वृद्ध पुरुषों, स्त्रियों, बच्चों और उनके सामान को गाड़ियों में रखकर, उनका कारवाँ चल पड़ा। आगे-आगे गायें थीं, उनके पीछे गाड़ियाँ और उनके पीछे गाँव के पुरुष हाथों में धनुष लिए चल रहे थे। वह मार्ग कितना सुरम्य और दृश्य कितना मनोहर था! गायों के बछड़ों को अपनी माताओं के साथ रहने के लिए दौड़ना पड़ रहा था। बैलों के गले में बँधी घंटियाँ गाड़ी के पहियों में बँधे घुँघरुओं के साथ बज रही थीं। गोपाल तुरही और बाजा बजाते चल रहे थे तथा गाड़ियों में बैठी गोपियाँ अपने प्रिय कृष्ण की शरारतों पर गीत गा रही थीं। बलराम और कृष्ण, नई गाड़ियों में अपनी-अपनी माताओं की गोद में बैठे थे। यशोदा और रोहिणी में से किसी को भी वह यात्रा बोझिल महसूस नहीं हो रही थी तथा वे बालकों की शरारतों को देखकर प्रसन्न थीं। वे लोग सूर्य के पश्चिम में अस्त हो जाने तक गाड़ी में हिचकोले खाते चलते रहे और संध्या तक वृंदावन पहुँच गए। अस्त होते सूर्य के मंद प्रकाश में वृंदावन नहाया हुआ था। वहाँ की पहचान, गोवर्धन पर्वत पीछे खड़ा था और कालिंदी (अथवा यमुना) नदी किसी सुंदर अप्सरा की भाँति अपने प्रेमी से मिलने के लिए दौड़ी जाती थी। वहाँ की हवा में फूलों की सुगंध व्याप्त थी। सब लोग वृंदावन के जंगल में अपनी प्रथम रात्रि के सौंदर्य में डूबे कुछ समय वहीं बैठे रहे। यह स्थान सचमुच सौभाग्यशाली था, जहाँ के सब वृक्ष तथा घास के तिनके अपने पूर्व जन्म में महान ऋषि-मुनि रहे होंगे जो उन्हें भगवान के नृत्य के दौरान उनके चरणों का स्पर्श, उनके कमल-रूपी तन का स्पर्श और उनकी दिव्य सुगंध का सौभाग्य प्राप्त हुआ था।

गोप यायावर जैसा जीवन जीने के अभ्यस्त थे, इसलिए उन्होंने बहुत जल्दी वहाँ की भूमि को साफ़ करके, रहने योग्य बना दिया। पाँच वर्ष के छोटे बालकों को गायों की देखभाल का कार्य दिया जाता था। कृष्ण भी उन लड़कों के साथ जाने का हठ करने लगे। यशोदा ने अनिच्छा से उन्हें अनुमति दे दी क्योंकि वे एक क्षण के लिए भी कृष्ण से अलग नहीं होना चाहती थीं। उनका मन कृष्ण में रमता था। वे उन्हें जाते हुए देखती रहीं। कुछ ही देर में कृष्ण के स्थान पर केवल एक नीले रंग का बिंदु दिख रहा था जिसके सिर के चारों ओर, बछड़ों के खुरों से उठने वाली धूल से आभामंडल बन गया था। सब लड़कों के पास खिलौने थे। घास के मैदान में पहुँचने के बाद, गायें जिस बीच घास चरतीं, वे लड़के खेलते थे। वे कभी बाँसुरी से, कभी गुलेल से, कभी गेंद से, कभी मुखौटों से खेलते, तो कभी बैलों की भाँति शोर करते और बनावटी युद्ध करते। इस प्रकार, कृष्ण साधारण बालक की तरह उन भाग्यशाली गोपालों के साथ खेलते थे।

वे लोग जिस बीच वृंदावन में आराम से जी रहे थे, उधर मथुरा में कंस अधीर हो रहा था। उसने जिन तीन राक्षसों को गोकुल भेजा था, वे लौटकर नहीं आए। इस कारण, कंस को संदेह हुआ कि उसका शत्रु ग्वालों के बीच छिपा था। उसने अपने अनुचरों को कृष्ण को मारने हेतु भेज दिया क्योंकि उसे शंका थी कि कृष्ण ही उसकी बहन का पुत्र है।

एक दिन, कृष्ण बाँसुरी बजाते समय देखा कि बछड़ा कुछ असामान्य ढंग से व्यवहार कर रहा था। वह कंस द्वारा भेजा एक हत्यारा राक्षस था जो बछड़े का रूप धारण करके यह सोच रहा था कि उसे कोई पहचान नहीं सकेगा। परंतु दिव्य ज्ञान को भ्रमित नहीं किया जा सकता। कृष्ण ने बछड़े के पिछले पैर और पूँछ पकड़कर, उसे ज़ोर से घुमाया और पेड़ के ऊपर उछाल दिया। उस राक्षस का शरीर पेड़ पर गिरा और अपने साथ बहुत-से फूल और फल तोड़ता हुआ नीचे आ गया। कृष्ण फिर से बाँसुरी बजाने लगे जबकि अन्य लड़के यह देखने के लिए दौड़े कि वहाँ क्या हुआ था। उन्होंने चारों ओर फूल और फल बिखरे देखे तो कृष्ण से पूछा, 'क्या हुआ कृष्ण? ये फल और फूल कहाँ से आए?' कृष्ण ने उन्हें पूरी बात बताई और राक्षस का मृत शरीर भी दिखाया।

एक दिन, वे सब सरोवर पर बछड़ों को पानी पिलाने गए। बछड़े सरोवर से पानी पी रहे थे कि तभी लड़कों ने एक विशालकाय वक को पंख फड़फड़ाते और चोंच खोलकर अपनी ओर आते देखा। वह बकासुर नाम का राक्षस था। वह कृष्ण की ओर लपका और उन्हें निगल गया। दूसरे लड़के घबरा गए किंतु कुछ न कर सके। परंतु वक ने कृष्ण को वापस बाहर उगल दिया क्योंकि भीतर जाकर भगवान का शरीर जलते कोयले के समान गरम हो गया था! वक ने हार नहीं मानी और वह अपनी पैनी चोंच से कृष्ण को भेदने का प्रयास करने लगा, किंतु कृष्ण ने उसकी चोंच को पकड़कर उसे घास के तिनके की तरह बीच से चीर दिया। सब आश्चर्यचकित रह गए और उन्होंने वह बात घर जाकर सबको बताई। घर के बड़े लोगों को भी यह सुनकर बहुत आश्चर्य हुआ और वे अपने बीच उपस्थित उस विशिष्ट बालक की शक्तियों पर अचरज करने लगे।

कृष्ण और बलराम ने वृंदावन के जंगलों में बहुत आनंद के साथ अनेक वर्ष बिताए। ग्रीष्म-काल में भी मौसम अधिक गर्म नहीं होता था और न ही घास सूखती थी। वृक्ष सदा

फूलों से लदे रहते थे और मंद समीर बहती रहती थी। वे वसंत ऋतु में झूला झूलते तथा मोर, बतख आदि बनकर खेलते और घेरा बनाकर कृष्ण को पकड़ने की कोशिश करते थे जो उनके बीच से निकल भागते थे। यहाँ तक कि पशुओं को भी उनसे विशेष स्नेह था और वे जब गायों के निकट जाते तो वे गर्दन झुका लेती थीं। वन फूलों का हार पहनकर वे हंसों का अनुकरण करते और पक्षियों का स्वर निकालते थे। कभी-कभी, वे अपने मित्रों के साथ मुक्केबाजी से थक जाने के बाद, फूलों पर सिर रखकर आराम करते। इस प्रकार, अपनी ही माया की शक्ति द्वारा अपनी पहचान छिपाकर तथा सामान्य ग्वाला बनकर कृष्ण, जो वास्तव में भगवान थे, साधारण गाँव वासियों के बीच ग्रामीण मनुष्य बनकर रहते रहे। परंतु, वे जो कार्य करते थे, उसे पूरे मन से करते थे।

प्रथम रचयिता (ब्रह्मा) को परम पुरुष का पता था। उन्होंने समस्त प्राणियों के हित के लिए इंद्र (देवताओं के राजा) से उनका परिचय करवाया। इसलिए, आज भी जो उन्हें जानता है और जिसे यह पता है कि इस सृष्टि में परम पुरुष व्याप्त हैं, वह अमर हो जाता है। आध्यात्मिक पूर्णता प्राप्त करने का कोई अन्य मार्ग नहीं है।

—'पुरुष सूक्त,' ऋग्वेद

वह मनुष्य जो कार्य को किसी सांसारिक पुरस्कार के लिए नहीं, अपितु कर्तव्य की पूर्ति हेतु करता है, वह संन्यासी है, वह योगी है; वह नहीं, जो पवित्र अग्नि प्रज्ज्वलित नहीं करता और पवित्र आहुति नहीं देता।

वह संन्यासी, जो त्याग करता है, कर्म योगी भी कहलाता है। अपनी इच्छा का त्याग किए बिना कोई योगी नहीं बन सकता। मन, निश्चित रूप से, अशांत है। हे अर्जुन, इसे संयमित करना बहुत कठिन है, किंतु निरंतर अभ्यास एवं अनासक्ति द्वारा इसे प्रशिक्षित किया जा सकता है।

जब मस्तिष्क का सामंजस्य सही नहीं होता तो दिव्य समन्वय को प्राप्त करना कठिन हो जाता है, किंतु जिस मनुष्य के मस्तिष्क का सामंजस्य सही होता है, वह उसे प्राप्त कर लेता है यदि उसे इस बात का ज्ञान हो तथा वह इसके लिए प्रयास करे।

—श्रीमद् भगवद्गीता

हरि ॐ तत्सत्

ॐ

ॐ

ओउम् गोपालाय नमः!

अध्याय 6

हतबुद्धि ब्रह्मा

बिभ्रद वेणुं जठरपटयोः शृंगवेत्रे च कक्षे
वामे पाणौ मसृणकवलं तत्फलान्यंगुलीषु।
तिष्ठन् मध्येस्वपरिसुहृदो हासयन्नर्मभिः स्वैः
स्वर्गे लोके मिषति बुभुजे यज्ञभुग् बालकेलिः।।

देवगण उसे, जिसे यज्ञ की समस्त आहुतियाँ दी जाती हैं, बच्चों की भाँति अपने मित्रों के साथ भोजन करते आश्चर्य से देख रहे थे। उसकी कमर में बाँसुरी लटकी थी, बाईं काँख में तुरही दबा रखी थी, बाएँ हाथ में डंडा था, दाहिने हाथ में दही-चावल का लड्डू तथा अँगुलियों के बीच में अनेक प्रकार के पकवान थे। वह अपने मित्रों के साथ घेरा बनाकर बैठा, हँसी-मज़ाक कर रहा था।

—श्रीमद् भागवत

एक दिन, कृष्ण जल्दी उठ गए। उन्होंने अपने मित्रों के साथ मौज़-मस्ती करने जाने का विचार बनाया था। उन्होंने ज़ोर से तुरही बजाकर अपने मित्रों को जगा दिया और बछड़े लेकर निकल पड़े। सब लड़के अपनी गुलेल, डंडी, तुरही, बाँसुरी और भोजन के साथ मिट्टी के घड़े लेकर चल पड़े। हालाँकि उनकी माताओं ने उन्हें स्वर्णाभूषणों से सजाया था, उन्होंने स्वयं को पत्तियों, फूलों, मोर-पंख तथा खनिज चूर्ण से और भी सजा लिया। कुछ मक्खियों की तरह, कुछ कबूतरों की भाँति, उछल-कूद कर रहे थे, कुछ लड़के, पक्षियों की परछाई के नीचे भाग रहे थे, कुछ लड़के बंदरों की पूँछ खींच रहे थे तो कुछ पेड़ों पर चढ़कर डालियों पर कूद रहे थे और कुछ बच्चे पानी में मेंढक का पीछा कर रहे थे। वृंदावन के उन निवासियों के सौभाग्य का कैसे उल्लेख किया जाए जिनकी आँखों के सामने वह खड़ा था, जिसे योगी अनेक जन्मों की तपस्या के बाद भी नहीं देख पाते?

उस समय, पूतना का भाई, अघ नामक राक्षस एक विशाल अजगर के रूप में वहाँ प्रकट हो गया। वह गुफा की भाँति अपना मुख खोलकर उन लड़कों के आने की प्रतीक्षा

करने लगा। उसे देखकर, लड़कों को लगा कि वह गुफा भी वृंदावन के असाधारण सौंदर्य का अंश थी। अघ ने अपनी विशाल जीभ को बाहर लटका रखा था, जो किसी नवनिर्मित मार्ग जैसी दिख रही थी। इससे पहले कि कृष्ण उन्हें रोक पाते, सब लड़के दौड़ते हुए अघ की जीभ के रास्ते उसके मुख में समा गए। उन्हें निगलने के बजाय, अघ ने कृष्ण के लिए अपना मुख खुला रखा। कृष्ण को अघ के विषय में पता था, फिर भी वे उसके मुख में प्रवेश कर गए और भीतर जाकर उन्होंने अपना आकार इतना बढ़ा लिया कि अघ को श्वास लेने में परेशानी होने लगी। आख़िर, दम घुटने से उसकी मृत्यु हो गई। कृष्ण और सब लड़के जब उस राक्षस के मुख से बाहर निकले, तो उन्होंने अजगर से शरीर से एक ज्योति को कृष्ण के शरीर में समाहित होते देखा।

उसके बाद, कृष्ण अपने मित्रों के साथ यमुना के रेतीले तट पर आ गए जो खेलने-कूदने के लिए उपयुक्त स्थान था। उन्होंने बछड़ों को पेट-भर पानी पिलाने के बाद घास चरने के लिए खुला छोड़ दिया। कृष्ण बीच में बैठ गए और लड़कों ने उनके चारों ओर घेरा बना लिया। वे इस तरह बैठे हुए कमल के फूल के समान लग रहे थे। वे पत्तों, पेड़ की छाल तथा फूलों से बनी पत्तलों से भोजन करने लगे। उस दृश्य की कल्पना कीजिए कि वह, जिसे राजाओं द्वारा अत्यंत मूल्यवान यज्ञ करने के बाद स्वादिष्ट भोजन की आहुति दी जाती है, अपने मित्रों के बीच बैठकर खेल-कूद एवं उपहास करता अपने भोजन में से उन्हें खिला रहा था। यह दृश्य देखकर सृष्टि के रचयिता ब्रह्मा आश्चर्य में डूब गए। उस दिव्य बालक की और लीलाएँ देखने के इच्छुक ब्रह्मा ने बछड़ों को अपने ब्रह्मलोक में भेज दिया।

भगवान के साथ आनंद मनाने के कुछ देर बाद, लड़कों ने देखा कि उनके बछड़े ग़ायब थे। कृष्ण ने उनसे भोजन में व्यवधान न डालने को कहा और यह कि वे स्वयं पशुओं को ले आएँगे। अपने दाहिने हाथ में चावल का लड्डू आधा खाया हुआ और बाएँ हाथ में अपना डंडा लेकर, कृष्ण बछड़ों को खोजने चल पड़े। इस बीच, ब्रह्मा ने उन लड़कों को भी ग़ायब कर दिया। बछड़ों को खोजने में असफल कृष्ण, वापस नदी-तट पर लौटे तो देखा कि उनके मित्र भी ग़ायब हो गए थे। वे समझ गए कि ब्रह्मा, उनके साथ उपहास कर रहे हैं। उन्होंने ब्रह्मा के साथ खेलने का निश्चय किया। संध्या में, जब लौटने का समय हुआ तो भी वे सब ग़ायब थे, तो कृष्ण ने सब लड़कों और बछड़ों तथा उनकी गुलेल, और मटकों तथा बाँसुरियों का रूप बना लिया। भगवत्चेतना में मग्न योगियों को भी ऐसा ही अनुभव होता है, जब वे निर्जीव वस्तुओं समेत सभी को दिव्य रूप में देखते हैं।

बछड़ों, गोपालों और खिलौनों तथा बर्तनों को साथ लेकर, कृष्ण ने व्रज में प्रवेश किया। वह शानदार दल, जब वापस लौटा तो गोपियाँ और बछड़ों की माताएँ, आदत अनुसार, कृष्ण का स्वागत करने के बजाय अपने-अपने बच्चों के पास दौड़ीं क्योंकि वे सब कृष्णमय हो गए थे। उस दिन, किसी को अपने और यशोदा के पुत्र में कोई अंतर दिखाई नहीं पड़ा।

जीवात्मा, अपने पूर्वजन्मों के कारण हमारे गर्भ में जन्म लेती है और हम उसे पालते हैं, दुलारते हैं तथा अपनी देह का अंश मानते हैं। परंतु कृष्ण हमारी देह से अधिक हैं। वे परमात्मा हैं। स्वाभाविक था कि वे लोग कृष्ण को अपने बच्चों से अधिक स्नेह करते थे। पूरे

एक वर्ष तक उनका वेश बदला रहा और प्रत्येक दिन, जब शाम को इतने सारे कृष्णों का समूह गाँव लौटता, तो सब गोपियाँ उन्हें अपने-अपने घर में नहलातीं, खिलातीं और सुला देती थीं। गायों के साथ भी ऐसा ही होता रहा। इस तरह, भगवान एक वर्ष तक गोपियों के घरों में उनके पुत्र तथा गायों के पास उनके बछड़े बनकर रहे। यह लीला भगवान ने गोपियों को उन्हें अपने पुत्र के रूप में प्राप्त करने की लिए रची थी।

बलराम, जो भगवान की शक्ति, शेष के अवतार थे, ने गोप और गोपियों में कृष्ण को छोड़कर, अपने बच्चों के लिए अतिशय प्रेम के आश्चर्यजनक संकेत देखे तो वे समझ गए कि यह भगवान की लीला थी। उन्होंने जब अपने भाई से इस विषय में चर्चा की तो उन्हें एक रहस्य का पता लगा।

मानव जीवन का एक वर्ष ब्रह्मा के केवल एक मिनट के बराबर होता है। ब्रह्मा जब वापस लौटे तो उन्हें सब कुछ वैसा ही दिखाई पड़ा जैसा वे छोड़कर गए थे। कृष्ण बीच में और गोपाल उनके चारों ओर घेरा बनाकर बैठे थे और कृष्ण आधा खाया हुआ चावल का लड्डू खा रहे थे। उनके बाएँ हाथ में डंडा था। वे बालकों के साथ खेल रहे थे और बछड़े इधर-उधर घूम रहे थे। ब्रह्मा दुविधा में पड़ गए। उन्हें पूरा विश्वास था कि उन्होंने बछड़ों और बालकों को, मानवीय गणना के अनुसार, एक वर्ष पूर्व, वहाँ से हटा दिया था परंतु वे सब पहले की तरह, ज्यों के त्यों वहीं उपस्थित थे! कृष्ण ने करुणावश, ब्रह्मा को ज्ञान-चक्षु प्रदान किए जिनकी सहायता से ब्रह्मा ने देखा कि वे सब बछड़े और बालक भगवान विष्णु के प्रतिरूप थे - चतुर्भुज, हाथों में शंख, गदा, पद्म और चक्र धारण किए, वक्ष पर श्रीवत्स चिह्न एवं कौस्तुभ मणि, गले में माला तथा अनेक दिव्य आभूषण थे। इससे भी अधिक आश्चर्यजनक बात यह थी कि बाँसुरी, गुलेल, डंडियाँ और मटकों जैसी निर्जीव वस्तुओं में भी विष्णु का ही रूप दिखाई पड़ रहा था। ब्रह्मा सहित अनेक देवता, व्रज के भगवान के सामने झुककर उन्हें प्रणाम करते दिखाई दे रहे थे। भग्वद्गीता के अनुसार, केवल महान भक्तों को प्रत्येक वस्तु में वासुदेव के दर्शन होते हैं और ब्रह्मा को ऐसा ही अनुभव हुआ था। उनका घमंड टूट चुका था और उन्हें समझ में नहीं आया कि वे क्या करें।

अंत में, भगवान को ब्रह्मा पर दया आ गई। तब ब्रह्मा ने देखा कि ग्वाल-बाल का रूप धारण करके असीमित चेतना, हाथ में चावल का लड्डू लिए अपने बछड़ों और मित्रों की खोज में जा रही थी। उसके बाद, ब्रह्मा अपने दिव्य वाहन हंस से नीचे उतरे तथा दिव्य बालक के समक्ष झुककर उसे प्रणाम किया और उसकी वंदना की :

> हे परमेश्वर! यहाँ तक कि मैं भी, जो प्रथम पुरुष हूँ और आपकी नाभि से जन्मा हूँ, आपके रूप का, जो भौतिक तत्त्वों से निर्मित न होकर आपकी स्वेच्छा से बना है, रहस्य नहीं समझ सकता। आपके गुणों को कौन जान सकता है? केवल वह प्राणी जो शरीर, मन और बुद्धि द्वारा पूर्ण रूप से आपके प्रति समर्पित हो, वही मोक्ष प्राप्त करने का अधिकारी है। मैं आपकी सशक्त ज्योति का अंश हूँ और इसलिए, आपके लिए सर्वथा उचित है कि आप मुझे मेरी मूर्खता के लिए क्षमा कर दीजिए। आज आपने यह दर्शाया है कि किस प्रकार आपकी एकरूप चेतना,

> जैसा कि वह ब्रह्मांड के आरंभ में थी, पृथक होकर असंख्य रूपों में परिवर्तित हो गई। यह संसार आपकी माया के अतिरिक्त क्या है? आप स्वेच्छा से ब्रह्मा बनकर सृष्टि की रचना करते हैं, विष्णु बनकर इसका पालन-पोषण करते हैं और शिव के रूप में संहार करते हैं। हे परमेश्वर! हे भगवान! कोई पूर्ण विश्वास से यह नहीं बता सकता कि आप कहाँ, कैसे, कब और किस रूप में अवतार लेंगे। किसी के पास इस का स्पष्टीकरण भी नहीं है। यह सब आपके दिव्य रहस्य का अंश है। आपके बिना यह संसार नहीं हो सकता।
>
> आप सत्य हैं। आप स्वयंभू हैं। आप समस्त कारणों के कारण हैं, आपका सबमें वास है। वह प्राणी, जो आपको सबमें व्याप्त देख लेता है, इस संसार को पार कर लेता है। बंधन और मुक्ति वास्तविक तथ्य नहीं हैं, अपितु ये केवल उस सत्य के प्रति, जो केवल आप हैं, अज्ञानता के नाम हैं। सत्य, चेतना और आनंद के अतिरिक्त, आत्मा की कोई अन्य अवस्था नहीं होती जिस प्रकार, सूर्य में रात्रि अथवा दिवस न होकर केवल प्रकाश होता है। आप सबके भीतर वास करते हैं, तथापि लोग आपको बाहर खोजते हैं और इसीलिए वे आपको कभी प्राप्त नहीं कर पाते। आपकी कृपा के बिना, किसी को इस सत्य का आभास नहीं होता। मैं आपसे प्रार्थना करता हूँ कि आप मुझे अपनी भक्ति का आशीर्वाद दें ताकि मैं अपने प्रत्येक जन्म में, चाहे ब्रह्मा, अथवा पशु या मनुष्य के रूप में सदा आपके चरण-कमलों का ध्यान कर सकूँ। व्रज की ये स्त्रियाँ और गायें कितनी सौभाग्यशाली हैं कि आपने पूरे एक वर्ष तक उनके पुत्रों एवं बछड़ों का रूप में उनका दूध पिया है। मेरे जैसा देवता होने का क्या लाभ? मैं इसे अपना सबसे बड़ा सौभाग्य समझूँगा यदि मुझे वृंदावन में एक घास के तिनके के रूप में जन्म मिल जाए जहाँ मैं आपकी चरण धूलि में स्नान कर सकूँ। हे कृष्ण! आप वृष्णि वंश के सूर्य हैं। आप ब्रह्मांड के स्वामी तथा व्रज के भगवान हैं। हे कृष्ण, मैं आपको अपनी शाश्वत श्रद्धांजलि अर्पित करता हूँ।

इस प्रकार, भगवान की स्तुति करने के उपरांत, ब्रह्मा ने वृंदावन के श्याम को प्रणाम किया, उनकी तीन बार परिक्रमा की और कृष्ण से आशीर्वाद प्राप्त करके अपने लोक लौट गए।

गोपाल और बछड़े, जिन्हें एक वर्ष पूर्व वहाँ से दूर कर दिया गया था, वृंदावन में वापस लौट आए। परंतु वे चूँकि ब्रह्मा के लोक में थे, इसलिए उन्हें ऐसा ही लगा कि वे लोग कुछ ही क्षणों के लिए गए थे। ऐसी कोई स्मृति नहीं, जो भगवान की माया से मिटाया नहीं जा सकता।

लड़कों ने कृष्ण से कहा, 'तुम बहुत जल्दी वापस आ गए। तुमने चावल का लड्डू भी समाप्त नहीं किया है। यहाँ आराम से बैठकर खाओ।' उन्होंने अपनी अधूरी मौज़-मस्ती पूरी की और फिर घर लौट आए। लड़कों ने बताया कि कृष्ण ने कैसे अघासुर नामक राक्षस को मार डाला था, जबकि यह घटना एक वर्ष पहले हुई थी।

कृष्ण अब छह वर्ष के हो गए थे, इसलिए उन्हें बछड़ों के स्थान पर, बड़े लड़कों के साथ, गायों की देखभाल का कार्य दे दिया गया। वे उनके साथ जंगल के सुदूर क्षेत्रों में जाने

लगे, जहाँ पहले उनका जाना निषेध था। एक दिन, उनके एक मित्र श्रीदामा ने उनसे कहा, 'यहाँ से थोड़ी दूरी पर एक ताड़ वृक्ष का उद्यान है परंतु धेनुक नामक असुर के रहने के कारण, हम लोग वहाँ नहीं जा सकते। वह गधे के रूप में रहता है और वहाँ जाने से हमें मार देगा। वहाँ के वृक्षों के फलों का स्वाद अति विशिष्ट है। हम लोग वहाँ चलकर कुछ फल ला सकते हैं।' कृष्ण ने बिना हिचकिचाए कहा, 'चलो, चलते हैं।'

कृष्ण, अपने मित्रों की कठिन से कठिन माँगों को भी पूरा करने को सदा तत्पर रहते थे। वे बलराम को साथ लेकर, उद्यान में पहुँच गए। उन्होंने एक-दूसरे की ओर देखा। बलराम, जो आदिशेष का अवतार थे और कृष्ण, जो भगवान विष्णु का अवतार थे, के बीच एक स्पष्ट संदेश प्रसारित हो गया। बलराम ने हँसते हुए, वृक्षों को ज़ोर-ज़ोर से हिलाना आरंभ कर दिया, जिससे पके और रसदार फलों के गुच्छे नीचे गिरने लगे। शोर सुनकर, गधे के रूप में बैठा असुर बाहर निकल आया और उसने बलराम की छाती पर लात मार दी। वह उन्हें फिर से मारने वाला था, कि तभी बलराम ने उसके दोनों पिछले पैर पकड़कर उसे एक हाथ से गोल-गोल घुमाया और उसके शरीर को पेड़ के ऊपर फेंक दिया। वह पेड़, कई अन्य वृक्षों को अपने साथ लेकर नीचे आ गिरा। सब लड़के उत्साहित होकर दौड़ते हुए आए। उन्होंने पके हुए फल उठाए और पेट-भर खाने के बाद, वे बहुत-से फल अपने साथ घर ले गए। ताड़ का फल, पकने के बाद, कुछ नशीला हो जाता है। उन सबको, घर पहुँचने तक थोड़ा नशा हो चुका था। धेनुकासुर के वध के बाद, वह जंगल उसके भय से मुक्त हो गया। लोग आराम से वहाँ आकर फल तोड़कर ले जाते और गायें भी निर्भय होकर घास चरती थीं।

एक दिन, कृष्ण अपने भाई बलराम के बिना कालिंदी के तट पर गए थे। वह गर्मी का मौसम था गायें तथा गोपाल प्यासे थे और उन्होंने ढेर-सा पानी पिया किंतु वे सब कुछ ही देर में मूर्छित हो गए। उस जगह, नदी अत्यंत विषैली थी क्योंकि वहाँ कालिय नाम का अनेक फन वाला एक भयंकर सर्प रहता था। उसका विष इतना शक्तिशाली था कि नदी-तट के समीप कोई भी जीवित नहीं रह पाता था। उस स्थान के निकट की घास और वृक्ष मुरझा गए थे और यहाँ तक कि ऊपर से उड़ने वाले पक्षी भी गिरकर मर जाते थे। वह वन मानो भय के कारण नदी-तट से पीछे हट गया था। उस पानी से उठने वाली कुहरा और फुहार तक का प्रभाव अप्रिय था। कृष्ण ने उस वहाँ की निर्जनता को देखा तो यह निश्चय कि कालिय के अंत का तथा वन के प्राणियों को उस नाग की उपस्थिति से बचाने का समय आ गया था।

गायों और अपने मित्रों को निष्क्रिय अवस्था में देखकर, भगवान ने उन्हें स्नेहमयी दृष्टि से देखा और उन पर अपने नेत्रों से जीवनदायी जल का छिड़काव किया। वे सब मानो स्वप्न से जाग उठे। कृष्ण ने उन्हें दिलासा दी और कहा कि वे बिलकुल नहीं घबराएँ क्योंकि कृष्ण उस सर्प को मार देंगे। उस अभिशप्त स्थान के निकट केवल एक ही जीवित वस्तु थी। वह एक कदंब का वृक्ष था जिस पर एक बार, भगवान विष्णु का वाहन गरुड़ बैठा था। कृष्ण तत्काल उस वृक्ष पर चढ़ गए तथा नीचे बहते विषैले पानी में कूद पड़े! उनके मित्र श्वास रोककर देख रहे थे। कृष्ण ने सर्प का ध्यान आकृष्ट करने के लिए पानी

को ज़ोर-ज़ोर से उछालना आरंभ कर दिया। वहाँ की शांति भंग होने पर कालिय को क्रोध आ गया और उसने यह देखने के लिए अपना अनेक फन वाला सिर उठाया कि पानी में कूदने की मूर्खता किसने की थी। जब उसने कृष्ण को देखा तो वह उन पर झपटा और पूरे शरीर पर काटने लगा। उसने कृष्ण के चारों ओर कुंडली मार ली तथा विषैले पानी में नीचे खींचकर ले गया। उसने कृष्ण को कसकर जकड़ा हुआ था और उसकी जीभ कृष्ण के समूचे तन पर आग की भाँति वार कर रही थी। परंतु उसे यह देखकर बहुत आश्चर्य हुआ कि उसके दंश से कृष्ण के शरीर पर कोई निशान नहीं पड़ा, अपितु उसके दाँत टूटकर गिर पड़े।

अपने प्रिय सखा को कालिय द्वारा पानी के नीचे ले जाते देख, गोपाल इतना घबरा गए कि उन्होंने रोना-चिल्लाना शुरू कर दिया। उसी समय, व्रज में भयंकर अपशकुन होने लगे। नंद और यशोदा उन अपशकुनों को देखकर बहुत दुःखी हुए और उन्हें यह जानकर और भी दुःख हुआ कि उस दिन वन में कृष्ण के साथ बलराम नहीं गए थे। वे जानते थे कि यह भगवान का अपरिहार्य तरीक़ा था कि वे जब कभी किसी नए कार्य को करने के लिए जाते तो अपने बड़े भाई को छोड़ जाते थे। वे सब गोप एवं गोपियों को लेकर कृष्ण की खोज में वृंदावन की ओर भागे। उन्होंने कालिंदी नदी के तट पर पहुँचकर देखा कि लड़के सब मूर्छित पड़े थे तथा गाएँ दुःखी होकर उस स्थान को देख रही थीं जहाँ से कृष्ण पानी के नीचे ओझल हुए थे। गोपियों ने बड़ी कठिनाई से यशोदा को पानी में कूदने से रोका। बलराम को, जिन्हें कृष्ण की शक्तियों का पूर्ण अनुमान था, छोड़कर अन्य सभी लोग दुःखी हो गए। अपनी माता तथा अन्य लोगों को परेशान देखकर, कृष्ण ने स्वयं को सर्प की पकड़ के मुक्त किया और वे नदी के ऊपर आ गए। वे अपना नृत्य आरंभ करने से पूर्व उन दर्शकों के आने की प्रतीक्षा कर रहे थे। वह भयानक नाग भी कृष्ण के पीछे-पीछे ऊपर आ गया और अपना फन फैलाकर नाक से विषैला धुँआ छोड़ने लगा। क्रोध-से लाल अपनी आँखों को कृष्ण पर केंद्रित करके, कालिय ने उन्हें सम्मोहित करने और उन्हें शक्तिहीन करने का प्रयास किया। कृष्ण उस नाग के इन प्रयासों पर हँस रहे थे और गोपालों के सामने नाग के चारों ओर मज़े से तैर रहे थे। उनके साथ नाग भी घूमने लगा। इसके बाद, भगवान धीरे-से उछलकर नाग के फन पर चढ़ गए और उन्होंने भयानक नृत्य आरंभ कर दिया। कालिय ने जब अपनी पूँछ से कृष्ण पर वार करने का प्रयास किया तो भगवान ने दाहिने हाथ से उसकी पूँछ पकड़ ली। बाएँ हाथ में बाँसुरी पकड़े हुए कृष्ण ने अत्यंत मधुर धुन बजाई तथा नाग के फन पर नाचते रहे। नाग का जब एक फन कुचल जाता तो कृष्ण दूसरे फन पर कूद पड़ते। आकाश दिव्य प्राणियों से भर गया जो भगवान के शानदार नृत्य पर मधुर संगीत बजा रहे थे! वह दृश्य इतना शानदार था कि गोप और गोपियाँ भय को भूलकर उस अचरज-भरे नृत्य को देखने लगे। अस्त होते सूर्य की किरणें उस विचित्र दृश्य को प्रकाशित कर रही थीं जिसमें वह काला नाग भयंकर पीड़ा से कराह रहा था और वह रत्न-समान बालक बाँसुरी की मधुर धुन पर नृत्य कर रहा था। उनके गुलाबी पैर हवा में कमल की पत्तियों के समान चमक रहे थे तथा जब वे कालिय के एक फन से दूसरे पर कूदते, तो उनके पैरों की पाजेब छन-छन करती थी। अस्त होते सूर्य की लालिमा ने, मरणासन्न नाग के रक्त में घुलकर नदी को लाल रंग का कर दिया था। कालिय

की आँखें जो आरंभ में रत्न की भाँति चमक रही थीं, अब मलिन और धुंधली पड़ गई थीं। शरीर और आत्मा से घायल एवं आहत होकर, उसका दर्प चूर-चूर हो गया था। वह अपने पूर्व गौरव का दर्दनाक मलबा बन गया था। वह अपने रचयिता के विषय में सोचने लगा तथा उसने, मानसिक रूप से सृष्टि के रचयिता की शरण ले ली। तब, कालिय की पत्नियाँ पानी से बाहर निकलकर आईं तथा भगवान से अपने पति को जीवन दान देने की प्रार्थना करने लगीं। उनकी करुण याचना सुनकर, कृष्ण से कुछ कहा नहीं गया और वे फन से नीचे कूद गए और तैरकर तट पर आ गए। कालिय भी उनके पीछे आ गया और उसने अपने दुष्कर्मों का प्रायश्चित करते हुए कृष्ण के सामने सिर झुकाकर प्रणाम किया।

'हे प्रभु!' उसने कहा। 'आपने अनंत बदलावों के साथ इस सृष्टि की रचना की है। हम नाग जन्म से ही उग्र और क्रूर होते हैं। हम अपना स्वभाव कैसे बदल सकते हैं? अब आप ही हमारी सहायता कर सकते हैं। हमारी मुक्ति और हमारा संहार, दोनों आपके हाथ में हैं।'

कृष्ण ने कहा, 'कालिय, यहाँ से चले जाओ। अपने बंधु-बांधवों के साथ इस स्थान को छोड़कर सागर के मध्य में, रमणक द्वीप पर चले जाओ। अब कालिंदी के इस सरोवर पर तुम्हारा आना निषेध है क्योंकि तुमने इसे विषैला करके यहाँ के समस्त जीवों को इसके प्रयोग से वंचित कर दिया है।'

रक्तरंजित और घायल अवस्था में कालिय बोला, 'हे ईश्वर! मैं यदि उस द्वीप पर गया तो आपका वह पक्षी गरुड़, जो मेरा घोर शत्रु है, मेरे प्राण, जिन्हें आपने अभी दयापूर्वक छोड़ दिया है, अवश्य हर लेगा।'

कृष्ण ने स्नेहपूर्वक कहा, 'नहीं, मित्र, गरुड़ जब मेरे पद-चिह्न तुम्हारे फन पर देखेगा तो वह समझ जाएगा कि मैंने तुम्हें आशीर्वाद दिया है। इसलिए घबराओ मत और शांतिपूर्वक चले जाओ।' ऐसा कहकर, कृष्ण ने अपना हाथ कालिय के सिर पर रखा तो वह पहले की तरह पूर्ण हो गया। यह सुनकर, कालिय प्रसन्न हो गया और अपने बंधु सर्पों के साथ उसने भगवान को प्रणाम किया तथा रमणक द्वीप पर चला गया।

इस प्रकार, वृंदावन के लोगों को कालिय नाग के आतंक से मुक्ति मिल गई। वे लोग एक बार फिर कालिंदी के ताज़ा पानी में स्नान कर सकते थे और उसे जी-भर के पी सकते थे। एक बार फिर वहाँ की झाड़ियाँ और वृक्ष पुनर्जीवित हो गए, पुष्प खिल उठे तथा नदी के तट पर स्थित वन सजीव हो गया।

गोपालों और गायों ने, भूखे होने के बावजूद, उस रात निश्चय किया कि वे अपने निवास-स्थान पर नहीं जाएँगे तथा रात्रि, कालिंदी के तट पर ही व्यतीत करेंगे क्योंकि नंद को अब तक चिंता थी कि कृष्ण पर विष का प्रभाव हो सकता है। परंतु उनके पास इसे जानने का कोई तरीक़ा नहीं था। विष के प्रभाव से सामान्यतया लोग नीले पड़ जाते हैं, किंतु यह बालक तो स्वाभाविक रूप से ही नीले रंग का था तो वे क्या करते? एक अन्य मान्यता यह थी कि जिस व्यक्ति को सर्प काट ले, उसे उपवास रखना चाहिए तथा उसे सोना नहीं चाहिए क्योंकि हो सकता है वह फिर कभी न उठे। इसका एक ही तरीक़ा था कि वे सब रात्रि में वन में रुक जाएँ क्योंकि गाँव में वापस लौटने पर कृष्ण निश्चित रूप

से खाने के लिए कुछ माँगते अथवा न मिलने पर कुछ चुरा लेते। वे सब आग जलाकर, उसके चारों ओर लेट गए। वह शांत, स्थिर और उमस-भरी रात थी। सब लोग सो गए, किंतु नंद और कृष्ण रात-भर जागते रहे। कुछ समय बाद, कहीं से हवा का तेज़ झोंका आया और नंद ने देखा कि भीषण आग की लपटें तेज़ गति से उनकी ओर बढ़ रही थीं। नंद ने तत्काल सबको जगाया। गोपालों को समझ नहीं आया कि वे क्या करें, किंतु बच्चों के मन में कोई संदेह नहीं था। 'हे कृष्ण!' वे चिल्लाए, 'हमें इस संकट से बचाओ जैसे तुमने पहले अनेक बार बचाया है!'

कृष्ण मुस्कराते हुए आग के सामने खड़े हो गए। उन्होंने अपना मुख खोला और तीन घूँट में उस विशाल ज्वाला को पूरी तरह निगल गए। सब लोग उन्हें आश्चर्य से देखने लगे। कृष्ण ने अपने पिता से कहा, 'पिताजी, क्या आप संतुष्ट हैं?'

अग्नि को सबसे पवित्र माना जाता है और यह विष को भी जलाकर भस्म कर देती है। भगवान अपने पिता को यह आश्वासन देना चाहते थे कि यदि विष ने उन्हें प्रभावित किया भी होगा तो उस अग्नि को निगलने के बाद, उनकी पूर्ण रूप से शुद्धि हो गई थी। नंद ने कृष्ण को बाँहों में भर लिया। वे सोचने लगे कि यह विचित्र बालक, जो कभी दिव्य और कभी मानवीय रूप ले लेता है। वे कृष्ण के किस रूप पर विश्वास करें? उन्हें केवल इतना पता था कि वे अपने पुत्र को सबसे अधिक चाहते थे और जैसा कि गर्ग मुनि ने भविष्यवाणी की थी, इस बालक में उन सब लोगों की रक्षा करने का क्षमता थी जो उससे प्रेम करते थे एवं उस पर आश्रित थे।

उसके बाद, कृष्ण के मित्र, संबंधी और पशु आदि मिलकर गाते और आनंदित होते वापस लौट आए।

ग्रीष्म ऋतु का समय था, किंतु भगवान के व्रज में रहने के दौरान, ग्रीष्म-काल भी वसंत के समान लगता था। झरनों के मधुर स्वर, झींगुर की गुंजार, घास की प्रचुरता तथा कमल और कुमुदिनी के फूलों की सुगंध के कारण वृंदावन के निवासियों को सूर्य का प्रखर ताप अथवा वन की आग का, जो ग्रीष्मकाल की प्रमुख विशेषताएँ हैं, पता ही नहीं लगा।

एक दिन, कृष्ण हमेशा की तरह, अपने मित्रों के साथ वन में गए। वे कुश्ती, तैराकी, कूदना, मुक्केबाजी आदि अनेक तरह के खेलों से मनोरंजन करते थे। कभी कृष्ण बाँसुरी बजाते तो उनके मित्र नृत्य करते थे और कभी कृष्ण नृत्य करते और उनके साथी संगीत व तालियों से धुन बजाते थे। वे लोग एक विशाल वट-वृक्ष के नीचे खेल रहे थे कि तभी प्रलंब नामक असुर उनके बीच एक गोपाल का रूप धारण करके घुस गया। इससे पहले भी अनेक राक्षसों ने वेश बदलकर कृष्ण को मारने के असफल प्रयास किए थे। इसलिए, प्रलंब ने यह शानदार युक्ति लगाई और गोपाल का रूप धर कर आ गया ताकि कृष्ण को उस पर संदेह न हो। कृष्ण ने तुरंत उसे पहचान लिया किंतु फिर भी उन्होंने उसे अपने साथ खेलने के लिए आमंत्रित किया। वह असुर था किंतु फिर भी उसने जो रूप धारण किया था, वह भगवान को प्रिय था। वे सब दो दलों में बँट गए और कृष्ण तथा बलराम दोनों दलों के अगुआ बन गए। अनेक खेल खेले गए और शर्त यह थी कि जो पराजित होगा, वह विजयी होने वाले को अपने कंधे पर उठाकर वट-वृक्ष तक लेकर जाएगा। प्रलंब, कृष्ण

के दल में शामिल हो गया क्योंकि उसने सोचा कि वह बलराम को आसानी से पराजित करके बाद में कृष्ण से निपट लेगा। खेल के अंत में, कृष्ण का दल हार गया तो कृष्ण, श्रीदामा को अपने कंधे पर उठाकर चलने लगे। इसी तरह प्रलंब भी बलराम को उठाकर चल पड़ा। भगवान कृष्ण ने, जो अपने नन्हे हाथों से दस असुरों का वध कर चुके थे, स्वयं को प्रेमपूर्वक लड़ने वाले के हाथों पराजित होने दिया! वे अपने प्रति समर्पित सब भक्तों को उठाकर चलने को तत्पर रहते हैं, जैसे वे श्रीदामा को ले जा रहे थे।

इस बीच, प्रलंब बलराम को उठाकर तेज़ी से चलने लगा। उसने पीछे मुड़कर भी नहीं देखा कि वहाँ क्या हो रहा था। उसने बलराम के शोर मचाने पर भी ध्यान नहीं दिया। वह बलराम को उठाकर सीधे कंस के पास ले जाना चाहता था। वह अपने असली विशालकाय आसुरी रूप में आ गया, जिसके कारण बलराम नीचे भी नहीं कूद सके। बलराम ने पीछे मुड़कर कृष्ण को देखा तो कृष्ण ने उन्हें असुर की गर्दन मरोड़ देने का संकेत किया। कृष्ण के देखने के ढंग में ही इतनी शक्ति थी कि बलराम ने आसानी से प्रलंब की गर्दन मरोड़ दी। गोपाल, विशालकाय असुर का शव देखने के लिए दौड़े गए।

सब लड़के जिस बीच उस आश्चर्यजनक घटना पर चर्चा कर रहे थे, उनकी गाएँ घास को खोजती, बहुत दूर निकल गईं। लड़कों को चिंता हुई तो वे भी गायों को ढूँढ़ते हुए एक मैदान में पहुँच गए। वृक्षों की छाया से दूर खुले मैदान में, गायों को सूर्य की तेज़ गर्मी ने भ्रमित कर दिया और वे निकलने का मार्ग भूल गईं। अपने गोपालों की आवाज़ सुनकर, गाएँ उस ओर लौटने लगीं कि तभी वहाँ की सूखी घास ने आग पकड़ ली और विकराल अग्नि का रूप धारण कर लिया। अपनी ओर बढ़ती उस भीषण आग से घबराकर, सब लड़के और गाएँ कृष्ण के पीछे छिप गए।

'घबराओ मत,' कृष्ण ने कहा। 'अपनी आँखें बंद कर लो और मुझे पकड़ लो। तुम्हें कुछ नहीं होगा।' उन सबने पूरे विश्वास के साथ आँखें बंद कर लीं। उनके मन में तनिक भी भय नहीं था और उस आग ने उन्हें तनिक भी क्षति नहीं पहुँचाई क्योंकि उनके प्रिय कृष्ण ने यह कहा था और वे जानते थे कि कृष्ण उन्हें धोखा नहीं देंगे।

'तुम लोग आँखें बंद करके मूर्ति की तरह क्यों खड़े हो?' कृष्ण ने कुछ देर बाद उनसे कहा। उन सबने आँखें खोलीं तो देखा कि वे उसी वट-वृक्ष के समीप खड़े थे जहाँ वे पहले खेल रहे थे। वे अविश्वास से अपनी आँखें मलने लगे। क्या एक क्षण पहले उन्होंने उस भयंकर घटना का स्वप्न देखा था? उनका वह रक्षक देवदूत कहाँ चला गया? क्या वह केवल एक नन्हा बालक था, जो उनके साथ घास पर उछल-कूद करता खेल करता था अथवा कोई महामानव था? वे सब प्रसन्नता से उसके पीछे चल पड़े। उन्हें परेशान होने की क्या आवश्यकता थी कि वह कौन था? उन्हें वर्तमान का आनंद लेना चाहिए।

वर्ष-ऋतु का आगमन हो चुका था। सूर्य और चंद्रमा के चारों ओर चमकदार वृत्त बनते थे, क्रुद्ध आकाश में बादल छा गए और आकाश में गर्जना होने लगी। आकाश में फैले प्रकाश को काले बादलों और बिजली की चमक ने मंद कर दिया था। धरती, जो सूर्य की गर्मी से सिकुड़ गई थी, हरियाली से लहलहा उठी। रात्रि में तारे तो बादलों के पीछे छिप गए और जुगनुओं का साम्राज्य हो गया। मेंढक बाहर निकलकर टर्राने लगे तथा जलधाराएँ,

जो गर्मी में सूख चुकी थीं, पानी से भरकर ख़ुशी से बह चलीं। पूरे जंगल में उत्सव जैसा वातावरण बन गया। इस मौसम में भी, बच्चे अपनी गायों को पहाड़ी ढलान से ऊपर ले आते थे और वर्ष आने पर वृक्षों के नीचे या गुफा में आश्रय लेते थे और बैठकर कंद-मूल खाते थे। भगवान की उपस्थिति से वर्षा-ऋतु के आनंद में वृद्धि हो गई थी।

उसके बाद शरद ऋतु आई, तो आकाश साफ़ हो गया और मंद समीर बहने लगी। कमल-पुष्पों के पल्लवित होने के साथ, शरद ऋतु में नदियों और सरोवरों का पानी स्वच्छ एवं निर्मल हो गया। वर्षा के उपरांत, बादल अपनी श्वेत चमक के साथ फिर दिखाई देने लगे। रात्रि में, आकाश साफ़ और तारों से भरा होता था तथा पूर्वी क्षितिज पर शरद का बड़ा और लालिमा-युक्त चंद्रमा उदय हो गया था।

इस प्रकार, बचपन के सुनहरे दिन सूर्य-किरणों के धागों में पिरोए चमकदार मोतियों की तरह फ़िसल कर बीत गए।

तुमने जिस प्रकार मुझे देखा है, उस तरह मुझे वेदों द्वारा अथवा कठिन जीवन से, या दरिद्रों को दान देने से या फिर पारंपरिक अनुष्ठानों से नहीं देखा जा सकता। लोग मुझे केवल प्रेम द्वारा देख व जान सकते हैं और मेरे पास पहुँच सकते हैं।

—श्रीमद् भगवद्गीता

हरि ॐ तत्सत्

ॐ

ॐ

ओउम् वेणुनादशारदाय नमः!

अध्याय 7

मनमोहक बाँसुरी

बर्हापीडं नटवरपुः कर्णयोः कर्णिकारं
बिभ्रद्वासः कनकपिशं वैजयन्तीं च मालाम्।
रन्ध्रान् वेणोरधरसुधया पूरयन् गोपवृन्दै-
र्वृन्दारण्यं स्वपदरमणं प्राविशद् गीतकीर्तिः।।

गोपालों द्वारा प्रशंसा किए जाने के साथ, कृष्ण ने वृंदावन के जंगल में प्रवेश किया, जो उनके पद-चिह्नों से और अधिक सुंदर हो गया था। वे सुनहरे चमकदार वस्त्र, गले में वन फूलों की माला और बालों में मोरपंख लगाकर तथा कानों में कर्णिकर बीजों के कर्णफूल धारण करके किसी व्यवसायिक नर्तक के समान लग रहे थे। वे ऐसी वेशभूषा में, अपने अधरों के मधु से बाँसुरी के छिद्रों को भरते हुए उसे बजा रहे थे।

—श्रीमद् भागवत

कृष्ण की आयु केवल बारह वर्ष थी, किंतु उस समय भी उनका सौंदर्य एवं आकर्षण इतना अधिक था कि कोई उनसे दूर नहीं रह पाता था। जो पूरे संसार की इच्छा जाग्रत कर सकते हैं, उनके आकर्षण से बेचारी गोपियाँ कैसे बच सकती थीं? उन्होंने इसका प्रयास भी नहीं किया। गोपियों ने कृष्ण को बालक रूप में खिलाया था, शिशु रूप में चूमा था और बचपन में उनके साथ खेल खेले थे परंतु अब कृष्ण उनके समक्ष पूर्ण पुरुष की भाँति खड़े थे, जैसा कि आदर्श पुरुष को होना चाहिए। जिस तरह यमुना नदी अपने लक्ष्य, सागर की ओर बढ़ती जाती है, उसी तरह गोपियों का मन भी अपने प्रभु की ओर खिंचा जाता था। उनका मस्तिष्क अप्रशिक्षित था, उनको बुद्धि कम थी किंतु उनका हृदय विशाल एवं प्रेम से परिपूर्ण था। उनका वह प्रेम फूट-फूटकर अनंत धारा की भाँति भगवान की ओर बहता जाता था। कृष्ण जहाँ भी जाते थे, गोपियाँ उनके पीछे चलती थीं। प्रतिदिन कृष्ण गोपालों एवं गायों को लेकर वन में जाते थे तो बेचारी गोपियाँ संध्या में उनके लौटने तक स्वयं को

रोक नहीं पाती थीं। उनका किसी कार्य में मन नहीं लगता था और वे हर पल कृष्ण के विषय में सोचती रहती थीं। उन्हें हर क्षण शिकायत रहती थी, जब कृष्ण उनसे दूर रहते थे और उन्हें उसी क्षण की प्रतीक्षा रहती जबकि उन्हें दूर से लौटते हुए कृष्ण के सिर पर सजा मोरपंख दिखाई देता था। उन्हें देखकर, गोपियाँ अपनी सारी थकान और अकेलापन भूलकर उनकी ओर दौड़ती तथा उनका स्वागत करके, तब तक उनके चारों ओर बैठी रहतीं जब तक कृष्ण के वापस घर जाने का समय नहीं हो जाता था। दिन के समय, वे कल्पना करतीं कि कृष्ण वृक्ष के नीचे एक पैर को दूसरे के ऊपर चढ़ाकर नृत्य की मुद्रा में खड़े हैं तथा अपनी बाँसुरी को अधरों के निकट रखकर बजा रहे हैं।

उनकी बाँसुरी की धुन, असीमित द्वारा सीमित को दिया निमंत्रण थी और उसने निष्क्रिय हृदयों में भी उत्कृष्ट तंत्रियों को झंकृत कर दीं तथा उनमें अनंत से मिलन की इच्छा जाग्रत कर दी, जो प्रत्येक हृदय की अभिलाषा होती है। यह इच्छा प्रत्येक मनुष्य में विद्यमान है किंतु हम कभी-कभी सांसारिक प्रपंच में इतना अधिक उलझे होते हैं अथवा हमारा बोध इतना दुर्बल होता है कि हम इस इच्छा को समझ नहीं पाते। हमें केवल यह पता लगता है कि हम अधूरे हैं, अपूर्ण हैं, किंतु हमें यह नहीं पता लगता कि हम पूर्ण कैसे हो पाएँगे। कभी-कभी किसी महान तपस्वी का एक स्पर्श, एक दृष्टि अथवा उनका एक शब्द हमारे बंधनों को ढीला करने और हमारी आँखें खोल देने के लिए पर्याप्त होता है और तब हमारा हृदय अपने रचयिता से मिलने के लिए तत्पर हो जाता है। सीमित से बँधे रहना मनुष्य लिए असहनीय होता है। हमें केवल अनंत और शाश्वत से ही संतुष्टि मिल सकती है। समूचा सीमित संसार अनंत की ओर बढ़ता जाता है और वहाँ पहुँचने तक यह असंतुष्ट रहता है। भौतिक संसार की सभी तुच्छ वस्तुएँ संतोष प्रदान करने में असफल रहती हैं क्योंकि वे स्वयं भी सीमितता से उत्पन्न हुई हैं और स्वभाव से नश्वर हैं।

जैसे ही कृष्ण ने मधुर संगीत की तान छेड़ी वन का रूप ही बदल गया। आकाश में उड़ते पंछी, उनका संगीत सुनने के लिए ठहर गए, अन्य जीव उनके निकट आ गए, यहाँ तक कि यमुना उस मोहक संगीत को सुनने के लिए ठहर गई। कृष्ण के संगीत का ऐसा जादुई प्रभाव था कि सभी चेतन जीव स्थिर हो गए तथा पाषाण और शिलाओं जैसी जड़ वस्तुएँ पिघल कर बह चलीं और तो और अचल वस्तुएँ भी दिव्य जीवन की लुभावनी पुकार को सुन अपनी प्रबल इच्छा को रोक न सकीं क्योंकि वे मनमोहन ही तो हैं जो सभी के मन में कामना जगाते हैं।

लगता है वे कह रहे हैं, 'ओ सोने वाले प्राणी तू जाग! अपने प्रभु की शरण में आ! जब मैं तेरे साथ शाश्वत जीवन रूपी नृत्योत्सव की क्रीड़ा करने को तत्पर हूँ तो तू निद्रालीन क्यों है? ओ कठोर हृदय इंसान! अपने परम प्रिय प्रेमी के शरणागत हो, मैं तुझे आनंद का अनुभव कराऊँगा।'

सत्य को जाने बिना यह समझना असंभव है कि बारह वर्ष का एक बालक प्रौढ़ स्त्री को इतना मोहित कर ले कि वह अपनी पूरी निष्ठा, जिसके लिए भारतीय नारी प्रसिद्ध है, को भूलकर बिना परिणाम का विचार किए उसके पीछे पड़ जाए। पत्थर दिल दुष्ट हृदय भी उसकी दिव्य बंसी की धुन सुनकर पसीज उठे। तब इसमें आश्चर्य की क्या बात है कि

जिन गोपियों ने उसे उसके शिशु रूप में ही अपना मन दे दिया और उसे पति रूप में पाने के लिए प्रबल इच्छा लिए कंपित हो और दग्ध अनुभव करें! वे मनस्विनी नहीं थीं, योगी नहीं थीं, वे दर्शन और सिद्धांतों से अनभिज्ञ थीं। वे केवल इतना जानती थीं कि कृष्ण पुरुष थे और वे स्त्रियाँ थीं। उन्होंने अपने स्वभाव से उन्हें प्रेमी रूप में पाने की इच्छा की। चूँकि उनकी अभिलाषा यद्यपि जगत के प्रियतम कृष्ण में प्रतिष्ठित थी और आरम्भ में विषय-वासनायुक्त थी तथापि वह अभिलाषा आश्चर्यजनक और अवर्णनीय रूप से रूपांतरित हो गई थी। जब गोपियाँ अपनी झोपड़ियों में बैठी, वन में से आती बंसी की मधुर ध्वनि सुनतीं तो वे सोचतीं, 'नेत्रों का परम सुख तो वन में खड़े कृष्ण के बंसी बजाते समय उनके रूप-माधुर्य का पान करने में है। इस वन के वृक्ष, फूल और जीव कितने भाग्यशाली हैं जो उनके निकट रहकर सुख पाते हैं और अपने सामने उनके छलिया रूप का दर्शन करते हैं, जबकि हम अभागिनें अपने घर रूपी पिंजरों में बंद, कहीं जा नहीं सकतीं।'

'इस मुरली ने भला कौन-से पुण्यकर्म किए हैं जो इसे अबाध रूप से उनके अधरों के अमृतपान का सौभाग्य प्राप्त हुआ है? वह मुरली हमारे लिए कुछ छोड़ेगी कि नहीं? क्या कभी किसी दिन हम भी उनके अधरों का अमृतपान कर सकेंगी? देखो तो, हिरण कितने भाग्यशाली हैं जो उनसे चिपटे रहते हैं और जब वे खेलते हैं तो उनके टल्ला मार देते हैं और बछड़े भी कितने भाग्यशाली हैं जो दूध पीना और मुँह की घास खाना भूल, एक जगह खड़े कृष्ण की ओर टकटकी लगाए रहते हैं मानो आँखों से उन्हें ही पी लेंगे और इस वन के पक्षी तो अवश्य ही छिपे रूप में मनीषी हैं तभी तो देखो, इन्होंने कृष्ण के सिर के ऊपर शाखाओं पर स्वयं को टिका रखा है और उनके मधुर संगीत को मोहित हुए सुन रहे हैं और यमुना को देखो, वह किस तरह कमल-पुष्पों की भेंट लाकर उनके चरणों में अर्पित करती है, यहाँ तक कि मेघ आकाश में भ्रमण करना छोड़ उनके सीस पर मंद-मंद फुहार की झड़ी लगाकर आशीर्वाद देते हैं। सबसे ज्यादा भाग्यवान तो गोवर्धन ही है, जिसे श्यामसुंदर के चरणों का स्पर्श करने का और उन्हें अच्छे लगने वाले कंद, मूल (ईख) और गिरीदार फल अर्पित करने का सौभाग्य प्राप्त हुआ।'

गोपियाँ निरंतर उनका ध्यान करते अपने दिन गुज़ारतीं और केवल शाम होने पर उनके आने का इंतज़ार करतीं। दिन पर दिन, उनके मन कृष्ण के साथ दृढ़ता से ऐसे बँध गए कि उनकी दशा ध्यानस्थ योगियों-सी हो गई थी।

सर्दी का मौसम शुरू होने पर उन युवतियों ने कृष्ण को पति रूप में पाने के लिए कात्यायनी देवी की पूजा से संबंधित इकतालीस दिन का व्रत करने का विचार बनाया। ये युवतियाँ हर दिन सुबह तीन बजे उठकर कालिंदी नदी पर जाकर सूर्योदय के समय कड़ाके की ठंड में नहातीं व नदी तट पर वे बालू, मिट्टी से देवी की मूर्ति बनाकर स्थापित करतीं और चंदन-लेप, मालाओं, धूप, दीप, फल आदि अर्पित करके देवी की पूजा करतीं।

'हे देवी कात्यायनी! तुम अखिल ब्रह्मांड की शक्ति और सभी की स्वामिनी-अधिष्ठात्री हो, मुझे नंद नंदन (कृष्ण) को पति रूप में देने की कृपा करो।' बार-बार इस मंत्र को बोलकर व्रज की उन युवतियों ने, कृष्ण में अपना मन लगाकर शारीरिक कष्ट सहते हुए उन्हें पति रूप में पाने की इच्छा से प्रार्थना की। अपने व्रत के अंतिम दिन, उन्होंने

हमेशा की तरह अपने वस्त्र नदी तट पर रख दिए और अपने प्रभु के गीत गाते हुए वे आनन्दपूर्वक जल में क्रीड़ा करने लगीं। अभी भी दिन पूरी तरह से नहीं निकला था। सफ़ेद कुहरा आस-पास के वन में अब भी छाया हुआ था। जब वे युवतियाँ नदी में प्रसन्न मन से क्रीड़ा कर रही थीं, तब उन्हें नदी तट पर शरारत-भरी मुस्कान बिखेरता, प्रेम के देवता के अवतार रूप में अपना वांछित पात्र खड़ा दिखाई दिया। उनका ध्यान अपनी नग्नावस्था की ओर चला गया और उन्होंने अपने हाथों से चेहरे ढँक लिए, वे लजाती हुई, अँगुलियों के बीच से उसकी ओर देखने लगीं।

कृष्ण मुस्कराए क्योंकि उन्हें पता था कि वे पूरी तरह शुद्ध नहीं थीं। उन्होंने गोपियों को उनके अहंकार से मुक्त करवाने का निश्चय किया। संपत्ति, धन और संबंधों के प्रति उनकी आसक्ति समाप्त हो गई थीं किंतु उन्होंने शरीर के प्रति चेतना को अभी नहीं त्यागा था। यही अंतिम बाधा थी जिसके कारण उनकी इच्छा पूर्ण नहीं हो पा रही थी। किसी अन्य के समक्ष आने पर ही हमारे भीतर लज्जा का अभाव पैदा होता है, और भगवान को अन्य नहीं कहा जा सकता। वे और हम तो एक ही हैं। स्वयं से सामना होने पर कैसी लज्जा? इस बात को समझे बिना ईश्वर से हमारा एकाकार नहीं हो सकता। यह बात समझाने के लिए कृष्ण ने सरोवर के निकट पड़े गोपियों के वस्त्र उठाए और कदंब के वृक्ष पर चढ़ गए और वहाँ से बोले, 'यहाँ आओ युवतियों! आओ और अपने वस्त्र ले लो!'

अपने नायक के इन शब्दों को सुनकर, गोपियाँ स्तब्ध रह गईं। वे गर्दन से नीचे पानी में डूबी, काँप रही थीं। वे कृष्ण से वस्त्र लौटाने की विनती करने लगीं।

भगवान ने उत्तर दिया, 'यदि तुम सचमुच मेरी दासियाँ हो, जैसा कि तुम कहती हो, तो मैं जो कहता हूँ, वह करो। एक-एक करके पानी से बाहर निकलो और अपने वस्त्र ले जाओ। क्या तुम्हें पता नहीं कि पानी में नग्न रूप से स्नान करने से वचन भंग होता है? आगे आओ और मुझे प्रणाम करो, तब तुम्हें इस अपराध के लिए क्षमा किया जाएगा।'

यह सुनकर, गोपियों ने अपना अहंकार उसी तरह त्याग दिया, जैसे सर्प अपनी केंचुली त्याग देता है और वे एक-एक करके हाथ फैलाकर कृष्ण को देखती हुई आगे बढ़ने लगीं। उन्होंने कृष्ण की आँखों में अपनी छवि देखी। उन्हें अपने वस्त्र वापस मिल गए। वे सिर झुकाकर, हाथ जोड़े, कृष्ण के अगले आदेश की प्रतीक्षा करने लगीं।

भगवान ने उनकी परीक्षा ले ली, जिसे उन्होंने आसानी से पार कर लिया। उनके वस्त्र चुराए गए, उन्हें कहा गया कि पानी में नग्न होकर स्नान करना नियम के विरुद्ध है, फिर उन्हें लज्जा भाव का त्याग करने पर विवश किया गया और नग्नावस्था में वस्त्र लेने के लिए निकट बुलाया गया था। उन्हें कठपुतली की भाँति प्रणाम करवाया गया था। इस सबके बावजूद, उनके मन में तनिक भी अपमान का भाव नहीं था। अहंकार से पूर्ण रूप से विमुक्त, अपना सारा ध्यान ईश्वर में लगाए हुए, वे सब कृष्ण के साथ रहकर उनका अंतिम आशीर्वाद प्राप्त करने के लिए तैयार थीं।

भगवान को गोपियों के मन की अवस्था का पता था और वे उन्हीं की इच्छा को पूर्ण करने के विशिष्ट उद्देश्य से वहाँ गए थे। कृष्ण ने उनसे कहा, 'अपने अहंकार का पूर्ण रूप

से त्याग देने के बाद, अब तुम, सही अर्थों में, मुझे पति-रूप में पाने के लिए तैयार हो। मेरी ओर केंद्रित किया गया प्रेम कामुक आनंद में समाप्त नहीं हो सकता। मानवीय प्रेम, अलौकिक प्रेम की छाया मात्र है। वह कौन है, जो अंधकार में रहना चाहेगा, जबकि वह सूर्य के प्रकाश का आनंद ले सकता है? वह कौन है, जो केवल सुगंध से संतुष्ट हो जाएगा, जबकि उसे पूरा फूल मिल सकता है? मैं तुम्हें यही सब प्रदान कर रहा हूँ। अलौकिक प्रेम का पुष्प, जो तुम्हें शाश्वत आनंद देगा। इतिहास में, तुम्हारा नाम सबसे भाग्यशाली स्त्रियों के रूप में लिखा जाएगा। तुम सचमुच भाग्यशाली हो क्योंकि तुमने अलौकिक प्रेम का रहस्य जान लिया है, जो जन्म और मृत्यु के चक्र से मुक्ति प्रदान करता है। कामुक प्रेम सामान्य है जिसे सभी मनुष्य अनुभव करते हैं, किंतु भक्ति अथवा अलौकिक प्रेम, जो मुक्ति प्रदान करता है, केवल गिने-चुने लोगों को ही मिलता है जो अनेक वर्षों तक पूजा एवं ध्यान तथा बहुत-सी साधनाएँ करते हैं। परंतु तुम युवतियों को मात्र इकतालीस दिन के व्रत के बाद ही, वह सब मिल गया है, जो ध्यानस्थ योगियों को अनेक वर्षों के संघर्ष के बाद प्राप्त होता है। तुम सब सद्गुणों की मिसाल हो। तुम अब व्रज वापस जा सकती हो। तुमने जिस उद्देश्य से यह व्रत रखा था, वह शीघ्र ही पूरा हो जाएगा। तुम सब शरद काल में यमुना-तट पर मेरे साथ रास करोगी।'

अपने प्रियतम की बात सुनकर, गोपियाँ हर्षित हो गईं और धीरे-धीरे पीछे देखती हुईं पैरों को घसीटते हुए अपने-अपने घर लौट गईं। उन्होंने, इच्छा पूर्ति होने तक का शेष समय पूजा और ध्यान में बिताया ताकि रास के समय वे आदर्श, शुद्ध एवं तेजोमय अवस्था में आ जाएँ। उन्होंने नग्नावस्था में रहकर अवधूत की अवस्था तो पहले ही प्राप्त कर ली थी क्योंकि वस्त्र, शरीर से आरंभ होने वाली मिथ्या आसक्ति को दर्शाते हैं। गोपियों ने यह अवस्था प्राप्त कर ली थी और वे भगवान को अपनाने के लिए तैयार थीं।

एक दिन गोपालों के साथ वन में घूमते हुए कृष्ण ने कहा, 'ये वृक्ष कितने श्रेष्ठ हैं। ये पूर्ण रूप से दूसरों के लिए जीते हैं। ये स्वयं हवा, वर्षा, गर्मी, ठंड को सहन करते हैं किंतु हमें इनसे बचाकर रखते हैं। इस प्रकार अन्य जीवों का पोषण करने वाला जन्म धन्य है। ये पत्ते, फल, फूल, कंद एवं मूल द्वारा समस्त प्राणियों की आवश्यकताओं को पूरा करते हैं। लोग इनके नीचे आश्रय लेते हैं और अंत में ये मनुष्य को ईंधन उपलब्ध करवाने हेतु अपना जीवन भी त्याग देते हैं। संसार में मनुष्य का जीवन तभी सार्थक है यदि उसकी ऊर्जा, संपत्ति और बुद्धि को दूसरों के हित के लिए प्रयोग किया जा सके।' इस प्रकार भगवान ने प्रत्येक गोप और गोपी को, जो उनके प्रति समर्पित थे, उनकी आवश्यकता एवं क्षमता के अनुसार शिक्षा प्रदान की।

एक दिन, लड़कों को अपने घरों से लाया भोजन समाप्त करने के बाद भी भूख लग रही थी, तो उन्होंने कृष्ण से भोजन का प्रबंध करने का आग्रह किया। वन के निकट कुछ ब्राह्मण यज्ञ कर रहे थे। कृष्ण ने अपने साथियों द्वारा भोजन की माँग को पूरा करने और उन ब्राह्मणों की स्त्रियों को आशीर्वाद देने के लिए लड़कों को उनके पास भोजन माँगने भेज दिया क्योंकि यज्ञ करने वालों के लिए भूखे को भोजन देना आवश्यक समझा जाता था। लड़के भागते हुए उन बुद्धिमान एवं वेदों में पारंगत ब्राह्मणों के पास भोजन माँगने पहुँच

गए। परंतु उन ब्राह्मणों ने उन लड़कों की बात न सुनने का दिखावा किया और मंत्रोच्चारण करते रहे। वे वेदों में निहित वास्तविक ज्ञान से अनजान, कर्म-कांडों में उलझे रहे। लड़के निराश होकर वापस लौट आए तो कृष्ण ने उन्हें बीच में रोक लिया।

'चिंता मत करो,' कृष्ण ने कहा, 'जिन लोगों के पास केवल मस्तिष्क होता है परंतु हृदय नहीं होता, उन्हीं से ऐसे व्यवहार की अपेक्षा की जा सकती है। उन्हें ज्ञान अधिक हो सकता है किंतु उनका हृदय बिलकुल बंजर है। उन्हें प्रेम का अर्थ नहीं पता, जो दया का एकमात्र स्रोत है। परंतु तुम लोग निराश मत होना। उन्हें जाकर बताओ कि मैं और मेरे भाई उनकी यहाँ प्रतीक्षा कर रहे हैं, तब वे तुम्हें, जो चाहिए, दे देंगे क्योंकि वे मुझसे बहुत प्रेम करते हैं।'

वे लड़के एक बार फिर वहाँ गए। इस बार ब्राह्मण स्त्रियों ने, जो बहुत समय से बाल-कृष्ण के दर्शन को आतुर थीं, बड़े प्रेम से लड़कों का सत्कार किया। उन स्त्रियों के पतियों ने उन्हें फटकारा किंतु फिर भी वे कृष्ण के लिए सब तरह के पकवान लेकर चली गईं। केवल एक स्त्री ऐसी थी, जिसके पति ने उसे कमरे में बंद करके कृष्ण से मिलने जाने से रोक दिया हालाँकि उसके हृदय में भगवान के प्रति प्रेम उमड़ रहा था। उसके मन में प्रभु के प्रति प्रेम इतना प्रगाढ़ था कि उसकी आत्मा, भौतिक पिंजरा छोड़कर बाक़ी सबसे पहले भगवान के पास पहुँचकर उनमें लीन हो गई। कहते हैं, भगवान ने केवल उस स्त्री को आशीर्वाद देने के लिए लड़कों को वहाँ भेजा था।

सब स्त्रियाँ दौड़ती हुई जब कृष्ण के पास पहुँची तो उन्होंने सुनहरे वस्त्रों में वन फूलों की माला पहने और बालों में मोरपंख लगाए नीले रंग के बालक को देखा, जो एक हाथ से कमल का फूल घुमा रहा था और उसका दूसरा हाथ अपने मित्र के कंधे पर रखा था। कृष्ण को देखकर वे अत्यंत प्रसन्न हो गईं। उन्होंने भगवान को प्रणाम किया और उनके समक्ष तरह-तरह के पकवान रख दिए। भगवान ने उनका समर्पण देखकर सब कुछ सहर्ष स्वीकार कर लिया और फिर उनसे कहा कि वे अपने पति के पास लौट जाएँ। वे वापस लौटने से डर रही थीं और बोलीं, 'हमने अपने पतियों की बात नहीं मानी, इसलिए वे अब हमें स्वीकार नहीं करेंगे। हम तन, मन और आत्मा से आपकी शरण में हैं, इसलिए आप हमें स्वीकार कीजिए। हमें आपकी सेवा करने के अतिरिक्त जीवन में कोई अन्य अभिलाषा नहीं है। हम आपसे प्रार्थना करते हैं कि आप हमें मत छोड़िए।'

भगवान ने कहा, 'मेरे पास आने के लिए तुम्हारे पति, माता-पिता, भाई और पुत्र, तुम्हें दोष नहीं देंगे। आध्यात्मिक प्रेम की पूर्ति एवं उसके विकास के लिए शारीरिक स्पर्श की आवश्यकता नहीं होती। सदा मेरा ध्यान करो और तुम शीघ्र ही मुझे प्राप्त कर लोगी।'

सब स्त्रियाँ दुःखी मन से अपने घर लौट आईं तो उन्हें यह देखकर आश्चर्य हुआ कि उनके पतियों को अपनी भूल पर पछतावा हो रहा था और उन्होंने अपनी पत्नियों के लौटने पर उनका ख़ुशी से स्वागत किया। उन्हें समझ में आ गया कि केवल उन्हें आशीर्वाद देने के लिए, भगवान वहाँ भोजन माँगने आए थे। कैसी विडंबना थी कि वे, जिनकी ब्राह्मण यज्ञ द्वारा पूजा कर रहे थे, स्वयं उनके पास गोपाल के रूप में आए थे किंतु उन्होंने भगवान

को वापस लौटा दिया था! परंतु यह इस बात का एहसास होने के बाद भी उन्हें राजा कंस के भय से भगवान से मिलने जाने में संकोच हो रहा था!

वसंत ऋतु में जिस समय कस्तूरी की तीव्र सुगंध तमाल की कोमल अंकुरों जैसी होती है।

उस समय हरि, गोपियों के साथ रास नृत्य में मग्न रहते हैं।

—जयदेव कृत गीत गोविंद से

कोई शक्ति, उस ऋषि की पहुँच से दूर नहीं है जिसने अपने मस्तिष्क, इंद्रियों, स्नायु-प्रवाह और व्यवहार को नियंत्रित कर लिया है तथा जो सदा मेरा ध्यान करता है।

—उद्धव गीता में भगवान कृष्ण,
श्रीमद् भागवत

हरि ॐ तत्सत्

ॐ

ॐ

ओउम् गोविंदाय नमः!

अध्याय 8

कृष्ण ने पर्वत उठाया

सम्प्राप्ते सन्निहिते काले,
नाहि नाहि रक्षति डुकृंकरणे,
भज गोविन्दं भज गोविन्दं
गोविन्दं भज मूढमते।

हे मूढ़ मनुष्य! जीवन के अंत में, व्याकरण का ज्ञान आपकी रक्षा नहीं करेगा। इसलिए, परमेश्वर, गोविंद (कृष्ण) का ध्यान कर क्योंकि उसी से तेरी मुक्ति होगी।

—आदि शंकराचार्य

प्रति वर्ष, ग्रीष्म ऋतु के अंत में, वृंदावन के ग्वाले वर्षा के देवता और देवराज इंद्र के नाम पर एक विशाल यज्ञ करते थे। ऐसा इंद्र को प्रसन्न करने के लिए किया जाता था ताकि वे पर्याप्त मात्रा में वर्षा करें और पशुओं के खाने के लिए घास उगे, किंतु इतनी अधिक वर्षा भी न हो कि यमुना में बाढ़ आ जाए और उनके घर उजड़ जाएँ। कृष्ण ने उस यज्ञ की तैयारियाँ होती देखीं तो उनके विषय में अपने पिता से पूछा।

'हम लोग हर साल इंद्र देव के प्रति अपना आभार व्यक्त करने के लिए यह यज्ञ करते हैं,' नंद ने कहा।

'इंद्र ने हमारे लिए ऐसा क्या किया है, जिसके लिए हम उनके आभारी हों?' भगवान ने पूछा।

'शांत पुत्र! ऐसा नहीं कहते। तुम्हारे मन में देवताओं के लिए आदर नहीं है। क्या तुम्हें पता नहीं कि इंद्र ही वर्षा प्रदान करते हैं? हम लोग ग्वाले हैं। हमें सब कुछ अपने पशुओं से ही मिलता है। हमारी गाएँ, घास के बिना कैसे रहेंगी और वर्षा के बिना घास कैसे उगेगी? यदि इंद्र को प्रसन्न न किया जाए तो वे या तो वर्षा नहीं देंगे अथवा बहुत अधिक वर्षा होगी, तो हम क्या करेंगे? वर्षा के बिना, मनुष्य के समस्त प्रयास व्यर्थ हैं।'

यह सुनकर, कृष्ण ने कहा कि मनुष्यों का जन्म और उनकी मृत्यु, उनके कर्मों के अनुसार होते हैं। उनके सुख, दुःख, भय और कल्याण सब कुछ कर्मों द्वारा निर्धारित होता है। कर्म के अधीन होने वाले मनुष्यों को इंद्र से क्या लाभ मिलेगा, जो उन कर्मों के प्रभाव को मिटा नहीं सकता? इसलिए मनुष्य को अपने स्वभाव के अनुसार केवल कर्म करने चाहिए और कर्म का सम्मान करना चाहिए। यही असली पूजा है। प्रकृति के तीन गुण - सत्व, रज और तम - इस सृष्टि की उत्पत्ति, उसके संरक्षण और विनाश का आधार हैं। रजोगुण की शक्ति से, सब जगह वर्षा होती है जिससे सबको भोजन मिलता है। इसका इंद्र से क्या संबंध? वन्य प्रजाति होने के कारण, हम लोग हमेशा जंगल एवं गोवर्धन जैसे पर्वत पर रहते हैं। पर्वत के कारण, वर्षा-मेघ यहाँ रुकते हैं तथा वृंदावन में वर्षा होती है। इसकी घास से भरी ढलान पर हमारे मवेशी चरते हैं और फिर दूध देते हैं। इसलिए हमें अनेक व्यंजन बनाने चाहिए तथा उन्हें दरिद्रों में दान करना चाहिए। घास द्वारा गायों की तथा यज्ञ की आहुति द्वारा पर्वत की पूजा करनी चाहिए। पिताजी, ये मेरे विचार हैं! इससे सब - गाएँ, ब्राह्मण, और मैं - प्रसन्न हो जाएँगे। यदि आपको यह स्वीकार्य है, तो ऐसा ही कीजिए।'

नंद का पालन-पोषण, इंद्र, वरुण, और अन्य प्राचीन देवताओं को आदर देने वाली परंपरा में हुआ था, किंतु उन्हें अपने अलौकिक शक्तियों से युक्त पुत्र की बात में बहुत विश्वास था, इसलिए उन्होंने कृष्ण की बात मानने का निश्चय किया। निर्धारित दिवस पर, भगवान की देख-रेख में बड़ी मात्रा में माखन, दूध, मिष्ठान्न और अन्य सभी मनपसंद व्यंजन बनाए गए।

'पिताजी, किसी वस्तु का अभाव न रह जाए,' कृष्ण ने चिढ़ाते हुए कहा। 'जब आप भगवान को भोग लगाते हैं तो वह आपकी क्षमता के अनुसार सर्वश्रेष्ठ होना चाहिए।' वे ऐसा कहकर, केवल परिहास नहीं कर रहे थे। उनकी बात में एक महत्त्वपूर्ण शिक्षा भी थी - जहाँ देय हो, वहाँ पूर्ण सम्मान देना चाहिए और दान देने में उदार रहना चाहिए।

समूचे समुदाय के लोग, ढेर-सी भोजन सामग्री लेकर पर्वत पर चढ़ने लगे। उन्होंने वहाँ पहुँचकर यज्ञ की अग्नि प्रज्ज्वलित की तथा साधु-संतों, गायों और पर्वत की वंदना की। उनके मन में विश्वास उत्पन्न करने के लिए कृष्ण ने पर्वत की आत्मा बनकर महाकाय रूप धारण कर लिया तथा विशाल मात्रा भोजन का भक्षण कर लिया! इसमें कोई आश्चर्य नहीं था कि इसीलिए उन्होंने अपनी पसंद के व्यंजन बनवाए थे। इसके बाद, अपने गोपाल रूप में ही, कृष्ण ने स्वयं को प्रणाम किया और फिर अन्य लोगों से पूछा 'इतने वर्षों में क्या कभी इंद्र ने स्वयं यहाँ आकर भोग स्वीकार किया है?' लोगों ने दुःखी मन से सिर हिलाकर मना कर दिया।

'अब देखो,' भगवान बोले, 'किस प्रकार, गोवर्धन ने आपका भोग स्वीकार किया है!'

इसके बाद, उन सबने गोवर्धन पर्वत की परिक्रमा की और प्रसाद में भोजन ग्रहण करके प्रसन्न भाव से व्रज लौट आए।

इंद्र को इतनी सरलता से भुलाया नहीं जा सकता था। वे अपना स्थान यूँ ही किसी को देने तथा बिना संघर्ष किए अपने भोग को त्याग देने को तैयार नहीं थे। उन्होंने कृष्ण द्वारा अपने पिता को कहे निर्भीक वचन सुन लिए थे और वे इसके लिए कृष्ण को सबक़

सिखाना तथा ग्वालों को इंद्र का यज्ञ-भाग न देने के लिए दंडित करना चाहते थे। उन्होंने अपने सबसे भारी-भरकम वर्षा मेघों को एकत्रित किया और उन्हें इतने वेग के साथ वृंदावन की ओर धकेला कि वृंदावन में ऐसी भारी वर्षा हुई जैसी पहले कभी नहीं हुई थी। कई घंटों और फिर कई दिनों तक, बिना एक क्षण के लिए रुके, बाल्टी जितनी बड़ी वर्षा-बूँदें गिरती रहीं। नदी में बाढ़ आ गई और वृक्ष पानी में बह गए। ऐसा लग रहा था कि यदि तत्काल कुछ किया नहीं गया तो उस भारी वर्षा में सारा गाँव बह जाएगा। भयभीत ग्वालों ने जब देखा कि कुपित इंद्र को शांत करने के लिए समस्त प्रार्थनाएँ विफल हो गईं और वर्षा नहीं थमी, तो वे सब सहायता के लिए कृष्ण के पास पहुँचे। कृष्ण ने उन्हें शांत करते हुए कहा, 'घबराओ मत! मैं उन सबकी रक्षा करूँगा जो मुझ पर विश्वास करते हैं तथा जिनके पास मेरी शरण में आने के अतिरिक्त कोई विकल्प नहीं है।'

कृष्ण ने उन सबको अपने सामान और मवेशियों को साथ लेकर चलने को कहा। इसके बाद, वे उन्हें लेकर गोवर्धन पर्वत पहुँचे और फिर कृष्ण ने अत्यंत सरलता से, अपने नन्हे हाथ की एक अँगुली से उस विशाल पर्वत को ऐसे उठा लिया जैसे कोई बालक कुकुरमुत्ते को उठा लेता है! उस विशाल पर्वत के नीचे, ग्वालों ने अपने मवेशियों एवं अन्य सामान के साथ आराम से शरण ले ली और वहीं सात दिन और सात रातें बिताईं। इस बीच मूसलाधार वर्षा जारी रही। बिजली चमकती रही, बादल गरजते रहे, तेज़ हवा चलती रही और पानी अनवरत रूप से बरसता रहा। वह स्थिति प्रलय के समान हो गई थी क्योंकि इंद्र चाहते थे कि वे गाँववासी अपने आश्रय से बाहर निकलकर उनसे दया की भिक्षा माँगें। कोई विशाल दैत्य भी इतना सहन नहीं कर सकता था, तो फिर कृष्ण तो एक नन्हा बालक था। इंद्र को विश्वास था कि बालक कृष्ण जल्दी ही थककर पर्वत को नीचे रख देगा अन्यथा वह पर्वत उन सबके ऊपर आ गिरेगा और वे उसके नीचे दबकर मारे जाएँगे!

परंतु ऐसा कुछ नहीं हुआ। गोप अपनी सहज बाल-वृत्ति के अनुसार उस नए आश्रय-स्थल के नीचे मज़े से रह रहे थे। उन्होंने पर्वत के नीचे आग जलाकर स्वयं को गर्म करने का प्रबंध कर लिया और अपने मनोरंजन के लिए तरह-तरह के खेल खेलने लगे और गोपियाँ गीत और नृत्य आदि करते हुए प्रेम से भगवान को देखती रहतीं। कृष्ण आराम से उस पर्वत को अपनी अँगुली पर थामे खड़े रहे। वे कभी-कभी दूसरे हाथ से बाँसुरी बजाते थे और कभी अपने निकट आए बछड़ों की गर्दन सहला देते थे, तो कभी अपने मित्रों के साथ हँसी-मज़ाक भी कर लिया करते थे। उन्होंने एक पल के लिए थकान का अनुभव नहीं हुआ। वह समय समूचे समुदाय के लिए अवकाश के समान था। उन्हें अपने सामान्य कार्यों की चिंता नहीं थी और वे अपने दैनिक कर्म भूलकर प्रभु की अलौकिक उपस्थिति में आनंद ले रहे थे।

आख़िर, इंद्र का पानी का भंडार समाप्त होने लगा। पानी की बूँदें हलकी पड़ने लगीं और कुछ समय बाद रुक गईं। यहाँ तक कि बादलों का गरजना और हवा का चलना भी बंद हो गया। शीघ्र ही, कुछ दूरी पर अंतिम बार बादल गरजा और सब समाप्त हो गया। आकाश साफ़ होता देख, कृष्ण ने अपने पूरे दल को बाहर आने को कहा। वर्षा ने भूमि को नष्ट कर दिया था किंतु सूर्य निकलने लगा था और जल्द ही पानी के सूख जाने की

संभावना थी। नदी भी शांत हो गई और पशु-पक्षी अपने घरों से बाहर निकलने लगे। उन सबके सामने, भगवान ने पर्वत को उसके मूल स्थान पर वापस रख दिया। व्रजवासियों की प्रसन्नता का ठिकाना न रहा। वे सब भगवान के चरणों में गिर पड़े और उन्हें ऊपर उठा लिया। इंद्र ने क्रोध में भरकर आकाश से नीचे देखा। वे जान गए थे कि आकाश में एक नया नक्षत्र उदित हो गया था जो आने वाले वर्षों में उनकी आभा को ढँक लेगा।

इंद्र का अहंकार चूर हो गया था। उन्होंने कृष्ण के पास जाकर उनसे क्षमा माँगने का निश्चय किया क्योंकि वे कृष्ण को पहचान नहीं पाए थे। परंतु इंद्र को स्वयं वहाँ जाने में लज्जा महसूस हो रही थी। उन्होंने दिव्य गाय सुरभि को साथ ले जाना उचित समझा। उन दोनों ने कृष्ण को, जो गोवर्धन के निकट खड़े थे, प्रणाम किया।

इंद्र ने कहा, 'हे कृष्ण, मैं आपको प्रणाम करता हूँ! समस्त प्राणियों में आपका वास है और आप भक्तों के स्वामी हैं। मैं आपकी शरण में आया हूँ क्योंकि आप सब जीवों के प्रभु, गुरु और आत्मा हैं। मुझे क्षमा कीजिए!'

इसके बाद, सुरभि ने कृष्ण से कहा, 'आप सारे संसार के स्वामी हैं। आप भविष्य में हमारे इंद्र (राजा) बनिए निर्दोष जीवों की रक्षा हो सके। कृपया मुझे अपना अभिषेक करके आपको अपना राजा नियुक्त करने की अनुमति दीजिए। आपका जन्म पृथ्वी माता के भार को कम करने के लिए हुआ है।'

इस प्रकार, कृष्ण की स्तुति करने के बाद, सुरभि ने उनका दूध से अभिषेक किया। इसके बाद इंद्र ने मुनियों की सहायता से पवित्र गंगा के जल से, जिसे इंद्र के हाथी ऐरावत द्वारा सुनहरे घड़ों में लाया गया था, भगवान का अभिषेक किया।

'जय गोविंद! जय गोविंद!' की जयकार के बीच, सबने कृष्ण को समस्त जीवों का राजा घोषित कर दिया। भगवान के इस अवतार का विशिष्ट उद्देश्य समस्त प्राणियों को जीवन-मृत्यु के चक्र से छुटकारा दिलाना था और इसलिए यह आवश्यक था कि वे फिर किसी अभिषेक अनुष्ठान को स्वीकार न करें। कृष्ण को जब गायों और जीवों का राजा बना दिया गया, तो कहते हैं, सभी गायों के थनों से दूध बहने लगा और पृथ्वी उस भोग से नहा उठी। नदियों में स्वादिष्ट जल बहने लगा, वृक्षों से शहद टपकने लगा तथा बिना खेती किए ही खेतों में अनाज उगने और पकने लगा।

इस शानदार घटना के बाद, गोप, जो अब तक कृष्ण के अलौकिक व्यक्तित्व को समझ नहीं पाए थे, कृष्ण के जन्म के विषय में जानने को उत्सुक हो गए थे। वे समझ नहीं पाए कि नंद और यशोदा ने, जो उन्हीं की भाँति साधारण ग्वाले थे, ऐसे असाधारण पुत्र को जन्म कैसे दिया। इसलिए वे नंद के पास गए और उनसे इस विषय में पूछा। नंद को स्वयं गर्ग मुनि द्वारा बताई बात से अधिक नहीं पता था और वही, नंद ने सबको बता दी।

'मेरी बात सुनो,' नंद ने कहा, 'मैं तुम्हें बताता हूँ, जो गर्ग मुनि ने मेरे पुत्र के जन्म और उसकी उपलब्धियों के विषय में बताया था। उन्होंने कहा था कि आपका पुत्र आपको उच्च आध्यात्मिक विकास प्राप्त करने में सहायता करेगा। यह आपको समस्त बाधाओं को पार करने में और आपके लोगों एवं पशुओं को प्रसन्न रखने में योगदान देगा। जो इससे

प्रेम करेगा, उसे शत्रुओं से डरने की आवश्यकता नहीं है क्योंकि यह शक्ति, ख्याति और अन्य समस्त गुणों में स्वयं नारायण के समान है।' इसलिए हे गोपालों, इसकी अलौकिकता और श्रेष्ठता को दर्शाते, इन कारनामों से आश्चर्यचकित होने की आवश्यकता नहीं है।'

जिन गोपालों ने कृष्ण के इन कारनामों को स्वयं देखा था, वे गर्गाचार्य की भविष्यवाणी सुनकर बहुत प्रसन्न हुए और वे कृष्ण को नारायण की भाँति पूजने लगे।

एक बार नंद, एकादशी के व्रत के उपरांत, द्वादशी के दिन स्नान के लिए बहुत सुबह, यमुना के तट पर गए। जल के देवता, वरुण के दास नंद को अपने स्वामी के धाम ले गए। गोपाल भागकर गए और कृष्ण को समाचार सुनाया कि उनके पिता पानी के अंदर चले गए। यह सुनकर कृष्ण पानी में कूद पड़े और अपने पिता को बचाने वरुण देव के धाम पहुँच गए। वरुण को आवास-स्थान का रक्षक माना जाता है। वे भगवान कृष्ण को देखकर प्रसन्न हो गए और उनका विभिन्न पदार्थों से स्वागत-सत्कार किया। इसके बाद, वरुण ने नंद को अनेक उपहार दिए और फिर दोनों को व्रज भेज दिया। यह स्वाभाविक था कि ऐसी विलक्षण घटना को अपने तक रख पाना संभव नहीं था। नंद, वरुण देव के लोक में हुई उस घटना के विषय में सबको बताने लगे और जल्द ही, वह समाचार दूर-दूर तक फैल गया और अन्य गोप भी उसी तरह के अनुभव के लिए तरसने लगे। उनकी इच्छा को जानकर, कृष्ण उन्हें ब्रह्महृदम नामक सरोवर के पास आए और उन्हें सरोवर में डुबकी लगाने को कहा। वहाँ कृष्ण ने उन्हें क्षीरसागर के मध्य कुंडलीदार सर्प पर बैठे भगवान विष्णु के दर्शन करवाए। गोपालों के लिए इससे भी अधिक आश्चर्य की बात यह थी उन्हें भगवान विष्णु अपने मुखिया के पुत्र के समान लग रहे थे! वे आनंद से भर उठे। कुछ पल के लिए वे स्वयं को भूलकर सागर के आनंद के साथ एकाकार हो गए।

इस प्रकार, एक एक करके अपने माता-पिता, मित्र, गोपाल, पिता के मित्र, आदि सभी व्रज के लोगों की इच्छाओं को पूरा किया। वहाँ से जाने पूर्व अब केवल गोपियों की इच्छा पूर्ण करना शेष रह गया था।

हरि ॐ तत्सत्

ॐ

ॐ

ओउम् श्यामसुंदराय नमः!

अध्याय 1

अलौकिक प्रेमी

स्त्रीनान्तु ललिता देवी,
पुरुषनान्तु राघवा,
तयोर ऐक्यं परम कृष्णा,
सौन्दर्यं केन वर्ण्यते?

भगवान कृष्ण के मनमोहक आकर्षण का वर्णन कौन कर सकता है, जो देवी ललिता के अनुपम सौंदर्य तथा श्रीराम के अतुल्य बल का अनूठा संगम थे?

शरद ऋतु के आगमन को देखते हुए, जब रात्रि में चमेली की सुगंध सर्वत्र व्याप्त होती है, भगवान कृष्ण ने अपनी योगमाया द्वारा गोपियों के साथ रास करने के अपने पुराने वचन को पूरा करने का निश्चय किया। उस समय शरद का विशाल और लालिमा-युक्त चंद्रमा पूर्वी क्षितिज को सिंदूरी रंग से रंगता हुआ उदित हुआ। वर्षा से यमुना का जल गड़गड़ाहट करता हुआ बह रहा था तथा वृंदावन का जंगल प्रचुर हरियाली और हज़ारों तरह के सुगंधित पुष्पों की सुगंध से महक रहा था। ऐसी रात्रि को देखने की कवि-हृदय में इच्छा जाग्रत होती है और प्रेमी-युगल इसके स्वप्न देखते हैं। इस तरह की रात्रि में कठोरतम तपस्वी के मन में भी इच्छा की चिंगारी प्रज्ज्वलित हो जाती है। ऐसे में, उन गोपियों के मन में, जिनके हृदय को पहले से ही प्रेम के देवता ने मथ दिया था, इसका प्रभाव कैसे नहीं होता? चंद्रमा जैसे ही क्षितिज पर सिंदूरी चकरी की भाँति उदित हुआ, कृष्ण ने जादुई बाँसुरी पर अपने अधरों को रखा और प्रेम की मधुर तान छेड़ दी। उसने वृंदावन की वायु को संगीत से भिगो दिया और वह गोपियों के हृदय में समा गई, जिसे सुनकर वे सुध-बुध खो बैठीं। उन्हें अपने कर्तव्य, सम्मान, पति, बच्चे और घर, किसी बात की चिंता नहीं थी। उन्हें अपने शरीर का भान तक नहीं रहा। वे सब कुछ छोड़कर, अपने प्रेमी से मिलने के लिए भागीं, किंतु उनका मन कृष्ण में इस तरह डूबा हुआ था कि उन्हें यह भी नहीं पता लगा कि और भी अनेक गोपियाँ उसी दिशा में चल रही थीं। उन्होंने ज्यों ही कृष्ण की मुरली की पहली तान सुनी, वे सब अपना-अपना कार्य छोड़कर कृष्ण से मिलने चल पड़ीं। कुछ ने,

जो गाय का दूध निकाल रही थीं, बाल्टियाँ नीचे छोड़ दीं तो कुछ ने दूध को अँगीठी पर रखा छोड़ दिया। कुछ अपने बच्चों को दूध पिला रही थीं, तो कुछ अपने पतियों को भोजन परोस रही थीं। उन सब कार्यों को अधूरा छोड़कर, वे सब कृष्ण से मिलने वन की ओर दौड़ पड़ीं। कुछ स्नान कर रही थीं, कुछ वस्त्र पहन रही थीं तो कुछ शृंगार में व्यस्त थीं। हालाँकि किसी ने कान में एक ही बाली पहनी थी, अथवा एक ही आँख में काजल लगाया था या आधे वस्त्र ही पहने थे, किंतु वे सब ऐसे ही आधे-अधूरे कार्य छोड़कर, कस्तूरी मृग की भाँति कृष्ण की मुरली की जादुई धुन सुनकर भागने लगीं। उनके पतियों ने उन्हें रोकने का प्रयास भी किया, किंतु उनका मन केवल कृष्ण में रमा हुआ था। उड़ते केश, बजती पायल, उछलते वक्ष, काँपते हृदय के साथ, वे गोपियाँ चाँदनी में नहाई सी भागती हुईं, कृष्ण की मधुर धुन की ओर भागती जा रही थीं। कुछ गोपियों ने, जिन्हें उनके पतियों ने घरों में बंद कर दिया था, आँखें बंद करके, कृष्ण के ध्यान में डूबकर अपना भौतिक शरीर, वहीं, उसी क्षण त्याग दिया।

शेष गोपियाँ दौड़ती, हाँफती, खुले अधर और उछलते वक्ष लिए कृष्ण के पहुँच गईं। उनका संपूर्ण व्यवहार कामुक था। उन्हें कृष्ण के रूप में केवल अपना प्रेमी दिख रहा था। परंतु उन्हें अपनी इच्छा पूरी करने से पहले एक और परीक्षा देनी थी। भगवान को प्राप्त करने के लिए जीव को अनेक बाधाएँ पार करनी पड़ती हैं। इसमें केवल वही सफल होते हैं, जो निर्भीक होते हैं तथा किसी बात की चिंता किए बिना मिलन को प्राप्त करना चाहते हैं। गोपियों ने स्वयं को अहंकार-मुक्त तो पहले ही सिद्ध कर दिया था। उन्हें अब यह सिद्ध करना था कि कृष्ण द्वारा अस्वीकार किए जाने पर भी वे उनके बताए मार्ग पर चलने के लिए तैयार थीं। भगवान ने उनसे कहा, 'हे देवियों! तुम रात्रि में इस समय यहाँ क्यों आई हो? क्या तुम चंद्रमा के प्रकाश में चमकते इस वन की सुंदरता निहारने आई हो? यदि ऐसा है तो तुम अब लौट जाओ क्योंकि तुमने उसे देख लिया है। परंतु यदि तुम यहाँ मुझसे आकर्षित होकर आई हो तो तुम्हें यह स्मरण करवाना मेरा कर्तव्य है कि एक स्त्री के लिए अपने पति की देखभाल करना सर्वोच्च धर्म है, फिर चाहे उसका पति, कितना भी अशिष्ट, वृद्ध, असाध्य रूप से बीमार अथवा दरिद्र क्यों न हो! किसी प्रेमी से अनैतिक संबंध रखने से स्वर्ग का द्वार बंद हो जाता है और पृथ्वी पर मनुष्य की कीर्ति कलंकित हो जाती है। मेरे विषय में सोचकर और मेरा ध्यान करने से तुम आध्यात्मिक प्रेम की उच्चतर अवस्था प्राप्त कर सकोगी, जो शारीरिक प्रेम से बेहतर होती है। इसलिए सुरक्षित रूप से अपने घर लौट जाओ, अन्यथा तुम्हारे ऊपर सदा के लिए वृंदावन के ग्वाले कृष्ण के प्रेम में दीवाना होने का आरोप लग जाएगा। मैं तुम्हें ऐसा क्या दे सकता हूँ, जो तुम्हारे घर और पतियों द्वारा दी गई सुरक्षा के समान हो? मुझ तक पहुँचने वाला मार्ग संकटों से भरा है। तुम्हारी जैसी युवतियों को मेरे जैसे लड़के के साथ इस समय रात्रि में साथ देखा जाना अनुचित समझा जाएगा।'

केवल वही जीवात्माएँ परमात्मा के साथ एकाकार हो पाती हैं, जो समस्त बाधाओं और कष्टों को पार करके निष्ठा के मार्ग पर चलती हैं और ऐसे समय में भी संयम नहीं खोतीं, जबकि उन्हें लगता है कि स्वयं भगवान ने भी उनका साथ छोड़ दिया है। अनैतिक

प्रेम सदा, स्वीकृत प्रेम से अधिक दृढ़ होता है। इसीलिए, माधुर्य भाव यानी प्रेमियों के बीच होने वाले प्रेम का का महत्त्व सर्वोच्च होता है। प्रेम में शारीरिक संबंध बनने के बाद उसका आधा आकर्षण समाप्त हो जाता है। गोपियाँ अपने प्रेमी को पाने के लिए अपना सर्वस्व त्याग देने को तत्पर थीं। भगवान को हमसे ऐसे ही प्रेम की आशा होती है ऐसा प्रेम जो अलौकिक प्रेम के लिए सब कुछ छोड़ सकता है। गोपियों ने जब उसके मुख से ऐसे कठोर और क्रूर वचन सुने, जिससे उन्हें प्रेम के अतिरिक्त कुछ अन्य सुनने की आशा न थी तो वे दुःखी, आहत और असहाय होकर गिर पड़ीं।

'हमारे हृदय के स्वामी!' उन्होंने याचना की, 'हमें ऐसे न छोड़िए, जबकि हम अपना सर्वस्व छोड़कर आपके पास आए हैं। हमारा अपराध केवल इतना है कि हम आपसे बहुत अधिक प्रेम करते हैं! हे प्रभु, पति और बच्चों से ऐसा प्रेम किस काम का है, जिससे अंत में केवल दुःख हो? आपने हमें स्मरण करवाया कि स्त्री का मूल कर्तव्य अपने पति, बच्चों और सगे-संबंधियों की देखभाल करना है। परंतु क्या आप हमारे निकटतम संबंधी, हमारे एकमात्र पति, हमें सबसे प्रिय तथा समस्त जीवों के इच्छा-रूप नहीं हैं? आपने हमारा हृदय चुरा लिया, जो पहले अपने घर में रमता था। आपने हमारे हाथ-पैरों को, जो पहले घर के कार्यों में व्यस्त रहते थे, बाँध दिया है। अब आप हमें घर वापस क्यों भेज रहे हैं? आपने जिस दिन से हमें अपने चरण-कमलों में स्थान दिया है, उस क्षण से हमारे लिए किसी अन्य पुरुष को देखना असंभव हो गया है। हे संसार के रक्षक! हम पर कृपा कीजिए। हम अपना सब कुछ, अपने घर और पतियों को छोड़कर आपके पास आए हैं। हे मनमोहन, आप कृपया हमारे जलते हुए मस्तक पर अपने शीतल, सुगंधित कमल के समान हाथ रखिए और हमारे हृदय के भीतर की अग्नि को शांत कीजिए।'

ऐसा कहकर, वे हताश होकर नीचे गिर पड़ीं। तब भगवान ने, जो उनके धैर्य की परीक्षा ले रहे थे, झुककर उन्हें एक-एक करके उठाया। उन्होंने अपने पीले वस्त्र के कोने से गोपियों के आँसू पोंछे, उनके पीले पड़े अधरों को चूमकर गुलाबी कर दिया। उसके बाद, कृष्ण उन्हें लेकर यमुना के तट पर आ गए जहाँ का वातावरण इतना मनोहर था कि किसी भी स्त्री के हृदय को आकर्षित कर लेता। फिर कृष्ण ने उनके साथ रास-लीला की। उन्होंने अपने कोमल ऊपरी वस्त्र हटाकर उन्हें नीचे बिछा दिया ताकि भगवान उस पर आराम कर सकें। वे सब कृष्ण के निकट बैठकर उनके हाथ-पैरों, बालों, चेहरे आदि को सहलाने लगीं, उन्हें पत्तियों से पंखा झलने लगीं और कुछ ने तो साहस करके कृष्ण का चुंबन भी ले लिया। कृष्ण ने उनकी ओर देखा। उनके वस्त्र मैले थे और वे निर्धन थीं, किंतु कृष्ण की दृष्टि में वे सब अतुलनीय रूप से सुंदर थीं क्योंकि उनके भीतर से ऐसा प्रकाश निकल रहा था जिसके कारण उनके बाहरी रूप का कोई महत्त्व नहीं रह गया था। कृष्ण के उतार-चढ़ाव से भरे जीवनकाल में, उन्हें ऐसा प्रेम फिर कभी नहीं मिलने वाला था। इसलिए, कुछ पलों के लिए, वे सब आनंद में डूब गए।

परंतु कुछ ही देर बाद, गोपियों में अहंकार ने फिर से सिर उठा लिया और उनके मन में ऐसा विचार आया कि उन्हें यह सुख और आनंद अपनी चतुराई और आकर्षण के कारण प्राप्त हुआ था। उनके भीतर एक बार फिर द्वैत-भाव आ गया और गोपियाँ

स्वयं को कृष्ण से अलग समझने लगीं। उन्हें ज्यों ही ऐसा महसूस हुआ, उन्होंने पाया कि कृष्ण उनसे दूर हो चुके थे! कृष्ण वहाँ नहीं थे और उनके साथ ही, वह प्रकाश भी ओझल हो गया जिसमें यमुना का तट नहाया हुआ था। गोपियाँ नदी के उस निर्जन तट पर अकेली रह गईं। उनके पीछे अहंकार से भरा और भयावह जंगल था। भगवान के चले जाने के बाद, उन्हें प्रभु के बिना जीवन की निरर्थकता का आभास हुआ। भगवान की सुरक्षात्मक उपस्थिति के अभाव में, मनुष्य का जीवन विचित्र और भयानक दृश्यों से भरा अंधकारपूर्ण व नीरस जंगल के समान हो जाता है। उन्हें पत्थरों पर सँभालने, जल-धाराओं के ऊपर थामने तथा उनके मार्ग से काँटे हटाने के लिए कोई दयालु हाथ अब वहाँ नहीं था। वे इधर-उधर भागने लगीं और असहाय-सी यहाँ-वहाँ गिरने लगीं। उन्होंने वृक्षों और लताओं से कहा, 'हे मल्लिका! हे मालती! हे चंदन! हे चंपक! क्या तुमने हमारे प्रियतम को देखा है? हे तुलसी! क्या तुमने कृष्ण को देखा है? तुम उन्हें अत्यंत प्रिय हो। वे तुम्हें माला में पिरोकर अपने हृदय के निकट रखते हैं!'

ऐसा कहकर, गोपियों की चेतना कृष्ण के साथ इस तरह मिल गई कि वे उनके बचपन के चमत्कारों का वर्णन करने के लिए लताएँ अपने फूलों को गोपियों के चेहरे पर फेरने लगीं ताकि उन्हें कुछ आराम मिल सके। वृक्षों ने अपने सिर झुकाकर उनके दुःख को कम करने का प्रयास किया किंतु बहुत कोशिश के बाद भी, उन्हें कृष्ण दिखाई नहीं दिए। कुछ क्षण बाद, उन्होंने देखा कि उनमें से एक गोपी, जो सबसे विनम्र और भाग्यशाली थी, वहाँ मौजूद नहीं थी। उसका नाम राधा था। वह उन सब गोपियों से, जो अन्य मनुष्यों से अधिक भाग्यशाली थीं, भी अधिक भाग्यशाली थी। राधा, कृष्ण को सबसे अधिक प्रिय थीं। कहते हैं, वे उन्हीं की प्रकृति अथवा स्वभाव का अवतार थीं। भगवान का स्वभाव साधारण किंतु अवर्णनीय है। राधा भी ऐसी ही थीं - कभी सौम्य और आकर्षक, तो कभी हठी व प्रतिकूल। वे फिर भी सब कुछ भूलकर अपने प्रभु के ध्यान में मग्न रहती थीं क्योंकि भगवान ही उस प्रकृति के एकमात्र पुरुष थे।

गोपियाँ जिस समय बेचैन होकर कृष्ण को खोज रही थीं, उन्हें रेत पर दो लोगों के पद-चिह्न दिखे, जो चंद्रमा के प्रकाश में चमक रहे थे। 'ओह! यहाँ दो लोगों के पैरों के निशान हैं,' एक गोपी ने कहा, 'देखो, ये दोनों एक-दूसरे के गले में हाथ डालकर कितनी दूर निकल गए हैं। चलो, हम उनके पीछे चलते हैं।'

'वो देखो!' दूसरी ने कहा, 'यहाँ कृष्ण ने उसे अपनी बाँहों में उठाकर यह धारा पार की होगी क्योंकि यहाँ एक ही व्यक्ति के पैरों के निशान हैं, जो रेत में काफ़ी गहरे हैं मानो उन्होंने कोई बोझ उठा रखा था।'

'और यह देखो!,' तीसरी बोली, 'वे दोनों यहाँ बैठे थे। कृष्ण ने राधा के लिए चमेली की माला बनाई होगी क्योंकि यहाँ उसके अवशेष पड़े हैं। हे भाग्यशाली राधा! काश तुम्हारी जगह मैं होती!'

इस तरह दुःखी होते हुए वे घूमती रहीं। तभी उनकी भेंट स्वयं राधा से हो गई। राधा ने जब से यह बात सुनी थी कि कृष्ण ने किस तरह श्रीदामा को अपने कंधों पर उठाया था, उनके भी मन में यह गुप्त इच्छा जाग्रत हो गई थी कि भगवान उन्हें भी ऐसे

ही उठाएँ। उस स्थान पर, राधा ने कृष्ण से ऐसा करने का अनुरोध किया था। वे नीचे झुके ही थे कि तभी राधा के मन में यह विचार उत्पन्न हो गया कि वे कितनी भाग्यशाली हैं और वे किस तरह अपनी सहेलियों को इस उपलब्धि के विषय में बताएँगी। उनके मन में ज्यों ही यह अहंकार भाव विकसित हुआ, भगवान उसके अहंकार सहित, ग़ायब हो गए और वे नीचे गिर पड़ीं। अब राधा से एक पल का विरह भी सहन नहीं हो रहा था। अन्य गोपियों ने राधा के चेहरे पर पानी छिड़का उसके कान में कृष्ण के नाम का जादुई मंत्र पढ़ा, तब वे होश में लौटीं। 'चलो, हम उन्हें खोजते हैं,' गोपियों ने कहा। परंतु राधा हिल नहीं पाईं। 'मुझसे नहीं होगा,' उन्होंने धीरे-से कहा, 'मैं यहीं रहूँगी और यदि कृष्ण नहीं आए तो मैं अपने प्राण त्याग दूँगी।'

गोपियाँ राधा को किसी तरह उठाकर यमुना तट पर ले गईं जहाँ उन्होंने कृष्ण के साथ रास किया था और फिर एक करुण गीता गाने लगीं। गीत में यह वर्णित किया गया था कि अपने रचयिता से दूर होकर आत्मा कैसे भयानक दुःख और अंधकार में पड़ जाती है। सब जिज्ञासु इस विरह की वेदना को अनुभव करते हैं। एक आनंदपूर्ण क्षण के लिए उन्हें भगवान से एकाकार होने का अनुभव होता है किंतु मानव शरीर और अहंकार के बंधन के कारण, वे फिर से सामान्य जीवन के चक्र में फँस जाते हैं और इससे होने वाली पीड़ा का वर्णन नहीं किया जा सकता। यह वैसी पीड़ा है, जैसी किसी शारीरिक अंग के उसके कोटर से बाहर निकल जाने पर होती है। जीव नश्वरता के बंधन को तोड़कर, अमर होने का प्रयास करता है परंतु दुर्भाग्य से, पूर्वजन्मों के शारीरिक बंधन उपयुक्त समय आने तक उसे बाँधकर रखते हैं।

'हे प्रिय स्वामी!' वे गाने लगीं, 'आपकी उपस्थिति से यह वृंदावन का जंगल पृथ्वी का सबसे सुंदर स्थान बन गया है। क्या आप दया के सागर नहीं हैं? क्या आप हमें दर्शन नहीं देंगे? हम केवल आपसे मिलने के लिए जीवित हैं और सब दिशाओं में आपको खोज रहे हैं।'

'हे परमानंद के निधान! आपके नेत्र, इस स्वच्छ शरद-सरोवर में खिले कमल की पंखुड़ियों से भी अधिक सुंदर हैं। हम आपकी बिना मोल ली हुई सेविकाएँ हैं। आप हमसे इतने रुष्ट क्यों हैं? आप हमारे समक्ष प्रकट क्यों नहीं होते?'

'हे सनातन सखा! आप केवल यशोदा के पुत्र नहीं हैं बल्कि समस्त प्राणियों में विद्यमान अंतर्यामी हैं और आपका जन्म इस संसार की रक्षा के लिए हुआ है। आपने अनेक बार दुष्ट शक्तियों से हमारी रक्षा की है।'

'आपने हमें इस अंधकारमय और भयावह जंगल में अकेले क्यों छोड़ दिया? हे प्रियतम! आप अपना हाथ हमारे मस्तक पर रखकर हमारी रक्षा कीजिए क्योंकि हम इस संसार रूपी वन में भटक रही हैं और हमने आपके चरणों में शरण ली है!'

'हे हृदय के स्वामी! आप अपने चरण, जिनसे आपने कालिय नाग के फन पर नृत्य किया था, हमारे शुष्क और बेचैन वक्ष पर रखकर हमें दुःखों से छुटकारा दिलाइए!'

'हे कमल-नयन! हम आपके आदेश का पालन करने को तैयार हैं। आपके विरह के दुःख से हमें मूर्छा आ रही है।'

'हे प्रिय! आपकी प्रिय लगने वाली दृष्टि और मनमोहक मुस्कान हमारे ध्यान करने योग्य सबसे शुभ विषय हैं। आपके वचनामृत की ऋषिगण स्तुति करते हैं और उन्हें सुनने वालों को समृद्धि प्राप्त होती है। हमारे मन उन वचनों से अत्यंत व्याकुल हैं।'

'हे हृदय के नायक! हमें जब संध्या के समय गाएँ चरा कर लौटने के बाद आपके धूल-भरे चेहरे और बिखरे बालों का विचार आता है तो हम बहुत रोमांचित हो जाते हैं। परंतु पैने पत्थरों और काँटों से आपके पैरों में लगी चोट से हमारा हृदय व्यथित हो जाता है। आप जिस पल हमारे निकट नहीं होते, हमारे लिए वह क्षण युग के समान हो जाता है और जब आप संध्या के समय फिर से दिखाई देते हैं तो हम रचयिता को कोसते हैं जिन्होंने ये पलकें बनाई हैं जिनके झपकने से हम आपकी सुंदरता से वंचित रह जाते हैं।'

'हे हृदय-नायक! आप अपने संगीत की मधुर तान से, जो आपके अधरों के चूमने से मुरली में से अमृत के समान बहती है, हमारे हृदय को भरने की कृपा कीजिए। हम उसे सुनकर सब कुछ भूलकर आध्यात्मिक आनंद के चरम पर पहुँच जाते हैं। हम अपने पति, बच्चों, सगे-संबंधियों, भाइयों को छोड़कर आपके मधुर संगीत से मोहित होकर आपके पास आए हैं। आपने फिर हमें इस अंधेरी रात्रि में अकेला क्यों छोड़ दिया है?'

'हे प्रिय! आपका यह अवतार जितना संसार के कल्याण के लिए है, उतना ही व्रजवासियों के भी कष्ट दूर करने के लिए है। हमारे हृदय को जो दुःख खाए जा रहा है, उसका निवारण केवल आपके साथ रहने से ही होगा। इसलिए, अपनी इन सेविकाओं पर दया कीजिए।'

'हे प्रिय! आपके नाज़ुक पैरों के इस जंगल की काँटेदार, पथरीली भूमि पर चलने के विचार से ही हम कष्ट से काँपने लगते हैं। यहाँ तक कि हमारे वक्ष भी आपके लिए बहुत कठोर हैं, तथापि आप इनके ऊपर अपने चरण रखिए और हम आपके पैरों को बहुत ध्यान से पकड़ेंगे ताकि आपको चोट न लग जाए।'

इस तरह, गोपियों ने अपना कष्ट सुनाया और भगवान से मिलने की इच्छा व्यक्त करने लगीं। सहसा, कृष्ण जैसे ग़ायब हुए थे, उसी तरह उनके बीच प्रेम के देवता, मन्मथ के रूप में प्रकट हो गए।

'तुमने यह कैसे सोच लिया कि मैंने तुम्हें छोड़ दिया है?' कृष्ण ने धीरे-से पूछा। 'तुम एक क्षण के लिए भी मेरी दृष्टि से दूर नहीं हुई थीं। मैं हर क़दम पर तुम्हारे साथ चल रहा था। तुम जब भी गिरने को हुईं, मैंने तुम्हें सँभाला। अन्यथा तुम लोग रात्रि के ऐसे समय पर, जंगली पशुओं से भरे इस भयंकर वन में जीवित कैसे रह पातीं?'

भगवान सदा उन लोगों के साथ रहते हैं, जो अपना जीवन उनके हाथों में सौंप देते हैं। भगवान के हाथ में सौंपा जीवन सदा के लिए सुरक्षित हो जाता है। हम दुर्भाग्य के पत्थरों से टकराकर गिर सकते हैं, हमें कष्टों के शूल से पीड़ा हो सकती है, किंतु हमें पता नहीं लगता लेकिन भगवान हमेशा हमें सँभालते हैं और हमारे आँसू पोंछते हैं।

कृष्ण को देखकर, गोपियों को लगा मानो उनके प्राण वापस आ गए हों। वे उनसे लिपट गईं। यमुना के तट पर, जहाँ हवा में चमेली की सुगंध व्याप्त थी, जहाँ कालिंदी ने

उनके आराम के लिए रेत के टीले बनाए थे, सृष्टि के स्वामी भगवान कृष्ण, जो ध्यानस्थ योगियों के हृदय में वास करते हैं, अब उन गोपियों द्वारा बनाए साधारण-से आसन पर बैठे हुए थे। कृष्ण को सहलातीं, छेड़तीं गोपियों ने उनसे विभिन्न प्रकार के प्रेम के विषय में पूछा।

'कुछ लोग दूसरों को यह देखकर प्रेम करते हैं कि उन्हें बदले में कितना प्रेम मिलता है। कुछ लोग उन्हें भी प्रेम करते हैं जिनसे उन्हें प्रेम नहीं मिलता। कुछ लोग ऐसे भी होते हैं जिनके हृदय में किसी के लिए, चाहे वे उनसे प्रेम करने वाले हों या उनके प्रति उदासीन हों, प्रेम नहीं होता। कृपया हमें बताइए कि इन सबमें सबसे श्रेष्ठ कौन है?'

भगवान ने कहा, 'परस्पर प्रेम के संदर्भ में, स्वार्थ ही एकमात्र उद्देश्य होता है। यह एक तरह का लेन-देन है जिसे सच्चा प्रेम नहीं कहा जा सकता। मनुष्यों के बीच सामान्यतया इसी तरह का प्रेम होता है। जो लोग एकतरफ़ा प्रेम के बावजूद भी प्रेम करते हैं, उनमें भी दो प्रकार की श्रेणियाँ होती हैं - जो स्वभाव से दयालु और स्नेहमयी होते हैं, जैसे माता-पिता, जो बिना प्रतिदान की अपेक्षा रखे अपने बच्चों से प्रेम करते हैं। तुमने जो तीसरी श्रेणी बताई, जो किसी से प्रेम नहीं करते, वे भी तीन तरह के होते हैं - आत्माराम यानी जो स्वयं में डूबे रहते हैं और जिनके लिए सारा संसार उनके भीतर ही समाहित होता है; दूसरे, आप्तकाम यानी वे, जिनकी किसी तरह की आवश्यकताएँ नहीं होतीं और इसलिए उन्हें किसी से कोई मतलब नहीं होता; तीसरे वे भाव-शून्य लोग होते हैं जिनके मन में किसी के लिए प्रेम अथवा कृतज्ञता का भाव नहीं होता। परंतु मैं इनमें से किसी श्रेणी में नहीं हूँ। यदि मैं तुमसे दूर रहता हूँ तो वह इसलिए ताकि तुम्हें बल मिले और मुझे प्राप्त करने की तुम्हारी इच्छा प्रबल हो जाए। तुमने मेरे लिए अपना घर, परिवार और स्थान तक छोड़ दिया तो मैं तुम्हें प्रेम क्यों नहीं करूँगा? यदि मैं अनंत काल तक तुम्हारी सेवा करूँ तो भी तुम्हारे प्रेम-जनित आत्म-समर्पण के गौरवशाली कृत्य से उऋण नहीं हो सकता क्योंकि तुम स्वार्थ से परे हो और तुमने घर-गृहस्थी का सशक्त बंधन तोड़ने में सफलता पाई है।'

भगवान के ऐसे वचन सुनकर गोपियों के मन में विरह की पीड़ा शांत हो गई। उसके बाद, प्रभु उनके साथ रासलीला के लिए चल दिए। वे प्रत्येक गोपी के साथ झाड़ियों में बने विशेष कक्ष में गए और अपने हाथों से उनका शृंगार किया, उनके केश सँवारे, उन्हें आभूषणों से सजाया। उसके बाद, कृष्ण ने उन्हें एक विशाल वृत्त में खड़ा किया और प्रत्येक गोपी ने एक-एक कृष्ण के साथ नृत्य किया। कृष्ण ने स्वयं बीच में खड़े होकर नृत्य के लिए संगीत दिया। दो मोतियों के बीच नीलम की भाँति, दो-दो गोपियों के बीच में श्याम वर्ण के कृष्ण चमक रहे थे! उनकी मुरली की धुन के साथ आकाश से अन्य वाद्य-यंत्र बजने लगे और भगवान की इन भाग्यशाली गोपियों के ऊपर पुष्प-वर्षा होने लगी। उनकी चूड़ियों, घंटियों और पायल की खनक उस संगीत के घुल-साथ मिल गई। गोपियों को इस बात का आभास ही नहीं हुआ कि वहाँ इतने सारे कृष्ण थे! प्रत्येक को ऐसा भ्रम हो रहा था कि वह अपने प्रिय कृष्ण के साथ अकेली है और समस्त लज्जा को भूलकर उन्होंने कृष्ण से लिपटकर प्रेम किया। कृष्ण ने भी उन्हें गले से लगाया और आनंद की अभूतपूर्व अवस्था में पहुँचा दिया क्योंकि वह कोई साधारण शारीरिक मिलन नहीं था, अपितु परमात्मा के साथ जीवात्मा का मिलन था। इसे ही उपनिषदों में 'तत् त्वम् असि' कहा गया है, जिसे योगी

अत्यंत गहन और लंबी तपस्या के बाद प्राप्त करते हैं। यह अनुभव उन अनपढ़ गोपियों को इसलिए हो सका क्योंकि उनमें एक महान गुण था, जिसने उन्हें बदल दिया। यह गुण था प्रेम की रस-विधा जिसने उन्हें परिवर्तित करके प्रकाशमय और गौरवशाली बना दिया। ऐसा प्रेम समय और स्थान की सीमाओं से पार जाकर शारीरिक और मानसिक स्तर से ऊपर उठ जाता है। केवल प्रेम के बंधन द्वारा ही असीमित को सीमित से बाँधा जा सकता है। वह मनुष्य की बनाई बाधाओं को बहाकर अज्ञात की परिधि में चला जाता है। गोपियों को वियोग की समझ नहीं थी। जैसे गंगा समुद्र में मिलकर अपना अस्तित्व खो देती है, उसी प्रकार गोपियों की आत्मा भी कृष्ण रूपी आनंद में डूब गई थी। हालाँकि आरंभ में उनका प्रेम शारीरिक स्तर पर था, किंतु परमेश्वर के संपर्क में आने पर वह शारीरिक आसक्ति की तुच्छता से दिव्य मिलन की दीप्ति में बदल गया। भगवान का यह अवतार समस्त जीवों को मुक्ति देने के लिए हुआ था चाहे वे - प्रेम, भय, क्रोध, स्नेह या समर्पण - किसी भी भाव से भगवान को याद करें। कृष्ण ने गीता के उपदेश में अर्जुन को भी यही कहा था, 'लोग मुझे जिस भी रूप में याद करेंगे, मैं उसी रूप में उन्हें मिलूँगा क्योंकि लोगों के मुझे याद करने के अनेक तरीके हैं।'

यदि कृष्ण, उन्हें मारने आए पूतना और अघासुर जैसे राक्षसों का उद्धार कर सकते हैं, तो वे गोपियों के साथ ऐसा क्यों नहीं करते जिनका दोष केवल यही था कि उन्होंने कृष्ण से अतिशय प्रेम किया था। उन्हें पता था कि वे कृष्ण को पति रूप में कभी नहीं पा सकेंगी, इसलिए उन्होंने कृष्ण को प्रेमी के रूप में चाहा और भगवान भी उनके पास उसी रूप में गए। चूँकि उनका प्रेम किसी साधारण मनुष्य में स्थित न होकर सनातन पुरुष में स्थित था, इसलिए उसका परिष्कार हो गया और उन्होंने भगवान से मिलन की वह अवस्था सीधे प्राप्त कर ली जिसे पाने के लिए योगियों को वर्षों कठोर तपस्या करनी पड़ती है। इसी कारण रासलीला को ब्रह्म-रात्रि भी कहा जाता है।

ज्यों-ज्यों रात्रि ढलने लगी, संगीत मंद पड़ने लगा और केवल पाजेब की हलकी ध्वनि सुनाई पड़ रही थी। धीरे-धीरे, वह ध्वनि भी समाप्त हो गई क्योंकि गोपियाँ नृत्य करते-करते थक चुकी थीं। उनकी आँखें अधखुली कलियों की तरह हो गईं और उनके सिर अपने प्रियतम के कंधे पर ढुलक गए। उनकी मालाएँ और आभूषण गिरने लगे और उन्हें अपने ढीले पड़े वस्त्रों का भी ध्यान न रहा। कृष्ण ने अपने शीतल हाथों से गोपियों के पसीने से भरे चेहरों को पोंछा और उन्हें पतली कमर से पकड़ लिया। गोपियाँ कृष्ण के अधरों से अमृतपान करती रहीं, जिसके लिए वे इतने समय से इच्छुक थीं। कुछ गोपियाँ अपने विशिष्ट कृष्ण के गले से लिपटी हुई थीं, कुछ उनका हाथ चूम रही थीं और कुछ उनके मुँह से खाई हुई सुपारी चुरा रही थीं। उनके केश बिखरे थे, वस्त्र ढीले हो गए थे, अंगवस्त्र खुले हुए थे किंतु उन्हें किसी बात की चिंता नहीं थी क्योंकि उस समय उन्हें अपने शरीर का भान नहीं था। कृष्ण ही उनके पति, प्रेमी और भगवान थे। वे गोपियों के लिए सखा और संबंधियों से भी निकट, माता-पिता से भी अधिक और उनके अपने जीवन से अधिक मूल्यवान थे। कृष्ण, उनके तन का अंश और उनकी आत्मा की भी आत्मा बन गए थे। गोपियाँ मिलन की ऐसी अवस्था में थीं जहाँ सब कुछ एक होता है और कोई अन्य नहीं होता।

इस प्रकार, अनेक चाँदनी रातों में गोपियों ने उस अनंत के साथ रासलीला की, जिसने संसार को सुख देने के उद्देश्य से मनुष्य रूप धारण किया था। हालाँकि कृष्ण सर्वज्ञ थे जो समस्त जीवों से अनासक्त थे और सदा परमानंद में मग्न रहते थे, तथापि उन्होंने जो भी किया उसमें बाल-वत उत्साह और हर्ष का संचार कर दिया। वे ब्रह्मांड के प्रियतम थे, तथापि उन्होंने प्रत्येक गोपी को ऐसा महसूस करवाया कि वे उसके विशिष्ट प्रियतम हैं। प्रत्येक पूर्णिमा को गोपियाँ मुरली की मधुर तान सुनकर अपने समस्त कार्य अधूरे छोड़कर दौड़ी आती थीं। फिर कृष्ण प्रत्येक गोपी को विशेष कक्ष में ले जाकर स्वयं उसका शृंगार करते थे। वे उनके केश सँवारते, आँखों में काजल और माथे पर बिंदी लगाते, उन्हें सुगंधित इत्र लगाते तथा चमेली के फूलों की माला से सजाते थे। वे ऐसा एक गोपी के साथ नहीं, अपितु प्रत्येक गोपी के साथ करते थे। उसके बाद, कृष्ण उन्हें अपने साथ यमुना तट पर ले जाकर रास करते थे। फिर अपनी थकान मिटाने लिए गोपियाँ नदी में स्नान करतीं और सुबह अपने प्रियतम के कहने पर अनिच्छा से अपने घर लौट जाती थीं। भगवान की लीला के कारण, गोपालों को अपनी पत्नियों की कमी महसूस नहीं होती थी, अपितु वे कृष्ण को भगवान मानने लगे थे।

भगवान, मनुष्य रूप धारण करके, अपने उद्देश्य की पूर्ति हेतु अनेक तरह की लीलाएँ करते हैं और उन लोगों को अपनी ओर आकर्षित करते हैं जिनका आध्यात्मिक रुझान नहीं है। आध्यात्मिक पथ पर कामुक आसक्ति को बाधा समझा जाता है, किंतु चूँकि गोपियों का मन उसमें रम गया था जो स्वयं शुचिता का भंडार है, तो वे भी सद्गुण और समर्पण की बन गईं और ऋषियों ने भी उनकी सराहना की। *श्रीमद् भागवत* में लिखा है कि जो लोग भगवान के जीवन के इस अध्याय को पढ़ते हैं, उनकी कामुक वृत्तियाँ शांत होकर परम प्रियतम पर केंद्रित हो जाती हैं।

हे मित्र, मैं नहीं कह सकता कि
वह दूर था अथवा निकट था
सत्य था अथवा स्वप्न था
मैंने उस श्याम वर्ण वाले को ज्यों ही बाँधा
किसी वज्र-शिरा की भाँति
मेरे हृदय की नदी में बाढ़-सी आ गई
चमचमाते चंद्रमा की भाँति
मैंने उस तरल मुख को मानो खा लिया
मुझे अपने आस-पास तारों की जगमगाहट महसूस हुई।

—विद्यापति-गीत

हरि ॐ तत्सत्

ॐ

ॐ

ओउम् वनमालिने नमः!

अध्याय 10

व्रज के स्वामी

दर्शनीयतिलको, वनमालादिव्यगन्धा तुलसी मधुमत्ते,
अलिकुलारैलालगुगीतमाभिष्टमाद्रियन यार्ही अन्धितवेणु,
सारसि सरसहंसाविहंगस्रार्युगीतहृत्चेतं एत्या,
हरिमुपस्ता तेयातचित्ताः हन्ता मीलिताद्रिशो द्रितामौना।

आकर्षक तिलक लगाकर जब कृष्ण
मधुमक्खियों की, जो कृष्ण की वनमाला में गुँथी तुलसी
की सुगंध से उनकी ओर आकर्षित होती हैं,
तेज गुंजार के उत्तर में मुरली की तान छेड़ते हैं तो
हंस और वक जैसे जलचर वहाँ एकत्रित होकर उनका
संगीत सुनते हैं और कृष्ण के निकट,
आत्म-संयमित ऋषियों की तरह
आँखें बंद करके खड़े रहते हैं, मानो
भगवान का ध्यान कर रहे हों।

दिन के समय, जब कृष्ण अपने मित्रों के साथ गायों को चराने वन में जाते थे तो पीछे से गोपियाँ उनकी गतिविधियों की कल्पना करके समय व्यतीत करती थीं। कृष्ण के विषय में सोचने से उनकी कल्पना को मानो पंख लग जाते थे। वे उस क्षण की प्रतीक्षा करतीं जब कृष्ण संध्या के समय पशुओं के खुरों से उठे धूल के बादल को साथ लिए, अपने बालों और माला को धूल से भरकर, गोपालों के साथ हँसते-खेलते लौटते थे।

एक दिन कृष्ण ने गोपियों को बताया कि यमुना के विपरीत तट पर ऋषि दुर्वासा आए हुए थे और उन सबको वहाँ जाकर ऋषि का आशीर्वाद लेना चाहिए। गोपियाँ सदा कृष्ण के आदेश का पालन करने को तत्पर रहती थीं। उन्होंने अनेक प्रकार के व्यंजन बनाए और यमुना के तट पहुँच गईं। परंतु यमुना का पानी चढ़ा हुआ था और नदी पार करना संभव नहीं था। वे निराश होकर लौट आईं और उन्होंने कृष्ण को अपनी समस्या बताई।

भगवान मुस्कराए और उन्हें फिर से प्रयास करने को कहा। 'यमुना के तट पर जाओ और कहो - हे यमुना! यदि कृष्ण का ब्रह्मचर्य व्रत अखंड है तो कृपया हमें उस पार जाने के लिए मार्ग दीजिए।'

गोपियाँ यह सुनकर आश्चर्य में पड़ गईं क्योंकि उनका अपना अनुभव था कि वह बात सत्य नहीं थी। परंतु वे यमुना के पास गईं और वैसा ही किया। और देखो! यमुना का पानी बीच में से विभक्त हो गया और गोपियों ने सरलता से नदी पार कर ली। वे दुर्वासा के पास गईं और समस्त प्रकार के भोजन उनके सामने परोस दिए। ऋषि दुर्वासा अपनी मिताहारी स्वभाव के लिए प्रसिद्ध थे, तथापि उन्होंने गोपियों द्वारा लाया बड़ी मात्रा में भोजन खाकर समाप्त कर दिया और उन्हें आशीर्वाद दिया। गोपियों ने लौटने पर देखा कि यमुना का मार्ग दोबारा बंद हो गया था और अब उनके लिए नदी पार करना कठिन था। वे ऋषि के पास गईं और उन्हें समस्या बताई। दुर्वासा ने उनसे पूछा कि इस ओर आते समय उन्होंने क्या किया था। गोपियों ने दुर्वासा को वह चमत्कारी घटना बता दी। यह सुनकर दुर्वासा मुस्कराए और बोले, 'यमुना से कहो - हे यमुना! यदि ऋषि दुर्वासा सचमुच मिताहारी हैं, तो हमें मार्ग दीजिए।'

गोपियों को बहुत आश्चर्य हुआ। उनके जैसा ऋषि ऐसी झूठी बात कैसे कह सकता था जबकि उन्होंने स्वयं सबके सामने इतना सारा भोजन खाया था? तथापि, गोपियाँ दुर्वासा के क्रोध से परिचित थीं इसलिए उन्होंने दुर्वासा की आज्ञा का पालन किया। उन्हें यह देखकर बहुत अचंभा हुआ कि यमुना ने फिर से विभक्त होकर उन्हें मार्ग दे दिया। नदी के इस व्यवहार पर इस बार उनसे अपनी उत्सुकता रोकी नहीं गई और वे सब कृष्ण के पास पहुँचीं तथा इस विचित्र घटना का कारण पूछा। तब भगवान कृष्ण ने गोपियों को कर्म के सिद्धांत पर उपदेश दिया।

हम किसी भी कर्म से तब बँधते हैं जब हम स्वयं को उस कर्म का कर्ता समझते हैं। ऐसे कर्म का फल बंधन ही होता है। परंतु जब किसी कर्म को कोई प्रबुद्ध मनुष्य अथवा स्वयं भगवान करते हैं तो उसमें अहंकार नहीं होता और उसमें मन की भागीदारी नहीं होती। वह पूरी तरह मुक्त एवं स्वाभाविक कर्म होता है और इसलिए उसका कोई फल नहीं होता। वह कर्म के सिद्धांत से परे होता है। भगवान के कर्म, व्यक्तिगत प्रेरणा से मुक्त होते हैं। वे मुक्त माध्यम हैं और सदा ब्रह्म के आनंद में डूबे रहते हैं और हर वस्तु से विरक्त हैं। इसी कारण हज़ारों स्त्रियों के साथ प्रेम करने के बावजूद नित्य ब्रह्मचारी हैं। इसी तरह ऋषि दुर्वासा के मन में उनके सामने रखे भोजन के लिए न आकर्षण है और न घृणा। उन्होंने वह भोजन अपनी रुचि से नहीं, अपितु गोपियों का मान रखने और उन्हें प्रसन्न करने के लिए खाया था। यदि वे ऋषि के लिए कुछ नहीं ले जातीं तो भी दुर्वासा उतने ही प्रसन्न होते क्योंकि उनकी प्रसन्नता किसी बाहरी वस्तु से जनित नहीं है अपितु, उनके स्वाभाविक आनंद से उत्पन्न होती है। परमानंद में मग्न होने के कारण, ऋषि को भूख अथवा प्यास का पता नहीं है। इसलिए उन्हें मिताहारी कहना उचित है। इस प्रकार, भगवान ने प्रेमपूर्वक, गोपियों को बिना कर्म-चक्र में उलझे कर्म करने का रहस्य समझाया।

एक बार किसी उत्सव के समय, सभी गोप अंबिका वन नामक तीर्थ-स्थल पर गए थे। नदी में स्नान करके ने बाद उन्होंने भगवान शिव और उनकी पत्नी पार्वती को अर्पण दिया। उन्होंने रात्रि नदी-तट पर व्यतीत की। सोते समय, एक अजगर ने नंद का पैर जकड़ लिया। गोप उठ गए और चिल्लाने लगे। उन्होंने अजगर को भगाने के कई प्रयास किए किंतु, वह नहीं भागा। वे सब दौड़कर कृष्ण के पास गए। कृष्ण ने अजगर को पैर से स्पर्श किया तो वह अपने दिव्य रूप में प्रकट हो गया। उसने भगवान को प्रणाम किया और शाप से मुक्त करने के लिए भगवान को धन्यवाद दिया और फिर अपने लोक वापस चला गया।

एक अन्य दिन, कृष्ण और बलराम, गोपियों के साथ वन में घूम रहे थे। धन के देवता कुबेर का एक अनुचर वहाँ से जा रहा था। उसने गोपियों को देखा, तो उनका अपहरण कर लिया। दोनों भाइयों ने उसका पीछा किया और गोपियों को छुड़ाया।

कुछ दिन बाद, कंस ने अरिष्ट नाम के एक राक्षस को गोकुल भेजा। उसने साँड़ का रूप धारण किया। वह भयंकर ढंग से चिल्लाता, अपनी पूँछ उठाकर, आँखें लाल किए सँकरी गलियों में भागने लगा। उससे सारे गाँव वाले भयभीत हो गए। उस राक्षस द्वारा मचाए हड़कंप को देखकर, भगवान कृष्ण आगे आए और उन्होंने राक्षस का मार्ग रोक लिया। साँड़ से लड़ने वालों की तरह कृष्ण ने अपने हाथों से कंधे थपथपाए। वह साँड़ गुस्से से अपने सींग नीचे करके लाल आँखों के साथ कृष्ण की ओर दौड़ा। कृष्ण ने उसके सींग पकड़ लिए और उसे दस फ़ीट पीछे धकेल दिया। उन्मत्त साँड़ लड़खड़ाया और उसने फिर से कृष्ण पर हमला किया। इस बार कृष्ण ने उसे पकड़कर नीचे पटक दिया। उसे अपने पैर से दबाकर, कृष्ण ने उसके सींग उखाड़ लिए और उसे मार डाला।

इस चमत्कार के बाद, देवर्षि नारद फिर से कंस के दरबार में गए क्योंकि उनके अनुसार समय आ गया था जब भगवान को व्रज से बाहर निकलकर अन्य कई चमत्कारी कार्य करने थे। उन्होंने कंस को कृष्ण और बलराम के विषय में बताया।

‘कंस, यह जान लो कि देवकी की जिस आठवीं संतान को तुम्हें दिखाया गया था, वह वास्तव में, ग्वाल-प्रमुख नंद की पत्नी यशोदा की पुत्री थी। उसे देवकी के पुत्र कृष्ण के साथ बदल दिया गया था। कृष्ण अब नंद का पुत्र बनकर व्रज में रहता है। उसका भाई बलराम भी वसुदेव और उनकी पत्नी रोहिणी का पुत्र है। वह नंद के घर में ही रहता है। उन्हीं दोनों ने उन सब राक्षसों का वध किया है, जिन्हें तुमने कृष्ण को मारने के लिए भेजा था।’

यह सुनकर कंस क्रोध से उन्मत्त हो गया। उसने वसुदेव को मारने के लिए तलवार उठा ली। परंतु नारद ने उसे ऐसा करने से रोक लिया। कंस ने फिर से देवकी और वसुदेव को कारागृह में बंदी बना दिया। फिर उसने केशी नामक दैत्य को बुलाया और दोनों बालकों को मारने का आदेश दिया।

केशी, एक विशाल घोड़े का रूप धारण करके अपने खुरों से ज़मीन खोदता हुआ, गोकुल आ गया। कृष्ण को अपनी ओर आते देख, केशी ने अपना मुँह खोला और कृष्ण की ओर दौड़ा मानो उन्हें खा जाना चाहता था। कृष्ण ने उसके उठे हुए खुरों से स्वयं को बचाया और फिर उसके पैर पकड़कर, उसे घुमाया और हवा में सौ गज़ दूर उछाल दिया। परंतु केशी ने हार नहीं मानी। वह किसी तरह उठा और दाँत पीसने लगा। उसके मुँह से

झाग निकल रहे थे। कृष्ण ने अपना हाथ केशी के खुले मुँह में डाला और जैसे ही राक्षस ने कृष्ण का हाथ चबाने का प्रयास किया, उसके सारे दाँत निकलकर बाहर गिर गए! भगवान का हाथ मोटा होता गया जिसके कारण केशी का दम घुट गया और उसकी मृत्यु हो गई।

कृष्ण अपनी रुकी यात्रा को आगे बढ़ाते हुए गायों को घास चराने के लिए आगे चल पड़े। पहाड़ी की ढलान पर वे लोग किसान और पशु-चोर का खेल खेलते थे। व्योम नाम का एक राक्षस वहाँ गोप बनकर आ गया। उसने बहुत-से लड़कों को, जो पशु बनकर खेल रहे थे, उठाकर दूर एक गुफा में बंद कर दिया। वह जब और लड़कों को चुराने आया तो कृष्ण ने उसका हाथ पकड़ लिया और उसे मारकर लड़कों को गुफा से मुक्त करवाया। वे लोग जब संध्या के समय व्रज लौटकर आए तो उन्होंने दिन-भर की घटना का उल्लेख किया कि कैसे उनका बनावटी खेल रोमांचकारी घटना में बदल गया था।

केशी के वध से कंस बहुत परेशान हो गया। उसने निश्चय किया कि दोनों बालकों को मारने के लिए वह उन्हें मथुरा बुलाएगा जहाँ वह स्वयं उनकी मृत्यु सुनिश्चित कर सकेगा। उसने मुष्टिक और चाणूर नाम के दो प्रसिद्ध पहलवानों को बुलवाया और उनसे कहा कि वह एक कुश्ती प्रतियोगिता आयोजित करेगा जिसमें उन दोनों पहलवानों को कृष्ण और बलराम को मारना होगा। कंस ने हाथी के अस्तबल के प्रमुख को भी यह निर्देश दिया कि सबसे बलवान हाथी, कुवलयापीड़ को व्यायामशाला के प्रवेश-द्वार पर तैनात किया जाए और कृष्ण व बलराम को मारने का प्रयास किया जाए।

'शुक्ल पक्ष के तेरहवें दिन भगवान शिव का धनुषोत्सव आयोजित किया जाए और आस-पास के समस्त गाँवों को इस उत्सव में सम्मिलित होने का निमंत्रण दिया जाए!' यह कंस का आदेश था। उसने सोचा कि दोनों बालकों को मथुरा आमंत्रित करने के लिए किसी उचित व्यक्ति को भेजना चाहिए।

कंस ने वसुदेव के चचेरे भाई अक्रूर को बुलाया, जो भगवान विष्णु का बड़ा भक्त था और उसको कहा, 'प्रिय अक्रूर, तुम्हें मेरे लिए एक कार्य करना है जो केवल एक प्रिय मित्र ही कर सकता है। मुझे भोज वंश में ऐसा कोई व्यक्ति नहीं दिखता, जो तुम्हारी तरह निष्ठावान और योग्य हो। तुम कृपया गोकुल गाँव जाओ और वसुदेव के पुत्र, कृष्ण और बलराम को, जो नंद के घर में रहते हैं, मथुरा आने का निमंत्रण दो। उन्हें धनुष महोत्सव के लिए आमंत्रित करो और अपने साथ रथ में बैठाकर ले आओ। तुम अन्य गोपालों को भी उत्सव में आने के लिए आमंत्रित कर लेना ताकि उन दोनों को किसी तरह का संदेह न होने पाए।'

अक्रूर सच्चा भक्त था। उसने कृष्ण की महानता के विषय में बहुत सुना था और वह उनके दर्शनों के लिए आतुर था परंतु कंस की सेवा में होने के कारण, वह अब तक कृष्ण से मिलने के लिए चौदह मील की लंबी यात्रा करने का साहस नहीं जुटा पाया था। उसे यह जानकर बहुत खुशी हुई कि इतने लोगों में, जिन्हें कंस भेज सकता था, उसने कृष्ण को मथुरा लेकर आने के लिए अक्रूर को चुना था। भगवान की लीला विचित्र है। वे अपने भक्तों के हित के लिए कभी-कभी अपने तथाकथित शत्रुओं का भी उपयोग कर लेते हैं। परंतु साथ ही, अक्रूर इस बात से भयभीत था कि उसे केवल बालकों को मथुरा

बुलाकर मरवाने के लिए साधन की तरह प्रयोग किया जा रहा था क्योंकि उसने राजा कंस द्वारा दिए गए आदेश सुन लिए थे। वह यह सोचकर घबराया हुआ था कि पता नहीं कृष्ण उसकी परेशानी को समझकर, उसे क्षमा करेंगे अथवा नहीं। क्या कृष्ण यह समझेंगे कि अक्रूर केवल एक साधन था और उसका इस षड्यंत्र से कोई संबंध नहीं था?

अक्रूर ने बेचैनी में वह रात्रि बिताई और अगले दिन सुबह व्रज के लिए चल पड़ा। उसका रथ बहुत सुंदर और रत्न-जड़ित था और उसे बालकों को लुभाने के लिए विशेष रूप से सजाया गया था। कुछ देर बाद, भगवान के दर्शन का सुख, यात्रा के उद्देश्य से उत्पन्न हताशा पर हावी हो गया तथा उसने अपने मस्तिष्क को यह सोचने के लिए स्वच्छंद छोड़ दिया कि वह भगवान से मिलने पर उनसे क्या बातें करेगा।

'मैंने सुबह इतने शुभ संकेत देखे हैं, जिनसे यह बात निश्चित है कि मुझे आज प्रभु के दर्शन हो जाएँगे, जो ब्रह्मांड को ख़ुशी व ज्ञान देने वाले, समस्त पवित्र आत्माओं को शरण देने वाले और नेत्रों को शुभ लगने वाले हैं। मैं उन्हें देखते ही उनके चरणों में गिरकर उन्हें प्रणाम करूँगा। वे मेरे सिर पर हाथ रखकर मुझे आशीर्वाद देंगे और मुझे परमानंद की प्राप्ति होगी। यदि संयोग से उन्होंने मुझे अपनी शक्तिशाली बाँहों में पकड़कर गले लगा लिया तो निश्चित रूप से मैं कर्म-बंधन से मुक्त हो जाऊँगा। वे किसी के साथ पक्षपात नहीं करते और न ही किसी से शत्रुता या वैमनस्य का भाव रखते हैं। वे निस्संदेह अपने भक्तों को उसी तरह, आवश्यकतानुसार आशीर्वाद देते हैं जैसे कल्पवृक्ष प्रत्येक व्यक्ति की उसकी ज़रूरतों के अनुसार, इच्छाएँ पूरी करता है।'

इस प्रकार सोच-विचार करते हुए, अक्रूर यह भूल गया कि वह कहाँ जा रहा है और उसने अपने घोड़ों को स्वेच्छा से चलने दिया। वृंदावन पहुँचने तक, सूर्यास्त हो चुका था। उसे भगवान के पद-चिह्न दिखाई देने लगे। वह ख़ुशी से रथ से कूद पड़ा और चिल्लाया, 'यह मेरे प्रभु की चरण-धूलि है!' ऐसा कहकर, उसने मुट्ठी-भर धूल उठाई और अपने मस्तक पर लगा ली। उसकी आँखों से आँसू बहने लगे और वृंदावन जंगल उसकी हर्ष ध्वनि से गूँज उठा।

'हे भाग्यशाली वृंदावन! हे भाग्यवान वृक्षों! कौन तुम्हारे गुणों का वर्णन कर सकता है? भगवान के दिव्य चरण इस भूमि पर खेल चुके हैं, इन पत्तियों ने उनके तन का स्पर्श किया है। इस दिव्य समीर ने भगवान भगवान के केश सहलाए हैं और उनकी श्वास की सुगंध को फैलाया है।'

यह कहकर अक्रूर रथ से कूदा और वृंदावन की पवित्र भूमि पर लेट गया। उसने वहाँ की वायु को गहराई तक महसूस किया और ख़ुशी के आवेश में लताओं एवं वृक्षों का आलिंगन किया। वह फिर से रथ पर चढ़ा और गाँव की ओर चल दिया। उसने दूर से भगवान कृष्ण को अपने घर के आँगन में खड़े देखा। वे उसकी कल्पना से कहीं अधिक सुंदर और आकर्षक लग रहे थे। कृष्ण बाहर खड़े थे मानो वे गायों को देख रहे हों किंतु वास्तव में वे अपने भक्त की झलक पाने आए थे क्योंकि उनके मन में भी अक्रूर को देखने की उतनी ही इच्छा थी, जितनी अक्रूर के मन में कृष्ण से मिलने की अभिलाषा थी। उन्होंने वन से लौटने के बाद स्नान किया था और पीले वस्त्र पहने हुए थे। उनके बाल सिर पर

बँधे हुए थे और बीच में मोर-पंख लगा था और उसके आस-पास सफ़ेद फूलों की माला बँधी थी। अपने भक्त से मिलने को उनकी आँखें सामान्य से अधिक खुली थीं और प्रेम से भरे होंठ भी आधे खुले हुए थे। कृष्ण को देखते ही, अक्रूर रथ से उतरा और और भगवान के चरणों में गिर पड़ा। कृष्ण ने तत्काल अक्रूर को उठाया और गले से लगाकर उसे घर के भीतर ले गए। अक्रूर इतना भावुक हो गया कि उसके मुख एक शब्द भी नहीं निकला। उसने आँखें बंद कर लीं और कृष्ण से लिपटकर खड़ा रहा मानो वह उन्हें स्वयं से अलग नहीं होने देना चाहता था। उसे लगा मानो वह अमृत के सागर में डूब रहा है। कृष्ण अपने कोमल हाथों उसे सहला रहे थे और मधुर स्वर में उसका कुशल-क्षेम पूछ रहे थे। वह धीरे-धीरे होश में आने लगा और जैसे निद्रा से जागने वाले को यह पता होता है कि उसका स्वप्न मिथ्या था, अक्रूर को यह पता था कि वह कोई स्वप्न नहीं था और एकमात्र सत्य यह था कि उसने, उस क्षण, अपनी बाँहों में परमानंद को थामा हुआ था।

नंद और यशोदा ने अक्रूर का स्वागत किया और सभी गोपियाँ और गोप समाचार सुनने के लिए उनके चारों ओर खड़े हो गए। कंस के दिए आदेशों का उल्लेख करते और यह चर्चा करते कि क्या बालकों को कंस का निमंत्रण स्वीकारा करना चाहिए, पूरी रात बीत गई। अपने पिता का भय देखकर कृष्ण हँसने लगे। वे बोले कि यह राजा की आज्ञा है और इसका पालन किया जाना चाहिए क्योंकि ऐसा न करने पर अक्रूर के लिए संकट खड़ा हो जाएगा।

नंद ने अनिच्छा से उनकी बात मान ली हालाँकि उनका मन आशंकित था। उन्होंने गोप को निर्देश दिए कि उपहार में राजा को देने के लिए दूध और दूध से बनी अन्य सामग्री एकत्रित की जाए और यात्रा के लिए गाड़ियाँ तैयार की जाएँ। गाँव में यह घोषणा कर दी गई कि जो लोग धनुष उत्सव में भाग लेने के इच्छुक हों व उन सबका अगले दिन मथुरा प्रस्थान करने के लिए स्वागत है।

गोपियों को, जिनके लिए भगवान कृष्ण प्राण के समान थे, यह सुनकर बहुत दुःख हुआ कि कोई कृष्ण को अपने साथ नगर ले जाने के लिए आया था। 'अक्रूर' शब्द का वास्तविक अर्थ क्रूर नहीं है, किंतु गोपियों के लिए अक्रूर, क्रूरता का ही रूप बनकर आया था।

'ऐसे क्रूर व्यक्ति को, इतना अनुचित नाम किसने दिया?' वे बोलीं। 'वह हमारे प्रियतम को हमसे छीनने आया है। हे क्रूर नियति, तुमने हमारी तृष्णा तृप्त होने से पहले ही हमें कृष्ण से अलग कर दिया है! हम उनसे एक दिन भी अलग होने का दुःख कैसे सहन कर पाएँगे? मथुरा की स्त्रियों की मनोकामना पूर्ण होने वाली है क्योंकि कल गोकुल के स्वामी उनकी नगरी में प्रवेश करेंगे और वे उनके मनोहर नेत्रों से उनकी आकर्षक दृष्टि का रस ले पाएँगी। कृष्ण, निश्चित रूप से अपने यहाँ के साथियों को भूलकर मथुरा की सुंदर स्त्रियों में खो जाएँगे। सखियों, अब हम क्या करें? क्या हम उनके रथ के सामने लेट जाएँ ताकि फिर वे हमारे ऊपर से चढ़कर जहाँ जाना चाहते हैं, चले जाएँ?'

'नहीं, नहीं!' दूसरी ने कहा। 'यह तो अशुभ होगा। किसी यात्री के मार्ग में बाधा उत्पन्न अपशकुन होता है। वे उत्सव समाप्त होने के बाद लौट आएँगे।'

इस प्रकार, गोपियाँ अपने प्रियतम के विरह से होने वाली पीड़ा की कल्पना करके दुःखी होने लगीं। रात ऐसे ही बीत गई और भोर होते ही, गोपियों ने ज़ोर-से विलाप करना आरंभ कर दिया, 'हे गोविंद! हे दामोदर! हे माधव!'

गोपियों की ऐसी दशा देखकर, कृष्ण ने श्रीदामा को उन्हें समझाने और सांत्वना देने भेजा। परंतु, वे श्रीदामा के वचन सुनकर भी शांत नहीं हुईं और उन्हें किसी अजनबी के समक्ष जाने में संकोच हो रहा था। उन्हें इस बात का बिलकुल पता नहीं था कि उनकी कृष्ण से फिर कभी भेंट नहीं होगी।

अगले दिन, संपूर्ण समुदाय दुःख में डूब गया। गोपियाँ मार्ग के दोनों तरफ़ खड़ीं अपने प्रिय कृष्ण की, जिन्होंने उनका हृदय चुरा लिया था, एक झलक पाने को बेचैन थीं। वे कृष्ण को बलराम और अक्रूर के साथ, दुःखी एवं अश्रुपूरित नेत्रों से रथ पर चढ़ते देखती रहीं। उनके पीछे, नंद एवं अन्य गोप और गोपाल बैल-गाड़ियों में, राजा को देने के लिए दही के मटके और अन्य वस्तुएँ लेकर चल रहे थे। कृष्ण जब वहाँ से गुज़रे तो प्रत्येक गोपी ने कृष्ण की आँखों से अपनी आँखों में एक संदेश आता महसूस किया, जिसने उन्हें आशा से भर दिया और वे क्षणिक तौर कृष्ण से बिछुड़ने का दुःख भूल गए। दूर से भी, उन्हें कृष्ण के नेत्रों में प्रेम दिखाई दिया। वे जहाँ थीं, वहीं पटल पर बने चित्र की भाँति स्थिर खड़ी रहीं और कृष्ण के रथ को देखती रहीं। कुछ ही पलों में रथ ओझल हो गया और रथ पर मानो भगवान के ही आदेश से, केवल उनकी पताका फहरा रही थी। वहाँ केवल धूल का बादल रह गया और धीरे-धीरे, वह भी साफ़ हो गया। गोपियों को इतना दुःख हुआ कि उन्हें लगा मानो उनके हृदय को उनके तन से अलग कर दिया गया हो। आख़िरकार, वे ख़ाली हाथ घर लौट आईं और शेष जीवन कृष्ण के रूप का ध्यान करते हुए उनकी कीर्ति का गान करती रहीं और पृथ्वी पर अपनी जीवन-यात्रा के अंत में कृष्ण में ही विलीन हो गईं।

इसी प्रकार, कृष्ण भी गोपालों से भरी गाड़ियाँ और गोपियों के हृदय को साथ लेकर गोकुल से बाहर निकल गए। उनके जीवन का एक अंश पूर्ण हो गया था। वे ग्वाले बनकर ग्रामीण जीवन का सुख भोगने दोबारा गोकुल कभी नहीं आए। एक नए अध्याय का आरंभ हो रहा था, जिसमें उन्हें राजा के निर्माता की भूमिका निभानी थी। उनके जीवन में वृंदावन में गोपालों के साथ उनके रहने से अधिक मार्मिक अध्याय दूसरा नहीं है। उनकी मुरली की मधुर तान की भाँति मनोहर, यह अध्याय 'वृंदावन का श्याम,' प्रत्येक युग में भक्तों के हृदय को आह्लादित करता आया है। भारतवर्ष की संस्कृति के कुछ सबसे महान काव्य और चित्र कृष्ण के जीवन के इसी काल से प्रेरित हैं।

हे सर्वप्रिय ईश, आपके अवतार लेने से, यह ब्रज की भूमि
अन्य समस्त स्थानों से अधिक महत्त्वपूर्ण हो गई है।
यह अत्यंत मनोहारी हो गई है क्योंकि देवी लक्ष्मी ने
इसे अपना स्थायी निवास बना लिया है। आप हम लोगों पर,
जो आपके अपने हैं और केवल आपके लिए जीवित हैं और
जो सब दिशाओं में आपको खोजते रहते हैं, कृपा कीजिए।
कृपया हमें दर्शन देने की कृपा कीजिए।

—श्रीमद् भागवत

योगी समस्त प्राणियों के हृदय में स्वयं को तथा
अपने हृदय में समस्त प्राणियों को देखता है।
यह योगी का सामंजस्यपूर्ण दर्शन - एकता का दर्शन है।
'और वह जब सब में और प्रत्येक वस्तु में मुझे देखता है,
तो वह कहीं भी रहे, वह वास्तव में केवल मेरे भीतर वास
करता है।'

—श्रीमद् भगवद्गीता

हरि ॐ तत्सत्

ॐ

ॐ

ओउम् कमलनाथाय नमः!

भाग 2

राज लीला

ॐ

ओ३म् भारताय नमः!

राज लीला

हे राजाओं के राजा और स्वामियों के स्वामी!
आपकी जय हो!
जो शक्तिशाली गदा कौमुदकी और नंदक तलवार धारी,
और सुदर्शन चक्र तथा शारंग धनुष को धारण करने वाले हैं।
असीम बल और परम तेज से युक्त!
क्या यह कोई खेल है अथवा केवल स्वप्न है?
मैं आपकी शक्ति और प्रताप से अभिभूत हूँ,
और आपके पवित्र उपदेश से सम्मोहित हूँ!
आप समस्त मानव जाति के मित्र तथा प्रिय हैं!
मेरा मन आपके प्रेम-पाश से बँधा हुआ है!
हे राजाओं के राजा और स्वामियों के स्वामी!
आपकी लीला से सबको ज्ञान प्राप्त होता है।
सब आपकी जय-जयकार करते हैं, आप दिव्य योद्धा हैं!
आपकी राज-लीला, उत्तम लीला है!

ॐ

ओ३म् वासुदेवाय नमः!

अध्याय 11

भविष्यवाणी का सत्य होना

वासुदेव सुतं देवम्,
कंस चानुरा मर्दनम्,
देवकी परमानन्दम्,
कृष्णं वन्दे जगत् गुरुम्।

सृष्टि के गुरु, वसुदेव के पुत्र, देवकी के परम सुख,
और कंस तथा चाणूर के नाशक,
भगवान कृष्ण, आपकी जय हो!

अक्रूर तेज़ी से रथ को दौड़ाता हुआ दोपहर तक यमुना ले आया। फिर उसने नीचे उतरकर दोपहर का पूजन किया। अक्रूर के स्नानादि करने तक दोनों बालक रथ में ही बैठे रहे। उनका रथ, गोप की गाड़ियों से बहुत आगे निकल आया था इसलिए उनके पास काफ़ी समय था। अक्रूर ने पानी में डुबकी लगाई और उसने जैसे सूर्यदेव की उपासना करते हुए गायत्री मंत्र का जाप करना शुरू किया, उसे आदिशेष पर विराजमान भगवान विष्णु के दर्शन हुए और उसने देखा कि विष्णु और शेषनाग, और कोई नहीं, बल्कि कृष्ण और बलराम ही थे। समस्त ऋषिगण और देवलोक के प्राणी वहाँ खड़े उनकी स्तुति कर रहे थे। अक्रूर ने भी हाथ जोड़कर उन्हें प्रणाम किया और कहा, 'मैं आपको प्रणाम करता हूँ। आप सर्वत्र व्याप्त विशुद्ध चेतना हैं जो ब्रह्म की असीम शक्ति का स्वरूप है तथा आप समय, कर्म और मनुष्य की नियति को नियंत्रित करने वाले प्रकृति को नियंत्रित करते हैं। मैं हतबुद्धि हूँ और मेरा मस्तिष्क मेरे नियंत्रण में नहीं है। वह इच्छाओं से प्रेरित होकर, इंद्रियों के वश में है और इधर-उधर भटकता है। इसलिए मैं आपके चरणों में स्वयं को समर्पित करता हूँ। मैं ऐसा भी केवल आपकी कृपा के कारण कर पाया हूँ।'

इसके बाद, वह दृश्य ग़ायब हो गया। अक्रूर पानी से बाहर आया और रथ के निकट आ गया। कृष्ण ने उससे शरारत पूर्ण ढंग से पूछा, 'क्या हुआ तात श्री? ऐसा प्रतीत होता है कि आपने पानी के भीतर, अथवा ज़मीन पर या आकाश में कुछ शानदार चीज़ देखी है। वह क्या थी?'

अक्रूर ने उत्तर दिया, 'धरती, जल और आकाश में जो कुछ है, वह सब आपके भीतर और आपके कारण है। आप जिसे आशीर्वाद दें, वह क्या नहीं प्राप्त कर सकता, फिर भी ऐसा क्या है आपके भक्त को, जिसकी इच्छा हो सकती है और जो आपके दर्शनों से भी अधिक मूल्यवान है? आप जब मेरे सामने होते हैं, तो आपके अतिरिक्त, जिसके भीतर समस्त सृष्टि का वास है, मैं और किस आश्चर्यजनक वस्तु को देख सकता हूँ?'

अक्रूर यह कहकर, रथ को नगर की ओर ले गया। वे जब नगर की सीमा पर पहुँचे तो उन्होंने देखा कि नंद वहाँ पहुँच चुके थे और उनके आगमन की प्रतीक्षा कर रहे थे। कृष्ण ने रथ से उतरकर अक्रूर को आगे चलने को कहा। अक्रूर ने कृष्ण से उनके मित्रों के साथ अपने घर चलने की प्रार्थना की लेकिन कृष्ण ने यह कहकर मना कर दिया कि वे कंस से भेंट होने के बाद अक्रूर के घर अवश्य जाएँगे। अक्रूर, हालाँकि उदास हो गया, लेकिन उसने भगवान की आज्ञा का पालन किया और राजमहल जाकर कंस को उसके अभियान की पूर्ति का समाचार सुनाया।

अगले दिन, कृष्ण और बलराम अन्य गोपालों को साथ लेकर भोज की राजधानी में, जो उन ग्रामवासियों के लिए अद्भुत दृश्य था, आराम से टहलने लगे! नगर का प्रवेश-द्वार स्फटिक की भाँति चमक रहा था और उसके किवाड़ों पर सोने की किनारी लगी थी और उसकी चाप रत्नों से जड़ी थी। वहाँ के भंडार-गृह तांबे के थे, खाइयाँ कमल, और उद्यानों से भरी थीं। मार्ग के दोनों ओर शानदार इमारतें तथा सुंदर उद्यान थे। वहाँ सभागृह और अतिथि-गृह भी थे जिनके द्वार पर सोने एवं रत्न-आभूषण मढ़े हुए थे। मुख्य मार्ग पर पानी का छिड़काव हुआ था तथा बाज़ार और आँगन में फूल, कलियाँ, मुरमुरे और अखंडित चावल फैले हुए थे। घरों के द्वार को रसदार फलों से लदे केले के पेड़ों, सुनहरे खजूर के पेड़ों, रोशनी की लड़ियों, फूलों की मालाओं तथा रेशमी दुपट्टों और पताकाओं से सजाया गया था। ऐसा लग रहा था मानो मथुरा नगरी ने अपने प्रभु से मिलने की आशा में स्वयं को सजाया था। नीचे राजमार्ग पर कृष्ण और बलराम, एक-दूसरे के कंधे पर हाथ रखकर टहल रहे थे। स्त्रियाँ छतों और बुर्ज पर खड़ी होकर कृष्ण की एक झलक पाने की कोशिश कर रही थीं, जिनके विषय में उन्होंने इतना कुछ सुना था। उनकी राजसी चाल और कुलीन आकृति ने सबका ध्यान उनकी ओर आकर्षित कर लिया।

तभी, उन्होंने देखा कि कंस का धोबी राजा के वस्त्र लेकर उनकी ओर आ रहा था। कृष्ण ने उसे तुरंत पहचान लिया। यह वही दुष्ट धोबी था जिसने पिछले युग में विष्णु के राम के रूप में लिए अवतार के समय सीता के विरुद्ध निंदात्मक बातें फैलाई थीं! कृष्ण को उससे हिसाब चुकाना था। उन्होंने आगे बढ़कर धोबी का मार्ग रोक लिया।

'सुनो,' कृष्ण ने कहा, 'क्या तुम हमें कुछ वस्त्र दे सकते हो? हम अभी व्रज से आए हैं और हमें लगता है कि हमारे वस्त्र नगर के रीति-रिवाज के अनुसार नहीं हैं।'

धोबी हँसने लगा और बोला, 'मूर्खो! क्या तुम्हारे जैसे जंगल में भटकने वाले लोग ऐसे वस्त्र पहनते हैं? ये राजा के वस्त्र हैं। ये तुम बच्चों के मतलब के नहीं हैं। यहाँ से चले जाओ, अन्यथा राजा के सैनिक तुम्हें पकड़कर बेड़ियों में बाँधकर तुम्हारे कपड़े उतार लेंगे और हो सकता है, तुम्हें मार भी डालें!'

धोबी की मुक्ति का समय आ चुका था। कृष्ण उसकी अपमानजनक बातें सुनकर हँसने लगे और फिर उन्होंने उसे स्पर्श किया। वह निर्जीव होकर नीचे गिर पड़ा। उसके साथी, सारे वस्त्र वहीं छोड़कर डरकर भाग खड़े हुए। गोपालों ने खुश होकर अपनी-अपनी पसंद के वस्त्र ले लिए।

इसके बाद, वे सब दर्जी की दुकान पर गए। उन्होंने जैसे ही दुकान में प्रवेश किया, दर्जी ने उनका स्वागत किया और उन्हें राजकुमारों वाले वस्त्र उपहार में दिए। लड़कों ने वे वस्त्र पहन लिए। कृष्ण ने दर्जी को आशीर्वाद दिया। इसके बाद वे लोग सुदामा के घर गए, जो मालाएँ बनाता था। उसने कृष्ण का सम्मान किया और उन्हें चुने हुए फूलों की मालाएँ दीं और अन्य लड़कों भी सुंदर मालाएँ पहनाई। कृष्ण ने सुदामा से कोई भी वरदान माँगने को कहा। सुदामा ने तीन वरदान माँगे। भगवान ने वे उसे सहर्ष दे दिए। ये वरदान थे - प्रभु की चरणों में अनन्य भक्ति, भगवान के भक्तों के साथ मैत्री तथा समस्त प्राणियों के प्रति दया।

आगे चलने पर, उन्हें एक विचित्र दृश्य दिखाई पड़ा। उन्हें अपनी ओर वस्त्रों का एक गट्ठर-सा आता प्रतीत हुआ। निकट आने पर पता लगा कि वह एक स्त्री थी और उसकी पीठ पर भयानक कूबड़ निकला हुआ था, जिसके कारण वह बहुत झुकी हुई चलती थी। वह चंदन का लेप लेकर राजदरबार की ओर जा रही थी। वह दरबार की गणिका थी और उसका कार्य दरबारियों के लिए लेप आदि तैयार करना तथा अन्य सेवाएँ प्रदान करना था। वह लंगड़ाती और नीचे देखती हुई चली जा रही थी कि तभी उसे अपनी आँखों के सामने, गुलाब की पंखुड़ियों जैसे दो कोमल पैर दिखाई दिए। एक अत्यंत मधुर आवाज़ ने, जैसी उसने पहले कभी नहीं सुनी थी, उससे कहा, 'हे सुंदरी! तुम कौन हो? तुम ये सुगंधित लेप किसके लिए ले जा रही हो? क्या तुम थोड़ा हमें दोगी?'

वह अचंभित रह गई। उसे जहाँ तक याद था, आज तक किसी ने उसे कुब्जा अथवा त्रिवक्रा के अतिरिक्त कुछ नहीं कहा था। उसने बड़ी मुश्किल से सिर उठाकर ऊपर देखने का प्रयास किया किंतु वह सफल नहीं हो पाई।

'हे कुमार!' वह बोली, 'मेरा नाम त्रिवक्रा है और मैं दरबार की गणिका हूँ और मुझे राजा ने ये सुगंधित इत्र और लेप बनाने का कार्य दिया है। मैं निश्चय ही, तुम्हें भी दूँगी। तुम्हारे अतिरिक्त इस सुगंधित लेप का उपयोग करने के योग्य कौन होगा?' उसने फिर ऊपर देखने का प्रयास किया। तभी उसने महसूस किया कि एक बलशाली अँगुली उसकी ठुड्डी के नीचे रखी थी, किसी के पैर से उसका पैर दबा हुआ था और किसी का एक हाथ उसके कूबड़ पर था। और लो! उसका कूबड़ ग़ायब हो गया और वह अपने सुंदर रूप में सबका हृदय चुराने वाले कृष्ण के सामने सीधी खड़ी थी!

'इस संसार को अपने इस शरीर के भीतर छिपी सुंदर आत्मा का दर्शन करने दो, सैरंध्री!' कृष्ण ने कहा।

वह उस दिव्य पुरुष को देखती रही जिसने यह चमत्कार किया था। उसका हृदय में प्रेम उमड़ रहा था। वह निर्धन और मूर्ख स्त्री, कृष्ण को क्या दे सकती थी? कृष्ण ने उसकी दुविधा को भाँप लिया और कहा, 'तुम यह चंदन का लेप किसके लिए ले जा रही हो?'

'आपके लिए प्रभु, और किसके लिए?' वह हकलाते हुए बोली। उसने जो लेप राजा के लिए बनाया था, वह कृष्ण को लगा दिया। कृष्ण वहाँ से जाने लगे तो वह घबरा गई। यदि वह दोबारा उनसे नहीं मिल सकी तो क्या होगा? उसके लिए यह विचार असहनीय था। उसने निर्लज्ज होकर कृष्ण की गर्दन में पड़ा वस्त्र पकड़ लिया और धीरे-से बोली, 'आज रात मेरे घर पर आइए। मैं आपको और कुछ नहीं दे सकती!'

उसने जब कृष्ण को, उनके बड़े भाई के सामने इस तरह बोला तो कृष्ण गोपालों को देखकर हँसे और बोले, 'मैं जिस कार्य के लिए यहाँ आया हूँ, उसे पूरा करने के बाद तुम्हारे घर आने के विषय में सोचूँगा।'

बलराम ने जब देखा कि वह निर्लज्ज स्त्री इतने लोगों के सामने कृष्ण के गले में पड़े वस्त्र को खींचने का साहस कर रही है और कृष्ण उसे बढ़ावा दे रहे हैं, तो उन्होंने अपने छोटे भाई को असहमति-भरी दृष्टि से देखा। वे बिना कुछ कहे आगे बढ़ गए। कृष्ण भी मुस्कराते हुए उनके पीछे चल दिए तथा कुब्जा आँखों में प्रेम का भाव लिए कृष्ण को बहुत देर तक देखती रही। भगवान, अपने भक्त द्वारा निष्ठापूर्वक दिए गए किसी भी तरह के प्रेम को अस्वीकार नहीं करते।

इसके बाद, वे लोग सभागृह में पहुँचे जहाँ शिव का विशाल धनुष रखा था। प्रवेश-द्वार पर बहुत-से प्रहरी तैनात थे। स्वाभाविक था कि पहरेदारों को यह अपेक्षा नहीं थी कि कोई भी ज़बरदस्ती भीतर घुस जाएगा। परंतु कृष्ण पूर्ण अधिकार के साथ सभा के अंदर प्रवेश कर गए। प्रहरी चिल्लाने लगे, 'रुको! रुको! किसी को उस धनुष को छूने की अनुमति नहीं है।' सैनिकों के आदेश की अनदेखी करते हुए, कृष्ण ने धनुष को आसानी से उठा लिया और उसे मोड़ा तो वह बीच में से ऐसे टूट गया जैसे हाथी गन्ना तोड़ देता है। धनुष के टूटने की भयंकर आवाज़ से आकाश और चारों दिशाएँ गूँज उठीं। सैनिक एक-दूसरे के ऊपर गिरने लगे। पूरा नगर भय से काँपने लगा। कंस ने भी इस भय को गहराई से अपने भीतर महसूस किया। उसे लगा कि यह उस विलक्षण गीत-नाट्य की आरंभिक धुन थी, जिसका अंत उसकी मृत्यु से होने वाला था।

इस घटना के बाद, वह एक पल के लिए भी शांत नहीं रह पाया। वह न बैठ पाता और न खड़ा हो पाता था। उसे हर जगह आसन पर, शैय्या पर, उसके नीचे और हर कोने में, अपना शत्रु विष्णु दिखाई देता था। पिछले बीस वर्षों से कंस, सोते-जागते, विष्णु के बारे में सोचता रहता था। इतनी निष्ठा बेकार कैसे जा सकती थी? इतना ध्यान करना, योगियों के लिए भी सरल नहीं होता। अगले दिन, अपनी मृत्यु तक कंस चावल के एक-एक दाने को भी तोड़कर देखता था कि कहीं उसके भीतर विष्णु तो नहीं छिपे हुए हैं। उसकी अवस्था सचमुच दयनीय हो गई थी।

पहरेदार सँभले और उन्होंने कृष्ण तथा गोपालों को घेर लिया तथा उन्हें डराने-धमकाने लगे। कृष्ण और बलराम ने आराम से धनुष के टुकड़े उठाए और उन्हीं से सैनिकों को मार भगाया। उसके बाद, वे लोग सभागृह से बाहर निकल गए और नगर में घूमते हुए, वहाँ की अन्य विलक्षण चीज़ें देखने लगे। संध्या होने पर, वे लोग उद्यान में लौट आए जहाँ उनकी गाड़ियाँ खड़ी थीं। वे सब गहरी नींद में सो गए जबकि कंस, जिसने पहरेदारों के

साथ हुई घटना के विषय में सुन लिया था, एक पल के लिए नहीं सो सका। अगले दिन सुबह, उसने कुश्ती का मुक़ाबला शुरू करने की घोषणा कर दी। कुश्ती के स्थान को पानी से धोकर साफ़ कर दिया गया था। वीथिकाएँ फूलों, ध्वज तथा पताकाओं से सजी हुई थीं। तुरही और नगाड़े बज रहे थे। नगर के और नगर से बाहर के लोगों ने अपनी श्रेष्ठता के अनुसार अपने-अपने स्थान ग्रहण कर लिए। राज्य अतिथियों के लिए विशेष आसन लगाए गए थे। कंस का हृदय काँप रहा था किंतु वह साहसिक चेहरा लिए भोज वंश के सिंहासन पर बैठ गया। उसके आस-पास दरबारी और मंत्रीगण भी उपस्थित थे। तुरही के स्वर और पहलवानों की तालियों की आवाज़ों के बीच, प्रतिभागियों ने अखाड़े में प्रवेश किया। नंद और उनके अनुचरों ने, जिन्हें कंस ने आमन्त्रित किया था, कंस को भेंट आदि प्रस्तुत की और फिर दर्शक-दीर्घा के एक हिस्से में बैठ गए।

पहलवानों को कृष्ण और बलराम के साथ दयापूर्ण व्यवहार न करने तथा उन्हें जल्दी से जल्दी, यमलोक पहुँचाने का गुप्त आदेश मिला हुआ था। वे दोनों जब अखाड़े के द्वार तक पहुँचे तो उन्होंने देखा कि कुवलयापीड़ हाथी का क्रूर प्रशिक्षक, कृष्ण पर हमला करने के लिए हाथी को उकसा रहा था। कृष्ण ने सधे हुए पहलवान के अंदाज़ में अपने वस्त्र कसे और बाल बँधे और फिर हाथी के प्रशिक्षक को कहा कि वह हाथी को नियंत्रित करके रखे तथा उन्हें भीतर जाने का मार्ग दे। परंतु उस खिन्न प्रशिक्षक ने हाथी को कृष्ण पर हमला करने और उन्हें अपनी सूँड़ में लपेटने का निर्देश दे दिया। कृष्ण उसकी पकड़ से बच निकले और उसके मस्तक पर ज़ोरदार वार किया तथा आराम से उसके पैरों के बीच में खड़े हो गए। कृष्ण के प्रहार से इस बात से वह कृष्ण को देख नहीं पा रहा था, हाथी उत्तेजित हो गया। उसने सूँघकर कृष्ण को ढूँढ़कर अपनी सूँड़ में लपेट लिया परंतु कृष्ण एक बार फिर उसकी पकड़ से बच निकले। वे हाथी को पूँछ से पकड़कर खींचने लगे जैसा कि वे गोकुल में बछड़ों के साथ किया करते थे। उसके बाद, कृष्ण उसके सामने आ गए और जब हाथी ने अपने विशाल दाँत उनकी ओर करके हमला किया तो कृष्ण ने नीचे गिरने का ढोंग किया और फिर तेज़ी से एक ओर लुढ़क गए जिसके कारण हाथी के दाँत ज़मीन में गड़ गए। तभी कृष्ण ने उसका दाँत उखाड़ लिया और हाथी और उसके महावत को पीट-पीटकर मार डाला।

अपने साथ गोपालों और हाथ में हाथी का दाँत लेकर, कृष्ण और बलराम ने अखाड़े में प्रवेश किया। प्रत्येक व्यक्ति अपनी मनोदशा के अनुसार कृष्ण को देख रहा था। सामान्य लोगों के लिए, कृष्ण एक नायक थे। स्त्रियों के लिए, वे प्रेम के देवता थे। गोपालों के मित्र और उन्हें देखकर दुष्टों को भय लगता था। वे अपने मात्रा-पिता के प्यारे पुत्र और अज्ञानियों के लिए एक साधारण ग्वाले थे। योगियों ने उन्हें परम सत्य के रूप में देखा और यादवों के रक्षक थे। परंतु कंस के लिए कृष्ण का रूप यमराज के समान था! दोनों भाइयों ने अभिनेताओं के भाँति अखाड़े में प्रवेश किया। हर कोई उन्हें देखकर रोमांचित हो रहा था क्योंकि सबने उनकी शक्तियों के विषय में बहुत कुछ सुन रखा था।

अनेक मुक़ाबलों का अनुभवी, शक्तिशाली पहलवान चाणूर आगे आया और बोला, 'हे नंद-पुत्र! हे राम! तुम दोनों ही बहुत प्रसिद्ध हो और कुश्ती के ज्ञाता हो। यही सुनकर

राजा ने तुम्हारी कुश्ती लड़ने की कला देखने के लिए तुम्हें यहाँ आमंत्रित किया है।'

कृष्ण ने उत्तर दिया, 'हम दोनों तो साधारण वनवासी हैं जो अपनी आयु वाले लड़कों के साथ कुश्ती को खेल की तरह लड़ते हैं। हालाँकि हम महाराज को प्रसन्न करने के इच्छुक हैं, किंतु हम आपके जैसे व्यवसायिक पहलवान को चुनौती कैसे दे सकते हैं?'

चाणूर ने कहा, 'तुमने तो उस विशाल कुवलयापीड़ को मार डाला। तुम या बलराम सामान्य बालक नहीं हो! तुम निश्चित रूप से हमारे साथ कुश्ती लड़ने में सक्षम हो। तुम, मेरे साथ लड़ो और बलराम, मुष्टिक के साथ कुश्ती लड़ सकता है।'

यह कहकर, चाणूर दोनों को अखाड़े के मध्य में ले गया। भगवान तो कब से कुश्ती लड़ना चाहते थे! वे पूरे उत्साह के साथ मैदान में उतर गए, जैसा कि वे अपने कार्यों में किया करते थे। वे प्रत्येक कार्य में पूर्ण रूप से डूब जाते थे। वे वास्तव में, सब चीज़ों से विरक्त थे और सदा स्वानंद में डूबे रहते थे, चाहे वे किसी कार्य में कितना भी तल्लीन होने का दिखावा करें। एक-दूसरे के हाथ में हाथ और पैर में पैर फँसाकर, दोनों बालक पहलवानों से भिड़ गए। वे कलाई से कलाई, कोहनी से कोहनी, सिर से सिर और छाती से छाती अड़ाकर, बार-बार टकराते थे! एक-दूसरे को घुमाना, पटकना, लिपटना, दबोचना, खींचना और धकेलना चलता रहा। युवा बालकों और दुष्ट प्रतीत होते उन पहलवानों के बीच हो रही उस असमान कुश्ती को देखकर बहुत-से दर्शक विरोध करते हुए बाहर चले गए। वे चिल्लाए, 'लानत है! लानत है! हम यह संहार का दृश्य नहीं देख सकते। लड़ाई बराबरी वालों में होनी चाहिए। ऐसा युद्ध देखने में कैसा आनंद? इसे देखने से हमें भी पाप लगेगा!'

परंतु ज्यों-ज्यों शोरगुल बढ़ा, लोगों ने देखा कि कृष्ण ने भीमकाय चाणूर को उठाकर घुमाया और फिर ज़मीन पर पटक दिया। कृष्ण के लिए, जिन्होंने गोवर्धन पर्वत को सात दिन तक उठाए रखा, यह बच्चों का खेल था! इस बीच, बलराम ने अपने बाएँ हाथ के प्रहार से मुष्टिक का वध कर दिया। उसके बाद, दो और पहलवान अखाड़े में आए और उसके बाद, पहलवानों का तीसरा युगल आया, किंतु उन सबको दोनों बालकों ने मार डाला! तीसरा दौर समाप्त होने तक सारे पहलवान भाग गए और ग्वालों को सँभालना कठिन हो गया। वे सब अखाड़े में कूद पड़े और अपने वीर नायकों को गले लगा लिया। उसके बाद, सबने मिलकर आभूषणों की खनक के बीच अपना लोक-नृत्य किया। कृष्ण ने हमेशा की तरह, उस नृत्य में भी वैसे ही उत्साह के साथ भाग लिया, जैसे उन्होंने कुछ क्षण पहले भयंकर संहार-नृत्य के समय किया था।

इतनी देर में, कंस बुरी तरह घबरा गया। उसके द्वारा कृष्ण की हत्या की सोची-समझी योजना मज़ाक बनकर रह गई थी। प्रत्येक क़दम पर विफल होने के बाद, कंस क्रोध से उन्मत्त हो गया और उसने एक साथ सैकड़ों परस्पर विरोधी आदेश दे डाले। 'संगीत बंद करो!' उसने नगाड़े वालों से कहा, जो कंस द्वारा पहले दिए आदेशानुसार लगातार संगीत बजाते जा रहे थे। बेचारे नगाड़े वालों को यह पता नहीं था कि पहलवानों के मारे जाने पर संगीत नहीं बजाना था!

'इन लड़कों को पकड़ लो! नंद और उसके साथियों को बंदी बना लो! इस दुष्ट वसुदेव को मेरे विद्रोही पिता उग्रसेन को, जो शत्रु के साथ मिल गया है, मार डालो!' कंस चीख़ने-चिल्लाने लगा। सैनिकों ने कृष्ण को, जिन्हें केवल शक्ति द्वारा नहीं पकड़ा जा सकता, पकड़ने के निष्फल प्रयास किए। कृष्ण, पारद की भाँति, उनकी पकड़ से फिसल गए और अपने भार को हलका करते हुए आसानी से मंच पर चढ़ गए। संगीत रुक गया था। भीड़ में चुप्पी छा गई। पहली बार, मामा-भाँजा आमने-सामने थे। आख़िर, कंस ने उस आकृति को अपने सामने देख लिया, जिससे वह पिछले बीस वर्षों से दिन-रात भयभीत था। उसके मस्तिष्क ने विष्णु के विभिन्न रूपों की कल्पना की थी किंतु उसने ऐसा रूप कभी नहीं सोचा था! एक क्षण के लिए कंस ने उन मनोहर आँखों, दया के उन दो सरोवरों में देखा, तो उसे भय के स्थान पर राहत महसूस हुई मानो समुद्र में बहुत-से तूफ़ानों के बाद उसे एक सुरक्षित किनारा दिख रहा था। परंतु वह चैन, क्षणिक था। इसके बाद, सच्चे क्षत्रिय की भाँति, कंस अपनी तलवार लेकर उस निहत्थे बालक को मारने दौड़ा। कृष्ण ने कंस के बाल पकड़े तो उसका मुकुट नीचे लुढ़क गया। फिर कृष्ण ने कंस को मंच से उठाकर नीचे पटक दिया। यादवों में शक्तिशाली भोजराज नीचे धूल-मिट्टी में गिरा पड़ा था। कृष्ण धीरे-से उसकी छाती पर कूदे और भगवान के पैर का स्पर्श होते ही कंस की आत्मा, जो मुक्ति पाने के लिए व्याकुल थी, एक चमकती हुई ज्योति के रूप में ऊपर उठी और कृष्ण के आभामंडल में विलीन हो गई। उसके बाद, कृष्ण ने मृत उस अत्याचारी के शव को, जैसे सिंह मरी हुई भैंस को घसीटता है, पूरे अखाड़े में घसीटा ताकि सारी प्रजा देख सके कि उनका राजा मर चुका था।

इस बीच, कंस के आठ छोटे भाई अपने भाई की मृत्यु का बदला लेने के लिए आगे बढ़े। बलराम ने हाथी के दाँत से उन सबको मार डाला। उसके बाद, अपने पति की मृत्यु पर शोक करतीं, दो स्त्रियाँ आईं। कृष्ण और बलराम ने उन्हें सांत्वना दी और फिर अपने माता-पिता देवकी तथा वसुदेव को बंदीगृह से मुक्त करवाया और उनके चरण छूकर प्रणाम किया। उन्हें सृष्टि का भगवान समझकर, देवकी और वसुदेव ने हाथ जोड़कर उन्हें प्रणाम किया। उसके बाद, उनके ऊपर फिर से माया का आवरण छा गया। वे अपने पुत्रों की महानता भूल गए और उन्हें प्रेम से गले लगा लिया, जो प्रेम पिछले बारह वर्ष से उनके भीतर दबा हुआ था।

कृष्ण ने अत्यंत स्नेहपूर्वक उनसे बात की, 'पिताश्री! माताजी! आप हमें क्षमा कर दीजिए क्योंकि जिस समय आपको हमारी आवश्यकता थी - जब आपको बंदी बनाया गया और दुराचारी कंस ने आपको सताया - तब हम लोग आपकी सेवा नहीं कर पाए। मनुष्य अपने माता-पिता के प्रति, जो उसे जन्म देते हैं और उसे पाल-पोस कर बड़ा करते हैं और जो उसके जीवन में मोक्ष सहित समस्त उद्देश्यों की पूर्ति हेतु सबसे महत्त्वपूर्ण साधन है, ऋण को सौ वर्षों के सेवा से भी नहीं चुका सकता। हमारे जीवन के वे दिन व्यर्थ चले गए क्योंकि उन दोनों में, जब आप कंस से भयभीत रहते थे, हम आपकी सेवा नहीं कर पाए।'

इस प्रकार, अपने माता-पिता को सांत्वना देने के बाद, भगवान ने अपने पितामह उग्रसेन को भी मुक्त किया और उन्हें यादवों का राजा घोषित किया।

वह कामुक कला से भरी, अपने प्रियतम के लिए, अनुष्ठान की तरह, पुष्प की शैय्या तैयार करती है जिसमें पुष्प-शीर्ष तथा और प्रेम के बाण लगे हैं। उसे तुम पर प्रेम के हमले का भय है और छिपी बैठी है। हे माधव, तुमसे अलग होकर उसका जीवन व्यर्थ है!

—जयदेव कृत गीत गोविंद से

हरि ॐ तत्सत्

ॐ

ॐ

ओउम् मथुरा नाथाय नमः!

अध्याय 12

गोकुल में उद्धव

अधरं मधुरं, वदनं मधुरम,
नयनं मधुरं, हसितं मधरम्,
हृदयं मधुरं, गमनं मधुरम्,
मथुराधिपते अखिलं मधुरम्।

हे मथुरा के स्वामी! आपके होंठ मधुर हैं, आपकी वाणी सुरीली है, आपका चेहरा प्यारा है, आपकी मुस्कान सुंदर है, आपका हृदय मनोहारी है, आपकी चाल आकर्षक है। हे प्रभु, वास्तव में, आपकी प्रत्येक चीज़ मधुरता से भरी है।

यादवों को यह शाप मिला हुआ था कि उनमें कभी कोई राजा नहीं बन सकेगा, परंतु कृष्ण के पितामह उग्रसेन उनके वंश के सबसे वयोवृद्ध सदस्य थे और शासन करने योग्य थे, इसलिए कृष्ण ने उन्हें ही यादवों का राजा घोषित कर दिया तथा अपने एक चचेरे भाई तथा ऋषि बृहस्पति के शिष्य उद्धव को प्रधानमंत्री नियुक्त कर दिया। उसके बाद उन्होंने अपने समस्त साथियों को एकत्रित किया जो कंस के भय से विभिन्न स्थानों में छिपे हुए थे और उनका स्वागत करके उन्हें फिर से उनके घरों में स्थापित किया। मथुरा नगरी में नवजीवन का आरंभ हो गया। एक बार फिर से, वहाँ के नागरिक स्वतंत्र होकर घूमने लगे तथा एक-दूसरे के चेहरे देखकर प्रसन्न होने लगे।

उस समय नंद को पहली बार इस कटु सत्य का पता लगा कि उन्होंने जिस बालक का बारह वर्ष तक पालन-पोषण किया और इतना प्रेम किया, वह उनका अपना नहीं अपितु वसुदेव का पुत्र था। उन्होंने कितना प्रसन्नतापूर्वक मथुरा के लिए प्रस्थान किया था! उन्होंने कितना ख़ुश होकर अपनी पत्नी को यह आश्वासन दिया था कि वे शीघ्र ही अपने पुत्र के साथ वापस लौट आएँगे! उन्हें पता लगा कि उनका पुत्र राजा था और वे स्वयं ख़ाली हाथ घर लौटने वाले थे। वे क्या कहकर अपनी पत्नी को सांत्वना देंगे? उस समूचे नगर में, जो ख़ुशी से उन्मत्त हुआ जा रहा था, वे अकेले दुःखी थे। परंतु कृष्ण ने उनके दुःख को भाँप लिया और उनके पास जाकर उन्हें सांत्वना दी।

'प्रिय पिताश्री!' कृष्ण ने कहा, 'आपने इतने स्नेहपूर्वक हमारा पालन-पोषण और हमारी देखभाल की है। जो माता-पिता किसी दूसरे की संतान को अपनी संतान की तरह प्रेम करते और उसकी देखभाल करते हैं, वही उसके असली माता-पिता होते हैं। पिताश्री, आपने हमारी उस समय पर देखभाल की, जब हमारे माता-पिता हमारा पालन-पोषण करने में अक्षम थे। यहाँ तक कि माता देवकी को, जिन्होंने मुझे जन्म दिया है, मुझे दूध पिलाने का वह सुख नहीं मिला, जो माता यशोदा को मिला है। वसुदेव जी को मेरी बचपन की शरारतें देखने का वह अवसर नहीं मिला, जो आपको मिला है। पिताजी, मैं इसका या उसका नहीं हूँ। मैं उन सबका हूँ जो मुझसे प्रेम करते हैं। मुझे जो पुत्र की तरह प्रेम करेगा, मैं उसके पास, केवल अभी ही नहीं, अपितु आने वाले समय में भी, पुत्र रूप में जाऊँगा।' यह बात कहते हुए कृष्ण का स्वर गूँज रहा था मानो वे भावी पीढ़ी को वचन दे रहे हों। नंद को अत्यधिक राहत मिली और वे प्रसन्न होकर गोकुल लौट आए।

वसुदेव ने क्षत्रियों के लिए होने वाले अनुष्ठान आयोजित किए, जो नंद ने नहीं किए थे। हालाँकि कृष्ण और बलराम को सब कुछ पता था और वे समस्त ज्ञान के स्रोत थे, उन्होंने अपने ज्ञान को मानव रूप के आवरण में छिपाए रखा। वसुदेव को लगा कि उन दोनों के लिए उचित शिक्षा का प्रबंध किया जाना चाहिए। उन्हें केवल गायों को चराने का कार्य सिखाया गया था! कुछ समय तक, माता-पिता ने बच्चों के घर लौटने का आनंद लिया, किंतु शीघ्र ही उन्हें गुरु संदीपनी के पास भेज दिया गया जो अवंति में रहते थे। उन्हें वहाँ अपनी शिक्षा पूर्ण होने तक रहना था। संसार को गुरुकुल की महिमा दर्शाने के लिए, उन्होंने वहाँ रहते हुए गुरु की सेवा की और उनके पास सेवकों की भाँति कार्य किया तथा अपने गुरु को वही सम्मान दिया जो दिव्य पुरुषों को दिया जाना चाहिए। महान विद्वान गुरु संदीपनी ने दोनों बालकों को वेदों और उपनिषदों का ज्ञान दिया। उन्होंने दोनों को युद्ध-कौशल का प्रशिक्षण दिया तथा दिव्यास्त्रों से संबंधित मंत्र सिखाए। उन्होंने कृष्ण और बलराम को नीति-संहिता, विधि-संहिता, तर्क-विद्या तथा प्रशासनिक संहिता का ज्ञान भी दिया। सामान्य तौर पर, शिष्य सीखने में समय लगाते थे और अपनी क्षमता के अनुसार सीख ज्ञान प्राप्त करने के उपरांत गुरुकुल से चले जाते थे। परंतु इन दोनों विलक्षण राजकुमारों ने पहली बार में ही समस्त ज्ञान आत्मसात कर लिया। उनकी ध्यान लगाने की क्षमता इतनी प्रखर थी कि वे मात्र चौंसठ दिनों में सभी चौंसठ कलाओं में पारंगत हो गए।

उसी दौरान, कृष्ण की सुदामा नामक एक निर्धन ब्राह्मण लड़के से मित्रता हो गई। एक बार जब वे दोनों जंगल में लकड़ी लाने गए थे तो वहाँ वे एक भयंकर तूफ़ान में फँस गए। वहाँ छिपने की कोई जगह न थी, इसलिए दोनों पास-पास बैठकर कहानियाँ सुनाते और एक-दूसरे का हौसला बढ़ाते रहे। उनके पास खाने के लिए केवल थोड़ा-सा चिवड़ा था जो उनके गुरु की पत्नी ने उन्हें चलते समय दिया था। सुबह होने पर, गुरु और उनकी पत्नी ने दोनों को खोज लिया। वे दोनों बालकों द्वारा ईंधन की लकड़ी की व्यवस्था करने के लिए अपने प्राण संकट में डालने के कृत्य को देखकर अत्यंत भावुक हो गए और उन्होंने कृष्ण और सुदामा को आशीर्वाद दिया। बाद के वर्षों में, जब वे दोनों फिर से मिले, तो कृष्ण ने सुदामा को वह घटना याद दिलाई और कहा कि वह सब गुरु के आशीर्वाद का

चमत्कार था। यहाँ, भगवान हमें यह बताते हैं कि किसी महात्मा, विशेषकर गुरु से सदा आशीर्वाद प्राप्त करना चाहिए क्योंकि यही एकमात्र वस्तु है जो मनुष्य को जीवन में सही मार्ग पर अग्रसर करती है।

शिक्षा समाप्त होने पर, प्रत्येक शिष्य द्वारा गुरु को इतने वर्ष शिक्षा देने एवं शिष्यों की देखभाल करने के बदले में दक्षिणा दिया जाना अपेक्षित था। उन दिनों में, शिष्य के भौतिक एवं आध्यात्मिक कल्याण का ध्यान रखना गुरु का दायित्व होता था तथा शिक्षा पूर्ण हो जाने तक गुरु द्वारा किसी तरह के भुगतान की अपेक्षा अथवा माँग नहीं की जाती थी। तिस पर भी, कोई शुल्क निर्धारित नहीं था। प्रत्येक शिष्य अपनी क्षमता के अनुसार दक्षिणा देता था। कृष्ण के पूछने पर, गुरु संदीपनी ने कुछ भी लेने से मना कर दिया क्योंकि उन्हें किसी वस्तु की अभिलाषा नहीं थी। तब कृष्ण गुरु की पत्नी के पास गए तो उन्होंने संकोच पूर्वक कहा, 'प्रभु, आपने हालाँकि यहाँ साधारण बालक की तरह व्यवहार किया है, किंतु मैंने सुना है कि आप भगवान विष्णु के अवतार हैं। मेरा केवल एक ही पुत्र था, जिसकी प्रभास क्षेत्र में समुद्र में डूबने से मृत्यु हो गई थी। मुझे मेरा पुत्र वापस चाहिए।'

'तथास्तु!' कृष्ण ने कहा।

बलराम को साथ लेकर, कृष्ण प्रभास के विशाल तट पर पहुँचे। उन्होंने समुद्र के पास जाकर वरुण देव को आदेश दिया कि उनके गुरु के पुत्र को तत्काल वापस लाया जाए। वरुण ने बताया कि उसे पांचजन्य नाम का एक राक्षस उठाकर ले गया था, जो अब समुद्र में शंख का रूप धारण करके रहता है। यह सुनकर भगवान ने समुद्र के भीतर जाकर राक्षस को मार डाला किंतु उन्हें संदीपनी का पुत्र नहीं मिला। उन्होंने पांचजन्य शंख को उठाया, जो राक्षस के शरीर का अंश था और उसे लेकर मृत्यु के देवता यम के पास गए। कृष्ण ने यम से उनके गुरु के पुत्र को लौटाने को कहा। यम तो परमेश्वर का सेवक था, सो उसने तत्काल लड़के को वापस कर दिया। कृष्ण उसे लेकर संदीपनी के पास गए और उसे तीनों की ओर से दक्षिणा स्वरूप अपने गुरु को दे दिया क्योंकि सुदामा निर्धन होने के कारण स्वयं कुछ दे पाने में समर्थ नहीं था। गुरु और उनकी पत्नी से आशीर्वाद लेने के बाद, और सुदामा से भावुक अंतिम मिलन के उपरांत, कृष्ण और बलराम मथुरा लौट आए। मथुरा वासी, अपने दोनों रक्षक देखकर अत्यंत प्रसन्न हुए।

मथुरा लौटते ही, कृष्ण को उनके जाने से दत्तक माता-पिता तथा गोपियों को हुए दुःख के विषय में पता लगा। कृष्ण ने एक पत्र के साथ अपने मित्र उद्धव को गोकुल भेजने का निश्चय किया। उद्धव को वहाँ भेजने के दो उद्देश्य थे। एक तो अपने लोगों को सांत्वना देना और दूसरा, उद्धव को निःस्वार्थ प्रेम का अर्थ समझाना। उद्धव अपने युग के सबसे ज्ञानी पुरुष थे किंतु भगवान कृष्ण का उद्देश्य केवल ज्ञान का प्रचार करना नहीं, अपितु भक्ति को बढ़ावा देना भी था। किसी बुद्धिमान और ज्ञानी मनुष्य के लिए अपने ज्ञान को भूलकर प्रभु के पास सीधे और निर्मल मन से जाना बहुत कठिन होता है। हम कितने ज्ञानी क्यों न हों, परंतु वह समस्त सांसारिक ज्ञान, ईश्वरीय ज्ञान के सागर में, एक बूँद से अधिक कुछ नहीं है। हम सब लोग भगवान के सामने शिशु के समान हैं और हमें उनके पास सादगी के साथ ही जाना चाहिए। उद्धव को शायद भगवान का गोपियों के नाम प्रेम-पत्र

लेकर संदेशवाहक के रूप में जाना अच्छा नहीं लगा किंतु कृष्ण के प्रति प्रेम और निष्ठा इतनी अधिक थी कि वे तत्काल गोकुल के लिए प्रस्थान कर गए। वे जब वृंदावन पहुँचे तो संध्या हो चुकी थी। वह गोकुल में दिन का सबसे सुंदर समय होता था जब गोपियाँ अपने प्रभु के लौटने की प्रतीक्षा किया करती थीं। वापस लौटती गायों के खुरों से उड़ते धूल के बादलों के साथ ही सूर्यास्त हो जाता था। हवा में साँड़ और गायों की आवाज़ें तथा गायों का दूध निकालते समय होने वाली आवाज़ें व्याप्त थीं। उन्हीं आवाज़ों में गोपालों की बाँसुरी की धुन और गोपियों के गीतों के स्वर भी मिल जाते थे जिनमें वे अपने नायक, कृष्ण के कारनामों का वर्णन करते थे।

उद्धव, गोकुल पहुँचे तो सभी घरों में हलकी रोशनी हो चुकी थी। उद्धव के रथ और उनके आकार को देखकर गोपियों को लगा कि कृष्ण लौट आए। इसमें कोई आश्चर्य की बात नहीं थी क्योंकि उद्धव का क़द, उनकी आयु तथा वस्त्र पहनने का तरीक़ा कृष्ण जैसा ही था और उनका कृष्ण से इतना प्रेम था कि वे कृष्ण द्वारा प्रयोग किए वस्त्र और आभूषण पहन लिया करते थे। यह स्वाभाविक था कि गोपियों ने, जिनके मन में कृष्ण के अतिरिक्त कोई अन्य छवि नहीं थी और जो रात-दिन कृष्ण के विषय में ही सोचती थीं, उद्धव को कृष्ण समझ लिया। वे चिल्लाती हुई भागीं, 'वे आ गए! वे आ गए! हमारे प्रियतम आ गए!'

उद्धव को देखकर, वे रुक गईं। उन्हें जब पता लगा कि उद्धव, कृष्ण के दूत बनकर आए हैं तो वे उद्धव के पास चली गईं। उन्हें अपनी लज्जा का अथवा इस बात का भी विचार नहीं रहा कि उद्धव उनके लिए पूर्ण रूप से अजनबी थे। उन्होंने उद्धव का हाथ पकड़ लिया, उनके ऊपरी वस्त्र को खींचा और उन पर प्रश्नों की बौछार कर दी। उद्धव भीतर से हैरान थे, किंतु बाहरी तौर पर, उन्होंने गोपियों को हँसते हुए दूर कर दिया। उन्होंने अपने अनुशासित जीवन में पहले कभी स्त्रियों को इस तरह निर्लज्ज होते नहीं देखा था! वे सोचने लगे कि उन्हें कैसे समझाएँगे। उसी बीच, नंद और यशोदा ने उद्ध व को उस संकट से बचाया और वे उन्हें अपने घर ले गए तथा ऐसे सत्कार किया मानो वे स्वयं कृष्ण हों। भोजन और आराम के उपरांत, नंद ने पूछा, 'उद्धव, क्या कृष्ण अब भी गोकुल को तथा लोगों को याद करते हैं? क्या उन्हें अपने माता-पिता, मित्र, गाएँ और वृंदावन के पहाड़ याद हैं? क्या वे कभी वापस आकर अपने पुराने साथियों से मिलेंगे? उनकी कृपा से अनेक बार हमारी रक्षा हुई है। यहाँ का प्रत्येक स्थान उनकी स्मृतियों से जुड़ा है। हम लोग आजकल, ठीक-से अपना कार्य भी नहीं कर पाते क्योंकि हमारे मन में सदा कृष्ण का ध्यान रहता है।' इस प्रकार, अतीत की बातों को याद करते-करते नंद और यशोदा इतने भावुक हो गए कि उनसे कुछ बोला नहीं गया। उनकी आँखों से आँसू गिरने लगे और वे कृष्ण के विचारों में डूबकर शांत हो गए।

उद्धव को आस्था की ऐसी अवस्था में देखकर आश्चर्य हो रहा था। उन्होंने कहा, 'आप लोग धन्य हैं। आपका मन सदा कृष्ण में रमता है, जो स्वयं भगवान नारायण के रूप हैं। वे सबकी आत्मा और सबके कारण स्वरूप हैं, जिन्होंने कुछ विशेष उद्देश्यों की पूर्ति के लिए मनुष्य का रूप धारण किया है। अब आपको और क्या प्राप्त करना शेष है? आप दुःखी न हों। वे सदा आपके साथ हैं क्योंकि वे आपके हृदय में वास करते हैं। उनकी

कोई माता नहीं है, कोई पिता नहीं है, कोई पत्नी या पुत्र नहीं है। वे किसी से जुड़े नहीं हैं और न ही किसी के लिए अजनबी हैं। वे अजन्मे हैं और निराकार हैं। वे इस संसार में कर्म-बंधन के कारण नहीं, बल्कि अपनी इच्छा से प्रकट हुए हैं। हालाँकि वे प्रकृति के गुणों से मुक्त हैं, उन्होंने लीला करने के लिए ये गुण धारण किए हैं। कृष्ण, जो स्वयं भगवान का रूप हैं, केवल आपके पुत्र नहीं हैं। वे सबकी संतान हैं। वे सबके परमपिता हैं, सबकी माता हैं। वे समस्त प्राणियों की आत्मा हैं। संसार में उनसे अलग, किसी जीव का अस्तित्व नहीं नहीं है।'

इस तरह, अपने प्रिय कृष्ण की बातें करते-करते पूरी रात बीत गई। अगले दिन सुबह, उद्धव गोपियों से मिलने गए। गोपियाँ, उद्धव को उस स्थान पर ले गईं जहाँ राधा एक पेड़ के नीचे बैठकर अपने प्रियतम के ध्यान में मग्न थीं। राधा ने उद्धव को देखा ही नहीं और न ही किसी प्रश्न पर ध्यान दिया। राधा अपने प्रियतम के साथ, आनंदपूर्वक बिताए दिन और रात याद कर रही थीं। वे अपने संसार में मग्न थीं जिसमें केवल कृष्ण का वास था।

इस बीच, अन्य गोपियाँ उद्धव पर प्रश्नों की बौछार करने लगीं। उन्होंने उद्धव को बोलने का अवसर ही नहीं दिया क्योंकि उनके मन में ऐसी ढेरों बातें थीं जो वे कृष्ण से कहना चाहती थीं और वह सब कहने के लिए कृष्ण के मित्र से बेहतर कौन हो सकता था? उन्हें उद्धव की प्रतिष्ठा अथवा उनके ज्ञान की कोई परवाह नहीं थी। उनकी दृष्टि में उद्धव का केवल इतना ही महत्त्व था कि उन्हें भगवान कृष्ण ने भेजा था।

'क्या तुम्हें उस निष्ठुर ने उसके माता-पिता को सांत्वना देने के लिए भेजा है?' उनका पहला प्रश्न था। 'उसने निश्चय ही, तुम्हें हमसे मिलने नहीं भेजा होगा क्योंकि शहर की सुंदर स्त्रियों को देखने के बाद, वह हमें अवश्य भूल गया होगा। वह अब कहाँ है? हमें बताओ। हमें सत्य बताओ। क्या वह मथुरा की किसी सुंदरी की बाँहों में नहीं है?'

उद्धव ने कुछ बोलने का प्रयास किया, किंतु उन्हें शिक्षा के दौरान, प्रेमाकुल लोगों से निपटने का तरीक़ा नहीं सिखाया गया था। इसके बाद, गोपियाँ रोने लगीं।

'हम उस तन को कैसे भूल सकते हैं, जो हमारे इतने निकट लेटा था? हम उन बाँहों को कैसे भूल जाएँ जिन्होंने हमें कसकर पकड़ा था? हम उन आँखों को कैसे भूल जाएँ जिन्होंने हमें प्रेम से देखा है, उन गुलाबी हाथों को कैसे भूल जाएँ जिन्होंने हमारे आँसू पोंछे हैं, और उन कोमल होंठ कैसे भूल जाएँ जिनसे हमने जीवन का अमृत-पान किया है? क्या हम उसे फिर देख पाएँगे? क्या हम फिर उन्हें अपनी छाती के निकट रख पाएँगे और उनके चरण स्पर्श कर सकेंगे और उन्हें उनकी पसंद की चीज़ें खिला सकेंगे? हमारे प्राण केवल इसलिए नहीं निकलते क्योंकि कृष्ण अभी जीवित है। जब तक उसे देखने की आशा हमारे हृदय में है, हमारे प्राण नहीं निकल सकते!'

उद्धव, स्तब्ध होकर गोपियों के अंतरंग एकालाप को सुनते रहे। इतना होने पर भी उन्हें समझ नहीं आया कि वे किस तरह की स्त्रियाँ थीं। उन्हें इस बात पर विश्वास नहीं हुआ कि गोपियों के चरित्र में कोई दोष था क्योंकि ऐसी स्त्रियों में इतनी निष्ठा देखने को नहीं मिलती और फिर भी उन्हें गोपियों की निष्ठा और उनके समर्पण की थाह नहीं मिल

रही थी क्योंकि उन्होंने ऐसा कुछ भी पहले नहीं देखा था। गोपियाँ तो स्वयं को कृष्ण से अलग ही नहीं मानती थीं। उनका अस्तित्व वे कृष्ण में और कृष्ण के लिए था। उन्होंने कृष्ण से मिलने के बाद ही वास्तव में जीना आरंभ किया था और भविष्य में भी, वे कृष्ण के विषय में सुनने और शायद उनसे मिलने के लिए ही जीवित रहने वाली थीं। यह कृष्ण के रूप में उस दिव्य उत्तम पुरुष के साथ एकाकार होने और उसमें लीन हो जाने की बात थी। हालाँकि उनके शरीर अलग थे, किंतु वास्तव में कृष्ण से अलग उनका कोई अस्तित्व नहीं था। प्रत्येक कार्य करते समय, चाहे वह छोटा हो या बड़ा, उनके मन में एक ही विचार रहता था - कृष्ण, कृष्ण, कृष्ण और केवल कृष्ण! उन्हें प्रत्येक वस्तु में कृष्ण का रूप दिखाई देता था। वायु उनकी श्वास थी, गुलाब के फूल उनके होंठ थे, सूर्यास्त उनके वस्त्रों के समान था और बादलों में उनका वर्ण दिखता था। वे यंत्र की तरह अपने कार्य करती थीं। कृष्ण के विषय में तरह-तरह के विचार आने पर वे कभी गातीं, कभी हँसतीं और कभी रोने लगती थीं।

उद्धव ने राधा से बात करने की कोशिश की क्योंकि उन्होंने कृष्ण के मुख से अनेक बार राधा का नाम सुना था, किंतु राधा को कृष्ण के नाम के अतिरिक्त कुछ पता नहीं था। तभी राधा ने एक भ्रमर को देखा और उससे ऐसे बात करने लगी मानो वह भी उनके प्रियतम कृष्ण का दूत हो। राधा बोलीं, 'हे भ्रमर! तुम मेरे प्रभु के समान हो - एक फूल से दूसरे फूल पर जाते हो, किंतु तुम्हारी किसी से भी निष्ठा नहीं है और फूल का पराग समाप्त होते ही तुम वहाँ से उड़कर दूसरे पर बैठ जाते हो। तुम कहाँ से आए हो? मुझे लगता है कि तुमने कृष्ण की माला से भी पराग चूसा है और देखो, तुम्हारे स्पर्शकों पर लाल निशान भी है, जो अवश्य मथुरा की किसी सुंदरी के मस्तक से लगा होगा, जब उसने कृष्ण का आलिंगन का किया होगा। यहाँ से चले जाओ। मैं तुम्हें देखना भी नहीं चाहती! कृष्ण ने अपने मदहोश होंठों से अमृतपान करवाने के बाद हमें त्याग दिया जबकि हमने उसके लिए अपने बच्चे, अपने पति, अपने घर, अपना सर्वस्व त्याग दिया है!'

सहसा उद्धव को देखकर राधा ने कहा, 'हम वृंदावन की विधवाएँ हैं। हम अकेली और परित्यक्त हैं क्योंकि हमारे पतियों ने हमें त्याग दिया है और हम अब दोबारा पूर्ण नहीं हो सकेंगी।' यह कहते हुए, राधा ने हाथों में अपना मुँह छिपा लिया और रोने लगीं। उद्धव को उस कल्पना पर आश्चर्य हो रहा था, जो कृष्ण के विचारों में इतनी मग्न थी कि एक भ्रमर को देखकर भी कृष्ण के बारे में कहानी बुन सकती थी! राधा का दुःख, एक भक्त का दुःख है जिसे यह पता है कि भगवान केवल उसके नहीं हैं अपितु उन सबके हैं जो उनसे प्रेम करते हैं। यह राधा के लिए बहुत कठोर सबक़ था क्योंकि उन्होंने बहुत कम समय में ऐसा समझ लिया कृष्ण केवल उनके थे। उद्धव ने उन सबको समझाने का प्रयास किया। 'सुनो, गोपियों! तुमने जीवन में सर्वोच्च उपलब्धि प्राप्त की है और सारा संसार तुमसे प्रेम करता है क्योंकि तुमने अपने मन में भगवान के प्रति पूर्ण समर्पण पैदा किया है। सामान्य तौर पर, लोगों को यह उपलब्धि अनेक प्रकार की साधनाओं, तपस्या और व्रत के बाद होती परंतु तुमने इन सबके बिना ही भगवान के लिए इतना अटूट प्रेम पैदा कर लिया है जो ऋषियों के लिए भी कठिन है। अब उस संदेश को सुनो जो कृष्ण ने तुम्हारे लिए भेजा है :

'हे प्रिय, मैंने तुम्हें न कभी छोड़ा था और न ही कभी छोड़ूँगा। तुम भी मुझसे कभी अलग नहीं थीं क्योंकि मेरा समस्त संसार में वास है। यदि मैं तुमसे मिलने नहीं आया हूँ तो वह इसलिए क्योंकि मैं जिस कार्य के लिए आया हूँ, वह अभी पूरा नहीं हुआ है। परंतु तुम दुःखी मत होओ, क्योंकि तुम्हारा दुःख मेरा दुःख है और तुम्हारी ख़ुशी में ही मेरी ख़ुशी है। तुम्हारे जैसे प्रेम का कोई अंत नहीं है। मैं समस्त बंधनों से मुक्त हूँ, किंतु तुम्हारे प्रेम ने मुझे भी बाँध लिया है। तुम स्त्री जाति का गौरव हो और संसार तुम्हें सदा स्मरण करेगा। मैं तुमसे शारीरिक रूप से दूर हूँ किंतु तुम मेरा ध्यान करो, तो तुम मुझसे संपर्क कर सकते हो। अपने मस्तिष्क से अन्य विचारों को हटाकर, उसे मुझमें लगाओ, तो तुम तत्काल मुझे प्राप्त कर लोगे।'

यह सुनकर गोपियों का दुःख कुछ कम हुआ। उन्होंने उद्धव से कहा, 'हे महामना! यह कालिंदी नदी, यह गोवर्धन पर्वत, ये वन, ये गाएँ, बाँसुरी की धुन, ये सब हमारे मस्तिष्क में कृष्ण से जुड़े हुए हैं। इस भूमि पर कृष्ण के पैरों के निशान हमें कभी उन्हें भुलाने नहीं देंगे। हमारा मन पूरी तरह कृष्ण का हो चुका है। हम उन्हें कैसे भूल सकते हैं?'

'हे भगवान,' वे बोलीं, 'हे लक्ष्मीपति! हे व्रज के स्वामी, दुःखहर्ता! हे गोकुल के प्रभु! आप शीघ्र ही हमारे इस निवास-स्थान को ऊपर उठा लीजिए क्योंकि यह दुःख के सागर में डूब रहा है!'

इस करुण पुकार को सुनकर, उद्धव ने उन्हें कृष्ण का संदेश और कृष्ण से जुड़ी उनकी पहचान उन्हें याद दिलाई। गोपियों तथा कृष्ण के माता-पिता को सांत्वना देने के लिए उद्धव ने कुछ माह व्रज में बिताए और इस बीच उन्होंने वहाँ के लोगों को कृष्ण के विषय में गीत एवं कविताएँ सुनाकर रोमांचित कर दिया। इससे भी अधिक महत्त्वपूर्ण यह था कि उद्धव ने उनसे यह सीखा कि ऐसा अटूट प्रेम ज्ञान से अधिक श्रेष्ठ होता है। व्रज से निकलने से पूर्व, यादव शिरोमणि, बृहस्पति के श्रेष्ठ शिष्य उद्धव ने वृंदावन की गोपियों के सामने नीचे बैठकर उन्हें प्रणाम किया और उनकी इस प्रकार स्तुति की, 'वास्तव में, केवल तुमने मनुष्य जन्म का उद्देश्य पूर्ण किया है, क्योंकि तुम्हें गोविंद के प्रति अटूट प्रेम, यानी महाभाव की प्राप्ति हो गई है। इसकी इच्छा तो सब करते हैं किंतु इसकी प्राप्ति बहुत कम लोगों को हो पाती है। उच्च कुल में जन्म लेने का क्या लाभ है? धन, वैभव और सौंदर्य किस काम के हैं यदि उनसे उस अनंत परमेश्वर के प्रति प्रेम जाग्रत नहीं होता? परंतु, भगवान की कृपा से, तुम वनवासियों को उस अवस्था की प्राप्ति हो चुकी है। ईश्वर के लिए प्रेम से भी वही परिणाम मिलता है, और उसमें व्यक्ति के ज्ञान अथवा सामाजिक अवस्थिति का कोई महत्त्व नहीं होता। यहाँ तक कि विष्णु की पत्नी, लक्ष्मी को भी भगवान की वह कृपा प्राप्त नहीं हुई है जो वृंदावन की गोपियों को मिल चुकी है! मेरी ऐसी अभिलाषा है कि मैं इस पवित्र स्थान पर, जो इन गोपियों की चरण-धूलि से पट चुका है, किसी कुंज या लता के रूप में जन्म ले सकूँ क्योंकि इन गोपियों ने ईश्वर की भक्ति के मार्ग पर चलने के लिए अपने सगे-संबंधियों से संबंध-विच्छेद कर दिया और समाज द्वारा अनुमोदित सद्गुणों का मार्ग भी त्याग दिया, जिसकी ऋषि-मुनि भी केवल इच्छा कर पाते हैं। मैं बारंबार इन व्रज की स्त्रियों को प्रणाम करता हूँ जिनकी मनोदशा से तीनों लोकों का उद्धार हो सकता

है।' यह उस युग में किसी पुरुष, वह भी उद्धव जैसे विद्वान द्वारा दिया गया आश्चर्यजनक वक्तव्य था। उसमें ईश्वर तक पहुँचने वाले समस्त मार्गों में से भक्ति को सर्वश्रेष्ठ माना गया था और हमें यही बात कृष्ण के जीवन से सीखने को मिलती है।

अंत में, गोपियों तथा नंद व यशोदा से विदा लेते हुए उद्धव रथ में बैठकर मथुरा के लिए निकल पड़े। गोपियों से उद्धव की भेंट, भक्ति और ज्ञान रूपी नदियों का संगम होने जैसी थी उद्धव से ज्ञान लेकर गोपियों की भक्ति और सुदृढ़ हो गई, जबकि गोपियों के भक्ति भाव को ग्रहण करने से उद्धव का अहंकार नष्ट हो गया। इस मिलन से ज्ञान-भक्त नाम के अनूठे मिश्रण की उत्पत्ति हुई। उद्धव को बाद में यह बात समझ में आई कि कृष्ण ने उन्हें व्रज में केवल गोपियों को सांत्वना दी नहीं भेजा था, अपितु कृष्ण चाहते थे कि उद्धव को सच्चे और निःस्वार्थ प्रेम की झलक मिले। बेचारे उद्धव को इस बात का पता नहीं था कि जिस तरह वे हाथ हिलाकर गोपियों से विदा ले रहे थे, उसी तरह एक उन्हें भी अपने प्रभु से अलग होना पड़ेगा। उस समय वे गोपियों की व्यथा पूरी तरह समझ पाएँगे।

कृष्ण फिर मथुरा से वृंदावन कभी नहीं लौटे। ऐसा लगता है कि वे यह सिखाना चाहते हैं कि जीवन, सतत चलता रहने वाला समय का चक्र है। बुद्धिमान व्यक्ति वही है जो शिशु के समान हमेशा वर्तमान में जीता है और न तो अतीत के बंधनों में, चाहे वे कितना भी मधुर रहा हो, बँधता है और न ही भविष्य की चिंता करता है, चाहे वह कितना भी अंधकारमय हो। कृष्ण का जीवन एक राजकुमार और राजकुमार के सलाहकार की तरह था किंतु उन्होंने स्वयं कभी सिंहासन स्वीकार नहीं किया। उसके बाद, वे जिस आराम से वृंदावन के पहाड़ों और जंगलों में रहते थे, उसी सहजता से राजमहल, दरबार और राजाओं के परिषद में रहने लगे।

कहते हैं, एक बार जब गोप और गोपियों के लिए कृष्ण का वियोग सहन नहीं हुआ तो वे मथुरा पहुँच गए। वह फसल का समय था, जिस समय धरती ऊसर हो जाती है ताकि किसान कुछ समय आराम कर सकें। कृष्ण ने जब सुना कि वे लोग उनसे मिलने आए हैं, तो कृष्ण ने उन्हें पूरे राज्योचित सम्मान से अपने कक्ष में आमंत्रित किया! कृष्ण ने राजकुमारों जैसे शानदार वस्त्र और आभूषण पहने हुए थे, किंतु उन्होंने अपने साथियों का प्रेम के साथ स्वागत किया। परंतु वे लोग कृष्ण की ओर नहीं देख रहे थे। उनकी दृष्टि नीचे थी और सिर किसी अन्य दिशा में थे। वे कृष्ण के समक्ष खड़े रहे, किंतु उन्होंने न तो कृष्ण की ओर देखा और न ही एक भी शब्द कहा। कुछ देर बाद कृष्ण को बात समझ में आई तो वे अपने वस्त्र और आभूषण उतारकर साधारण ग्वाले की वेशभूषा में आ गए। उनके सिर पर मोरपंख था, दाहिने हाथ में बाँसुरी और गले में वनमाला पड़ी थी और वे नंगे पैर थे। कृष्ण को गोपालकृष्ण के रूप में देखकर गोकुल वासी बहुत प्रसन्न हुए। उन्होंने कृष्ण से बाँसुरी बजाने का आग्रह किया तथा उनके मनमोहक संगीत पर वे पूरा दिन राज-उद्यान में नाचते-गाते रहे जैसे वे सब मिलकर वृंदावन के जंगलों में नाचते थे। अतीत के पुराने दिनों को याद करते हुए, कृष्ण को बचपन के दिन याद आ रहे थे। भगवान उनके साथ उसी कौशल से खेलते रहे जैसे वे राज निर्माता का खेल रचा रहे थे।

उसे अपने चंदन की सुगंध पसंद नहीं है,
वह चंद्रमा के प्रकाश के समान फीकी है, वह दु:खी रहती है।
वह दुर्बल और क्षीण होती जा रही है,
मलय की हवा उसके लिए विष के समान है,
उसे प्रेम के आघात से डर लगता है और इसलिए वह छिपी रहती है,
माधव, तुमसे बिछुड़कर उसका जीवन व्यर्थ हो रहा है।

—जयदेव कृत गीत गोविंद से

हे कृष्ण, आप सदाचारी लोगों के मन में वास करते हैं
आप दु:खी और परेशान लोगों के आश्रयदाता हैं,
और आप सब भक्तों के कष्ट दूर करते हैं,
हे कृष्ण, मैं आपकी शरण में हूँ।

—महाभारत में द्रौपदी

हरि ॐ तत्सत्

ॐ

ॐ

ओ३म् द्वारकानाथाय नमः!

अध्याय 13

द्वारकाधीश

इदं शरीरं परिणामपेशलम्,
पतत्यवश्यं श्लथसन्धिजर्जम्,
किमौषधैः क्लिश्यसि मूढ दुमर्ते,
निरामयं कृष्णरसायनं पिब।

यह काया, जो अभी आकर्षक है, एक दिन स्वाभाविक रूप से नष्ट हो जाएगी।
हे मूढ़ व्यक्ति! तू औषधियों के सेवन से इस प्रक्रिया को तेज क्यों कर रहा है?
इसके बजाय, श्रीकृष्ण का नाम ले, जो समस्त कष्टों का समाधान है।

—कुलशेखर अल्वार कृत
'मुकुंदमाला' से

कृष्ण को त्रिवक्रा को दिया वचन याद आ गया, तो वे उद्धव को साथ लेकर उसके घर चल दिए। उनके अवतार का यही उद्देश्य था कि वे अपने प्रत्येक भक्त के पास उसी रूप में जाएँ जिस रूप में भक्त उन्हें पुकारता है। त्रिवक्रा, दरबार की गणिका थी इसलिए उसे भगवान को अपने तन के अतिरिक्त किसी अन्य तरीक़े से प्रसन्न करना नहीं आता था। चूँकि त्रिवक्रा के पास देने को और कुछ नहीं था, इसलिए भगवान ने उसे सहर्ष स्वीकार कर लिया जैसे उन्होंने मालिन ने वनमाला और कंस के प्रहार स्वीकार किए थे।

कुछ समय बाद, भगवान कृष्ण उद्धव और बलराम के साथ अक्रूर के घर पहुँचे क्योंकि उन्होंने अक्रूर को वचन दिया था। अक्रूर ने उनका स्वागत-सत्कार किया और फिर कहा, 'हे प्रभु, आज मेरा घर ऋषियों के आश्रम से भी अधिक पवित्र हो गया है, क्योंकि संसार के परमपिता और सर्वश्रेष्ठ गुरु यहाँ पधारे हैं। आप सभी भक्तों से प्रेम करते हैं और सबके हितैषी हैं। ऐसे में वह कौन होगा, जो आपके अतिरिक्त किसी अन्य स्थान पर आश्रय खोजेगा? आप न केवल अपने भक्तों की छोटी से छोटी इच्छा भी पूर्ण करते हैं,

अपितु आप स्वयं को भी समर्पित कर देते हैं जिसके बाद, मनुष्य कभी सांसारिक माया के जाल में नहीं फँसता। जब-जब पृथ्वी पर सनातन धर्म पर, जिसे आपने ही स्थापित किया है, संकट आया है, आपने प्रत्येक युग में अवतार लेकर उस संकट को दूर किया है। हे जनार्दन, यह मेरा परम सौभाग्य है कि आप स्वेच्छा से मेरे घर आए हैं। कृपया आप पुत्र, पत्नी, संपत्ति, घर और तन रूपी माया का, जो आपके ही द्वारा बनाई गई है, बंधन को काटने में मेरी सहायता कीजिए।'

कंस की अस्ति और प्राप्ति नामक दो पत्नियाँ थीं, जो मगध के राजा जरासंध की पुत्रियाँ थीं। जरासंध में सौ हाथियों का बल था और वह अजेय योद्धा था। कंस की मृत्यु के बाद, उसकी दोनों पत्नियाँ अपने पिता के पास गईं और उससे कंस की हत्या का प्रतिशोध लेने का आग्रह किया। जरासंध ने प्रण लिया कि वह मथुरा नगरी को ध्वस्त करके यादवों के वंश को समाप्त कर देगा। उसने सोचा कि यह बहुत सरल था क्योंकि मथुरा पर वृद्ध राजा उग्रसेन का राज था, जो एक साधारण ग्वाले से परामर्श लेता था! वह मगध राज्य की शक्ति के सामने क्या पाएगा?

जरासंध द्वारा होने वाले आक्रमण की सूचना कृष्ण को मिली तो उन्होंने तत्काल यादवों को युद्ध के लिए तैयार रहने को कहा। इतने कम समय में, कृष्ण ने यथासंभव सैन्य-बल एकत्रित किया और कृतवर्मा को सेनापति नियुक्त कर दिया। कंस के शासनकाल में यादव बिखर गए थे और यत्र-तत्र रहते थे, और कंस की मृत्यु के बाद वे लोग लौटे ही थे और अभी उनका जीवन सँभल रहा था। कृष्ण को अपने राज्य को पुनर्व्यवस्थित करने का अवसर ही नहीं मिला। परंतु जैसे ही उन्हें आक्रमण का समाचार मिला, उन्होंने तेज़ी से उसकी तैयारी आरंभ कर दी। उस समय नगर आक्रमण के लिए तैयार नहीं था। कृष्ण को राज्य की कमियों का पता था इसलिए उन्होंने निश्चय किया कि लोगों को शरण लेने के लिए स्थान का चयन करना होगा। उस समय उनके पास मौजूदा संसाधनों का बेहतर से बेहतर उपयोग करने के अतिरिक्त कोई विकल्प नहीं था क्योंकि जरासंध अपनी बीस अक्षौहिणी सेना लेकर मथुरा की ओर तेज़ी से बढ़ रहा था।

यादव सेना ने पहले भी मगध के आक्रमणों को रोका था। वास्तव में, कहते हैं जरासंध ने मथुरा पर सत्रह बार आक्रमण किया और हर बार उसे ज़बर्दस्त विरोध झेलना पड़ा था। परंतु कृष्ण जानते थे कि वे अधिक समय तक जरासंध की सेना के सामने नहीं टिक सकेंगे। लोग पहले ही परेशान थे और जन-जीवन ठहर गया था और फिर भी मगध के राजा के सेना लगातार आक्रमण करती जाती थी। कृष्ण और बलराम ने जरासंध की विशाल सेना को अनेक बार ध्वस्त किया। बलराम ने तो एक बार जरासंध को पकड़ लिया था और वे उसे मारने ही वाले थे कि कृष्ण ने उन्हें ऐसा करने से रोक दिया क्योंकि अभी उसकी मृत्यु का समय नहीं आया था। जरासंध जब अट्ठारहवीं बार हमला करने वाला था, तभी उसे कालयवन नामक एक विदेशी योद्धा का साथ मिल गया, जो अपने समान बलवान योद्धा से युद्ध करना चाहता था और उसे लगा कि कृष्ण इस के लिए उपयुक्त थे। उसने मथुरा नगरी पहुँचकर आक्रमण कर दिया।

भगवान कृष्ण को वृष्णिवंशियों के ऊपर आए संकट की बहुत चिंता थी। वे लोग अब दो तरफ़ से घिरे हुए थे। कृष्ण को कोई रणनीति बनानी थी। वे नगर से भाग निकले और उन्होंने यह भी सुनिश्चित किया कि कालयवन उन्हें युद्ध छोड़कर भागते हुए देख ले। कालयवन को बताया गया था कि कृष्ण गले में कमल की माला पहनते हैं और सिर पर मोरपंख लगाते हैं। वह कृष्ण को चुपचाप भागते देख बहुत ख़ुश हुआ। उसने कृष्ण का पीछा किया। वह उन्हें अकेले देखकर मार डालना चाहता था क्योंकि कृष्ण को जीत लेने के बाद मथुरा पर विजय निश्चित थी। कृष्ण की काया किशोर जैसा पतली-दुबली थी। वे इधर-उधर भागते हुए कालयवन को पहाड़ियों की ओर ले गए और फिर एक गुफा में घुस गए। वहाँ उसे ले जाने के पीछे कृष्ण का विशेष मंतव्य था।

भारतवर्ष के एक प्राचीन राजा मुचुकुंद ने असुरों के साथ हुए युद्ध में देवराज इंद्र की सहायता के बदले, इंद्र से एक वरदान प्राप्त किया था। उसने यह वरदान माँगा था कि उसे भगवान विष्णु के कृष्ण रूप में आने तक, आराम से अनेक वर्षों तक सोने दिया जाए क्योंकि वह भगवान के उस रूप में दर्शन करना चाहता था। इंद्र ने उसे यह वरदान दे दिया और यह भी कहा कि नियत समय से पहले यदि किसी ने उसे जगाया तो वह भस्म हो जाएगा। यह राजा, मुचुकुंद उस गुफा में सो रहा था जब कृष्ण ने उसमें प्रवेश किया। कालयवन को इस बात का पता नहीं था। वह भी कृष्ण के पीछे उस गुफा में घुस गया। वहाँ उसने सोते हुए राजा की आकृति देखी। गुफा के भीतर मंद प्रकाश के कारण उसने मुचुकुंद को कृष्ण समझ लिया। उसने बिना इस बात की पुष्टि किए, सोते हुए राजा को ज़ोर से लात मारी और चिल्लाया, 'उठ यादव! तू ऐसी बचकानी चाल द्वारा मेरे क्रोध से बच नहीं सकता!'

युगों से सो रहे राजा मुचुकुंद को इतनी निर्दयता से उठाया गया था। उसने जैसे ही पलटकर क्रोध से देखा कालयवन की ओर देखा, वह तत्काल जलकर भस्म हो गया। उसके बाद कृष्ण, जो एक शिला के पीछे छिपकर यह तमाशा देख रहे थे, बाहर निकल आए। मुचुकुंद का दूसरा वरदान यह था कि वह भगवान विष्णु का कृष्ण रूप में दर्शन करना चाहता था। उसने ज्यों ही भगवान का दिव्य रूप देखा, वह उठा और उसने कृष्ण को प्रणाम किया। 'मैं यह अपने सामने किसे देख रहा हूँ? उदासीनता से भरी इस पहाड़ी गुफा में, आपके भीतर से जो शानदार आभा निकल रही है उसने सारा अंधकार दूर कर दिया है। हे महामना, कृपया मुझे अपना परिचय दीजिए क्योंकि मुझे आप भगवान विष्णु के अवतार प्रतीत हो रहे हैं।'

उसे देखकर भगवान मुस्कराए और बोले, 'हे राजन, मेरे जन्म, कर्म और नाम इतने हैं कि मैं उन सबका यहाँ उल्लेख नहीं कर सकता। इस पृथ्वी पर धूल के कण गिने जा सकते हैं किंतु मेरे जन्मों की गणना करना असंभव है। परंतु मैंने, इस जन्म में यदुवंश में वसुदेव के पुत्र के रूप में जन्म लिया है। मेरा नाम वासुदेव है। तुमने चूँकि मेरी वंदना की और मुझे इस रूप में देखने की इच्छा व्यक्त की थी, इसलिए मैं इस गुफा में आया हूँ। हे महात्मा, तुम जो चाहो, मुझसे वरदान माँग सकते हो।'

राजा ने कहा, 'हे प्रभु, मेरा अब तक का जीवन व्यर्थ हो गया क्योंकि मैं अपने शरीर को ही सब कुछ समझता था। आपकी शक्ति, जिसे समय कहते हैं, रेशम में लिपटे

राजाओं के तन को भी धूल में मिला देती है। मुझे अब ज्ञान हो गया है और इसलिए मुझे आपके चरणों की भक्ति के अतिरिक्त कुछ नहीं चाहिए। ऐसा कौन होगा, जो आपको पाने के बाद, किसी अन्य वस्तु की कामना करेगा? समस्त भौतिक पदार्थ बंधन का कारण बनते हैं। हे परमेश्वर! हे असहायों के आश्रयदाता! मुझे आसक्ति नाम के शत्रुओं ने, जो मेरे भीतर ही रहते हैं, मेरी दुर्दशा कर दी है। मैं अब आपकी शरण में आया हूँ। हे प्रभु, इन भीतरी शत्रुओं से मेरी रक्षा कीजिए!'

भगवान ने उत्तर दिया, 'हे राजन, मैंने वरदान देने की बात कहकर, तुम्हारी इंद्रियों पर तुम्हारे नियंत्रण को जाँचने के लिए तुम्हें प्रलोभन नहीं दिया, अपितु मैंने यह दर्शाने का प्रयास किया है कि मेरे प्रति निष्ठापूर्ण प्रेम रखने वाला भक्त किस तरह सांसारिक आकर्षणों से मुक्त हो जाता है। मैं तुम्हें अपनी अटूट और निष्ठावान भक्ति प्रदान करता हूँ। अब जाकर तपस्या द्वारा अपने पूर्व कर्मों के प्रभाव को दूर करने का प्रयास करो। अगले जन्म में तुम एक संत के रूप में जन्म लोगे जिसके उपरांत, तुम सदा के लिए मुझे प्राप्त कर लोगे।'

इस प्रकार कृष्ण से आशीर्वाद लेकर मुचुकुंद ने भगवान को प्रणाम किया तथा उत्तर दिशा में बद्रीनाथ धाम की ओर चला गया, जहाँ उसने भगवान नारायण की उपासना की और फिर मोक्ष प्राप्त किया।

कृष्ण जब मथुरा लौटे तो उन्होंने देखा कि जरासंध ने अट्ठारहवीं और अंतिम बार मथुरा पर हमला कर दिया था। कृष्ण और बलराम ने इस बार जरासंध को फँसाने की नई युक्ति सोची। वे दोनों उसके सामने से ऐसे भागे मानो डरकर भाग रहे हों और एक पहाड़ी पर चढ़ गए। जरासंध भी उनके पीछे पहाड़ी पर चढ़ गया किंतु उन्हें खोज नहीं सका। तब उसने पहाड़ी के चारों ओर लकड़ियाँ एकत्रित करके उनमें आग लगा दी। जब आग की लपटें ऊपर तक उठने लगीं तो बलराम और कृष्ण अपनी योग शक्ति के बल से ऊपर कूदकर वहाँ से बच निकले। जरासंध को इस बात का संतोष हो रहा था कि उसने अपने दोनों शत्रुओं का अंत कर दिया और वह खुशी-खुशी लौट आया और उसने लौटकर सबको यही बताया कि उसने दोनों यादव भाइयों को जलाकर मार डाला।

उसी समय पर, आनर्त देश के राजा रैवत ने अपनी पुत्री रेवती का बलराम के साथ विवाह का प्रस्ताव रखा। वह दहेज में आधा राज्य भी देने को तैयार हो गया। कुछ समय से, कृष्ण को को ऐसा महसूस हो रहा था कि मथुरा असुरक्षित थी और उन्हें अपनी राजधानी को अन्यत्र ले जाना चाहिए। प्रायद्वीप से थोड़ी दूरी पर द्वारका नाम का एक द्वीप बलराम को विवाह में मिला था और वह किले की भाँति प्राकृतिक रूप से सुरक्षित था क्योंकि उसके चारों ओर समुद्र था। कृष्ण ने अपने योगबल से वहाँ एक शानदार नगरी बसा दी, उसमें सुनियोजित राजमार्ग, उद्यान, भव्य इमारतें और महल, मंदिर और सरोवर भी थे। उन्होंने उस नगरी के निर्माण के लिए दिव्य शिल्पी, विश्वकर्मा को नियुक्त किया था। यादवों को द्वारका द्वीप पर भेज दिया गया और इस बीच कृष्ण और बलराम, जरासंध को वहाँ से दूर ले गए।

भगवान कृष्ण के मार्गदर्शन में वृष्णिवंश, भारतवर्ष का तत्कालीन सबसे शक्तिशाली वंश बन गया। वह देश में उथल-पुथल का समय था और वृष्णिवंश में कृष्ण के वर्चस्व के चलते देश की व्यवस्था में उनका अग्र स्थान था। राजा लोग विभिन्न विषयों में उनकी सहमति चाहते थे और उनके लोगों से अच्छे संबंध बनाकर रखते थे। किसी राज्य के निजी मामलों में हस्तक्षेप करना कृष्ण का स्वभाव नहीं था। उन्होंने अपने उद्देश्य की पूर्ति के लिए कुछ कारक भी चुन लिए। वे ऐसा मानते थे कि संपूर्ण जीवन एक प्रकार का नाटक है और वे सिर्फ़ दर्शक हैं। इसलिए उन्होंने सब घटनाओं को स्वतः होने दिया हालाँकि अंत में सब कुछ नष्ट हो गया था। उन्हें शरीर में अधिक रुचि नहीं थी क्योंकि उन्होंने मानवता का आध्यात्मिक विकास करने तथा पृथ्वी पर सनातन धर्म की पुनर्स्थापना के लिए अवतार लिया था।

उनके इस उद्देश्य की पूर्ति में, उनके मुख्य अभिकर्ता पांडव थे, जो उत्तरी भारतवर्ष के एक बड़े भू-भाग पर शासन कर रहे कुरु वंश में जन्मे थे। *महाभारत* नाम के महाकाव्य में, इस वंश के भाग्य का विस्तार से वर्णन मिलता है और उसमें कृष्ण के जीवन का भी पहला प्रामाणिक उल्लेख है। पांडवों के उल्लेख के बिना कृष्ण का जीवन अधूरा है।

महर्षि वशिष्ठ के पौत्र वेद व्यास ने *महाभारत* की रचना की थी। वे ऋषि पराशर और प्रथम मछुआरिन सत्यवती के, जिसने बाद में कुरु राजा शांतनु ने विवाह किया, पुत्र थे। राजा शांतनु की प्रथम पत्नी देवी गंगा थीं जिनसे शांतनु को भीष्म नामक पुत्र हुआ था। उस पुत्र के जन्म के बाद, गंगा राजा शांतनु को छोड़कर चली गईं। बाद में, शांतनु की भेंट सत्यवती से हुई। शांतनु सत्यवती से विवाह करना चाहता था किंतु सत्यवती के पिता ने शांतनु के सामने विवाह के लिए यह शर्त रख दी कि उनके पुत्र को ही राज्याधिकार मिलना चाहिए। शांतनु इस शर्त को स्वीकार नहीं करना चाहता था क्योंकि उसके ज्येष्ठ पुत्र भीष्म को पहले से ही राज्य का उत्तराधिकारी घोषित कर दिया गया था। भीष्म को जब अपने पिता की दुविधा का पता लगा तो उसने यह भीषण प्रतिज्ञा कर डाली कि वह आजीवन ब्रह्मचारी रहेगा और कभी राज्य पर अधिकार की माँग नहीं करेगा।

शांतनु ने तब सत्यवती से विवाह कर लिया। उनके चित्रांगद और विचित्रवीर्य नाम के दो पुत्र हुए। चित्रांगद की अल्पायु में ही मृत्यु हो गई। विचित्रवीर्य विवाह के योग्य हुआ, यो भीष्म ने काशी नरेश की तीन पुत्रियों के स्वयंवर में विचित्रवीर्य का प्रतिनिधित्व किया और वहाँ से तीनों कन्याओं अंबा, अंबिका और अंबालिका को अपने साथ ले आया। रास्ते में, अंबा ने भीष्म को बताया कि वह मन ही मन राजा शाल्व को अपना पति मान चुकी है, तो भीष्म उसे लेकर शाल्व के पास गया। परंतु शाल्व ने अंबा को यह कहकर स्वीकार करने से मना कर दिया कि भीष्म ने सबके सामने अंबा का अपहरण किया। अंबा लौटकर भीष्म के पास आई और उसने भीष्म से कहा कि वह उससे विवाह करे परंतु भीष्म ने भी अपनी ब्रह्मचर्य की प्रतिज्ञा के चलते अंबा से विवाह करने से मना कर दिया। तब अंबा ने भीष्म से प्रतिशोध लेने का प्रण किया। वह वन में गई, उसने घोर तपस्या की और अपना जीवन त्याग दिया। फिर उसने अगले जन्म में पंचाल नरेश द्रुपद की पुत्री, शिखंडिनी के रूप में जन्म लिया। बड़े होने पर, उसे अपना पूर्वजन्म याद आ गया, तब वह फिर से वन

में तपस्या करने गई और भीषण तपस्या के बाद उसने शिखंडिन नाम से पुरुष रूप प्राप्त किया, जो आगे चलकर भीष्म की मृत्यु का कारण बनी।

विचित्रवीर्य का विवाह अंबिका और अंबालिका से हुआ, किंतु विवाह के कुछ वर्ष बाद ही उसकी मृत्यु हो गई। उसकी कोई संतान नहीं थी जिसके कारण सत्यवती के पिता की अभिलाषा पूरी नहीं हो पाई। सत्यवती, कुरु वंश को आगे बढ़ाने के लिए कृतसंकल्प थी, तो उसने भीष्म से आग्रह किया कि वह विवाह कर ले किंतु भीष्म ब्रह्मचर्य की अपनी प्रतिज्ञा से बँधा था और उसने सत्यवती की बात नहीं मानी। सत्यवती ने आख़िर अपने ज्येष्ठ पुत्र महर्षि वेद व्यास को बुलवाया और उनसे अपनी पुत्र-वधुओं को गर्भ दान देने का अनुरोध किया ताकि कुरु वंश को आगे बढ़ाया जा सके। तत्कालीन नियम के अनुसार, एक विधवा स्त्री किसी पवित्र व्यक्ति से पुत्र प्राप्त कर सकती थी, जो शारीरिक चेतना से ऊपर उठ गया हो, और इस तरह हुए पुत्र को अपने पति का नाम देकर अपने वंश को आगे बढ़ा सकती थी।

अंबिका और अंबालिका को बड़ी कठिनाई से व्यास के साथ संभोग के लिए मनाया गया क्योंकि वे व्यास के योगी रूप को देखकर तैयार नहीं हुई थीं। अंबिका ने व्यास के रूप से भयभीत होकर अपनी आँखें बंद कर लीं। इस कारण वह पुत्र अंधा पैदा हुआ और उसका नाम धृतराष्ट्र रखा गया। अंबालिका भी व्यास के रूप को देखकर डर से पीली पड़ गई। इस कारण, उसका पुत्र पांडु दुर्बल और पीला पैदा हुआ। रानी सत्यवती ने अंबिका को फिर से व्यास के पास जाने को कहा, किंतु अंबिका ने अपने स्थान पर अपनी एक दासी को व्यास के पास भेज दिया। दासी ने वेद व्यास को पूरे सम्मान के साथ स्वीकार किया और इस तरह उसे एक अत्यंत सदाचारी और विद्वान पुत्र विदुर की प्राप्ति हुई, जिसे मृत्यु एवं धर्म के देवता यम का अवतार माना जाता है।

बालकों के बड़े होने तक, राज्य की बागडोर भीष्म ने सँभाली। धृतराष्ट्र ज्येष्ठ था किंतु नेत्रहीन होने के कारण पांडु को राज्य का उत्तराधिकारी घोषित किया गया तथा विदुर को, जिसके पास ज्ञान और बुद्धि का भंडार था, राज्य का प्रधानमंत्री पद सौंप दिया गया। एक बार फिर, भीष्म ने अपने भतीजों के लिए उपयुक्त पत्नियों की तलाश आरंभ कर दी। गांधार (वर्तमान अफ़गानिस्तान) के राजा ने अपनी पुत्री गांधारी का विवाह धृतराष्ट्र से करना स्वीकार कर लिया। गांधारी ने जब देखा कि उसका पति संसार के सुखों को नहीं देख सकता, तो उसने भी अपने पति का साथ निभाने के लिए जीवन-भर के लिए अपनी आँखों पर पट्टी बाँध ली। उनके हितों का ध्यान रखने के लिए, गांधारी का बड़ा भाई शकुनि भी, विवाह के समय, गांधारी के साथ हस्तिनापुर आ गया।

कृष्ण के पिता वसुदेव का एक पुत्र था, जिसका नाम सुर था। उसकी पृथा नाम की एक पुत्री थी, जो बाद में कुंती कहलाई क्योंकि उसे राजा कुंतिभोज ने गोद ले लिया था। कुंती को उसकी कौमार्य अवस्था में, ऋषि दुर्वासा से यह वरदान मिला था कि वह एक मंत्र पढ़कर किसी भी देवता का आह्वान कर सकती थी। बेचारी कुंती ने उस मंत्र के प्रभाव को जाँचने के उद्देश्य से, एक दिन सूर्यदेव का आह्वान कर लिया। सूर्यदेव ने कुंती को सोने के कवच और कुंडल वाला एक दिव्य पुत्र भी दिया, जो बाद में कर्ण के नाम से

विख्यात हुआ। उस समय, चूँकि कुंती अविवाहित थी, उसने पुत्र को जन्म देने के बाद, उसे एक टोकरी में रखकर गंगा नदी में बहा दिया। उस टोकरी को हस्तिनापुर के एक सारथी, अधिरथ ने देखा और उसमें लेटे बालक को बचा लिया। अधिरथ और उसकी पत्नी राधा ने बालक को अपनी संतान की तरह बड़ा किया। बालक की दत्तक माँ का नाम राधा था, इसलिए उसका नाम राधेय पड़ गया।

इस घटना के कुछ ही दिन बाद, कुंती का विवाह हस्तिनापुर के राजकुमार पांडु से हो गया। पांडु ने मद्र की राजकुमारी माद्री से भी विवाह किया। एक दिन जंगल में आखेट करते समय, पांडु द्वारा, भूल से रति-क्रीड़ा करते एक हिरण युगल की हत्या हो गई। हिरण ने मरते समय, पांडु को शाप दिया कि अपनी पत्नियों के साथ संभोग करते हुए उसकी भी मृत्यु हो जाएगी। दुःखी पांडु ने संसार त्यागकर वन में जाने का निर्णय किया। तब उसकी पत्नियाँ भी उसके साथ चल दीं। कुछ समय बाद, पांडु के मन में संतान-प्राप्ति की इच्छा जाग्रत हुई, किंतु उसे पता था कि शाप के कारण वह ऐसा नहीं कर सकेगा। उस समय, कुंती ने पांडु को दुर्वासा से मिले मंत्र के विषय में बताया। यह सुनकर पांडु बहुत प्रसन्न हुआ और उसने कुंती से धर्म के देवता, यमधर्म का आह्वान करने का आग्रह किया। इसके बाद, कुंती ने धर्मदेव द्वारा युधिष्ठिर को जन्म दिया। एक वर्ष के बाद, कुंती ने वायुदेव का स्मरण किया और उनसे एक और पुत्र, भीम प्राप्त किया। इस बीच, हस्तिनापुर में गांधारी ने सौ पुत्रों और एक पुत्री को जन्म दिया। उसके ज्येष्ठ पुत्र का नाम दुर्योधन था। उसके जन्म लेते ही अनेक अपशकुन होने लगे। यह देखकर विदुर ने भविष्यवाणी की थी कि यह बालक कुरु वंश के पतन का कारण बनेगा और इसलिए उसे तत्काल मार देना चाहिए, किंतु धृतराष्ट्र ने ऐसा करने से मना कर दिया।

इस बीच, वन में कुंती ने देवराज इंद्र का आह्वान किया और उनसे कुंती को सुविख्यात पुत्र, अर्जुन की प्राप्ति हुई। माद्री भी अपने लिए पुत्र चाहती थी, तो कुंती ने उसे वह दिव्य मंत्र सिखा दिया जिसकी सहायता से माद्री ने अश्विनीकुमारों का आह्वान किया तथा नकुल और सहदेव नाम के दो पुत्र प्राप्त किए। पांडु के इन पाँच पुत्रों को पांडव कहा गया। भगवान कृष्ण ने सदा इनका साथ दिया तथा इनके माध्यम से भारतवर्ष के इतिहास को नई दिशा प्रदान की।

अर्जुन के जन्म से कुछ पहले, मथुरा के छोटे-से कारागृह में एक महत्त्वपूर्ण घटना घटी। वहाँ भगवान विष्णु ने कृष्ण के नाम से, वसुदेव और देवकी के पुत्र के रूप में जन्म लिया। कृष्ण और अर्जुन के बीच बहुत घनिष्ठ संबंध था और इसी अर्जुन को भगवान कृष्ण ने *श्रीमद् भगवद्गीता* का शानदार उपदेश दिया।

पांडवों को, अपने पिता पांडु की मृत्यु तक, सोलह वर्ष तक वन में रहना पड़ा। उसकी दूसरी पत्नी माद्री, पांडु की चिता के साथ सती हो गई और तब कुंती अपने पाँच पुत्रों के साथ वन में अकेली रह गई। वन में निवास कर रहे ऋषि-मुनियों ने कुंती से आग्रह किया कि वह पांडवों को लेकर हस्तिनापुर लौट जाए और कुरु राजसिंहासन पर अपने ज्येष्ठ पुत्र युधिष्ठिर का दावा प्रस्तुत करे। भीष्म ने उनका स्वागत किया और धृतराष्ट्र के सौ पुत्रों के साथ, जिन्हें सामूहिक रूप से कौरव कहा जाता था, पांडवों की शिक्षा-दीक्षा का प्रबंध कर

दिया। दुर्योधन की आयु भीम के बराबर थी। वह बड़ा घमंडी और दुष्ट प्रवृत्ति का बालक था जिसे उसके अंधे पिता धृतराष्ट्र के लाड़-दुलार ने बिगाड़ दिया था। उसका मामा शकुनि भी उसकी दुष्ट चालों में दुर्योधन का साथ देता था। हस्तिनापुर आने पर, पांडवों ने पहली बार राजमहल के सुख और वैभव को देखा। उन्हें कुलगुरु कृप ने राजधर्म की शिक्षा दी। बाद में, भीष्म ने सभी राजकुमारों को शस्त्र-विद्या प्रशिक्षण देने के लिए महान शिक्षक और धनुर्धर द्रोणाचार्य को नियुक्त कर दिया।

कौरवों को इस बात से बड़ी चिढ़ होती थी कि उनके चचेरे भाई पांडव, पढ़ाई, खेल, और युद्ध-कौशल आदि सब बातों में उनसे श्रेष्ठ थे। वे कौरवों से अधिक विनम्र, आज्ञाकारी और बुद्धिमान भी थे। विशेष रूप से भीम, दुर्योधन की आँख का काँटा बन गया। दुर्योधन का मामा शकुनि उसके मन में ईर्ष्या की आग को हवा देता रहता था। शकुनि की सहायता से दुर्योधन ने भीम को विष देने से लेकर उसे पानी में डुबोने तक मारने के अनेक प्रयास किए परंतु भगवान की कृपा से भीम बच गया और दुर्योधन के हर प्रहार के बाद वह अधिक बलशाली होता गया।

शिक्षा काल समाप्त होने पर, द्रोण ने उनके लिए एक प्रतिस्पर्द्धा का आयोजन किया जहाँ राजकुमारों को अपना कौशल दिखाने का अवसर दिया गया। अर्जुन, द्रोण का सबसे प्रिय शिष्य था, इसलिए उसकी बारी अंत में रखी गई थी। अर्जुन ने जब रंगभूमि में अपनी धनुर्विद्या का कौशल दिखा दिया, उसके बाद, वहाँ सोने का कवच और कुंडल पहने एक और युवक आया और उसने स्वयं को अर्जुन से अधिक नहीं, तो उसके समान सिद्ध करना चाहा। यह कोई और नहीं अपितु, कुंती का ज्येष्ठ पुत्र और पांडवों का बड़ा भाई कर्ण था। उसे निस्संदेह किसी ने नहीं पहचाना और सबने उसे सारथी अधिरथ का पुत्र ही समझा। दुर्योधन ने कर्ण के रूप में एक नई संभावना देखी और तत्काल उससे मैत्री कर ली तथा उसे अंगराज की उपाधि दे डाली। इससे कर्ण की स्थिति पांडवों को चुनौती देने के लिए उनके समकक्ष हो गई क्योंकि आवश्यकता पड़ने पर, युद्ध में अपने बराबर वालों को ही चुनौती दी जा सकती थी। दुर्योधन के इस कृत्य के कारण कर्ण सदा के लिए उसका आभारी हो गया और उसने दुर्योधन को आजीवन निष्ठापूर्वक साथ देने का वचन दिया।

राजकुमारों की सैन्य शिक्षा पूर्ण होने को थी। उस समय द्रोण ने उनसे गुरु-दक्षिणा माँगी। वह पंचाल नरेश द्रुपद से अप्रसन्न था क्योंकि द्रुपद ने बचपन में द्रोण को दिए अपने वचन का पालन नहीं किया था। द्रोण ने इसके लिए द्रुपद को क्षमा नहीं किया और कुरु राजकुमारों की शिक्षा समाप्त होने के समय उसने यही गुरु दक्षिणा माँगी कि द्रुपद को जीवित पकड़कर उसके सामने प्रस्तुत किया जाए। अर्जुन ने इस कार्य को पूरा किया। इस कारण, द्रोण के मन में अर्जुन के प्रति स्नेह और प्रगाढ़ हो गया। उसने द्रुपद को छोड़ दिया क्योंकि वह केवल द्रुपद को अपमानित करके उसका अहंकार नष्ट करना चाहता था। परंतु, अब द्रुपद के मन में द्रोण से प्रतिशोध लेने की भावना प्रबल हो गई। साथ ही, वह शक्तिशाली अर्जुन का प्रशंसक बन गया। द्रुपद ने प्रतिज्ञा की कि वह अपने पुत्र धृष्टद्युम्न को द्रोण की हत्या के लिए तैयार करेगा और अपनी पुत्री द्रौपदी का विवाह अर्जुन से करेगा।

युधिष्ठिर जब बड़ा हो गया तो उसे युवराज बना दिया गया। नेत्रहीन राजा धृतराष्ट्र के मन में अपने पुत्र को युवराज बनाने की इच्छा थी किंतु उसे प्रजा और घर के वरिष्ठ लोगों जैसे भीष्म, द्रोण और विदुर आदि की बात माननी पड़ी। युवराज पद सँभालने के एक ही वर्ष के भीतर, युधिष्ठिर ने यह सिद्ध कर दिया कि उसके चुनाव का निर्णय सही था हालाँकि उसकी आयु उस समय मात्र अट्ठारह वर्ष थी। इस बीच, दुर्योधन और भीम ने गदा-कौशल सीखने के लिए बलराम को अपना गुरु बना लिया। जल्द ही, दुर्योधन उनका प्रिय शिष्य भी बन गया! अर्जुन की विशेषता धनुर्विद्या थी और द्रोण ने उसे वह सब कुछ सिखा दिया जो उन्हें पता था, यहाँ तक कि द्रोण ने धनुर्विद्या के कुछ रहस्य अपने पुत्र अश्वत्थामा से भी छिपा लिए थे जो द्रोण की दृष्टि में उस रहस्य को जानने का पात्र नहीं था। द्रोण ने अर्जुन को कृष्ण के प्रति, जो भगवान का रूप थे, निष्ठावान रहने का परामर्श भी दिया।

सब लोगों का पांडवों के प्रति लगाव देखकर और इस बात से कि अर्जुन ने अनेक राज्यों पर आधिपत्य भी स्थापित कर लिया था, दुर्योधन के मन में ईर्ष्या का भाव प्रबल होने लगा। परंतु वह चाहते हुए भी कुछ नहीं कर सकता था क्योंकि जन-समर्थन पांडवों के पक्ष में था।

उधर, दूर द्वारका में भगवान कृष्ण को हस्तिनापुर में पांडवों के विरुद्ध रचे जा रहे षड्यंत्रों की सारी जानकारी थी और वे अपने भाइयों की सुरक्षा को लेकर चिंतित थे। उस भयानक तूफ़ान को रोकने के लिए उन्होंने अक्रूर को हस्तिनापुर भेजा। अक्रूर ने हस्तिनापुर में कुछ माह रहकर वहाँ की जानकारी प्राप्त की तथा यह पता लगाया कि हालाँकि ऊपरी तौर पर सब कुछ ठीक दिख रहा था, वास्तव में राजमहल के भीतर का वातावरण रहस्यमय हो गया था जहाँ दुर्योधन द्वारा पांडवों को राज्य से निकालने तथा राजसिंहासन पर अपना अधिकार करने के लिए एक के बाद एक षड्यंत्र रचे जा रहे थे। कुंती ने अक्रूर से एकांत में बात की और उसे बताया कि वह राजमहल में भेड़ियों के झुंड के बीच किसी हिरणी की भाँति रह रही थी। उसे विदुर के अतिरिक्त किसी पर भरोसा नहीं था और उसे सदा अपने पुत्रों का जीवन संकट में दिखाई देता था। 'कृष्ण! हे कृष्ण!' कुंती ने कहा, 'मेरे पुत्र संकट में हैं, उनकी रक्षा कीजिए। मेरे पास शरण के लिए आपके श्रीचरणों के अतिरिक्त और कोई स्थान नहीं है!'

अक्रूर ने कुंती को दिलासा दी और कहा कि वह चिंता न करे क्योंकि भगवान कृष्ण उनकी व्यथा से अवगत हैं और उन्होंने इसीलिए उसे हस्तिनापुर भेजा है। उसके बाद अक्रूर, धृतराष्ट्र के पास गया और उसे अपने भाई के पुत्रों के साथ दुर्व्यवहार न करने के लिए चेतावनी दी। नेत्रहीन राजा ने अक्रूर की हर बात से सहमति व्यक्त की परंतु साथ ही यह भी कहा कि वह स्वयं इतना दुर्बल है कि दुर्योधन की इच्छाओं के विरुद्ध नहीं जा सकता।

पांडवों की बढ़ती लोकप्रियता ने दुर्योधन के मन को जला रही ईर्ष्या की अग्नि को और भड़का दिया। अंत में, उससे जब यह आग सहन नहीं हुई, तो वह अपने पिता के पास गया। उसने धृतराष्ट्र से कहा कि यदि जल्द ही पांडवों को 'मार्ग से हटाने' का प्रबंध नहीं किया गया तो वह आत्महत्या कर लेगा। अंधे पिता ने पहले तो इस बात का विरोध किया किंतु फिर हार मान ली। उसने युधिष्ठिर को उसके भाइयों और माता सहित,

भगवान शिव की पावन नगरी वारणावत में अवकाश मनाने के लिए आमंत्रित किया। इस बीच, दुर्योधन ने अपने मामा शकुनि, अपने भाई दुःशासन और मित्र कर्ण के सहयोग से वारणावत में पांडवों के लिए एक अतिथि-गृह का निर्माण करवाया, जो लाख नामक अत्यंत ज्वलनशील पदार्थ का बना था। उसकी योजना यह थी कि पांडवों द्वारा उस लाक्षागृह में एक वर्ष निवास करने के उपरांत, जब किसी को संदेह न हो, तो उन्हें उसी लाक्षागृह में जीवित जला दिया जाए। परंतु अत्यंत बुद्धिमान और सदाचारी चाचा विदुर ने, जो दुर्योधन की चालों के प्रति सदा सतर्क रहते थे, युधिष्ठिर को संभावित संकट से सावधान कर दिया। विदुर ने लाक्षागृह से वन तक एक गुप्त सुरंग का निर्माण भी करवाया जिसमें से समय आने पर, पांडवों को सुरक्षित निकाला जा सकता था।

वारणावत के लोगों को अपने युवराज को अपने मध्य देखकर बहुत प्रसन्नता हुई परंतु पांडवों को यह पता था कि वे उस समय विस्फोटक स्थिति में फँसे थे। कुंती ने भीम को सतर्क रहने का निर्देश दिया ताकि संकट की स्थिति में वहाँ से निकला जा सके। भीम ने आस-पास के वन की जानकारी प्राप्त की तथा वहाँ से बच निकलने की योजना तैयार कर ली। ठीक एक वर्ष के बाद, अमावस्या की रात्रि में, जब गहन अंधकार छाया हुआ था, हमला होने की आशंका थी। उसी रात भीम ने पुरोचन को, जिसे दुर्योधन ने पांडवों की हत्या का कार्य सौंपा था, अपने साथ रात्रि के भोजन पर आमंत्रित किया। बाद में, भीम ने पुरोचन को मदिरा पिलाई और स्वयं लाक्षागृह में आग लगाकर अपने भाइयों और अपनी माता के साथ उस गुप्त सुरंग में से वन में बच निकला। इधर, पांडवों की मृत्यु का समाचार देश-भर में जंगल की आग की तरह फैल गया। सब लोग शोकाकुल थे, जबकि कौरव मन ही मन प्रसन्न हो रहे थे। केवल विदुर, भीष्म और कृष्ण को पांडवों के बच निकलने की बात का पता था। उसके बाद से, भगवान कृष्ण, पांडवों पर निकट से दृष्टि रखने लगे। उन्होंने पाँचों भाइयों का वन में और उसके बाद भी, हमेशा मार्गदर्शन किया क्योंकि भगवान ने उन्हें भारतवर्ष में सनातन धर्म के प्रचार के लिए स्वयं चुना था।

हरि ॐ तत्सत्

ॐ

ओउम् माधवाय नमः!

अध्याय 14

रुक्मिणी हरण

जयतु जयतु देवो देवकीनन्दनो यं,
जयतु जयतु कृष्णो वृष्णिवंशप्रदीपः।
जयतु जयतु मेघश्यामलः कोमलाङ्गो,
जयतु जयतु पृथ्वीभारनाशो मुकुन्दः।।

परमेश्वर की जय हो,
जिन्होंने देवकी के मनोहर पुत्र के रूप में जन्म लिया।
भगवान श्रीकृष्ण की जय हो,
जो वृष्णिवंश को आलोकित करने वाले हैं।
मुकुंद (कृष्ण) की जय हो, जो दुष्टों का नाश करके
पृथ्वी के भार को हलका करने वाले हैं।

—कुलशेखर अल्वार कृत
'मुकुंदमाला' से

जरासंध के पराजय के शीघ्र बाद, बलराम का विवाह रेवती से हो गया। इसके बाद कृष्ण ने द्वारका का निर्माण किया और अपने समूचे वंश के साथ उस दुर्ग में रहने चले गए। वे अब अपने निजी कार्यों की देखरेख करने के लिए स्वतंत्र थे और उन्होंने पहला विवाह, विदर्भ के राजा भीष्मक की पुत्री रुक्मिणी से किया। राजा भीष्मक के पाँच पुत्र और एक पुत्री थी जो अपने सौंदर्य के लिए विख्यात थी। भीष्मक का ज्येष्ठ पुत्र रुक्मि था और सबसे छोटी पुत्री रुक्मिणी थी। उसका चरित्र भी उसके सौंदर्य के समान अप्रतिम था और बहुत-से राजकुमार उससे विवाह करना चाहते थे। परंतु रुक्मिणी किसी पर ध्यान नहीं देती थी। उसके पितामह भगवान कृष्ण के बहुत बड़े भक्त थे और वह बचपन से ही कृष्ण की कथाएँ सुनती आई थी। उसने निश्चय किया था कि वह यादव शिरोमणि कृष्ण के अतिरिक्त किसी अन्य से विवाह नहीं करेगी। देवर्षि नारद वहाँ आते रहते थे और रुक्मिणी को कृष्ण की, जो भगवान विष्णु का रूप थे, महानता की कथाएँ सुनाते थे। नारद ने रुक्मिणी को यह भी बताया कि वह स्वयं भी विष्णु की पत्नी, लक्ष्मी का अवतार है और

उसके लिए कृष्ण ही उपयुक्त वर हैं। इसलिए, पाँच वर्ष की अल्पायु से ही रुक्मिणी का ध्यान भगवान कृष्ण में केंद्रित था। हालाँकि रुक्मिणी के पिता और उसके पितामह दोनों, उसकी पसंद से ख़ुश थे किंतु उसका भाई रुक्मि अपनी बहन का विवाह अपने मित्र और चेदि के राजकुमार शिशुपाल से करना चाहता था, जो कृष्ण का फुफेरा भाई भी था। जरासंध, जो कृष्ण और बलराम के हाथों हुई पराजय से अभी तक उबर नहीं पाया था, यादवों को अपनी शक्ति से दबाने के लिए उचित समय की प्रतीक्षा कर रहा था। उसने विदर्भराज, भीष्मक तथा चेदि के राजा धमघोष से मैत्री भी कर ली। उसने अपनी पौत्री का विवाह रुक्मि से कर दिया और फिर उसने रुक्मि से आग्रह किया कि वह अपनी बहन रुक्मिणी का विवाह राजा धमघोष के पुत्र, शिशुपाल से करवा दे। रुक्मि ने अपने पिता से बिना परामर्श किए, विदर्भ की राजधानी कुंडिनपुर में रुक्मिणी का स्वयंवर आयोजित कर दिया, जहाँ कन्या को अपनी पसंद का वर चुनने का अधिकार था। परंतु यह स्वयंवर केवल एक दिखावा था क्योंकि रुक्मि, अपनी बहन का विवाह अपनी पसंद के वर से करवाने के लिए कृतसंकल्प था। उसे रुक्मिणी के मन में कृष्ण के प्रति झुकाव का पता था और इस बात का डर था कि यदि रुक्मिणी को शिशुपाल से विवाह करने के लिए बाध्य किया गया तो वह मना कर देगी। स्वयंवर के लिए द्वारका को छोड़कर सभी जगह निमंत्रण भेजा गया। जब रुक्मिणी को इस बात का पता लगा तो वह बहुत घबराई और उसने अपने पिता से इसमें हस्तक्षेप करने का अनुरोध किया किंतु उसके पिता ऐसा करने के लिए वृद्ध और दुर्बल थे और वे केवल नाममात्र के राजा थे। राज्य के सभी निर्णय उनके पुत्र रुक्मि के हाथ में थे और रुक्मि कुछ सुनने को तैयार नहीं था। रुक्मिणी ने अपने शेष भाइयों से सहायता माँगी किंतु उन्होंने भी उसकी बात पर ध्यान नहीं दिया। आख़िरकार, अपने विवाह से एक दिन पूर्व, सुबह वह अपने कक्ष में अकेली लेटी रो रही थी कि तभी एक पुरुष ने उसका द्वार खटखटाया। परंतु रुक्मिणी ने आवाज़ नहीं सुनी। तब द्वार में दरार पड़ गई और उसमें से एक कुलीन ब्राह्मण कक्ष के भीतर आ गया।

'हे देवी! तुम रो क्यों रही हो?' उसने पूछा। कल तुम्हारे विवाह का दिन है। तुम्हें तो प्रसन्न होना चाहिए।'

'काश, कल मेरे अंतिम संस्कार का दिन होता!' रुक्मिणी ने धीरे-से कहा और उसने अपना मुँह दूसरी ओर फेर लिया ताकि वह पुरुष उसका रोता हुआ चेहरा न देख ले।

'मैं एक साधारण ब्राह्मण हूँ किंतु मैं तुम्हें तब से जानता हूँ जब तुम बच्ची थीं और मैं तुम्हारी सहायता के लिए कुछ भी कर सकता हूँ। मुझे केवल तुम आदेश दो।'

ऐसी अप्रत्याशित जगह से अंतिम क्षण में सहायता का प्रस्ताव सुनकर रुक्मिणी चौंक गई। उसने ऊपर देखा और फिर उसके दिमाग़ में एक साहसिक विचार आया। अपनी मस्तिष्क में आए उस साहसिक विचार को सोचकर उसके गाल लाल हो गए और हृदय गति बढ़ गई परंतु उसने बिना उसके परिणाम पर विचार किए, निर्णय ले लिया, जो उस समय उसके लिए अंतिम आशा थी। कहते हैं, भगवान, रुक्मिणी की दृढ़ता की परीक्षा लेने के लिए अंतिम क्षण की प्रतीक्षा करते रहे और फिर उन्होंने उस ब्राह्मण को रुक्मिणी के पास भेजा था।

'हे आदरणीय ब्राह्मण! क्या आप द्वारका के निवासी यदुवंशी भगवान कृष्ण के पास मेरा एक पत्र पहुँचा सकते हैं और कल होने वाले मेरे विवाह से पहले उसका उत्तर लेकर आ सकते हैं?' रुक्मिणी ने डरते हुए पूछा।

'अवश्य,' ब्राह्मण ने कहा। 'मैं तुम्हारे लिए कुछ भी सहर्ष करूँगा।' उसे एक क्षण के लिए भी यह अनुचित नहीं लगा कि एक कुलीन वंश की राजकुमारी, अपने विवाह से एक दिन पूर्व, एक ऐसे व्यक्ति को पत्र लिख रही थी, जिसे वह जानती तक नहीं थी! रुक्मिणी के मन भी यह विचार नहीं आया कि ऐसा करना उसके लिए उचित था अथवा नहीं। उसे केवल इतना पता था कि यदि भगवान कृष्ण से उसका विवाह नहीं हुआ तो वह मर जाएगी। उस समय चूँकि उसके लिए मृत्यु में कोई आकर्षण नहीं था, तो उसने स्वयं को बचाने का यह अंतिम प्रयास कर डाला। रुक्मिणी का चरित्र, इस घटना से पहले और इसके बाद, इतना संयमित रहा है कि इस बात की कल्पना करना भी कठिन है कि उसने इस तरह का साहसिक क़दम उठाने का साहस कैसे किया होगा! हालाँकि, इसका उत्तर भी सरल है। गोपियों की भाँति, रुक्मिणी का प्रेम भी इतना उदात्त था कि उसका अहंकार पूर्ण रूप से समाप्त हो गया था तथा उसकी सहज प्रवृत्तियाँ, भगवान के साथ उसके मिलन में बाधा उत्पन्न नहीं कर सकीं। उसे लगा कि वह संसार रूपी सागर में डूबने वाली थी और उसे केवल उसके हृदय के स्वामी, भगवान कृष्ण ही बचा सकते थे। स्वाभाविक था कि उसे जो भी संभव सहायता मिली, उसने उसे थाम लिया।

'ब्राह्मण देव, जल्दी कीजिए!' उसने कहा। 'सबसे तेज़ अश्व लेकर द्वारका जाइए और वापस लौट आइए क्योंकि यदि कृष्ण ने आने में विलंब किया तो मैं निश्चय ही अपने प्राण त्याग दूँगी!'

ब्राह्मण अगले ही क्षण वहाँ से चल दिया। उसने विदर्भ से द्वारका तक की लंबी यात्रा इतने कम समय में कैसे पूरी की होगी, इस बात की केवल कल्पना की जा सकती है। रुक्मिणी ने वह समय अत्यंत अधीरता से बिताया। वह कभी प्रसन्न, तो कभी निराश हो जाती थी। वह कभी सोचने लगती, 'वे सबके स्वामी हैं। वे मुझे अकेला नहीं छोड़ेंगे।' दूसरे ही पल, वह सोचने लगती, 'मैं इतनी अयोग्य हूँ, वे मुझसे विवाह क्यों करना चाहेंगे?' इस तरह रात-दिन, रुक्मिणी ने रोते और वंदना करते तथा पूरे मन से यह चाहते हुए बिता दिए कि कृष्ण उसकी प्रार्थना अवश्य सुनेंगे।

ब्राह्मण, ज्यों ही द्वारका पहुँचा, उसे ऐसा लगा मानो उसकी प्रतीक्षा की जा रही थी क्योंकि द्वारपालों ने तत्काल उसे भीतर जाने दिया और फिर उसे भगवान कृष्ण के समक्ष ले गए। कृष्ण ने स्वयं ब्राह्मण का स्वागत किया और उसकी आवश्यकताओं को पूरा किया। तब उन्होंने ब्राह्मण से उसके आने का उद्देश्य पूछा मानो उन्हें कुछ पता नहीं था।

'आप कहाँ से आए हैं? आपने समुद्र पार करके मेरे पास आने का कष्ट क्यों किया? क्या आप किसी संकट में हैं? मैं आपकी क्या सहायता कर सकता हूँ?'

ब्राह्मण ने, जिसे परिस्थिति के महत्त्व का पता था, बिना भूमिका बाँधे, कृष्ण को प्रणाम किया और कहा, 'हे प्रभु! मैं यहाँ अपने लिए नहीं, अपितु आपकी भक्त, विदर्भ की राजकुमारी के लिए आया हूँ। उन्होंने मुझे आपके लिए यह पत्र देकर भेजा है।'

'पढ़ो! इसे पढ़ो!' कृष्ण ने निर्देश दिया और ब्राह्मण ने उस प्रार्थना भरे संदेश को पढ़ना आरंभ किया।

'हे भुवन सुंदर (संसार में सबसे आकर्षक),' पत्र के आरंभ में लिखा था, 'आपके विलक्षण गुणों के विषय में सुनकर, मेरा हृदय अब मेरा नहीं रहा। हे मुक्तिदाता, वह कौन कुलीन कन्या होगी, जो विवाह के योग्य हो और आपको पति रूप में पाने की अभिलाषा न करे? इसलिए मैंने आपको अपना पति माना है और अब मैं चाहती हूँ कि आप मुझे अपनी पत्नी के रूप में स्वीकार करें। मैं आपकी हूँ इसलिए चेदिराज को मुझे ले जाने से रोकिए! मैंने तपस्या, साधना और व्रत द्वारा जो भी पुण्य अर्जित किए हैं, मैं उन सबके बदले, आपकी पत्नी बनने का सौभाग्य पाना चाहती हूँ। यदि आप मेरे इस प्रस्ताव को स्वीकार करते हैं तो कृपया मेरे स्वयंवर में भाग लेने आइए। चेदि और मगध की सेनाओं को परास्त करके मेरा अपहरण कर लीजिए और राक्षस धर्म के अनुसार, मुझसे विवाह कर लीजिए। इस अवसर पर आपका शक्ति प्रदर्शन ही वधू-धन माना जाएगा! आप यदि यह सोच रहे हैं कि आप मुझे लेकर कैसे जाएँगे, तो मैं आपको इसके लिए भी एक संकेत देती हूँ। विवाह के दिन सुबह, महल के सामने स्थित देवी पार्वती के मंदिर के लिए एक भव्य जुलूस निकलेगा। इसमें वधू भी सम्मिलित होगी। यह आपके लिए सर्वोत्तम अवसर होगा। हे कमलाक्ष! यदि आपने मुझ पर कृपा नहीं की तो मैं आमरण उपवास करूँगी। अपने प्रत्येक जन्म में ऐसा तब तक करती रहूँगी, जब तक आप मुझे पति रूप में प्राप्त नहीं हो जाएँगे।'

क्या इस मृदु चेतावनी को सुनकर उन सर्वज्ञ नेत्रों की गहराई में मुस्कान की झलक थी? यह कहना तो कठिन है, किंतु इस पत्र को पढ़ने के बाद, ब्राह्मण ने प्रत्याशा भरी दृष्टि से कृष्ण को देखा और कहा, 'हे यदु शिरोमणि, मैं यह निजी संदेश आपके लिए लाया हूँ। अब इस मामले में आपको जो भी करना है, तत्काल करना होगा क्योंकि कल सुबह स्वयंवर होना निश्चित है।'

कृष्ण ने ब्राह्मण का हाथ पकड़ा और कहा, 'हे ब्राह्मण देवता, चलिए! हमें तत्काल कुंडिनपुर पहुँचकर राजकुमारी को छुड़ाना है। मुझे उनके बारे में सोचकर नींद नहीं आएगी!' भगवान को, जो सबके हृदय में वास करते हैं, पहले से ही पता था कि रुक्मिणी के हृदय में क्या है और वे उत्सुकता से उसके संदेश की प्रतीक्षा कर रहे थे।

कृष्ण ने अपने सारथी, दारुक को तत्काल रथ लाने का आदेश दिया। उन्होंने जल्दी से ब्राह्मण को रथ में बैठाया और विदर्भ देश के लिए प्रस्थान कर गए। उन्होंने बलराम के, जो उस समय किसी कार्य से बाहर गए हुए थे, लौटने की भी प्रतीक्षा नहीं की। बलराम जब लौटे तो उन्हें जानकर बहुत क्रोध आया कि कृष्ण ने एक बार फिर जल्दबाजी में कार्य किया था तथा वे सेना को साथ लिए बिना ही चले गए थे। बलराम को जब कृष्ण के गंतव्य का पता लगा तो वे समझ गए कि कृष्ण के लिए बिना किसी से मुठभेड़ किए रुक्मिणी का अपहरण नहीं कर पाएँगे क्योंकि बलराम को रुक्मि के उनके प्रति मनमुटाव और जरासंध के साथ उसकी मैत्री के विषय में भली-भाँति पता था। तो, वे सेना की टुकड़ी लेकर कृष्ण के पीछे यथासंभव तेज़ी से चल दिए। भगवान कृष्ण के रथ के चार अश्वों के नाम शैव्य, सुग्रीव, मेघपुष्प और वलाहक थे। उन्होंने अनर्त देश, जहाँ द्वारका नगरी स्थित थी, और

विदर्भ की राजधानी कुंडिनपुर के बीच की दूरी शीघ्र ही तय कर ली और कृष्ण, अगले दिन सुबह स्वयंवर में पहुँच गए।

कुंडिनपुर अपनी राजकुमारी के स्वयंवर के लिए शानदार ढंग से सजा हुआ था। मार्ग को साफ़ करके, उस पर गुलाब जल का छिड़काव किया गया था। सड़कों पर बहुरंगी ध्वज तथा मालाओं से सजे सजावटी तोरण-पथ लगे हुए थे। घरों से जलती हुई अगरबत्तियों की सुगंध आ रही थी। नगर के सब लोग सर्वश्रेष्ठ वस्त्र और आभूषण पहनकर, चंदन का लेप लगाकर तथा मालाएँ धारण करके आए हुए थे। विद्वान ब्राह्मण, कन्या की दुष्ट शक्तियों से रक्षा हेतु *ऋग्वेद, सामवेद* और *यजुर्वेद* के मंत्रों का जाप कर रहे थे तथा अन्य ब्राह्मण, जो *अथर्ववेद* के ज्ञाता थे, ग्रहों की शांति के लिए यज्ञ में आहुतियाँ दे रहे थे। जिस प्रकार विदर्भराज भीष्मक अपनी पुत्री के लिए ये अनुष्ठान कर रहा था, उसी तरह चेदिराज धमघोष भी अपने पुत्र एवं प्रस्तावित वर, शिशुपाल के लिए यज्ञ आदि कर रहा था। वर पक्ष हाथी, घोड़े, पैदल सैनिक तथा सोने की ज़ंजीरों से युक्त रथों की पूरी सेना लेकर कुंडिनपुर के लिए निकल पड़ा। विदर्भ के राजकुमारों ने उनका शानदार स्वागत किया। उनके ठहरने के लिए विशेष निवास आरक्षित था। शिशुपाल के अन्य मित्र राजागण, जैसे : जरासंध, शाल्व, दंतवक्र, पौंड्रक आदि भी वहाँ आए हुए थे।

पूरी रात, रुक्मिणी महल की छत पर खड़ी होकर ब्राह्मण के लौटने की प्रतीक्षा करती रही। सुबह तक भी ब्राह्मण का कुछ पता न था। उसने परेशान होकर भगवान से संकट से बचाने की प्रार्थना की। प्रार्थना करते समय, उसका बायाँ हाथ, बाईं आँख और बाईं जाँघ फड़कने लगी, जो निश्चित ही स्त्री के लिए अच्छा शकुन माना जाता है। शीघ्र ही, ब्राह्मण आ गया और उसने रुक्मिणी को कृष्ण के वहाँ पहुँचने का समाचार दिया और यह भी बताया कि यदि आवश्यक हुआ तो कृष्ण, रुक्मिणी का हरण कर लेंगे। यह सुनकर रुक्मिणी को इतनी प्रसन्नता हुई कि उसे समझ नहीं आया कि उस शुभ समाचार के बदले में ब्राह्मण को क्या दे। उसकी आँखों में ख़ुशी और कृतज्ञता के आँसू छलक आए और उसने ब्राह्मण को प्रणाम किया। ब्राह्मण भी उसे आशीर्वाद देकर वहाँ से चला गया।

उसके बाद, दरबार की दासियाँ रुक्मिणी का शृंगार करने आ पहुँची। उसे बहुत ध्यान से तैयार किया गया क्योंकि वह पहली बार अपने प्रियतम से मिलने वाली थी। उसने उत्सुकता से स्वयं को शीशे में देखा। क्या कृष्ण उसे पसंद करेंगे? क्या उन्हें वह सुंदर लगेगी? उसके मन में हज़ारों प्रश्न उठने लगे किंतु वह अत्यंत प्रसन्न थी। दासियों को आश्चर्य हो रहा था कि एक दिन पूर्व इतनी गंभीर दिखने वाली स्त्री सहसा एक उत्सुक और सुंदर वधू में कैसे बदल गई!

यादव राजकुमार कृष्ण के आने का समाचार सुनकर भीष्मक को ख़ुशी हुई। वह मन से यही चाहता था कि उसकी पुत्री का विवाह कृष्ण से हो जाए, किंतु वह जानता था कि उसके पुत्र ने जान-बूझकर कृष्ण को निमंत्रण नहीं भेजा था। परंतु उसे यह भी ख़ुशी थी कि कृष्ण बिना निमंत्रण के आ गए थे। वह स्वयं कृष्ण के स्वागत के लिए गया और उसने प्रेम एवं सम्मानपूर्वक कृष्ण के सर्वश्रेष्ठ आवास में ठहरने का प्रबंध किया, जो अधिकार स्वरूप, वर को दिया जाना था। कृष्ण के आगमन का समाचार सुनकर, नगरवासी उस

विशेष व्यक्तित्व की एक झलक पाने के लिए एकत्रित होने लगे। वे लोग परस्पर बातें करने लगे कि कृष्ण ही वास्तव में उनकी राजकुमारी रुक्मिणी से विवाह करने योग्य हैं।

राजमहल से देवी पार्वती के मंदिर तक जाने वाली शोभा-यात्रा का समय निकट आ गया था। विवाहित स्त्रियों के चमचमाते समूह के साथ, रुक्मिणी देवी की अर्चना के लिए पैदल निकल पड़ी, किंतु उसका ध्यान कृष्ण के श्रीचरणों में रमा हुआ था। मौन व्रत धारण किए हुए वह द्वार पर हाथ में चमकती तलवारें लिए खड़े सैनिकों के बीच से नीचे उतरी। रुक्मि ने कृष्ण के वहाँ पहुँचने और रुक्मिणी के हरण करने की उनकी योजना के विषय में सुन लिया था इसलिए उसने सैनिकों को तैनात कर दिया था। नगाड़े, शंख और तुरही का स्वर गूँज रहा था। मार्ग में सब तरफ गुलाब की पंखुड़ियाँ बिखरी हुई थीं तथा आभूषण, फूल एवं चंदन का लेप लिए ब्राह्मण स्त्रियाँ रुक्मिणी के आगे चल रही थीं। मार्ग में खड़े चारण और भाट रुक्मिणी की सौंदर्य-प्रशंसा में गीत गा रहे थे किंतु रुक्मिणी का इन सब बातों पर ध्यान नहीं था। उसका सारा ध्यान अपने प्रियतम की झलक देखने में था। वह अपने पारदर्शी पर्दे में से देखने का प्रयास कर रही थी किंतु उसे कुछ दिखाई नहीं दिया। उसने मंदिर पहुँचकर हाथ-पैर धोए और जल से आचमन करने के बाद, मंदिर में प्रवेश किया। वह ऊपर से शांत दिख रही थी किंतु उसका मन बहुत उद्विग्न था। उसने देवी पार्वती की उपासना की और वृंदावन की गोपियों की भाँति, कृष्ण को अपने पति के रूप में प्राप्त करने की प्रार्थना की।

'हे माता पार्वती, मैं बारंबार आपको और आपके पुत्र गणेश एवं कार्तिकेय को प्रणाम करती हूँ। आप कृपया कृष्ण से विवाह करवाने की मेरी प्रार्थना स्वीकार कीजिए। मैं उन्हें अपने पति के रूप में प्राप्त करना चाहती हूँ।'

यह प्रार्थना देवी पार्वती और सभी विवाहित ब्राह्मण स्त्रियों से की गई थी। उन सबने उस प्रार्थना के उत्तर में रुक्मिणी को आशीर्वाद और प्रसाद दिया। वह अब अपना मौन व्रत खोल सकती थी। वह एक स्त्री का हाथ थामकर मंदिर से बाहर आ गई। बाहर निकलते समय, उसने एक क्षण के लिए अपना घूँघट उठाया और भगवान कृष्ण को अपने रूप की झलक दिखाई। उसके अप्रतिम सौंदर्य की झलक पाने के लिए वहाँ भारी भीड़ जमा थी। वह लोगों को देखकर मनमोहक ढंग से मुस्कराई तो उसके सौंदर्य से मोहित भीड़ में खड़े राजकुमारों अपना नियंत्रण खो बैठे। उनके हाथ से अस्त्र-शस्त्र छूट गए और उन्होंने अपनी आँखें बंद कर लीं मानो रुक्मिणी की सुंदरता और उसके रूप को अपने हृदय में बसा लिया हो। वह, अपने गुलाब-से कोमल पैरों से धीरे-धीरे आगे बढ़ती हुई, पंक्ति में खड़े राजकुमारों के बीच अपने प्रियतम का चेहरा खोज रही थी। तभी, उसकी दृष्टि अच्युत भगवान कृष्ण पर पड़ गई, जो न स्वयं पीछे हटते हैं और न अपने भक्तों को हटने देते हैं। भगवान श्रीकृष्ण, जिन्हें रुक्मिणी ने पाँच वर्ष की आयु में ही अपना हृदय दे दिया था और जो उसे स्वयं से भी अधिक प्रिय थे, अपने रथ में बैठे रुक्मिणी को देखकर मुस्करा रहे थे। वह साहसपूर्वक रथ की ओर बढ़ी, जो मार्ग के बीच में खड़ा था। जब रुक्मिणी को भरोसा हो गया कि कृष्ण आ गए थे, उसने विनम्र वधू की तरह आँखें नीची कर लीं, परंतु रथ के निकट पहुँचते ही, उसने आभूषणों से भरा अपना कोमल हाथ ऊपर उठा दिया

ताकि कृष्ण उसे आसानी से पकड़ सकें। यह देखकर, कृष्ण मुस्कराए और उन्होंने नीचे झुककर, रुक्मिणी को ऐसे उठा लिया जैसे कोई सिंह भेड़ियों के झुंड के बीच से अपना शिकार उठा ले जाता है। फिर कृष्ण ने धीरे-से रुक्मिणी को अपने रथ में बैठाया। उसका भाई रुक्मि यह दृश्य देख रहा था।

कृष्ण ने अपने घोड़ों को चाबुक लगाई भीड़-भरी गलियों से रथ को दौड़ाते हुए निकल गए। नगरवासियों ने भी उन्हें मार्ग दे दिया क्योंकि वे इस बात से बहुत प्रसन्न थे कि भगवान ने उनकी प्रार्थना सुन ली थी। शेष राजा, जो मानो सम्मोहित हो गए थे, देख रहे थे कि उनकी नाक के नीचे से राजकुमारी का अपहरण हो गया था। वहाँ कोलाहल मच गया। नगरवासियों को, जिन्होंने कृष्ण के निकल जाने के बाद मार्ग फिर से अवरुद्ध कर दिया था, हटाने में काफ़ी मूल्यवान समय नष्ट हो गया।

अपने यश पर लगे कलंक को देखते हुए अन्य राजाओं को बहुत क्रोध आया और वे भी प्रेमी-युगल का पीछा करने लगे। उन्हें बलराम और उनकी सेना ने, जो मौक़े पर पहुँच गए थे, रोक लिया। अपनी वधू के मन में व्याप्त भय को दूर करने के लिए भगवान कृष्ण उसे देखकर मुस्कराए। यादव सेना की दृढ़ता देखकर जरासंध और अन्य राजाओं ने हार मान ली और लौट गए क्योंकि अधिकतर स्वयंवरों में ऐसी घटनाएँ होती रहती थीं!

परंतु रुक्मि हार मानने को तैयार नहीं था क्योंकि उसने अपने मित्र शिशुपाल को वचन दे दिया था और अब वह यह सोच रहा था कि यदि रुक्मिणी को वापस नहीं लाया गया तो वह शिशुपाल को क्या उत्तर देगा। उसने आख़िर कृष्ण को बीच में पकड़ लिया और उन्हें युद्ध के लिए चुनौती दी। कृष्ण ने रुक्मि को परास्त कर दिया किंतु रुक्मिणी के कहने पर उसकी हत्या नहीं की। कृष्ण ने रुक्मि के सिर पर बँधी चोटी काटकर संतोष कर लिया, जो उस समय अत्यंत अपमानजनक माना जाता था। बलराम ने कृष्ण को अपने साले के साथ ऐसा व्यवहार करने के लिए फटकारा किंतु कृष्ण मुस्करा दिए क्योंकि उन्हें पता था कि बाद में एक समय ऐसा आने वाला था, जब बलराम स्वयं रुक्मि को उससे भी अधिक क्षति पहुँचाने वाले थे।

इस बीच, जरासंध ने शिशुपाल को सांत्वना देने के व्यर्थ कार्य का बीड़ा उठा लिया। शिशुपाल को अब तक इस घटना की कोई जानकारी नहीं थी और वह आराम से बैठा था। वह अपनी होने वाली रूपवती पत्नी के साथ, विशेष रूप से बनवाए महल के उद्यान में आमोद-प्रमोद की कल्पना कर रहा था। वह रुक्मिणी से विवाह को लेकर इतना अधिक आश्वस्त था कि उसने नए महल का नाम भी रुक्मिणी के नाम पर रख दिया था। जरासंध की ज़ोरदार आवाज़ सुनकर, वह झटके से कल्पना से बाहर निकल आया।

'उठो! उठो! वीर राजकुमार! यहाँ से चलो!'

'कहाँ? क्या हुआ?' शिशुपाल कहलाते हुए बोला। 'क्या वर के लिए विवाह-मंडप में जाने की शुभ घड़ी आ गई है? क्या वधू मंदिर में अर्चना करके लौट आई है?'

'वह केवल आई नहीं, अपितु चली भी गई है!' जरासंध ने निष्ठुरतापूर्वक कहा। उसके बाद उसने बेचारे शिशुपाल को सारी घटना के विषय में विस्तार से बताया।

शिशुपाल बहुत दुःखी हुआ। जरासंध ने उसे धैर्य बँधाया। 'इतनी छोटी-सी बात के लिए दुःखी मत होओ। मैं तुम्हारे लिए उससे बेहतर कन्या तलाश करूँगा। मुझे देखो। मैं विजय और पराजय में एक समान रहता हूँ। मैं कृष्ण से सत्रह बार पराजित हो चुका हूँ किंतु मुझे कोई चिंता नहीं है। आज उनकी विजय हुई है क्योंकि समय उनके पक्ष में है। यही समय का चक्र जब हमारे पक्ष में घूमेगा तो हम उन्हें परास्त करके तुम्हारी वधू को फिर से जीत लाएँगे!'

'परंतु, मुझे उससे बेहतर कन्या नहीं चाहिए,' शिशुपाल ने विरोध किया। 'मुझे रुक्मिणी ही चाहिए। मैंने तो अपने महल नए का नाम तक, उसके नाम पर रख दिया था!'

'अब तुम्हें उसका नाम बदलना पड़ेगा,' जरासंध ने कहा, 'क्योंकि रुक्मिणी का हरण उस दुष्ट ग्वाले कृष्ण ने किया है, जबकि तुम यहाँ बैठकर स्वप्न देख रहे हो!'

'क्या हम उसका पीछा नहीं कर सकते?' शिशुपाल ने उत्सुक होकर पूछा।

'हमने पीछा किया था, किंतु हम पराजित हो गए। परंतु रुक्मि ने हार नहीं मानी। वह उनके पीछे गया था।'

'क्या वह उसे वापस लेकर आ गया?' शिशुपाल ने क्रोध में भरकर पूछा।

'नहीं,' जरासंध ने उत्तर दिया। 'कृष्ण ने उसकी चोटी काटकर उसे अपमानित कर दिया और अब रुक्मि ने यह प्रण किया है कि वह कृष्ण को मारे बिना कुंडिनपुर वापस नहीं लौटेगा!' जरासंध ने व्यर्थ बातचीत में समय नष्ट नहीं किया और वह शिशुपाल को लेकर तत्काल अपने देश लौट गया।

अपनी सेना और कीर्ति को गँवाने के बाद रुक्मि ने भोजकट नामक स्थान पर अकेले रहने का निर्णय किया। उसने यह प्रतिज्ञा की वह जब कृष्ण को मारकर और अपनी बहन को छुड़ाकर अपने यश पर लगा कलंक नहीं मिटा देगा, तब तक वह वापस कुंडिनपुर नहीं जाएगा।

इस बीच, यादवों की राजधानी द्वारका में, कृष्ण और रुक्मिणी के स्वागत की तैयारी चल रही थी। नगरवासी, कृष्ण द्वारा विदर्भ की राजकुमारी का हरण किए जाने के समाचार से अत्यंत रोमांचित थे। दोनों के द्वारका में आगमन पर उनका ज़ोरदार स्वागत हुआ। उनका विवाह इतने भव्य स्तर पर संपन्न हुआ मानो स्वयं भगवान विष्णु और देवी लक्ष्मी का विवाह हो रहा था। वास्तव में ऐसा ही था क्योंकि क्या कृष्ण, विष्णु के तथा रुक्मिणी, लक्ष्मी का अवतार नहीं थे?

उनके बालों में लगे फूल की पंखुड़ियाँ, उनके चंद्रमा-से मुख को सहला रही थीं,
उनके केश बिखरे हुए और फूल अस्त-व्यस्त थे,
एक विशिष्ट और अद्वितीय कन्या, जो अप्रतिम रूप से सुंदर है,
मधुसूदन की प्रतीक्षा करती है।

—जयदेव कृत गीत गोविंद से

हे शाश्वत सखा, आप केवल यशोदा के पुत्र नहीं,
अपितु सभी प्राणियों में अंतर्निहित साक्षी हैं।
सृष्टि के रचयिता, ब्रह्मा की प्रार्थना के फलस्वरूप,
आपने संसार की रक्षा हेतु यादव कुल में जन्म लिया हैं।

—श्रीमद् भागवत

हरि ॐ तत्सत्

ॐ

ॐ

ओउम् जगन्नाथाय नम:!

अध्याय 15

अभिशप्त मणि

अन्यथा शरणं नास्ति,
त्वमेव शरणं मम्,
तस्मत् कारुण्य भवेन,
रक्षा रक्षा जनार्दना।

हे जनार्दन (कृष्ण), मेरे पास अन्य आश्रय नहीं है। मैं पूर्ण रूप से आपके समक्ष समर्पित हूँ।
केवल आपकी कृपा मात्र से ही मेरी रक्षा संभव है।

एक अन्य कन्या थी, जो कृष्ण के प्रेम की दीवानी थी। यह यादवों के मुखिया सत्राजित की एकमात्र पुत्री, सत्यभामा थी। चूँकि सत्राजित के कोई पुत्र नहीं था, उसने सत्यभामा को समस्त पुरुषोचित कार्यों में निपुण बना दिया था। इसके फलस्वरूप, वह अत्यंत घमंडी और हठी थी तथा स्वयं को सब पुरुषों से भी श्रेष्ठ समझती थी। कृष्ण को देखने के बाद उसका अहंकार टूटा और उसे अपने स्त्री होने का आभास हुआ। उसके पिता ने पहले ही, एक यादव शूरवीर शतधन्वा से उसका विवाह करने का निर्णय कर लिया था। परंतु जब कृष्ण को सत्यभामा के मन में अपने प्रति प्रेम का पता लगा तो उन्होंने उसकी इच्छा को पूर्ण करने निश्चय कर लिया। इसे पूरा करने के लिए, उन्हें अनेक कठिनाइयों का सामना करना पड़ा और यहाँ तक कि उनकी बदनामी भी हुई। कृष्ण ने ऐसा करके यह सिद्ध किया कि वे अपने भक्तों की इच्छा पूरी करने के लिए कुछ भी कर सकते हैं।

एक समय पर सत्राजित बहुत निर्धन था और उसने सूर्यदेव की कठोर तपस्या की थी। उससे प्रसन्न होकर सूर्य ने सत्राजित को स्यमंतक नाम की एक मणि प्रदान की थी। उस मणि की यह विशेषता थी कि उचित ढंग से उसकी वंदना किए जाने पर वह प्रतिदिन, अपने भार का आठ गुना स्वर्ण उत्पन्न कर सकती थी। इसके अतिरिक्त वह मणि, रोग, दुर्भाग्य और चौर्य के विरुद्ध एक शक्तिशाली यंत्र का भी कार्य करती थी। कहना न होगा कि सत्राजित अत्यंत समृद्धशाली हो गया किंतु अत्यधिक संपत्ति के अपने दुष्परिणाम होते हैं।

वह धर्म के मार्ग से हटने लगा और उसका जीवन व्यर्थ कार्यों एवं भोग-विलास में बीतने लगा। यह देखकर, कृष्ण ने उसकी रक्षा करने हेतु सत्राजित से कहा कि वह मणि उग्रसेन को दे दे, किंतु सत्राजित ने मणि उग्रसेन को देने से मना कर दिया। वह उस अमूल्य वस्तु को स्वयं से अलग नहीं करना चाहता था तथा प्रतिदिन उसकी पूजा करता था। वह अनन्य प्रेम और समर्पण, जो केवल भगवान के प्रति होना चाहिए, उस मणि को मिल रहा था। भगवान से अधिक धन-संपत्ति को महत्त्व देने की मनुष्यों की आदत ने उसे सदा संकट में डाला है। सत्राजित को लगने लगा कि हर व्यक्ति उसकी मणि लेना चाहता था और कृष्ण पर तो उसे सदा संदेह रहता था कि वे उसकी मणि छीनने की ही योजनाएँ बनाते रहते थे। उसे जिस बात का पता नहीं था, वह यह थी कि कृष्ण वास्तव में उसकी पुत्री सत्यभामा को चाहते थे, और वह भी सत्यभामा की अपनी इच्छा एवं सहमति से!

सत्राजित के मन में उत्पन्न संदेह के कारण उसके बहुत कम मित्र थे। उसे केवल दो लोगों पर विश्वास था। एक, उसका भाई प्रसेन और दूसरा उसका भावी दामाद, शतधन्वा। शतधन्वा, सत्राजित के घर आकर घंटों वहाँ बैठ जाता और सत्राजित की हाँ में हाँ मिलाता रहता। सत्यभामा ने तय कर रखा था कि वह शतधन्वा से विवाह नहीं करेगी किंतु उसकी यह तीव्र इच्छा थी कि उसके पिता विकल्प के रूप में कृष्ण का नाम सुझाएँ। इसलिए वह समय काटती और भगवान से प्रार्थना करती रही कि वे उसे उलझन से बाहर निकालें। वह समय शीघ्र ही आ गया। एक दिन, उसका चाचा प्रसेन आया और उसने सत्राजित से प्रार्थना की कि वह स्यमंतक मणि को पहनकर आखेट पर जाना चाहता है। सत्राजित ने उसे टालना चाहा किंतु प्रसेन ने हठ किया तो आख़िर सत्राजित को उसकी बात माननी पड़ी। प्रसेन, स्यमंतक मणि को अपने गले में ज्वलंत अग्नि-पुंज की भाँति लटकाकर आखेट करने जंगल की ओर चल दिया। उस मणि ने सबका ध्यान आकर्षित कर लिया। आखेट के दौरान, वह अपने साथियों ने अलग हो गया जंगल में भटक गया। सहसा उसके सामने एक भूखा सिंह आ गया, जो उस चमकती हुई मणि को माँस का टुकड़ा समझकर, उसकी ओर आकर्षित हो गया था। सिंह ने प्रसेन और मार दिया मणि लेकर भाग गया। उस सिंह को भालुओं के राजा, जांबवंत ने मार डाला और मणि को अपनी पुत्री जांबवती को उपहार में देने के लिए ले गया।

वे लोग जब आखेट से बिना प्रसेन को लिए लौटे तो सत्राजित दुःख शोक में डूब गया। बहुत खोजने के बाद भी न प्रसेन का और न ही मणि का कुछ पता लगा। सत्राजित इस निष्कर्ष पर पहुँचा कि कृष्ण ने स्यमंतक मणि लेने के लिए, जिस पर बहुत समय से कृष्ण की दृष्टि थी, उसके भाई को मार डाला। सत्यभामा ने जब यह सुना तो उसका हृदय बैठ गया क्योंकि हालाँकि वह जानती थी कि ऐसा नहीं हो सकता, किंतु इस बात ने उसकी समस्त आशाओं का मार्ग रोक दिया था। यह अफ़वाह शीघ्र ही फैल गई और कृष्ण के कानों तक जा पहुँची। उन्होंने हँसकर उसे अनसुना कर दिया किंतु बलराम और उद्धव ने कृष्ण पर इस बात के लिए बल दिया कि उन्हें अपने नाम को कलंकित होने से बचाने के लिए कुछ करना चाहिए। तो कृष्ण उन दोनों के साथ कुछ अन्य यादवों को लेकर उसी वन में गए जहाँ प्रसेन आखेट के लिए गया था।

गहरे वन के भीतर जाने पर, उन्हें प्रसेन का सड़ा-गला शव मिला जहाँ उसे सिंह ने मारकर छोड़ दिया था। कुछ देर खोजने पर भी उन्हें मणि नहीं मिली। वे लोग सिंह के पैरों के निशान का पीछे करते हुए पहाड़ी पर चढ़ गए। वहाँ उन्हें सिंह का भी शव मिल गया, जिसे भालू राज ने मारा था। सिंह के पास मणि नहीं मिली तो उन्होंने भालू के पैरों का निशान का पीछा किया। तब वे एक भयानक गुफा के मुख तक पहुँच गए। सबका मत यही था कि उस गुफा में प्रवेश नहीं करना चाहिए क्योंकि वह एक वृद्ध और शक्तिशाली भालू का निवास था जो किसी को भी देखते ही मार डालता था। परंतु कृष्ण ने भीतर जाने का निश्चय कर लिया। उन्हें पता था कि सत्यभामा कितनी उत्सुकता उनकी राह देख रही थी क्योंकि उसकी प्रसन्नता लौटाने के लिए मणि का मिलना आवश्यक था। 'हम स्यमंतक मणि को ढूँढ़ने निकले हैं' कृष्ण ने कहा, 'और मैं उस मणि को लेकर ही वापस जाऊँगा!'

कृष्ण ने किसी को भी साथ आने से मना कर दिया क्योंकि इस कार्य को उन्हें स्वयं ही पूरा करना था। वास्तव में, यह उस वचन की पूर्ति का अंश था जो उन्होंने राम के रूप में अपने पिछले अवतार में दिया था। उन्होंने उद्धव और बलराम को कहा कि यदि वे बारह दिन में गुफा से बाहर न आएँ, तो बलराम सबको लेकर वापस द्वारका चले जाएँ। वह गुफा जांबवंत की थी, जिसने राक्षसराज रावण के हुए युद्ध में राम की सहायता की थी। युद्ध के अंत में, राम ने जब जांबवंत को एक वरदान माँगने को कहा, तो जांबवंत ने राम से प्रार्थना की कि वे उसकी पुत्री जांबवती से विवाह कर लें। परंतु उस जन्म में राम ने एक पत्नी से विवाह करने की प्रतिज्ञा की थी और उनका विवाह सीता से हो चुका था। इसलिए उन्होंने जांबवंत को वचन दिया कि वे अपने अगले अवतार में कृष्ण के रूप में उसकी इच्छा पूर्ण करेंगे और यह भी वरदान दिया कि तब तक जांबवती का यौवन यथावत बना रहेगा। अपनी उसी कन्या के लिए जांबवंत ने सिंह को मारकर वह मणि छीनी थी।

कृष्ण ने भीतर प्रवेश किया तो देखा कि वह गुफा स्यमंतक मणि की आभा से जगमगा रही थी। एक कन्या उस मणि के साथ खेल रही थी। उसने जब एक आकर्षक अजनबी को गुफा में देखा तो वह भागकर अपने पिता को बुलाने गई। उस गुफा में बंद जीवन बिताने के कारण, उसका सामना अधिक मनुष्यों से नहीं हुआ था। जांबवंत इतना वृद्ध था कि उसे मुश्किल से दिखाई देता था। चूँकि वह एक युवा और सुंदर कन्या के साथ गुफा में रहता था तो अजनबियों से मिलने का उसका तरीक़ा अलग था। वह पहले मारता था और बाद में प्रश्न पूछता था। उसके पास यह जानने का कोई तरीक़ा नहीं था कि यह अजनबी कोई अन्य नहीं, अपितु उसके अपने स्वामी प्रभु राम थे जो अपना वचन पूरा करने के लिए कृष्ण के रूप में उसके पास आए थे। जांबवंत ने अपनी शक्तिशाली मुट्ठियों से कृष्ण पर ज़ोरदार प्रहार किए। भगवान अपने भक्त से कुछ भी सहर्ष स्वीकार कर लेते हैं। कुछ लोग फूल तो कुछ प्रहार अर्पण करते थे। कृष्ण ने बिना घबराए, प्रत्येक वार के बदले में वार किया। बीस दिन और बीस रातों तक उनका युद्ध इसी तरह चलता रहा। अंत में, जांबवंत के जोड़ हिल गए और वह थक गया। तब उसे चिंता होने लगी क्योंकि उसे यह लगा कि उसके स्वामी राम के अतिरिक्त उसके वार सहने की शक्ति किसी में नहीं है। मन में यह संदेह उत्पन्न होने के बाद, जांबवंत ने अपने मुड़े हुए पंजों से अपनी लटकती पलकें

उठाकर देखा। उसके सामने भगवान कृष्ण के रूप में श्रीराम खड़े थे। पश्चाताप से रोता हुए, जांबवंत ने भगवान को प्रणाम किया और उनकी वंदना की।

'मैं जानता हूँ कि आप सर्वव्यापी हैं और सब कुछ आपके नियंत्रण में रहता है। आप समय की आत्मा हैं। आप ही इस संसार के रचयिता और पालनकर्ता हैं। आप समस्त देवताओं के स्वामी और परमेश्वर हैं। मैं जानता हूँ कि आप राम हैं जिन्होंने समुद्र पर पुल बनाकर लंका को नष्ट किया था। कृपया मेरी अज्ञानता को क्षमा कीजिए कि मैंने आपसे युद्ध किया!'

कृष्ण ने अपने भक्त के आहत तन को स्नेहपूर्वक थपथपाया और बोले, 'मेरे भक्त द्वारा दिए गए प्रहार भी मुझे फूलों की तरह प्रिय हैं। मैं यहाँ स्यमंतक मणि लेने आया हूँ क्योंकि मुझे पर इसकी चोरी का आरोप लगा है। अब तुम बताओ कि तुम्हारी क्या इच्छा है क्योंकि मैं उसे पूरा करने आया हूँ।'

जांबवंत ने भगवान को अपनी रोएँदार बाँहों में भर लिया और उसे यह सोचकर बहुत ख़ुशी हो रही थी कि वह भगवान के उस रूप को देख सकता था जिसे उसने अनेक शताब्दियों से अपने हृदय में धारण किया हुआ था। 'आज आपके दर्शन से मेरा जीवन सफल हो गया और मुझे अपने लिए कुछ नहीं चाहिए। परंतु मैं इतना बूढ़ा हो चुका हूँ कि अपनी कन्या की रक्षा नहीं कर सकता। इसलिए मैं चाहता हूँ कि आप स्यमंतक मणि के साथ मेरी पुत्री को भी ग्रहण कर लीजिए।'

कृष्ण ने सहर्ष ही जांबवंत की बात मान ली क्योंकि उन्हें पिछले जन्म का वचन याद था।

इसके बाद, कृष्ण जब मणि और जांबवती को लेकर द्वारका लौटे तो नगर में खलबली मची हुई थी क्योंकि दल के शेष लोग लौट आए थे और वह समाचार फैल गया था। सब लोग सत्राजित को भला-बुरा कह रहे थे और भगवान से उनके प्रिय राजकुमार कृष्ण की रक्षा की प्रार्थना कर रहे थे। सत्यभामा भी कष्ट में थी और कृष्ण को लौटते देख वह भी बहुत प्रसन्न हुई। कृष्ण ने सत्राजित को यादवों की सभा में बुलाया और सबके सामने उसे स्यमंतक मणि लौटा दी और उसे बताया कि उन्होंने मणि को कैसे खोजा था। लज्जा से सिर झुकाए सत्राजित मणि लेकर अपने घर लौट आया। वह सोचने लगा कि भगवान की कृपा दोबारा कैसे प्राप्त करे तथा स्वयं को ग्लानि भाव से कैसे मुक्त करे। वह यह सोच रहा था कि सत्यभामा ने उस मामले को अपने हाथ में लेने का निर्णय किया। उसने अपने पिता के कान में धीरे-से कहा कि कृष्ण से क्षमा पाने का सबसे अच्छा तरीक़ा जांबवंत के उदाहरण का अनुसरण करना था। जांबवंत ने भगवान पर वार किया और इस अपराध के लिए उनसे क्षमा माँगने के लिए उसने अपनी कन्या का विवाह कृष्ण से कर दिया! यह संकेत स्पष्ट था। अपने दुर्व्यवहार की क्षतिपूर्ति करना सत्राजित के अपने हाथ में था। सत्यभामा का सुझाव सुनकर सत्राजित ख़ुश हो गया क्योंकि हालाँकि उसने अपनी पुत्री के लिए किसी अन्य को चुना था, उसकी समस्या का सबसे अच्छा यही तरीक़ा था। समाधान मिलने से प्रसन्न सत्राजित, सीधा कृष्ण के पास गया उनके सामने अपनी पुत्री और स्यमंतक मणि दोनों देने का प्रस्ताव रख दिया। भगवान ने सत्यभामा को स्वीकार कर लिया किंतु मणि

लेने से मना कर दिया। उनका अविलंब विवाह हो गया जिसके कारण शतधन्वा, जिसके साथ सत्यभामा का पहले विवाह होने वाला था, चिढ़ गया।

रुक्मिणी और सत्यभामा को भगवान विष्णु की दोनों पत्नियों, लक्ष्मी देवी और भूमि देवी का अवतार माना जाता है। कहते हैं, भगवान कृष्ण की 16,108 पत्नियाँ थीं। इनमें से एक सौ, मुख्य उपनिषदों का साकार रूप थीं। शेष के लिए, कहते हैं, मनुष्य की प्रत्येक श्वास में इतनी चित्तवृत्तियाँ होती हैं। भगवान कृष्ण योगी थे और उन्होंने अपने चित्त की समस्त वृत्तियों को वश में कर लिया था और उनकी अनेक पत्नियाँ इसी बात का सांकेतिक प्रतीक हैं।

कृष्ण की अन्य पत्नियों से अलग, सत्यभामा अपनी बुद्धि से कार्य करती थी। उसने न केवल पत्नी के रूप में, अपितु युद्ध समेत सभी क्षेत्रों में अपने अधिकारों की माँग की, जिसके लिए उसके पिता ने उसे पर्याप्त प्रशिक्षण दिया था। इस तरह, जिस बीच कृष्ण की शेष पत्नियाँ घर पर बैठकर स्त्रियों वाले कार्य करती थीं, सत्यभामा अधिकांश जगहों पर, यहाँ तक कि युद्ध में भी, कृष्ण के साथ जाती थी!

सत्यभामा और जांबवती से विवाह के शीघ्र बाद, वारणावत का अग्नि-कांड हो गया, जिसमें ऐसा मान लिया गया कि पांडवों के साथ उनकी माँ की मृत्यु हो गई थी। कृष्ण जानते थे कि पांडव बच गए थे किंतु उन्हें यह भी ज्ञात था कि अभी पांडवों के लिए हस्तिनापुर लौटने का समय नहीं हुआ था, इसलिए वे बलराम के साथ एक संबंधी का कर्तव्य पूरा करने हस्तिनापुर पहुँच गए। भीष्म, विदुर, द्रोण, आदि के साथ बैठकर, उन्होंने पांडवों की मृत्यु पर शोक भी व्यक्त किया।

द्वारका में कृष्ण की अनुपस्थिति के दौरान, अक्रूर और कृतवर्मा ने मिलकर शतधन्वा को परेशान करने की योजना बनाई। वे एक दिन शतधन्वा से मिले तो उन्होंने झूठी सांत्वना देते हुए उससे पूछा, 'तुम आजकल इतने उदास क्यों रहते हो?'

शतधन्वा अपना दुःख सुनाने को आतुर था और अब उसे अवसर मिल गया था। उसने अपनी दुःख-भरी व्यथा सुनाई और बताया कि किस तरह सत्यभामा तो नहीं, किंतु सत्राजित उसे पसंद करता था और किस प्रकार अंत में, उसकी पूरी तरह उपेक्षा कर दी गई थी। यहाँ तक कि, अब वे लोग मार्ग में मिल जाने पर उसकी ओर देखते भी नहीं थे। अक्रूर और कृतवर्मा ने उसके साथ सहानुभूति व्यक्त की।

उन्होंने शतधन्वा को कहा, 'इस भूल को ठीक करने का एक ही तरीक़ा है कि तुम सत्राजित के पास जाओ और उससे इस बात का स्पष्टीकरण माँगो। उसने तुम्हें अपनी पुत्री और स्यमंतक मणि, दोनों देने का वचन दिया था। अब अगर एक नहीं, तो कम से कम दूसरी वस्तु तो तुम्हें मिलनी चाहिए। उसे इस तरह अपना वचन नहीं तोड़ना चाहिए।'

शतधन्वा यह बात सुनकर उत्तेजित हो गया और उसने मदिरापान से अपना जोश बढ़ा लिया और फिर हाथ में छुरा लेकर आधी रात में, सत्राजित के घर पहुँच गया। वह मदिरा के प्रभाव से होश खो बैठा था और उन दोनों की बातों से उत्पन्न दया के चलते, शतधन्वा अपना क्षत्रिय धर्म भूल गया और क्रोधावेश में उसने सत्राजित की हत्या कर दी

और मणि लेकर भाग गया। घर की स्त्रियाँ उठ गईं और रोने-चिल्लाने लगीं। शतधन्वा अपने किए पर घबरा गया और भागकर मणि के साथ कृतवर्मा के घर पहुँच गया। कृतवर्मा ने इस घटना से हाथ झाड़ लिए और इससे पहले कि कोई वहाँ आकर उस पर भी षड्यंत्र में शामिल होने का आरोप लगाए, उसने शतधन्वा को अपने घर से निकाल दिया। उसके बाद, शतधन्वा घबराया हुआ अक्रूर के पास आया और उससे कहा कि उसने अक्रूर द्वारा व्यक्त सहानुभूति से प्रेरित होकर ही वह हिंसक कृत्य किया था। अक्रूर भी तत्काल पीछे हट गया और बोला कि उसका यह आशय नहीं था और वह ऐसे किसी कृत्य का हिस्सा नहीं बनेगा जिससे कृष्ण नाराज़ हो जाएँ क्योंकि वह जानता है कि वे भगवान का अवतार हैं। उसने शतधन्वा को जल्दी से जल्दी नगर छोड़ देने की सलाह दी। वरिष्ठजनों के परिषद का सदस्य होने के नाते, वह नहीं चाहता था कि इस घातक षड्यंत्र के साथ उसका नाम जोड़ा जाए। उन दोनों की प्रतिक्रिया से निरुत्साहित शतधन्वा वहाँ से भाग गया, किंतु भागते हुए उसने स्यमंतक मणि अक्रूर के घर में फेंक दी क्योंकि उसे पता था कि जिसके पास मणि मिलेगी, उसी को सत्राजित की हत्या का संदिग्ध माना जाएगा।

अगले दिन सुबह, खलबली मच गई कि स्यमंतक मणि के लिए सत्राजित की हत्या कर दी गई थी और किसी भी ऐसे व्यक्ति को गिरफ्तार करने का आदेश जारी हो गया जिसका उस अपराध से कोई संबंध हो। अपने पिता का शव देखकर सत्यभामा को मूर्छा आ गई और उसके साहस ने सहसा उसका साथ छोड़ दिया। उसने अपने पिता के शव को तैल लगाकर सुरक्षित कर दिया और स्वयं कृष्ण को अपने पिता कई रहस्यमयी हत्या के विषय में बताने के लिए हस्तिनापुर चली गई। हालाँकि, भगवान कृष्ण को सब कुछ पता था किंतु उन्होंने सत्यभामा को सांत्वना देने का हर संभव प्रयास किया। उन्हें पहले से पता था कि जिस व्यक्ति को संपत्ति से इतना लगाव होता है, उसे एक दिन उसके कारण दुःख झेलना पड़ता है। परंतु, अपनी पत्नी को शांत करने के लिए, कृष्ण हत्यारे की खोज में द्वारका लौट आए। कृष्ण के आगमन का समाचार सुनते ही शतधन्वा ने सबसे तेज़ भागने वाला घोड़ा लिया और उस पर सवार होकर द्वारका से भाग गया। बलराम और कृष्ण को पहल से ही उस पर संदेह था और उसके भागने की बात सुनकर उन्होंने उसका पीछा किया। उन्होंने शतधन्वा को मिथिला नगरी के पास पकड़ लिया, जहाँ उसका घोड़ा गिरकर मर गया था। शतधन्वा पैदल भागने लगा। कृष्ण भी अपने रथ से उतरकर उसके पीछे दौड़ने लगे। मामूली संघर्ष के बाद, शतधन्वा मारा गया किंतु कृष्ण को स्यमंतक मणि नहीं मिली। बलराम को विश्वास था कि शतधन्वा ने वह मणि अवश्य ही द्वारका में किसी को दी होगी इसलिए उन्हें वहीं जाकर उसे खोजना चाहिए। मिथिला का राजा, बलराम का अच्छा मित्र था, इसलिए उन्होंने कुछ समय मिथिला में रुकने का निर्णय किया। इसी दौरान, दुर्योधन ने बलराम से गदा चलाना सीखा और वह किसी तरह बलराम का प्रिय शिष्य बन गया।

दुर्योधन में किसी को भी अपने व्यक्तित्व से प्रभावित करने का विलक्षण गुण था।

कृष्ण ने द्वारका लौटकर सत्यभामा को बताया कि उसके पिता की हत्या का बदला तो ले लिया गया किंतु मणि नहीं मिल सकी। यह सुनकर कृतवर्मा और अक्रूर भयभीत हो गए क्योंकि शतधन्वा, उस दुर्भाग्यपूर्ण मणि के फेर में पड़कर मरने वाला तीसरा व्यक्ति

था। कृष्ण जानते थे कि मणि अक्रूर के पास है। उन्हें यह भी पता था कि अक्रूर सदाचारी व्यक्ति था इसलिए वह मणि का उपयोग, अपने लिए संपत्ति जमा करने में नहीं, अपितु जन-कल्याण के लिए करेगा। कृष्ण ने उन दोनों को तीर्थयात्रा पर काशी जाने और वहाँ तेरह वर्ष के बाद लौटने का सुझाव दिया। अक्रूर ने भगवान की बात मान ली और तीर्थयात्रा के लिए काशी चला गया, जहाँ उसने साधु का जीवन बिताया और मणि से प्राप्त धन का काशी नगरी तथा तीर्थयात्रियों के लाभ के लिए उपयोग किया। निश्चय ही, यह बात किसी को पता नहीं थी, किंतु जिस तरह से इस पूरे मामले का अंत किया गया, वह बलराम को पसंद नहीं आया और उन्हें संदेह था कि कृष्ण उनसे सत्य छिपा रहे हैं। उनके संदेह को दूर करने के लिए, कृष्ण ने तेरह वर्ष के बाद अक्रूर को वापस बुलाया और उसे सभा में सबके सामने स्यमंतक मणि दिखाने को कहा। अक्रूर ने सबको मणि दिखाई और उसके बाद, वह मणि उसे यह चेतावनी के साथ लौटा दी गई, 'यह मणि साधारण लोगों के लिए बहुत ख़तरनाक है। तुम्हारे जैसा तपस्वी एवं कल्याणकारी व्यक्ति ही केवल इसे धारण करने का अधिकारी है। इसे अपने पास रखो। ईश्वर करे यह तुम्हारे लिए अत्यंत शुभ सिद्ध हो।'

इस तरह, भगवान ने यह दर्शाया कि ऐसी अभिशप्त मणि भी, यदि किसी भक्त के पास हो, तो उसे कोई क्षति नहीं पहुँचाती तथा उसे सत्कार्य के लिए प्रयोग किया जा सकता है क्योंकि एक सच्चा भक्त अपनी संपत्ति को निजी अथवा स्वार्थी कार्यों में न लगाकर, दूसरों के कल्याण के लिए उपयोग में लाता है।

हरि ॐ तत्सत्

ॐ

ॐ

ओउम् अच्युताय नमः!

अध्याय 16

पांडव

जानामि धर्मन् न च मे प्रवृत्ति,
जानामि अधर्मन न च निवृत्ति,
त्वया हृषिकेस हृदस्तितेना,
यदा नियुक्तोसि तदा करोमी।

मैं जानता हूँ कि धर्म क्या है किंतु मैं उसका
पालन नहीं कर पाता,
मैं जानता हूँ कि अधर्म क्या है किंतु मैं उसे करने को बाध्य हूँ!
हे कृष्ण, आप मेरे हृदय में वास करते हैं,
आप मेरा जैसा मार्गदर्शन करेंगे, मैं वैसा ही करूँगा।

अक्रूर को स्यमंतक मणि देकर उसे काशी भेजने के बाद, भगवान कृष्ण ने अपना ध्यान पांडवों की ओर लगाया। उन्होंने उद्धव को पांडवों का पता लगाने भेजा क्योंकि वे जानते थे कि पांडव वारणावत से बचकर निकल गए थे। उद्धव को कृष्ण से एक पल के लिए भी अलग होना पसंद नहीं था, किंतु कृष्ण की छोटी-सी इच्छा भी उद्धव के लिए आदेश था, इसलिए उद्धव तत्काल पांडवों की खोज में वन के लिए निकल गए और उन्होंने वहाँ एक राक्षस बालक की सहायता से पांडवों को खोज लिया। राक्षस जाति भारतवर्ष के घने जंगलों में रहने वाली नरभक्षी जाति थी। वे असभ्य और बलवान थे। हालाँकि, भीम भी किसी राक्षस के समान बलशाली था। उसने हिडिंब नाम के एक राक्षस को, जो उन्हें परेशान कर रहा था, मार डाला और उसकी बहन हिडिंबा से विवाह कर लिया, जो भीम के बलवान व्यक्तित्व पर मोहित हो गई थी। वह पांडवों को अपने साथ राक्षसों के शिविर में ले गई, जहाँ राक्षसों ने भीम को अपना राजा स्वीकार कर लिया। तब से भीम को वृकोदर भी कहा जाने लगा। उसके बाद, हिडिंबा और भीम का एक पुत्र हुआ, जिसका नाम घटोत्कच था। उद्धव ने जब उनसे भेंट की, तो वे लोग वृक्ष के बने घर में रह रहे थे और जहाँ एक ओर भीम आनंद मना रहा था, शेष पांडव कठोर जीवन व्यतीत कर रहे थे। उनके लिए अपने भाई के ससुराल वालों की जीवन-शैली और खान-पान की आदतों के साथ रहना

कठिन हो गया था। उन्होंने उद्धव का ज़ोर-शोर से स्वागत किया और उनसे कहा कि वे कृष्ण को कहकर उन्हें वहाँ से शीघ्र मुक्त करवाएँ क्योंकि वे समझ नहीं पा रहे थे राक्षसों द्वारा जीवित खा लिया जाना अथवा कौरवों की हाथों मृत्यु में से अधिक ख़राब क्या था! उद्धव ने उन्हें आश्वासन दिया कि कृष्ण को उनकी बहुत चिंता है और यह कि उनकी इच्छा के अनुसार, सब कुछ जल्द ही ठीक हो जाएगा।

इस बीच, कृष्ण पंचाल नरेश द्रुपद के पास गए हुए थे। कुरु और पंचाल, उस समय भारतवर्ष के दो सबसे महत्त्वपूर्ण राज्य थे और वे दोनों यदि एकजुट हो जाते तो जरासंध जैसे दुष्ट और शक्तिशाली राजा को आसानी से परास्त किया जा सकता था। दुर्भाग्य से द्रुपद को भीष्म से यह शिकायत थी कि उन्होंने द्रुपद के घोर शत्रु, द्रोण को कुरु राजकुमारों का शिक्षक नियुक्त कर लिया था।

बचपन में द्रोण और द्रुपद एक साथ पढ़ते थे और बचपन के जोश में, द्रुपद ने अपने निर्धन मित्र द्रोण को यह वचन दे दिया कि वह जब बड़ा होकर राजा बनेगा तो अपना आधा राज्य द्रोण के साथ बाँट लेगा। हालाँकि यह बचपन में लापरवाह ढंग से दिया वचन था, द्रोण इसे भूल नहीं सका। अनेक वर्ष बाद, अत्यंत निर्धन अवस्था-भरे दिनों में, द्रोण के पास अपने पुत्र अश्वत्थामा को देने के लिए दूध भी नहीं था, तब वह पंचाल गया और उसने द्रुपद से आधा राज्य माँगकर अपना वचन पूरा करने का आग्रह किया। द्रुपद इस बात से घबरा गया कि द्रोण ने उसके वचन को इतनी गंभीरता से ले लिया था। उसने द्रोण से कहा कि वह जितना चाहे धन ले सकता है, किंतु द्रोण ने धन लेने से मना कर दिया और द्रुपद से प्रतिशोध लेने का निश्चय कर लिया। बाद, में, वह कुरु राजकुमारों का शिक्षक बन गया और शिक्षा समाप्त होने पर, जैसा कि पहले बताया जा चुका है, उसने गुरु-दक्षिणा में राजकुमारों को द्रुपद को पकड़कर लाने का आदेश दिया।

उत्साही राजकुमार गुरु की आज्ञा का पालन करने तत्काल निकल पड़े और भीम की सहायता से अर्जुन ने अचानक आक्रमण करके द्रुपद को बंदी बना लिया तथा अपने गुरु के समक्ष प्रस्तुत कर दिया। द्रुपद को जभी छोड़ा गया जब उसने अपना राज्य द्रोण को दे दिया। परंतु द्रोण को राज्य की आवश्यकता नहीं थी, इसलिए उसने उदारता स्वरूप आधा राज्य द्रुपद को लौटा दिया। द्रोण ब्राह्मण था और क्षमा करना ब्राह्मण का धर्म होता है, किंतु द्रुपद क्षत्रिय था और क्षत्रिय प्रतिशोध लेने के लिए जाने जाते हैं। द्रुपद ने इस अपमान का बदला लेने का निश्चय किया। उसने अपने पुत्र धृष्टद्युम्न और पुत्री द्रौपदी को यही अपमानजनक कथाएँ सुनाकर बड़ा किया। वह चाहता था कि द्रौपदी का विवाह अर्जुन से हो जाए, जिसे वह भारतवर्ष का सबसे वीर योद्धा मानता था, और इससे द्रोण का अहंकार भी चूर हो जाएगा क्योंकि द्रोण, अर्जुन को अपने पुत्र से भी अधिक प्रेम करता था। उसकी यह भी इच्छा थी कि एक दिन उसका पुत्र धृष्टद्युम्न ही द्रोण का वध करे। उसने जब लाक्षागृह में पांडवों की मृत्यु के विषय में सुना तो वह बहुत निराश हुआ किंतु उसके ज्योतिषियों ने उसे आशा बँधाई और कहा कि उनकी भविष्यवाणी ग़लत नहीं हो सकती और यह कि द्रौपदी का विवाह अर्जुन से अवश्य होगा। तब कृष्ण ने द्रुपद से द्रौपदी का स्वयंवर रचाने और कोई अत्यंत कठिन परीक्षा का प्रबंध करने को कहा।

स्वयंवर के लिए गुरु संदीपनी ने बहुत कठिन परीक्षा रखी। उसमें एक जल-कुंड में लगे खंभे में बंधी पाँच डोरियों से एक मछली को लटकाया गया था। मछली के नीचे एक चक्र था जिसके मध्य में एक छिद्र था। प्रतिभागियों को एक धनुष और पाँच बाण दिए गए थे और उन्हें उस छिद्र में से बाण को पार करके मछली को नीचे गिराना था और यह सब उन्हें नीचे पानी में पड़ रही परछाईं को देखकर करना था। समूचे भारतवर्ष में केवल पाँच लोग थे जो इस कार्य को कर सकते थे। इनमें से तीन यादव वंश के थे : स्वयं कृष्ण, सात्यकि और उद्धव। इन तीनों ने स्वयंवर में भाग लेने से मना कर दिया क्योंकि कृष्ण ऐसा ही चाहते थे। अन्य दो लोग थे : कर्ण और निस्संदेह, अर्जुन, जिसे लोगों ने मृत मान लिया था।

उद्धव से पांडवों के विषय में मिली जानकारी के आधार पर, कृष्ण ने व्यास को राक्षस शिविर में भेजकर पांडवों को ब्राह्मण के वेश में एकचक्रा नगरी में पहुँचने का संदेश दिया। कृष्ण ने यह भी कहा कि पांडवों को एकचक्रा में रुककर नियति के बुलावे की प्रतीक्षा करनी है।

देश भर के सभी महान राजाओं और राजकुमारों को स्वयंवर में आमंत्रित किया गया था। सौ कौरव भाइयों के साथ शकुनि, द्रोण, कर्ण और अश्वत्थामा भी वहाँ उपस्थित थे। मगध नरेश जरासंध भी वहाँ आया हुआ था, जबकि वह द्रौपदी के पितामह की आयु का था। चेदि राजकुमार शिशुपाल, मद्र नरेश तथा नकुल व सहदेव का मामा, शल्य और उनके साथ भीष्म, विदुर भी आए हुए थे। कृष्ण और बलराम के साथ उद्धव, सात्यकि एवं अन्य कुछ यदुवंशी भी दर्शक बनकर वहाँ बैठे थे क्योंकि उन्होंने प्रतियोगिता में भाग लेने से मना कर दिया था। एकचक्रा से पांडव भी ब्राह्मण वेश धारण करके स्वयंवर में पहुँच गए।

द्रौपदी, अत्यंत सुंदर, ऊँचे क़द की और श्याम वर्णा थी। उसकी चमकदार आँखें और लंबे काले बाल थे। परंपरा के अनुसार, स्वयंवर के आरंभ में, द्रौपदी की दासियाँ, उसे लेकर सभा में आईं और सभी राजकुमारों से उसका परिचय करवाया, जो उसे प्राप्त करने की इच्छा लेकर स्वयंवर में आए थे।

कृष्ण के सामने पहुँचकर द्रौपदी बहुत देर तक अपनी आभायुक्त, नीली ज्वलंत आँखों से उन्हें देखती रही। उसने कृष्ण के अनेक चमत्कारी कारनामों के विषय में सुना था किंतु वह उनसे कभी मिली नहीं थी। वह कौन स्त्री होगी जो कृष्ण की मनमोहक आँखों में देखकर उनके आकर्षण से मुग्ध होने से बच पाए? कृष्ण ने अपने सिर को हलका-सा झटका दिया मानो कह रहे हों, 'मैंने तुम्हारे लिए कुछ और सोचा है।' उस एक क्षण के मूक मिलन ने द्रौपदी को कृष्ण का अनन्य भक्त बना दिया और उसने जीवन के प्रत्येक कष्ट में कृष्ण से ही सहायता माँगी।

आख़िरकार, प्रतियोगिता आरंभ हो गई। एक-एक करके पराजित राजा और राजकुमार चुपचाप अपने-अपने आसन पर लौटने लगे। यहाँ तक कि कर्ण जैसा विख्यात धनुर्धर भी उस प्रतियोगिता की कठिन शर्त को पूरा नहीं कर सका। अंत में, जब सब असफल हो गए और ऐसा लगने लगा कि द्रौपदी कुँवारी रह जाएगी, तो ब्राह्मणों की पंक्ति में से एक दुबला-पतला युवक उठा और यद्यपि, वह क्षत्रिय नहीं था, उसने भी प्रतियोगिता में हिस्सा

लेने की अनुमति माँगी। द्रौपदी के भाई धृष्टद्युम्न ने, जो समारोह आयोजन की कला में पारंगत था, सहर्ष अनुमति प्रदान कर दी। केवल कृष्ण ने अर्जुन को पहचाना और वे उसे देखकर प्रोत्साहन-भरे शानदार ढंग से मुस्कराए। युवक आगे बढ़ा, उसने आसानी से धनुष को उठा लिया, प्रत्यंचा चढ़ाई और एक के बाद एक पाँच बाण घूमते हुए चक्र के छिद्र में मार दिए। निशाना अचूक था। उसके बाणों ने पाँचों डोरियों को काट डाला और मछली नीचे आ गिरी। सारी सभा हैरान रह गई। भीड़ में कोलाहल मच गया। ब्राह्मण वर्ग प्रसन्न था जबकि क्षत्रियों ने अपनी असहमति व्यक्त की क्योंकि उनका अपमान हुआ था। इस दुविधा के बीच, द्रौपदी धीरे-धीरे युवक के निकट गई और उसे वरमाला पहना दी। दुर्योधन, हमेशा की तरह, हिंसक हो गया क्योंकि द्रौपदी के आकर्षण ने उसे बुरी तरह मतवाला बना दिया था। उसने अर्जुन पर आक्रमण करना चाहा, किंतु भीम ने बड़ी सहजता से किसी कुकुरमुत्ते की भाँति एक वृक्ष उखाड़ लिया और अर्जुन की रक्षा के बीच में आ गया। इसके बाद, दुर्योधन ने कर्ण को भड़काया किंतु अर्जुन ने उसे भी पराजित कर दिया। यह एक छोटे-से झगड़े की शुरुआत थी, जिसे कृष्ण ने जल्द ही यह कहकर समाप्त कर दिया कि द्रौपदी को न्यायसंगत ढंग से जीता गया था और यदि किसी को वह बात पसंद नहीं आई उसे अपनी शिकायत सार्वजनिक ढंग से नहीं, अपितु व्यक्तिगत तौर पर करनी चाहिए।

अगले दिन कृष्ण, पांडवों से मिलने उनकी कुटिया में गए जहाँ वे अपनी माता कुंती के साथ रहते थे। कृष्ण ने कुंती को वचन दिया कि वे उसके पुत्रों का साथ कभी नहीं छोड़ेंगे। उस दिन से, कुंती भी कृष्ण की भक्त बन गई। अर्जुन और कृष्ण को नर और नारायण नाम के प्राचीन ऋषियों का अवतार माना जाता है, जो स्वयं भगवान विष्णु के अवतार थे। वे सदैव मानव जाति के कल्याण के लिए बद्रिकाश्रम में तपस्या करते रहते थे। इसलिए, कृष्ण और अर्जुन की बीच बहुत गहरा संबंध था।

भगवान कृष्ण ने पंचाल लौटकर धृष्टद्युम्न को ब्राह्मण युवक की सही पहचान से अवगत करवाया, जिसने स्वयंवर में उसकी बहन को जीता था। यह सुनकर वह और उसका पिता, द्रुपद दोनों ही अत्यंत प्रसन्न हुए क्योंकि द्रुपद की यही इच्छा थी। उसने पांडवों को महल में आमंत्रित किया और भव्य उत्सव का आयोजन किया जिसमें द्रौपदी का विवाह पाँचों पांडवों के साथ कर दिया गया। माता कुंती ने पांडवों से यह वचन लिया हुआ था कि वे अपनी सब वस्तुओं को आपस में बाँटकर उपयोग करेंगे। कुंती ने यह नहीं सोचा था कि उसके पुत्र अपने वचन का पालन करने के लिए किस सीमा तक चले जाएँगे। उस समय कृष्ण और अन्य यादव भी वहाँ उपस्थित थे।

यह समाचार जब हस्तिनापुर पहुँचा तो दुर्योधन को बड़ा अपमान महसूस हुआ। उसकी योजना न केवल बुरी तरह विफल हो गई थी, अपितु पांडवों ने उसके सामने, उसकी पसंद की कन्या को छीन लिया था। पांडवों की स्थिति अब बहुत मज़बूत हो गई थी क्योंकि द्रुपद साधारण विरोधी नहीं था और कृष्ण ने भी यह स्पष्ट कर दिया था कि वे पांडवों के पक्ष में रहेंगे। दुर्योधन ने मामा शकुनि और मित्र कर्ण के उकसाने पर पंचाल की राजधानी कांपिल्य पर हमला कर दिया, जहाँ पांडव अतिथि बनकर ठहरे थे। दुर्योधन उस बात को आरंभ में ही समाप्त कर देना चाहता था। परंतु कौरवों को बुरी तरह मुँह

की खानी पड़ी, जिससे दुर्योधन का क्रोध और बढ़ गया। आख़िरकार, भीष्म, विदुर और द्रोण के ज़ोर देने पर धृतराष्ट्र ने दुर्योधन को इस बात के लिए बाध्य किया कि वह पांडवों को फिर से हस्तिनापुर बुलाए। युधिष्ठिर ने, जो सदा अपने वृद्धजनों की इच्छा को पूरा करने को तत्पर रहता था, हामी भर दी और पांडव, अपनी अपनी माता तथा नवविवाहिता पत्नी को साथ लेकर हस्तिनापुर आ गए, जहाँ उनका शानदार स्वागत हुआ। वे लोग कुछ समय तक ऊपरी तौर पर मिल-जुलकर रहते रहे तथा ऐसा लगने लगा कि उनके बीच की शत्रुता समाप्त हो गई है। परंतु शकुनि ने दुर्योधन के मन में घृणा की आग बुझने नहीं दिया, अपितु वह उसे भड़काता रहा। कर्ण ने दुर्योधन को वचन दिया कि वह अकेला ही पांडवों को पराजित कर सकता है।

इस बात से प्रेरित होकर, दुर्योधन ने अपने पिता को राज्य का विभाजन करने और पांडवों को हस्तिनापुर से दूर भेजने पर बाध्य कर दिया। धृतराष्ट्र इतना निर्बल था कि वह अपने पुत्र को किसी बात के लिए मना नहीं कर पाता था, इसलिए उसने युधिष्ठिर को बुलाकर उसे राज्य के विभाजन का निर्णय सुना दिया। युधिष्ठिर को मिलने वाला भाग खांडवप्रस्थ कहलाता था, जहाँ कुरु वंश के पूर्वजों ययाति और पुरुरवा के शासनकाल में उनकी राजधानी थी। अब वहाँ केवल निर्जन वन था, जो जंगली पशुओं तथा राक्षसों से भरा था। पांडव भाई वृद्ध राजा की यह चाल देखकर परेशान हो गए किंतु युधिष्ठिर, सदा की भाँति, पिता-समान धृतराष्ट्र के आग्रह को टाल नहीं सकता था। कृष्ण ने युधिष्ठिर से कहा कि यदि धृतराष्ट्र उसे नया नगर बसाने के लिए पर्याप्त मात्रा में शिल्पी, मवेशी और धन देता है तो उसे यह प्रस्ताव स्वीकार कर लेना चाहिए। युधिष्ठिर ने बात मान ली। इसके बाद, कृष्ण और अर्जुन खांडवप्रस्थ के वन की सफ़ाई करने निकल पड़े। वे जब वहाँ पहुँचे तो उन्हें एक वृद्ध व्यक्ति मिला, जिसने स्वयं को अग्नि बताया। किसी यज्ञ में बहुत-सा घृत-पान कर लेने के कारण अग्नि को अपच हो गया था और उसने उन दोनों से प्रार्थना की कि वे उसे उस रोग से मुक्ति दिलवाएँ। उसके रोग का एक ही इलाज था कि वह समूचे खांडव वन का भक्षण कर लेता, जो औषधीय वृक्षों से भरा पड़ा था। परंतु चूँकि उस वन पर वर्षा के देवता इंद्र का अधिकार था, इसलिए अग्नि उसे जला नहीं पाता था। अग्नि ने जब कभी ऐसा करने का प्रयास किया, इंद्र ने भारी वर्षा करके उस अग्नि को बुझा देता था! अर्जुन ने तत्काल अग्नि को सहायता का वचन दिया। इसके बदले में, अग्नि ने अर्जुन को गांडीव धनुष, अक्षय तरकश और एक अभेद्य कवच प्रदान किया। उसने अर्जुन को एक रथ और कुछ अश्व भी प्रदान किए। अग्नि ने कृष्ण को सुदर्शन चक्र भेंट किया। उस रथ में बैठकर दोनों ने विद्युत की गति से वन के चारों घूमना शुरू कर दिया और अर्जुन ने बाणों की ऐसी अनवरत झड़ी लगाई कि वन के ऊपर एक रक्षात्मक छत्र बन गया। इस बीच अग्नि ने अपनी ज्वलंत जिह्वा से वन का भक्षण करना शुरू कर दिया। अर्जुन द्वारा बनाए बाणों के छत्र के कारण इंद्र जल-वर्षा से अग्नि को बुझाने में असफल हो गया। असुरों का शिल्पी मय दानव भी उसी वन में रहता था। अर्जुन ने उसे बचकर निकल जाने दिया, जिसके कारण मय ने कृतज्ञतापूर्वक, पांडवों के लिए एक शानदार नगरी का निर्माण किया। इंद्र को प्रसन्न करने के लिए कृष्ण ने उस नगर का नाम इंद्रप्रस्थ रखने का निश्चय

किया। इस तरह, भगवान की एक ही युक्ति से वन की सफ़ाई हो गई, अर्जुन को दिव्यास्त्र मिल गए तथा मय दानव की सहायता से पांडवों के लिए नए नगर का निर्माण हो गया।

भगवान कृष्ण ने देवताओं के शिल्पी विश्वकर्मा की भी सहायता ली और यमुना नदी के तट पर इंद्रप्रस्थ का निर्माण करवाया, जहाँ आधुनिक दिल्ली नगर बसा हुआ है। समस्त सुख-सुविधाओं से युक्त इंद्रप्रस्थ एक शानदार नगरी बनी, जो सौंदर्य और भव्यता में द्वारका के समान थी। मय दानव ने विशेष रूप से माया-सभा का निर्माण किया। उसे देखकर सभी आश्चर्यचकित रह गए। एक शुभ दिन देखकर, युधिष्ठिर का राज्याभिषेक हुआ। वह एक आदर्श राजा था। उसके लिए अपनी प्रजा का हित ही सर्वोपरि था और उसने अपने शासनकाल में एक और राम-राज्य की स्थापना की। वह स्वयं धर्म का अवतार था तथा कृष्ण की सहायता एवं परामर्श से, उसने बहुत बुद्धिमानी से शासन किया। अपने व्यग्र और उथल-पुथल भरे जीवन में पहली बार, पांडव प्रसन्न और सुरक्षित महसूस कर रहे थे।

इंद्रप्रस्थ में अपना निवास-स्थान बनाने के कुछ समय बाद, एक बार अर्जुन, कृष्ण को साथ लेकर आखेट पर निकला। दिन-भर घूमने के बाद, स्वयं को निर्मल करने के लिए दोनों यमुना के तट पर पहुँचे। वहाँ उन्हें एक अत्यंत रूपवती कन्या घूमती दिखाई पड़ी। अर्जुन के पूछने पर उसने बताया कि उसका नाम कालिंदी था। वह सूर्य की पुत्री थी और नदी के नीचे एक घर में रहती थी और उसने यह प्रतिज्ञा की थी कि वह जल के नीचे रहकर तब तक तपस्या करेगी, जब तक भगवान विष्णु अवतार रूप में उससे मिलकर उससे विवाह नहीं करते क्योंकि उसने विष्णु ने विवाह करने का ही प्रण किया था। अर्जुन ने उसे बताया कि उसके भगवान उसके सामने खड़े हैं। यह सुनकर वह बहुत प्रसन्न हुई। उसने कृष्ण को प्रणाम किया और उनसे प्रार्थना की कि वे उसे स्वीकार कर लें। वे लोग कालिंदी को साथ लेकर इंद्रप्रस्थ लौट आए और युधिष्ठिर से आशीर्वाद लिया। इसके बाद, भगवान कृष्ण कालिंदी को लेकर द्वारका चले गए और वहाँ उससे विवाह कर लिया।

कृष्ण की एक छोटी चचेरी बहन थी, जिसका नाम सुभद्रा था। वह बड़ी होकर अत्यंत सुंदर दिखती थी। बलराम उसके लिए किसी उपयुक्त वर की खोज कर रहे थे। द्वारका में एक बार अर्जुन की सुभद्रा से भेंट हुई थी और वे दोनों एक-दूसरे को पसंद करने लगे थे, किंतु केवल कृष्ण यह बात जानते थे। इससे पहले कि वे अपने भाई बलराम से यह बात कह पाते, अर्जुन को एक वर्ष के लिए तीर्थयात्रा पर जाना पड़ा। इस बीच, दुर्योधन ने सुभद्रा से विवाह करने की इच्छा व्यक्त की। बलराम ने इस प्रस्ताव को तत्काल स्वीकार कर लिया क्योंकि उनके मन में दुर्योधन के प्रति विशेष स्नेह था और साथ ही, वे कुरु वंश के साथ संबंध स्थापित करने भी इच्छुक थे। हालाँकि कृष्ण को यह बात बिलकुल पसंद नहीं आई क्योंकि वे दुर्योधन का स्वभाव जानते थे और वे नहीं चाहते थे कि उनकी एकमात्र बहन को दुर्योधन जैसे अधर्मी और अहंकारी व्यक्ति के कारण कष्ट उठाना पड़े। परंतु वे चुप रहे क्योंकि वे जानते थे कि उनके भाई ने दुर्योधन को वचन दे दिया है जिसे बलराम कभी नहीं तोड़ेंगे। इसलिए यदि सुभद्रा का विवाह अर्जुन से करवाना था, तो उसके कोई रणनीति बनानी ज़रूरी थी।

अर्जुन की तीर्थयात्रा का समय समाप्त होने वाला था। उसने वह यात्रा द्वारका जाकर समाप्त करने का निर्णय किया ताकि वह कृष्ण और सुभद्रा से मिल सके और अपने विवाह की बात भी उठा सके। इस एक वर्ष के दौरान, अर्जुन की दाढ़ी बढ़ गई थी और उसके वस्त्र भी बहुत गंदे हो गए थे। वह अपने आकर्षक रूप से बिलकुल अलग दिख रहा था। इसलिए वह जब द्वारका पहुँचा तो उसे किसी ने नहीं पहचाना। वह एक वट-वृक्ष के नीचे ध्यान की मुद्रा में आँखें आधी बंद करके बैठ गया। लोगों ने उसे योगी समझा और उसे देखने के लिए भीड़ एकत्रित हो गई। उन्हीं लोगों की बातचीत से अर्जुन को पता लगा कि सुभद्रा का विवाह दुर्योधन से होने वाला था। यह सुनकर अर्जुन का मन सचमुच योगी बनने का करने लगा! होंठों के इतना निकट आकर प्याले का नीचे गिर जाना, अर्जुन से सहन नहीं हुआ। कृष्ण के होते हुए यह सब कैसे हो गया? वह वृक्ष के नीचे बैठा यही सोचता रहा जिसके कारण उसकी भाव-भंगिमा अत्यंत गंभीर हो गई। साधारण लोग उसे सचमुच महात्मा समझने लगे। वह कभी मुस्कराता नहीं था और सदा ध्यानस्थ मुद्रा में रहता था। यहाँ तक कि उसने कभी भोजन की इच्छा भी व्यक्त नहीं की।

एक रात मूसलाधार वर्षा हो रही थी। कृष्ण उस दिन सुभद्रा के साथ थे। वे अचानक हँसने लगे। सुभद्रा के कारण पूछने पर उन्होंने कहा, 'मुझे यह सोचकर हँसी रही है कि ऐसी मूसलाधार वर्षा में अर्जुन, वट-वृक्ष के नीचे बैठकर संन्यासी बनने का ढोंग कर रहा है, जबकि उसका सारा ध्यान सुभद्रा में लगा है।' शीघ्र ही, बलराम ने उस महात्मा के आगमन के विषय में सुना। वे सदा महात्माओं से मिलने को आतुर रहते थे, इसलिए वे तत्काल उस वट-वृक्ष के पास पहुँच गए। 'हे महात्मा! आपकी जय हो!' बलराम ने कहा, 'आपके जैसे महात्मा के आगमन से यह नगरी पवित्र हो गई है।'

अर्जुन पहले तो लज्जित हुआ और फिर अपना मुँह छिपाने लगा, किंतु जब उसने देखा कि बलराम सचमुच गंभीर थे और उन्हें अर्जुन पर बिलकुल संदेह नहीं हुआ तो उसने थोड़ा साहस बटोरा और सच्चा संन्यासी होने का दिखावा करने लगा। बलराम प्रसन्न होकर चले गए और कुछ देर बाद अनिच्छुक कृष्ण को भी अपने साथ ले आए। कृष्ण ने अर्जुन पर तीखी दृष्टि डाली। अर्जुन को लगा उसका भेद खुल गया, तो उसने अपनी आँखें बंद कर लीं ताकि उसे कृष्ण की ख़तरनाक दृष्टि का सामना नहीं करना पड़े। बलराम ने संन्यासी बने अर्जुन से प्रार्थना की कि उसका वर्षा-ऋतु में उनके निवास बाहर खुले में सोना संभव नहीं होगा। अर्जुन ने कृष्ण की ओर देखा और फिर हामी भर दी।

'भैया! किसी अजनबी को, चाहे वह संन्यासी ही क्यों न हो, अपने घर पर लाने से पहले सावधान रहिए। हमारी बहन युवा है और विवाह योग्य हो गई है। आप तो जानते हैं कि मेरी इन संन्यासियों के विषय में कैसी राय है। इन पर विश्वास नहीं किया जा सकता। ये अभी इतने बूढ़े नहीं हुए हैं कि जीवन के सुखों को त्याग दें। इन्हें अपने घर आमंत्रित करने से पूर्व फिर से सोच लीजिए!'

हालाँकि कृष्ण धीरे बोल रहे थे किंतु उनकी आवाज़ संन्यासी के कानों तक आसानी से पहुँच रही थी। अर्जुन ने जल्दी से अपनी आँखें बंद कर लीं और मंत्रोच्चारण, जो उसने कृष्ण की बातचीत सुनने के लिए बीच में रोक दिया था, फिर से आरंभ कर दिया। 'ॐ

नमः शिवाय,' वह ज़ोर से बोला, 'ॐ नमः शिवाय,' और फिर आँख खोलकर कृष्ण की प्रतिक्रिया देखने लगा। कृष्ण ने व्यंग्य भरी दृष्टि से अर्जुन को देखा तो बलराम ने कृष्ण को घूरा और उन्हें सँभलकर बोलने को कहा। बलराम ने संन्यासी को प्रणाम किया और वहाँ से चले गए। अब कृष्ण के लिए मैदान साफ़ था। संन्यासी ने एक आँख धीरे-से खोली और जैसे ही उसे नीला वर्ण दिखाई दिया, उसने आँखें बंद कर लीं और फिर से तेज़ आवाज़ में भगवान शिव के नाम का मंत्र जपने लगा।

अर्जुन को अपने कंधे पर थपकी महसूस हुई जिसकी उपेक्षा करना व्यर्थ था। उसने ध्यान से आँखें खोलीं तो देखा कि वहाँ कृष्ण के अतिरिक्त कोई नहीं था। भीड़ जा चुकी थी। कृष्ण ने अर्जुन को मुस्कराते हुए देखा।

'मेरे प्रिय मित्र,' कृष्ण ने कहा, 'मुझे नहीं पता था कि तुम संन्यासी हो गए हो! तुमने अचानक यह मार्ग क्यों चुना? क्या तुम्हारे साथ कोई घटना हो गई जिससे तुम्हें जीवन के प्रति विरक्ति हो गई है? मैंने सुना था कि तुम एक वर्ष के लिए तीर्थाटन पर गए थे, किंतु मुझे नहीं पता था कि तुम सदा के लिए ऐसे रहने वाले हो।'

'ओह! आपने मुझे पहचान लिया!' अर्जुन ने राहत की श्वास लेते हुए कहा क्योंकि उससे यह वेश बदलने का बोझ सहन नहीं हो रहा था और साथ ही उसे सुभद्रा के विवाह की भी चिंता सता रही थी। 'यह तो केवल मज़ाक था,' उसने कृष्ण को देखकर कहा।

'जो भी हो, मैं तुमसे ठीक कह रहा हूँ कि तुम हाट से भगवा रंग ख़रीद लो तथा सचमुच संन्यास ले लो। यही तुम्हारे दुःख के निवारण का एकमात्र तरीक़ा है।' कृष्ण यह गूढ़ टिप्पणी करके करके अर्जुन को वहीं छोड़कर चले गए।

अर्जुन कुछ देर विचार करता रहा। उसने बलराम का सत्कार अस्वीकार करके द्वारका से चले जाने का निर्णय लिया था क्योंकि उसे डर था कि उसका भेद खुल जाएगा, किंतु कृष्ण की बात सुनकर वह रुक गया। सचमुच संन्यास लेने से कृष्ण का क्या आशय था? क्या उनका यह आशय था कि अर्जुन की बात नहीं बन सकती और इसलिए उसे संसार का त्याग कर देना चाहिए? उनका निश्चय ही यह अर्थ नहीं होगा क्योंकि संन्यास हाट से भगवा रंग ख़रीदकर धारण नहीं किया जा सकता। इसका अर्थ यह था कि कृष्ण ने कोई योजना बनाई थी और वे चाहते थे कि अर्जुन कुछ समय संन्यासी का वेश धारण करके वहीं रहे। जो भी हो, किंतु अर्जुन को कृष्ण में अटल विश्वास था, तो वह सचमुच संन्यासी का रूप बनाने के लिए तैयार हो गया। उसने भगवा वस्त्र धारण कर लिए और एक रुद्राक्ष की माला गले में पहन ली तथा दूसरी को एक छोटी-सी पोटली में रख लिया, जिसमें वह सदा अपना दाहिना हाथ डालकर मंत्र जपता रहता था। वह पोटली योजना को सफल बनाने के लिए बहुत आवश्यक थी क्योंकि उसके हाथ कहीं से भी संन्यासियों जैसे नहीं थे, जिनकी मध्यमा अँगुली में लगातार माला जपने से छाला पड़ जाता है। इसके विपरीत, अर्जुन की तर्जनी अँगुली में घाव था जो धनुर्धरों की ही अँगुली में होता है। उसे उसी वेश-भूषा में राजमहल ले जाया गया तथा सुभद्रा को उसकी देखभाल का दायित्व सौंप दिया गया। युवतियों के लिए किसी संन्यासी की सेवा-सत्कार करना उसके लिए अच्छे पति और संतान-प्राप्ति की दृष्टि से बहुत भाग्यशाली माना जाता था और इन दोनों ही

कार्यों के लिए अर्जुन पूरी तरह उपयुक्त था! कहना न होगा कि अर्जुन को इस अप्रत्याशित सेवा-सत्कार में बहुत आनंद आया। वह आँखें खोलकर सुभद्रा को अपने कक्ष से बाहर जाते, भीतर आते तथा कक्ष की सफ़ाई आदि करते देखता रहता था। सुभद्रा के चले जाने के बाद, अर्जुन आँखें बंद करके उसके रूप के विषय में सोचता था। सुभद्रा को भी पहले दिन से ही संन्यासी पर संदेह होने लगा। उसके प्रणाम करने पर जिस तरह संन्यासी उसका सिर थपथपाता था, उसे देखते हुए सुभद्रा के मन में संन्यासी के लिए पिता जैसा भाव जाग्रत नहीं होता था। सुभद्रा उसे ध्यान से देखती थी और हालाँकि अर्जुन अपना हाथ छिपाने का प्रयास करता था किंतु सुभद्रा ने देखा कि संन्यासी के बाएँ हाथ की तर्जनी में भी घाव था। उसे पता था कि केवल अर्जुन ही दोनों हाथों से धनुर्विद्या में निपुण था। यह जानने के बाद, सुभद्रा थोड़ी और विनम्र हो गई, किंतु फिर उसे युवा संन्यासी की सेवा में अधिक आनंद आने लगा। इस तरह, चार महीने की वर्षा-ऋतु के दौरान उन दोनों का प्रेमालाप बढ़ने लगा।

वर्षा समाप्त होने के बाद, विवाह की ऋतु आरंभ होने वाली थी, इसलिए कृष्ण को वहाँ से बलराम को दूर हटाने की कोई युक्ति सोचनी थी। उसी समय ऐसा हुआ कि बलराम को पहाड़ी पर मिले किसी प्राचीन मंदिर के विषय में जानने के लिए जाना पड़ा। तब कृष्ण ने अर्जुन को बताया कि उनके अपने अश्वों से जुता एक रथ सुभद्रा को किसी धार्मिक कार्यक्रम में ले जाने के लिए महल के द्वार पर खड़ा रहेगा। उन्होंने यह संकेत भी दिया कि हाथ से निकला अवसर फिर से नहीं मिलेगा। अर्जुन अत्यंत बुद्धिमान था। सुभद्रा ने जैसे ही अर्जुन के कक्ष में प्रवेश किया, उसने बिना समय नष्ट किए सुभद्रा का हाथ पकड़ लिया। उसने तुरंत सुभद्रा को रथ में बैठाया और घोड़ों को चाबुक लगा दी।

संन्यासी द्वारा सुभद्रा के हरण का समाचार जैसे ही बलराम को मिला, उन्होंने बिना कृष्ण से सलाह किए, कुछ सैनिक प्रेमी-युगल के पीछे भेज दिए। चूँकि संन्यासी के पास अस्त्र-शस्त्र होने की कोई संभावना नहीं थी, इसलिए बलराम को लगा कि वे उसे सरलता से पकड़ लेंगे। परंतु उन्हें अपनी बहन की दूरदर्शिता का अनुमान नहीं था। आख़िर, वह इतने वीर और साहसी भाइयों की बहन थी! सुभद्रा ने रथ चलाने का कार्य अपने हाथ में ले लिया और अर्जुन को धनुष-बाण थमा दिए जो उसने रथ में छिपा रखे थे। अर्जुन ने आसानी से सैनिकों को परास्त कर दिया।

इस बीच, बलराम महल पहुँचे तो उन्होंने कृष्ण से स्पष्टीकरण माँगा। उन्हें यह देखकर बहुत गुस्सा आया कि उनका भाई भोला बनकर द्यूत खेलने में व्यस्त था। बलराम के लिए यह विश्वास करना कठिन था कि कृष्ण ने उस घटना में सहयोग भले ही न दिया हो, किंतु उन्हें इसकी जानकारी भी नहीं थी!

'क्या मैंने आपको पहले ही ऐसे अजनबियों को घर प्रवेश देने के प्रति सावधान नहीं किया था? परंतु आपने मेरी बात नहीं मानी। अब आप मुझे दोष क्यों देते हैं?' कृष्ण ने अत्यंत भोलेपन से कहा।

बलराम को बहुत क्रोध आ रहा था और यह सत्य सुनकर उनका मन शांत नहीं हुआ। उन्होंने अपने हाथों से संन्यासी का वध करने का प्रण किया। अंत में, कृष्ण को दया आ गई और उन्होंने संन्यासी का भेद खोल दिया।

'तुमने यह सब मुझे पहले क्यों नहीं बताया? तुम सारे कार्य इस तरह छलपूर्वक क्यों करते हो?' बलराम ने कृष्ण से पूछा।

'भैया,' कृष्ण ने उत्तर दिया, 'यदि मैं आपको अर्जुन के मन में सुभद्रा के प्रति प्रेम के विषय में बताता तो आप मेरी बात नहीं मानते क्योंकि आपने पहले ही दुर्योधन से सुभद्रा का विवाह करने का निश्चय कर लिया था। मुझे पता था कि सुभद्रा भी अर्जुन से विवाह करना चाहती थी। इस प्रकार, अब आपके ऊपर कोई दोष नहीं आएगा क्योंकि आपको इन सब बातों की जानकारी ही नहीं थी। दुर्योधन आप पर वचन भंग करने का आरोप नहीं लगा सकता।'

यह सुनकर बलराम का क्रोध शांत हो गया और उन्होंने इस बात से समझौता कर लिया। सुभद्रा और अर्जुन को द्वारका वापस लाया गया और उनका विवाह कर दिया गया। स्वर्ण, घोड़े और अनुचरों के विशाल दहेज के साथ कृष्ण स्वयं दोनों को इंद्रप्रस्थ पहुँचाने गए। अपनी बहन से विदा लेते समय कृष्ण ने उससे कहा, 'मुझे आशा है कि मैं अपना रथ वापस ले जा सकता हूँ क्योंकि तुम्हारे लिए अब यह किसी काम का नहीं है!' सुभद्रा ने शर्माते हुए अपने रहस्यमय भाई को धन्यवाद दिया, जिसके लिए समूचा जीवन एक खेल था।

कुछ समय बाद, सुभद्रा ने एक पुत्र को जन्म दिया, जिसका नाम अभिमन्यु था। वह वीरता और धनुर्विद्या में अपने पिता के समान था।

वह हँसती है क्योंकि अपने प्रेमी को देखकर उसे लज्जा महसूस होती है,
वह प्रेम के प्रभाव में मुख से निरर्थक आवाजें निकालती है,
एक युवती जिसका आकर्षण उत्कृष्ट एवं अद्वितीय है,
मधुसूदन के साथ प्रेम क्रीड़ा में मग्न है।

—जयदेव कृत गीत गोविंद से

हरि ॐ तत्सत्

ॐ

ओउम् श्रीनिवासाय नमः!

अध्याय 17

दिव्य पति

त्वमेव माता च पिता त्वमेव,
त्वमेव बन्धुश्च सखा त्वमेव,
त्वमेव विद्या द्रविणं त्वमेव,
त्वमेव सर्वं मम देव देव।

तुम्हीं मेरे पिता और तुम्हीं मेरी माता हो,
केवल तुम्हीं मेरे बंधु और तुम्हीं सखा हो,
तुम्हीं विद्या, तुम्हीं मेरी संपत्ति हो,
हे देवों के देव, तुम्हीं मेरे सर्वस्व हो।

कृष्ण के सभी शेष विवाह इस घटना के शीघ्र बाद हो गए। अवंति की राजकुमारी, मित्रविंदा उनकी चचेरी बहन थी। उसके भाई विंद और अनुविंद ने कृष्ण के साथ संदीपनी के आश्रम में शिक्षा ग्रहण की थी किंतु वे अब जरासंध के प्रभाव में आकर अपनी बहन को जरासंध के पौत्र से विवाह करने पर बाध्य कर रहे थे। उसने कृष्ण से उसे बचाने की प्रार्थना की और एक बार फिर, सब राजाओं के सामने, कृष्ण ने, रुक्मिणी की तरह, मित्रविंदा का भी हरण कर लिया।

भद्रा भी उनकी बहन के समान थी। उसके भाइयों ने उसे कृष्ण को विवाह में दे दिया। यही एकमात्र विवाह था जिसमें कोई अप्रिय घटना नहीं घटी! कोसल देश के राजा नग्नजित की पुत्री का नाम सत्या था। नग्नजित ने यह घोषणा की थी कि जो व्यक्ति उसके सात दुष्ट बैलों को एक साथ परास्त कर देगा, उसके साथ सत्या का विवाह किया जाएगा। कृष्ण को जब सत्या के मन में अपने लिए प्रेम का पता लगा तो वे कोसल की राजधानी, अयोध्या पहुँच गए। नग्नजित अत्यंत धार्मिक प्रवृत्ति का राजा था और वह यह देखकर बहुत प्रसन्न हुआ कि भगवान स्वयं उसकी पुत्री से विवाह की इच्छा लेकर आए हैं। वह स्वेच्छा से सत्या का विवाह कृष्ण से कर सकता था, किंतु वह पहले ही बैलों को परास्त करने की शर्त की घोषणा कर चुका था इसलिए वह अपना वचन नहीं तोड़ सकता था।

यह देखकर, भगवान कृष्ण ने अपनी कमर कसी और रंगशाला में उतर गए जहाँ उन सात बैलों को खुला छोड़ा गया था। कृष्ण ने अपने सात रूप कर लिए और सातों बैलों को एक साथ आसानी से अपने वश में कर लिया। राजा ने सहर्ष अपनी पुत्री का विवाह कृष्ण से कर दिया। अनेक राजाओं ने, जो सत्या को प्राप्त करने में असफल रहे थे, द्वारका की ओर जा रहे विवाह-दल पर हमला कर दिया। भगवान कृष्ण के साथ अर्जुन भी था। उसने आसानी से सबको पराजित करके भगा दिया।

मद्र नरेश की पुत्री लक्ष्मणा बहुत सुंदर थी। उसके पिता ने द्रौपदी के स्वयंवर जैसी ही शर्त लक्ष्मणा के स्वयंवर के लिए रख दी। कृष्ण, अर्जुन को साथ लेकर वहाँ चले गए क्योंकि लक्ष्मणा ने उनसे उसे छुड़ाने की याचना की थी। वहाँ कृष्ण ने बहुत आसानी से घूमती हुई मछली को नीचे गिरा दिया और अन्य राजाओं के कड़े विरोध के बावजूद लक्ष्मणा को अपने साथ ले गए।

उसी समय, एक बलशाली राजा भौम, जिसका एक नाम नरकासुर भी था, पड़ोसी राज्यों को बहुत परेशान करता था। उसने सोलह हज़ार राजाओं की विवाह-योग्य कन्याओं का अपहरण कर लिया था और उन्हें, उसके कहे अनुसार, कृष्ण जैसे अपहर्ता से बचाने के लिए बंदी बना लिया था! उसे यह नहीं पता था कि वे कन्याएँ तो स्वयं ही अपहृत होना चाहती थीं और उन्होंने कृष्ण के पास सहायता हेतु अपनी याचना भिजवा दी थी। उसी समय पर, देवराज इंद्र ने कृष्ण से नरकासुर को मारने के लिए सहयोग माँगा। इतनी सुंदरियों का अपहरण करने के बाद भी नरकासुर असंतुष्ट था और उसने इंद्र की माता, अदिति के कानों की बालियाँ चुरा लीं, जिनमें चमत्कारी शक्तियाँ थीं। अभी यह शिकायत दर्ज ही हुई थी कि जल के देवता वरुणदेव ने भी नरकासुर के अत्याचार की सूची लंबी कर दी। उन्होंने बताया कि वरुण से मिलने के बाद, नरकासुर स्वयं को उनका अद्भुत शक्तियों से युक्त छत्र चुराने से नहीं रोक पाया। उसने मेरु पर्वत पर इंद्र का आसन भी हथिया लिया था। उसके विरुद्ध शिकायतें बढ़ती देखकर, कृष्ण ने तत्काल कुछ करने का निर्णय किया।

इसी बीच, देवर्षि नारद ने इंद्र के उद्यान में लगे पारिजात वृक्ष का एक फूल रुक्मिणी को भेंट किया था। उसे देखकर सत्यभामा के मन में वह वृक्ष प्राप्त करने की इच्छा जाग्रत हो गई। उसने भगवान कृष्ण को, जो उस समय इंद्र के साथ चर्चा कर रहे थे, अपनी इच्छा बताई। कृष्ण ने कहा कि यदि इंद्र को कोई आपत्ति न हो तो सत्यभामा की इच्छा पूरी की जा सकती है। इंद्र ने यह सुना तो उसने कहा कि कृष्ण यदि नरकासुर को परास्त करके उसकी माता के कानों की बालियाँ वापस ले आएँ तो वह पारिजात वृक्ष उनका हो जाएगा।

यह सुनकर भगवान कृष्ण तत्काल अपनी पत्नी सत्यभामा को साथ लेकर गरुड़ पर बैठ, नरकासुर की राजधानी प्राग्ज्योतिषपुर के लिए निकल पड़े। नरकासुर की नगरी पर्वत श्रृंखलाओं, अग्नि, जल, तूफ़ान आदि अनेक बाधाओं से सुरक्षित थी। उन सबके बीच में एक गहरी खाई थी जिसमें मुरासुर नामक दैत्य रहता था। उसने खाई के चारों ओर रस्सियाँ बाँधी हुई थीं, जिन्हें कोई काट नहीं सकता था। कृष्ण ने बाहरी बाधाओं को पार कर लिया। उन्होंने पर्वतों को अपनी गदा से तोड़ा, अग्नि और जल को अपने चक्र से काटा तथा अपने बाणों से प्रहरियों के अस्त्र-शस्त्र काट डाले। उन्होंने अपने शक्तिशाली पांचजन्य शंख के नाद

से नरकासुर के योद्धाओं का बल चकनाचूर कर दिया। मुरासुर अपना त्रिशूल लेकर कृष्ण की ओर दौड़ा। उसने त्रिशूल से गरुड़ पर प्रहार किया, किंतु कृष्ण ने तीन बाण चलाकर उसका त्रिशूल काट दिया। अस्त्र-विहीन होने के बाद भी, मुरासुर कृष्ण की ओर भागा और उन्हें अपने हाथों से मारने का प्रयास किया। परंतु भगवान ने अपने सुदर्शन चक्र से मुरासुर का सिर काट डाला। अपनी किलेबंदी को ध्वस्त और अपने सेनापति की हत्या को देखकर, नरकासुर हाथियों की सेना लेकर बाहर आ गया। उसके बाद कृष्ण और नरकासुर के बीच घमासान युद्ध हुआ, जिसके अंत में भगवान ने सुदर्शन चक्र से नरकासुर का सिर धड़ से अलग कर दिया। उसके बाद नरकासुर की माता ने अपने पुत्र द्वारा चुराई कान की बालियाँ, छत्र और अन्य समस्त मूल्यवान वस्तुएँ भगवान को लौटा दीं। वह भगवान की महिमा से परिचित थी, इसलिए उसने कृष्ण की वंदना की और उनसे अपने पौत्र भगदत्त को जीवनदान देने की प्रार्थना की। भगवान ने उसकी याचना स्वीकार कर ली, फिर उन्होंने विजयोल्लास के साथ प्राग्ज्योतिषपुर में प्रवेश किया तथा वहाँ कैद सभी सोलह हज़ार कन्याओं को, जिन्हें नरकासुर ने ज़बर्दस्ती बंदी बना रखा था, मुक्त किया। कृष्ण को देखते ही उन सबने कृष्ण को मन से अपना पति मान लिया, जिसके बाद कृष्ण ने सबको अपनी पत्नी स्वीकार कर लिया और उन्हें द्वारका जाकर उनकी प्रतीक्षा करने का आदेश दिया।

उसके बाद, वे इंद्र के धाम गए और वहाँ अदिति के कुंडल लौटा दिए तथा वरुणदेव को उनका छत्र वापस दिया। सत्यभामा ने जैसे ही पारिजात वृक्ष का सुनहरा तना देखा और उसकी मादक सुगंध को महसूस किया, उसने कृष्ण को उनका वचन याद दिलाया। भगवान ने सत्यभामा को दयापूर्वक देखा मानो कह रहे हों, 'हे भामा, तुम कितनी मूर्ख हो! मैं सुगंध का सारतत्त्व हूँ और मुझे पाने के बाद भी तुम्हें इस तुच्छ वृक्ष की कामना है, जो तुम्हें केवल सांसारिक सुख प्रदान कर सकता है?' परंतु सत्यभामा ने हठ पकड़ लिया, तो कृष्ण को उसकी बात माननी पड़ी। इसी प्रकार, हम जब भगवान से ऐंद्रिय सुखों के लिए ऐसी तुच्छ वस्तुएँ माँगते हैं, जिनका कोई स्थायी प्रभाव नहीं होता, तो भगवान हमारी इच्छाओं को पूरा कर देते हैं क्योंकि प्रार्थना में अद्भुत शक्ति है और हम अपना भविष्य चुनने के लिए स्वतंत्र हैं। परंतु अंत में, हमें यह समझ में आता है कि वह भौतिक वस्तु व्यर्थ है क्योंकि उससे हमें दुःख के अतिरिक्त कुछ प्राप्त नहीं होता। हम सबके भीतर परमात्मा की आवाज़ होती है, किंतु यदि हम उसकी उपेक्षा करते हैं, तो भी भगवान हमारी इच्छा को पूरा करते हैं। ऐसा इसलिए नहीं, कि भगवान दुर्बल हैं अथवा हमें रोक नहीं सकते, अपितु इसलिए कि हमें चुनने की स्वतंत्रता मिली है और हमें बाद में, अपने चुनाव के अनुसार ही परिणामों को स्वीकार करना पड़ता है।

कृष्ण ने इंद्र को उसका वचन याद दिलाया, किंतु वह मूर्ख देवराज, जैसा कि हम सब करते हैं, अपनी कामना पूरी होने के बाद अपना वचन भूल गया और उसने अपनी सेना को कृष्ण एक साथ युद्ध करने भेज दिया! भगवान ने इंद्र को परास्त कर दिया और सत्यभामा के साथ पारिजात वृक्ष लेकर द्वारका लौट आए। द्वारका में, कृष्ण ने सोलह हज़ार राजकुमारियों से, उतने ही महलों में, उतने ही रूप धारण करके एक साथ विवाह कर लिया। उन सबको रहने के लिए अलग-अलग भवन मिले थे ताकि किसी को शिकायत न हो।

सत्यभामा ने घर पहुँचते ही वृक्ष को रोपने का निश्चय किया। उसने जो स्थान चुना, वह उसके और रुक्मिणी के घर के बीच के दीवार के पास था ताकि रुक्मिणी को सत्यभामा के पास उस अनमोल निधि के होने का पता लग सके! उसी समय देवर्षि नारद वहाँ आ गए और उन्होंने वृक्ष को अपने हाथ से रोपने का प्रस्ताव रखा क्योंकि वे सब तरह के दिव्य वृक्षों को रोपने में दक्ष थे। नारद ने मन में भोली-भाली रुक्मिणी का पक्ष लेने का निर्णय कर लिया था। उस वृक्षारोपण का कुछ समय बाद यह परिणाम हुआ कि जब वृक्ष बड़ा हुआ और उसमें फूल आने लगे तो सत्यभामा को यह देखकर बहुत आश्चर्य हुआ कि उसकी सारी शाखाएँ रुक्मिणी के घर में लटकती थीं। सत्यभामा को एक-एक फूल लेने के लिए रुक्मिणी से अनुमति लेनी पड़ती थी। वृक्ष से बहुत-से फूल झड़ते थे और रुक्मिणी का आँगन उसकी सुगंध से महकता था। इस तरह वृक्ष को खाद-पानी देना, उसकी कटाई-छँटाई करने जैसे सारे कष्टप्रद कार्य सत्यभामा को करने पड़ते थे, जबकि उसके सुगंधित फूल रुक्मिणी की गोद में सहज ही गिर जाते थे। इस तरह, रुक्मिणी, जिसे लगता था उसके प्रभु के कमल के समान कोई सुगंध नहीं थी, दिव्य वृक्ष की सुगंध से भीगी हुई थी जबकि सत्यभामा, जिसे बाहरी सुगंध की चाहत थी, के पास कुछ नहीं था।

एक बार नारद के, जो स्वयं ब्रह्मचारी थे, मन में यह विचार उठा कि भगवान कृष्ण अपनी 16,108 रानियों की देखभाल कैसे करते होंगे। नारद को एक पत्नी का बोझ उठाने का विचार ही कष्टप्रद लगता था, तो कृष्ण को अपनी सारी रानियों को प्रसन्न रखने के बाद अन्य कार्यों के लिए समय कैसे मिल जाता था? एक दिन उन्होंने स्वयं इस बात का पता लगाने का निर्णय किया। वे हाथ में बाँसुरी और वीणा लेकर रुक्मिणी के पास पहुँचे। वहाँ उन्होंने देखा कि कृष्ण रुक्मिणी के साथ झूले पर बैठे थे और रुक्मिणी उन्हें पंखा झल रही थी। नारद को देखते ही कृष्ण उठ खड़े हुए और उन्होंने नारद का स्वागत-सत्कार किया। नारद कुछ देर बैठे और फिर वहाँ से चल दिए क्योंकि उन्हें 16,107 घरों में जाना था। इसके बाद, वे सत्यभामा के घर गए। यहाँ भी कृष्ण भामा के साथ बैठकर पाँसे खेल रहे थे। वे हार रहे थे और नारद को देखते ही उन्होंने पाँसे फैला दिए और नारद का स्वागत किया। 'नारद! हम कितने समय बाद मिले हैं! आप कैसे हैं और कहाँ से आ रहे हैं?'

नारद को बहुत आश्चर्य हुआ। क्या वे एक क्षण पहले नहीं मिले थे? उन्होंने स्वयं को भगवान के आलिंगन से मुक्त किया और फिर जब वे जांबवती के घर पहुँचे तो उन्होंने देखा कि ऋतु ही बदल चुकी थी। पहले दो घरों में वसंत था, किंतु यहाँ गर्मी का मौसम चल रहा था। कृष्ण और जांबवती सरोवर में आनंद मना रहे थे। यहाँ भी वही हुआ - कृष्ण ने नारद को देखकर आश्चर्य व्यक्त किया और उनका स्वागत किया। नारद को यह सब देखकर बहुत घबराहट हुई। बेचारे नारद अपने कार्य पर आगे बढ़ते गए और एक घर से दूसरे घर में जाते रहे। प्रत्येक जगह, कृष्ण ने उनका स्वागत किया और उनकी प्रसन्न, संतुष्ट और सेवाभावी पत्नी उनके साथ बैठी थी! कृष्ण की प्रत्येक पत्नी के पास सौ से अधिक दासियाँ थीं, किंतु वे सब रानियाँ कृष्ण की सेवा स्वयं करती थीं। प्रत्येक घर में नारद ने देखा कि कृष्ण की सभी आवश्यकताओं का ध्यान उनकी पत्नी निजी तौर पर रखती थी। कृष्ण जैसे ही घर पहुँचते थे, उनकी पत्नी उन्हें अर्घ्य अर्पित करती, उनके

चरण धोती, खाना पकाती, उनके हाथ-पैरों की मालिश करती, चंदन का लेप लगाती तथा उन्हें पुष्प-मालाओं से सजाती, उनके केश सँवारती और यहाँ तक कि अपने हाथ से भोजन खिलाती थी। उन सभी ने नारद को बताया कि वे स्वयं को कृष्ण की पत्नी कम और दासी अधिक समझती थीं। उन्हें कृष्ण के छोटे-छोटे कार्य करने में भी आनंद आता था। दिन समाप्त होने तक, नारद यह भी भूल गए कि वे कितने घरों में जा चुके थे। वे थक गए और फिर उन्होंने भगवान की महिमा की गहराई को समझने के अपने निरर्थक प्रयास को छोड़ दिया। पश्चाताप से भरे नारद, एक वृक्ष के नीचे बैठकर आराम कर रहे थे कि तभी उनके पास एक व्यक्ति आया।

'हे ऋषिवर!' उस व्यक्ति ने कहा, 'क्या तुमने इतनी सहजता से हार मान ली? तुमने जो कार्य आरंभ किया था, उसे पूरा क्यों नहीं किया? अभी तुम्हारा 465 घरों में जाना शेष है!'

यह कहकर, वह व्यक्ति ग़ायब हो गया। नारद ने उसकी हँसने की आवाज़ भी सुनी। नारद ने उठकर दोनों हाथ जोड़े और मन में भगवान को 16,108 बार प्रणाम किया तथा प्रभु पर संदेह करने और उनकी जाँच करने के लिए उनसे क्षमा माँगी।

'मुझे क्षमा कर दीजिए,' नारद ने कहा। 'आप इस संसार के स्वामी हैं। पूरी सृष्टि आप में समाहित है। ऐसे में, आपकी जितनी इच्छा हो, उतने स्थानों पर आपके लिए एक ही समय पर उपस्थित होना कौन-सी कठिन बात है?'

किसी मनुष्य के लिए इतनी स्त्रियों को प्रसन्न रखना असंभव है, किंतु भगवान के लिए कुछ भी असंभव नहीं है। नारद, चूँकि आत्मज्ञान-प्राप्त ऋषि थे, वे समझ गए कि कृष्ण पर उनका अधिकार कृष्ण की पत्नियों से अधिक नहीं था, जो अपने स्वामी को तन, मन और आत्मा से प्रेम करती थीं।

कृष्ण की समस्त पत्नियों में, रुक्मिणी से अधिक स्नेही और आज्ञाकारी कोई अन्य नहीं थी। वह भगवान विष्णु की पत्नी लक्ष्मी का अवतार थी। वह आदर्श आर्य नारी थी, जो कभी कुछ नहीं माँगती थी, किसी वस्तु की इच्छा नहीं करती थी और जिसके लिए पति की सेवा ही सबसे आनंददायक कार्य था। रुक्मिणी ने कभी अपने पति की इच्छा अथवा उनके मत का विरोध नहीं किया, जैसा करने की सत्यभामा की आदत थी। एक दिन, कृष्ण ने रुक्मिणी के शांत मन में असंतोष का कंकड़ डालकर उसके धैर्य की परीक्षा लेने का निश्चय किया। वह जितना शांत ऊपर से दिखती थी, क्या उतनी ही शांत भीतर से भी थी अथवा उसके मन में भी हलचल होती थी?

एक दिन, कृष्ण झूले पर बैठे थे और रुक्मिणी उनको पंखा झल रही थी। कृष्ण को उस सेवा में बहुत आनंद आ रहा था। वह भगवान के निकट खड़ी अत्यंत सुंदर लग रही थी। उसके चलने से पैरों की पाजेब में बँधे नूपुर से और पंखा हिलाने से हाथों की चूड़ियों की बड़ी प्यारी और मधुर आवाज़ आ रही थी। रुक्मिणी के उस मनमोहक और शांत रूप को देखकर भगवान कृष्ण ने शरारत भरी मुस्कान के साथ कहा, 'राजकुमारी, तुम्हारे स्वयंवर में चेदि के राजकुमार शिशुपाल समेत अनेक ऐसे राजकुमार और राजा आए थे जो संपत्ति, धन, आकर्षण, उदारता, वीरता आदि में देवताओं के समतुल्य थे। मैं

तो इस सब बातों में उन लोगों से हीन हूँ। मैंने भय से समुद्र के बीच में नगर बसाया है, मैंने राजसिंहासन भी स्वीकार नहीं किया, मेरा जीवन रहस्य में डूबा हुआ है और संसार की परंपराओं से परे है। फिर तुमने उन सबको छोड़कर मुझे क्यों चुना? मेरे पास कोई सुख-सुविधा नहीं है और मैं इन सबसे दूर रहता हूँ। इसलिए, हे सुंदरी! धनी लोग मुझसे मित्रता नहीं रखते। विवाह और मित्रता ऐसे लोगों के बीच होनी चाहिए, जो जन्म, संपत्ति और वैभव में समान हों। विदर्भ कुमारी, यदि तुमने बिना इस जानकारी से मुझसे विवाह कर लिया, तो अभी देर नहीं हुई है। तुम चाहो तो मुझे छोड़कर किसी कुलीन क्षत्रिय राजकुमार जैसे शिशुपाल का वरण कर सकती हो, जो तुम्हारे लिए आदर्श साथी होगा और इस लोक और परलोक में भी तुम्हारी इच्छाओं की पूर्ति कर सकेगा। मैंने तो केवल उन दुष्ट राजाओं का अहंकार तोड़ने के लिए तुम्हारा हरण किया था। हमारे जैसे ज्ञानी लोगों को स्त्री, संतान या संपत्ति की कोई आवश्यकता नहीं है। हम आत्मा के आनंद से संतुष्ट रहते हैं और हम संसार के क्रिया-कलापों के साक्षी मात्र बनकर अपनी भूमिका निभाते हैं।'

इस अकारण हमले के आरंभ में, रुक्मिणी को थोड़ा आश्चर्य हुआ और वह सोचने लगी कि उसने ऐसा क्या किया जिसके कारण उसे यह निंदा सुननी पड़ रही थी। परंतु जब कृष्ण का भाषण जारी रहा, तो रुक्मिणी के होंठ काँपने लगे, आँखों में आँसू आ गए और उनका हृदय इतना दुःखी हो गया मानो वह विदीर्ण होने को था। रुक्मिणी को लगा कि किसी भी क्षण प्रभु उसे अपने पास से चले जाने और फिर कभी न लौटने के लिए कह देंगे। शिशुपाल का नाम का उल्लेख करना तो मानो रुक्मिणी से बिलकुल ही सहन नहीं हुआ। रुक्मिणी यदि किसी से अत्यंत घृणा करती थी, तो वह चेदि का राजकुमार था। रुक्मिणी का कोमल हृदय अधिक पीड़ा नहीं सहन कर सका। उसकी चूड़ियाँ पतले हाथों से उतर गईं और बिना आवाज़ किए रुक्मिणी नीचे गिर पड़ी। इस छेड़-छाड़ का इतना घातक परिणाम देखकर, भगवान तत्काल झूले से उतरे और अपने कमल जैसे हाथों से रुक्मिणी का चेहरे की मालिश करने और उसे होश में लाने का हर संभव प्रयास करने लगे। आख़िर रुक्मिणी ने अपनी सुंदर आँखें खोलीं।

'हे सुंदरी,' कृष्ण ने कहा, 'मुझ पर क्रोधित न हो। मैं केवल तुम्हारा उत्तर सुनने के लिए तुम्हें छेड़ रहा था। प्रत्येक वैवाहिक संबंध में मतभेद होते हैं। वास्तव में, विवाह करने का यही एक लाभ होता है। तुम्हें दरअसल, मेरे अनुचित आरोपों का उत्तर देना चाहिए था, और फिर हम लड़ते-झगड़ते कुछ समय आराम से बिता सकते थे, जैसा कि सभी पति-पत्नी करते हैं। मैंने यह नहीं सोचा था कि तुम मेरी बात से इतना गंभीरता हो जाओगी और तुम्हारे मूर्छित होने की तो मैंने कल्पना भी नहीं की थी।' इस तरह कृष्ण ने रुक्मिणी को शांत किया और उसे दिलासा दी। अंत में, धड़कते वक्ष और दबी हुई सुबकियों के साथ रुक्मिणी ने उत्तर दिया।

'प्रभु, मुझे आपकी सेवा के अतिरिक्त किसी अन्य बात में आनंद नहीं आता। आपकी मुस्कान, आपकी दृष्टि और आपका आदेश - यही मेरे जीवन और प्राण हैं। यदि मुझे ये न मिलें तो मैं जीवित नहीं रह सकती।' उसके बाद, रुक्मिणी ने एक-एक करके उन सब बातों को, जिन्हें कृष्ण ने अपने विरुद्ध कहा था, अपने लिए गर्व का विषय बताई।

'हे कमलाक्ष! आपने यह जो कहा कि मेरा और आपका कोई मेल नहीं है, बिलकुल सही है। कहाँ आप, सर्वज्ञ, तथा समस्त शक्तियों एवं श्रेष्ठताओं के स्वामी, और कहाँ मैं, त्रिगुण से बनी एक साधारण स्त्री? यह सत्य है कि आपने समुद्र के मध्य शरण ली है, क्योंकि आप वह विशुद्ध चेतना हैं जो हमारे हृदय रूपी सागर में वास करती है। आपके तरीके रहस्यमय हैं और निस्संदेह, कोई उन्हें नहीं समझ सकता। आप निश्चित रूप से निर्धन हैं क्योंकि आपके बाहर कुछ नहीं है, जिसे आप प्राप्त कर सकें। आप समस्त सद्‌गुणों का प्रतिरूप हैं। कुछ मनुष्य संसार के समस्त सुखों को त्याग कर आपको पाना चाहता है। ऐसी ही मनुष्यों के साथ आपकी घनिष्ठता है। व्यक्ति का जब आपके साथ मिलन होता है, तभी सच्चा विवाह होता है। यह केवल शरीर का संबंध है। संन्यासियों के मुख से आपकी महिमा सुनकर मुझे आपसे प्रेम हो गया था और मैंने सबको छोड़कर आपको चुन लिया। आपने सभा में उपस्थित राजाओं को अपने धनुष की टंकार मात्र से भगाकर ही मेरा हृदय जीत लिया था। थोड़ी-सी भी बुद्धि वाली ऐसी कौन स्त्री होगी, जो श्रेष्ठता के धाम आपको छोड़कर, किसी जीवित शव के समान सामान्य मनुष्य के पास जाएगी? वह कौन स्त्री होगी जो आपके कमल-समान चरणों की, जो भाग्य की देवी लक्ष्मी का निवास हैं, सुगंध को त्यागकर अन्यत्र जाएगी? आप सब लोकों के स्वामी हैं और मैं आपकी शरण में हूँ। आप सबकी इच्छाएँ पूर्ण करते हैं और इस लोक तथा परलोक में भी आप ही मेरे लिए श्रेष्ठ वर हैं। (जीवात्मा का परमात्मा के साथ ही उत्तम मेल हो सकता है।) मैं जीवन-मरण के इस चक्र में भटक रही हूँ। मुझे अपने चरणों में शरण दीजिए क्योंकि आपके चरणों की कृपा द्वारा शरीर की आत्मा के साथ झूठी पहचान मिट जाती है और वह कृपा, भक्त के साथ इस भव-सागर में उसका संबल बनकर रहती है। केवल अज्ञानी स्त्रियाँ, जिन्हें आपके चरणों की सुगंध का सुख नहीं मिला है, मानव-पतियों के पास जाती हैं, जो चर्म, अस्थि और मज्जा से युक्त शव के अधिक कुछ नहीं हैं।'

रुक्मिणी के समान भाव, मीराबाई जैसी अनेक स्त्रियों को हुए हैं जिन्होंने अपना हृदय भगवान को समर्पित कर दिया। मन में भगवान के साथ विवाह करने के उपरांत, किसी अन्य पुरुष को स्पर्श करने का विचार भी उनके लिए घृणित हो जाता है। अपने पति द्वारा परित्यक्त, संबंधियों द्वारा तिरस्कृत तथा समाज द्वारा निंदित ऐसी स्त्रियाँ असहाय हो जाती हैं और तब वे केवल अपने हृदय में बसे आदर्श रूप के प्रति ही समर्पित रह पाती हैं। वह, जिसने स्वर्ण को जाना हो, सामान्य धातु से संतुष्ट नहीं हो सकता।

भगवान ने कहा, 'प्रिय! तुम्हारे मुख से यही वचन सुनने के लिए मैंने तुम्हें परेशान किया था। किसी एक घर में भी तुम्हारे जैसी पत्नी मिलना कठिन है। तुम्हारी निष्ठा और समर्पण इतने शुद्ध और पवित्र हैं कि ऐसा कुछ नहीं है, जो तुम्हें बदले में दिया जा सके।' भगवान कृष्ण ने रुक्मिणी को आशीर्वाद दिया। भगवान के जीवन की यह छोटी-सी घटना

यह दर्शाती है कि भगवान ने, अपनी अन्य भूमिकाओं की तरह, गृहस्थ की भूमिका को भी कितने आदर्श ढंग से निभाया था।

हे चंद्रमुखी, आपके अधरों का सोमपान, कष्टों का अचूक उपचार है।

—जयदेव कृत गीत गोविंद

हरि ॐ तत्सत्

ॐ

ॐ

ओउम् सत्वधाम पार्थये नमः!

अध्याय 18

कृष्ण के पुत्र

चिन्तयामि हरिमेव सनातनम्,
मन्दमन्दहासितनानाम्बुजम्,
नन्दगोपथानयं परात्परम्,
नारदादि मुनिवृन्दवन्दितम्।

मैं सदा कृष्ण का ध्यान करता हूँ, जो सबको आकर्षित करते हैं,
जिनका मुस्कराता चेहरा खिले हुए कमल-पुष्प के समान है, तथा
जो कारण और प्रभाव के संबंध से परे हैं। तथापि,
जो नंद के पुत्र के रूप में जिए और
जिनकी नारद जैसे ऋषियों ने वंदना की है।

कृष्ण की पत्नियाँ स्वयं को उनकी दासियाँ मानती थीं और उनकी प्रत्येक आज्ञा का पालन करती थीं, किंतु वृंदावन की गोपियों की निष्ठा उनसे भी अधिक थी क्योंकि उन्हें अपनी निष्ठा के बदले कृष्ण से किसी पुरस्कार की अपेक्षा नहीं थी। विशेषकर, राधा एक उत्कृष्ट उदाहरण थीं। वृंदावन में राधा और कृष्ण के संबंधों की अनेक कथाएँ मिलती हैं। वे भी सत्यभामा की भाँति बहुत सतेज थीं और भगवान द्वारा अन्य गोपियों के साथ आमोद-प्रमोद करते देखने पर राधा का कृष्ण के साथ बहुत बार झगड़ा होता था। अन्य स्त्रियों की भाँति राधा को कृष्ण पर एकाधिकार चाहिए था और कृष्ण उन्हें यह समझाना चाहते थे कि वे सबके हैं। उन्हें जो भी प्रेम से याद करता है, उसे कृष्ण की कृपा हो जाती है। इसलिए, वृंदावन में अपने अल्पकालीन आवास के दौरान, कृष्ण ने राधा के भीतर का स्वार्थ मिटा दिया ताकि उनका प्रेम शुद्ध कंचन की तरह चमक उठे। उनके प्रेम को शारीरिक वियोग की परीक्षा से गुज़रना था और ऐसा वह इसलिए कर पाईं क्योंकि वे आध्यात्मिक तौर पर कृष्ण के साथ एकाकार हो गई थीं। समय अथवा स्थान उनके संबंध में परिवर्तन नहीं ला सका। कृष्ण की पत्नियाँ भी उस स्तर को प्राप्त नहीं कर सकीं और वे सदा राधा के विषय में उत्सुक रहती थीं क्योंकि उन्होंने राधा के बारे में बहुत सुना था। यहाँ तक कि उद्धव भी राधा की प्रशंसा करने थकते नहीं थे। आख़िर, अपनी पत्नियों की प्रार्थना पर कृष्ण ने राधा को एक दिन के लिए द्वारका बुलाने का निश्चय कर लिया। उन्होंने अपनी पत्नियों को

चेतावनी दी कि वे राधा को कृष्ण के समतुल्य ही समझें क्योंकि राधा, कृष्ण का अंश थीं और राधा का तनिक भी अपमान कृष्ण का अपमान करने जैसा होगा। पत्नियों ने उनकी बात मान ली और उत्सुकता से राधा की प्रतीक्षा करने लगीं।

एक दिन, राधा अपनी सखियों के साथ द्वारका पहुँच गईं। वे किसी जंगली गुलाब के फूल की तरह लग रही थीं जिसे उसके प्राकृतिक आवास से हटाकर दरबारी जीवन की कृत्रिम चमक-दमक में रख दिया गया हो। शेष लोगों को विचित्र और असहज लग रहा था, किंतु राधा अपने आस-पास की विचित्रता से अनभिज्ञ थी कि तभी उनकी दृष्टि कृष्ण पर पड़ी। वे प्रसन्नता से चीख़ पड़ीं और फिर आगे दौड़कर कृष्ण की खुली बाँहों में समा गईं! सभी लोग आश्चर्य से देखने लगे। यहाँ तक कि सत्यभामा, जो उन सबमें सबसे साहसी थी, सबके सामने ऐसा कुछ करने के बारे में सोच भी नहीं सकती थी। कृष्ण को तनिक भी लज्जा का अनुभव नहीं हुआ। उन्होंने भी राधा का आलिंगन किया, फिर उन्हें लेकर महल में घुमाया और पंक्ति में खड़ी, अपनी सब पत्नियों से उनका परिचय करवाया। उसके बाद, कृष्ण ने राधा को रुक्मिणी के पास छोड़ दिया क्योंकि वे जानते थे कि उनकी पत्नियाँ राधा से अनेक प्रश्न करने को उत्सुक थीं किंतु उनके सामने कृष्ण से प्रश्न करना संभव नहीं था।

उन्होंने पाया कि राधा बिलकुल बच्चों के समान निश्छल थीं। उस शानदार नगरी का उन पर कोई प्रभाव नहीं पड़ा। उनका चेहरा केवल कृष्ण का नाम सुनकर और उनके अद्भुत कार्य सुनकर ही खिलता था। अंत में, कृष्ण की पत्नियों ने राधा को महल के राजसी जीवन के विषय में बताना छोड़ दिया और वे बैठकर कृष्ण के बारे में बातें करने लगीं, जो उनके मन में सदा रहते थे। तब राधा को बहुत आनंद आया। किसी योगी की भाँति, राधा का मस्तिष्क बाहरी संसार की ओर पूरी तरह अनाकर्षित था और वह केवल अपने प्रभु का स्मरण करती थीं। कृष्ण की पत्नियाँ पूरा दिन बैठकर गोकुल और वृंदावन में कृष्ण के कारनामों के बारे में सुनती रहीं। रुक्मिणी, रात होने पर, राधा को अपने शयन कक्ष में ले गईं और राधा को बच्चे की तरह आराम से सुला दिया। उसके बाद रुक्मिणी ने एक गिलास में गर्म दूध लाकर राधा की शैय्या के पास रख दिया और राधा को चेताया कि वे उसे ध्यान से पिएँ क्योंकि दूध गर्म था। परंतु राधा, अपने ही संसार में खोई रहती थीं और उन्होंने बिना देखे वह गर्म दूध पी लिया। उसके बाद, रुक्मिणी, भगवान कृष्ण की के कक्ष में गईं तो देखा कि प्रभु अपना गला सहला रहे थे।

'प्रभु, क्या हुआ? आपके गले को क्या हुआ?' रुक्मिणी ने पूछा। कृष्ण मुस्कराए और बोले, 'तुमने जो गर्म दूध राधा को दिया था, उससे मेरा गला जल गया है जबकि उसे कुछ नहीं हुआ होगा। राधा ने स्वयं को पूरी तरह मुझमें डुबा दिया है, इसलिए वह सदा सुरक्षित रहती है परंतु पीड़ा मुझे होती है क्योंकि मैं उसके हृदय में रहता हूँ।'

रुक्मिणी को विश्वास नहीं हुआ। तब उसे राधा की महानता और कृष्ण की अपने भक्तों के प्रति निष्ठा समझ में आई। कृष्ण को पीड़ा दिए बिना, उनके भक्तों की आँख से एक भी आँसू नहीं गिरता। दूसरी ओर, उनका भक्त को, जो सदा उनके स्मरण में डूबा रहता है, किसी तरह की पीड़ा नहीं होती।

राधा दिव्य प्रेम में डूबी आत्मा का एक चित्र है। किसी सुरक्षित स्थान पर जलते दीपक की भाँति, उनके प्रेम की अग्नि केवल भगवान कृष्ण के लिए जलती थी। रासलीला वाले अध्याय में आत्म-बोध का अनुभव हो जाने के बाद, उन्हें सामान्य जगत के सुखों में कोई आनंद नहीं आता था, जिस तरह एक योगी को ऐंद्रिय सुखों में आनंद नहीं मिलता। जो परमानंद के सागर में उतर गया, उसे सांसारिक सुख बचपन के खिलौनों जैसे प्रतीत होते हैं। राधा वृंदावन लौट गईं और अन्य गोपियों की भाँति, जीवन के अंतिम क्षण तक भगवान का ध्यान करती रहीं।

कृष्ण और रुक्मिणी के विवाह के पाँच वर्ष बाद तक, उनकी कोई संतान नहीं हुई। रुक्मिणी की हताशा देखकर, कृष्ण ने भगवान शिव की उपासना की और तब उन्हें शिव की कृपा से अपने ज्येष्ठ पुत्र प्रद्युम्न की प्राप्ति हुई। भगवान विष्णु का केवल एक ही पुत्र था। उसका नाम मन्मथ था और वह प्रेम का देवता था। उसने भगवान शिव की तपस्या भंग करने का प्रयास किया तो शिव ने उसे भस्म कर दिया। उसने ऐसा इसलिए किया था ताकि पार्वती को पति रूप में शिव की प्राप्ति हो सके। मन्मथ की पत्नी, रति ने शिव से अपने पति का जीवन वापस माँगा तो शिव ने उससे पृथ्वी पर जन्म लेकर मन्मथ के आगमन की प्रतीक्षा करने को कहा था। कृष्ण द्वारा शिव को प्रसन्न किए जाने पर मन्मथ ने ही रुक्मिणी के पुत्र, प्रद्युम्न के रूप में जन्म लिया। परंतु रुक्मिणी को अपने पुत्र का सुख अधिक समय नहीं मिला क्योंकि उसे मन्मथ का शत्रु, शंबासुर उठाकर ले गया। शंबासुर ने बालक को समुद्र में फेंक दिया और सोचा कि वह मर गया होगा। परंतु उस बालक को एक विशालकाय मछली ने निगल लिया और उसे फिर एक मछुआरे ने पकड़ लिया। वह मछुआरा उस मछली को शंबासुर की रसोई में ले आया, जहाँ मन्मथ की पत्नी, रति ने शंबासुर के रसोइए माया देवी के रूप में अवतार लिया था। उसे नारद ने बताया था कि उसकी अपने पति से ऐसे ही चमत्कारी ढंग से भेंट होगी। माया देवी ने मछली को ध्यान से काटा और बालक को बाहर निकाल लिया और फिर बड़े प्रेम से उसका पालन-पोषण किया। प्रद्युम्न जब बड़ा हुआ तो उसने देखा कि माया देवी, माता कम, और पत्नी की तरह अधिक व्यवहार करती थी। प्रद्युम्न ने उससे ऐसा करने का कारण पूछा। माया देवी ने प्रद्युम्न को सारी कथा विस्तार से सुनाई और फिर उसे दिव्यास्त्र दिए, जो उसने अपने पास छिपा रखे थे। उन दिव्यास्त्रों से प्रद्युम्न ने शंबासुर को पराजित कर दिया और फिर वह माया को लेकर द्वारका लौट आया। रुक्मिणी ने जब उस युवक को एक स्त्री के साथ द्वारका में देखा तो उसे बहुत प्रसन्नता हुई। हालाँकि, रुक्मिणी ने प्रद्युम्न को बहुत समय से देखा नहीं था, फिर भी वह उसकी ओर सहज ही आकर्षित होने लगी और उसने कृष्ण से उस युवक के विषय में पता लगाने की प्रार्थना की। यह पूरी कथा नारद ने सबको विस्तार से सुनाई। तब प्रद्युम्न और माया का ज़ोर-शोर से स्वागत किया गया।

कहते हैं, कृष्ण की प्रत्येक पत्नी से दस-दस पुत्र हुए। प्रत्येक पत्नी को लगता था कि कृष्ण उसे सबसे अधिक पसंद करते हैं क्योंकि वे सदा सबके साथ उनके भवन में विद्यमान रहते थे। केवल कुछ ही पत्नियाँ जानती थीं कि कृष्ण स्वानंद में डूबे रहते थे और उनका मन किसी के साथ नहीं उलझता था। जैसे कोई नायक, अपनी भूमिका निभाता है,

उसी तरह कृष्ण भी इन असंख्य स्त्रियों के साथ पति की भूमिका निभाते थे। अपने समस्त कामुक साधनों के बावजूद, वे कृष्ण के मस्तिष्क को बाँध नहीं पाती थीं।

प्रद्युम्न ने रुक्मिणी की पुत्री, रुक्मावती से भी विवाह किया और उससे एक पुत्र हुआ, जिसका नाम अनिरुद्ध था। रुक्मिणी के भाई रुक्मि ने यह प्रतिज्ञा की थी कि वह कृष्ण को, जिन्होंने उसकी बहन का हरण किया था, पराजित किए बिना अपने घर नहीं लौटेगा। उसने भोजकट में एक और नगर बसा लिया और वहीं रहकर कृष्ण को परास्त करने के लिए उचित अवसर की प्रतीक्षा करने लगा। कृष्ण ने जब अपनी पुत्री रुक्मावती का स्वयंवर रचाया तो उनके पुत्र प्रद्युम्न ने वही किया जो वर्षों पहले उसके पिता कृष्ण ने किया था और रुक्मावती का हरण कर लिया। जब प्रद्युम्न का पुत्र अनिरुद्ध बड़ा हुआ तो उसने रुक्मि की पौत्री, रोचना से विवाह किया। इस विवाह के संदिग्ध अवसर पर, कृष्ण, बलराम, रुक्मिणी, सांब, प्रद्युम्न और कई अन्य लोग भोजकट गए थे क्योंकि उस समय शांतिकाल की घोषणा की गई थी।

विवाह के उपरांत, रुक्मि ने बलराम को द्यूत खेलने के लिए आमंत्रित किया और उस खेल के दौरान, रुक्मि ने अनेक बार यादवों को चरवाहा कहकर उनका अपमान किया। रुक्मि ने खेल में भी छल करने का प्रयास किया। उससे क्रोधित होकर, बलराम ने अपनी गदा के प्रहार से रुक्मि का वध कर दिया। इस खलबली के बीच, कृष्ण बिलकुल शांत रहे क्योंकि उन्होंने रुक्मि को वचन दिया था कि वे उसके संबंधियों को हानि नहीं पहुँचाएँगे। उस विवाह का अंत लड़ाई-झगड़े के साथ हुआ और अंत में यादव, अनिरुद्ध और उसकी पत्नी रोचना को लेकर द्वारका वापस आ गए।

अनिरुद्ध और बाणासुर की पुत्री, उषा के विवाह की कथा भी अत्यंत उल्लेखनीय है। बाणासुर, उस दैत्यराज महाबलि का पुत्र था, जिसने भगवान विष्णु को उनके वामन अवतार के समय पृथ्वी दान में दे दी थी। बाणासुर, भगवान शिव का अनन्य भक्त था और शोणितपुर नामक नगर में रहता था। उसके एक हज़ार हाथ थे जिनसे उसने शिव द्वारा तांडव-नृत्य करते समय हज़ार वाद्य-यंत्र एक साथ बजाए थे। शिव ने उससे वरदान माँगने को कहा तो उसने शिव से प्रार्थना की कि वे स्वयं उसके नगर की रक्षा करें। उसे अपनी शक्ति पर इस बात का बहुत घमंड था कि भगवान शिव स्वयं उसके नगर की रक्षा करते थे। बाणासुर को लगा कि उसके हज़ार हाथ उसके लिए बोझ थे क्योंकि वे सदा किसी न किसी से युद्ध के लिए खुजलाते रहते थे किंतु तीनों लोकों में उससे युद्ध करने वाला कोई न था। शिव को यह जानकर बहुत आनंद आया और उन्होंने बाणासुर को कहा कि यदि उसकी पताका का दंड टूट गया तो उसे उसके समान शक्तिशाली विरोधी मिल जाएगा।

बाणासुर की पुत्री उषा बहुत सुंदर थी। उसकी सबसे मनपसंद सखी मंत्री की पुत्री चित्रलेखा थी। वह एक शानदार कलाकार थी और योग में भी दक्ष थी। एक दिन उषा ने एक स्वप्न देखा जिसमें उसकी भेंट एक राजकुमार से हुई जिससे उसे प्रेम हो गया। उस स्वप्न का अनुभव इतना जीवंत था कि वह सब कुछ भूलकर केवल अपने प्रेमी के विषय में सोचती रहती थी। चित्रलेखा ने उसे ऐसी दशा में देखा तो उससे कारण पूछा। उसने जब स्वप्न वाली कथा सुनी तो उषा से कहा कि वह अपनी प्रतिभा द्वारा आस-पास के

सभी राजकुमारों के चित्र बनाएगी। उसने समस्त राजपरिवारों के विवाह योग्य राजकुमारों के चित्र बनाने आरंभ कर दिए। जब चित्रलेखा यादव वंश तक पहुँची तो उषा का उत्साह बढ़ने लगा। वह कृष्ण और प्रद्युम्न के चित्र देखकर अत्यंत उत्साहित हो गई क्योंकि उसके स्वप्न वाले राजकुमार से उनका चेहरा बहुत मिलता था। अंत में जब चित्रलेखा ने अपनी दक्ष अँगुलियों से अनिरुद्ध का चित्र बनाया तो उषा की प्रसन्नता का ठिकाना न रहा। परंतु जब उसे अनिरुद्ध के विषय में पता लगा तो वह फिर उदास हो गई क्योंकि उसे डर था कि उसके पिता अनिरुद्ध से विवाह के लिए हामी नहीं भरेंगे। परंतु चित्रलेखा बहुत चतुर थी। उसने उषा से आराम करने को कहा और स्वयं योग करने बैठ गई। वह अपने योग बल से द्वारका पहुँच गई और उसने अर्द्ध-रात्रि में सोते हुए अनिरुद्ध को उषा की बाँहों में धकेल दिया। उसकी जब नींद खुली तो वह बहुत सहजता से इस बात के लिए सहमत हो गया कि वह उषा से अकेले में विवाह करने को तैयार था क्योंकि वह स्वयं भी बहुत समय से स्वप्न में उषा को देख रहा था। इस तरह उनका विवाह हो गया और वह गुप्त रूप से उषा के साथ रहने लगा। हालाँकि वे इस सुख का अधिक दिन आनंद नहीं ले सके। उषा गर्भवती हो गई। उसके पिता को इस बात का पता लग गया। उसने अपनी पुत्री के कक्ष में जाकर देखा तो युवक अनिरुद्ध वहाँ मौजूद था। अनिरुद्ध के विरोध और उषा की याचना के बावजूद, बाणासुर ने अनिरुद्ध को बंदीगृह में डाल दिया।

द्वारका में, अनिरुद्ध के संबंधी उसके अचानक ग़ायब हो जाने से परेशान हो गए। सदा की भाँति, नारद ने उन्हें अनिरुद्ध के विषय में जानकारी दी। कृष्ण के नेतृत्व में यादव अनिरुद्ध को छुड़ाने के लिए शोणितपुर गए। उन्होंने नगर के आस-पास के उद्यान को उजाड़ दिया, जिसे देखकर बाणासुर क्रोधित हो गया। उसने देखा कि उसकी पताका का दंड भी टूटा हुआ था। भगवान शिव के वृष पर उनके साथ बैठकर बाणासुर यादवों से मिलने गया। वहाँ हर और हरि - शिव और कृष्ण - के मध्य घमासान युद्ध हुआ। कृष्ण ने बाणासुर के एक-एक करके हाथ काट डाले। अंत में जब उसके केवल चार हाथ शेष रह गए, तो शिव ने हस्तक्षेप किया और कृष्ण से अपने भक्त के प्राण छोड़ देने की प्रार्थना की। कृष्ण ने युद्ध रोक दिया, बाणासुर को भी छोड़ दिया और कहा कि शिव के भक्त को कृष्ण से भयभीत होने की आवश्यकता नहीं है। बाणासुर ने अनिरुद्ध को मुक्त कर दिया और अपनी पुत्री उषा को सहर्ष उनके साथ द्वारका भेज दिया।

भगवान कृष्ण की शिव पर विजय के साथ उनकी प्राचीन देवताओं पर अंतिम विजय थी। उनका पहला युद्ध, गाय और गोपालों वाली घटना में ब्रह्मा (सृष्टि के रचयिता) के साथ हुआ था। उसके बाद गोवर्धन पर्वत को उठाते समय और फिर पारिजात वृक्ष के लिए इंद्र (देवताओं के राजा) के साथ, अपने पिता को जल से मुक्त करवाने के लिए वरुण (समुद्र के देवता) के साथ, रासलीला के दौरान मन्मथ (प्रेम के देवता) के साथ भी युद्ध हुआ, वन की अग्नि का पान करने के लिए अग्नि के साथ, सनकाचूड़ को परास्त करते समय कुबेर (धन के देवता) के साथ, सुदर्शन सर्प की मुक्ति के कारण विद्याधर पर और बाणासुर के लिए शिव के साथ युद्ध हुआ। इस प्रकार, अपने कृष्णावतार में, भगवान कृष्ण की समस्त प्राचीन देवताओं के ऊपर श्रेष्ठता सिद्ध हो गई थी।

इतिहास के विभिन्न अवसरों पर विभिन्न देवताओं का वर्चस्व रहा है और इसी कारण हिंदू धर्म के भीतर अनेक भ्रांतियाँ और मत उत्पन्न हो गए। भगवान स्वयं कहते हैं कि वे अलग-अलग समय पर अलग-अलग रूपों में प्रकट होते हैं और उनका प्रत्येक अवतार उस विशिष्ट युग की आवश्यकता के अनुकूल होता है। कलियुग में, जो अभी चल रहा है, भक्ति मार्ग की महिमा है और इस मार्ग के मुख्य प्रणेता भगवान कृष्ण हैं। इसलिए, इस युग में उन्हें अन्य देवताओं से श्रेष्ठ माना गया है।

जांबवती से उत्पन्न कृष्ण के पुत्र का नाम सांब था। वह देवताओं के सेनापति स्कंद का अवतार था। उसने अपने पिता द्वारा रुक्मिणी-हरण की प्रसिद्ध कथा सुनी थी और उसने भी अपने पिता का अनुसरण करने का निर्णय किया। वह दुर्योधन और भानुमती की पुत्री लक्ष्मणा को अपनी पत्नी बनाना चाहता था। उसके पिता या माता में से किसी का इस संबंध के प्रति झुकाव नहीं था, किंतु सांब ने इस बात को अपनी अभिलाषा के मार्ग में बाधा नहीं बनने दिया। वह बिना बुलाए ही स्वयंवर में पहुँच गया और उसने लक्ष्मणा का हरण कर लिया। यह उन दिनों सामान्य बात थी। सांब अकेला गया था और दुर्योधन कदापि नहीं चाहता था कि कोई, विशेषकर यदुवंशी, उसकी पुत्री का हरण कर ले। उसने तत्काल ही सांब को पकड़कर बंदी बना लिया। अपने पुत्र के प्रेम-प्रसंग का ऐसा लज्जाजनक अंत देखकर कृष्ण ने स्वयं वहाँ जाने का निश्चय किया। बलराम ने कृष्ण को रोका और कहा कि चूँकि कृष्ण दुर्योधन के साथ विनम्रता से बात नहीं कर पाएँगे और दुर्योधन, बलराम का शिष्य होने के नाते उनकी बात सुन लेगा। कृष्ण को बलराम के मन में दुर्योधन की ऐसी ग़लत छवि देखकर हँसी आ गई, किंतु उन्होंने अपने भाई को दुर्योधन के पास जाने दिया।

बलराम जब हस्तिनापुर पहुँचे तो उन्होंने दुर्योधन को महल के बाहर उद्यान में बुलाया। दुर्योधन अपने गुरु के सम्मान में जब बाहर आया, तो बलराम ने उससे उनके भतीजे सांब को मुक्त करके का आदेश दिया। यह सुनकर दुर्योधन को क्रोध आ गया। 'क्या!' वह चिल्लाया। 'अब गीदड़ क्या सिंह को आदेश देगा? तुम ग्वाले इतने दुस्साहसी कब से हो गए कि तुम मुझे, कुरु वंश के राजा को आदेश देने लगे? ये यादव कौन हैं? तुम सब घमंडी लोग हो, जो कृष्ण के आदेश पर चलते हो। सब जानते हैं कि वह जरासंध से डरकर रण छोड़ कर भाग गया था और अब द्वारका में छिपा बैठा है, क्योंकि जरासंध वहाँ नहीं जा सकता!'

यह कहकर, दुर्योधन गुस्से से वापस जाने लगा। वह अभी महल तक पहुँचा भी नहीं था कि उसने देखा समस्त हस्तिनापुर नगरी काँप रही थी मानो किसी भयंकर पीड़ा से ग्रस्त हो। बलराम ने उत्तर में एक शब्द भी नहीं कहा था किंतु वे क्रोध से उबल रहे थे। बलराम ने बिना एक भी शब्द कहे, अपना मनपसंद अस्त्र, हल नगर के प्राचीर के नीचे रख दिया था और अब वे उस पूरी हस्तिनापुर नगरी को धीरे-धीरे जड़ से उखाड़कर उसे गंगा में पलटने की तैयारी कर रहे थे। दुर्योधन को सहसा अपने कठोर वचनों का एहसास हुआ तो वह बलराम को शांत करने वापस भागा। बलराम के शांत होने पर, दुर्योधन उन्हें लेकर नगर में आया, उसने सांब को मुक्त कर दिया और उसका विवाह अपनी पुत्री लक्ष्मणा से

कर दिया। उसने दोनों के साथ, कुरु राजवंश की राजकुमारी के लिए, जैसा कि उचित था, वैसे बहुत-से हाथी, घोड़े और आभूषण भी भेजे।

एक दिन कृष्ण के पुत्र प्रद्युम्न, सांब, बनु और चारु मनोरंजन के लिए नगर के बाहर निकल गए। उन्हें प्यास लगी थी तो वे पानी पीने एक कुएँ के पास गए किंतु कुआँ सूखा हुआ था। हालांकि, कुएँ के तल में एक विशाल छिपकली बैठी थी। उन्हें उस पर दया आ गई। उन्होंने उस छिपकली को बाहर निकालने का प्रयास किया किंतु वे सफल नहीं हुए। उन्होंने यह बात अपने पिता को बताई। कृष्ण ने अपने बाएँ हाथ से, खेल-खेल में, छिपकली को बाहर निकाल दिया। भगवान का स्पर्श होते ही, छिपकली एक दिव्य पुरुष में परिवर्तित हो गई। यद्यपि भगवान को सब कुछ पता था, फिर भी उन्होंने उस दिव्य पुरुष से उसके विषय में पूछा।

दिव्य पुरुष ने उत्तर दिया, 'मेरा नाम नृग है और मैं इक्ष्वाकु का पुत्र हूँ। मैं अपने समय में अपनी उदारता के लिए प्रसिद्ध था। मैंने आकाश में जितने तारे हैं, उतनी गाएँ लोगों को दान में दी हैं। वे सब दूध देने वाली थीं और उनके सुंदर व स्वस्थ बछड़े भी थे। उनके खुर और सींग सोने-चाँदी से मढ़े थे तथा उन्होंने रेशमी वस्त्र पहने थे। मैंने गायों के साथ सोना, हाथी, घर, कन्याएँ भी सुपात्रों को दान में दी हैं। एक बार मैंने एक गाय दान में दी, जो पहले से किसी और को दी जा चुकी थी और वह मेरे पास लौट आई थी। मुझे इस बात की जानकारी नहीं थी। जब पहले व्यक्ति ने देखा कि उसकी गाय कोई अन्य व्यक्ति ले जा रहा है तो उन दोनों में विवाद हो गया। अंत में, वे दोनों मेरे पास आए और मुझसे उस विवाद को सुलझाने के लिए कहा। मैंने उन दोनों के समक्ष यह प्रस्ताव रखा कि जो भी व्यक्ति उस गाय पर अपना दावा छोड़ देगा, मैं उसे एक लाख गाय दूँगा। परंतु दोनों में से किसी ने वह प्रस्ताव नहीं माना और वहाँ से चले गए। मेरी मृत्यु हुई तो मुझसे यमदूतों ने पूछा कि मैं अपनी एक भूल का परिणाम भुगतना चाहता हूँ अथवा मुझे अपने असंख्य पुण्य कर्मों का फल चाहिए। मैंने अपनी भूल का परिणाम को भोगने का निर्णय किया, तो उन्होंने मुझे छिपकली बनाकर इस कुएँ में फेंक दिया। हे प्रभु, चूँकि मैंने सदा सत्कर्म किए, इसलिए मुझे अपने पूर्वजन्म की स्मृति शेष रह गई और अब आपके पावन स्पर्श से मेरा उद्धार हो गया है। आप मुझे यह आशीर्वाद दीजिए कि मैं अपने जीवन में किसी भी तरह की परिस्थिति में आपका स्मरण करता रहूँ।' यह कहकर नृग ने भगवान कृष्ण की परिक्रमा की और फिर उस दिव्य वाहन में, जो उसे देवलोक ले जाने आया था, बैठकर चला गया।

भगवान कृष्ण ने उस अवसर पर अपने पुत्रों को यह सुझाव दिया कि उन्हें व्यर्थ कार्यों में अपना समय नष्ट नहीं करना चाहिए। भगवान ने उन्हें कहा कि आध्यात्मिक संपत्ति, संसार की सबसे बड़ी संपत्ति है तथा साधु-संन्यासी इस संपत्ति के रक्षक होते हैं तथा उनका सदा आदर करना चाहिए। संन्यासी लोग, राजा से अधिक श्रेष्ठ और धनवान होते हैं। यदि कोई संन्यासी अपशब्द भी कह दे तो उससे प्रतिशोध नहीं लेना चाहिए क्योंकि संन्यासी का शाप भी अंत में, हितकारी सिद्ध होता है। भगवान ने उन्हें यह उपदेश इसलिए दिया क्योंकि

वे जानते थे कि एक समय ऐसा आएगा, जब उनके पुत्र इसका नियम का उल्लंघन करेंगे तथा अपना और अपने कुल के नाश का कारण बनेंगे।

यह देखने में आता रहा है कि भगवान ने कभी अनावश्यक सुझाव नहीं दिया। किसी को बिना माँगे सुझाव देना व्यर्थ जाता है। भगवान इस बात की प्रतीक्षा करते हैं कि हम स्वयं उनकी शरण में जाएँ और सहायता माँगें और तब वे एक क़दम आगे बढ़कर हमारी सहायता करते हैं। वास्तव में, उनका हाथ सदा आगे रहता है, उनकी कृपा सदा प्रवाहित होती है, किंतु यदि हम ही उनका हाथ न थामें तो हमें लाभ नहीं मिल सकता। भगवान धैर्य से इस बात की भी प्रतीक्षा करते हैं कि हमारी आत्मा का परिष्कार हो और हम इस बात को स्वीकार करें कि हमें दैवी सहयोग की आवश्यकता है। उस समय, आत्मा को यह एहसास होता है कि भगवान सदा से उसके पास थे, उसकी सहायता करना चाहते थे।

हमें कृष्ण के जीवन से यह पता लगता है कि केवल दो अन्य ऐसे अवसर आते हैं जब वे सुझाव देते हैं। एक बार कुरुक्षेत्र की रणभूमि पर, अपने प्रिय मित्र अर्जुन को तथा दूसरी बार, उद्धव को उनकी पृथ्वीलोक पर जीवन-यात्रा की समाप्ति के समय! दोनों ही अवसरों पर अर्जुन और उद्धव को भगवान की सहायता और उनके सुझाव की बहुत आवश्यकता थी और वे दोनों भगवान के पास पूर्ण समर्पण के साथ गए थे।

हरि ॐ तत्सत्

ॐ

ॐ

ओउम् मुकुंदाय नमः!

अध्याय 19

दिव्य शासक

कृष्णाया वासुदेवया
हरये परमात्मने,
प्रणत क्लेश नाशाय।
गोविन्दया नमो नमः!

आपको प्रणाम, हे कृष्ण, आपको प्रणाम,
हे परमेश्वर, आपको प्रणाम! हे गोविंद, आपको प्रणाम!
आप दुखियों के दुःख दूर करते हैं, जो अपने कष्टों से
मुक्ति पाने के लिए आपको प्रणाम करते हैं।

यह स्पष्ट किया जा चुका है कि भगवान ने किस तरह एक आदर्श गृहस्थ की भूमिका निभाई। वे साथ ही एक आदर्श शासक भी थे और उग्रसेन केवल नाम का राजा था। यादवों पर वास्तव में कृष्ण का ही शासन चलता था और उन्होंने यादवों को एक शिथिल समुदाय से शक्तिशाली जाति में परिवर्तित कर दिया, जिसका लोहा भारतवर्ष का तत्कालीन सर्वशक्तिशाली राजा जरासंध भी मानने लगा था।

प्रतिदिन सुबह होने पर, मुर्गे बाँग देते थे, और मधुमक्खियाँ गुँजार करती थीं तथा नवपल्लवित पुष्पों से आती सुगंधित वायु और पक्षियों की चहचहाहट, भगवान को मानो चारण-भाट बनकर निद्रा से जगाते थे। परंतु, भोर से पहले के ये क्षण कृष्ण की पत्नियों को बिलकुल नहीं सुहाते थे क्योंकि उनके लिए इसका आशय भगवान से अलग होना था। ब्रह्ममुहूर्त में उठकर, भगवान अपने दैनिक नित्य-कर्म करते तथा उस परमानंद ब्रह्म स्मरण करते थे, जो प्रतिक्षण, अक्षुण्ण, आनंदमयी चेतना की अवस्था में स्वयं भगवान में ही स्थित था तथा अज्ञानता के बंधनों के से परे था। उसके बाद, कृष्ण स्नान करके, नए वस्त्र धारण करते, संध्या-वंदन करते और सूर्योदय से पूर्व अग्निहोत्र यज्ञ संपन्न कर लेते थे। फिर वे एक बैठकर गायत्री मंत्र का जाप करते थे। इसके उपरांत, वे सूर्य, परमात्मा के प्रतीक सूर्य नारायण, तथा अन्य देवी-देवताओं, फिर पितरों को एवं ऋषि-मुनियों को अर्घ्य देते थे।

उसके बाद वे साधु-संन्यासियों को और ब्राह्मणों को प्रणाम करते थे। भगवान कृष्ण गायों एवं अन्य उपहारों को सुपात्र देखकर दान देते थे और शुभ मानी जाने वाली वस्तुओं को स्वयं स्पर्श करते थे। इसके बाद, कृष्ण अपने तन को, जो स्वयं संसार के लिए आभूषण के समान है, सजाते-सँवारते थे। फिर वे अपने सेवकों व अनुचरों की सब इच्छाएँ पूर्ण करते थे। उस समय तक उनका सारथी दारुक उनके पास पहुँच जाता था। वे दारुक के हाथों को अपने हाथों में लेकर उसका स्वागत करते थे। उद्धव और सात्यकि के साथ रथ में बैठने से पूर्व, वे शीशा, गाय, बैल, साधु, घी तथा कुछ अन्य पवित्र वस्तुओं का दर्शन करते थे। वहाँ से प्रस्थान करते हुए, कृष्ण एक बार मुड़कर अपनी पत्नियों को देखते थे।

इस तरह, अपनी समस्त पत्नियों के भवन से निकलने के बाद, बाहर कृष्ण एक ही व्यक्ति के रूप में प्रकट होते थे। यादवों के मुखिया से घिरे कृष्ण, अपनी राजसभा में प्रवेश करते, जिसका नाम सुधर्मा था। उस सभा में उपस्थित लोगों को भूख, प्यास अथवा पीड़ा का अनुभव नहीं होता था। फिर अपने सिंहासन पर बैठकर, कृष्ण अपने उस दिन के दायित्वों को पूरा करते थे। राज्य का कार्य गंभीरता से आरंभ करने से पहले, यह परंपरा थी कि विदूषकों, मसखरों तथा नर्तकों द्वारा भगवान का मनोरंजन किया जाता था। उसके बाद, भाट और चारण आदि कृष्ण की प्रशंसा के गीत गाते थे, ब्राह्मण वेदोच्चारण करते थे तथा उच्च कोटि के वक्ता, यादव कुल के महान राजाओं की वीरता का वर्णन करते थे। इन सबके बाद, सभा में राज्य का कार्य आरंभ होता था।

एक दिन, जब भगवान अपनी सभा में थे, उनके पास करुष्ण नरेश पौंड्रक का एक दूत आया। कुछ लोगों ने पौंड्रक को यह विश्वास दिला दिया कि वह भगवान विष्णु का अवतार है और बेचारा, पौंड्रक भी ऐसा मानकर स्वयं को असली वासुदेव समझने लगा। उसने स्वयं को भगवान घोषित कर दिया, अपने राज्य में अन्य देवताओं की पूजा पर प्रतिबंध लगा दिया और जो भी ब्राह्मण और ऋषि वेदोच्चारण करने पर ज़ोर देते थे, उसने उन्हें पकड़वाकर बंदीगृह में डाल दिया। प्रत्येक सप्ताह, एक व्यक्ति को इन लोगों के पास यह देखने के लिए भेजा जाता था कि उनमें कुछ परिवर्तन आया है अथवा नहीं और क्या वे लोग पौंड्रक को अपना भगवान मानने को तैयार हैं। यदि उनका उत्तर सकारात्मक होता था तो उन्हें छोड़ दिया जाता था, अन्यथा उनके सहमत होने तक उन्हें वहीं सड़ने दिया जाता था। उन बंदियों में एक गुरु संदीपनी का पुत्र, पुनर्दत्त था जिसे एक बार भगवान कृष्ण मृत्युलोक से वापस लाए थे। पौंड्रक अपनी बढ़ती हुई शक्ति के कारण अधिक दुष्ट और क्रूर होता जा रहा था और जब उसने कृष्ण के विषय में सुना कि वे भी वासुदेव की तरह बनकर रहते थे, तो यह बात उससे सहन नहीं हुई। उसने अपने दूत को यह संदेश देकर भेजा :

'मैं भगवान विष्णु का अवतार हूँ। मैं ही नारायण अथवा वासुदेव हूँ, जिसने संसार को कष्टों से मुक्ति दिलवाने के लिए अवतार लिया है। मैंने सुना है कि तुम मेरी उपाधि और मेरे चिह्न, जैसे वक्ष पर श्रीवत्स, कौस्तुभ मणि, आवश्यकता पड़ने पर सुदर्शन चक्र, पांचजन्य शंख, कौमुदकी गदा तथा पद्म का उपयोग

कर रहे हो। तुम इन सबका उपयोग करना तत्काल बंद कर दो और मेरे समक्ष आत्मसमर्पण कर दो। अन्यथा मेरे साथ यहाँ आकर युद्ध करो और संसार के सामने सिद्ध करो कि असली अवतार कौन है!'

पौंड्रक की इस भूल को भरी सभा में ज़ोर-से पढ़ा गया और सबने इसका भरपूर आनंद लिया। कृष्ण भी मुस्कराए और उन्होंने दूत से कहा कि उसके स्वामी की इच्छा अवश्य पूर्ण की जाएगी तथा वे स्वयं कुछ ही दिनों में पौंड्रक से मिलने जाएँगे और उसके संदेह को सदा के लिए दूर कर देंगे।

इस बीच, पौंड्रक अपने रचयिता से मिलने की तैयारी करने लगा। उसने एक लाल मणि का प्रबंध कर लिया, जिसे वह कौस्तुभ मणि की तरह प्रयोग कर सकता था, उसने अपने शरीर पर नीला रंग करवाया और काष्ठ के दो अतिरिक्त हाथ बनवा लिए, जिसमें शंख और चक्र पकड़े हुए थे और उन्हें अपने कंधों पर बाँध लिया। सबसे बड़ी परेशानी वक्ष पर श्रीवत्स चिह्न बनवाने की थी। भगवान विष्णु और उनके अवतारों के वक्ष पर बना यह चिह्न, वास्तव में महर्षि भृगु के पैर का निशान है। यह कोई वास्तविक चिह्न नहीं है, अपितु शरीर पर बालों की विशिष्ट बनावट से बनता है। बहुत सोच-विचार करने के बाद, उस बेचारे पथभ्रष्ट मूर्ख ने लौह का एक पैर बनवाया और उसे अपने वक्ष पर छपवा लिया। इस प्रक्रिया की पीड़ा की कल्पना आसानी से की जा सकती है। परंतु वह घाव ठीक होने के बाद, श्रीवत्स चिह्न जैसा लगने लगा। ये सारी तैयारियाँ पौंड्रक के मित्र, काशी नरेश के सहयोग से की गई थीं, जो पौंड्रक के साथ उसके निवास पर ठहरा हुआ था।

अपना संदेश पौंड्रक के पास भेजने के उपरांत, कृष्ण अपने साथ सात्यकि और उद्धव तथा अपनी सेना को लेकर काशी पहुँच गए, जहाँ पौंड्रक उनके आगमन की प्रतीक्षा कर रहा था। भगवान अपना सब सामान, जैसे सुदर्शन चक्र, शारंग धनुष, कौमुदकी गदा, और नंदक तलवार साथ लाए थे। अपने चारों विख्यात अश्वों से जुते रथ में बैठे कृष्ण के सामने, जिन्होंने पीले वस्त्र धारण किए हुए थे और अपने मुकुट में मोरपंख लगाया हुआ था, सूर्य की आभा भी फीकी लग रही थी। वे जैसे ही काशी नगरी की सीमा के बाहर पहुँचे, नागरिकों ने सोचा, 'यदि पृथ्वी पर भगवान हैं, तो वे यही हैं! हम कितने भाग्यशाली हैं जो इनकी झलक मिल गई। तथापि यह हमारा दुर्भाग्य है कि इन्हें प्रणाम करने के स्थान पर, हम उस मूर्ख पौंड्रक की पूजा करने को बाध्य हैं!'

कृष्ण के आगमन का समाचार सुनते ही, पौंड्रक ने शानदार पीले वस्त्र पहन लिए और अपने सारा बेढंगा सामान पहनकर दो अक्षौहिणी सेना लेकर नगर से बाहर आ गया। उसका मित्र, काशी नरेश भी उसके साथ था। पौंड्रक को कृष्ण का रूप बनाकर आया देखकर यादव हँसने लगे।

कुछ गज़ की दूरी से पौंड्रक चिल्लाया, 'रुको! क्या तुम अब मानते हो कि मैं ही विष्णु का अवतार और असली वासुदेव हूँ?' उसे डर था कि निकट से देखने पर उसकी वेश-भूषा की त्रुटियाँ साफ़ दिख जाएँगी।

कृष्ण आज्ञाकारी बनकर रुक गए और बोले, 'हाँ, मैं मानता हूँ कि तुम्हारा दावा सच्चा है। मैं तो स्वयं वासुदेव केवल इसलिए कहता हूँ क्योंकि मैं वसुदेव का पुत्र हूँ। मैं तुम्हारे साथ मित्रता कर लूँगा यदि तुम बंदीगृह में बंद लोगों को मुक्त कर दोगे।'

पौंड्रक ने घमंड में भरकर कहा, 'मुझे तुम्हारे जैसे मित्रों की आवश्यकता नहीं है! मुझसे युद्ध करने को तैयार हो जाओ क्योंकि इस पृथ्वी पर हम दोनों के लिए स्थान नहीं है!'

ऐसा कहकर, पौंड्रक और उसकी सेना ने यादवों पर त्रिशूल, गदा, भालों और बाणों से हमला कर दिया। अंत में उस खेल से तंग आकर, भगवान ने हँसते हुए कहा, 'पौंड्रक, तुमने मुझसे जो भी अस्त्र-शस्त्र त्यागने को कहा है, मैं वे सब तुम्हें दे रहा हूँ। यह लो, इन्हें पकड़ो!'

यह कहकर, कृष्ण ने अपना चक्र पौंड्रक पर छोड़ दिया, जो खड़ा, उसे ठगा-सा अपनी ओर आते देखता रहा। उस चक्र ने सिर उसके धड़ से अलग कर दिया। शीघ्र ही, उसका मित्र, काशी नरेश भी मारा गया। पौंड्रक, जो मानसिक तौर पर स्वयं को भगवान समझ रहा था, अपने नश्वर बंधन से मुक्त हो गया और भगवान के साथ एकाकार हो गया। भगवान का कृष्ण रूप में यह अवतार बहुत प्रसिद्ध है क्योंकि भगवान ने इस रूप में बहुत-से लोगों का अनेक तरह से उद्धार किया। कर्म की गति बहुत गूढ़ है : प्रत्येक व्यक्ति को उसकी प्रकृति के अनुरूप मुक्ति मिलती है।

भगवान, सब नियमों से ऊपर हैं और वे उनका पालन नहीं करते क्योंकि वे नियम मोक्ष-प्राप्ति हेतु मनुष्यों के लिए बने हैं। तथापि, हम देखते हैं कि कृष्ण वेदों में निर्धारित प्राचीन नियमों के अनुसार, सदाचार का उदाहरण प्रस्तुत करने वालों में सबसे आगे होते थे। उन्होंने यह सिखाया कि मनुष्य मानसिक और शारीरिक स्तर पर, स्वधर्म का पालन करके मुक्ति प्राप्त कर सकते हैं। प्रत्येक व्यक्ति एक विशिष्ट वातावरण में जन्म लेता है और उसकी अपनी विशिष्ट अवधारणाएँ होती हैं, जिनका यदि पालन किया जाए तो स्वयं और समाज, दोनों को लाभ होता है। जबकि, यदि व्यक्ति किसी अन्य प्रकार का जीवन जीने का प्रयास करता है, जो उसकी प्रकृति के अनुकूल नहीं है, तो उससे व्यक्ति और समाज दोनों की हानि होती है। व्यक्ति को कष्ट इसलिए होता है क्योंकि वह कार्य उसकी पसंद का नहीं होता और समाज को हानि इसलिए होती है क्योंकि व्यक्ति अपनी उच्चतम क्षमता का प्रदर्शन नहीं कर पाता। इस सत्य को ऐसे देखा जा सकता है कि आधुनिक समाज में पुरुष (अथवा स्त्री), संघचारी प्राणी होने के कारण, सबसे ख़ुश तब होता है, जब उसे अपने साथियों द्वारा सम्मान और समर्थन प्राप्त होता है।

उसी समय पर, एक पूर्ण एवं दीर्घकालिक सूर्यग्रहण हुआ। ग्रहण के दिन स्यमंतपंचक नामक सरोवर में स्नान करना बहुत उत्तम माना जाता था। यह सरोवर कुरुक्षेत्र की उस पावन जगह पर स्थित था जहाँ भगवान विष्णु के एक अन्य अवतार, परशुराम ने क्षत्रियों का संहार करके उनके रक्त से पाँच सरोवर बनाए थे। उस पाप के प्रायश्चित स्वरूप, परशुराम ने उस स्थान पर कठोर तपस्या की थी और उस सरोवर में स्नान करना बहुत पवित्र समझा जाता था।

सूर्यग्रहण के समय पर, यादव, कुरु, गोपाल, और गोपियों समेत बड़ी संख्या में लोग स्नान करने हेतु एकत्रित हुए थे। कृष्ण को इतने वर्षों के बाद फिर से देखकर गोप और गोपियों की प्रसन्नता ठिकाना न रहा। पांडवों के साथ, उनकी पत्नी द्रौपदी, माता कुंती तथा पांडवों की अन्य पत्नियाँ भी वहाँ आई थीं। महाभारत युद्ध से पूर्व, शायद यह मित्रों और संबंधियों का सबसे बड़ा सम्मिलन था। इसके बाद, पांडवों और कौरवों के भेंट कुरुक्षेत्र की रणभूमि में हुई थी।

उन सब लोगों ने वहाँ ख़ुशी से तीन माह बिताए और भगवान कृष्ण ने सबको उनकी आवश्यकतानुसार संतुष्ट किया। कृष्ण ने नंद और यशोदा का आलिंगन करके उन्हें अनेक प्रकार से दिलासा दी। देवकी भी यशोदा को, उसकी सेवा का विचार करके, गले लगाकर बहुत रोईं।

गोपियों को, अपने प्रियतम को इतने वर्ष देखने के बाद, यह सोचकर बहुत बुरा लग रहा था कि वे उस क्षण पलकें झपकाने को विवश थीं जिसके कारण उनके अमूल्य क्षण व्यर्थ जा रहे थे क्योंकि उस बीच वे कृष्ण को नहीं देख पाती थीं। कृष्ण ने उन सबको गले से लगाया और कहा, 'हवा के प्रवाह से आकाश में बादल तितर-बितर हो जाते हैं। इसी तरह सृष्टि के रचयिता भी मनुष्यों को मिलाते और फिर अलग करते रहते हैं। हम लोग शारीरिक रूप से अलग हो गए हैं किंतु तुम सदा मेरे हृदय में रहते हो। यह मत सोचना कि मेरे प्रति तुम्हारी निष्ठा व्यर्थ जाएगी क्योंकि इससे तुम्हें अपने नश्वर जगत के बंधनों को काटने में और मेरे साथ, अनंत परमानंद के साथ, एकीकृत होने में सहायता मिलेगी।' आगामी दिनों में, कृष्ण ने उन्हें आत्म-विद्या पर उपदेश दिया, जिसका ध्यान करके उन्हें मोक्ष प्राप्त हो गया।

अपने आवास के अंत में, उन्होंने कृष्ण से यह प्रार्थना की : 'हे प्रभु! आप अपनी नाभि में सृष्टि रूपी कमल को धारण करते हैं, आपके चरण गहन ज्ञान एवं ध्यान चिंतन करने की क्षमता वाले महान योगियों के लिए ध्यान का विषय हैं। परंतु हे स्वामी, आप हम जैसे साधारण मनुष्यों के लिए जीने का और हमें इस जीवन के जीर्ण कुएँ में से बाहर निकालने तथा हमारा उद्धार करने का एकमात्र सहारा हैं। हमें आशीर्वाद दीजिए कि आपके पवित्र चरणों का सदा हमारे हृदय में वास रहे।'

गोपियों को आशीर्वाद देने के बाद, भगवान ने युधिष्ठिर तथा अन्य मित्रों और संबंधियों से उनका कुशल-क्षेम पूछा। वे लोग भी कृष्ण की उपस्थिति से स्वयं को पवित्र और धन्य मान रहे थे। वे बोले, 'जो एक बार भी आपकी दिव्य उपस्थिति के संपर्क में आ गया, उसे कोई क्षति नहीं पहुँचा सकता, तो फिर हमारा क्या होगा, जिन्हें सतत आपके दर्शन का सुख और आपकी सुरक्षा प्राप्त होती है?'

एक बार, द्रौपदी, कृष्ण की सभी पत्नियों के पास गई और उसने उन सभी से कृष्ण के साथ उनके विवाह की कथा सुनाने को कहा। सबने अत्यंत प्रसन्नतापूर्वक बताया कि कृष्ण ने उनसे कितने मनोहर तरीक़े से विवाह किया था। द्रौपदी ने जब उनसे पूछा कि वे कृष्ण को मनुष्य मानती हैं अथवा भगवान, तो उन्होंने कहा कि कृष्ण, जैसे अपनी प्रत्येक भूमिका में आदर्श हैं, उसी तरह वे एक आदर्श पति भी हैं। परंतु कृष्ण की पत्नियों का

दृष्टिकोण कृष्ण के प्रति भगवान जैसा ही था। वे कृष्ण की प्रत्येक सेवा को अपना सौभाग्य मानती थीं क्योंकि उसी से उन्हें मुक्ति मिलना संभव था।

उस पावन स्थल पर वे सभी साधु-महात्मा भी पहुँचे जो उस परमेश्वर की एक झलक पाना चाहते थे, जो उनके ध्यान में सदा से वास करता आया है।

भगवान ने उनका स्वागत किया और बोले, 'इस संसार में, लोग विभिन्न तरीक़ों से आध्यात्मिक उत्थान पाना चाहते हैं, जिसके लिए वे कठोर तपस्या करते हैं, पूजा करते हैं, तीर्थयात्रा पर जाते हैं आदि। इन तरीक़ों से मन को शुद्ध करने में बहुत समय लगता है, किंतु आपके जैसे महात्माओं के दर्शन मात्र से व्यक्ति का लाखों वर्षों का अज्ञान दूर हो जाता है। ऐसा व्यक्ति, जो किसी प्रतिमा को तो पूजनीय वस्तु समझता है किंतु किसी महात्मा के भीतर की दिव्यता को नहीं पहचान पाता, वास्तव में मूर्ख होता है, जैसे गधा, मवेशियों के चरने के लिए घास का बोझ उठाकर चलता है।'

यह कहकर, भगवान ने, महात्माओं को सम्मान देने के महत्त्व को समझाने के उद्देश्य से, उन सब महात्माओं को प्रणाम किया क्योंकि उन्होंने परमात्मा की प्राप्ति के लिए अपना सर्वस्व त्याग दिया था।

महात्माओं ने उत्तर दिया, 'यहाँ तक कि हम लोग भी, जिन्हें सत्य का ज्ञान है, आपकी मनुष्य रूप में शानदार और मोहित कर देने वाली लीला को देखकर विस्मित हो जाते हैं। आपकी लीला सचमुच अद्‌भुत है। आप हम जैसे धार्मिक लोगों के लक्ष्य हैं और आज, आपसे मिलकर हमारे जीवन का ध्येय पूर्ण हो गया है। ज्ञान पाने के लिए हमारी साधना व हमारी तपस्या और आध्यात्मिक प्रक्रियाओं का हमें फल मिल गया है क्योंकि आप ही वह सर्वश्रेष्ठ उपलब्धि हैं जिसे व्यक्ति अपने जीवन में प्राप्त करना चाहता है। हे कृष्ण, आपको प्रणाम करते हैं! आप परमेश्वर और हम सबके स्वामी हैं।'

कृष्ण के पिता, वसुदेव के मन में एक इच्छा जाग्रत हुई। वे उन ऋषियों के पास गए और उनसे पूर्वजन्म के कर्मों के प्रभाव को समाप्त करने हेतु यज्ञ करने की प्रार्थना की। ऋषियों ने वसुदेव को दयापूर्वक देखा और उत्तर दिया, 'पूर्वजन्म के कर्मों के प्रभाव को नष्ट करने का सबसे अच्छा तरीक़ा भगवान विष्णु से प्रेम करना है और प्रभु तो स्वयं आपके पुत्र रूप में आपके पास आ गए हैं। आपने पिछले जन्मों में जो भी यज्ञ आदि किए हैं, उन सबका शुभ फल आपको इस जन्म में पुत्र रूप में मिल गया है। आपको अन्य अनुष्ठानों में समय नष्ट करने की क्या आवश्यकता है? इसलिए, उनकी वंदना कीजिए और परमानंद को प्राप्त कीजिए!'

परंतु भगवान की माया से ग्रस्त वसुदेव, कृष्ण को केवल पुत्र रूप में ही देख पाते थे। धार्मिक अनुष्ठानों में अपने पिता की रुचि और आस्था को देखते हुए, भगवान कृष्ण ने वसुदेव से कहा कि वे अपनी इच्छा से जो चाहें यज्ञ कर सकते हैं। यज्ञ संपन्न होने के बाद, सबने भगवान कृष्ण के साथ पवित्र सरोवर में स्नान किया।

इस प्रकार, सबने कृष्ण के साथ आनंदपूर्वक अनेक दिन बिताए। सब लोग, भगवान से प्रेम के अलग धागों से बँधे हुए थे और कृष्ण भी उन सबको अलग-अलग ढंग से

प्रसन्न रखते थे। तीन माह बीत जाने के बाद, वे सब कृष्ण से दुःखी मन से अलग हो गए और अपने-अपने घरों को लौट गए।

एक दिन, द्वारका में जब कृष्ण अपने दरबार में बैठे थे, तो एक अपरिचित व्यक्ति आया और उसने कृष्ण को प्रणाम किया। उसने जरासंध के बंदीगृह में क़ैद अनेक राजाओं की, जो उसे भूमिधर शुल्क नहीं देते थे, दुर्दशा का उल्लेख किया। ऐसे लगभग बीस हज़ार पराजित राजाओं को जरासंध ने गिरिव्रज नामक दुर्ग में क़ैद किया हुआ था। उन बंदी राजाओं ने उस दूर को कृष्ण के पास सहायता माँगने भेजा था।

'हे प्रभु,' उनका संदेश था, 'राजसी जीवन का सुख, स्वप्न की तरह, क्षणिक होता है। जीवन उन तत्त्वों के अधीन है, जो हमारे नियंत्रण से परे हैं और इसीलिए जीवन अनिश्चितताओं से भरा है। हम दयनीय प्राणी हैं जो इच्छा के मार्ग पर चल रहे हैं जिसके कारण हमें पीड़ा भोगनी पड़ती है। आप अपनी शरण में आने वालो के दुःखों को दूर करते हैं, इसलिए हम आपसे विनती करते हैं कि आप हमें भी इस दासता से मुक्त करवाएँ।'

यह संदेश अभी समाप्त ही हुआ था कि तभी देवर्षि नारद वहाँ आ गए। कृष्ण ने उठकर उन्हें प्रणाम किया तथा अपने निकट आसन पर बैठाया। 'हे सर्वव्यापी प्रभु,' नारद ने कहा, 'मैं आपकी शरण में आया हूँ। इस अस्थायी जीवन में फँसे प्राणियों के हित के लिए तथा उन्हें इस बंधन से मुक्त करवाने हेतु आपने यह लीला अवतार धारण किया है। मैं आपको बताना चाहता हूँ कि आपकी बुआ कुंती के पुत्र एवं आपके भक्त युधिष्ठिर के हृदय में क्या इच्छा है। मैंने उन्हें राजसूय यज्ञ करने का सुझाव दिया है, जिसके बाद उन्हें सम्राट की पदवी मिल सकेगी। उन्होंने मुझे आपके पास आपके आशीर्वाद एवं अनुमोदन हेतु भेजा है।'

कृष्ण ने यादव प्रमुखों से परामर्श किया और यह निर्णय लिया कि वे सब युधिष्ठिर के राजसूय यज्ञ में जाने से पूर्व जरासंध को पराजित करने के पक्ष में थे। कृष्ण ने अपने प्रधानमंत्री उद्धव से उनकी राय माँगी। उद्धव ने उत्तर दिया, 'हे प्रभु, आपको पांडवों की तथा उन राजाओं की सहायता अवश्य करनी चाहिए जिन्होंने आपसे याचना की है। चूँकि राजसूय यज्ञ का प्रथम अनुष्ठान दिग्विजय होता है, इसलिए दोनों ही उद्देश्यों की पूर्ति के लिए जरासंध को परास्त करना आवश्यक है। जरासंध की पराजय से अनेक उद्देश्य पूरे हो जाएँगे और संसार को उस दुष्ट से मुक्ति भी मिल जाएगी। यह राजसूय यज्ञ, पांडवों के सत्कर्मों तथा जरासंध के कुकर्मों का परिणाम सिद्ध होगा। इसलिए, हमें पहले जरासंध को समाप्त करना चाहिए ताकि युधिष्ठिर राजसूय यज्ञ करने का अधिकारी हो जाए और फिर उसे बंदी राजाओं का समर्थन भी प्राप्त हो जाएगा।'

उद्धव का सुझाव सबको पसंद आया। कृष्ण विशाल दल के साथ इंद्रप्रस्थ के लिए निकल पड़े। द्वारका से लेकर इंद्रप्रस्थ तक की उनकी यात्रा में उन्हें सबका समर्थन मिला। बड़ी संख्या में लोग पृथ्वी पर भगवान की एक झलक पाने को आतुर थे। कुछ समय बाद, वे पांडवों की राजधानी पहुँच गए। युधिष्ठिर और उसके भाइयों को समझ नहीं आ रहा था कि वे अपने प्रिय फुफेरे भाई, मित्र और भगवान कृष्ण का स्वागत-सत्कार किस प्रकार

करें। उन्होंने कृष्ण को गले से लगाया और फिर उन्हें अपनी राजसभा में, जिसका नाम मय सभा था और जिसे दैत्यों के शिल्पी, मय दानव ने बनाया था, ले गए।

यह सभागार अत्यंत आश्चर्यजनक स्थान था और कृष्ण ने ही मय दानव को उस सभागार में भ्रामक प्रबंध करने का निर्देश दिया था क्योंकि वे जानते थे कि द्वापर युग की समाप्ति के बाद, कलियुग आरंभ होने वाला था। कृष्ण ने जिस उद्देश्य से अवतार लिया था, वह पूरा करना शेष था। उस सभागार को देखने के लिए दूर-दूर से लोग आते थे। वहाँ किसी जगह पर सरोवर दिखाई देता था जबकि वास्तव में, वहाँ कुछ नहीं था; कहीं द्वार दिखाई पड़ता जबकि वहाँ दीवार थी; कहीं शीशा प्रतीत होता था जबकि वहाँ शीशा नहीं था। वास्तव में, वह सभागार दृष्टिभ्रम से भरा था और उसमें दुष्ट तथा घमंडी लोगों को मूर्ख बनाने की भरपूर क्षमता थी। मय दानव ने भीम को शतुरग्दिनी नाम की शक्तिशाली गदा तथा अर्जुन को देवदत्त नाम का अत्यंत सुंदर शंख भी प्रदान किया था। पांडवों ने इस शानदार सभागार में, कृष्ण और उनके साथ आए यदुवंशियों का ज़ोरदार स्वागत किया। उन्होंने कुछ माह तक पांडवों के साथ रहकर राजसूय यज्ञ से पहले की तैयारियों का निरीक्षण किया।

यह समूचा संसार विशुद्ध चेतना के अतिरिक्त कुछ नहीं है,
यह ऐसा ही था और ऐसा ही है।
यहाँ तक कि जब आकृतियों की अवधारणा तथा
प्रदेशों एवं विचारों का अनुभव नहीं होता,
तब भी केवल यही चेतना मौजूद होती है।

—योग वशिष्ठ

हरि ॐ तत्सत्

ॐ

ओउम् भक्तवदलाय नमः!

अध्याय 20

राजसूय यज्ञ

मूकं करोति वाचालम्,
पंगुम लंध्यते गिरिम,
यद कृपा तमाहम वन्दे,
परमानन्द माधवम्।

मैं उन आनंद के धाम माधव को प्रणाम करता हूँ, जिनकी कृपा से गूँगा बोलने लगता है और लंगड़ा पर्वत चढ़ जाता है।

नारद ने जैसा कि कृष्ण को बताया था, उन्होंने ही युधिष्ठिर के मन में राजसूय यज्ञ करने का विचार डाला था। नारद ने युधिष्ठिर को स्वर्ग में उसके पिता पांडु की स्थिति का उल्लेख किया, जो इंद्र के साथ आसन पर नहीं बैठ पाता था क्योंकि उसके पुत्रों ने अब तक राजसूय यज्ञ नहीं किया था। यह सुनकर युधिष्ठिर के मन में ग्लानि-भाव उत्पन्न हो गया और उसके शांत जीवन में अचानक अशांति और अनिश्चितता व्याप्त हो गई। वह निजी तौर पर राजसूय यज्ञ करने के पक्ष में नहीं था क्योंकि उसके लिए अन्य राज्यों को अपने अधीन करना तथा अपना वर्चस्व स्वीकार करने के लिए विवश करना आवश्यक था। दूसरी ओर, उसके पिता की इंद्र के साथ आसन पर बैठने की इच्छा को तथा उसके शेष भाइयों की राजसूय यज्ञ करने की इच्छा को देखते हुए, युधिष्ठिर परेशान हो गया। इसलिए उसने नारद से कहा कि कृष्ण को आमंत्रित करके उनकी राय ली जाए। भगवान की संगति में इतना समय रहने के बाद, युधिष्ठिर ने अपनी स्वभावगत विनम्रता के साथ कृष्ण से पूछा कि क्या वे उसे राजसूय यज्ञ करने के इस योग्य समझते थे। कृष्ण ने युधिष्ठिर को आश्वासन दिया कि वह उस यज्ञ को अवश्य कर पाएगा किंतु उससे पहले जरासंध को परास्त करना आवश्यक है क्योंकि पांडवों को सबसे अधिक ख़तरा उसी से होगा। कृष्ण ने तब युधिष्ठिर को जरासंध के जन्म की कथा सुनाई।

'मगध का राजा बृहद्रथ संतानहीन था। उसने एक महान ऋषि चंडकौशिक की उपासना की, जिसने राजा से प्रसन्न होकर उसे एक आम का फल दिया और उससे कहा

कि वह उस फल को अपनी पत्नी को खिला दे। बृहद्रथ की दो रानियाँ थी, इसलिए उसने आम के दो हिस्से करके आधा-आधा फल दोनों रानियों को खिला दिया। कुछ समय बाद, दोनों रानियों ने आधे-आधे शिशु को जन्म दिया। राजा बृहद्रथ बहुत निराश हो गया। उसने शिशु के दोनों हिस्से नगर के बाहर कचरे के ढेर में फिंकवा दिए। जरा नाम की एक राक्षसी ने उन टुकड़ों को उठा लिया और दोनों को ज्यों ही सही स्थिति में रखा, दोनों हिस्से जुड़ गए और उससे एक पूर्ण बालक बन गया। जरा ने उस बालक को राजा को सौंप दिया, जिसने उस शिशु का नाम राक्षसी के नाम पर जरासंध रख दिया। वही बालक बड़ा होकर क्रूर और निर्दयी हो गया। उसने अनेक राजाओं को बंदी बना लिया है और वह अब उन राजाओं की भगवान शिव के सामने बलि देना चाहता है। उसने मथुरा पर भी अनेक बार आक्रमण किया, जिसके कारण मुझे अपने लोगों की रक्षा हेतु उन्हें द्वारका ले जाना पड़ा। जरासंध अजेय है, किंतु जिस स्थान से जरा ने उसका शरीर जोड़ा था, उसका वह भाग कमज़ोर है। उसे सैन्य युद्ध में परास्त करना असंभव है, किंतु द्वंद्व में उसे वह व्यक्ति परास्त कर सकता है जिसे उसकी कमज़ोरी पता हो। यह कार्य भीम आसानी से कर सकता है।'

कृष्ण ने पूरी योजना बनाई। राजसूय का प्रथम चरण दिग्विजय यात्रा थी। इसमें राजा, अपने दूतों को सभी राजाओं के पास भेजकर भूमिधर शुल्क माँगता था और उसके माध्यम से वे सब राजा उसे सम्राट मान लेते थे। कृष्ण ने सुझाव दिया कि अर्जुन, भीम, नकुल और सहदेव को अलग-अलग दिशाओं में सभी राजाओं को अपने अधीन करने के लिए भेजा जाए। ऐसा ही किया गया तथा अधिकतर राजाओं ने शुल्क देकर युधिष्ठिर को सम्राट मान लिया क्योंकि वे सब उसे बहुत पसंद करते थे। इसीलिए, युधिष्ठिर को अजातशत्रु (जिसका कोई शत्रु न हो) भी कहा जाता है।

अब केवल जरासंध शेष था। उसका जीवन इस महान सत्य को दर्शाता है कि सद्भाव और सदाचार के अभाव में भगवान की पूजा व्यर्थ है। वह भगवान शिव का महान भक्त था किंतु उसने बलिदान के लिए बहुत-से राजाओं को बंदी बना रखा था। कृष्ण ने पांडवों को समझाया कि ईश्वर के प्रति निष्ठा के साथ मनुष्य को अन्य मनुष्यों के प्रति भी दयालु होना चाहिए। भक्ति की पूर्ण सफलता के लिए, भक्ति का धर्म के साथ चलना आवश्यक है। कृष्ण ने कहा कि वे स्वयं भीम और अर्जुन के साथ ब्राह्मण के वेश में जरासंध के पास जाएँगे और उसे द्वंद्व के लिए चुनौती देंगे। शुरू में युधिष्ठिर ने इस बात का विरोध किया, किंतु फिर सदा की तरह, उसने बात मान ली और तीनों लोग चल पड़े।

वे तीनों, संन्यासियों का वेश धारण करके, जरासंध की राजधानी माहिष्मती पहुँचे। वे यदि अपने सामान्य वेश में जाते तो जरासंध से मिलने के लिए उन्हें कई सप्ताह बाहर प्रतीक्षा करनी पड़ती। साधु के वेश में होने के कारण, उन्हें तत्काल भीतर जाने की अनुमति मिल गई और जरासंध ने उनका स्वागत किया। उन्हें जलपान दिया गया किंतु उन्होंने वह भोजन स्वीकार नहीं किया। तब जरासंध ने पूछा कि वे कौन हैं और क्या चाहते हैं।

कृष्ण ने उत्तर दिया, 'हम तुम्हारे शत्रु हैं और तुमसे तत्काल द्वंद्व करना चाहते हैं। चूँकि तुम अधर्म में लिप्त हो, इसलिए यह हमारा कर्तव्य है कि हम तुम्हें सन्मार्ग दिखाएँ। तुम हम तीनों में से किसी एक को द्वंद्व के लिए चुन सकते हो।'

यह सुनकर जरासंध को आश्चर्य हुआ। उसने उनकी ओर ध्यान से देखा और कहा, 'तुम लोग कौन हो और क्षत्रिय होते हुए भी ब्राह्मण का वेश धारण करके क्यों आए हो? तुमने मेरा आतिथ्य भी अस्वीकार कर दिया, जलपान भी नहीं लिया और अब तुम यह विचित्र विनती कर रहे हो। मैं जानना चाहता हूँ कि तुम लोग कौन हो।'

'तुम ठीक कहते हो,' कृष्ण ने कहा, 'हम ब्राह्मण नहीं, अपितु क्षत्रिय हैं। हम तुम्हारे शत्रु हैं, इसलिए हमने तुम्हारा आतिथ्य स्वीकार नहीं किया। मैं वृष्णि वंशी वसुदेव का पुत्र, कृष्ण हूँ। यह पांडवों का मँझला भाई, अर्जुन है। और, यह अर्जुन का बड़ा भाई भीम है, जिसने हिडिंब और बकासुर जैसे राक्षसों को मारा है और यह अजेय है। तुम हम तीनों में से किसी से भी युद्ध कर सकते हो।'

जरासंध ने सिर को पीछे झटका दिया और ठहाका लगाया। 'ओह, तो तुम कृष्ण हो?' उसने उपहास करते हुए कहा, 'मैंने तुम्हें युद्ध में अट्ठारह बार पराजित किया है और तुम्हें भागकर द्वारका जाना पड़ा, जहाँ तुम मेरे डर से छिपकर रहते हो! मैं तुमसे कैसे लड़ सकता हूँ? अर्जुन तो अभी छोटा बालक है। इसके जैसे बालक से द्वंद्व करना मेरे जैसे योद्धा को शोभा नहीं देता। मैं भीम से द्वंद्व के विषय में सोच सकता हूँ, हालाँकि यह भी मेरी तुलना में तुच्छ ही है, किंतु यह तुम दोनों से बेहतर है!'

कृष्ण ने हँसकर उत्तर दिया, 'राजन! तुम शायद भूल गए हो कि गोमांतक पर्वत पर क्या हुआ था जब तुम वहाँ आग लगाकर चले गए थे और अपनी विजय पर हर्षित हो रहे थे। तुम शायद द्रौपदी का स्वयंवर भी भूल गए हो, जब यह अर्जुन, जिसे तुम "बालक" कह रहे हो, वहाँ उपस्थित सब राजाओं को परास्त करके तुम्हारे सामने से द्रौपदी को ले गया था। परंतु, अब हम अतीत के विषय में बातें करके समय नष्ट नहीं करना अपितु भविष्य की तैयारी करनी चाहिए!'

भीम, जो द्वंद्व के लिए बेचैन हो रहा था, तत्काल तैयार हो गया। दोनों ने द्वंद्व के लिए गदा को अपना हथियार चुना क्योंकि वे दोनों ही गदा-युद्ध में दक्ष थे। समतल भूमि को रण के लिए चुना गया और युद्ध आरंभ हो गया। दोनों के दमदार गदा परस्पर टकराने लगे। दोनों ही बराबर के थे, किंतु हिडिंब और बकासुर की तुलना में, जरासंध कहीं अधिक शक्तिशाली था। जरासंध का भी भीम जैसे योद्धा से पहले सामना नहीं हुआ था। उसने सोचा था कि वह भीम को कुछ ही घंटों में परास्त कर देगा किंतु वह द्वंद्व कई दिन चलता रहा। संध्या के समय, जब द्वंद्व रुकता था तो भीम थका-हारा शिविर लौटता। उसकी हड्डियाँ टूटी और तन बुरी तरह लहूलुहान होता था, किंतु कृष्ण धीरे-धीरे उसकी मालिश करके स्वस्थ कर देते थे और वह अगले दिन द्वंद्व के लिए फिर तैयार हो जाता था। सोलहवें दिन, भीम ने कृष्ण से कहा, 'हे माधव, मेरे लिए इस व्यक्ति को परास्त करना बहुत कठिन है।'

कृष्ण ने भीम को सांत्वना दी और उसके भीतर अपनी आध्यात्मिक शक्ति का संचार कर दिया। फिर उन्होंने भीम को जरासंध की कमज़ोरी की याद दिलाई, जिसका उन्होंने इंद्रप्रस्थ में उल्लेख किया था। 'तुम जरासंध को नीचे गिराकर उसके शरीर को बीच में से चीर देना तथा फिर उसके शरीर के दोनों हिस्सों को विपरीत दिशा में फेंक देना। यदि

तुमने वे हिस्से विपरीत दिशा में नहीं फेंके तो वे फिर से जुड़ जाएँगे। यह वरदान उसे अपनी माँ जरा से मिला था।'

अगले दिन, द्वंद्व फिर से आरंभ हुआ। कृष्ण से सुझाव लेने के बाद, भीम बड़े उत्साह से लड़ रहा था किंतु जरासंध उस पर हावी हो रहा था। भीम ने सही अवसर पाकर, जरासंध को नीचे गिरा दिया और उसे मध्य से चीर दिया तथा उसके शरीर के दो हिस्से कर दिए। परंतु वह उन हिस्सों को विपरीत दिशा में फेंकना भूल गया, जैसा कि कृष्ण ने निर्देश दिया था। भीम ने ख़ुशी से कृष्ण की ओर देखा, किंतु कृष्ण को क्रोध आ रहा था। भीम ने देखा कि उसके शत्रु का शरीर फिर से जुड़ गया और वह तत्काल उठ खड़ा हुआ क्योंकि वह समझ गया कि उसका भेद खुल गया था। वह चीते की तज़ी से भीम पर झपटा। नीतिसम्मत युद्ध के सब नियम टूट चुके थे और दोनों योद्धा एक-दूसरे के प्राण लेने पर उतारू थे। अंत में, किसी महामानव जैसा प्रयास करते हुए, भीम ने जरासंध को पछाड़ दिया। उसने जरासंध की छाती पर घुटने रख दिए और हाथों से उसे दबाते हुए। भीम ने एक बार फिर कृष्ण की ओर देखा। कृष्ण उसे देखकर मुस्कराए तो उनकी मुस्कान को देखकर, भीम में नई शक्ति का संचार हो गया। उसी क्षण, कृष्ण ने नीचे से एक तिनका उठाया और उसे दो भागों में चीरकर, दोनों हिस्से विपरीत दिशाओं में उछाल दिए। यह देखकर, भीम को कृष्ण का निर्देश याद आ गया और उसने लपक कर जरासंध के पैर पकड़ लिए। फिर उन्हें मध्य से चीर डाला तथा दोनों हिस्से विपरीत दिशाओं में उछाल दिए। ऐसा करते ही, मगध के शक्तिशाली राजा जरासंध का अंत हो गया। सारे नागरिक बहुत प्रसन्न हुए क्योंकि जरासंध बहुत क्रूर शासक था, जो किसी तरह की अवज्ञा सहन नहीं करता था और अपराधियों को अत्यंत कठोर दंड देता था।

जरासंध का पुत्र, सहदेव, भगवान कृष्ण का भक्त था। उसे राजा बना दिया गया। उसने सनातन धर्म का पालन करने और राजसूय यज्ञ में युधिष्ठिर की सहायता करने का वचन दिया। बंदी बनाए राजाओं को मुक्त कर दिया गया और उन्होंने भी बिना अपवाद, युधिष्ठिर की सहायता का समर्थन किया। जरासंध के भयानक बंदीगृह से मुक्ति पाने और भगवान के सुंदर रूप का दर्शन करने के उपरांत, सभी राजाओं ने कृष्ण के चरणों में प्रणाम किया और उन्हें परमात्मा मानकर उनकी वंदना की। उन्होंने भगवान से प्रार्थना की, 'हमें आशीर्वाद दीजिए कि हम प्रत्येक जन्म में सदा आपके चरणों का स्मरण करते रहें।'

कृष्ण ने उन सबको सम्मान सहित उनके देश वापस भेज दिया और अपने दोनों भाइयों के साथ इंद्रप्रस्थ लौट आए। उन्होंने एक तीर से दो शिकार किए थे। जरासंध का वध करने के साथ, उन्होंने अनेक राजाओं को भी अपने पक्ष में कर लिया था। उन्हें वापस आते देख युधिष्ठिर को बहुत प्रसन्नता हुई। उसने कृष्ण को प्रणाम किया और कहा, 'आपके आदेश का देवता भी दास की भाँति पालन करते हैं, फिर भी यह आपकी लीला है जो आप मेरे जैसे मनुष्य के, जो स्वयं को राजा समझता है, निर्देश का पालन करते हैं।'

राजसूय यज्ञ की तैयारियाँ आरंभ हो गईं। भगवान ने स्वयं प्रत्येक वस्तु का निरीक्षण किया। वे अपने भक्त, युधिष्ठिर के लिए सर्वश्रेष्ठ की कामना करते थे। धार्मिक अनुष्ठान को संपन्न करवाने के लिए देश के सर्वोच्च पुरोहितों को बुलवाया गया। भारतवर्ष के समस्त

राजा और उनकी प्रजा को यज्ञ में आमंत्रित किया गया था और वे सब इंद्रप्रस्थ पहुँच गए।

पुरोहितों ने यज्ञ की भूमि को सोने के हल से जोता और वहाँ युधिष्ठिर को यज्ञ से संबंधित नियमों एवं वचनों की जानकारी दी। उनके बर्तन आदि भी स्वर्ण के थे। युधिष्ठिर के प्रत्येक संबंधी को अलग-अलग अनुष्ठान का दायित्व सौंपा गया था। भीम को भोजन का कार्यभार मिला था क्योंकि वह स्वयं एक शानदार रसोइया था। सहदेव को अतिथियों के अभिनंदन तथा नकुल को भंडार-गृह सँभालने का कार्य दिया गया था। अर्जुन वृद्धजनों की देखभाल में व्यस्त था और द्रौपदी को भोजन परोसना का काम मिला था। कौरव भी वहाँ उपस्थित थे तथा दुर्योधन को कोष सँभालने का दायित्व दिया गया था। कर्ण, जो अपनी दानवीरता के लिए विख्यात था, उपहार आदि देने का निरीक्षण कर रहा था। इस तरह सभी को अलग-अलग कार्य दिए गए थे। युधिष्ठिर ने कृष्ण को समग्र निरीक्षण के अतिरिक्त कोई कार्य नहीं करने दिया, किंतु कृष्ण चाहते थे कि उन्हें भी कोई विशिष्ट कार्य दिया जाए। आख़िर, युधिष्ठिर ने राजसूय के एक महत्त्वपूर्ण अनुष्ठान का उल्लेख करते हुए कहा, 'हमें तो आपके चरण धोकर आपका सम्मान करना चाहिए! मैं आपको कोई कार्य कैसे दे सकता हूँ?'

भगवान कृष्ण ने जान-बूझकर युधिष्ठिर के शब्दों का ग़लत अर्थ निकाला और सभी अतिथियों के पैर धोने लगे तथा उनके जूठे बर्तन साफ़ करने लगे! युधिष्ठिर इतना विनम्र और निष्ठावान था कि भगवान ने स्वयं उसके ऐसे तुच्छ कार्य करना स्वीकार कर लिया। यदि भगवान की कृपा से मूक बोल सकता है और लंगड़ा पर्वत चढ़ सकता है तो उनकी कृपा से युधिष्ठिर को, जिसने अपना सर्वस्व कृष्ण के चरणों में अर्पित कर दिया था, क्या नहीं मिल सकता था? राजसूय यज्ञ अत्यंत सफल रहा। ऐसी कोई जगह न थी, जहाँ कृष्ण की दृष्टि नहीं थी। वे कभी अपनी बाँसुरी से अतिथियों का मनोरंजन करते थे तो कभी उनकी सेवा करते और उनके जूठे पत्तलों को उठाने लगते थे।

इंद्रप्रस्थ में ऐसे लोगों के लिए सब तरह के मनोरंजन के साधन, जैसे - उद्यान, नृत्य सभागार, आदि उपलब्ध थे जिनकी सारा समय यज्ञ स्थल पर बैठकर धार्मिक अनुष्ठानों को देखने में रुचि नहीं थी। भारतवर्ष के सभी राजा, संत और ब्राह्मण आए हुए थे। यहाँ तक कि देवताओं को भी स्वयं वहाँ पहुँचकर तथा उन्हें अर्पित वस्तुएँ निजी तौर पर स्वीकार करनी थीं। सब लोग अत्यंत संतुष्ट थे और सबने युधिष्ठिर की बहुत प्रशंसा की। उन सब राजाओं की ओर से, जिन्होंने युधिष्ठिर को भूमिधर शुल्क देने का वचन दिया था, बड़ी मात्रा में धन, रत्न, घोड़े, हाथी और पशु-धन आ रहा था। लक्ष्मी देवी का अवतार रूप, रुक्मिणी भी कृष्ण के साथ आई थी और कृष्ण ने उन्हें कहा था कि यज्ञ में किसी वस्तु का भाव नहीं होना चाहिए और इसीलिए युधिष्ठिर के कोष में धन, पानी की तरह बह रहा था।

एकमात्र व्यक्ति, जो वहाँ अनिच्छा से आया था, चेदि का राजकुमार शिशुपाल था। वह अनेक वर्षों से, रुक्मिणी हरण के कारण, कृष्ण से चिढ़ा हुआ था। उसके माता-पिता भी, जो कृष्ण के भक्त थे, यज्ञ में भाग लेने आए थे। शिशुपाल की माता, कृष्ण की बुआ थी किंतु शिशुपाल ने यज्ञ में आने के लिए शर्त रखी थी कि उसे अपने रहने के लिए एक अलग भवन चाहिए ताकि उसे कृष्ण से न मिलना पड़े। इस कारण, जिस समय सब लोग

सुबह से रात्रि तक तरह-तरह से अपना मनोरंजन करने और आनंद मनाने में व्यस्त थे, शिशुपाल अकेला अपने आवास में बैठा रहता था। वह डर के कारण उद्यान में टहलने भी नहीं निकलता था कि कहीं कृष्ण से उसकी भेंट न हो जाए। वह ईर्ष्या से भरा संगीत, परिहास और आमोद-प्रमोद के स्वर सुनता रहता था। कृष्ण के प्रति उसकी घृणा, उसकी आदत बन गई थी और कंस की भाँति, वह भी कृष्ण के विषय में रात-दिन सोचता रहता था। आख़िर, उससे यह सब सहन नहीं हुआ। 'मुझे बाहर जाना ही पड़ेगा,' उसने सोचा। 'मुझे किसी से भयभीत होने की क्या आवश्यकता है? मैंने कोई ग़लती नहीं की है। यदि कृष्ण में साहस है, तो वह मेरा सामना करे! मुझे विश्वास है कि वह स्वयं मुझसे नहीं मिलना चाहता!'

ऐसी हास्यास्पद बातें सोचकर और मन में साहस भरकर, वह बाहर निकला और ऐसे दिखावा करने लगा मानो उसे किसी की चिंता नहीं थी। संयोग से, बाहर निकलते ही जिस प्रथम व्यक्ति से उसकी भेंट हुई, वह उसकी घृणा का पात्र था। शिशुपाल ने ऐसे बर्ताव किया मानो उसने कृष्ण को नहीं देखा और वह मुस्कराता हुआ वहाँ से जाने लगा। उसे लगा कि कृष्ण उसे मार्ग देंगे। परंतु कृष्ण ऐसे नहीं थे और अब उनसे टकराना तय था। शिशुपाल को रुकना पड़ा। तभी कृष्ण बोले, 'अरे भाई! मैं तुम्हें ही खोज रहा था। तुम दिखाई क्यों नहीं दे रहे हो? मैं तुम्हारा हाल-चाल पूछने ही आ रहा था।'

शिशुपाल ने अकड़कर कृष्ण को देखा और वह बिना उत्तर दिए आगे जाने लगा। कृष्ण, उसे देखकर मुस्कराए। हालाँकि शिशुपाल मूर्ख था, फिर भी कृष्ण के मन में उसके लिए थोड़ी दया थी।

एक अन्य व्यक्ति जो राजसूय यज्ञ से चिढ़ा हुआ था, वह था दुर्योधन। अपने भाई युधिष्ठिर की बढ़ती धन-संपत्ति और उसके मान-सम्मान को देखकर, उसे खीझ और ईर्ष्या हो रही थी। उसने और कर्ण ने मिलकर एक योजना बनाई ताकि राजसूय यज्ञ में धन का अभाव दिखाकर उसका लज्जाजनक अंत किया जा सके। चूँकि दुर्योधन को राजकोष का तथा कर्ण को उपहार आदि सँभालने का कार्यभार सौंपा गया था, उन्होंने इतनी उदारतापूर्वक ख़र्च करने का निर्णय किया ताकि शीघ्र ही ख़ज़ाना ख़ाली हो जाए। दोनों ने, बहुत ख़ुशी से एक की जगह पचास देने आरंभ कर दिए, किंतु वे यह भूल गए कि युधिष्ठिर ने यज्ञ का सारा दायित्व भगवान के हाथों में सौंप रखा था, जिनकी दृष्टि सब जगह थी। वे शुरू से ही, कर्ण और दुर्योधन की चाल को देख रहे थे, इसलिए उन्होंने पहले ही, रुक्मिणी को सावधान कर दिया था। रुक्मिणी ने युधिष्ठिर को आशीर्वाद दिया जिसके कारण, जब भी राजकोष ख़ाली होता, वह भूमिधर शुल्क द्वारा फिर से भर जाता था। इस तरह, दुर्योधन ने जो सोचा था, उसका विपरीत हुआ। निर्धन ब्राह्मण, जो थोड़ा-सा धन प्राप्त करने की आशा लेकर आते थे, उन्हें हारी मात्रा में धन और उपहार मिलते थे। वे ब्राह्मण आश्चर्यचकित, किंतु प्रसन्न होकर, दुर्योधन के सामने ही युधिष्ठिर की प्रशंसा करते और उसे आशीर्वाद देते थे।

जिस दिन सोमरस के साथ मदिरा आदि की तैयारी की गई थी, युधिष्ठिर ने स्वयं यज्ञ के पुरोहितों का सम्मान किया। व्यास ने यह घोषणा की थी कि उस दिन से द्रौपदी

केवल सम्राट युधिष्ठिर की पत्नी बनकर रहेगी और वह भविष्य में किसी के साथ शारीरिक संबंध नहीं रखेगी। शेष चार भाइयों को उन्हें माता-पिता की तरह मानना होगा। उन्होंने व्यास की आज्ञा के सामने सिर झुकाया। इसके बाद, विशाल स्तर पर सम्राट और साम्राज्ञी का अभिषेक किया गया। अनुष्ठान के अंत में अग्र-पूजा अर्थात वहाँ उपस्थित सबसे श्रेष्ठ व्यक्ति की पूजा की बात उठी।

युधिष्ठिर ने मन में यह पहले ही तय कर लिया था कि इस अग्र-पूजा के लिए कृष्ण से अधिक उपयुक्त व्यक्ति कोई नहीं है। परंतु शेष लोगों के साथ मतभेद होने की संभावना के चलते, उसने अपने छोटे भाई सहदेव से पूछा, जो बहुत विद्वान था। सहदेव ने निस्संकोच उत्तर दिया, 'पूज्य भगवान कृष्ण, जो सबके रक्षक हैं, ही अग्र-पूजा के उचित पात्र हैं। यह संपूर्ण सृष्टि उनका स्वरूप है। उन्हीं की कृपा से, धर्म, अर्थ, काम और मोक्ष की प्राप्ति हो सकती है। इसलिए इस बात में कौन-सा संदेह है कि अग्र-पूजा के लिए कृष्ण को चुना जाना चाहिए? ऐसा करके, हम अपने समेत, सबकी पूजा कर सकेंगे। वृक्ष बहुत विशाल होता है, महाराज, और उसकी अनेक शाखाएँ होती हैं जिन पर पत्ते, फूल और फल लगते हैं। वास्तव में, शाखाएँ और पत्तियाँ इतनी अधिक होती हैं कि हमारा ध्यान उसी ओर जाता है। परंतु जब पानी देने का समय आता है, तो क्या किसी को संदेह होता है कि वृक्ष के किस भाग में पानी देना चाहिए? इसलिए, यदि आप चाहते हैं कि आपको इस यज्ञ के अनंत फल प्राप्त हों, तो अग्र-पूजा परमात्मा, सर्वश्रेष्ठ, सबसे शांत भगवान कृष्ण की होनी चाहिए।'

युधिष्ठिर अपने छोटे भाई का यह उत्तर सुनकर बहुत प्रसन्न हुआ। 'भगवान ही संसार रूपी वृक्ष की जड़ हैं। इसलिए निस्संदेह, अंतिम पूजा के समय, उन्हीं के चरण धोए जाने चाहिए!'

कुरु वंश के पितामह, भीष्म ने कहा, 'इस महान और गौरवशाली सभा में, कृष्ण सूर्य के समान अपनी असंख्य के साथ प्रकाशित हो रहे हैं। इनके बिना, यह सभागार निस्तेज हो जाएगा। यहाँ एकमात्र कृष्ण ही अग्र-पूजा के पात्र हैं।'

महर्षि व्यास ने इस बात का तुरंत समर्थन किया और कृष्ण को भगवान का अवतार घोषित कर दिया। अग्र-पूजा की तैयारी हो गई। भगवान कृष्ण को रत्नजड़ित आसन पर बैठाया गया। युधिष्ठिर अपने भाइयों एवं द्रौपदी के साथ हाथों में सुगंधित जल से भरे स्वर्ण-कलश लेकर आया। उसने भगवान कृष्ण के चरणों को स्वर्ण की थाली में रखा और अपनी आँखों से बहते प्रसन्नता के जल और प्रेम से उन्हें धोने लगा। युधिष्ठिर के भाइयों और द्रौपदी ने भी वैसा ही किया। इसके बाद, उन्होंने कलश में भरे पवित्र जल अपने और समस्त सभासदों के सिर पर छिड़का। सबको मूल्यवान उपहार और अर्पण करने के बाद, युधिष्ठिर खड़ा हो गया। उसकी आँखों में आँसू थे और भावुकता एवं आनंद से उसका गला रुँध गया था। सबने शानदार आसन पर बैठे भगवान कृष्ण को प्रणाम किया। सारी सभा कृष्ण से निकलने दिव्य प्रकाश से आलोकित हो रही थी। वहाँ बैठे लोग जय कृष्ण! जय वासुदेव! जय गोविंद! जय माधव! कह रहे थे और कृष्ण पर पुष्प-वर्षा कर रहे थे।

उसी शुभ घड़ी में, स्वयं मृत्यु से प्रेरित शिशुपाल लपका और चिढ़कर बोला, 'एक वर्णसंकर (युधिष्ठिर) ने नदी के पुत्र (भीष्म) से सुझाव माँगा है। और अग्र-पूजा के लिए एक ग्वाले को चुना गया है जिसने मिट्टी फाँकी है, माखन और गोपियों के वस्त्र चुराए हैं, उनके साथ रास किया है, अपने ही मामा कंस को मारा है तथा शक्तिशाली राजा जरासंध को छल से मरवाया है। तुम्हें गौरवशाली राजाओं और महान ऋषियों से भरी इस सभा में, इस तुच्छ यादव से बेहतर कोई नहीं मिला? यह कृष्ण यहाँ बैठे किसी भी व्यक्ति से स्थान अथवा कुल के संदर्भ में श्रेष्ठ नहीं है और इसे तो यहाँ आमंत्रित ही नहीं किया जाना चाहिए था। इसे अग्र-पूजा के लिए चुना जाना, इस पवित्र सभा का अपमान है। युधिष्ठिर! यह मत सोचना कि हमने तुम्हारी शक्ति से डरकर हार मान ली है। हम यहाँ इसलिए आए हैं क्योंकि हम तुम्हारी सज्जनता और विद्वता का सम्मान करते हैं। परंतु, कृष्ण को चुनकर तुमने यह सिद्ध कर दिया है कि तुम्हारे पास इन दोनों का ही अभाव है। मैं यहाँ रहकर अधिक अपमानित नहीं होना चाहता। आइए राजागण! हम इस यदुवंशी को इसी क्षण मार डालते हैं और पांडवों को पराजित कर देते हैं, जिन्होंने हमारा इस तरह घोर अपमान किया है!'

इस तरह बोलकर, शिशुपाल ने इतने वर्षों से अपने मन में दबी घृणा को बाहर निकाल दिया। सभा के लोग, तत्काल दो खेमों में बँट गए। कुछ युधिष्ठिर के और कुछ शिशुपाल के पक्ष में हो गए। राजसूय यज्ञ पर घृणित झगड़े का संकट मँडरा रहा था। जिस तरह गीदड़ के चिल्लाने पर सिंह ध्यान नहीं देता, उसी तरह कृष्ण ने भी शिशुपाल की बातों को अनसुना कर दिया। परंतु भीम, अर्जुन और सहदेव से यह अपमान सहन नहीं हुआ और उन्होंने उसी समय शिशुपाल को मार डाला होता, किंतु युधिष्ठिर ने उन्हें रोक लिया और उसने शिशुपाल को भी शांत करने का प्रयास किया। सभा में उपस्थित बहुत-से लोगों ने, भगवान कृष्ण का यह अपमान सहन न कर पाने के कारण अपने कान बंद कर लिए और सभागार से बाहर चले गए क्योंकि भगवान की निंदा सुनने वाला भी पाप का भागी बन जाता है।

बहुत पहले, कृष्ण ने अपनी बुआ और शिशुपाल की माँ को यह वचन दिया था कि वे शिशुपाल के सौ अपराध क्षमा कर देंगे। इसलिए, कृष्ण मुस्कराते रहे जबकि शिशुपाल अनर्गल बातें बोलता रहा। अंत में जब शिशुपाल ने देखा कि कृष्ण और भीष्म का मन-भरकर अपमान कर लेने के बाद भी उन दोनों पर कोई प्रभाव नहीं हुआ तो वह क्रोधी नाग की भाँति, कृष्ण को ललकारता हुआ उनकी ओर लपका। अर्जुन और अन्य लोगों ने तत्काल कृष्ण को घेरकर उन्हें बचा लिया। कृष्ण सहज रूप से अपने आसन से उठे और उन्होंने सबको एक तरफ़ हटा दिया। वे धीरे-धीरे शिशुपाल की ओर बढ़े, जो कृष्ण का सौ बार अपमान करके थक चुका था। शिशुपाल, जैसे ही तलवार लेकर कृष्ण की ओर दौड़ा, भगवान कृष्ण ने अपना सुदर्शन चक्र चला दिया। मृत्यु से एक क्षण पहले, शिशुपाल ने अपने पूर्वजन्म की झलक देखी और उसने हाथ जोड़कर भगवान को प्रणाम किया। चक्र ने अगले ही पल, शिशुपाल का सिर धड़ से अलग कर दिया। उसके शरीर से एक दिव्य ज्योति निकली तथा भगवान कृष्ण के चारों ओर व्याप्त आभामंडल में विलीन हो गई। कंस

की भाँति शिशुपाल भी इतने वर्षों से भगवान के विषय में सोच रहा था और अंत में वह भी उनमें लीन हो गया।

शिशुपाल का ऐसा अंत देखकर, युधिष्ठिर को आश्चर्य हुआ तो उसने नारद से पूछा कि शिशुपाल बचपन से ही कृष्ण का अपमान क्यों करता आया था।

देवर्षि नारद ने बताया कि एक बार भगवान विष्णु के धाम, वैकुंठ के दो प्रहरियों ने, जिनका नाम जय और विजय था, सनत्कुमार नाम के दो बाल-ऋषियों को भीतर प्रवेश नहीं करने दिया था। तब दोनों ऋषिकुमारों ने प्रहरियों को पृथ्वी पर जन्म लेने का शाप दिया। उन्होंने भगवान विष्णु से याचना की तो भगवान ने उन्हें दो विकल्प दिए। वे भगवान के भक्त बनकर सात बार अथवा भगवान के शत्रु बनकर तीन बार पृथ्वी पर जन्म ले सकते थे! भगवान ने कहा कि दोनों ही तरीक़ों से, वे सदा भगवान का स्मरण करते रहेंगे और निर्धारित समय में भगवान को प्राप्त कर लेंगे। जय और विजय ने भगवान का शत्रु बनना स्वीकार किया ताकि वे दोनों वैकुंठ जल्दी लौट सकें। उन्होंने यह भी याचना की कि तीनों जन्मों में उनका अंत भगवान के हाथों ही होना चाहिए। विष्णु ने उनकी यह बात मान ली। इस प्रकार, वे दोनों अपने प्रथम जन्म में हिरण्याक्ष और हिरण्यकशिपु बने, जिन्हें भगवान ने क्रमशः वराह अवतार और नरसिंह अवतार लेकर मारा था। दूसरी बार, जय और विजय ने रावण और कुंभकर्ण बनकर जन्म लिया, जिन्हें भगवान ने राम के अवतार में मारा था। यह उनका तीसरा जन्म था, जब उन्होंने शिशुपाल और दंतवक्र के रूप में जन्म लिया था। नारद ने कहा, 'शिशुपाल को तो मुक्ति मिल चुकी है और शीघ्र ही दंतवक्र को भी मोक्ष मिल जाएगा।'

राजसूय यज्ञ के अंत में, सम्राट युधिष्ठिर को द्रौपदी के साथ शानदार घोड़ों से युक्त स्वर्ण की ज़ंजीरों वाले रथ में बैठाया गया। इसके बाद, पुरोहितों ने राजा और रानी और नदी में स्नान करवाया। इसे अवाबृथ स्नान कहते थे। नगाड़े बज रहे थे और लोग नाच-गा रहे थे। राजसूय यज्ञ में भाग लेने वाले सभी लोगों ने नदी में स्नान किया जिसे अत्यंत शुभ समझा जाता था। यह समारोह का अंत था और उसके बाद सभी लोग सम्राट द्वारा सम्मानित किए जाने के बाद लौट गए। पांडवों ने कृष्ण और कौरवों से कुछ और समय रुककर उनका आतिथ्य स्वीकार करने की प्रार्थना की। हालाँकि यह निमंत्रण सुहृदय से दिया गया था, इसके माध्यम से उन चचेरे भाइयों के बीच एक भीषण युद्ध की नींव रखी जा रही थी।

पांडवों के राजमहल की भव्यता तथा राजसूय यज्ञ द्वारा उन्हें मिले यश से दुर्योधन को बहुत ईर्ष्या हो रही थी। वह यह सब अपने लिए भी चाहता था किंतु उसे इस वैभव को प्राप्त करने का तरीक़ा नहीं सूझ रहा था। एक दिन, युधिष्ठिर माया-सभा में अपने स्वर्ण आसन पर बैठा था। वह इंद्र के समान प्रभावी लग रहा था और उसके पास एक ओर द्रौपदी एवं दूसरी ओर कृष्ण बैठे थे। शेष पांडव भी आस-पास बैठे थे। उसी समय, रत्न-आभूषणों से सज्जित दुर्योधन ने अपने भाइयों के राजसभा में प्रवेश किया। वह अपनी प्रभुता दर्शाता हुआ, हाथ में तलवार पकड़े भला-बुरा बोल रहा था। जैसा कि पहले बताया गया है, उस माया-सभा में अनेक प्रकार के दृष्टि-भ्रम थे। दुर्योधन का सिर एक बार पहले

ही, दीवार से टकरा चुका था जबकि उसे उस जगह द्वार होने का भ्रम हुआ था। परंतु उसे अधिक बुरा नहीं लगा क्योंकि उसके साथ तब कोई नहीं था और किसी ने उसे दीवार से टकराते देखा नहीं था। हालाँकि उसने कुछ कन्याओं की हँसी अवश्य सुनी थी जो उसे कुछ परिचित-सी लगी थी।

परंतु उस दिन, वह अपने भाई के साथ सभा में आया तो उसे लगा कि वहाँ कमल-पुष्प का सरोवर है, जबकि वहाँ फ़र्श था। उस भ्रम के कारण वह अपने वस्त्र ऊपर उठाकर ध्यान से चल रहा था। इस दृश्य को देखकर पांचाली और भीम खिलखिलाकर हँस पड़े। दुर्योधन को क्रोध आ गया। वह आगे बढ़ा तो उसे फिर से एक सरोवर दिखा, किंतु वह इस बार सावधान था। उसे लगा कि वहाँ भी फ़र्श होगा, इसलिए वह मुस्कराते हुए आराम से आगे बढ़ा गया, किंतु वहाँ सचमुच पानी था। वह घुटनों तक भीग गया, उसके वस्त्र गीले हो गए और उसके गले में पड़े ढेरों हार परस्पर उलझ गए। द्रौपदी से हँसी रोकी नहीं गई। भीम ने भी उसके साथ ठहाका लगाया तथा सारी सभा दुर्योधन की ऐसी दशा देखकर हँसने लगी। युधिष्ठिर, जो किसी को कष्ट में नहीं देख सकता था, तत्काल उठकर दुर्योधन की सहायता के लिए दौड़ा। उसने दुर्योधन को पानी से बाहर निकाला, उसे नए वस्त्र और आभूषण दिए। परंतु दुर्योधन को इससे संतोष नहीं हुआ और उसने द्रौपदी एवं पांडवों से प्रतिशोध लेने का निश्चय कर लिया। 'मैं ऐसी ही भरी राजसभा में,' उसने मन में प्रण किया, 'द्रौपदी को सबके सामने उपहास का पात्र बनाऊँगा!'

भगवान कृष्ण, जिनकी उपस्थिति में यह सब हुआ, शांत रहे। ऐसा भी माना जाता है कि कृष्ण की शरारती और प्रेरक मुस्कान ने ही भीम और द्रौपदी का इतना साहस प्रदान कर दिया कि वे अपनी हँसी रोक नहीं सके! भगवान की लीला अत्यंत गूढ़ है और किसे पता, यह सब उन्हीं की योजना रही हो ताकि महाभारत युद्ध का कारण तैयार हो सके।

इस अपमानजनक पराजय के बाद, दुर्योधन ने इंद्रप्रस्थ से जाने का निश्चय कर लिया और वह तत्काल हस्तिनापुर चला गया। उसने अपने अपमान का बदला लेने का दृढ़ निश्चय कर लिया था और हस्तिनापुर पहुँचते ही उसने एक मंत्रियों की आपात बैठक बुलाई। बैठक के दौरान, शकुनि ने ताना मारते हुए कहा, 'क्या तुमने पांडवों का वैभव देखा? मुझे पूर्ण विश्वास है कि उन्होंने हमारे सामने अपना वैभव-प्रदर्शन करने के लिए ही हमें वहाँ बुलाया था। यदि हमने शीघ्र ही कुछ नहीं किया तो हमारा विनाश निश्चित है।'

दुर्योधन अब भी अपने हास्यास्पद ढंग से गिरने के बारे में सोच रहा था। 'क्या तुमने देखा कि घबराहट पर भीम और पांचाली कैसे हँस रहे थे? वह सोचकर मेरा रक्त उबलने लगता है। द्रौपदी की जब जग-हँसाई नहीं हो जाएगी, मुझे चैन नहीं मिलेगा!'

कौरव बैठकर, पांडवों से बदला लेने की सैकड़ों कुटिल योजनाएँ बनाते रहे।

कृष्ण और बलराम को भी जल्द ही इंद्रप्रस्थ से जाना पड़ा क्योंकि उन्हें समाचार मिला कि सौभ के राजा शाल्व ने द्वारका को घेर लिया था। वह शिशुपाल का मित्र था और रुक्मिणी के स्वयंवर के समय उसका भी अपमान हुआ था। उसने वहाँ उपस्थित समस्त राजाओं के सामने यह प्रतिज्ञा की थी कि वह संसार से यादव कुल को मिटा देगा। इसे पूरा

करने के लिए, उसने भगवान शिव की कठोर तपस्या की। शिव ने उसे वरदान में सौभ नामक एक विमान प्रदान किया था, जो महल के समान विशाल था और अदृश्य हो जाता था। (इस विमान का वर्णन किसी पर-ग्रही विमान से मिलता है।) शिशुपाल की मृत्यु का समाचार सुनने के बाद, शाल्व उचित समय की प्रतीक्षा कर रहा था और जैसे ही उसे पता लगा कि कृष्ण और बलराम इंद्रप्रस्थ गए हुए हैं तथा द्वारका की रक्षा का दायित्व प्रद्युम्न पर था, तो उसने द्वारका पर आक्रमण कर दिया।

उसने अपने सौभ विमान में बैठकर द्वारका पर किया और नगर के बाहरी जंगल और उद्यान नष्ट कर दिए। उसने फिर नगर के विभिन्न परकोटों पर आक्रमण किया ताकि उसकी सेना, जो ज़मीन पर आगे बढ़ रही थी, आसानी से भीतर प्रवेश कर सके। सौभ में से, जो अनेक तरह अकल्पनीय अस्त्र-शस्त्रों से सुसज्जित था, वज्रपात, ओला-वृष्टि, तूफ़ान और धूल के बादल निकल रहे थे। प्रद्युम्न एवं कृष्ण एक अन्य पुत्रों ने सत्ताईस दिनों तक नगर की रक्षा की। अंत में, शाल्व के मंत्री, द्युम्न के एक प्रहार से प्रद्युम्न घायल होकर मूर्छित हो गया। उसका सारथी उसे तत्काल रणभूमि से दूर ले गया। यह देखकर प्रद्युम्न को अपने सारथी पर बहुत क्रोध आया और उसने रथ तुरंत रणभूमि की ओर ले जाने का आदेश दिया।

सौभाग्य से, उसी समय भगवान कृष्ण भी पहुँच गए तथा उन्होंने आते ही शाल्व के साथ हो रहे उस युद्ध की दिशा बदल दी। शाल्व ने जब देखा कि वह परास्त हो रहा है, तो उसने मायावी चाल चली और वसुदेव की आकृति तैयार करके कृष्ण के समक्ष ले गया और फिर उसका सिर काट दिया। एक क्षण के लिए, कृष्ण अपने पिता की ऐसी दुर्दशा देखकर काँप उठे, किंतु अगले ही पल उन्हें समझ में आ गया कि वह शाल्व की मायावी चाल थी। उन्होंने तुरंत आगे जाकर शाल्व का वध कर दिया और सौभ को नष्ट कर दिया। उसी समय, शिशुपाल और शाल्व का एक मित्र, दंतवक्र आगे आया तो कृष्ण ने अपनी कौमुदकी गदा से उसका भी अंत कर दिया। शिशुपाल की भाँति, दंतवक्र के शरीर से भी दिव्य ज्योति निकली और भगवान में विलीन हो गई क्योंकि नारद के कथनानुसार, दंतवक्र भी भगवान विष्णु के प्रहरियों में से एक था।

दंतवक्र के वध के साथ भगवान कृष्ण के जीवन के दूसरे चरण - राजलीला अथवा द्वारका लीला का अंत होता है। अगला चरण, पूरी तरह पांडवों के भाग्य अथवा दुर्भाग्य से संबंधित है।

हम चाहे गुफा में रहें अथवा महल में, वन में रहें अथवा पर्वत पर,
जल में रहें अथवा अग्नि में, इसमें कोई अंतर नहीं है।
वह, जिसने स्वयं को आपके चरणों में समर्पित कर दिया, सदा सुरक्षित रहता है।
जिस प्रकार अकोला (कपास) का बीज रात्रि होने पर अपने वृक्ष के पास लौट आता है,
लौह का चूरा चुंबक की ओर आकर्षित होता है, जिस तरह निष्ठावान पत्नी अच्छे या बुरे समय में अपने पति का साथ नहीं छोड़ती,
जैसे बेल सदा वृक्ष से लिपटी रहती है और, नदी बहकर समुद्र की ओर जाती है,
उसी प्रकार, हे ईश्वर, मेरा मस्तिष्क सदा आपका स्मरण करता रहे।

हरि ॐ तत्सत्

ॐ

ॐ

ओ३म् पुरुषोत्तमाय नमः!

भाग 3

उत्तम लीला

ॐ

ओउम् ऋषिकेशाय नमः!

अध्याय 21

द्यूत का खेल

हा कृष्णा द्वारका वासिन्,
क्वसि यादव नन्दना,
इमन अवस्थं सम्प्राप्तम्,
अनन्तं किम उपेक्ष्यसी!

हे कृष्ण, द्वारका वासी!
यादवों के प्रिय, आप कहाँ हैं?
आपने मुझे अकेला इस दुर्दशा में क्यों छोड़ दिया है?

जिस बीच भगवान कृष्ण, शाल्व के साथ उलझे हुए थे, हस्तिनापुर में महत्त्वपूर्ण घटनाएँ घट रही थीं। दुर्योधन के माया-सभा से लज्जित होकर प्रस्थान करने के बाद, कर्ण ने हस्तिनापुर में चल रही आपात बैठक के दौरान दुर्योधन को दिलासा देने के लिए अपने स्वभावगत उतावलेपन में यह सुझाव दिया कि उन्हें तत्काल इंद्रप्रस्थ पर चढ़ाई करके पांडवों का विनाश कर देना चाहिए!

शकुनि ने घृणापूर्वक कहा, 'हम लोग पांडवों को खुले युद्ध में कभी पराजित नहीं कर पाएँगे, विशेषकर अब, जबकि पूरा भारतवर्ष उनके साथ है। हालाँकि कर्ण सदा अपनी शक्ति का दम भरता है, किंतु वह स्वयं एक बार अर्जुन से पराजित हो चुका है। इसलिए हमें युद्ध की बात नहीं करनी चाहिए। मेरे पास एक योजना है जिससे हम रक्त की एक बूँद बहाए बिना ही पांडवों से उनका सारा वैभव छीन सकते हैं। पाँसे खेलना युधिष्ठिर की कमज़ोरी है और मैं इस खेल में पारंगत हूँ। हम यदि उसे किसी तरीके से द्यूत खेलने के लिए तैयार कर लें तो मैं विश्वास दिलाता हूँ कि मैं उनका सब कुछ छीन लूँगा।'

दुर्योधन अपनी समस्या के इतने सरल समाधान को सुनकर बड़ा खुश हुआ और उसने हठ करके अपने माता-पिता से कहकर पांडवों को द्यूत का निमंत्रण भेजने के लिए तैयार कर लिया। चूँकि पांडवों को बुलाने का कोई बहाना भी चाहिए था, इसलिए दुर्योधन ने युधिष्ठिर की माया-सभा के समान, किंतु उससे बहुत निम्न स्तर का सभागार बनवाया।

उसका नाम जयंत सभा था। निमंत्रण भेजने के लिए एक ऐसे व्यक्ति की आवश्यकता थी, जिसका पांडव भी आदर करते हों अन्यथा यह उनके मना कर देने की संभावना प्रबल हो सकती थी। दुर्योधन ने अपने पिता से निमंत्रण पत्र लिखवाया और अपने चाचा विदुर को इंद्रप्रस्थ पहुँचाने को कहा। विदुर को जब इस आदेश का पता लगा तो उसने इसका विरोध किया।

'तुम इतना अन्याय क्यों कर रहे हो?' विदुर ने दुर्योधन से पूछा। 'यह तुम्हारे पतन का कारण बन जाएगा। यदि तुम पांडवों की संपत्ति प्राप्त करना चाहते हो, तो केवल एक बार उन्हें कह दो। मुझे विश्वास है कि युधिष्ठिर तुम्हें अपना सर्वस्व देकर ख़ुशी-ख़ुशी वन में चला जाएगा और उसके भाई उसकी आज्ञा का कभी उल्लंघन नहीं करेंगे।'

यह सुनकर दुर्योधन को क्रोध आ गया और उसने चाचा को कृतघ्न दुष्ट तक कह दिया। 'तुम हमारा दिया भोजन खाते हो, हमारी शरण में रहती हो और फिर भी तुम्हारा हृदय सदा पांडवों के पक्ष में रहता है। जैसा कहा गया है, वैसा करो!' उसने विदुर को आदेश दिया।

धृतराष्ट्र ने भी विदुर पर ज़ोर दिया कि वह निमंत्रण लेकर चला जाए। यह विचित्र बात है कि भीष्म ने, जो अत्यंत धार्मिक पुरुष था, इसमें हस्तक्षेप नहीं किया। आख़िर, विदुर ने जाने के लिए हामी भर दी। उसने सोचा कि वह युधिष्ठिर को निमंत्रण को अस्वीकार करने के लिए प्रेरित करेगा।

इंद्रप्रस्थ में, पांडवों और पांचाली ने विदुर का शानदार स्वागत किया। विदुर ने निमंत्रण-पत्र युधिष्ठिर को देते हुए कहा कि वह उसे अस्वीकार कर दे क्योंकि उसे विश्वास था कि उसमें शकुनि और दुर्योधन की कोई चाल थी। युधिष्ठिर ने अपने भाइयों से भी राय माँगी। भीम को छोड़कर सबने निमंत्रण अस्वीकार करने का सुझाव दिया, किंतु युधिष्ठिर ने निमंत्रण स्वीकार कर लिया।

'मैं अपने तात श्री द्वारा भेजा निमंत्रण अस्वीकार कैसे कर सकता हूँ, जबकि वे मेरे पिता के समान हैं?' उसने पूछा।

विदुर ने फिर से युधिष्ठिर को समझाया और निमंत्रण अस्वीकार करने का आग्रह किया किंतु वह अपने निर्णय पर अडिग रहा।

'वैसे भी यह केवल मित्रतापूर्ण खेल होगा,' युधिष्ठिर ने कहा, 'और मैं अपने भाई के जैसा ही अच्छा खेलता हूँ। इसके अतिरिक्त, यदि मैंने निमंत्रण स्वीकार नहीं किया तो इससे आपका भी अपमान होगा क्योंकि आपको मुझे लाने के लिए भेजा गया है। इससे मेरे तात श्री का भी अपमान होगा, जिन्होंने यह निमंत्रण-पत्र भेजा है। यदि मैं इस खेल हार भी जाऊँगा, तो भी कोई यह नहीं कह सकेगा कि युधिष्ठिर ने सम्मानजनक व्यवहार के नियमों का पालन नहीं किया।' यह एक घटना थी जब युधिष्ठिर के धर्माचरण के कारण उसका पतन हुआ।

विदुर के पास युधिष्ठिर को सावधान रहने की सलाह देने के अतिरिक्त कोई विकल्प शेष नहीं था। कौरवों को यह समाचार सुनकर विश्वास नहीं हुआ। एक बार के लिए,

दुर्योधन इतना प्रसन्न हो गया कि उसने विदुर को उठाकर सिंहासन पर बैठा दिया और कहा, 'चाचाजी, मैं सदा आपका आभारी रहूँगा। अब मुझे द्रौपदी को नीचा दिखाने और भीम को सबक़ सिखाने का अवसर मिला है।'

द्रौपदी को साथ लेकर, पाँचों पांडव, पाँच शानदार रथों पर सवार होकर हस्तिनापुर की ओर चल दिए। वहाँ पहुँचकर, उन्होंने सब वृद्धजनों को प्रणाम किया। उसके बाद, उनके रहने के लिए अलग-अलग कक्ष की व्यवस्था कर दी गई और द्रौपदी को गांधारी के भवन में ठहराया गया। अगले दिन, उन्हें जयंत सभा में ले जाया गया। उन्होंने निष्ठापूर्वक उसकी प्रशंसा की क्योंकि युधिष्ठिर सभी से अच्छे संबंध बनाकर रखना चाहता था।

इसके बाद, शकुनि आगे आया और बोला, 'युधिष्ठिर! तुमने हर बात में स्वयं को सबसे श्रेष्ठ सिद्ध किया है। अब हम तुम्हारी पाँसे खेलने की कला की परीक्षा लेंगे। इससे हमारा समय भी आराम से कट जाएगा।'

हालाँकि पाँसे खेलना, युधिष्ठिर की कमज़ोरी थी, किंतु उसने सरलता से हामी नहीं भरी। वह बोला, 'यह सब जानते हैं कि द्यूत खेलना भयंकर पाप है। मुझे स्पष्ट बताओ कि तुम्हें क्या चाहिए और मैं तुम्हें वह वस्तु ख़ुशी से दे दूँगा।' फिर वह भीष्म के पास गया और धीरे-से पूछा, 'क्या आप और शेष वृद्धजन इस खेल का समर्थन करते हैं?'

भीष्म ने धीरे-से उत्तर दिया, 'जो होना है, वह होकर रहेगा।' विदुर अकेला व्यक्ति था जिसने उस विनाश को रोकने का अंतिम प्रयास किया, किंतु दुर्योधन ने अत्यंत असभ्य ढंग से विदुर को चुप रहने का आदेश दे दिया।

यह देखकर कर्ण हँसा और उसने युधिष्ठिर से पूछा, 'तुम पाँसे फेंकने से इतना घबरा क्यों रहे हो? यदि यहाँ ऐसा है, तो रणभूमि में तुम्हें कितना डर लगता होगा!'

अर्जुन को क्रोध आ गया और उसने अपना धनुष तान लिया। इससे युधिष्ठिर को निर्णय लेने में सहायता मिली और उसने शकुनि को कहा कि वह खेलने के लिए तैयार है। शकुनि ने कहा कि वह, दुर्योधन की ओर से पाँसे डालेगा। युधिष्ठिर ने इस बात का विरोध किया तो शकुनि ने उसे यह ताना मारकर चुप करवा दिया कि क्या वह पीछे हटने के लिए फिर कोई बहाना तलाश रहा था। युधिष्ठिर ने गहरी श्वास ली और फिर उसने नियति के कठोर निर्णय के समक्ष, जो उसके पतन की ओर इंगित था, हार मान ली। दोनों आमने-सामने बैठ गए। युधिष्ठिर ने सफ़ेद और शकुनि ने नीले पाँसे चुने।

दुर्योधन ने कहा, 'युधिष्ठिर जो वस्तु दाँव पर लगाएगा, मैं अपने मामा शकुनि की ओर से उससे अधिक नहीं तो, कम से कम उतने ही मूल्य की वस्तु दाँव पर लगाता हूँ।'

युधिष्ठिर कोई भी कार्य आरंभ करने से पूर्व भगवान से आशीर्वाद लेता था, किंतु इस महत्त्वपूर्ण अवसर पर, वह ऐसा करना भूल गया।

पांडव जैसे ही हस्तिनापुर आए थे, दुर्योधन की दृष्टि युधिष्ठिर के रत्नजड़ित रथ पर पड़ गई थी। दाँव पर लगने और हारे जाने वाली प्रथम वस्तु, वही रथ था। उसके बाद, एक-एक करके युधिष्ठिर अपने सारी भौतिक संपत्ति हार गया क्योंकि शकुनि न केवल खेल में, अपितु धूर्तता में भी पारंगत था। पूरी राजसभा श्वास रोककर उस खेल को देख

रही थी। वहाँ केवल पाँसों के खड़कने की आवाज़ आती थी, जब दोनों खिलाड़ी उन्हें छोटी-सी डिबिया में हिलाते और फिर मेज़ पर डालते थे। हर बार पाँसे डालने के बाद, कौरव ख़ुशी से चिल्लाने लगते थे। युधिष्ठिर अपना सब कुछ - आभूषण, हाथी, घोड़े, रथ, सेना, महल और फिर पूरा राज्य - हार गया। शकुनि और कौरवों द्वारा बार-बार किया जा रहा जयघोष जल्द ही नीरस लगने लगा। दुर्योधन के अनियंत्रित क्रोध के चलते, किसी ने खेल के बीच में हस्तक्षेप करने का साहस नहीं किया। यह विचित्र बात थी कि इस दौरान, युधिष्ठिर को एक बार भी भगवान कृष्ण से सहायता लेना याद नहीं आया। ऐसा लगा मानो युधिष्ठिर की बुद्धि भ्रष्ट हो गई थी। उसके पास कुछ शेष नहीं रहा, किंतु शकुनि का खेल समाप्त नहीं हुआ था।

'मेरे पास अब दाँव पर लगाने को कुछ नहीं है,' युधिष्ठिर ने कहा।

शकुनि ने उत्तर दिया, 'तुम्हारे पास तुम्हारे भाई शेष हैं और उनमें से कम से कम एक तो इतना भाग्यशाली अवश्य होगा जो तुम्हें यह दाँव जिता सके!'

'मैं अपने भाई नकुल को दाँव पर लगाता हूँ,' युधिष्ठिर ने कहा और उसने पाँसे डाल दिए।

'नकुल मेरा हो गया!' शकुनि ने चिल्लाकर कहा।

एक एक करके युधिष्ठिर ने अपने सब भाइयों को दाँव पर लगा दिया और सबको हार गया। इसके बाद, उसे किसी बात की चिंता नहीं थी और न ही शकुनि को कुछ कहने की आवश्यकता थी क्योंकि युधिष्ठिर ने स्वयं को भी दाँव पर लगा दिया। युधिष्ठिर पत्थर की मूर्ति की तरह स्थिर बैठा था जबकि मामा-भाँजा सांकेतिक ढंग से एक-दूसरे को देख रहे थे। स्थिति पूरी तरह शकुनि के नियंत्रण में थी। उसने युधिष्ठिर को उकसाया, 'तुम्हारे पास अभी तुम्हारी साम्राज्ञी द्रौपदी भी है। यदि तुम उसे दाँव पर लगाओ तो शायद वह तुम्हारा भाग्य बदल दे। मैं तुम्हें यह सुझाव केवल सहानुभूति के तौर पर दे रहा हूँ।'

इस बात पर विदुर और भीष्म ने आपत्ति जताई और अर्जुन ने अपना धनुष तथा भीम ने गदा उठा ली। इससे पहले कि युधिष्ठिर का इरादा बदल जाए, दुर्योधन बोला, 'यदि द्रौपदी को दाँव पर लगाया गया और युधिष्ठिर जीत गया तो यह जो कुछ अब तक हार गया है, वह सब मैं इसे वापस कर दूँगा!'

युधिष्ठिर की बुद्धि भ्रमित हो चुकी थी, उसके विवेक पर दुःख का पर्दा पड़ गया था। वह डूब रहा था, तो उसने चमत्कार की आशा से इस अंतिम तिनके को अपना सहारा बना लिया। उसने अपनी रानी को दाँव लगा दिया मानो वह बाज़ार में बेची और ख़रीदी जाने वाली कोई वस्तु हो। सब श्वास रोककर पाँसों के अंतिम दाँव को देखने लगे। उसका परिणाम पूर्वनियोजित था। दुर्योधन जीत गया! सभा में शोरगुल होने लगा। दुर्योधन की आवाज़ सबसे तेज़ थी। 'पांडव अब हमारे दास हैं। इस बात की शीघ्रता से यहाँ और इंद्रप्रस्थ में घोषणा कर दी जाए। इनका सब कुछ अब मेरा हो गया है। पांडवों को रसोई में ले जाकर इनके नए कार्य इन्हें समझा दिए जाएँ। विदुर! जाओ और महारानी द्रौपदी को अंतः पुर से यहाँ लेकर आओ!'

विदुर ने गुस्से से कहा, 'क्या तुम्हें दिखाई नहीं देता तुम अपने विनाश की ओर बढ़ रहे हो? इस तमाशे को यहीं रोक दो। यदि तुमने मेरी बात नहीं मानी, तो तुम्हारा और तुम्हारे भाइयों का विनाश निश्चित है।'

दुर्योधन ने उत्तर दिया, 'युधिष्ठिर ने स्वेच्छा से सब कुछ दाँव पर लगाया है। यदि हम से अधर्म हुआ है, जैसा कि तुम कह रहे हो, तो भाग्य पांडवों के साथ न होकर हमारे पक्ष में कैसे हो गया?'

भीष्म ने हलका-सा विरोध किया और धृतराष्ट्र तो कुछ भी नहीं बोला। विदुर ने द्रौपदी को लाने से मना कर दिया तो दुर्योधन ने एक दूत को भेजा। द्रौपदी की स्थिति में कोई अन्य स्त्री होती तो वह दुःखी होती, किंतु द्रौपदी ने सभा में जाने से मना कर दिया।

'जाओ और पता लगाओ कि मेरे पति ने मुझे पहले दाँव पर लगाया था अथवा वह स्वयं को पहले हार चुका था,' द्रौपदी ने आदेश दिया। यदि युधिष्ठिर ने स्वयं को हार जाने के बाद, द्रौपदी को दाँव पर लगाया तो वह दाँव वैध नहीं होता क्योंकि वह तो पहले ही दुर्योधन का दास बन चुका था और इस कारण उसके पास द्रौपदी को दाँव पर लगाने का अधिकार ही नहीं था। दूत का समाचार सुनकर दुर्योधन को बहुत क्रोध आया। उसने अपने छोटे भाई दुःशासन को आदेश दिया कि वह द्रौपदी को बलपूर्वक राजसभा में ले आए और यहाँ लाकर उससे प्रश्न किए जाएँ।

द्रौपदी उस समय रजस्वला थी और वह परंपरा के अनुसार, एक वस्त्र पहनकर अलग भवन में रह रही थी। निर्दयी दुःशासन ने, द्रौपदी की दयनीय अवस्था पर ध्यान नहीं दिया और वह क्रूरतापूर्ण ढंग से हँसने लगा। जिस तरह कोई छौना, सिंह से घबराकर भागता है, उसी तरह द्रौपदी भी भागती हुई दुःशासन की माता गांधारी की शरण में पहुँची। उसने गांधारी से रक्षा की याचना की। गांधारी के लिए यह लज्जा का विषय था कि वह द्रौपदी को उस तरह की शरण तक नहीं दे पाई जैसी किसी स्त्री को मिलनी चाहिए। उसने द्रौपदी को दुःशासन की बाँहों में धकेलते हुए कहा, 'लज्जा का यह ढोंग छोड़ दो! वे सब तुम्हारे देवर हैं, जो तुम्हें बुला रहे हैं। जाओ!'

अपनी माता से प्राप्त खुले समर्थन के बाद दुःशासन ने बिना समय गँवाए, द्रौपदी के केश पकड़ लिए। उसके विरोध करने पर, दुःशासन उसे हस्तिनापुर की वीथिकाओं से घसीटता हुआ कुरु राजसभा में ले आया। सब नागरिक सहानुभूति से चिल्लाए किंतु किसी में द्रौपदी की सहायता करने का साहस नहीं था। परंतु द्रौपदी बहुत साहसी और कृतसंकल्प थी। वह साधारण स्त्रियों की तरह रोई नहीं और न ही उसने किसी से याचना की। उसने सिर उठाकर अपने पतियों, भीम और अर्जुन की ओर देखा। उसे यह आशा नहीं थी कि वे लोग इस संकटपूर्ण क्षण पर परास्त हो जाएँगे। उसे यह देखकर बहुत आश्चर्य हुआ कि वे सब शर्म से सिर झुकाकर बैठे रहे और किसी ने द्रौपदी की ओर नहीं देखा। द्रौपदी समझ गई कि वे भी उसकी तरह असहाय थे। वह बिना घबराए, वृद्धजनों को देखकर बोली, 'क्या महाराज युधिष्ठिर ने स्वयं को पहले दाँव पर लगाया था अथवा वे मुझे पहले हार गए थे? यदि वे पहले स्वयं को हार गए थे तो मुझे दाँव पर लगाना वैध नहीं था क्योंकि युधिष्ठिर स्वयं परतंत्र हो चुके थे और उन्हें किसी अन्य को दाँव पर लगाने का अधिकार

नहीं था। यदि उन्होंने मुझे पहले दाँव पर लगाया तो भी यह नियमों के विरुद्ध है क्योंकि मुझ पर उनका एकाधिकार नहीं है। मैं इन पाँचों भाइयों की पत्नी हूँ!'

क्रोध और दुःख से काँपते स्वर में द्रौपदी ने कहा, 'कुरु वंश के इस प्राचीन महल में, जो सदा से धर्म प्रदान करने के लिए विख्यात रहा है, अधर्म में अपना घृणित सिर उठा लिया है। यहाँ सत्ता के मद में चूर एक ऐसा व्यक्ति बैठा है, जो अपने भाई से एक स्त्री को घसीटकर अपनी सभा में लाने के लिए कह रहा है। मेरा पति, जो धर्म का प्रतीक है, चुपचाप बैठा है। सारे वृद्धजन पथराई आँखों से यह सब होता देख रहे हैं। आप सबकी उपस्थिति में, मैंने एक प्रश्न पूछा था जिसका उत्तर मुझे नहीं दिया गया। क्या मेरे पति ने स्वयं को हार जाने के बाद अथवा पहले मुझे दाँव पर लगाया था? क्या मैं उनकी दास हूँ? उत्तर दीजिए!' वह क्रोध से काँप रही थी और अपने पतियों को घूर रही थी। उस समय यदि युधिष्ठिर को पृथ्वी ने निगल लिया होता तो उसे खुशी होती। उसे अपना राज्य गँवाने से इतनी पीड़ा नहीं हुई जितना दुःख उसे अपनी प्रिय पत्नी के देखने से ढंग से हो रहा था।

द्रौपदी ने भीष्म को देखकर कहा, 'पितामह, क्या आप भी मुझे मेरे प्रश्न का उत्तर नहीं दे सकते?'

भीष्म ने जीवन में पहली बार अस्पष्ट उत्तर दिया, 'मैं तुम्हारे प्रश्न का स्पष्ट उत्तर नहीं दे सकता। यह सत्य है कि कोई व्यक्ति स्वयं को हार जाने के बाद किसी वस्तु को दाँव पर नहीं लगा सकता, किंतु एक का चाहे वह स्वतंत्र हो अथवा नहीं, अपनी पत्नी पर सदा अधिकार रहता है।' द्रौपदी ने घायल हिरणी की तरह आस-पास देखा। दुर्योधन और कर्ण हर्षित थे और उन्होंने द्रौपदी को वेश्या, जिसे पाँच पुरुषों ने अपनी संपत्ति बना रखा था, कहकर अपमानित किया।

अंत में कौरवों का सबसे छोटा भाई, विकर्ण उठा और उसने साहसपूर्वक द्रौपदी का पक्ष लिया। कर्ण ने उसे चुप रहने को कहा और द्रौपदी से कहा कि वह कौरवों में से किसी को अपना नया पति चुनने के लिए स्वतंत्र है। दुर्योधन ने दुःशासन को आदेश दिया कि वह पांडवों के तन पर पड़े राजसी वस्त्र उतार ले क्योंकि किसी दास को ऐसे शानदार वस्त्र पहनने का अधिकार नहीं था। विदुर से सहन नहीं हुआ और उसने द्रवित हृदय से दुर्योधन को शाप दिया। 'तुम सब लोग अपने इन सदाचारी पांडव भाइयों के हाथों मारे जाओगे।'

दुर्योधन अपने चाचा का शाप सुनकर ज़ोर-से हँसा और फिर उसने दुःशासन को आदेश का पालन करने को कहा। हर क़ीमत पर धर्म का पालन करने वाले पांडव भाइयों ने अपने ऊपरी वस्त्र उतार फेंके।

इसके बाद, दुर्योधन ने आदेश दिया, 'अब इस स्त्री को नग्न कर दो! इसके वस्त्र उतार लो और पूरी सभा को इस निर्लज्ज स्त्री को देखने दो। इसे भी यह देखने दो कि इसके पति कितने असहाय हैं।'

दुःशासन तत्काल आगे लपका और उसने द्रौपदी के तन पर पड़ा रक्त से सना, एकमात्र वस्त्र पकड़ लिया। द्रौपदी ने अपना वस्त्र कसकर पकड़ा हुआ था। बेचारी द्रौपदी! वह जानती थी कि कोई मनुष्य उसकी सहायता करने में सक्षम नहीं था। उसके पतियों

का साहस अथवा उसकी अपनी हिम्मत उसे बचा नहीं पाई थी। उसके पाँच पति थे और सभी महान योद्धा थे। वह स्वयं साम्राज्ञी थी, किंतु वह इस समय कष्ट में थी और उसकी सहायता के लिए एक अँगुली उठाने वाला भी कोई नहीं था।

उसने अपनी मर्यादा बचाने के लिए अपने हाथों से अपना वक्ष ढँका हुआ था, किंतु अपनी पूर्ण रूप से असहायता की स्थिति को देखते हुए, उसने अपने दोनों हाथ उठाकर कृष्ण से सहायता माँगी। दुःशासन ने दोनों हाथों से द्रौपदी का वस्त्र पकड़ लिया और उसे खींचने लगा। पूर्ण निराशा में भरी द्रौपदी चिल्लाने लगी, 'हे कृष्ण, यादवों के प्रिय, द्वारका वासी! आप कहाँ हैं? आपने मुझे इस संकट में अकेली और असहाय क्यों छोड़ दिया? मैं यहाँ अकेली और असहाय हूँ!' इस करुण पुकार के साथ, द्रौपदी ने हाथों को ऊपर उठाकर याचना करते हुए अपने तन, मन और आत्मा को कृष्ण के समक्ष समर्पित कर दिया। उस समय, भगवान कृष्ण का शाल्व के साथ युद्ध चल रहा था। कुछ क्षण के लिए, उनका युद्ध से ध्यान हट गया और वे द्रौपदी की सहायता के लिए दौड़ पड़े। उसी समय शाल्व ने कृष्ण पर हमला कर दिया।

कुरु राजसभा में उपस्थित सब लोग यह देखकर आश्चर्यचकित रह गए कि दुःशासन ज्यों-ज्यों द्रौपदी का वस्त्र खींचता जाता था, वह वस्त्र एक-एक गज़ करके लंबा होता जाता था और पांचाली निर्वस्त्र नहीं हो रही थी। खींच-तान के भरपूर प्रयासों के बाद भी, द्रौपदी के तन पर लिपटा वस्त्र समाप्त नहीं हुआ। दुःशासन वस्त्र खींचता रहा, द्रौपदी भगवान का नाम जपती रही। सभा का पूरा फ़र्श वस्त्र से भर गया, किंतु द्रौपदी पहले की तरह वस्त्र से ढँकी रही।

द्रौपदी का कष्ट, आनंद में परिवर्तित हो गया। दुःशासन वस्त्र खींचते-खींचते थक गया और नीचे गिर पड़ा तथा द्रौपदी परमानंद में डूबी, भगवान की वंदना करती रही। यह महाभारत की सबसे पवित्र घटना है और यह सब स्त्रियों के लिए उदाहरण है कि यदि वे भगवान का स्मरण करें तो वे कभी असहाय नहीं हो सकतीं।

वास्तव में, पांडवों का संपूर्ण जीवन भक्तों के लिए महान उदाहरण है। वे कृष्ण को सबसे प्रिय थे, किंतु फिर भी उनका जीवन कष्टों से भरा था। एक क्षण में राजसूय यज्ञ ने उन्हें यश के शिखर पर पहुँचा दिया था, जहाँ समस्त भारतवर्ष ने उन्हें सम्राट स्वीकार किया और अगले ही पल, उन्हें दास बना दिया गया। वे जिस व्यक्ति से घृणा करते थे, उसी के हाथों लज्जित और अपमानित हुए पांडवों को दुर्भाग्य की लहरें इधर से उधर धकेलती रहीं और उन्हें अपनी प्रिय पत्नी को लज्जित होता देखने की पीड़ा तथा उसके सहायता न कर पाने का अपमान सहना पड़ा! इससे क्या सबक़ मिलता है? भगवान की लीला रहस्यमय है। ईश्वर को हमारी भौतिक अथवा हमारे शारीरिक कष्टों से कोई संबंध नहीं है। उनका एकमात्र उद्देश्य परमात्मा के साथ एकाकार होना है और उसके लिए समस्त साधनों का प्रयोग किया जाता है। स्वार्थी निजी अहंकार को सौभाग्य और दुर्भाग्य, अपमान एवं सम्मान की एकांतर अग्नि में परिवर्तित करना पड़ता है। एक अवतार-पुरुष को इस द्विविधता से, जिनका साधारण मनुष्यों के जीवन में अर्थ और उद्देश्य होता है, ऊपर उठना पड़ता है। कृष्ण भी पांडवों को, जो उनके भक्त थे, उसी अवस्था तक ले जा रहे थे और इसीलिए

उन्हें इतने कष्टों का सामना करना पड़ा। परंतु प्रत्येक कष्ट के समय, भगवान उनके साथ थे और सदा उनकी सहायता की और उन्हें प्रेरणा दी। कभी-कभी, भगवान शारीरिक रूप से उपस्थित नहीं होते, जैसा कि द्रौपदी पर आए संकट के समय हुआ, किंतु यह स्पष्ट हो गया कि कृष्ण ने उनका साथ एक पल के लिए भी नहीं छोड़ा था।

इस चमत्कार से उत्पन्न सदमे से उबरने के लिए दुर्योधन ने अपनी जंघा पर से वस्त्र हटाकर, द्रौपदी को उसे दिखाते हुए उसकी जंघा पर बैठने को कहा। यह अंतिम अपमान था। द्रौपदी उसे सहन नहीं कर सकी। उसने भयानक शाप देते हुए कहा, 'दुर्योधन, एक दिन तुम्हारी इन्हीं जाँघों को रणभूमि में तोड़ा जाएगा। तुम्हारी मृत्यु अत्यंत कष्टपूर्ण ढंग से होगी और उस समय तुम्हारे चारों ओर गिद्ध और सियार शोरगुल करेंगे!'

भीम ने भी रहा नहीं गया। उसने दुर्योधन को क्रोध से देखते हुए प्रतिज्ञा की, 'मुझे तब तक मुक्ति नहीं मिलेगी, जब तक मैं सारे कौरवों को अकेला नहीं मार डालूँगा। मैं पहले दुर्योधन की जांघों को तोड़ूँगा और फिर उसे मारूँगा! मैं कृष्ण, दुर्गा और शिव की शपथ लेकर कहता हूँ। मैं इस दुष्ट दुःशासन को मारकर इसकी छाती का लहू भी पिऊँगा और अपने रक्तरंजित हाथों से द्रौपदी के केश बाँधूगा। ऐसा करने तक मैं अपने हाथ या किसी पात्र से जल ग्रहण नहीं करूँगा, अपितु अपनी गदा को पानी की सतह पर मारकर उसके छींटों से ही अपनी प्यास बुझाऊँगा!'

इसके बाद, अर्जुन ने कर्ण को, सहदेव ने शकुनि को तथा नकुल ने शकुनि के पुत्र, उलूक को मारने की प्रतिज्ञा की। अंत में द्रौपदी ने एक और शपथ ली, 'मेरे केश तब तक खुले रहेंगे, जब तक भीम दुःशासन के रक्त से इन्हें नहीं धोता, और तब कौरव विधवाओं के केश, वियोग से झड़ जाएँगे!'

असंभव-सी प्रतीत होने वाली इन बातों को सुनकर कौरवों ने ठहाका लगाया। परंतु कर्म का सिद्धांत न्यायसंगत होता है तथा सदाचारी लोगों के, जिन्हें अनुचित ढंग से चोट पहुँचाई जाती है, मुख से निकले शाप का परिणाम भयंकर होता है। पांडवों की कही बातें आने वाले समय में सत्य होने वाली थीं।

इन भीषण प्रतिज्ञाओं को सुनकर, धृतराष्ट्र घबरा गया। वह अपनी निष्क्रियता से अचानक बाहर आ गया। 'रुको! रुको!' वह चिल्लाया। 'साम्राज्ञी द्रौपदी को मुक्त कर दो!' अपने पिता के आदेश की उपेक्षा करते हुए, दुर्योधन ने द्रौपदी को भीतर जाकर उसकी पत्नी की सेवा करने का आदेश दिया।

द्रौपदी ने अत्यंत मर्यादापूर्ण ढंग से उत्तर दिया, 'मैं अपने वृद्धजनों को प्रणाम करने के बाद ही यहाँ से जाऊँगी। चूँकि मुझे यहाँ बलपूर्वक लाया गया था, मैं आते समय किसी को प्रणाम नहीं कर पाई थी, इसलिए मैं यह नहीं चाहती कोई ऐसा कहे कि इंद्रप्रस्थ की साम्राज्ञी को बड़ों का आदर करना नहीं आता!'

वह धीरे-धीरे चलती हुई आगे और उसने भीष्म, द्रोण, विदुर और धृतराष्ट्र को प्रणाम किया। पांडवों की प्रतिज्ञाओं से भयभीत धृतराष्ट्र ने द्रौपदी से कहा, 'पुत्री, तुम मुझे दो वरदान माँग सकती हो क्योंकि तुम्हारी निष्ठा के कारण आज स्वयं भगवान ने तुम्हें

बचाया है।' द्रौपदी ने तुरंत अपने पतियों की स्वतंत्रता और अपना राज्य वापस माँग लिया।

'तथास्तु,' राजा ने कहा।

इससे पहले कि दुर्योधन किसी तरह का विरोध कर पाता, विदुर ने पांडवों को उनके रथों में बैठाया और वहाँ से रवाना कर दिया। दुर्योधन अपने पिता पर बुरी तरह भड़कने लगा। उसने कहा कि यदि पांडवों को बुलाकर, उसे वह सब वापस नहीं मिला, जो उसने द्यूत में जीता था, तो वह आत्म-दाह कर लेगा।

धृतराष्ट्र ने पहले तो आपत्ति व्यक्त की, किंतु फिर हमेशा की तरह अपने पुत्र के सामने घुटने टेक दिए। पांडव इंद्रप्रस्थ पहुँचे ही थे कि उन्हें फिर से द्यूत का एक दाँव खेलने के लिए बुलाने पर सहमति बन गई। इस बार शर्त यह निर्धारित की गई कि हारने वाले को बारह वर्ष का वनवास और एक वर्ष का अज्ञातवास भोगना होगा। यदि अज्ञातवास के दौरान, उन्हें किसी ने पहचान लिया तो पूरी प्रक्रिया फिर से दोहरानी पड़ेगी। दुर्योधन ने हामी भर दी क्योंकि उसे इस बात की आशा नहीं थी कि पांडव बारह वर्ष के बाद जीवित लौटेंगे अथवा उन्हें अंतिम एक वर्ष में पहचाना नहीं जा सकेगा। एक दूत को तेज़ी से पांडवों के पीछे भेजा गया। उसने इंद्रप्रस्थ पहुँचकर पांडवों को धृतराष्ट्र का संदेश सुनाया और तुरंत वापस हस्तिनापुर चलने को कहा। अपने भाइयों और द्रौपदी की विनती के बावजूद, युधिष्ठिर ने अपने घोड़ों को मोड़कर उन्हें हस्तिनापुर चलने का आदेश दे दिया क्योंकि वह अपने वृद्धजनों के आज्ञा का उल्लंघन करके धर्म के नियमों के विरुद्ध नहीं जा सकता था।

एक बार फिर दुर्योधन और शकुनि ने युधिष्ठिर को चुनौती दी तथा उसे खेल की नई शर्त भी बता दी गई। धृतराष्ट्र ने शर्त में यह भी जोड़ दिया कि अज्ञातवास से लौटते ही आधा राज्य वापस दे दिया जाएगा। युधिष्ठिर ने कुछ नहीं कहा। केवल इस बात की पुष्टि के तौर पर एक बार अपने पितामह की ओर देखा। भीष्म के चेहरे पर मूक याचना छाई थी मानो वह युधिष्ठिर से क्षमा माँग रहा था। युधिष्ठिर को लगा कि पितामह ने उसकी बात समझ ली थी। इतने वर्षों से भीष्म की केवल एक इच्छा थी कि किसी भी तरह कुरु राजवंश की एकता को बचाकर रखा जाए। अनेक उतार-चढ़ावों तथा कठिन बाधाओं के बावजूद, उसने अपनी ख़ुशी का बलिदान करके भी उस एकता को बचाकर रखा था। उसे लगा कि यदि पांडवों को वहाँ से हटाया नहीं गया तो दुर्योधन उन्हें मरवा डालेगा। वह पहले कई बार अपने षड्यंत्रों में विफल हो चुका था, किंतु किसे पता कब वह सफल हो जाए? अज्ञातवास, इस त्रासदी से बचने का एकमात्र तरीक़ा था। आख़िर, अंतिम बार पाँसे फेंके गए और युधिष्ठिर हार गया। उसने बिना कुछ कहे, चुपचाप वनवास जाने की लिए हामी भर दी। 'मैं अपने बड़ों की आज्ञा का पालन करूँगा,' उसने कहा। उसी समय, द्रौपदी ने सबको चकित कर दिया जब उसने युधिष्ठिर को एक और दाँव खेलने और स्वयं को दासत्व से मुक्त करवाने का आग्रह किया क्योंकि वह चाहती थी कि वे लोग अपना अज्ञातवास, दास बनकर नहीं, अपितु स्वतंत्र मनुष्यों की तरह व्यतीत करें। दुर्योधन और शकुनि ने अपमानजनक ढंग से पूछा कि युधिष्ठिर के पास दाँव पर लगाने के लिए शेष क्या है।

युधिष्ठिर ने उत्तर दिया, 'मैं अपना आज तक का संपूर्ण संचित पुण्य दाँव पर लगाता हूँ।'

दुर्योधन बड़ा ख़ुश हुआ। वह परिणाम को लेकर पूरी तरह आश्वस्त था इसलिए उसने वचन दिया कि यदि युधिष्ठिर जीत गया तो वह पांडवों को दासत्व से मुक्त करने के अतिरिक्त उन्होंने जो कुछ हारा था, वह सब लौटा देगा। पाँसे डाले जाने से पहले, द्रौपदी ने युधिष्ठिर को भगवान के बारह नामों का जाप करने और भगवान का आशीर्वाद लेने को कहा। पाँसे डाले गए। पहली और आख़िरी बार युधिष्ठिर जीत गया! सारी सभा स्तब्ध थी। अपने श्रेष्ठ धर्माचरण के चलते, युधिष्ठिर ने राज्य और संपत्ति वापस लेने से मना कर दिया और केवल अपनी स्वतंत्रता स्वीकार की। उसने कहा कि वह बारह वर्ष का वनवास और एक वर्ष का अज्ञातवास काटने के बाद ही अपना राज्य वापस लेने आएगा। इस तरह द्रौपदी की निष्ठा के चलते, पांडव मर्यादापूर्ण ढंग से प्रस्थान कर पाए। उन्होंने अपने राजसी वस्त्र त्याग दिए तथा वल्कल वस्त्र धारण कर लिए। फिर वे अपनी पत्नी तथा प्रमुख पुरोहित धौम्य को साथ लेकर चले गए। आज तक राजसी वस्त्र और आभूषण पहनने वाले पांडव अब वल्कल वस्त्र धारण करके संन्यासियों के वेश में आ गए थे। दैवी न्याय का तरीक़ा अत्यंत गूढ़ है।

पांडवों के जाने के समय, कौरवों के लिए अनेक अपशकुन होते देखे गए थे। माता कुंती ने दुर्योधन के साथ उसके राजमहल में रहना अस्वीकार कर दिया और वह विदुर के साथ रहने लगी। द्रौपदी के पाँच पतियों से उत्पन्न पाँच पुत्रों को पंचाल में उनके नाना के घर तथा सुभद्रा को द्वारका भेज दिया गया। पांडव नगर से बाहर निकले तो उनके पीछे बहुत-से लोग और ब्राह्मण रोते-बिलखते जा रहे थे। युधिष्ठिर ने उन सबको वापस लौट जाने को कहा। ब्राह्मणों ने वापस जाने से मना कर दिया। वे बोले कि उनके लिए अधर्मी राजा द्वारा शासित राज्य में रहना अनुचित होगा और इसलिए उन्होंने युधिष्ठिर से आग्रह किया कि वे उन्हें अपने साथ वन में जाने दें।

हरि ॐ तत्सत्

ॐ

ॐ

ओउम् नारायणाय नमः!

अध्याय 22

अज्ञातवास

पिता त्वं, माता त्वं, दायिततनयास्त्वम् प्रियसुहृत,
त्वमेव त्वं मित्रं, गुरुरसि गतिस्चसि जगतम्,
त्वादियास्त्वात भृत्यस्त्वा परिजना श्वदगतीराहम्,
प्रपञ्चस्चैवं सत्याहमपि तवैवस्मि हि भारा।

केवल आप ही मेरे पिता, केवल आप ही मेरी माता हैं,
आप ही केवल मेरे प्रिय पुत्र और आप ही सच्चे मित्र हैं,
केवल आप ही विश्वासपात्र और मेरे गुरु हैं। आप सबको शरण
देते हैं, मैं आपका सेवक हूँ, आपका अनुचर हूँ।
आप मेरे ध्येय हैं, मैं आपकी शरण में हूँ।
ऐसी स्थिति में, मैं आपके सचमुच आपके ऊपर बोझ हूँ।

पांडव तेज़ी से बढ़ रहे थे। वे जल्दी से जल्दी, हस्तिनापुर से दूर चले जाना चाहते थे। नगर छोड़ने के बाद, युधिष्ठिर की प्रथम चिंता यह थी कि जो ब्राह्मण उसके साथ आए थे, उनके भोजन की व्यवस्था कैसे की जाए। धौम्य के सुझाव पर, युधिष्ठिर ने सूर्यदेव की उपासना की और उनसे अक्षय-पात्र लिया, जिससे किसी भी प्रकार का भोजन कितनी भी मात्रा में लिया जा सकता था। उसकी एक शर्त थी कि द्रौपदी को, आदर्श भारतीय नारी की तरह, सबके खाने के बाद अंत में खाना होता था क्योंकि द्रौपदी के भोजन कर लेने के बाद, उस समय के लिए पात्र से फिर कुछ नहीं मिलता था। उस पात्र को लेकर वे लोग काम्यक वन में चले गए। विदुर ने, जिसे धृतराष्ट्र और दुर्योधन दुर्व्यवहार पूर्ण ढंग से निकाल दिया था, पांडवों से मिलने काम्यक वन चला गया और कुछ दिन उनके साथ रहा। परंतु धृतराष्ट्र अधिक दिन अपने भाई से दूर नहीं रह सका और उसने संजय को भेजकर उसे वापस लाने को कहा। इसके बाद, व्यास और महर्षि मैत्रेय भी पांडवों से मिलने गए थे। उन्होंने हस्तिनापुर लौटकर धृतराष्ट्र को समझाने का प्रयास भी किया।

व्यास ने कहा, 'तुम्हारे पुत्रों का पतन निश्चित है। पांडव जब वापस लौटेंगे तो तुम्हारा और तुम्हारे राज्य के विनाश का प्रण करके आएँगे। अपने पुत्र को समझाकर उनसे संधि

कर लो और इस विवाद को शांतिप्रिय ढंग से निपटा लो।' धृतराष्ट्र ने हमेशा की तरह हाँ-हाँ तो की किंतु कोई कार्रवाई नहीं की।

ऋषि मैत्रेय ने भी दुर्योधन को समझाया किंतु उसने ऋषि की जंघा पर प्रहार करके उन्हें अपमानित किया। तब मैत्रेय ने उसे शाप दिया, 'भीम की प्रतिज्ञा सत्य होगी और उसके द्वारा तेरी जाँघ तोड़े जाने से ही तेरी मृत्यु होगी!'

ये सब घटनाएँ उस समय हुईं जब कृष्ण और शाल्व के बीच युद्ध चल रहा था। यह समाचार सुनने के तुरंत बाद, कृष्ण वृष्णिवंश के वीरों तथा द्रौपदी के भाई धृष्टद्युम्न को साथ लेकर काम्यक वन पहुँचे। उन्हें सम्राट युधिष्ठिर की स्थिति को देखकर बहुत पीड़ा हुई। कृष्ण ने युधिष्ठिर से यह कहकर उसकी परीक्षा ली कि वे तुरंत ही उसका राज्य वापस दिलवा सकते हैं, किंतु युधिष्ठिर ने ऐसा करने से मना कर दिया क्योंकि वह अपना वचन भंग नहीं करना चाहता था।

कृष्ण और अपने भाई को देखकर द्रौपदी का दुःख बढ़ गया। उनका सदाचारी क्रोध उसके विनीत पतियों से बिलकुल विपरीत था। 'हे जनार्दन! मैं अपने पतियों की प्रिय रानी हूँ। ये सब संसार के महान योद्धा हैं। मैं पंचाल नरेश की पुत्री और साहसी धृष्टद्युम्न की बहन हूँ, फिर भी देखिए, उन्होंने मेरे साथ क्या किया। मुझे बालों से पकड़कर राजसभा में घसीटा गया और वृद्धजनों के सामने मुझे अपमानित किया गया! यदि युधिष्ठिर को पृथ्वी का एकमात्र सम्राट कहा जाता है तो मुझे इससे क्या, जबकि मेरे केश, जो राजसूय यज्ञ के पवित्र जल से धोए गए थे, दुःशासन ने खींचे हैं? यदि आपकी कृपा नहीं होती तो मुझे अपने वीर पतियों के समक्ष पूरी तरह नग्न कर दिया जाता!' द्रौपदी का क्रोध इतने दिनों से दबा हुआ था, किंतु प्रभु के चेहरे पर करुणा देखते ही, वह अनियंत्रित ढंग से रोने लगी। कृष्ण ने उसका चेहरा अपने हाथों में लिया तथा अपने वस्त्र से द्रौपदी के आँसू पोंछने लगे।

'पांचाली!' कृष्ण ने कहा, 'कुछ समय के लिए धैर्य रखो। तुम जैसे अभी रो रही हो, तेरह वर्ष के बाद, कुरु वंश की स्त्रियाँ भी उसी इसी तरह रुदन करेंगी। जब अर्जुन के बाण, कर्ण के रक्त से अपनी प्यास बुझाएँगे तो वे रोएँगी। जब दुर्योधन अपनी टूटी जाँघों के साथ रणभूमि में पड़ा होगा तो वे रोएँगी। कार्य-कारण के इस अकाट्य कर्म सिद्धांत को कोई नहीं बदल सकता। आसमान टूट सकता है, हिमालय के बर्फीले शिखर ढह सकते हैं, सागर सूख सकते हैं, पृथ्वी लाखों टुकड़ों में बिखर सकती है किंतु मेरा वचन असत्य नहीं हो सकता। इसलिए प्रिय बहन, अपने आँसू पोंछ दो तथा अपने पतियों को क्षमा कर दो, जो उस समय तुम्हारी सहायता करने में अक्षम थे।' इसके बाद, कृष्ण ने युधिष्ठिर तथा अन्य लोगों को सांत्वना दी और यह वचन देकर द्वारका लौट गए कि वे पांडवों को किसी भी आवश्यकता होने पर तत्काल उपस्थित हो जाएँगे।

धौम्य ने उन्हें द्वैत वन जाने का सुझाव दिया, जो किसी विशाल उद्यान के समान अत्यंत रमणीय वन था। वहाँ तरह-तरह के फल, फूल, मोर और अन्य सुंदर पक्षी थे। वह बहुत-से ऋषि भी रहते थे। युधिष्ठिर जैसे इंद्रप्रस्थ में खुश रहता था, उसी तरह वहाँ भी आराम से रहने लगा। वह एक श्रेष्ठ मनुष्य था जो जीवन की द्वैधता से ऊपर उठ गया था और उसे समृद्धि तथा कष्ट दोनों में समान रूप से रहने की कला आती थी। उसे ऋषियों

की संगति अच्छी लगती थी। वह समझ चुका था कि पीड़ा, आध्यात्मिक जीवन की अनिवार्य स्थिति होती है तथा उससे ऊपर उठने में ही असली महानता है।

उस समय पर, महान ऋषि मार्कण्डेय भी उनसे मिलने आए तथा उन्हें दशरथ-नंदन श्री राम की कथा सुनाई, जिन्होंने अपने भाई और अपनी प्रिय पत्नी सीता के साथ, जिन्हें लंका का राक्षसराज रावण उठाकर ले गया था, चौदह वर्ष वन में बिताए थे।

पांडवों द्वारा वन में आराम से रहने का समाचार सुनकर दुर्योधन को फिर से वही पुराना रोग, ईर्ष्या सताने लगा। उसने पांडवों को मरवाने का नया तरीक़ा सोचना आरंभ कर दिया। उन्हीं दिनों, ऋषि दुर्वासा, अपने दस हज़ार शिष्यों के साथ हस्तिनापुर आए थे और अपने आवास के दौरान, आतिथ्य की अपेक्षा रखते थे। वे अपनी विचित्र माँगों द्वारा दुर्योधन को असमय परेशान करते थे क्योंकि उन्हें लोगों की परीक्षा लेने में आनंद आता था। दुर्वासा अपने क्रोधी स्वभाव के लिए विख्यात थे। दुर्योधन ने उनके क्रोध और शाप से बचने के लिए ऐड़ी-चोटी का ज़ोर लगा दिया! आख़िर, दुर्वासा उसकी सेवा से प्रसन्न हुए और उन्होंने दुर्योधन को वरदान माँगने को कहा। धूर्त दुर्योधन ने तत्काल दुर्वासा के हाथों पांडवों को शाप दिलवा कर उनका विनाश करवाने की योजना बना ली।

दुर्योधन ने धीरे-से कहा, 'हे ऋषिवर! मेरे भाई पांडव, वन में सादा जीवन व्यतीत कर रहे हैं। आप, कृपया अपने शिष्यों के साथ, दोपहर में लगभग तीन बजे उनके पास जाइए क्योंकि आपके वहाँ जाने से उनका जीवन भी धन्य हो जाएगा।'

'तथास्तु,' दुर्वासा ने कहा और तुरंत अपने शिष्यों के साथ काम्यक वन की ओर चल पड़े। वह समय ऐसा था जब पांडव भोजन खाकर समाप्त कर चुके थे। द्रौपदी ने भी भोजन खाकर अक्षय-पात्र धोकर रख दिया था। उसने जब दुर्वासा और उनके भूखे शिष्यों को आते देखा तो उसका हृदय बैठ गया। दुर्वासा ने युधिष्ठिर से कहा कि वे अपने शिष्यों के साथ नदी पर स्नान करने के बाद वापस आएँगे और फिर वे सब भोजन करेंगे। द्रौपदी दुविधा में पड़ गई और सदा की भाँति, उसने विपदा की उस घड़ी में कृष्ण को याद किया।

'हे कृष्ण, आप सदाचारी एवं कष्ट में पड़े लोगों की रक्षा करते हैं। केवल आप ही अपने भक्तों के कष्टों को दूर कर सकते हैं। हे प्रभु, मैं आपकी शरण में हूँ!'

यह कहकर, वह नीचे गिर पड़ी। उसने ही आँखें खोलीं, उसके सामने भगवान कृष्ण खड़े, अपने स्वाभाविक अंदाज़ में मुस्करा रहे थे। द्रौपदी अपनी व्यथा उन्हें बताने के लिए उनकी ओर दौड़ी, किंतु उन्होंने द्रौपदी को कहा, 'पांचाली, मुझे बहुत ज़ोर से भूख लगी है। पहले मुझे कुछ खाने को दो, फिर बात करेंगे।'

'हे प्रभु,' वह बोली, 'यह परिहास का समय नहीं है। मैंने भोजन खाकर अक्षय-पात्र धोकर रख दिया है और अब ऋषि दुर्वासा अपने दस हज़ार शिष्यों के साथ आए हुए हैं। मेरे पास तो अन्न का एक दाना भी नहीं है। मैं क्या करूँ?'

'चिंता मत करो,' कृष्ण ने कहा, 'तुम राजकुमारी हो और तुम्हें घर का कार्य करने की आदत नहीं है, इसलिए मुझे विश्वास है कि तुमने वह पात्र ठीक से नहीं धोया होगा। उसमें मेरे लिए कुछ तो अवश्य होगा। वह पात्र लेकर आओ।'

द्रौपदी गई और वह पात्र ले आई जिसे उसने कुछ देर पहले ही धोकर रखा था। कृष्ण ने पात्र को ध्यान से देखा तो उसके चावल का एक दाना और पालक के पत्ते का बहुत छोटा-सा टुकड़ा चिपका रह गया था। यह देखकर द्रौपदी को बहुत शर्म महसूस हुई। कृष्ण ने उस चावल के दाने और पालक के टुकड़े को अपनी हथेली पर रखा और द्रौपदी से उस पर थोड़ा-सा गंगाजल छिड़कने को कहा। इसके बाद, उन्होंने वह मिश्रण आनंदपूर्वक पी लिया।

'आह! मेरा पेट भर गया,' कृष्ण ने कहा। 'भीम को भेजकर ऋषि और उनके शिष्यों को भोजन के लिए बुलवा लो।'

'परंतु, प्रभु, हम उन्हें क्या खिलाएँगे?' द्रौपदी ने पूछा।

'वह सब छोड़ो। भीम को जाने दो।' कृष्ण ने कहा।

भीम जब नदी-तट पर पहुँचा तो उसने देखा कि ऋषि दुर्वासा और उनके शिष्य स्नान कर चुके थे और डकार ले रहे थे मानो उन्होंने भरपेट भोजन कर लिया हो। जब भीम ने उन्हें भोजन के लिए आमंत्रित किया तो उन्होंने कहा कि उनका पेट भरा हुआ है और उन्हें भूख नहीं है। वास्तव में, वे पांडवों के आश्रम आए बिना, वहाँ से चुपचाप लौट जाना चाहते थे क्योंकि उन्हें पता था कि पांडवों ने बहुत-सा भोजन पकाकर तैयार रखा होगा किंतु वे उसे खा नहीं पाएँगे। हालाँकि, दुर्वासा को अपने योगबल से पता लग चुका था कि यह अप्रिय घटना दुर्योधन की ईर्ष्या के कारण घटी थी। उन्हें यह सोचकर दुर्योधन पर बहुत क्रोध आया क्योंकि उसके कारण ऋषि हँसी का पात्र बन गए थे। उन्होंने दुर्योधन की शीघ्र मृत्यु होने का शाप दे डाला और पांडवों को आशीर्वाद देकर चले गए।

द्रौपदी ने जब भगवान से इस चमत्कार का रहस्य पूछा तो वे बोले कि उन्होंने वह ग्रास इस भावना के साथ खाया था कि वे पूरे संसार के स्वामी हैं इसीलिए, उनके ग्रास खाते ही सारे संसार का पेट भर गया। उन्होंने द्रौपदी और पांडवों को आशीर्वाद दिया और द्वारका चले गए।

पांडवों ने अगले छह वर्ष वन में प्रसन्नतापूर्वक बिताए और इस बीच उन्हें बहुत-से अनुभव हुए। व्यास ने अर्जुन को भगवान शिव की उपासना करने और उनसे पाशुपतास्त्र प्राप्त करने का सुझाव दिया। अर्जुन को भाइयों से अलग होना पड़ा और उसने भगवान शिव की घोर तपस्या की। अर्जुन की तपस्या के विषय में सुनकर, दुर्योधन ने मुक नामक अपने एक राक्षस मित्र को जंगली शूकर का रूप धारण करके अर्जुन को मारने जाने के लिए विवश कर दिया। मुक ने उसकी बात मान ली और वन में चला गया। उसी समय, भगवान शिव अपनी पत्नी पार्वती के साथ अर्जुन को आशीर्वाद देने के लिए शिकारी का रूप धारण करके आए थे। उन्होंने अर्जुन को मारने आए शूकर का पीछा किया। शूकर ने जैसे ही अर्जुन पर हमला किया, वह तपस्या से उठ गया और उसने बाण चला दिया। उसी समय, शिकारी के रूप में आए शिव ने भी शूकर पर बाण चलाया। शूकर तो मर गया। अर्जुन ने कहा कि शूकर को उसने मारा था, जबकि शिकारी ने कहा कि शूकर की हत्या उसके बाण से हुई थी। विवाद ने बढ़ते-बढ़ते लड़ाई का रूप ले लिया। अर्जुन के बाण शिकारी की मृग-छाल को नहीं भेद पाए। कुछ ही देर में अर्जुन के बाण समाप्त हो

गए। शिकारी ने अपने बाण से अर्जुन के धनुष की डोरी काट दी। क्रोध में, अर्जुन दौड़ा और उसने अपने धनुष से शिकारी पर प्रहार कर दिया। कहते हैं, उस प्रहार से सबको कष्ट हुआ क्योंकि भगवन शिव परमेश्वर हैं। उन्होंने अर्जुन को फटकारते हुए कहा, 'तुमने मुझ पर धनुष से वार किया है। यह अनुचित है। मैं भी यह कर सकता हूँ किंतु मैं ऐसा नहीं करूँगा। आओ, हम अब मल्ल-युद्ध करते हैं।'

वे दोनों भिड़ गए। भगवान शिव के स्पर्श मात्र से ही अर्जुन के भीतर मानो नई ऊर्जा का संचार होने लगा। हालाँकि अर्जुन बहुत वीरता से लड़ा किंतु उसके प्रहारों से शिव पर कोई प्रभाव नहीं पड़ा। परेशान और हताश होकर अर्जुन ने जल्दी से शिवलिंग की एक प्रतिमा बनाई और उस पर माला अर्पित कर दी। उसने पीछे मुड़कर देखा तो शिकारी ने भी ठीक वैसी ही माला पहनी हुई थी। अर्जुन समझ गया कि वह शिकारी कोई और नहीं, स्वयं भगवान शिव हैं। उनके साथ उनकी पत्नी पार्वती और पुत्र कार्तिकेय भी थे! अर्जुन तत्काल शिव के चरणों में गिर पड़ा और उनसे क्षमा माँगने लगा। शिव अपने भक्त के साहस और युद्ध-कला से अति प्रसन्न हुए और उन्होंने अर्जुन से वरदान माँगने को कहा। अर्जुन सच्चा भक्त था। उसने कहा, 'मुझे आपके दिव्य रूप के दर्शन हो गए। मैंने आपके साथ मल्ल-युद्ध कर लिया और आपके चरण भी छू लिए। इस तरह मुझे तीन बार आपका आशीर्वाद मिल गया है। मुझे इससे अधिक क्या चाहिए?'

भगवान शिव के ज़ोर देने पर, अर्जुन ने उनसे पाशुपतास्त्र माँग लिया। शिव ने वह दिव्यास्त्र अर्जुन को देते हुए, उसकी विध्वंसक क्षमता के विषय में भी सावधान किया। शिव ने कहा कि वह अस्त्र केवल अंतिम उपाय के रूप में प्रयोग किया जाना चाहिए।

भगवान ने कहा, 'तुम अपने शत्रुओं को पराजित करने में सफल रहोगे तथा कृष्ण की सहायता से तुम इस संसार को अत्याचारों से भी मुक्त करोगे।'

इसके बाद, अर्जुन के पिता इंद्रदेव ने अर्जुन से साथ चलकर पाशुपतास्त्र की सहायता से राक्षसों का वध करने का आग्रह किया। अर्जुन ने इंद्र की आज्ञा का पालन किया। इसके बदले में, इंद्र ने उसे बहुत-से और दिव्यास्त्र प्रदान दिए तथा अपना आशीर्वाद दिया। परंतु इस बीच स्वर्ग में रहते हुए, उर्वशी नाम की एक अप्सरा ने अर्जुन के समक्ष अपनी कामेच्छा व्यक्त की तो अर्जुन द्वारा विरोध किए जाने पर उर्वशी ने उसे शाप दे दिया। उर्वशी ने कहा कि चूँकि अर्जुन ने उसके साथ नपुंसक जैसा व्यवहार किया था, इसलिए उसे एक वर्ष तक नपुंसक बनकर रहना होगा! हालाँकि यह शाप अर्जुन के लिए वरदान सिद्ध हुआ क्योंकि एक वर्ष के अज्ञातवास के दौरान, अर्जुन ने इस शाप का लाभ के लिए उपयोग कर लिया।

अर्जुन के जाने के बाद, पांडवों को बड़ी परेशानी हुई क्योंकि सब उसे पसंद करते थे तथा वह भी अपने परिहास द्वारा सबको ख़ुश रखता था। तिस पर, युधिष्ठिर को सदा द्रौपदी और भीम से इस बात के लिए ताने सुनने पड़ते थे कि किसी क्षत्रिय को इतना दुर्बल होकर नहीं रहना चाहिए। इसी दौरान, ऋषि बृहदाश्व ने उनके पास आकर, युधिष्ठिर को अक्षहृदय नाम की द्यूत-कला सिखाई, जिसके चलते कोई उसे परास्त नहीं कर सकता था। उसके बाद ऋषि व्यास ने उन्हें लंबी तीर्थयात्रा पर जाने का सुझाव दिया। वे लोग पहले, नैमिषारण्य गए और वहाँ से उपमहाद्वीप के पश्चिमी तट से आगे बढ़ते हुए, द्वारका के

निकट स्थित प्रभास क्षेत्र पहुँच गए जहाँ उनकी भेंट कृष्ण और बलराम से हुई। बलराम को दुर्योधन पर बहुत क्रोध आ रहा था और उन्होंने युधिष्ठिर से कहा कि वे वहीं पर कौरवों से युद्ध आरंभ कर दें। कृष्ण ने कहा, 'भैया, युधिष्ठिर ने धैर्य इसलिए नहीं धारण किया है कि वह शक्तिशाली नहीं है, अपितु इसलिए कि वह अपना वचन भंग नहीं करना चाहता। युधिष्ठिर के लिए संपत्ति से अधिक सत्य का महत्त्व है। हमें इसकी इच्छा का सम्मान करना चाहिए। वह समय दूर नहीं, जब वह अपनी खोई संपत्ति फिर से प्राप्त कर लेगा।'

अपने मित्रों के साथ ख़ुशी से बहुत दिन बिताने के बाद, पांडव उत्तर दिशा की ओर चल पड़े। वे गंगा के स्रोत बिंदुसर तक पहुँच गए। वे वहाँ से आगे बद्रिकाश्रम गए, जहाँ माना जाता था कि प्राचीन ऋषि नर और नारायण तपस्या में लीन हैं। वहाँ एक भयंकर तूफ़ान आ गया, जिसमें बड़ी मुश्किल से द्रौपदी की रक्षा हो पाई। युधिष्ठिर ने द्रौपदी का सिर अपनी गोद में रख लिया और नकुल एवं सहदेव, उसके पैरों के छालों को सहलाने लगे।

युधिष्ठिर ने आत्मनिंदा के स्वर में कहा, 'पांचाली! तुम्हारे पिता ने तुम्हारा हाथ हमें यह सोचकर दिया था कि हम तुम्हें प्रसन्न रखेंगे। परंतु, हमसे विवाह करने के बाद तुम्हें कष्ट के सिवाय कुछ नहीं मिला। कृपया अपने इस पापी पति को क्षमा कर देना।'

द्रौपदी ने युधिष्ठिर को सांत्वना देने का बहुत प्रयास किया। शीघ्र ही, आश्रम का सौंदर्य उनके हृदय में बस गया और वे लोग अपने कष्ट भूल गए। एक दिन एक अत्यंत सुंदर फूल हवा के झोंके के साथ उड़ता हुआ द्रौपदी के पैरों के पास आ गिरा। उसने भीम से उसी तरह के और फूल लाने का आग्रह किया। भीम उसकी इच्छा पूरी करने को सदा आतुर रहता था। वह तत्काल उस फूल को सुगंध को सूँघता हुआ उसकी खोज में निकल पड़ा। कुछ ही देर बाद, उसे एक विशाल वानर मिला, जो उसका मार्ग रोककर बैठा था। भीम ने वानर से मार्ग से हटने की प्रार्थना की किंतु वानर ने कहा, 'मैं बहुत बूढ़ा एवं दुर्बल हूँ और हिल नहीं सकता। तुम चाहो तो मेरी पूँछ को हटाकर आगे जा सकते हो।'

भीम ने मुस्कराते हुए अपने बाएँ हाथ से वानर की पूँछ को हटाना चाहा किंतु उससे वह हिली तक नहीं! उसने फिर दोनों हाथों से पूँछ को हिलाया, किंतु फिर भी वही परिणाम हुआ। उसे बहुत आश्चर्य हुआ। उसने अपनी गदा से पूँछ को हटाने का प्रयास किया तो देखा कि उसकी गदा टूटने वाली थी! भीम ने वानर को प्रणाम किया और उससे उसका परिचय पूछा। तब वानर ने मुस्कराते हुए कहा, 'मैं वायुदेव का पुत्र और तुम्हारा भाई, हनुमान हूँ!'

भीम ने हनुमान के चरण पकड़ लिए और उनसे क्षमा माँगने लगा। हनुमान ने भीम को अपनी मज़बूत बाँहों से पकड़ा और उसे आश्वासन दिया कि वे होने वाले युद्ध में पांडवों की हर संभव सहायता करेंगे। हनुमान ने वचन दिया कि वे अर्जुन के रथ की पताका पर विराजेंगे और शत्रु को भयभीत करके युद्ध जीतने में पांडवों की सहायता करेंगे। दोनों भाइयों को एक-दूसरे को गले लगाया और भीम अपने मार्ग पर आगे बढ़ गया। हनुमान ने उसे बता दिया था कि वह जिस फूल को खोज रहा था, उसका नाम सौगंदिक था और वह धन के देवता, कुबेर के उद्यान में खिलता है। कुबेर के अनुचर यक्षों ने भीम को फूल

ले जाने के अनुमति दे दी। भीम बहुत-से फूल लेकर द्रौपदी के पास लौट आया, जिन्हें पाकर द्रौपदी अत्यंत प्रसन्न हो गई।

पांडवों को अर्जुन से अलग हुए पाँच वर्ष बीत चुके थे। वे सब उससे मिलने को उत्सुक थे। उनकी भेंट अर्जुन से बद्रिकाश्रम में ही हुई। अर्जुन के रोमांचकारी अनुभव सुनकर, पांडव अपनी यात्रा पर मैदानों में निकल गए। उनके वनवास के ग्यारह वर्ष बीत चुके थे। केवल दो वर्ष शेष थे।

इस तरह तपस्या और कष्ट सहते, भगवान का स्मरण करते हुए, पांडवों की बुद्धि, विनम्रता और शक्ति बढ़ती गई। एक दिन उन्होंने कृष्ण को भोजन के लिए आमंत्रित किया। अर्जुन को लगता था कि वह कृष्ण को किसी भी क्षण बुला सकता है किंतु उसकी समस्त प्रार्थनाएँ और याचनाएँ विफल हो गईं। उसके बाद भीम ने अपनी गदा को ऊपर उछाला और उसके नीचे खड़ा होकर बोला, 'हे कृष्ण, यदि आप तुरंत यहाँ नहीं आए तो मैं इस गदा के नीचे दबकर अपने प्राण दे दूँगा!' कृष्ण तत्काल वहाँ उपस्थित हो गए। तब अर्जुन को, जो सदा स्वयं को कृष्ण का मनपसंद भाई समझकर गर्व से फूला रहता था, भीम की निष्ठा का अनुमान हो गया।

एक अन्य अवसर पर, कृष्ण अपनी पत्नी सत्यभामा के साथ पांडवों से मिलने पहुँचे। सत्यभामा ने जब देखा कि पाँचों भाई किस तरह द्रौपदी को प्रेम करते थे, तो वह स्वयं को द्रौपदी से यह पूछने को रोक न सकी कि वह पाँच पतियों को प्रसन्न रखती थी जबकि सत्यभामा को एक के साथ ही कठिनाई होती थी! द्रौपदी ने मुस्कराकर कहा, 'मुझे अपने पतियों की छोटी से छोटी इच्छा पूरी करने में बहुत ख़ुशी होती है। मेरे लिए ये पाँचों समान हैं। मुझे इनकी ख़ुशी से ख़ुशी और इनके दुःख से दुःख होता है।'

इस घटना की योजना, निस्संदेह, भगवान ने बनाई थी। सत्यभामा स्वेच्छा से चलने वाली स्त्री थी जिसे अपनी बात कहने में संकोच नहीं होता था। कृष्ण उससे प्रेम करते थे और उन्होंने कभी उसकी इच्छाओं को दबाना आवश्यक नहीं समझा, फिर भी वे चाहते थे कि सत्यभामा द्रौपदी से, जो स्वयं बहुत बुद्धिमान थी, आदर्श पत्नी के गुणों के विषय में सीखे। द्रौपदी दुर्बल अथवा सौम्य नहीं थी, तथापि उसने अपने पतियों को हठ से नहीं, अपितु सेवा और प्रेम से प्रसन्न किया था। इस तरह, वह अपने व्यक्तिगत स्वभाव का त्याग किए बिना, आदर्श पत्नी बन सकी।

दुर्योधन के शांतिपूर्ण जीवन के दिन समाप्त होने वाले थे। उसे प्रसन्न करने के लिए, कर्ण ने उसे एक शानदार सुझाव दिया। 'मित्र,' कर्ण ने कहा, 'अब तुम संसार के स्वामी हो। तुम्हें पांडवों के वनवास समाप्त होने से चिंतित होने की क्या आवश्यकता है? वे लोग वनवासियों की भाँति भटक रहे हैं। हम लोग भ्रमण के बहाने से द्वैत वन चलते हैं। हमारे वैभव को देखकर, पांडव ईर्ष्या से जल-भुन जाएँगे और जब द्रौपदी, हमारी स्त्रियों को राजसी आभूषणों से सज्जित देखेगी तो वह भी दुःखी हो जाएगी। चलो, हम चलकर थोड़ा आनंद लेते हैं।'

दुर्योधन ने यह प्रस्ताव सहर्ष स्वीकार कर लिया। सभी कौरव भाई अपनी पत्नियों को साथ लेकर द्वैत वन चल दिए। उन्हें जब पता लगा कि पांडवों ने किसी सरोवर के निकट

शिविर लगाया था, तो उन्होंने उस सरोवर में स्नान करने की योजना बनाई। परंतु, वहाँ एक गंधर्व, अपनी पत्नियों के साथ पहले से विहार कर रहा था और उसने दुर्योधन के सैनिकों को कहा कि वे अपने स्वामी से जाकर कह दें कि वह गंधर्व को परेशान न करे। दुर्योधन को यह सुनकर बड़ा क्रोध आया। वह सरोवर के पास गया, तो गंधर्व ने कर्ण और दुर्योधन को बुरी तरह मारा। गंधर्व ने दुर्योधन को बालों से पकड़ लिया और उसे अपने साथ ले गया। उनकी पत्नियों को भी बंदी बना लिया गया। दुर्योधन के सैनिक घबराकर युधिष्ठिर के पास गए और उन्हें वह शर्मनाक घटना सुनाई तथा अपने राजा को बचाने की याचना की। भीम ने पहले तो मना कर दिया, किंतु युधिष्ठिर के ज़ोर देने पर, पाँचों भाई दुर्योधन को छुड़ाने चल पड़े। आरंभिक मुठभेड़ के बाद, गंधर्व ने अर्जुन को बताया कि उसका अनाम चित्रसेन है और इंद्र के साथ रहने के दौरान उसी ने अर्जुन को संगीत एवं नृत्य की शिक्षा दी थी। गंधर्व ने दुर्योधन और उसके साथियों को पांडवों को सौंप दिया, जो दुर्योधन के लिए अत्यंत लज्जाजनक बात थी। युधिष्ठिर ने उसे छोड़ दिया और उससे दोबारा ऐसे द्वेषपूर्ण कार्य न करने की चेतावनी दी। दुर्योधन का मन दुःख और क्रोध से भर गया। वह न केवल पांडवों को अपमानित करने में, जैसा कि उसने सोचा था, असफल रहा था, अपितु उसे अपने ही किए पर लज्जित होना पड़ा था। यही नहीं, युधिष्ठिर की उदारता के कारण ही उसके प्राण बच सके थे। उसके मन में उतनी ग्लानि उत्पन्न हुई कि उसे लगा कि हस्तिनापुर लौटने से बेहतर आत्महत्या करना होगा। कर्ण और दुःशासन, बहुत कठिनाई से उसे समझाकर अपने साथ वापस ले गए।

एक बार, जब पांडव शिकार पर गए तो दुर्योधन की पत्नी का भाई, जयद्रथ उनके पास से गुजरा। आश्रम के द्वारा पर द्रौपदी को खड़ा देख, जयद्रथ उसके सौंदर्य पर मुग्ध हो गया और उसने द्रौपदी का अपहरण कर लिया। पांडवों ने लौटकर उसका पीछा किया। हालाँकि जयद्रथ की सेना शक्तिशाली थी, वह पांडवों का मुक़ाबला नहीं कर पाई। भीम ने उसका वध कर देना चाहा, किंतु अर्जुन ने उसे यह कहकर रोक दिया कि जयद्रथ, दुर्योधन की छोटी बहन दुःशला का भाई है, इसलिए उसे छोड़ दिया जाए।

जयद्रथ को नगर लौटने में बहुत लज्जा महसूस हो रही थी। उसने वन में रहकर भगवान शिव की घोर तपस्या की तथा शिव से पांडवों को पराजित करने का वरदान माँगा।

भगवान शिव ने उत्तर दिया, 'तुम पांडवों को कभी पराजित नहीं कर पाओगे क्योंकि स्वयं भगवान विष्णु, कृष्ण के अवतार रूप में उनकी रक्षा करते हैं। परंतु मैं तुम्हें यह वरदान देता हूँ कि तुम पांडवों को कोई बड़ी क्षति पहुँचाने में सफल हो जाओगे।'

जयद्रथ को इतने से संतोष करना पड़ा। वह अपने नगर लौट आया तथा पांडवों को क्षति पहुँचाने की योजना बनाने लगा किंतु वह इस बात को भूल गया कि वास्तव में, उसने पांडवों के साथ ग़लत व्यवहार किया था।

बारहवें वर्ष के दौरान, युधिष्ठिर के पिता एवं धर्म के देवता, यमधर्म ने पांडवों की कड़ी परीक्षा ली। उन्होंने एक विषैला सरोवर बनाया जहाँ का पानी पीने से चार पांडव भाइयों की मृत्यु हो गई। अंत में, युधिष्ठिर सरोवर के पास आया तो उसने देखा कि उसके चारों भाई सरोवर के किनारे मृत पड़े थे। सरोवर से एक आवाज़ आई जिसने युधिष्ठिर को

बताया कि उन चारों की मृत्यु कैसे हुई थी और यह कि उन्हें पुनर्जीवित किया जा सकता है यदि युधिष्ठिर कुछ प्रश्नों के सही उत्तर दे सके। युधिष्ठिर ने हामी भर दी और सरोवर में उपस्थित यक्ष ने युधिष्ठिर से नैतिकता एवं सदाचार और धर्म से संबद्ध प्रश्न पूछने आरंभ कर दिए। युधिष्ठिर ने सभी प्रश्नों के सही उत्तर दिए। इनमें से कुछ प्रश्न उल्लेखनीय हैं।

'ब्राह्मण कौन होता है?'

'मनुष्य, जन्म अथवा शिक्षा से नहीं, अपितु सद्गुण तथा सदाचार से ब्राह्मण बनता है।'

'संसार में सबसे आश्चर्यजनक बात क्या है?'

'मनुष्य, प्रतिदिन मृत्यु होती देखता है, फिर भी वह यही सोचता है कि उसकी कभी मृत्यु नहीं होगी।'

'धनवान कौन है?'

'जो मनुष्य सुख व दुःख, कष्ट और आनंद, लाभ एवं हानि, अतीत और भविष्य को एक समान समझता है।'

युधिष्ठिर ने अत्यंत बुद्धिमत्ता और विनम्रता के साथ, यक्ष द्वारा पूछे गए ऐसे अनेक प्रश्नों के उत्तर दिए क्योंकि वह जानता था कि उसके भाइयों का जीवन उसके उत्तरों पर ही निर्भर था। अंत में, यक्ष ने कहा, 'मैं तुम्हारे उत्तरों से बहुत प्रसन्न हूँ और मैं तुम्हारे किसी एक भाई को जीवित कर सकता हूँ। बताओ, तुम किसे जीवित करना चाहते हो?' युधिष्ठिर ने निस्संकोच नकुल का नाम ले लिया।

यक्ष ने पूछा, 'तुमने भीम या अर्जुन का जीवन क्यों नहीं माँगा, जो तुम्हारे सगे भाई हैं?'

युधिष्ठिर ने शांत भाव से उत्तर दिया, 'मैं प्रेम के लिए धर्म के मार्ग को नहीं छोड़ सकता। अपनी माता कुंती के पुत्रों में से मैं जीवित हूँ। इसलिए, मेरी विमाता, माद्री का भी एक पुत्र तो जीवित रहना ही चाहिए।'

तभी यक्ष के स्थान पर स्वयं यमधर्म प्रकट हो गए। उन्होंने अपने पुत्र की सदाशयता की परीक्षा लेने के लिए ही उस विषैले सरोवर का निर्माण किया था। यमधर्म, युधिष्ठिर के उत्तरों से बहुत प्रसन्न थे। उन्होंने चारों भाइयों को जीवित कर दिया और कहा, 'मैं तुम्हें यह वरदान देता हूँ कि अज्ञातवास के तेरहवें वर्ष में तुम लोगों को कोई नहीं पहचान पाएगा। परंतु याद रहे, कि जहाँ श्रीकृष्ण होंगे, वहीं विजय और धर्म का वास होगा, इसलिए तुम सदा उनका अनुसरण करना।'

इस प्रकार, पांडवों के वनवास का बारहवाँ वर्ष अत्यंत नाटकीय ढंग से समाप्त हुआ। युधिष्ठिर ने अपने अनुचरों को द्वारका तथा अपने गुरु धौम्य को द्रुपद के पास भेज दिया क्योंकि वह नहीं चाहता था कि किसी अन्य व्यक्ति को उनके विषय में जानकारी हो। पाँचों भाइयों ने काफी मंत्रणा के बाद, अज्ञातवास का एक वर्ष उपप्लव्य नगरी में मत्स्य देश के राजा विराट के दरबार में बिताने का निश्चय किया। सबने अपने-अपने स्वभाव और पसंद के अनुसार कार्य चुन लिया। युधिष्ठिर, जो सच्चा ब्राह्मण था, कंक नाम से राजा का दरबारी

बन गया और उसके साथ द्यूत खेलता था। भीम ने वल्लभ नाम से महल के रसोइए की भूमिका चुन ली। अपने ख़ाली समय में, वह लोगों का मल्ल द्वारा मनोरंजन भी करता था। अर्जुन, उस एक वर्ष के दौरान अप्सरा उर्वशी द्वारा दिए शाप का उपयोग करते हुए नपुंसक बन गया और बृहन्नला नाम से विराट की पुत्री, उत्तरा को संगीत और नृत्य की शिक्षा देने लगा। नकुल, जो अश्वों के विषय में बहुत जानकारी रखता था, विराट के अस्तबल में उसके घोड़ों की देखभाल करने लगा। उसने अपना नाम दमग्रंथि रख लिया। सहदेव, जो पशुओं की देख-रेख में माहिर था, तंत्रिपाल नाम से राजा के दुग्धशाला का प्रभारी बन गया। द्रौपदी ने सैरंध्री नाम रख लिया तथा विराट की पत्नी, सुदेष्णा की प्रसाधिका बन गई। यह योजना बनाने के बाद, उन्होंने अपने अस्त्र-शस्त्र गाय की छाल में लपेटकर श्मशान में लगे एक वृक्ष के ऊपर रख दिए ताकि कोई वहाँ देखने का साहस न करे।

उन सबने एक-दूसरे से विदा ली और अपना-अपना कार्यभार सँभाल लिया। सुदेष्णा को आरंभ में द्रौपदी को अपनी प्रसाधिका बनाने में आपत्ति थी क्योंकि उसे डर था कि कहीं उसका पति, द्रौपदी के सौंदर्य पर मोहित न हो जाए। परंतु, द्रौपदी ने उससे कहा कि उसने शृंगार-कला, कृष्ण की पत्नी सत्यभामा से सीखी है और पाँच गंधर्व, उसके पति हैं तथा जो भी उस पर आसक्त होगा, उसके पति उस व्यक्ति को मार डालेंगे। यह सुनकर, सुदेष्णा का मन शांत हो गया और उसने द्रौपदी को काम पर रख लिया।

हालाँकि मत्स्य का राजा विराट था, किंतु राज्य के समस्त अधिकार, सुदेष्णा के छोटे भाई और विराट सेनापति, कीचक के पास थे। वह युद्ध-कौशल में अत्यंत निपुण था, इसलिए कुरु वंश सहित सभी राज्य, उसका सम्मान करते थे। विराट के पास पांडवों के आरंभिक दस माह के दौरान, कीचक किसी सैन्य अभियान के कारण बाहर था। वह जब लौटा तो उसने अपनी बहन के कक्ष में उपहारों का भंडार लगा दिया। दुर्भाग्य से, कीचक की दृष्टि द्रौपदी पर पड़ गई और वह उसी क्षण उसकी सुंदरता पर मोहित हो गया। उसने बहुत प्रयास किए किंतु वह उस 'दासी' को, जिसे उसने आसान शिकार समझा था, प्रलोभन देने में समर्थ नहीं हो पाया। बेचारी द्रौपदी को कीचक के हाथों अनेक बार अपमानित होना पड़ा। वह द्रौपदी की अस्वीकृति को सहन नहीं कर पाया और उसे इस बात पर विश्वास नहीं हो रहा था कि एक साधारण दासी, उसकी अपार संपत्ति तथा व्यक्तिगत आकर्षण से पूरी तरह अप्रभावित थी। आख़िर, द्रौपदी से जब सहन नहीं हुआ तो उसने भीम से सहायता माँगी।

उन दोनों ने मिलकर एक योजना बनाई। पांचाली ने कीचक को उससे मिलने के लिए रात्रि के समय एक कक्ष में बुलाया। कीचक इस बात से बहुत प्रसन्न था कि उसकी विजय होने वाली थी। वह शानदार वस्त्राभूषण पहनकर द्रौपदी से मिलने कक्ष में पहुँच गया। परंतु, वहाँ द्रौपदी के स्थान पर भीम बैठा था और कीचक को, पांचाली की कोमल बाँहों के स्थान पर भीम के लौह जैसी भुजाओं ने जकड़ लिया। कीचक उसकी पकड़ से निकल नहीं पाया और मारा गया। अगले दिन, सुबह जब कीचक का मृत शरीर मिला, तो सबने द्रौपदी से प्रश्न करने शुरू कर दिए। द्रौपदी ने कहा कि चूँकि रानी सुदेष्णा ने उसकी सहायता करने से मना कर दिया था, तो शायद उसके गंधर्व पतियों ने कीचक की हत्या कर दी होगी।

अज्ञातवास का एक वर्ष भी समाप्त होने को था। दुर्योधन फिर परेशान होने लगा क्योंकि उसके गुप्तचर, पांडवों को नहीं खोज पाए थे। उसी समय, दुर्योधन को समाचार मिला कि एक स्त्री के कारण, मत्स्य देश के सेनापति महाबली कीचक को किसी अज्ञात व्यक्ति ने गला घोंटकर मार डाला था। यह सुनकर दुर्योधन बहुत ख़ुश हुआ क्योंकि वह समझ गया कि वह अज्ञात व्यक्ति, भीम के अतिरिक्त कोई नहीं हो सकता था। उसने त्रिगर्तों से संधि की और मिलकर मत्स्य देश पर आक्रमण कर दिया। सेनापति कीचक की मृत्यु के बाद, विराट के पास बचाव का कोई विकल्प नहीं था। त्रिगर्तों ने दक्षिण दिशा से हमला किया तथा विराट की सेना को वहाँ से दूर ले गए और इस बीच कौरवों ने उत्तर दिशा से हमला बोल दिया। दुर्योधन को विश्वास था कि ऐसे समय पर पांडव, विराट की सहायता के लिए अवश्य बाहर आएँगे और तब उन्हें पहचान लिया जाएगा।

दक्षिण दिशा से हुए हमले ने राजा विराट के होश उड़ा दिए। वह बुरी तरह घबरा गया, परंतु युधिष्ठिर, अपने भाइयों भीम, नकुल और सहदेव के साथ त्रिगर्तों से लड़ने निकल पड़ा। विराट की समस्त सेना उनके साथ थी और उन्होंने आसानी से त्रिगर्तों को परास्त कर दिया। इसी बीच, कौरवों ने उत्तर दिशा से आक्रमण कर दिया और यह समाचार नगर में शेष बचे स्त्रियों और बच्चों ने राजा को सुनाया। उस समय, द्रौपदी ने रानी सुदेष्णा से कहा कि उसे अपने पुत्र उत्तर कुमार को बृहन्नला के साथ, जो एक शानदार सारथी भी था, युद्ध में भेजना चाहिए। 'उसके सारथी होने पर, आपके पुत्र की विजय निश्चित है,' द्रौपदी ने कहा।

अनिच्छा का थोड़ा दिखावा करने के बाद, अर्जुन ने उत्तर का सारथी बनने के लिए हामी भर दी और दोनों उत्तर दिशा में निकल पड़े। उस कायर राजकुमार को बड़ी कठिनाई से जाने के लिए मनाया गया था। परंतु वे ज्यों ही नगर के द्वार के बाहर निकले, उन्होंने अपनी जगह बदल लीं। अर्जुन ने उत्तर को सारथी बना दिया और उससे कहा कि उसे डरने की कोई आवश्यकता नहीं है क्योंकि यदि उत्तर ने रथ ठीक से चलाया तो उसे युद्ध नहीं करना पड़ेगा। उत्तर ने यह बात तुरंत मान ली। अर्जुन उसे लेकर उस वृक्ष के पास पहुँचा, जहाँ पांडवों ने अपने अस्त्र-शस्त्र छिपाए थे। वहाँ से उसने अपना गांडीव धनुष और अक्षय तरकश उतार लिया। कहते हैं, वह विजयदशमी यानी, देवी दुर्गा की वार्षिक पूजा का विजय का दसवाँ दिन था। उसी दिन पांडवों का अज्ञातवास का तेरहवाँ वर्ष भी समाप्त हो गया था। अर्जुन, अपने अस्त्र-शस्त्रों के साथ, उत्तर दिशा में चला गया। शत्रु को सामने देखकर, उत्तर भय से काँपने लगा किंतु अर्जुन ने उसे साहस के साथ आगे बढ़ने को कहा। अर्जुन, कुरु सेना पर भयानक प्रतिशोधी की तरह टूट पड़ा। कौरवों ने उसे छद्म रूप के बावजूद पहचान लिया। काँपते राजकुमार को सारथी बनाकर अर्जुन ने कौरव सेना को बुरी तरह रौंद डाला। वह अपनी पूरी शक्ति के साथ लड़ा और कौरव सेना को आख़िर पीछे हटना पड़ा। दुर्योधन पीठ दिखाकर भागने लगा किंतु अर्जुन ने उसका पीछा किया, उसे कायर कहकर उकसाया और उसे लड़ने के लिए बाध्य कर दिया। दुर्योधन बुरी तरह घायल हो गया। अर्जुन ने उसे मारा नहीं क्योंकि भीम ने उसे मारने का प्रण लिया था। परंतु दुर्योधन का अहंकार तोड़ने के लिए अर्जुन ने उसका मुकुट गिरा दिया।

दुर्योधन चिल्लाया, 'तुम सबको फिर से तेरह वर्ष के वनवास पर जाना होगा क्योंकि मैंने तुम्हें पहचान लिया है!'

अर्जुन ने उत्तर दिया, 'अपने वृद्धजनों से पूछो। वे तुम्हें बताएँगे कि हमारा तेरह वर्ष का समय एक घंटा पहले पूरा हो चुका है। परंतु तुम घबराओ मत, मैं तुम्हें मारूँगा नहीं क्योंकि मैं भागते हुए कायरों पर वार नहीं करता। इसके अतिरिक्त, मेरे भाई भीम ने तुम्हें मारने का प्रण लिया है!'

इसके बाद, कर्ण आगे आया और उसने अर्जुन को ललकारा किंतु अर्जुन ने उसे भी परास्त करके पीछे हटने पर विवश कर दिया।

इस तरह कौरव सेना को पराजित करके, अर्जुन और उत्तर वापस आए और अर्जुन ने अपने अस्त्र-शस्त्र फिर से वृक्ष पर रख दिए। फिर वे दोनों महल में लौट आए। राजा विराट को उस असाधारण घटना पर बहुत आश्चर्य हुआ। उसने अपने पुत्र को उसकी विजय पर बधाई दी परंतु उत्तर ने यह स्वीकार कर लिया कि नृत्य शिक्षक ने उसकी रक्षा की थी! इससे राजा विराट की दुविधा और बढ़ गई। तब युधिष्ठिर ने उसी पूरी कथा सुनाई। राजा यह सुनकर बहुत खुश कि उसने अनजाने में पांडवों को आश्रय दिया था। उसने अपनी पुत्री उत्तरा का विवाह अर्जुन से करना चाहा, किंतु अर्जुन ने मना कर दिया क्योंकि उत्तरा उसकी शिष्या थी और इस नाते वह अर्जुन की पुत्री के समान थी। परंतु मत्स्य देश से अपने संबंध बनाने के लिए अर्जुन ने उत्तरा को अपने पुत्र अभिमन्यु की पत्नी बनाने के लिए हामी भर दी। विराट ने इस प्रस्ताव को सहर्ष स्वीकार कर लिया और यह संदेश द्वारका भी भेज दिया गया। अभिमन्यु अत्यंत आकर्षक युवक और श्रेष्ठ धनुर्धर था तथा वह कृष्ण और अन्य यादवों के साथ मत्स्य देश आ गया।

पांडव भाई, राजा विराट को लेकर कृष्ण और बलराम का स्वागत करने राज्य की सीमा तक गए थे। वहाँ पांडवों ने कृष्ण को प्रणाम किया और कहा, 'हे प्रभु, आपकी कृपा से हमने तेरह वर्ष का समय पूरा कर लिया है। हम आपकी शरण में हैं। हम वही करेंगे, जो आप कहेंगे। हमारे लिए आप ही सब कुछ हैं।' पांडवों को देखकर कृष्ण को उन पर दया आ गई। उन्होंने रोती हुई द्रौपदी को उठाया, उसके आँसू पोंछे और कहा, 'पांचाली, रोओ मत। आँसू बहाने का समय बीत चुका है। अब तुम्हारे मुस्कराने के दिन निकट आ रहे हैं। मैंने तेरह वर्ष पूर्व काम्यक वन में जो वचन दिया, अब मैं उसे पूरा करूँगा।'

इस तरह पांडवों ने बड़े धैर्य और साहस के साथ अपना तेरह वर्ष का वनवास काट लिया। उन्होंने अनेक कष्ट भोगे, किंतु उनकी पीड़ा से उनके व्यक्तित्व का और परिष्कार होता गया। उन्होंने इस बीच अनेक महान ऋषियों और संतों का आशीर्वाद प्राप्त किया। अर्जुन ने अनेक दिव्यास्त्र प्राप्त किए। उन्होंने भारतवर्ष के लगभग सभी पवित्र स्थलों और तीर्थों की यात्रा पूर्ण कर ली। वे अपनी नियति का सामना करने को तैयार थे। उन्हें विश्वास था कि वे भगवान कृष्ण की सहायता से, धर्म की स्थापना कर पाएँगे और अंत में उनकी विजय होगी।

वह मनुष्य, जो समस्त प्राणियों के भीतर मुझे देखता है और अपने दायित्व के निर्वहन द्वारा मुझे सदा मन से याद करता है, उसे शीघ्र ही मेरी अटल भक्ति प्राप्त हो जाती है।

—उद्धव गीता में भगवान कृष्ण द्वारा कथित,
श्रीमद् भागवत

हरि ॐ तत्सत्

ॐ

ॐ

ओ३म् जगदीश्वराय नमः!

अध्याय 23

भगवान बने शांति-दूत

अनन्यस्चिन्तयन्तो मं ये जना पर्युपास्ते,
तेशं नित्यभियुक्तानं, योगक्षेमं वहाम्यहम्।

मैं उन लोगों के भौतिक व आध्यात्मिक कल्याण की सदा देखभाल करूँगा,
जो पूर्ण निष्ठा से मेरी पूजा करते हैं।

राजा विराट ने पांडवों को रहने के लिए एक गाँव दे दिया जहाँ से वे लोग अपने मित्रों और सहयोगियों के साथ परामर्श कर सकते थे और अपनी भावी योजना पर विचार कर सकते थे। युधिष्ठिर ने भगवान कृष्ण और अपने अन्य हितैषियों को आमंत्रित किया और उनसे आगे बढ़ने का सर्वोत्तम उपाय पूछा। धृतराष्ट्र ने पांडवों को यह वचन दिया था कि उनके तेरह वर्ष बाद लौटते ही, वह उनका राज्य उन्हें लौटा देगा किंतु यह बिलकुल स्पष्ट था कि दुर्योधन की उस वचन को पूरा करने मंशा नहीं थी।

कृष्ण ने सबसे पहले कहा। 'हमें पांडव और कौरव दोनों समान रूप से प्रिय हैं, इसलिए हमें कोई ऐसा विकल्प खोजना चाहिए जो न्यायसंगत हो और दोनों पक्षों को स्वीकार्य हो। पांडवों ने सफलतापूर्वक वनवास की अवधि पूरी कर ली है। इसलिए मेरा ऐसा मानना है कि कौरवों को अपना वचन पूरा करना चाहिए तथा पांडवों के हिस्से का आधा राज्य उन्हें वापस देकर स्वयं भी शांति और सद्भाव से रहना चाहिए।'

इसके बाद, बलराम बोलने लगे। 'मेरा मत है कि तेरह वर्ष के वनवास को सफलतापूर्वक पूरा करने के बाद, पांडवों का उनके राज्य पर नहीं, अपितु केवल उनकी स्वतंत्रता पर अधिकार बनता है। दुर्योधन से केवल आधा राज्य लौटाना का आग्रह किया जा सकता है, किंतु उसे इसके लिए बाध्य नहीं किया जा सकता, क्योंकि युधिष्ठिर ने जुए में स्वेच्छा से पांडवों का हिस्सा दाँव पर लगाया था। अब जबकि दुर्योधन ने इतने वर्षों तक उस राज्य को भोग लिया है, मुझे नहीं लगता कि वह राज्य वापस देगा।'

सात्यकि को यह सुनकर बहुत क्रोध आया और वह बीच में बोला, 'मैं इस बात से बिलकुल सहमत नहीं हूँ। हमारे सदाचारी भाई युधिष्ठिर के साथ को द्यूत के खेल में छल किया गया था। यह जानते हुए भी शकुनि द्यूत में माहिर है, युधिष्ठिर ने उस चुनौती को साहस के साथ स्वीकार किया क्योंकि वह अपने तात श्री को अप्रसन्न नहीं करना चाहता था और धृतराष्ट्र ने पांडवों को वनवास की अवधि समाप्त होने के बाद, उनका राज्य वापस देने का वचन भी दिया है।'

सबने इस बात पर सहमति जताई और समर्थन व्यक्त किया। भगवान कृष्ण ने उस चर्चा को समाप्त करते हुए कहा, 'युद्ध से सदा शांति अधिक श्रेयस्कर होती है क्योंकि युद्ध में किसी की विजय नहीं होती। उसका परिणाम केवल विनाश होता है। हज़ारों स्त्रियाँ विधवा हो जाती हैं। पांडवों ने जो कुछ द्यूत में गँवाया है, उन्हें वह सब शांति और सद्भाव के दूत के संदेश से प्राप्त करना चाहिए। वह शांति-दूत, मृदुभाषी, धैर्यवान और विवेकशील होना चाहिए। विराट की सभा में ऋषि उलूक में ये सभी गुण मौजूद हैं, इसलिए उन्हें पांडवों की ओर से शांति दूत बनकर जाना चाहिए। यदि दुर्योधन ने हमारा शांति प्रस्ताव अस्वीकार कर दिया, तो इस बीच, हमें मानसिक तौर पर युद्ध के लिए भी तैयार रहना होगा।'

उलूक को हस्तिनापुर भेजा गया। वहाँ सभी ने उनका स्वागत-सत्कार किया। उलूक ने कहा, 'मैं युधिष्ठिर की ओर से शांति एवं सद्भाव का संदेश लेकर आया हूँ। वे सदा धर्म के मार्ग पर चलते हैं और उन्हें ऐसी कोई वस्तु नहीं चाहिए, जिस पर उनका अधिकार नहीं है। राजा धृतराष्ट्र ने पांडवों को वनवास की अवधि समाप्त होने के बाद, उनका राज्य वापस देने का वचन दिया था। युधिष्ठिर की इच्छा है कि आप अपने वचन का पालन करें और अपने पुत्रों और भतीजों को शांति से रहने दें। परंतु आप यह न समझने की भूल न करें कि युधिष्ठिर का शांति प्रस्ताव उनकी कायरता का परिणाम है। पांडव युद्ध में अजेय हैं!'

भीष्म ने कहा, 'उलूक ने निस्संदेह विवेकपूर्ण वचन कहे हैं। पांडव अपनी सदाशयता के चलते उनके साथ हुए अन्याय तथा उनके द्वारा की गई भीषण प्रतिज्ञाओं को भुला देंगे। अर्जुन के सामने आने तक उनका तेरह वर्ष का वनवास-काल समाप्त हो चुका था। उनके पास अनेक शक्तिशाली राजाओं का सहयोग भी है। इसलिए, हमारे लिए यह उपयुक्त होगा कि हम अपने वचन का पालन करें।'

द्रोण, कृप और विदुर सबने भीष्म का बात का समर्थन किया तथा राजा धृतराष्ट्र और उसके पुत्रों से शांति-प्रस्ताव स्वीकार करने का आग्रह किया।

कर्ण ने कहा, 'पांडवों को यह अधिकार कदापि नहीं है। वे केवल हमें भयभीत करने का प्रयास कर रहे हैं। वे रणभूमि में हमारा मुक़ाबला नहीं कर सकते!'

भीष्म ने कर्ण को फटकारते हुए कहा, 'इतनी डींग मत मारो। तुमने बहुत बार अर्जुन को परास्त करने का दम भरा है, किंतु उसने तुम्हें दो बार हराया है, पहले द्रौपदी के स्वयंवर में और विराट-युद्ध के दौरान भी तुम पराजित हो चुके हो। साथ ही, यह मत भूलो कि उन्हें भगवान कृष्ण का समर्थन प्राप्त है।'

धृतराष्ट्र पांडवों के भय और अपने पुत्र-मोह के बीच फँसा हुआ कुछ सोच नहीं पा रहा था। उसने क्षीण स्वर में अपने पुत्र दुर्योधन को अपने चचेरे भाइयों के साथ मिल-जुलकर रहने का सुझाव दिया।

दुर्योधन अपने पिता की दुर्बलता से अवगत था। उसने अवज्ञा पूर्वक कहा, 'मैं किसी धमकी से नहीं डरता! पांडवों का राज्य पर कोई अधिकार नहीं है क्योंकि उन्होंने स्वेच्छा से उसे दाँव पर लगाया था। मैंने उन्हें राज्य वापस देने का कोई वचन नहीं दिया। वह जिस वस्तु को द्यूत में नहीं जीत सके, वह उन्हें रणभूमि में लड़कर लेनी होगी। वे अपना राज्य इस तरह की चर्चा द्वारा तो कदापि प्राप्त नहीं कर सकते।'

विदुर और द्रोण ने दुर्योधन को समझाने का प्रयास किया किंतु उसने किसी की एक न सुनी और अकड़कर सभा से बाहर चला गया। धृतराष्ट्र ने थोड़ा समय लेने के उद्देश्य से उलूक से कहा कि वह जाकर युधिष्ठिर से कहे कि धृतराष्ट्र का अंतिम निर्णय संजय के साथ भेज दिया जाएगा। उलूक ने उस संदेश को लेकर लौट आया। दोनों पक्ष जान गए थे कि युद्ध अवश्यंभावी है तथा शांति की कोई संभावना नहीं है, हालाँकि युधिष्ठिर ने आशा नहीं छोड़ी थी। दोनों पक्षों ने अपने सहयोगी राजाओं से समर्थन लेने के प्रयास आरंभ कर दिए। दुर्योधन पहले ही लड़ने का मन बना चुका था, इसलिए उसने अन्य राजाओं के पास जाने की पहल की और धीरे-धीरे ग्यारह अक्षौहिणी सेना एकत्रित कर ली। पांडव, जो अंतिम क्षण तक शांति की उम्मीद लगाए बैठे थे, केवल साथ अक्षौहिणी सेना का प्रबंध कर पाए। एक अक्षौहिणी सेना में दो हज़ार हाथी, चार हज़ार रथ, आठ हज़ार पैदल घुड़सवार और बीस हज़ार पैदल सैनिक थे।

लोगों को इस बात पर आश्चर्य हो सकता है कि भगवान कृष्ण ने दुर्योधन को शांति प्रस्ताव स्वीकार करने के लिए प्रेरित क्यों नहीं किया। जैसा कि पहले कहा जा चुका है, मनुष्य अपने पूर्व कर्मों के फल को भुगतने के लिए स्वतंत्र हैं और भगवान उसे अपनी इच्छा को पूरा करने से कभी नहीं रोकते। भगवान ने दुर्योधन को समझने का अवसर तो दिया, जैसा कि बाद में पता लगेगा, परंतु जब उसने सबकी बात मानने से मना कर दिया, तो यह स्पष्ट हो गया कि धर्म और शांति के उद्देश्य परस्पर भिन्न थे। इसलिए, युद्ध उस समय की आवश्यकता था।

शकुनि को कृष्ण की शक्ति का भली-भाँति पता था। उसने दुर्योधन को कृष्ण का सहयोग प्राप्त करने द्वारका भेजा। इधर, युधिष्ठिर ने भी इसी उद्देश्य से अर्जुन को कृष्ण के पास जाने को कहा क्योंकि यादव सेना की ओर से औपचारिक अनुरोध करना आवश्यक था। संयोग से, दोनों चचेरे भाई एक साथ कृष्ण एक द्वारका पहुँच गए।

सर्वज्ञ भगवान कृष्ण दोनों से मिलने के लिए तैयार थे। वे अपने कक्ष में लेट गए और अनुचरों से कहा कि उन्हें बीच में जगाया न जाए। उनके सिर और पैरों के पास एक-एक आसन लगा दिया गया। दुर्योधन, अर्जुन से कुछ क्षण पहले पहुँच गया और वह कृष्ण को सोता देख, उनके सिर के पास वाले आसन पर बैठ गया। उसके तुरंत बाद अर्जुन भी वहाँ आ गया। वह धैर्य के साथ कृष्ण के चरणों के पास बैठकर उनके जागने की प्रतीक्षा करने लगा। कृष्ण ने आँखें खोलीं तो स्वाभाविक तौर पर, उनकी दृष्टि पहले

अर्जुन पर पड़ी। वे बोले, 'अरे अर्जुन! यहाँ कैसे आए?

तभी दुर्योधन ने भी ज़ोर से बोलकर अपने आगमन का समाचार सुनाया। तब कृष्ण ने दुर्योधन से कहा, 'तुम भी यहीं हो? मुझसे मिलने आने का क्या कारण है?'

दुर्योधन ने कहा, 'मैं यहाँ पहले आया हूँ और मुझे आने वाले युद्ध में पहले आपका सहयोग चाहिए। मैं और अर्जुन दोनों ही आपके संबंधी हैं, किंतु मैं चूँकि आपके पास पहले आया हूँ, इसलिए आप मुझे अपने सहयोग का वचन दीजिए।'

भगवान कृष्ण ने मुस्कराते हुए कहा, 'मुझे तुम्हारी इस बात पर कोई संदेह नहीं है कि तुम यहाँ पहले आए हो, किंतु संयोग से, मेरी दृष्टि पहले अर्जुन पर पड़ी थी। परंतु तुम्हें घबराने की आवश्यकता नहीं है। मैं तुम दोनों को अपना सहयोग दूँगा क्योंकि मैं दोनों का संबंधी हूँ। सात्यकि ने पांडवों को समर्थन देने का निश्चय किया है, किंतु मुझे नहीं पता कि मेरे भाई बलराम क्या चाहते हैं। जहाँ तक मेरा प्रश्न है, कृतवर्मा के नेतृत्व में मेरी पूरी यादव सेना एक ओर होगी और मैं अकेला दूसरी ओर रहूँगा।'

अर्जुन के बोलने से पहले दुर्योधन बीच में बोल पड़ा। 'यह अनुचित है। सबको आपकी असाधारण शक्तियों के विषय में पता है। आप जिस ओर से युद्ध लड़ेंगे, विजय उसी की होगी इसलिए आपको यह वचन देना होगा कि आप युद्ध के दौरान अस्त्र-शस्त्र नहीं उठाएँगे।'

दुर्योधन के इस बेतुके सुझाव को सुनकर कृष्ण को हँसी आई और उन्होंने हँसते हुए अर्जुन को पहले चुनने का अवसर दिया। 'महाबाहो! तुम पहले चुन लो। तुम्हें कृतवर्मा के नेतृत्व में मेरी समस्त यादव सेना चाहिए अथवा तुम यह चाहते हो कि मैं अकेला और निःशस्त्र तुम्हारे साथ रहूँ? मैं पहला अवसर तुम्हें देता हूँ क्योंकि मैंने तुम्हें पहले देखा था। साथ ही, दोनों में तुम छोटे हो।'

अर्जुन ने निस्संकोच भगवान कृष्ण को चुन लिया। दुर्योधन ने भी बड़ी खुशी से यादव सेना स्वीकार कर ली। कृष्ण जब बोल रहे थे और अर्जुन के चुनाव करने से कुछ क्षण पहले, दुर्योधन के मन में बहुत बेचैनी हो रही थी, किंतु पांडव अत्यंत अव्यावहारिक थे और उन्हें अवसर का लाभ उठाना बिलकुल नहीं आता था! इसके बाद, दुर्योधन उन दोनों को वहीं छोड़कर तत्काल अपने गुरु बलराम के पास गया ताकि अर्जुन वहाँ भी पहले न पहुँच जाए। उसे पूरा भरोसा था कि बलराम उसका समर्थन करेंगे, किंतु उसे यह जानकर बहुत निराशा हुई कि बलराम ने किसी भी पक्ष की ओर से युद्ध करने से मना कर दिया। 'मैं पांडवों के विरुद्ध नहीं लड़ सकता क्योंकि कृष्ण उनकी ओर हैं, और मैं तुम्हारे विरुद्ध भी युद्ध नहीं कर सकता। यदि युद्ध हुआ तो मैं तीर्थयात्रा पर निकल जाऊँगा। मुझे आशा है कि तुम क्षत्रिय धर्म के अनुसार ही युद्ध करोगे, जो मैंने तुम्हें सिखाया है।'

दुर्योधन के जाने के बाद, कृष्ण ने अर्जुन से पूछा, 'तुमने मुझे क्यों चुना जब तुम्हें पता है कि मैं युद्ध में भाग नहीं लूँगा?'

अर्जुन ने उत्तर दिया, 'प्रभु, मैं केवल इतना चाहता हूँ कि आप मेरे साथ रहें और मेरे सारथी बनें। यदि ऐसा हो तो मैं पूरे संसार का, यहाँ तक कि देवताओं का भी सामना कर सकता हूँ!'

कृष्ण ने मुस्कराकर अर्जुन को आशीर्वाद दिया। इस तरह, भगवान ने युद्ध में अस्त्र-शस्त्र नहीं उठाए किंतु वे अर्जुन के सारथी बने और उन्होंने महाभारत के महायुद्ध में पांडवों को विजय दिलाई।

धृतराष्ट्र ने वचनानुसार, संजय को अपने निर्णय के साथ पांडवों के पास भेजा और बिना रक्तपात किए अपने पुत्रों के लिए राज्य पर अधिकार करने का एक अंतिम प्रयास किया। संजय ने पांडव सभा में जाकर उस संदेश को पढ़कर सुनाया : 'युद्ध सदा भयानक होता है और उससे दोनों पक्षों की क्षति होती है। मेरे पुत्र हठी हैं, किंतु पांडवों, तुम तो धर्माचारी हो, फिर शांति स्थापित का प्रयास क्यों नहीं करते? आध्यात्मिक मार्ग, भौतिक समृद्धि से अधिक लाभदायक होता है और तुम्हारे जैसे पुरुषों को राज्य के लिए युद्ध करना शोभा नहीं देता। पारिवारिक कलह का कारण बनने की अपेक्षा, तुम्हारे लिए द्वारका जाकर भगवान कृष्ण के अतिथि बनकर रहना बेहतर है।'

संन्यास के लाभ पर यह शानदार अभिभाषण को सुनकर सब लोग आश्चर्यचकित रह गए। युधिष्ठिर समझ गया कि यह धूर्त राजा धृतराष्ट्र द्वारा अपने पुत्रों का जीवन संकट में डाले बिना उन्हें पूरा राज्य देने की कुत्सित योजना थी क्योंकि वह युद्ध में पांडवों के क्रोध का पात्र नहीं बनना चाहता था। अपने पुत्रों को समझाने के स्थान पर, वह धर्म के प्रति युधिष्ठिर की निष्ठा से खिलवाड़ कर रहा था।

युधिष्ठिर ने कृष्ण से कहा, 'मैं अपने और अपने भाइयों के मत को देखते हुए, किसी अंतिम निर्णय पर नहीं पहुँच पा रहा हूँ। मुझे नहीं पता इस स्थिति में धर्म क्या कहता है। इसलिए मैं धर्म को त्याग कर आपकी शरण में हूँ और आप जो भी निर्णय करेंगे, उसका पालन करूँगा!'

कुछ समय बाद, भगवान कृष्ण यही परामर्श अर्जुन को देने वाले थे किंतु युधिष्ठिर ने उन्हें पहले ही रोक लिया। अपने शांतिप्रिय स्वभाव और क्षत्रिय धर्म का पालन, जिसने उसे वह धर्मयुद्ध लड़ने के लिए विवश किया था, के बीच फँसे युधिष्ठिर ने अपने अहंकार का पूर्ण त्याग करके, अंतिम निर्णय का पूर्ण दायित्व भगवान के चरणों में सौंप दिया। भगवान कृष्ण उस महान व्यक्तित्व के प्रति प्रशंसा से भर उठे जो शांति बनाए रखने के लिए अपमानित होने को भी तैयार था। परंतु भगवान अपनी शरण में आए प्राणियों का साथ नहीं छोड़ते और यदि वह प्राणी अपने साथ हुए अन्याय का प्रतिशोध लेने को इच्छुक नहीं होता, तो भी भगवान उसे न्याय दिलाने में उसकी सहायता करते हैं।

कृष्ण ने युधिष्ठिर की ओर से संजय को कहा, 'अंधकार में चुपके से चुराने वाले और दिन-दहाड़े चोरी करने वाले चोर की समान रूप से निंदा होती है। संजय! किसी ऐसे चोर और धृतराष्ट्र के पुत्रों में क्या अंतर है? इसमें कोई संदेह नहीं कि पांडवों को उनका हिस्सा वापस मिलना चाहिए। उनका हिस्सा कौरव छीन लें, तो पांडव चुपचाप ऐसा होते क्यों देखते रहेंगे? उनके पास जब अपना राज्य है, तो उन्हें मेरा अतिथि बनने के लिए विवश क्यों किया जा रहा है? मित्रों से प्राप्त प्रभुता की अपेक्षा पैतृक राज्य बेहतर होता है। जिस समय द्रुपद की पुत्री को, जो पवित्र और निष्कलंक है, दुःशासन द्वारा राजसभा में खींचा जा रहा था, उस समय सारे वरिष्ठ कुरु-जन वहाँ उपस्थित थे। हे संजय, तुम

स्वयं भी वहाँ उपस्थित थे! तथापि उस समय तुमने धर्म और नैतिकता पर अपना विचार क्यों नहीं प्रकट किया? जब कर्ण ने द्रौपदी से किसी भी कौरव को उसका पति चुनने के लिए कहकर अपमान किया था, तब तुमने उसका विरोध क्यों नहीं किया? जब राजा के भाई के पुत्र वल्कल वस्त्र धारण करके वनवास के लिए प्रस्थान कर रहे थे तो राजा को दुःख क्यों नहीं हुआ? परंतु, अब जब अपना वचन पूर्ण करने और पांडवों को उनका राज्य लौटाने का समय आया है तो धृतराष्ट्र, दया और नैतिकता की बातें कर रहा है! क्या वह अब भी अपनी कुटिल अभिलाषाओं के वृक्ष को सींचना चाहता है, जिसका तना उसका पुत्र दुर्योधन, शकुनि उसकी शाखाएँ, कौरव उसके फूल, कर्ण उसका फल तथा वह स्वयं उसकी जड़ है? दूसरी ओर, युधिष्ठिर धर्म का विशाल वृक्ष है, अर्जुन उसका तना, भीम उसकी शाखाएँ, तथा माद्री के पुत्र, नकुल व सहदेव उसके फल और फूल हैं और मैं, समस्त धर्म का अधिष्ठाता, स्वयं उस वृक्ष की जड़ हूँ! राजा से कहा दो कि पांडु के पुत्र आज भी उसके साथ हैं यदि वह धर्म का पालन करने को तैयार है। उसे चुनाव करने दो! वह चाहे तो पांडवों का पैतृक अधिकार उन्हें लौटा शांति स्थापित कर सकता है, अथवा उन्हें निर्वासित करके युद्ध का विकल्प चुन सकता है। इस बीच, मैं शांति का अंतिम प्रयास करूँगा क्योंकि मैं जानता हूँ कि युधिष्ठिर यही चाहता है। मैं स्वयं हस्तिनापुर आऊँगा और राजा धृतराष्ट्र को समझाने का प्रयास करूँगा!'

यह सुनकर, संजय हस्तिनापुर लौट आया और उसने निष्ठापूर्वक सारी बात राजा को बता दी तथा उससे विवेकपूर्ण एवं दृढ़ निश्चय लेने की सलाह भी दी। उसने धृतराष्ट्र को पांडवों की शक्ति एवं उन्हें प्राप्त कृष्ण के सहयोग के विषय में भी बताया। संजय को आशा थी कि जहाँ तर्क विफल हो जाता है, वहाँ भय निवारक का कार्य करता है। विदुर, जो अपने ज्ञानवान और विवेकपूर्ण सुझावों के लिए विख्यात था, तथा भीष्म और द्रोण ने भी धृतराष्ट्र को बहुत समझाया, किंतु राजा फिर भी दुविधा में पड़ा रहा। उसे जैसे ही पता लगा कि कृष्ण स्वयं, पांडवों के दूत बनकर हस्तिनापुर आने वाले थे, उसने भगवान के भव्य स्वागत की तैयारी आरंभ कर दी ताकि उन्हें अपनी ओर किया जा सके। विदुर ने राजा को सुझाव दिया कि वह ऐसा करने की मूर्खता न करे क्योंकि भगवान कृष्ण, दिखावे के चोकर को निष्ठा के धान से आसानी से अलग कर सकते थे। परंतु धृतराष्ट्र अपनी ओर से एक प्रयास करना चाहता था। उसने विदुर से कहा, 'तुम कृष्ण के स्वागत की तैयारियों का व्यक्तिगत तौर पर निरीक्षण करना। मैं कृष्ण को बहुत-से अमूल्य उपहार देना चाहता हूँ।'

विदुर घृणित ढंग से मुस्कराया। वह अपने भाई को पुस्तक की तरह पढ़ सकता था। 'मुझे आपकी इन बचकानी बातों पर हँसी आ रही है। आपको लगता है कि आप अनमोल उपहारों से कृष्ण को प्रलोभन दे सकेंगे? उनसे अधिक महान आत्मा ने इस पृथ्वी पर न पहले कभी जन्म लिया है और न आगे कभी लेगी। जो संसार का ईश्वर है, उसे आप क्या देंगे? भैया, कृपया उनका अपमान मत कीजिए। आप यदि उन्हें प्रसन्न करना ही चाहते हैं, तो उनकी इच्छा पूरी कर दीजिए। वे यहाँ आपको और आपके पुत्रों को युद्ध के भयानक परिणाम का आभास दिलाने और यह बताने आ रहे हैं कि पांडवों के साथ अन्याय हुआ है। वे शांति-दूत बनकर आ रहे हैं। आप यदि उनका स्वागत करना चाहते हैं, तो युद्ध की

तैयारी रोक दीजिए और उनका सुझाव मान लीजिए।'

यह सुनकर दुर्योधन ने कहा, 'आप सभी लोग हमेशा पांडवों का पक्ष लेते हैं। मेरे पास एक योजना है, जिससे पांडव हमारे दास बन जाएँगे। मैं कृष्ण को बंदी बना लूँगा, फिर पांडवों का का क्या होगा?' इस बात को सुनकर सभी घबरा गए, किंतु दुर्योधन ने अपने मामा के साथ मिलकर योजना बनानी शुरू कर दी थी।

शांति अभियान पर निकलने से पहले, कृष्ण ने पांडवों के साथ उनके अगले क़दम पर चर्चा की। युधिष्ठिर ने सदा की भाँति शांति और समन्वय का पक्ष लेते हुए कहा, 'मैं अपने भाइयों के साथ मिल-जुलकर प्रेम से रहना चाहता हूँ क्योंकि मेरे लिए शांति से अधिक महत्त्वपूर्ण कुछ नहीं है।'

कृष्ण ने कहा, 'हालाँकि तुम सही कह रहे हो, किंतु तुम्हें द्रौपदी और अपने भाइयों के मत को भी ध्यान में रखना होगा।'

भीम बोला, 'हमें अपना पूरा हिस्सा माँगना चाहिए, और यदि वह न मिले तो हमें उसके लिए लड़ना चाहिए। कौरव मेरे शारीरिक बल से, अर्जुन की धनुर्विद्या से, द्रौपदी के आँसुओं की शक्ति से तथा इस बात से अच्छी तरह परिचित हैं कि आपने हमारी सहायता करने का वचन दिया है। उन्हें यह बात अवश्य समझ में आ जाएगी कि वे किसी भी तरह हमसे युद्ध में नहीं जीत सकते।'

अर्जुन ने कहा, 'कृष्ण आप अंतर्यामी हैं और आपको पता है कि क्या होने वाला है। मैं केवल इतना ही कह सकता हूँ कि यदि हमने अपनी प्रतिज्ञाएँ अभी पूरी नहीं कीं तो फिर हम उन्हें कब पूरा करेंगे?'

इसके बाद, नकुल बोला, 'हमारी प्रतिष्ठा नष्ट हो चुकी है। यदि दुर्योधन अपने पिता के कहने पर हमारे साथ न्याय करके को तैयार हो जाए, तो भी मैं युद्ध चाहता हूँ।' अंत में सहदेव ने कहा, 'प्रभु, हालाँकि युधिष्ठिर ने जो कुछ कहा है, वह ठीक है किंतु राजसभा में पांचाली की दुर्दशा को देखते हुए, दुर्योधन को मृत देखे बिना मेरा क्रोध शांत नहीं होगा। उसने हमारे साथ वे सब अन्याय और कुकर्म किए हैं, जो कोई व्यक्ति किसी के साथ कर सकता है। उसने हमें जलाकर, डुबोकर मारने का प्रयास किया, छल से हमारी हत्या करवाने की कोशिश की, और फिर भी मेरे भैया उसे क्षमा करने को तैयार हैं। परंतु मैं उसे नहीं भूल सकता। धर्मयुद्ध में वीर गति को प्राप्त होने के बाद ही एक क्षत्रिय को सम्मान मिलता है। मैं उनके द्वारा दान में दिए गए किसी गाँव में चैन से जीने की अपेक्षा रणभूमि में मर जाना बेहतर समझता हूँ! परंतु, आपसे यह सब कहने का क्या लाभ है? प्रभु, आप तो सर्वज्ञ हैं। यदि आप युद्ध को रोकना चाहें तो रोक सकते हैं, इसलिए आपको जो उचित लगे, वही कीजिए।'

कृष्ण ने हँसते हुए उत्तर दिया, 'मुझे बताओ कि मैं इस युद्ध को कैसे रोक सकता हूँ।'

सहदेव ने उत्तर दिया, 'इसका समाधान बहुत सरल है। अर्जुन को मार दीजिए, कर्ण को सिंहासन दे दीजिए, भीम को बेड़ियों में जकड़ दीजिए, द्रौपदी के केश काट दीजिए और मुझे आज्ञा दीजिए कि मैं आपको बाँध सकूँ!'

कृष्ण को यह सुनकर बहुत आनंद आया। वे बोले, 'सहदेव, तुम मुझे कैसे बाँधना चाहते हो? मेरी माता यशोदा भी मुझे बचपन में नहीं बाँध सकीं, तो तुम यह कार्य कैसे करोगे?'

सहदेव ने कहा कि वह ऐसा कर सकता है, तो भगवान उसे एक निर्जन स्थान पर ले गए। उन्होंने वहाँ दस हज़ार कृष्ण के रूप उत्पन्न कर दिए और फिर सहदेव को कहा कि वह आगे बढ़े। सहदेव इस चमत्कार को देखकर घबराया नहीं और शांत खड़ा रहा। उसने आँखें बंद की, भगवान का ध्यान किया और उनसे प्रार्थना की, 'हे प्रभु, मैं आपको अपने शाश्वत प्रेम और निष्ठा की रस्सी से बाँधना चाहता हूँ।'

अभी सहदेव की प्रार्थना समाप्त भी नहीं हुई थी, कि भगवान ने देखा कि बँध चुके थे! उन्होंने कहा, 'सहदेव, तुमने मेरी दुर्बलता पहचान ली है - मुझे केवल प्रेम की शक्ति से बाँधा जा सकता है। अब तुम मुझे मुक्त कर दो!'

'पहले आप वचन दीजिए कि आप सदा हमारी रक्षा करेंगे,' सहदेव ने हँसते हुए कहा और फिर कृष्ण को बंधन से मुक्त कर दिया।

कृष्ण ने अन्य लोगों से कहा कि सहदेव ने शांति का विकल्प चुना है। यह सुनकर युधिष्ठिर ने कहा, 'हे प्रभु, फिर तो आपको कौरव सभा में जाकर हमारा हिस्से का राज्य वापस माँगना चाहिए। यदि दुर्योधन इसके लिए तैयार न हो, तो आप हमारे हिस्से में से थोड़ा-सा भाग माँग लीजिए। वह यदि इसके लिए भी मना कर दे तो हम पाँच भाइयों के लिए पाँच नगर माँग लीजिए। हमें कोई भी पाँच नगर नहीं चाहिए। मैं उनमें से एक वारणावत चाहता हूँ ताकि हमें यह याद रहेगा कि हमें वहाँ जीवित जलाने की कोशिश की गई थी; दूसरा, मुझे वृकप्रस्थ चाहिए, जहाँ भीम को विष दिया गया था; तीसरा मुझे जयंत चाहिए, जहाँ हमें छलपूर्वक द्यूत में हराकर हमारा राज्य हमसे छीना गया था; चौथा इंद्रप्रस्थ, जिस पर हमारा अधिकार है; और पाँचवाँ, मैं दुर्योधन पर छोड़ता हूँ। वह यदि इतना भी देने को तैयार न हो, तो कोई पाँच गाँव दे दे। वह पाँच गाँव भी नहीं दे सकता, तो पाँच घर माँग लीजिए। वह यदि उसके लिए भी मना कर देगा, तो फिर युद्ध होगा।'

द्रौपदी, कृष्ण के पीछे खड़ी अपने पतियों द्वारा दिए जा रहे तर्क को सुनकर दुःखी हो रही थी। उसकी आँखें आँसुओं से भीगी थीं और बाल खुले हुए थे। वह बोली, 'हे जनार्दन! क्या इस पृथ्वी पर मुझे भी अधिक दुर्भाग्यशाली कोई स्त्री है? मैं राजा द्रुपद की पुत्री, वीर धृष्टद्युम्न की बहन और आपकी भक्त हूँ। मैं महान राजा पांडु की पुत्रवधू हूँ, पांडवों की रानी हूँ, जो पाँच इंद्र के समान गौरवशाली हैं। इन पाँच पतियों से मुझे पाँच पुत्रों की प्राप्ति हुई है, जो उन्हीं के समान बलशाली हैं। हे कृष्ण, तिस पर भी, मेरे केश खींचे गए, मुझे खुली सभा में घसीटा गया और मेरे वीर पतियों के सामने मुझे लज्जित किया गया। जिस समय पांडव चुपचाप बैठे मेरी पीड़ा को देख रहे थे, उस समय यदि आपने मेरी रक्षा न की होती, तो मेरा क्या होता? मुझे सबके सामने नग्न कर दिया जाता! जब तक दुर्योधन और दुःशासन जीवित हैं, अर्जुन के धनुष को धिक्कार है, भीम के बल को धिक्कार है! यदि मैं आपकी कृपा के योग्य हूँ, यदि आपके मन में मेरे लिए थोड़ी भी करुणा है, तो हे कृष्ण, अपने क्रोध को धृतराष्ट्र के पुत्रों पर केंद्रित होने दीजिए।'

द्रौपदी, आँखों में अंगारे लिए, अपने खुले बालों को हाथ में पकड़े कृष्ण के निकट गई और बोली, 'हे पुंडरीकाक्ष (कमल के समान नेत्र वाले), आप जब कौरवों के पास शांति-प्रस्ताव लेकर जाएँगे तो मेरे इन खुले बालों को याद रखिएगा, जिन्हें निर्दयी दुःशासन ने बुरी तरह खींचा था। उस समय मेरे बलशाली पति भीम ने यह प्रतिज्ञा की थी कि वह उस पापी दुराचारी दुःशासन के रक्त से सने अपने हाथों से मेरे केश फिर से बाँधेगा, और अब यह यहाँ चुपचाप बैठा शांति की बात कर रहा है! यदि मेरे सदाचारी पति लड़ने से मना कर देंगे तो मेरे वृद्ध पिता और उनका साहसी पुत्र मेरे अपमान का प्रतिशोध लेंगे। सुभद्रा-पुत्र अभिमन्यु के साथ मिलकर मेरे पुत्र, मेरे सम्मान के लिए युद्ध करेंगे। मैं जब तक दुःशासन के हाथ उसके धड़ से अलग नहीं देख लूँगी, मेरे हृदय को कैसे चैन मिलेगा? वे हाथ, जिन्होंने निर्ममता से मेरे केश खींचे थे! वे हाथ, जिन्होंने मेरा वस्त्र खींचा और मुझे नग्न करने का प्रयास किया था! जिस तरह राख के ढेर के नीचे चिंगारी धधकती रहती है, उसी तरह मैंने अच्छे समय की प्रतीक्षा में कष्ट सहते हुए, तेरह वर्ष का लंबा समय बिताया है। परंतु, अब अपने पतियों की बात सुनकर, मेरा हृदय छलनी हो गया है।'

यह कहकर, द्रौपदी रोने लगी। कृष्ण ने धीरे-से उसके बाल चेहरे से हटाए और अपने पीतांबर (पीले वस्त्र) से उसके आँसू पोंछते हुए बोले, 'पांचाली, तुम जल्दी ही देखोगी, कुरु वंश की स्त्रियाँ विलाप करेंगी जैसे तुम अभी कर रही हो। इसी तरह, जब तुम अपने केश बाँधोगी, तो उनके केश खुलकर बिखर जाएँगे। तुम्हें जिन पर क्रोध आ रहा है, उन्हें समय रूपी ईश्वर की शक्ति ने पहले ही मार दिया है। क्या तुम उस वचन को भूल गई हो, जो मैंने तुम्हें काम्यक वन में और फिर दोबारा उपप्लव्य में दिया था? युधिष्ठिर के आदेश पर, भीम, अर्जुन, नकुल व सहदेव ईश्वरीय इच्छा को पूर्ण करेंगे। धृतराष्ट्र के पुत्रों का समय पूरा हो रहा है और यदि वे मेरी बात नहीं मानेंगे तो निश्चित ही, उनकी मृत्यु हो जाएगी और वे कुत्तों और सियारों का भोजन बनेंगे। हिमालय अपने स्थान से हट सकता है, पृथ्वी के सैकड़ों खंड हो सकते हैं और असंख्य तारों से युक्त आकाश नीचे गिर सकता है, किंतु मेरे वचन मिथ्या नहीं हो सकते। इसलिए, पांचाली, अपने आँसुओं को रोको! मैं तुम्हें वचन देता हूँ शीघ्र ही तुम्हारे पति अपनी खोई समृद्धि फिर से प्राप्त करेंगे और तुम्हारे शत्रुओं की रणभूमि में मृत्यु हो जाएगी!'

अन्य लोगों को देखकर कृष्ण ने अपनी बात समाप्त करते हुए कहा, 'संसार को युधिष्ठिर की महानता का पता लगना चाहिए तथा पांडवों के नाम पर कोई कलंक नहीं आना चाहिए, इसलिए मैं शांति स्थापित का अंतिम प्रयास करूँगा। यदि दुर्योधन ने अपने कुटिल विचारों को क्रियान्वित नहीं किया, तो उसके बचने की आशा है। परंतु हमारे लिए आराम से बैठकर अधर्म को सहन करना उचित नहीं है। यदि दुर्योधन ने युधिष्ठिर का यह अत्यंत न्यायसंगत अनुरोध भी अस्वीकार कर दिया, तो हमें युद्ध लड़ना ही होगा। अब मैं तुम्हारा शांति दूत बनकर कौरव राजदरबार में इस विवाद का शांतिपूर्वक समाधान करने जा रहा हूँ।'

भगवान हस्तिनापुर के लिए निकले तो शंखनाद और तुरही बजने लगी। वे अपने रत्नजड़ित रथ में बैठ गए और उनका सारथी दारुक उनके प्रिय अश्वों सुग्रीव, मेघपुष्प,

शैव्य और वलाहक से जुते रथ को लेकर रवाना हो गया। रथ के दोनों पहिए सूर्य और चंद्रमा के समान थे। कृष्ण के साथ सात्यकि और उद्धव भी रथ में बैठ गए तथा अर्जुन नगर द्वार तक उनके साथ गया। हस्तिनापुर में प्रवेश करते ही, उनके दर्शन हेतु भारी भीड़ उमड़ पड़ी। कहते हैं, एक भी व्यक्ति घर के भीतर नहीं था। वृद्ध, नेत्रहीन, अपंग और रुग्ण लोग भी भगवान के दर्शनों के लिए आ गाए। उनके मनोहर रूप को देखकर, वे अपनी समस्त परेशानियाँ और व्याधियाँ भूल गए और स्वस्थ हो गए। कृष्ण की मनमोहक मुस्कान ने लोगों को आनंद के सागर में स्नान करवा दिया। वे अपनी पलकें झपकाने से एक पल के लिए भी भगवान के दर्शन से वंचित नहीं रहना चाहते थे। धृतराष्ट्र के आदेश पर, पूरा नगर कृष्ण के स्वागत के लिए सजाया गया था और जगह-जगह रत्नजड़ित तोरण लगाए गए थे। दुर्योधन ने आदेश दिया था कि कृष्ण को रहने के लिए सर्वश्रेष्ठ भवन दिया जाए। वह कृष्ण के स्वागत हेतु स्वयं जाना चाहता था किंतु शकुनि ने उसे यह कहकर जाने से रोक दिया कि एक ग्वाले के स्वागत के लिए राजकुमार का स्वयं जाना उचित नहीं होगा।

कृष्ण ने अत्यंत सम्मानपूर्वक अपने वृद्धजनों को प्रणाम किया, जो उनके स्वागत के लिए आए थे, तथा विनम्रतापूर्वक राजमहल में ठहरने से मना कर दिया। वे अपने भक्त विदुर के साथ उसके घर चले गए। कहते हैं, भीष्म के मन में उसके ज्ञान के दंभ, द्रोण के भीतर ब्राह्मण होने का घमंड और दुर्योधन के अंदर बलशाली राजा होने का अहंकार था, इसीलिए, भगवान कृष्ण ने इन सबका सत्कार स्वीकार करने से मना कर दिया। केवल विदुर ने स्वयं को पूर्ण रूप से कृष्ण के चरणों में समर्पित किया था इसलिए वे उसके घर चले गए।

विदुर को इस बात पर विश्वास नहीं हुआ कि भगवान ने अपने रहने के लिए भव्य राजमहलों की अपेक्षा, उसका छोटा-सा घर चुना था। उसने कहा, 'पता नहीं, मेरी इस कुटिया ने कौन-सी तपस्या की होगी, जिसके लिए भगवान के पवित्र चरण वहाँ पड़े, जिनकी एक झलक पाने के लिए महात्मा और देवता भी इच्छुक रहते हैं?'

विदुर ने अपनी पत्नी को बाहर बुलाया क्योंकि भगवान उनके घर आए थे। वह उस समय स्नान कर रही थी, किंतु कृष्ण के आना एका समाचार सुनकर, वह अपना शृंगार अधूरा छोड़कर भागी आई और उसने कृष्ण को प्रणाम किया। वह वास्तव में कृष्ण के पितामह देवकन और उनकी शूद्र पत्नी की पुत्री तथा सौतेली बुआ थी। विदुर और उसकी पत्नी साधारण जीवन व्यतीत करते थे क्योंकि उन्हें दुर्योधन का अभद्र आश्रय अच्छा नहीं लगता था। वे दोनों पूरी तरह भगवान के प्रति समर्पित और संतुष्ट थे।

उनके घर में केले के फल के अतिरिक्त कुछ नहीं था। विदुर की पत्नी ने वे फल एक सुंदर पत्ते के ऊपर सजाकर भगवान के समक्ष रख दिए। वह इतनी प्रसन्न और भावुक हो गई थी कि उसे यह भी ध्यान नहीं रहा कि उसने केले का छिलका कृष्ण को दे दिया और फल फेंक दिया! कहते हैं, भगवान ने बिना किसी कष्ट के छिलके खा लिए क्योंकि उनके भक्त प्रेम से जो भी अर्पित करते हैं, भगवान उसे सहर्ष स्वीकार कर लेते हैं। विदुर भी ऐसी ही मुग्धावस्था में था और प्रसन्न होकर भगवान को देख रहा था। केले का पूरा गुच्छा समाप्त होने के बाद, उन्होंने देखा कि उनसे क्या हो गया था। रात्रि के भोजन में, कृष्ण ने दुर्योधन के महल में चमचमाती थालियों में परोसा गया राजसी भोजन छोड़कर, विदुर

के घर में अपना मनपसंद बथुआ का साग खाया जो उस घर में प्रचुर मात्रा में लगा था।

भोजन के बाद, कृष्ण ने हस्तिनापुर आने का उद्देश्य स्पष्ट किया। विदुर ने कृष्ण को ऐसा करने से मना किया और कहा कि दुर्योधन युद्ध करने का निश्चय कर चुका है और विदुर को यह भी डर था कि दुर्योधन, कृष्ण को शारीरिक हानि भी पहुँचा सकता है।

कृष्ण ने उत्तर दिया, 'बुद्धिमान लोग, ऐसे व्यक्ति को दुष्ट मानते हैं, जो अपने मित्र को अंत समय तक अनुचित कार्य करने से रोकता नहीं है। मैं यहाँ दोनों पक्षों के हित की बात करने आया हूँ। मेरी बात सुनने के बाद, यदि मूर्ख दुर्योधन उसे नहीं मानेगा तो वह अपने दुर्भाग्य का आमंत्रित करेगा। यदि मैं पांडवों के हित से समझौता किए बिना, कुरु वंश में शांति स्थापित कर पाता हूँ तो धर्म का उद्देश्य पूर्ण हो जाएगा और कौरव भी मृत्यु का ग्रास बनने से बच जाएँगे। परंतु, उन्होंने यदि मुझे क्षति पहुँचाने का प्रयास किया तो, हे महात्मा, आप यह निश्चित जानिए कि जिस तरह हिरणों का पूरा समूह भी सिंह का मुक़ाबला नहीं कर सकता, उसी प्रकार पृथ्वी के समस्त राजा मिलकर भी मुझे परास्त नहीं कर सकते।'

अगले दिन सुबह, कृष्ण ने उद्धव और सात्यकि को पहले ही राजसभा भेज दिया। इस बीच, कृष्ण द्वारा राज-सत्कार अस्वीकार किए जाने से दुर्योधन बहुत क्रोध में था। उसने सभा में उपस्थित सब लोगों को आदेश दिया कि कृष्ण के आने पर उनके सम्मान में, कोई भी अपने आसन से उठकर खड़ा नहीं होगा और जिसने भी उसके आदेश का उल्लंघन किया, उसका घर जला दिया जाएगा।

भगवान कृष्ण ने जैसे ही शांत भाव से सभा में प्रवेश किया, एक-एक करके सब लोग किसी अज्ञान प्रबल इच्छा के चलते उठ खड़े हुए और उन्होंने कृष्ण को प्रणाम किया। कहते हैं, दुर्योधन का आसन आगे को झुक गया और वह भगवान के चरणों में जा गिरा!

कृष्ण ने हँसते हुए कहा, 'सुयोधन (दुर्योधन), मैं तुम्हारी निष्ठा से बहुत प्रसन्न हूँ!'

कृष्ण ने सबको प्रणाम किया और फिर उन्हें विशेष रत्नजड़ित आसन पर बैठाया गया। दुर्योधन अपनी खीझ को छिपा नहीं पाया और बोला, 'हे गोविंद, मेरा सत्कार अस्वीकार करके आपने अच्छा नहीं किया। किया। मैंने आपके लिए सर्वश्रेष्ठ भवन और शानदार भोजन का प्रबंध किया था।'

कृष्ण ने चमचमाती आँखों से दुर्योधन को देखा और बोले, 'व्यक्ति किसी अन्य से के घर पर तभी भोजन ग्रहण करता है, यदि वह प्रेम से दिया जाए अथवा व्यक्ति भूखा हो और कोई दूसरा विकल्प न हो। राजकुमार, अभी तक तुम्हारे किसी भी कार्य से मेरे मन में प्रेम उत्पन्न नहीं हुआ है, न ही मुझे ऐसा लगता है कि तुमने मुझे प्रेम से आमंत्रित किया है, और न ही मैं भूख से व्याकुल हूँ। तुम अकारण अपने चचेरे भाइयों से, जो अत्यंत नेक और सदाचारी हैं, घृणा करते हो। दुर्योधन, याद रखो कि जो मेरे भक्तों से घृणा करता है, वह मुझसे भी घृणा करता है क्योंकि सब सदाचारी लोग मेरे ही रूप हैं। इसके अतिरिक्त, कुटिल विचारों से दूषित भोजन को मैं स्वीकार नहीं करता। दूसरी ओर, प्रेम से अर्पित सादा भोजन, चाहे उसमें केवल पत्ता, फूल या फल और कुछ बूँदें जल की हों, तो भी मुझे बहुत प्रिय लगता है।'

कृष्ण ने मृदु स्वर में आगे कहा, 'तुम्हें पता होगा कि आचार संहिता के अनुसार, किसी का भोजन करने के बाद उससे शत्रुता नहीं की जा सकती। यदि मेरा यहाँ आने का उद्देश्य पूरा हो गया तो मैं सहर्ष तुम्हारा अतिथि बनना स्वीकार करूँगा।'

धृतराष्ट्र ने कृष्ण का आदरपूर्वक स्वागत किया और उनके हस्तिनापुर आने का उद्देश्य पूछा। भगवान ने जैसे ही बोलना शुरू किया तो वहाँ बैठे लोग शांत हो गए और सभा स्थिर हो गई।

'मैं यहाँ कौरवों और पांडवों के बीच शांति स्थापित करने का प्रस्ताव लेकर आया हूँ। पांडवों ने सफलतापूर्वक तेरह वर्ष का वनवास पूर्ण कर लिया है। उन्होंने बहुत कष्ट सहन किए हैं, फिर भी वे सब कुछ भूलकर क्षमा करने को तैयार हैं। महाराज, आपके पुत्रों के आचरण के कारण समस्त कुरु वंश पर भयंकर संकट मँडरा रहा है। इसलिए शांति स्थापित करने का संपूर्ण उत्तरदायित्व आपके ऊपर है। पांडवों ने बचपन में अपने पिता को खो दिया और वे सदा आपको पिता के समान मानते रहे। इसलिए, आपको भी उनके साथ अपने पुत्रों के समान व्यवहार करना चाहिए। याद रखिए, वे आपके भाई के पुत्र हैं और इसलिए उनकी देखभाल करना आपका कर्तव्य है। धर्म, अर्थ एवं काम की रक्षा हेतु, महाराज, पांडवों के साथ संधि कर लीजिए तथा अपने पुत्रों को दुराग्रह करने से रोकिए!'

इसके बाद, कृष्ण ने दुर्योधन से कहा, 'दुर्योधन! मैं संसार के हित के कार्य करता हूँ। तुम एक गौरवशाली परिवार के, जिसने सदा धर्म का पालन किया है, वंशज हो। यदि तुम पांडवों को तेरह वर्ष पूर्व दिए वचन के अनुसार उनका अधिकार उन्हें लौटा दोगे तो तुम्हें महान यश और समृद्धि की प्राप्ति होगी।'

उसके बाद भाट और चारणों ने नर और नारायण नामक भगवान विष्णु के दो प्राचीन ऋषियों की कथा सुनाई, जिन्होंने पृथ्वी पर धर्म की स्थापना हेतु अर्जुन और कृष्ण के रूप में अवतार लिया था। यह सुनकर, धृतराष्ट्र को अपने पुत्रों के भाग्य की चिंता हुई और उसने कृष्ण से कहा, 'मेरे पुत्र, मेरी या अपने अग्रजों की, जो उसे समझाने का प्रयास करते हैं, कोई बात नहीं मानता। आप ही उसे समझाएँ और उसका विचार बदलने का प्रयास करें।'

कृष्ण ने एक बार फिर बड़े धैर्य से दुर्योधन को तर्क सम्मत ढंग से समझाने की कोशिश की। वे बोले, 'हे दुर्योधन, तुम्हारे पिता और अन्य सभी लोग शांति के पक्ष में हैं। तुम उनकी बात क्यों नहीं मान लेते? तुम ऐसा कुछ करने का दुराग्रह क्यों करते हो जिससे तुम्हारे संपूर्ण कुल का नाश हो सकता है? वह मनुष्य, जो अपने हितैषी मित्रों और अग्रजों की बात नहीं मानता और उन्हें अपने विरोधी के रूप में देखता है तथा दुष्ट लोगों के सुझावों को मानता है, सदा कष्ट का भागी बनता है। यदि तुम पांडवों को उनके हिस्से का आधा राज्य लौटा दो, तो वे तुम्हें युवराज और तुम्हारे पिता को इस साम्राज्य का राजा मानने को तैयार हैं। कृपया अपने मित्रों के सुझाव पर ध्यान दो और राज्य में शांति और अपने लिए समृद्धि की कामना करो अन्यथा तुम्हें अपने कुल के विनाश का दोषी माना जाएगा।'

भीष्म और द्रोण ने भी दुर्योधन से भगवान कृष्ण के सुझाव को मानने का आग्रह किया, किंतु घमंडी दुर्योधन अपने क्रोध पर नियंत्रण नहीं रख पाया और चिल्लाकर बोला, 'पांडवों ने स्वेच्छा से अपना राज्य दाँव पर लगाया था। वनवास को पूरा करने के बाद

उन्हें केवल राज्य में मेरी प्रजा बनकर रहने का अधिकार मिलता है, उनके हिस्से के राज्य का नहीं! उनके पिता पांडु को केवल इसलिए राजा बनाया गया था किंतु मेरे पिता नेत्रहीन हैं। मैं ज्येष्ठ भाई का पुत्र हूँ और चूँकि मैं नेत्रहीन नहीं हूँ, इसलिए इस राज्य पर केवल मेरा अधिकार है। यदि पांडव चाहें, तो आपके अतिथि बनकर द्वारका में रह सकते हैं।'

शकुनि ने दुर्योधन को उकसाते हुए यह जोड़ा, 'मैं पहली बार सुन रहा हूँ कि जुए में पराजित हुआ व्यक्ति, हारी हुई वस्तु भिक्षा में वापस माँग रहा है।'

कृष्ण ने शकुनि को कड़ाई से उत्तर देते हुए कहा, 'युधिष्ठिर को जुआ खेलने के लिए विवश किया गया था और दुर्योधन की ओर से तुम खेले थे। ऐसा भी तो पहले कभी नहीं हुआ। इसके अतिरिक्त, महाराज ने पूरी सभा के सामने पांडवों को उनका राज्य लौटाने का वचन दिया था। पांडवों के पास जब अपना राज्य है तो उन्हें मेरे अतिथि बनकर रहने की क्या आवश्यकता है? मैं यहाँ उपस्थित सभी लोगों से आग्रह करता हूँ कि वे उन परिणामों पर ध्यान से विचार करें, जो पांडवों को उनका हिस्सा वापस न देने से हो सकते हैं। उनके शांति-प्रेम को उनकी दुर्बलता समझने की भूल न की जाए। यदि आपने उन्हें उनका अधिकार नहीं लौटाया, तो वे निश्चित रूप से युद्ध करेंगे। इससे लोगों की जानें जाएँगी, संपत्ति का क्षय होगा, निर्धनता और दुर्भिक्ष की संभावना बनेगी। माता-पिता अपने पुत्र और बच्चे अपने पिता खो देंगे और स्त्रियाँ विधवा हो जाएँगी। कुरु वंश का फूल सदा के लिए नष्ट हो जाएगा। इसलिए, कोई भी निर्णय लेने से पूर्व, अच्छी तरह सोच लीजिए।'

कर्ण बीच में बोला, 'आपको युधिष्ठिर के उस निकृष्ट कृत्य के विषय में क्या कहना है जब उसने अपनी पत्नी को दाँव पर लगाया था? ऐसे व्यक्ति को राजा बनने का अधिकार नहीं है!'

कृष्ण ने उत्तर दिया, 'शकुनि ने ऐसा करने के लिए युधिष्ठिर को उकसाया था और अपने लाभ के लिए उसकी दुर्बलता का उपयोग किया था। युधिष्ठिर को यह वचन दिया गया था कि तेरह वर्ष के बाद उसे उसका राज्य लौटा दिया जाएगा।'

दुर्योधन को देखते हुए, कृष्ण ने कहा, 'दुर्योधन, तुम युद्ध के भयानक परिणाम के विषय में नहीं सोच रहे हो और इसीलिए तुम्हें शांति के मूल्य का आभास नहीं है। यदि युद्ध हुआ तो वातावरण, दुखियों की करुण पुकार से गूँज उठेगा। हर कोई उस व्यक्ति को कोसेगा जिसके कारण युद्ध होगा और तब उन सबके शाप तुम्हें सहन करने होंगे। पांडव अत्यंत वीर और अजेय हैं। उनके साथ अर्जुन, भीम, अभिमन्यु, घटोत्कच और इरावान जैसे साहसी योद्धा हैं। यह मत सोचो कि तुम अधिक संख्या में होने के कारण उन्हें आसानी से परास्त कर दोगे। कांपिल्य और मत्स्य में हुई पराजय के बारे में सोचो। पांडव युद्ध के लिए बेचैन हैं, किंतु वे सब अपने बड़े भाई युधिष्ठिर की बात मान लेंगे, जो केवल शांति चाहता है। उनका अनुरोध अत्यंत न्यायसंगत है। उन्होंने युद्ध के भय से नहीं, अपितु शांति की इच्छा से मुझे यहाँ दूत बनाकर भेजा है।'

भीष्म, द्रोण, विदुर और यहाँ तक कि अश्वत्थामा ने भी दुर्योधन को शांति प्रस्ताव स्वीकार करने के लिए समझाया। भीष्म ने कहा कि वह अपने जीवन के अंतिम दिनों में अपने सामने कुरु वंश का विनाश होते नहीं देखना चाहता। द्रोण ने यह पूर्व घोषणा कर

दी कि अर्जुन और कृष्ण एक रहते, कौरवों के लिए युद्ध में जीतना असंभव है। विदुर ने भी विवेकपूर्ण बातें कहीं। परंतु कर्ण, दुःशासन और शकुनि ने दुर्योधन को कृष्ण की बात न मानने का सुझाव दिया। अंत में दुर्योधन बोला, 'हे कृष्ण! तुम ये कटु वचन केवल मुझे क्यों सुना रहो हो? महाराज समेत, सब लोग मुझसे घृणा करते हैं। परंतु मुझे स्वयं में कोई दोष नहीं दिखाई देता। मैं यहाँ तक कि इंद्र के सामने भी सिर नहीं झुकाऊँगा, तो फिर उन पांडु पुत्रों की तो बात ही क्या है! हम सब क्षत्रिय हैं। यदि हम युद्ध में मारे जाते हैं तो हमें स्वर्ग मिलेगा। राज्य का वह भाग, मेरे पिता द्वारा पांडवों को दिया गया था, जो अब मेरे जीवित रहते, हे केशव, उन्हें फिर से कभी नहीं दिया जाएगा। वह राज्य उन्हें तब मिला था जब मैं कोई निर्णय लेने के लिए बहुत छोटा था, किंतु वह उन्हें अब दोबारा नहीं मिलेगा। यदि उन्हें राज्य चाहिए, तो उसके लिए युद्ध करना होगा!'

कृष्ण ने फिर कहा, 'शांति बनाए रखने के लिए, युधिष्ठिर राज्य का एक अंश स्वीकार करने के लिए भी तैयार है।'

दुर्योधन ने जब इसके लिए मना कर दिया तो कृष्ण ने पांडवों के लिए पाँच गाँव माँगे, किंतु जब दुर्योधन ने वह भी देने से मना कर दिया तो कृष्ण ने कहा, 'क्या तुम उन पाँच भाइयों को रहने के लिए पाँच घर भी नहीं दे सकते?'

दुर्योधन गरजा, 'मैं उन्हें पाँच सुइयों की नोक के बराबर भूमि भी नहीं दूँगा! मैं उन्हें कुछ भी देने के लिए, चाहे वह कितना भी कम हो, तैयार नहीं हूँ!'

अश्वत्थामा ने दुर्योधन से आग्रह किया कि उसने जब उदारता पूर्वक कर्ण को पूरा राज्य दे दिया था, तो फिर अपने चचेरे भाइयों को पाँच घर तो आसानी से दिए जा सकते हैं। अश्वत्थामा ने दुर्योधन को भड़काने के लिए कर्ण को भी फटकारा, किंतु उसने किसी एक न सुनी।

कृष्ण ने एक बार फिर कड़े स्वर में कहा, 'तुम कहते हो कि तुमने पांडवों के साथ कोई अन्याय नहीं किया। तुमने अपने मामा के साथ मिलकर, पांडवों से द्यूत के छलपूर्ण खेल में उनका सब कुछ छीन लिया। उससे भी संतुष्टि नहीं हुई तो तुमने उनकी पत्नी को भरी सभा में घसीटा और अपमानित किया। तुमने उन्हें वारणावत में जीवित जलाने का प्रयास किया। उन्हें विष से, सर्प से और रस्सियों से मारने की भी कोशिश की। अब कब वे तुमसे राज्य का छोटा-सा हिस्सा अपने लिए माँग रहे हैं तो तुम उन्हें उससे भी वंचित करना चाहते हो। परंतु याद रखो, सुयोधन! तुम्हें अपनी रण में मृत्यु के उपरांत उन्हें सब कुछ देना पड़ेगा!'

कृष्ण के इन वचनों से क्रोधित होकर, दुर्योधन सभा से बाहर चला गया। कृष्ण ने सभा को संबोधित करते हुए कहा, 'यदि आप लोगों ने दुर्योधन को यह भूल करने से नहीं रोका, तो केवल दुर्योधन ही नहीं आप सब कुरु वंश के विनाश के लिए दोषी माने जाएँगे। मैंने जिस तरह यादव कुल की रक्षा के लिए उग्रसेन के दुष्ट पुत्र, कंस का वध किया था, उसी प्रकार इस अंधे और दुष्ट राजकुमार को बलपूर्वक नियंत्रित करने का समय आ गया है। परिवार की रक्षा के लिए एक सदस्य की बलि दी जा सकती है। देश की रक्षा के लिए, एक गाँव की और अंतरात्मा की रक्षा हेतु, समस्त संसार को बलिदान किया जा सकता है।

इसलिए, दुर्योधन को जल्दी रोको और पांडवों के साथ संधि कर लो।'

कृष्ण के ये वचन सुनकर, धृतराष्ट्र ने तत्काल अपनी पत्नी गांधारी को बुलाया और इस आशा से दुर्योधन को फिर से सभा में लाया गया कि वह अपनी माता की बात अवश्य मान लेगा, किंतु वह प्रयास भी विफल हो गया।

अंत में कृष्ण बोले, 'तुम इतने कृपण हो कि पांडवों को पाँच घर भी नहीं दे सकते, इसलिए अपना हाथ मेरे हाथ पर रखो और कहो कि तुम युद्ध के लिए तैयार हो!'

दुष्ट दुर्योधन पीछे हट गया और बोला, 'तुम्हारे हाथ पर अपना हाथ रखना मेरी प्रतिष्ठा की विरुद्ध है। तुम एक साधारण ग्वाले हो, जो ऐसे पुरुषों के पक्ष में याचना कर रहे हो जिन्हें अपमानित और लज्जित किया गया है और जो अब वन्य पशुओं की भाँति जंगलों में भटक रहे हैं। मुझे यह सोचकर आश्चर्य होता है कि तेरह वर्ष पूर्व, मेरे ताने सुनने, अपनी पत्नी का अपमान सहने और ऐसे कायरता पूर्ण व्यवहार के बाद, भोजन उनके गले से नीच कैसे उतर जाता है!'

यह अंतिम वाक्य कहकर, वह सभा छोड़कर बाहर चला गया। कृष्ण समझ गए कि अब दुर्योधन को कुटिल और विध्वंसक कृत्य करने से कोई नहीं रोक सकता। उन्होंने सभा में उपस्थित अग्रजों से कहा, 'आप सबने दुर्योधन को समझाने का प्रयास किया है। मैंने भी अपनी ओर से हर संभव कोशिश की है। इस विनाश का दोष पांडवों पर नहीं आएगा।' ऐसा कहकर, कृष्ण ने सबको प्रणाम किया तथा उद्धव एवं सात्यकि को साथ लेकर सभा से बाहर निकल गए।

जब धर्म का पतन और अधर्म की वृद्धि होती है,
तब मैं पृथ्वी पर अवतार लेता हूँ। सदाचारियों के उद्धार के लिए,
अत्याचार को समाप्त करने तथा धर्म की स्थापना के लिए मैं
प्रत्येक युग में अवतार लेता हूँ।

—श्रीमद् भगवद्गीता

हरि ॐ तत्सत्

ॐ

ॐ

ओउम् हरये नमः!

अध्याय 24

युद्ध की घोषणा

न खलु गोपिका-नन्दनो भवन्,
अखिले देहिनं अन्तरात्माद्रिक,
विघनासर्थितो विश्वगुप्तये,
सखा उदेयिवन सत्वतं कुले।

हे सनातन सखा! आप निश्चय ही केवल यशोदा के पुत्र नहीं हैं, अपितु समस्त प्राणियों के भीतर मौजूद अंतर्भूत साक्षी हैं। सृष्टि के रचयिता ब्रह्मा की प्रार्थना के फलस्वरूप, आपने संसार की रक्षा हेतु यादव कुल में जन्म लिया है।

कृष्ण के सभा से जाते ही, दुर्योधन लौट आया और विदुर पर बुरी तरह भड़का। उसके मन में बचपन से ही विदुर के प्रति रोष था क्योंकि विदुर उसे सदा ऐसी सलाह देता था जो उसके निजी मत के विरुद्ध और उसके मामा शकुनि के सुझावों के विपरीत होती थी। विदुर जहाँ सद्गुणों का भंडार था, वहीं शकुनि दुर्गुणों का प्रतिरूप था। उसके मन में इतने वर्षों से भरा विष एक साथ बाहर आ गया : 'तुम कितने कृतघ्न हो! तुम मेरा अन्न खाते हो, मेरे राज्य में दास की तरह रहते हो, फिर भी तुमने उस ग्वाले का पक्ष लिया और उसके द्वारा मेरा आतिथ्य अस्वीकार किए जाने के बाद भी तुमने उसे अपने घर में भोजन करवाया। परंतु एक दासी के, जो सबसे ऊँचा दाम लगाने वाले को सुख देती है, पुत्र से और क्या अपेक्षित है!'

यह सुनकर विदुर को आघात लगा। दुर्योधन ने केवल निजी तौर पर उसका अपमान किया जो वह हमेशा से करता आया था, अपितु उसने वे वचन ऐसे स्थान पर खड़े होकर कहे थे जिसे भगवान ने स्वयं अपने चरणों से पवित्र किया था। इसके फलस्वरूप, विदुर ने अपना विख्यात और अजेय धनुष निकाल निकाल लिया और उसे दुर्योधन की गर्दन पर तान दिया। 'दुष्ट!' विदुर ने कहा, 'क्या तुझे यह नहीं ज्ञात कि तेरा और मेरा आतिथ्य-सत्कार एक समान है? मेरी माता का अपमान करने के लिए मुझे तेरा सिर काट देना चाहिए था, किंतु मैं ऐसा नहीं करूँगा क्योंकि तू मेरे भाई का पुत्र होने के कारण, मेरे पुत्र के समान

है। मैंने युद्ध की घोषणा हो जाने की स्थिति में अनिच्छा से तेरे पक्ष में लड़ने का निश्चय किया था, किंतु अब मैं ऐसा नहीं करूँगा। इस युद्ध में, मेरा धनुष तेरा साथ नहीं देगा!'

ऐसा कहकर, विदुर ने अपना धनुष, जो अर्जुन के गांडीव धनुष जितना ही विख्यात था, तोड़ डाला और राजसभा से बाहर चला गया। विदुर, वृद्धावस्था के बावजूद, अपने उस अजेय धनुष को लेकर, भयंकर प्रतिद्वंद्वी सिद्ध हो सकता था, इसलिए इस दुर्घटना के बाद कौरवों में निराशा छा गई।

भीष्म ने दुःखी होकर कहा, 'युद्ध के परिणाम को लेकर मेरे मन में जो भी संदेह था, वह अब दूर हो गया है। विदुर के धनुष के बिना कौरवों की पराजय निश्चित है!'

दुर्योधन ने दंभी स्वर में कहा, 'मैं युद्ध में विजय के लिए इस वृद्ध पुरुष पर निर्भर नहीं हूँ। मेरे साथ आप हैं, द्रोण, कर्ण और अश्वत्थामा हैं।'

कर्ण ने भी घमंड से कहा, 'दुर्योधन, तुम्हें इन वृद्ध और दुर्बल लोगों पर निर्भर रहने की आवश्यकता नहीं है। मैं अकेला ही अर्जुन सहित पांडवों को मार सकता हूँ!'

भीष्म ने तिरस्कारपूर्ण ढंग से हँसते हुए कहा, 'क्या तुम कुछ दिन पूर्व, मत्स्य में अर्जुन के हाथों हुई पराजय को भूल गए हो?'

दुर्योधन, कृष्ण को अपने मार्ग से हटाने की योजना बनाने लगा क्योंकि वह जानता था कि भगवान के साथ रहते, पांडवों को हराना असंभव था। कर्ण ने सुझाव दिया कि जिस समय कृष्ण, रात्रि में विदुर के घर में सो रहे हों, उस समय घर में आग लगा दी जाए। अन्य लोगों ने भी कुछ अव्यावहारिक सुझाव दिए। कौरवों का सबसे छोटा भाई विकर्ण, थोड़ा समझदार था और उसने दूत की हत्या को घोर अधर्म बताया। सदा की भाँति, उसे शांत रहने को कह दिया गया।

दुर्योधन ने कहा, 'कृष्ण इन लोगों को मुझे बाँधने का सुझाव दे रहा है। इससे पहले कि यह ऐसा करे, हमें ही इसे बाँध लेना चाहिए। हम यादवों के इस सिंह को बाँध लेंगे। यदि यह मार्ग से हट गया तो पांडव, दंतहीन सर्प की भाँति रह जाएँगे।'

धृतराष्ट्र ने यह सुना तो वह घबरा गया। 'यह कैसा पागलपन है?' उसने दुर्योधन ने पूछा। 'तुम ऐसा कुछ करने की सोच रहे हो जो देवता भी नहीं कर सकते। बहती हवा को अथवा सूर्य को अपने हाथों से पकड़ना अधिक आसान है!' परंतु दुर्योधन किसी की बात सुनने को तैयार नहीं था।

उधर विदुर के घर में, जब कृष्ण को यह पता लगा कि विदुर ने अपना धनुष तोड़ दिया है और युद्ध न लड़ने का निश्चय किया है तो वे बहुत प्रसन्न हुए क्योंकि उन्हें विदुर की शक्ति का पता था और वे नहीं चाहते थे युद्ध में पांडवों को विदुर का सामना करना पड़े। थोड़ी देर बाद, दुर्योधन ने एक दूत को भेजकर कृष्ण को अगले दिन राजसभा में आमंत्रित किया। हालाँकि कृष्ण को दुर्योधन की योजना का पता था किंतु उन्होंने तनिक भी चिंता व्यक्त नहीं की और शांत भाव से सात्यकि और विदुर के साथ अगले दिन राजसभा में पहुँच गए। वे जैसे ही भीतर पहुँचे, कर्ण और कौरव उन्हें पकड़ने के लिए भागे। सात्यकि ने उनके विरोध में तलवार निकाल ली, किंतु भगवान कृष्ण ने उसे बीच में रोक दिया।

दुर्योधन को देखकर, कृष्ण ने गरजते हुए कहा, 'दुर्योधन! तू मुझे साधारण मनुष्य समझकर पकड़ने का प्रयास कर रहा है, किंतु तुझे यह समझना चाहिए कि मैं कौन हूँ। मेरा दिव्य रूप देख! मेरे भीतर सारे पांडव, वृष्णि और अंधक समाहित हैं। मेरे भीतर समस्त देवता, रुद्र, आदित्य, वसु, सिद्ध और ऋषि भी हैं।'

यह कहकर कृष्ण हँसने लगे और हँसते-हँसते, उनका रूप एक विशाल अग्नि पुंज में परिवर्तित हो गया और उसमें से अनेक देवता बिजली की भाँति निकलने लगे। भगवान के मस्तक पर ब्रह्मा, उनके वक्ष पर रुद्र और उनके मुख में अग्नि, आदित्य तथा अन्य देवगण मौजूद थे। उनके दोनों हाथों से हलधर शंकर्षण (बलराम) और गांडीवधारी अर्जुन निकले और उनके पीछे भीम, नकुल, सहदेव, प्रद्युम्न और सभी यादव थे। उस दिव्य रूप के अनेक हाथ थे, जिनमें उन्होंने शंख, चक्र, शारंग धनुष, नंदक तलवार तथा विष्णु के अन्य सभी अस्त्र-शस्त्र धारण किए हुए थे। उनके तन के प्रत्येक अंश से चकाचौंध करने वाला प्रकाश निकल रहा था। दुर्योधन के अतिरिक्त, संपूर्ण सभा भय से उठ खड़ी हुई। भीष्म, द्रोण, विदुर और ऋषियों के अतिरिक्त सबने उस तेज प्रकाश के कारण अपनी आँखें बंद कर लीं। सबने भगवान की स्तुति की और उनसे प्रार्थना करने लगे, 'हे पुंडरीकाक्ष! हमें इन दुष्ट लोगों का साथ देने के लिए क्षमा कर दीजिए क्योंकि हमने इनका नमक खाया है और इसलिए हम इनकी आज्ञा का पालन करने को विवश हैं!'

कहते हैं, करुणावश, भगवान ने मूर्ख और नेत्रहीन धृतराष्ट्र को भी कुछ देर के लिए दृष्टि प्रदान कर दी ताकि वह भी भगवान के दिव्य रूप का दर्शन कर सके। गांधारी ने भी कुछ समय के लिए आँखों पर बँधी पट्टी खोल दी और उस दिव्य एवं चमत्कारी दृश्य को देखा।

धृतराष्ट्र ने भगवान से प्रार्थना की, 'आपके विश्व रूप के दर्शन करने के बाद मैं धन्य हो गया और अब मुझे कुछ देखने की इच्छा नहीं है।'

भगवान फिर से गरजे, 'दुर्योधन, तू पूरी तरह अधर्म में लिप्त है। तूने एक दूत की हत्या करने का प्रयास किया है! मैं केवल अपनी एक दृष्टि से तेरा और सब कौरवों का वध कर सकता हूँ, किंतु मैं ऐसा नहीं करूँगा क्योंकि पांडवों ने तुझे मारने की प्रतिज्ञा की है। कुरुक्षेत्र, तेरे रक्त से स्नान करने की प्रतीक्षा कर रहा है और यम तुझे अपनी बाँहों में लेने को तैयार हैं!'

वह गर्जना, धीरे-धीरे शांत हो गई और आश्चर्य से भरे सभासदों ने जब आँखें खोलीं तो उन्होंने देखा कि कृष्ण, सात्यकि और उद्धव के हाथ में हाथ डालकर बाहर जा रहे थे। उनके बाहर निकलते ही, धृतराष्ट्र चिल्लाया, 'हे केशव! पांडु के पुत्रों से कहना कि मैं निर्दोष हूँ और यह कि मेरे पुत्र मेरी बात नहीं सुनते!'

बाहर जाते समय, कृष्ण ने अश्वत्थामा को अपने पास बुलाया। दुर्योधन भी यह देखने के लिए पीछे गया कि वहाँ क्या हो रहा था। कृष्ण ने अपनी अँगूठी नीचे गिरा दी और अश्वत्थामा ने उसे झुककर उठा लिया। कृष्ण ने फिर आकाश में घिरते काले बादलों की ओर इशारा किया तो अश्वत्थामा ऊपर देखने लगा। अश्वत्थामा को यह सब करते देख, दुर्योधन को लगा कि अश्वत्थामा ने पृथ्वी और आकाश को साक्षी मानकर कृष्ण को वचन

दिया है कि वह पांडवों का साथ देगा। इससे दुर्योधन ने यह मान लिया कि अश्वत्थामा विश्वास के योग्य नहीं है। कृष्ण ने अश्वत्थामा से को विदा लेकर, कर्ण को निर्जन स्थान पर बुलाया और वहाँ उसे उसके जन्म का रहस्य बता दिया - यह कि वह वास्तव में कुंती और सूर्यदेव का पुत्र और पांडवों का ज्येष्ठ भाई है! चूँकि उसके जन्म के समय, कुंती अविवाहित थी, उसने नवजात बालक को नदी में बहा दिया था। बाद में, अधिरथ सारथी और राधा उस बालक को अपने साथ घर ले आए और उसका पालन-पोषण किया। कृष्ण ने कर्ण से अपना उत्तराधिकार स्वीकार करने, पांडवों को अपना भाई मानने और युद्ध में उनका साथ देने का आग्रह किया।

कर्ण ने यह सब चुपचाप आश्चर्य से सुना और फिर कहा, 'निस्संदेह, मैं नैतिक रूप से पांडु का पुत्र हूँ, किंतु मुझे एक सारथी ने बड़ा किया है और यहाँ तक कि मेरा विवाह भी उन्हीं परंपराओं के अनुसार हुआ है। मैंने इतने वर्षों से अंग राज बनने का आनंद भी दुर्योधन की कृपा से ही लिया है। वह आगामी युद्ध में अर्जुन के वध के लिए मुझ पर आश्रित है। मैं अब इस तरह बीच में नहीं छोड़ सकता, चाहे मुझे अपने प्राणों का बलिदान क्यों न देना पड़े। मैं जानता हूँ कि हमारी पराजय निश्चित है, किंतु मेरे जीवन के, जो यद्यपि विफल रहा है, अपने रंग हैं। अस्त होते सूर्य की किरणों द्वारा, मेरे जीवन के इंद्रधनुष को मेरे आँसुओं के माध्यम से देखा जा सकता है। मैं नायक की भाँति जी तो नहीं सका, परंतु मैं नायक की भाँति मरना अवश्य चाहता हूँ। मेरा मन अपने बीते व्यवहार के लिए प्रायश्चित से भरा हुआ है। मैं जानता हूँ कि धृतराष्ट्र के पुत्र जीवित नहीं बचेंगे, किंतु हे केशव, मेरी एक प्रार्थना है। कुरुक्षेत्र की पावन भूमि पर मरने वाले प्रत्येक क्षत्रिय को स्वर्ग प्राप्त हो! मैं आपसे एक याचना करता हूँ। कृपया इस वार्ता को गुप्त रखिए क्योंकि मैं नहीं चाहता कि युधिष्ठिर को इस बात का पता लगे।'

कृष्ण ने कर्ण को दयापूर्वक देखा और बोले, 'कर्ण, ऐसा ही होगा। आज से ठीक एक माह के बाद, अमावस्या के दिन युद्ध आरंभ होगा और तुम्हारी इच्छा पूर्ण होगी। युद्ध में मरने वाले प्रत्येक क्षत्रिय को स्वर्ग की प्राप्ति होगी।'

कर्ण ने कृष्ण को प्रणाम किया और बोला, 'यदि हम इस युद्ध में जीवित बचे तो क्या हम फिर यहीं मिल सकते हैं? यदि नहीं, हे जनार्दन, तो स्वर्ग में हमारी भेंट अवश्य होगी!' कृष्ण के करुणामयी नेत्रों में देखते हुए कर्ण ने दुःखी स्वर में कहा, 'हम शायद वहीं मिलेंगे।'

कृष्ण ने कर्ण को गले से लगा लिया क्योंकि उन्हें इस महान योद्धा के महत्त्व का पता था, जिसके जन्म से लेकर अब तक सब कुछ विरुद्ध हो रहा था। कर्ण दुःखी होकर नगर लौट आया और कृष्ण, विदुर के निकट रह रही कुंती के घर चले गए। वह उन्हें देखकर बहुत प्रसन्न हुई। उसकी आँखों में आँसू आ गए और वह कृष्ण को गले से लगाकर बोली, 'आपको देखकर मुझे अपने पुत्रों से मिलने जैसी खुशी हो रही है। परंतु, प्रभु, मैं भविष्य को लेकर भयभीत हूँ। क्या इसका कोई शांतिपूर्ण समाधान नहीं है? क्या आपका यहाँ आना व्यर्थ हो गया?'

कृष्ण ने उत्तर दिया, 'दुर्योधन को शांति के कोई प्रस्ताव स्वीकार नहीं है। इसलिए हमें अब पांडवों की विजय सुनिश्चित करनी है। आपके ऊपर बहुत कुछ निर्भर है। क्या

आपको अपने प्रथम पुत्र के विषय में कोई जानकारी है, जिसे आपने विवाह से पूर्व जन्म दिया था और फिर भय और लज्जा के कारण उसका त्याग कर दिया था?'

कुंती इस अत्यंत गोपनीय रहस्य को इस तरह प्रत्यक्ष सुनकर दंग रह गई। वह बोली, 'आपको उसके विषय में कैसे पता? उस दिन से आज तक, मुझे शांति नहीं मिली। मुझे उस बालक के बारे में कुछ नहीं पता। वह अवश्य ही नदी में डूब गया होगा।'

कृष्ण ने उत्तर दिया, 'ऐसा कुछ नहीं, जो मुझे नहीं पता। आपका वह पहला पुत्र कोई अन्य नहीं, अपितु कौरवों का महानायक और दुर्योधन का मित्र, कर्ण है। अब ध्यान से सोचिए। क्या आप कर्ण को जीवित देखना चाहती हैं अथवा अपने शेष पाँच पुत्रों को? यदि कर्ण ने अर्जुन को मार दिया, जैसा कि उसने प्रतिज्ञा की है, तो शेष चार भी मारे जाएँगे क्योंकि वे उस पाँच सिर वाले सर्प की भाँति हैं, जो किसी भी एक सिर के कट जाने से मारा जाएगा।'

यह सुनकर कुंती अत्यंत परेशान हो गई और बोली, 'मैं कर्ण को सत्य बताऊँगी और उससे पांडवों के पक्ष में युद्ध करने का आग्रह करूँगी। मुझे विश्वास है कि वह मेरी बात अवश्य मानेगा।'

'यह अच्छा विचार है,' कृष्ण ने कहा, 'किंतु यदि कर्ण ने आपकी बात मानने से मना कर दिया, और मुझे लगता है कि वह ऐसा ही करेगा, तो आप उससे दो वरदान माँग लीजिए। पहला, वह अर्जुन के अतिरिक्त और किसी पांडव को युद्ध में नहीं मारेगा और दूसरा, वह नागास्त्र का प्रयोग एक से अधिक बार नहीं करेगा।'

कुंती का मन अपने पुत्र कर्ण के लिए पिघलने लगा। उसने डरते हुए पूछा, 'क्या ये वरदान देने से कर्ण का जीवन संकट में नहीं पड़ जाएगा?'

'निस्संदेह, ऐसा ही होगा,' कृष्ण बोले, 'परंतु संसार से अधर्म का नाश करने के लिए आपके सभी पुत्रों का जीवन दाँव पर लगाना भी बहुत महँगा पड़ेगा। कर्ण द्वारा दुष्ट कौरवों का साथ देने के कारण, उसकी जन्मजात सदाशयता नष्ट हो गई है। यदि वह, इस अवसर पर, अपने सदाचारी भाइयों का साथ देगा तो अच्छी बात है, अन्यथा आपको नियति के इस विधान को स्वीकार करना ही होगा।'

'आप भगवान के अवतार हैं। मैं आपसे तर्क कैसे कर सकती हूँ?' कुंती ने पूछा। 'आपने अधर्म के नाश के लिए अवतार लिया है। आपके लिए जैसे रचना करने की भाँति विनाश भी केवल एक लीला है। मैं कर्ण की माँ कभी नहीं बन सकी और अब मुझे उसके विनाश का कारण बनना पड़ रहा है!'

कृष्ण उसे छोड़कर चले गए और फिर उन्होंने इंद्र को, जो अर्जुन का पिता भी था, बुलाया और उससे कहा, 'आपके पुत्र का जीवन संकट में है। कर्ण ने आने वाले युद्ध में उसका वध करने का प्रण किया है। आप तत्काल भिक्षु के वेश में कर्ण के पास जाइए और उसके दिव्य कुंडल एवं कवच माँग लीजिए, जिनके साथ वह पैदा हुआ था क्योंकि इन वस्तुओं के रहते कर्ण को परास्त नहीं कर सकता। कर्ण संसार का सर्वश्रेष्ठ दानी है, इसलिए वह किसी को कोई वस्तु देने से मना नहीं कर सकता।'

यह आश्चर्य का विषय है कि भगवान ने किस तरह अपने भक्तों के श्रेष्ठ गुणों को संसार के समक्ष प्रकट किया ताकि लोग, भगवान की निंदा करते हुए भी उन भक्तों की सदा वंदना कर सकें। आगामी युद्ध में भीष्म, द्रोण और विदुर जैसे अपने महान भक्तों के सद्‌गुणों को उजागर करने के उद्देश्य से भगवान ऐसा अनेक बार अधार्मिक लगने वाले कृत्य करने वाले थे।

इंद्र ने कर्ण के पास जाने में समय नष्ट नहीं किया। दोपहर से पहले, कर्ण किसी भी भिक्षु को कुछ भी दान देने से मना नहीं करता था। उसके उपरांत वह सूर्यदेव की उपासना करता था, हालाँकि उसे अपने वंश के विषय में जानकारी नहीं थी। इंद्र ने भिक्षु का वेश बनाया और वह कर्ण के पास पहुँच गए। कर्ण ने भिक्षु का आदरपूर्वक स्वागत किया और उससे पूछा कि वह क्या चाहता था। भिक्षु ने तुरंत कर्ण से उसके कवच और कुंडल माँग लिए। कर्ण, वृद्ध भिक्षु से ऐसी विचित्र याचना सुनकर दंग रहा गया, किंतु वह बिना हिचकिचाए भीतर गया और उसने कवच और कुंडलों को, जो जन्म से ही उसके तन का हिस्सा थे, अपने शरीर से काटकर अलग करने लगा। उसी समय सूर्यदेव ने आकाशवाणी करके यह बताया कि वह भिक्षु, स्वयं अर्जुन के पिता इंद्र हैं और यह कि कर्ण को उन्हें अपने कवच व कुंडल नहीं देने चाहिए। परंतु, संसार के सर्वश्रेष्ठ दानवीर कर्ण ने आकाशवाणी की उपेक्षा करके कवच व कुंडल काट दिए और वृद्ध भिक्षु को दान कर दिए। उसका शरीर लहू से लथपथ था, किंतु उसने अत्यंत सौम्य ढंग से भिक्षु से कहा, 'मैं सचमुच बहुत भाग्यशाली हूँ कि मुझे ऐसे व्यक्ति को कुछ दान देने का अवसर मिला है, जिसे स्वयं पर्जन्य (इंद्र का एक नाम पर्जन्य, यानी जल एवं जीवन का दाता है) कहा जाता है। मुझे प्रसन्नता है कि मुझसे दान लेते समय, आपके हाथ मुझसे नीचे हैं।'

इस प्रकार, भगवान ने कर्ण को दान देने के संदर्भ में इंद्र से भी श्रेष्ठ सिद्ध कर दिया! इंद्र ने यह देखकर कि उन्हें पहचान लिया गया था, लज्जा पूर्वक कहा, 'आज से संसार "इंद्र के समान दानी" न कहकर "कर्ण के समान दानवीर" कहा करेगा! मैं तुम्हें इसके बदले में कुछ देना चाहता हूँ। बोलो, क्या चाहिए?'

कर्ण ने उत्तर दिया, 'प्रभु, यदि मैंने बदले में आपसे कुछ माँग लिया तो मेरे दान का महत्त्व कम हो जाएगा, किंतु मैं यह भी नहीं चाहता कि इस कारण आपका यश कलंकित हो। मैं नहीं चाहता कि संसार यह कहे कि आपने मुझसे मेरी सबसे अमूल्य वस्तुएँ ले लीं और बदले में कुछ नहीं दिया। इसलिए, आपके नाम और कीर्ति की रक्षा हेतु, मैं आपसे कुछ माँग लेता हूँ। यदि आप मुझसे प्रसन्न हैं, तो कृपया अपना शक्ति नामक अस्त्र प्रदान कीजिए।'

इंद्र महात्मा कर्ण की उदारता देखकर दंग रह गए। इंद्र ने कर्ण को अपना अस्त्र दे दिया और कहा, 'कर्ण, तुम सदा पृथ्वी के सबसे बड़े दानी के रूप में जाने जाओगे। मैं तुम्हें शक्ति अस्त्र देता हूँ। तुम इससे पांडवों के किसी एक योद्धा का वध कर सकते हो।' यह कहकर, इंद्र अंतर्ध्यान हो गए।

अगले दिन कुंती अपने प्रथम पुत्र से मिलने पहुँची। वह नदी-तट पर गई, जहाँ कर्ण दोपहर में सूर्यदेव की उपासना कर रहा था। कुंती को देखकर, कर्ण को बहुत आश्चर्य हुआ

और वह उसे बड़े आदर से अपने महल में ले गया। कुंती ने उसे स्नेहपूर्वक देखा और तब पहली बार उसका ध्यान, कर्ण और उसके भाइयों की समानता पर गया। कुंती ने बड़े प्रेम से कहा, 'तुम्हारी माता को सचमुच तुम पर बहुत गर्व होता होगा।'

कर्ण ने चिढ़कर कहा, 'मेरे सामने इस शब्द का प्रयोग मत कीजिए। मेरी माता एक निष्ठुर स्त्री थी, जिसने मुझे जन्म के समय ही त्याग दिया था।'

'कर्ण, उसका आकलन इतनी निष्ठुरता से मत करो। उसने जो भी किया, उसके पीछे अनेक कारण थे। क्या कृष्ण ने तुम्हें नहीं बताया?' कुंती ने धीरे-से पूछा।

'हाँ,' कर्ण बोला, 'कृष्ण ने मुझे बताया था कि मैं वास्तव में पांडव हूँ, किंतु मैं इस बात की पुष्टि करना चाहता हूँ कि आप ही मेरी माता हैं। आपसे पहले भी अनेक स्त्रियाँ यह दवा कर चुकी हैं। सूर्यदेव ने मुझे एक स्वर्ण आवरण दिया है। जो स्त्री मेरी माता नहीं है, वह उस आवरण को स्पर्श करते ही जल जाएगी। क्या मैं आपके ऊपर वह आवरण डाल सकता हूँ?'

कुंती ने वह बात सहर्ष स्वीकार कर ली। कर्ण ने आवरण कुंती पर डाला, किंतु कुंती को कोई हानि नहीं पहुँची। कर्ण की आँखों में आँसू आ गए और वह कुंती के चरणों में गिर पड़ा। 'तो यह सत्य है कि मैं आपका पुत्र और पांडवों का बड़ा भाई हूँ। यह मेरा सौभाग्य है। कुछ क्षण के लिए मैं सब कुछ भूलकर केवल यह याद रखना चाहता हूँ कि मुझे मेरी माता मिल गई हैं!' यह कहकर, कर्ण ने अपना सिर कुंती की गोद में रख दिया। कुंती ने कर्ण को स्नेह-दुलार किया और आनंद के कुछ पलों के लिए वे दोनों उस विपत्ति को भूल गए जिससे उन्हें ख़तरा था। अंत में कुंती ने कहा, 'अब तुम जबकि जान गए हो कि तुम कौन हो, तुम्हें अपने भाइयों के साथ मिलकर उनका नेतृत्व करना चाहिए। वे तुम्हें सहर्ष स्वीकार कर लेंगे और युधिष्ठिर अत्यंत प्रसन्नता से तुम्हें युवराज का स्थान दे देगा क्योंकि वह धर्म का अवतार है।'

कर्ण का चेहरा गंभीर हो गया और उसने दुःखी स्वर में कहा, 'माता! यह कभी नहीं हो सकता। मैं दुर्योधन का साथ नहीं छोड़ सकता क्योंकि इतने वर्षों से वही मेरा मित्र, संरक्षक और एकमात्र हितैषी रहा है!'

उसी समय, सूर्यदेव ने आकाशवाणी की कि कर्ण को अपनी माता का सुझाव मान लेना चाहिए, फिर भी कर्ण अपने विचार पर अडिग रहा। उसने कटु स्वर में कहा, 'आपने मुझे जन्म के समय ही त्याग दिया। कोई शत्रु भी ऐसा नहीं करता। और अब आप यहाँ मेरे लिए नहीं, अपितु अपने पुत्रों के हित के लिए आई हैं, जिन्हें मुझसे ख़तरा है! परंतु यदि मैंने इस महत्त्वपूर्ण क्षण में दुर्योधन का साथ छोड़ दिया तो यह उसके साथ विश्वासघात होगा। उस समय, जब मैं असहाय और अकेला था, दुर्योधन ने मुझे न केवल अपना मित्र बनाया, अपितु मुझे राज्य देने के साथ वैभव और प्रतिष्ठा भी दिलवाई तथा मेरा विवाह मेरी पसंद की राजकुमारी से करवाने में मेरी सहायता की। सत्य कहिए, माता कि क्या मुझे ऐसे व्यक्ति को केवल इसलिए छोड़ देना चाहिए क्योंकि मुझे मेरे भाई मिल गए हैं जो उस व्यक्ति से घृणा करते हैं? वह संसार की दृष्टि में दुष्ट हो सकता है, किंतु वह मेरे लिए महात्मा है!'

'यह सचमुच दुर्योधन का सौभाग्य है कि उसे तुम्हारे जैसा मित्र मिला है पुत्र,' कुंती ने कहा। 'इसमें कोई संदेह नहीं है कि तुम मेरे विषय में जो भी सोचते हो, वह अपनी जगह उचित है और दुर्योधन के प्रति तुम्हारी निष्ठा के कारण, मुझे तुम पर गर्व है। शायद, इसीलिए, कृष्ण ने मुझे तुम्हारे पास भेजा है ताकि मुझे तुम्हारी महानता के विषय में पता लग सके। कर्म का सिद्धांत अकाट्य है। जिसने जो बोया है, वह उसे अवश्य काटेगा। यदि तुम दुर्योधन के पक्ष में युद्ध करना ही चाहते हो तो ठीक है, किंतु मुझे तुमसे दो वचन चाहिए।'

'यह सचमुच मेरा सौभाग्य है कि मेरी माता, जिनसे मैं पहले कभी नहीं मिला, मुझसे कुछ माँग रही है,' कर्ण ने कहा। 'आप निस्संकोच कुछ भी माँगिए। मैं वचन देता हूँ कि आपकी इच्छा अवश्य पूर्ण करूँगा।'

कुंती ने संकोच पूर्वक कहा, 'मुझे वचन दो कि तुम युद्ध में मेरे पुत्रों का वध नहीं करोगे।'

कर्ण ने दुःखी होकर कहा, 'आपने मुझसे ऐसा वचन माँग रही हैं, जो मैं आपको नहीं दे सकता क्योंकि आपको पता होना चाहिए कि मैंने युद्ध में अर्जुन को मारने अथवा उसके द्वारा मारे जाने का प्रण लिया है। परंतु मैं आपको एक वचन देता हूँ : मैं आपके और किसी भी पुत्र का वध नहीं करूँगा। मैं दुर्योधन को निराश नहीं कर सकता, इसलिए मुझे अर्जुन के साथ तब तक युद्ध करना होगा, जब तक हम दोनों से एक मारा नहीं जाता। परंतु हे माता, आप विश्वास कीजिए कि इसके बाद भी आपके पुत्रों की संख्या कम नहीं होगी। आप अब कृपया दूसरा वचन माँगिए।'

'मुझे वचन दो कि तुम नाग अस्त्र का प्रयोग एक से अधिक बार नहीं करोगे,' कुंती ने डरते हुए कहा। कुंती जानती थी कि वह कर्ण के साथ उसके जन्म के समय से ही अन्याय करती आई थी, परंतु वह नियति के हाथों असहाय थी और वह अपने छठे पुत्र की क़ीमत पर, अपने पाँच पुत्रों को बचाने का अंतिम प्रयास कर रही थी!

कर्ण कटुता पूर्ण ढंग से हँसा, 'माता, मेरा संदेह सही था। आप केवल अपने शेष पाँच पुत्रों के प्रति स्नेह के कारण ही मेरे पास आई हैं और आपने मुझे अपनी पहचान बताई है! परंतु आप क्यों चिंता क्यों करती हैं? भगवान कृष्ण, स्वयं अर्जुन के सारथी हैं और यह निश्चित है कि जहाँ कृष्ण हैं, वहीं विजय है। यदि मैं आपकी प्रार्थना अस्वीकार कर दूँ, तो भी मेरे प्रयास विफल हो जाएँगे। इससे यह स्पष्ट है कि कृष्ण ने मेरी धर्मपरायणता की परीक्षा हेतु आपको मुझसे यह वचन माँगने के लिए कहा है! इसलिए, मैं आपको यह वचन भी देता हूँ। वैसे भी, वीर और सच्चा धनुर्धर एक तरह के अस्त्र का प्रयोग दो बार नहीं करता। मैंने आपको दो वचन दिए हैं, तो क्या यह उचित नहीं होगा कि मैं भी आपसे कुछ माँग लूँ?'

कुंती का मन अपने ज्येष्ठ पुत्र के प्रारब्ध के विषय में सोचकर दुःख से भारी हो रहा था। उसने कर्ण की बात सहर्ष स्वीकार कर ली।

कर्ण ने कहा, 'मुझे वचन दीजिए कि आप मेरे विषय में अपने पुत्रों से कुछ नहीं कहेंगी। यदि युधिष्ठिर को यह पता लग गया तो वह अपना राज्य मुझे दे देगा, और मैं

वह राज्य दुर्योधन को दे दूँगा। इस विषय पर अभी मौन रहना ही उचित है। आपसे दूसरी प्रार्थना यह है कि मैं यदि अर्जुन के हाथों मारा गया तो आप रणभूमि में आकर, मेरा सिर अपनी गोद में रखकर विलाप करेंगी और तब संसार को मेरी असली पहचान के बारे में बताएँगी!'

कुंती ने रोते हुए कर्ण को दोनों वचन दे दिए। उसने कर्ण को स्नेहपूर्वक गले से लगाया और आशीर्वाद दिया। वह उसे प्रेम से देखती रही क्योंकि वह जानती थी कि वह उसे दोबारा जीवित नहीं देख पाएगी।

कुंती के जाने के बाद, कर्ण बैठकर बहुत देर तक उन विचित्र घटनाओं के विषय में सोचता रहा, जिन्होंने उसके जीवन और व्यक्तित्व का निर्माण किया था। वह समस्त सद्गुणों से युक्त था, किंतु दुष्ट की संगति ने उसे दुराचारी बना दिया था। उसके जीवन में अनेक घटनाएँ जिनसे उसकी दानशीलता उजागर होती थी। वह दुर्योधन के लिए सबसे मूल्यवान वस्तु, अपना जीवन तक न्यौछावर करने को तैयार था! यदि उसे पांडवों के समान अवसर मिलते और उसका भी पालन-पोषण उन्हीं की तरह किया जाता तो इसमें कोई संदेह नहीं कि वह सद्गुणों में शायद युधिष्ठिर को भी पीछे छोड़ देता। इंद्र और कुंती से कर्ण की भेंट उसके सद्गुणों को प्रकट करने के लिए भगवान द्वारा प्रेरित थी। भगवान द्वारा ही नियोजित एक और घटना यहाँ उल्लेखनीय है जो कर्ण की उदारता और दानशीलता को प्रकट करती है।

राजसूय यज्ञ के तुरंत बाद, भगवान कृष्ण को ऐसा लगा कि युधिष्ठिर को अपनी दानशीलता पर थोड़ा घमंड हो गया था। वे कर्ण और युधिष्ठिर, दोनों को हिमालय पर्वत पर ले गए और वहाँ दो पर्वत शिखरों को स्वर्ण में परिवर्तित कर दिया और एक-एक शिखर दोनों को दे दिया ताकि वे उस स्वर्ण से लोगों की सहायता कर सकें। वे इस बात से बहुत प्रसन्न हुए क्योंकि दोनों अत्यंत दयालु थे। युधिष्ठिर ने कुछ लोगों को काम पर रख लिया, जो पहाड़ तोड़ते थे और वह सहायता माँगने आए लोगों को स्वर्ण बाँटता था। यह सिलसिला कुछ माह तक चलता रहा जब तक पर्वत पूरा समाप्त नहीं हो गया। इस बीच, कर्ण ने नगर में यह घोषणा करवा दी कि जिसे भी स्वर्ण की आवश्यकता हो, वह स्वयं पर्वत पर जाए और खोद ले। कहना न होगा कि पूरा पर्वत मात्र दस दिन में ही समाप्त हो गया। यह युधिष्ठिर के लिए लाभकारी सबक़ था। उसने यह समझ लिया कि दानवीर शब्द यदि किसी के लिए प्रयुक्त हो सकता है तो वह केवल कर्ण है और यह कि उसकी दानशीलता कर्ण की तुलना में नगण्य थी! इस तरह, भगवान ने अनेक प्रयास किए और संसार को कर्ण की महानता से परिचित करवाया।

कृष्ण लौटकर उपप्लव्य आ गए और उन्होंने युधिष्ठिर को कुरु राजसभा में हुई घटना की सूचना दी। उन्होंने अंत में कहा, 'हे पांडु पुत्र, वे तुम्हें युद्ध किए बिना, राज्य तो क्या सुई की नोक के बराबर भूमि भी नहीं देंगे। मृत्यु उनकी प्रतीक्षा कर रही है और वे सृष्टि के संहार का कारण बनने वाले हैं!'

युधिष्ठिर ने जब भगवान के जीवन पर हुए हमले के विषय में सुना तो उसे बहुत क्रोध आया। 'क्या उसने ऐसा दुस्साहस किया? उसके बचने की अब कोई आशा नहीं है।

मैं इस कृत्य के लिए उसे कभी क्षमा नहीं करूँगा। हम युद्ध करेंगे।' यह सुनकर भीम के मन में उत्साह जाग गया। उसने अपनी गदा हवा में उछाली और फिर उसे पकड़ते हुए ख़ुशी से बोला, 'युद्ध! युद्ध! पृथ्वी उन पापियों के रक्त से अपनी प्यास बुझाने को तरस रही है।' युधिष्ठिर ने अपने भाइयों को युद्ध के लिए सेना को एकत्र करने का आदेश दे दिया। यह स्पष्ट था कि द्रौपदी एवं सभी पांडव, हाल की घटनाओं से प्रसन्न थे क्योंकि वे जानते थे कि बचपन से कौरवों के हाथों हो रहे अन्याय और उनकी आत्मा में बसी कटुता को युद्ध के सिवाय किसी अन्य तरीक़े दूर नहीं किया जा सकता था।

कृष्ण ने कुंती का संदेश उसके पुत्रों को सुनाया। वह बचपन से दुर्योधन को अपने भाइयों के साथ अन्याय और अत्याचार करते देखती आई थी और उसे पता था कि अब युद्ध होना निश्चित था। उसने कृष्ण को जाने से पूर्व कहा था, 'मेरे पुत्र युधिष्ठिर को याद दिलाना कि मेरे पुत्रों द्वारा धर्म के लिए युद्ध करने का समय आ चुका है। उन्हें दुर्बल राजकुमार सायण की कथा सुनाना, जिसने अपनी माता के कहने पर धर्मयुद्ध लड़ा था, हालाँकि उसकी माता यह जानती थी कि उस युद्ध में सायण की पराजय होगी।'

एक कुलीन क्षत्रिय स्त्री द्वारा अपने पुत्रों को दिया यह अत्यंत उपयोगी संदेश था। युधिष्ठिर ने नियति के सामने सिर झुका दिया। पांडव शिविर में सात अक्षौहिणी सेना और अनेक महान योद्धा एकत्रित हो गए। युधिष्ठिर ने प्रत्येक अक्षौहिणी के संचालक का चयन किया। ये सात लोग द्रुपद, विराट, धृष्टद्युम्न, शिखंडिन, सात्यकि, चेतिकान और भीम थे। इसके बाद युधिष्ठिर ने अपने भाइयों को इन्हीं सात में से पांडव सेना के एक सेनापति का चयन करने को कहा। सहदेव ने विराट का नाम लिया, नकुल ने द्रुपद का नाम सुझाया, अर्जुन ने धृष्टद्युम्न को सेनापति बनाने का सुझाव दिया और भीम ने शिखंडिन को चुना।

युधिष्ठिर ने भगवान कृष्ण से कहा, 'हे कृष्ण! आप इस संसार के प्रत्येक प्राणी के गुणों और दुर्बलताओं और उनके उद्देश्यों से परिचित हैं। आप जिसे चाहें, वृद्ध अथवा युवा, कुशल या अकुशल, मेरी सेना का सेनापति नियुक्त कर दीजिए क्योंकि आप समस्त जय और पराजय के स्रोत हैं। आप में ही हमारा जीवन, हमारा राज्य, हमारी समृद्धि और कष्ट, हमारा सुख और दुःख समाहित है। आप सृष्टि के रचयिता और संरक्षक हैं। आप में ही हमारी इच्छाओं के फल समाहित हैं। क्या आप हमारी सेना के सेनापति को नियुक्त करेंगे? आपके द्वारा सेनापति नियुक्त किए जाने और अस्त्र-शस्त्रों की पूजा के उपरांत, आपका आदेश मिलने के बाद ही हम रणभूमि की ओर प्रस्थान करेंगे।'

कृष्ण का मानना था कि अनुभवी की अपेक्षा किसी युवा को सेनापति बनाया जाना चाहिए। उन्होंने बिना हिचकिचाए, अर्जुन का समर्थन किया और धृष्टद्युम्न को पांडवों का सेनापति नियुक्त कर दिया।

कुरु वंश की रणभूमि का नाम कुरुक्षेत्र था और वह इंद्रप्रस्थ से अस्सी मील उत्तर में स्थित थी। उसी स्थान पर पौराणिक नदी सरस्वती भूमिगत हुई थी। कुरु वंश के संस्थापक राजा कुरु ने एक धार्मिक अनुष्ठान के लिए स्वयं उस भूमि की जुताई की थी और यह प्रार्थना की थी कि उस भूमि पर मरने वाले प्रत्येक प्राणी को स्वर्ग की प्राप्ति होगी। उससे पिछले युग में, भगवान विष्णु के छठे अवतार परशुराम ने उसी भूमि पर क्षत्रिय राजाओं

की इक्कीस पीढ़ियों का संहार किया था और वहाँ स्थित स्यमंतपंचक सरोवर को रक्त से लाल कर दिया था। अगले दिन सुबह, पांडवों ने रणभूमि की ओर चलना आरंभ कर दिया। उन्होंने हिरणवती नदी के तट पर अपना शिविर लगाया था। भगवान ने स्वयं सैन्य शिविरों का निरीक्षण किया था।

उसी समय, कौरव सेना भी रणभूमि तक पहुँच गई। यह देखकर युधिष्ठिर का मन दुःखी से भारी हो गया और वह कृष्ण से सहायता माँगने लगा। कृष्ण ने उसे याद दिलाया कि कुरु राजसभा में क्या हुआ था और किस तरह द्रोण, भीष्म और धृतराष्ट्र ने शांत रहकर दुर्योधन की कुटिलता में उसका साथ दिया था। विदुर ने अकेले उसका विरोध किया था और जब दुर्योधन ने उसे अपमानित किया तो विदुर ने अपना विख्यात धनुष तोड़ दिया तथा वह युद्ध में भाग न लेने का निर्णय करके तीर्थयात्रा पर चला गया था। युधिष्ठिर ने गहरी श्वास ली और नियति के सामने अपनी असहाय स्थिति को स्वीकार कर लिया।

कौरव शिविर में यह निर्णय लिया गया कि सेनापति की नियुक्ति के समय, युवावस्था की अपेक्षा अनुभव और आयु को प्राथमिकता दी जानी चाहिए। इसके अतिरिक्त, दुर्योधन ने यही समझा कि वृद्धजन उसका साथ इसलिए नहीं दे रहे कि वे उसके उद्देश्य से सहमत थे, अपितु इसलिए दे रहे थे क्योंकि वे कृतघ्न नहीं कहलाना चाहते थे। इसके बदले, दुर्योधन उन्हें महत्त्वपूर्ण स्थान देना चाहता था इसलिए उसने भीष्म से कौरव सेना का नेतृत्व करने का आग्रह किया। कौरव सेना के योद्धाओं को उनकी सैन्य क्षमता के अनुसार श्रेणी बद्ध करना अब भीष्म पर निर्भर था। प्रथम श्रेणी में अतिरथी थे। वे सबसे अधिक साहसी और कुशल थे तथा अकेले लड़ने में सक्षम थे। इनके बाद, महारथी, समरथी और अर्द्धरथी आते थे जिनकी श्रेणियाँ इस बात पर निर्भर करती थीं कि उनकी सहायता के लिए कितने सैनिकों की आवश्यकता थी। कर्ण को यह देखकर स्तब्ध रह गया कि उसे सबसे निचली श्रेणी में रखा गया था। भीष्म का कहना था कि अपने कवच और कुंडलों के अभाव में कर्ण को अजेय नहीं माना जा सकता था और इसलिए उसकी रक्षा के लिए अनेक सैनिकों की आवश्यकता होगी। दुर्योधन ने बड़ी कठिनाई से कर्ण को शांत किया। कर्ण ने शपथ ली कि भीष्म के सेनापति रहने तक वह युद्ध में हिस्सा नहीं लेगा। 'जब तक गंगा-पुत्र सेनापति रहेंगे, मैं युद्ध नहीं करूँगा, किंतु उनके रणभूमि से हटते ही मैं युद्ध करूँगा और अपने वचनानुसार गांडीवधारी अर्जुन का वध करूँगा।' कर्ण का अहंकार इस सीमा तक आहत हो गया कि दुर्योधन बहुत कोशिश करने पर भी कर्ण को उसके विचित्र निश्चय से डिगा नहीं पाया।

इसके बाद, विजय सुनिश्चित करने के लिए देवी काली के समक्ष मनुष्य की बलि देने की नृशंस परंपरा की बारी थी। उस समय इस परंपरा का चलन था हालाँकि पांडवों ने ऐसी किसी निर्मम का सहारा नहीं लिया। बलि देने के लिए इसी भी साधारण व्यक्ति को नहीं, अपितु किसी श्रेष्ठ पुरुष को चुना जाता था।

दुर्योधन ने जब भीष्म से इस विषय में पूछा, तो भीष्म ने कहा, 'जिस पुरुष की बलि दी जाएगी, उसमें आदर्श पुरुष के सभी बत्तीस गुण होने चाहिए। केवल दो ही लोग हैं जिनमें ये सब गुण विद्यमान हैं और दोनों ही पांडव पक्ष में हैं। एक भगवान कृष्ण हैं और

दूसरा, अर्जुन का पुत्र, इरावान है। यदि तुम इरावान को बलि के लिए तैयार कर लो तो इससे दो उद्देश्य पूरे हो जाएँगे। वह अतुलनीय योद्धा है तथा समस्त कौरव सेना को अकेले ही केवल एक दिन में परास्त कर सकता है। बलि के लिए शुभ मुहूर्त, सहदेव से बेहतर कोई नहीं बता सकता। इसलिए, वहाँ जाओ और इरावान से इस विषय में बात करो। मुझे पूर्ण विश्वास है कि हालाँकि ये दोनों ही आग्रह अत्यंत असंगत हैं, परंतु वे लोग इन्हें धर्म के अनुकूल होने के कारण, स्वीकार कर लेंगे।'

कहते हैं, दुर्योधन अर्द्ध-रात्रि के समय सहदेव और इरावान से सहायता माँगने पांडव शिविर में गया ताकि कोई उसे देख न ले। सहदेव ने उसका स्वागत किया। दुर्योधन घबराया हुआ था क्योंकि उसका आचरण स्वार्थ में लिप्त था। उसे सहदेव की प्रतिक्रिया पर भी संदेह था। 'सहदेव, मैं तुम्हारे पास इसलिए आया हूँ क्योंकि तुम ज्योतिष-शास्त्र में प्रवीण हो। मैं चाहता हूँ कि तुम देवी के समक्ष नर-बलि के लिए शुभ मुहूर्त बताओ ताकि हमारी विजय हो सके।'

'अवश्य,' सहदेव ने बिना हिचकिचाए कहा और फिर पंचांग देखकर बोला, 'मार्गशीर्ष (नवंबर/दिसंबर) माह की अमावस्या को जो भी नर-बलि देगा, उसकी विजय निश्चित है।'

उस समय दिसंबर का माह चल रहा था और अगले ही दिन अमावस्या थी। यह घटना पांडवों के श्रेष्ठ चरित्र को उजागर करती है। दुर्योधन का सहदेव पर इतना विश्वास करना यह स्पष्ट करता है कि उसे भी पांडवों की कुलीनता पर संदेह नहीं था। अपने अभियान की सफलता से प्रसन्न होकर, दुर्योधन ने सहदेव को धन्यवाद दिया और शीघ्र ही इरावान के शिविर में पहुँच गया। इस बात की कल्पना की जा सकती है कि दुर्योधन ने इरावान के समक्ष वह याचना कितने भयभीत होते हुए की होगी, क्योंकि उस आग्रह का अर्थ, शत्रु की विजय के लिए अपने प्राणों की बलि देना था। एक बार फिर भीष्म के वचन सत्य सिद्ध हुए क्योंकि इरावान ने स्वयं पांडवों की सच्ची संतान बताते हुए अमावस्या की रात्रि में नियत समय पर काली के मंदिर में बलि के लिए पहुँचने का वचन दे दिया। दुर्योधन को लगा मानो उसने युद्ध में उसकी विजय निश्चित है, इसलिए वह बहुत प्रसन्नता के साथ अपने शिविर में लौट आया।

अगले दिन इन बातों की सूचना कृष्ण को मिली। भगवान सर्वज्ञ थे और उन्हें सब कुछ पहले से पता था, फिर भी उन्होंने अनजान होने का दिखावा किया और वे, सहदेव तथा इरावान के व्यवहार पर रुष्ट हो गए। यह लीला भी युधिष्ठिर की महानता को प्रकट करने के लिए रची गई थी। युधिष्ठिर ने इरावान और सहदेव को गले लगाया और कहा, 'तुम दोनों ने धर्म के मार्ग का अनुसरण किया है। मैं तुमसे अत्यंत प्रसन्न हूँ, हालाँकि तुम्हारे द्वारा किए कार्य से हमारी पराजय हो सकती है।' उसने फिर कृष्ण से कहा, 'प्रभु, हम आपकी शरण में हैं। आप जो उचित समझें, वही करें।'

पहले तो कृष्ण ने यह सुझाव दिया कि इरावान के स्थान पर वे स्वयं बलि के लिए जाएँगे क्योंकि उनमें वे समस्त गुण विद्यमान हैं। परंतु सब लोगों ने उनके इस प्रस्ताव का विरोध किया।

एक क्षण के बाद, कृष्ण ने कहा, 'कल अमावस्या है और कल ही बलि दी जानी है। तुम तत्काल 1200 ब्राह्मणों को बुलाकर उनसे सूर्य एवं चंद्रमा की पूजा कराओ तथा 300 ऋषियों द्वारा कल के स्थान पर आज ही अमावस्या संबंधी अनुष्ठान पूर्ण करवा दो।'

पांडवों ने कृष्ण से कोई प्रश्न पूछे बिना, उनकी आज्ञा का पालन किया। कहते हैं, सूर्यदेव और चंद्रदेव ने अपने नाम से जब यह त्रुटि होते देखी तो वे शिकायत लेकर भगवान के पास आए। कृष्ण ने मुस्कराते हुए उनसे पूछा, 'क्या आपको पता है कि अमावस्या कब होती है?'

वे दोनों भगवान के इस बचकाने प्रश्न को सुनकर हैरान हुए और बोले, 'अवश्य! अमावस्या उसी दिन होती है, जब सूर्य और चंद्र एक साथ प्रकट होते हैं तथा चंद्र के दर्शन नहीं हो पाते।'

कृष्ण ने हँसते हुए कहा, 'चूँकि आप दोनों एक साथ यहाँ उपस्थित हैं, इसलिए अमावस्या कल नहीं, अपितु आज ही होगी! अब आप दोनों अपने-अपने स्थान पर लौट जाइए।'

वे दोनों भगवान की इस परिभाषा से निरुत्तर हो गए और वापस चले गए। इरावान ने कृष्ण से कहा, 'मैंने दुर्योधन को अमावस्या के दिन काली के मंदिर में आने का वचन दिया है, इसलिए मुझे आज ही जाना होगा। मुझे आज वहाँ दुर्योधन नहीं मिलेगा, किंतु मुझे पांडवों के लिए अपना बलिदान देने की अनुमति दीजिए। मैं मंदिर में जाकर अपने तन का एक-एक टुकड़ा देवी को अर्पित करूँगा ताकि पांडवों की विजय हो सके, परंतु हे प्रभु, मुझे यह वरदान दीजिए कि मेरी मृत्यु मंदिर में न होकर, रणभूमि में युद्ध करते समय हो।'

कृष्ण ने मुस्कराते हुए, इरावान को वरदान दे दिया। उस रात, इरावान काली के मंदिर में गया और उसने अपना तन देवी को अर्पित कर दिया, किंतु भगवान कृष्ण के वरदान के फलस्वरूप, उसकी मृत्यु नहीं हुई। वह जीवित नर कंकाल में परिवर्तित हो गया तथा अपने पिता की ओर से युद्ध लड़ने के लिए लौट आया।

युद्ध से पूर्व और उसके दौरान हुई ये सभी घटनाएँ भगवान की लीला को दर्शाती हैं, जिसके माध्यम से भगवान ने अपने भक्तों की महानता को प्रकट किया और संसार के समक्ष धर्म के महत्त्व को भी उजागर किया। चूँकि वे सब बहुत अच्छे ढंग से अपनी परीक्षा में सफल हुए, तो भगवान ने स्वयं आगे बढ़कर धर्मो रक्षति रक्षितः (धर्म, अपनी रक्षा करने वाले की रक्षा करता है) के वैदिक नियम का प्रतिपादन किया।

दुर्योधन अगले दिन काली मंदिर में पहुँचा तो उसे अपनी भूल का पता लगा। उसे बहुत क्रोध आया। उस समय, उसे अपनी माता गांधारी के वचन याद आए, जो गांधारी ने दुर्योधन को कुरुक्षेत्र के लिए निकलते समय कहे थे। उसने कहा था, 'जहाँ धर्म है, वहीं विजय है!'

उसका मन यह सोचकर कटु हो गया कि वह अपनी विजय सुनिश्चित करने के लिए, अर्जुन के पुत्र की बलि चढ़ाने की योजना बनाकर धर्म के मार्ग से कितना दूर हो

गया था। उसने अपना क्रोध व्यक्त करने के लिए शकुनि के पुत्र उलूक को पांडव शिविर में उन्हें चिढ़ाने के लिए भेजा।

उलूक ने पांडवों को यह अपमानजनक संदेश सुनाया, 'भाइयों, अपनी प्रतिज्ञा पूर्ण करने का समय आ चुका है। तुम अपनी पत्नी को अपमानित होते चुपचाप देखते रहे और फिर डरकर जंगलों में पशुओं की भाँति रहने चले गए। क्या तुम लोगों का पुरुषार्थ समाप्त गया है? युधिष्ठिर धर्म की आड़ में अपनी कायरता को छिपाता फिरता है। परंतु याद रहे, शीघ्र ही भीम मेरे हाथों, अर्जुन, कर्ण के द्वारा मारा जाएगा और तुम्हारे उन दो छोटे प्रिय भाइयों को तो अस्त्र-शस्त्र भी नहीं उठाने आते! तुम्हारी पत्नी द्रौपदी वेश्या है और उस ग्वाले कृष्ण की माया रणभूमि में विफल हो जाएगी।'

अर्जुन ने कहा, 'केवल नपुंसक, शब्दों से लड़ते हैं। उचित समय आने पर, मेरा गांडीव तुम्हारे स्वामी को इसका उपयुक्त उत्तर देगा!'

युधिष्ठिर ने कहा, 'दुर्योधन को याद दिलाना कि मैंने शांतिपूर्वक अपना अधिकार प्राप्त करने के बहुत-से प्रयास किए, किंतु वे सब भय के कारण नहीं, अपितु मेरे शांति-प्रेम के कारण थे।' भीम ने गरजकर कहा कि वह अपनी प्रतिज्ञा के अनुसार, युद्ध में दुर्योधन की जाँघें तोड़ेगा और दुःशासन का रक्त पिएगा। नकुल ने स्वयं उलूक को तथा सहदेव ने उलूक के पिता, शकुनि को मारने की प्रतिज्ञा की।

कृष्ण ने हँसते हुए कहा जुआरी के पुत्र (उलूक) से कहा कि उनका रथ युद्धभूमि में बिजली की गति से घूमेगा और अपने पीछे केवल मृत्यु और विनाश छोड़ जाएगा।

उलूक के जाने के बाद, युधिष्ठिर आने वाले युद्ध में असंख्य लोगों के विवेकहीन संहार की कल्पना से दुःखी हो गया। कृष्ण, भीम और अर्जुन ने उसे सांत्वना देते हुए कहा, 'भैया, आपने अपनी ओर से सब प्रयास किए हैं। परंतु प्रारब्ध को कोई नहीं टाल सकता और क्षत्रिय होने के नाते धर्म की रक्षा हेतु युद्ध करना हमारा अप्रिय कर्तव्य है।'

इसके बाद, अक्रूर के साथ बलराम भी वहाँ आ गए और उन्होंने युधिष्ठिर से कहा, 'यह भयंकर और भीषण संहार होना निश्चित है। यह निस्संदेह नियति का आदेश है। परंतु हे महाराज! आप घबराइए मत। आपकी विजय निश्चित है क्योंकि कृष्ण की यही इच्छा है। मेरे मन में दुर्योधन और भीम के प्रति समान प्रेम है, किंतु मैं युद्ध में भाग नहीं लूँगा और तीर्थयात्रा पर चला जाऊँगा ताकि मुझे यह संहार अपनी आँखों से न देखना पड़े।'

इसके बाद, दोनों सेनाओं के सेनापति, भीष्म और धृष्टद्युम्न ने मिलकर युद्ध के नियम तय किए। वह धर्मयुद्ध था। यह तय किया गया कि युद्ध सूर्योदय से सूर्यास्त तक ही लड़ा जाएगा, और सूर्यास्त के बाद दोनों पक्षों के लोग, यदि चाहें तो एक-दूसरे से मिल-जुल सकेंगे। कोई शत्रु पर पीछे से वार नहीं करेगा। समर्पण करने वाले अथवा युद्ध छोड़कर भाग जाने वाले अथवा इसी कायर को छोड़ दिया जाएगा। युद्ध समान लोगों के बीच ही लड़ा जाएगा। उदाहरण के लिए, रथ में सवार योद्धा रथी से ही युद्ध करेगा। मौखिक बातचीत के समय अस्त्र-शस्त्र का प्रयोग नहीं होगा। युद्ध में पैदल सैनिक अपने समान स्तर के सैनिक से लड़ेंगे और मल्ल युद्ध भी समान लोगों के बीच ही होगा। अकेले योद्धा पर एक

से अधिक लोग वार नहीं करेंगे। इस तरह के अनेक नियम दोनों सेनापतियों द्वारा निर्धारित किए गए थे, किंतु युद्ध के दौरान, इनमें से अधिकांश नियमों का उल्लंघन किया गया।

'हे कृष्ण, मेरे रथ को दोनों सेनाओं के बीच में ले चलिए -
ताकि मैं युद्ध के लिए आतुर योद्धाओं को देख सकूँ, जिनसे मुझे लड़ना है।'
कृष्ण ने अर्जुन के वचन सुने तो उन्होंने उसके रथ को,
दोनों सेनाओं के मध्य ले जाकर खड़ा कर दिया।
भीष्म, द्रोण और अन्य राजाओं को सामने देखकर, कृष्ण ने अर्जुन से कहा,
'देखो अर्जुन, कौरवों की सेना रणभूमि में तैयार खड़ी है।'
अर्जुन ने दोनों सेनाओं में अपने पिताओं, पितामहों, पुत्रों, पौत्रों, श्वसुरों, चाचाओं, गुरुओं,
भाइयों, मित्रों और संबंधियों को देखा।

—श्रीमद् भगवद्गीता

हरि ॐ तत्सत्

ॐ

ॐ

ओऽम् जगतगुरुवे नमः!

अध्याय 25

श्रीमद् भगवद्गीता

ओम् पार्थया प्रतिबोधितं भग्वतं नारायणेन स्वयम्,
व्यासेन ग्रतीतं पुराणामुनीनं मध्ये महाभारतम्,
अद्वैतामृतवर्षिनिं भगवतिं अष्टदशाध्यायिनिम्,
अम्बा त्वं अनुसन्तात्मि भगवद् गीते भवद्वेशिनिम्।

हे माँ भगवद्गीता! आपके अट्ठारह अध्याय हैं, जिनमें अद्वैतवाद का शाश्वत संदेश दिया गया है, जो पुनर्जन्म के चक्र को नष्ट करता है। महर्षि व्यास ने महाभारत की रचना के समय, उसी के भीतर समाविष्ट किया था, जिसके द्वारा स्वयं भगवान नारायण ने अर्जुन को ज्ञान प्रदान किया था। हे माँ, मैं आपका स्मरण करती हूँ।

वास्तविकता में लड़े जाने से पूर्व, युद्ध मनुष्यों के मस्तिष्कों में लड़ा जाता है। इतने वर्षों से चचेरे भाइयों के मन में व्याप्त कटुता और ईर्ष्या का अंत महाभारत युद्ध के रूप में हुआ, जो अट्ठारह दिनों तक लड़ा गया था।

अमावस्या की रात्रि को हुई नर-बलि के बाद दस दिन तक आयुध पूजा हुई, जिसमें अस्त्र-शस्त्रों का पूजन किया गया था। शीत-वर्षा ने रणभूमि को गीला कर दिया था। कृतिका नक्षत्र के प्रबल होने के समय, मार्गशीर्ष माह के शुक्ल पक्ष के ग्यारहवें दिन जब महाभारत का युद्ध आरंभ हुआ तो भूमि गीली थी। वह वैकुंठ एकादशी का पवित्र दिन था। कुछ आधुनिक गणक, उस दिन की तिथि शुक्रवार, दिनांक 22 नवंबर 3067 ई.पू. बताते हैं। भगवान कृष्ण द्वारा अपने मित्र अर्जुन को दिया गया उपदेश, जिसे *श्रीमद् भगवद्गीता* कहते हैं, युद्ध के पहले दिन की सुबह को दिया गया था।

महाभारत का वह शानदार महाकाव्य, युद्ध के अट्ठारह दिनों में अपने चरम पर पहुँच गया था। इस युद्ध में भगवान ने वही भूमिका निभाई थी, जो वे हमारे दैनिक जीवन में आंतरिक मार्गदर्शक और परामर्श दाता की तरह निभाते हैं तथा यदि हम अर्जुन की भाँति, अपने रथ की लगाम, भगवान के हाथ में सौंप दें तथा उन पर पूर्ण विश्वास करें तो वे

हमारे जीवन के रथ को कुरुक्षेत्र की अशांत रणभूमि में से निकालकर धर्मक्षेत्र के स्वर्ग तक ले जाते हैं। कौरव यद्यपि संख्या में अधिक थे, युद्ध में पांडवों की विजय इसलिए हुई क्योंकि स्वयं भगवान पार्थ के सारथी थे। वे अपने भक्त और मित्र अर्जुन के लिए ऐसी तुच्छ भूमिका निभाने को भी तैयार हो गए क्योंकि अर्जुन पूर्ण रूप से उनके प्रति समर्पित था। यह भगवान की उत्तम लीला की सबसे उदात्त और श्रेष्ठ घटनाएँ हैं। युद्ध के आरंभ में, भगवान ने *भग्वद्गीता* के शानदार उपदेश द्वारा अर्जुन के हतोत्साहित होते मन को पुनर्जाग्रत कर दिया तथा उसे अपना दिव्य रूप भी दिखाया। आने वाले दिनों में कृष्ण के परामर्श और अर्जुन के रथ के कुशल संचालन द्वारा ही पांडव सेना कठिन परिस्थितियों के बावजूद उस युद्ध को जीत सकी। इसलिए यदि ईश्वर हमारे साथ है तो ऐसी कोई कठिनाई नहीं जिस पर हम विजय प्राप्त नहीं कर सकते।

युद्ध से एक रात पहले युधिष्ठिर सो नहीं सका। उसने कृष्ण से कहा, 'प्रभु मुझसे अपने गुरुओं और पितामह के साथ युद्ध का विचार सहन नहीं हो रहा है। मुझे इस युद्ध के संपूर्ण विचार से घृणा हो रही है। हम उन वृद्धजनों को कैसे मार सकते हैं जिन्हें हम इतने वर्षों से पूजते आए हैं?'

कृष्ण ने कहा, 'युधिष्ठिर तुम जन्म से क्षत्रिय हो इसलिए अपना कर्तव्य निभाओ। अपने पितामह को देखो। उन्होंने स्वेच्छा से कौरव सेना का सेनापति होने का दायित्व ग्रहण किया है। कृप, अश्वत्थामा तथा अन्य सभी लोग विदुर की भाँति युद्ध न करने का निश्चय कर सकते थे किंतु सबने दुर्योधन की सहायता करने के लिए हामी भरी है, तो फिर तुम अपना दायित्व निभाने से क्यों हिचकिचा रहे हो?'

कृष्ण ने आगे कहा, 'भाई! जिन लोगों ने हमें मारने की प्रतिज्ञा की है, उन्हें मारने में कैसा पाप? यह वृद्धजन हमारे बारे में सब कुछ जानते हुए भी दुर्योधन के पक्ष में युद्ध कर रहे हैं तो फिर तुम इनसे भयभीत क्यों हो? हमें युद्ध करना ही होगा। अब पीछे हटने का कोई प्रश्न ही नहीं उठता। नदी, एक बार पर्वत शिखर को छोड़ देती है तो फिर समुद्र में मिलकर ही शांत होती है। इसी प्रकार युद्ध की यह नदी भी अपने मार्ग पर चल पड़ी है। अब इसे मृत्यु के समुद्र में मिलने से कोई नहीं रोक सकता!'

दोनों सेनाएँ हिरणावती नदी के तट पर कुरुक्षेत्र की भूमि पर एकत्रित हो गई थीं। पांडवों की सेना पवित्र सरोवर के निकट पश्चिमी ओर थी तथा कौरवों की सेना सरोवर के पूर्वी छोर पर स्थित थी। युद्ध भूमि का विस्तार 58 वर्ग किलोमीटर के क्षेत्र में फैला हुआ था। युद्ध के नियमों का निर्धारण पहले ही हो चुका था किंतु आने वाले समय में एक-एक करके सारे नियम टूटते गए। युद्ध मनुष्य को भ्रष्ट कर देता है और वह प्रत्येक क़िस्म के अधर्म को अपना लेता है। अंत में, यहाँ तक कि पांडव भी इस दोष का शिकार हो गए थे।

युद्ध के पहले दिन, सुबह महर्षि व्यास नेत्रहीन धृतराष्ट्र के पास हस्तिनापुर में पहुँच गए। धृतराष्ट्र को रणभूमि में होने वाली घटनाओं के विषय में बहुत उत्सुकता थी, इसलिए महर्षि व्यास ने राजा के प्रधानमंत्री संजय को दिव्य दृष्टि प्रदान कर दी ताकि वह राजा को युद्ध की घटनाओं की प्रत्यक्ष सूचना दे सके। व्यास ने बताया कि दिन के समय जब युद्ध होगा तो संजय उन घटनाओं को देख सकेगा मानो वह स्वयं रणभूमि में उपस्थित है और

संध्या होने पर उन्हें शृंखलाबद्ध ढंग से नेत्रहीन राजा को सुना सकेगा। इस प्रकार महाभारत के युद्ध की संपूर्ण गाथा संजय द्वारा सुनाया गया वृत्तांत है। *भग्वद्गीता,* जिसे ईश्वर का गीत भी कहा जाता है मानव जाति के लिए एक उपदेश है और इसे उस महायुद्ध के आरंभ में ही सुनाया गया है। हालाँकि यह महाकाव्य के मध्य भाग में प्रस्तुत होती है और इसके रचयिता वेदव्यास की दृष्टि में इसका सबसे अधिक महत्त्व है। *भग्वद्गीता* के पहले अध्याय में संजय नेत्रहीन धृतराष्ट्र को दोनों सेनाओं के विभिन्न सेनापतियों एवं युद्ध आरंभ होने से पहले की गतिविधियों के विषय में सूचना देता है। पताकाएँ लहरा रही थीं, तुरही और नगाड़े बज रहे थे। शंखनाद हो रहा था तथा सैनिक और घुड़सवार दोनों ही युद्ध के लिए उत्सुक थे। दोनों सेनाएँ आमने-सामने युद्ध के लिए तैयार खड़ी थीं। उनके जीवन के नाटक के अंतिम दृश्य और महान अंत के लिए मंच तैयार हो गया था।

इसी दृश्य के लिए, वे सब लोग अपने जीवन के अधिकांश भाग के दौरान तैयारियाँ कर रहे थे। कौरवों की दस अक्षौहिणी सेना एक भयानक व्यूह के आकार में सजी हुई थी। ग्यारहवीं अक्षौहिणी भीष्म के निर्देशन में सबसे आगे चल रही थी। भीष्म के घोड़े श्वेत वर्ण के थे और उनका रथ चाँदी का था। भीष्म का कवच प्रातःकाल के सूर्य के बीच चाँदी-सा चमक रहा था। उनके ध्वज के स्वर्ण-पत्र पर पाँच सितारे बने हुए थे। भीष्म के रहते कौरव सेना में ज़बरदस्त उत्साह और आत्म-विश्वास था। दुर्योधन मध्य में खड़ा था। उसकी पताका स्वर्णिम वस्त्र की थी, जिस पर बना सर्प हवा में लहरा रहा था।

अचानक संजय वृत्तांत बताते हुए रुक गया और उसका ध्यान मुख्य पात्र पर चला गया। ऊँचे क़द का आकर्षक युवक अर्जुन अपने रथ में अपना शक्तिशाली गांडीव धनुष ताने खड़ा था और रथ के आगे वाले भाग में कृष्ण उसके सारथी बनकर अपने चार दूध-से सफ़ेद घोड़ों की लगाम पकड़े बैठे थे, जो युद्ध में आगे बढ़ने और हमला करने के लिए उत्सुक थे। भगवान कृष्ण का चेहरा अत्यंत आकर्षक और सुंदर लग रहा था। उनकी कमल-सी आँखों में करुणा व्याप्त थी। भीष्म, द्रोण और कृपाचार्य ने अर्जुन और कृष्ण के दिव्य युगल को प्रणाम किया क्योंकि वह जानते थे कि उनके समक्ष नर और नारायण अवतार रूप में खड़े थे। अर्जुन की पताका पर हनुमान विराजमान थे और वह अपनी भीषण गर्जना और मुद्राओं से सैनिकों के हृदय में भय उत्पन्न कर रहे थे।

अर्जुन ने कृष्ण को अपना रथ दोनों सेनाओं के मध्य ले जाने को कहा ताकि वह दोनों ओर की सेनाओं को देख सके और युद्ध आरंभ होने से पहले की स्थिति का आकलन कर सके। कृष्ण ने आज्ञाकारी सारथी की भाँति अपने मित्र अर्जुन की आज्ञा का पालन किया और वह उसका रथ दोनों सेनाओं के बीच मध्य में स्थित ख़ाली स्थान पर ले गए। अपने युग के शक्तिशाली नायक अर्जुन ने अपने सामने खड़ी शत्रु की सेना को ध्यान से देखा तो उसे वहाँ शत्रु नहीं अपितु अपने चचेरे भाई, मित्र, संबंधी, गुरु, भाई-भतीजे, और पौत्र दिखाई दिए। अचानक उसके मन में एक भयंकर मानसिक तनाव उत्पन्न हो गया। उसे उसे होने वाले भीषण युद्ध और उसके विनाश के प्रभाव का आघात लगा। उसका शरीर काँपने लगा और उसका मस्तिष्क घूम गया। उसके हाथ से शक्तिशाली गांडीव धनुष छूट गया तथा वह अपने रथ में गिर पड़ा। उसने युद्ध टालने के लिए अनेक नैतिक तर्क

दिए। उस महान धनुर्धारी ने भगवान से कहा कि वह युद्ध नहीं कर सकता। ऐसे समय पर अर्जुन की दयनीय स्थिति देखकर भगवान कृष्ण ने अपने मित्र को अब तक का सबसे शानदार आध्यात्मिक उपदेश सुनाया। भगवान ने वह उपदेश किसी शांत वन, किसी पवित्र मंदिर अथवा आश्रम के शांत वातावरण में नहीं, अपितु तुरही और नगाड़ों के शोर के बीच रणभूमि में सुनाया। ऐसा स्थान चुनने का क्या कारण था? कृष्ण और अर्जुन के बीच बहुत घनिष्ठता थी। ऐसे अनेक अवसर आए थे जब वे दोनों अकेले थे और भगवान, अर्जुन को वह उपदेश दे सकते थे किंतु उन्होंने ऐसा नहीं किया। ऐसा क्यों हुआ? कृष्ण ने उस विशिष्ट स्थान को क्यों चुना?

गीता का दर्शन वैसे किसी दुर्बल अथवा कायर व्यक्ति के लिए नहीं है, जो जीवन की परिस्थितियों का करने से डरता है। वह वीर और साहसी लोगों के लिए है, जो आत्मोत्थान द्वारा भगवत्प्राप्ति की इच्छा रखते हैं और जीवन की चुनौतियाँ का डटकर सामना करते हैं। *भगवद्गीता*, ऐसे नैतिक भावुकता का प्रतिपादन नहीं करती जो प्रकृति को अच्छे और सुंदर रूप में देखता है और उसके गंभीर एवं वीभत्स रूप का सामना नहीं करना चाहता। जब तक हम जीवन को उसके विशुद्ध रूप में देखने का साहस नहीं करेंगे, हमें उसकी परस्पर विरोधी आवश्यकताओं का समाधान नहीं मिलेगा। हम इस बात की उपेक्षा नहीं कर सकते कि हमें जीवन की इसी असंगति में से सामंजस्य को प्राप्त करना है। युद्ध और विनाश, केवल हमारे भौतिक जीवन ही नहीं, अपितु मानसिक जीवन के भी सिद्धांत प्रतीत होते हैं। जीवन, अच्छी और बुरी शक्तियों की रणभूमि है। हम इस युद्धभूमि के बीच में स्थित हैं और कभी अच्छाई तो कभी बुराई की ओर मुड़ जाते हैं। महाभारत युद्ध में भी बुराई, अच्छाई से अधिक बलशाली प्रतीत होती है।

अर्जुन की भाँति हम लोग भी विरोधी शक्तियों के बीच निर्जन स्थल पर खड़े हैं। हमें भी प्रत्येक क्षण निर्णय लेने होते हैं और दुविधाओं से जूझना पड़ता है। अपने भीतर की विरोधी शक्तियों से उत्पन्न दुविधा और परेशानी से ग्रस्त होने के कारण, हमें सही राह समझ में नहीं आती। *भगवद्गीता* का प्रख्यात चित्र रूपांतरण, जिसमें अर्जुन रथ में बैठा है और भगवान कृष्ण ने अपने चार श्वेत अश्वों की लगाम पकड़ी हुई है, हमारे भीतर के द्वंद्व का ही दृश्य है। रथ, हमारा शरीर है और अर्जुन, उसके भीतर मौजूद जीवात्मा है। भगवान कृष्ण, परमात्मा हैं जो सदा जीवात्मा के साथ रहते हैं किंतु उन्हें भगवान के रूप में पहचाना नहीं जाता। कृष्ण के चार अश्व, मस्तिष्क के चार पक्ष यानी मानस, बुद्धि, अहंकार और चित्त को दर्शाते हैं। इस मानसिक उपकरण के कारण, हम आनंद-मंगल की उन्मादी खोज में इधर-उधर अनियंत्रित घोड़ों की तरह दौड़ते रहते हैं। अर्जुन भी इसी तरह की हिंसक दुविधा में फँसा हुआ था और उसका नैतिक अथवा आध्यात्मिक जीवन के साथ तालमेल नहीं बन रहा था। किंतु उसे इस बात का बोध था कि वह स्वयं असहाय है और इसलिए उसने अपने जीवन की बागडोर ऐसे दिव्य सारथी के योग्य और इच्छुक हाथों में सौंप दी जो उसे भयंकर युद्ध से आसानी से बाहर ले गया, उसकी रक्षा की और अंत में उसे विजय दिलवाई।

अपने इतने वर्षों की मित्रता में अर्जुन ने कभी कृष्ण से सुझाव नहीं माँगा क्योंकि उसे लगता था कि वह अपनी समस्याओं को स्वयं ही सुलझा सकता है। परंतु अब उस महत्त्वपूर्ण क्षण में, जब उसकी मानसिक और शारीरिक क्षमताओं और शक्तियों को अपने शिखर पर होना चाहिए था, उसका मन दुविधा और परेशानी में फँस गया। उसका शरीर दुर्बल और असहाय हो गया। उस समय उसे भगवान की याद आई और उसने अपने अहंकार को उनके चरणों में अर्पित करके उनसे सहायता माँगी।

हमारे भीतर के भगवान, जो सदा हमारे साथ रहते हैं, हमें ध्यानपूर्वक इस खेल को खेलते हुए देखते हैं और हम अपने जीवन रूपी नाटक में स्वयं को अकेला नायक समझ लेते हैं। ईश्वर धैर्य से उस दिन की प्रतीक्षा करते हैं जब हम लड़खड़ाते हैं और हमें इस बात का एहसास होता है कि बिना उचित मार्गदर्शन के हम असहाय हैं। उस समय हम ईश्वर से सहायता माँगते हैं। ऐसा करने पर भगवान तुरंत स्नेहमयी माता की भाँति हमारे पास दौड़े आते हैं और हमें स्पष्ट मार्ग दिखलाते हैं, हमें ग़लत मार्ग पर चलने से रोकते हैं और आवश्यकता पड़ने पर हमें जीवन की कठिन परिस्थितियों से बाहर निकालते हैं। इस प्रकार *गीता* का संदेश उस योद्धा और कर्म करने वाले व्यक्ति के लिए है जो जीवन को रणभूमि समझता है। हमें धर्म क्षेत्र तक पहुँचने से पहले कुरुक्षेत्र को जीतना होता है। जीवन मात्र रणभूमि नहीं, अपितु धर्म-भूमि भी है।

गीता का उपदेश केवल आध्यात्मिक दर्शन अथवा नैतिक सिद्धांत नहीं, अपितु योगशास्त्र भी है, जो हमें अपने दैनिक जीवन में इन सिद्धांतों के व्यवहारिक अनुप्रयोग के विषय में स्पष्टता प्रदान करता है। यहाँ इन सिद्धांतों को ग्रहण करने वाला अर्जुन, मानव आत्मा का प्रतिरूप है जो सदा संघर्षरत रहती है और अपने निकट संबंधियों और साथियों से ज्ञान प्राप्त करने को तत्पर रहती है तथा अपने भीतर सारथी रूप में मौजूद दिव्यात्मा से निकटता स्थापित करने की इच्छा रखती है। इसलिए, *गीता* का उपदेश केवल इस संसार से परे का भगवान नहीं, बल्कि वह भगवान है, जो हमारे भीतर मौजूद है और हमारा ज्ञान बढ़ने के साथ हमारे सामने प्रकट होने लगता है। वह ऐसा ईश्वर है जो हमें कर्म करने के लिए प्रेरित करता है तथा जिसकी ओर समस्त मानव जीवन अग्रसर होता है। वह हमारे समस्त कर्मों का गुप्त मार्गदर्शक है, संपूर्ण ज्ञान का श्रेष्ठ स्रोत है और हमारा निकटतम मित्र, साथी और संबंधी भी है।

यही कारण है कि *गीता* का संदेश आज भी उतना ही सार्थक है जितना 5000 वर्ष पूर्व था, जब उसे पहली बार संप्रेषित किया गया था क्योंकि यह प्रत्येक मनुष्य के व्यक्तिगत अनुभव द्वारा पुनर्जीवित हो जाता है। इसका मुख्य उद्देश्य एक ओर, आंतरिक और श्रेष्ठ आध्यात्मिक सत्य व ब्रह्मांड तथा दूसरी ओर, हमारे जीवन की बाहरी वास्तविकता और कृत्यों के बीच सामंजस्य और ऐक्य का भाव पैदा करना है। इस प्रकार, *गीता* दैनिक जीवन में प्रत्येक व्यक्ति के लिए मार्गदर्शक का कार्य करती है। किसी भी तरह की समस्या को *गीता* के उपदेशों के प्रयोग द्वारा सुलझाया जा सकता है। इसका अर्थ इतना गहरा है कि हम इसे जितना अधिक पढ़ते हैं, उतना ही अधिक ज्ञान प्राप्त होता है और उतना ही अधिक हम इसके उद्देश्यों के अनुसार जीवन को जीने में सफल हो पाते हैं। इससे हमारी चेतना का

विकास भी होता है। *गीता* का संदेश शाश्वत है, इसीलिए हम सबके लिए इसका महत्त्व समयातीत है। इसे किसी विशिष्ट अवसर के लिए उपयुक्त भाषा में संप्रेषित नहीं किया गया है, अपितु इसमें वर्णित अवसर का प्रयोग, मनुष्य को यह समझाने के लिए किया गया है कि उसका परमेश्वर के साथ क्या संबंध है। जीवात्मा का परमात्मा से मिलन होने पर *भगवद्गीता* का अंत हो जाता है। *भगवद्गीता* का अर्थ है, ईश्वर का गीत, और इसलिए इसे जीवन का गीत भी कह सकते हैं क्योंकि यह मनुष्य को सत, चित्त और आनंद प्रदान करता है।

भगवद्गीता के प्रथम अध्याय को अर्जुन विषाद योग कहते हैं क्योंकि इसमें अर्जुन, विषाद से ग्रस्त हो जाता है और अपने संबंधियों के साथ युद्ध करने से मना कर देता है। भगवान उसके तर्क को शांति से सुनते हैं और *गीता* के दूसरे अध्याय में वह अपना सुंदर उपदेश आरंभ करते हैं। कृष्ण, अर्जुन को समझाते हैं कि प्रत्येक व्यक्ति के जीवन में स्वधर्म होता है, जो उसके जन्म, सामाजिक स्थिति तथा उसके अपने स्वभाव पर निर्भर करता है। व्यक्ति को अपने स्वधर्म का निर्वहन, निजी पूर्वाग्रहों तथा फल की इच्छा न रखते हुए करना चाहिए। मनुष्य का कर्म, स्वयं उसका पुरस्कार बन जाता है।

गीता के दूसरे अध्याय में सांख्य योग का दर्शन समझाया गया है, जिसमें भगवान आत्मा की अनश्वरता के विषय में बताते हैं। वे कहते हैं कि आत्मा अनश्वर है तथा शरीर नष्ट हो जाता है। हमें मृत्यु का दुःख इसलिए होता है क्योंकि हम स्वयं को शरीर समझते हैं। यही हमारे समस्त दुःखों का कारण है। हमें जिस क्षण यह समझ आ जाता है कि हम केवल आत्मा हैं तथा शरीर इसका आवरण मात्र है तथा आत्मा अपने शरीर को अपने उद्देश्य की पूर्ति के उपरांत पुराने वस्त्र की भाँति छोड़ देती है, तो हमारा दुःख और भय, विशेष रूप से मृत्यु का भय, समाप्त हो जाता है। यद्यपि हम स्वयं को अनश्वर आत्मा समझते हैं, हमें जीवन में निर्धारित अपने कर्तव्य को पूरा करना होता है। इस कार्य को सुख-दुःख, हानि और लाभ तथा विजय एवं पराजय को एक समान मानते हुए अपने मस्तिष्क को संतुलित करके करना चाहिए। *गीता* में ऐसे व्यक्ति को स्थितप्रज्ञ कहा गया है। भीष्म पितामह, स्थितप्रज्ञ के आदर्श उदाहरण थे।

गीता के तीसरे चौथे और पाँचवें अध्याय में कृष्ण, कर्मयोग के गौरवशाली मार्ग के विषय में बताते हैं। हम सभी को कर्मेंद्रियाँ प्रदान की गई हैं, जिनसे हम संसार के समस्त कार्य करते हैं। ब्रह्मांड का नियम, सतत रूप से सक्रिय रहना है, इसलिए हम लोग जो इस सक्रिय ब्रह्मांड के अंश हैं, एक पल के लिए भी निष्क्रिय नहीं रह सकते। तथापि मनुष्य के मन में यह भ्रम बना रहता है कि यदि वह अपनी कर्मेंद्रियों के संदर्भ में निष्क्रिय रहेगा तो उसे अकर्म माना जाता है। कृष्ण कहते हैं कि यह कर्म के सिद्धांत की दोषपूर्ण व्याख्या है। सबसे बड़ा कार्य, मस्तिष्क द्वारा किया जाता है और इसलिए जो व्यक्ति शारीरिक तौर पर निष्क्रिय है, वह भी मानसिक रूप से कभी निष्क्रिय नहीं रह सकता। यह भी एक ग़लत धारणा है कि केवल शारीरिक कर्म द्वारा ही हम कर्म के सिद्धांत से बँधते हैं। भगवान कहते हैं कि मनुष्य को कर्म नहीं बाँधता। यदि ऐसा होता तो कभी किसी को मुक्ति नहीं मिल पाती क्योंकि कोई भी व्यक्ति पूर्ण रूप से कर्म रहित नहीं हो सकता। वास्तव में, हम

अपने मस्तिष्क से बँधे होते हैं, जो किसी न किसी कार्य को करने के कारण खोजता रहता है क्योंकि मन में कर्म से लाभ मिलने की उत्कट इच्छा जाग्रत होती है। इसलिए, *गीता* के दूसरे अध्याय में भगवान ने अपना सबसे विख्यात वक्तव्य दिया है कि, 'मनुष्य को केवल कर्म करना चाहिए और फल की इच्छा नहीं करनी चाहिए।'

कर्म मनुष्य को केवल तभी बाँधता है, जब वह स्वार्थवश किया जाता है। उसी कर्म को यदि निःस्वार्थ भाव से बिना फल की इच्छा किए तथा भगवान के प्रति पूर्ण समर्पण के भाव से किया जाता है तो वह कर्मयोग बन जाता है। यह शुद्धिकरण की प्रक्रिया है, जिससे जीवन-मरण के चक्र से मुक्ति मिल जाती है। जब कर्म को प्रेमपूर्ण विकर्म के साथ जोड़ दिया जाता है तो वह पूजा में परिवर्तित हो जाता है तथा उसे पुष्प या फल की भाँति ईश्वर को समर्पित किया जा सकता है। मनुष्य को जीवन के दायित्वों के निर्वहन के दौरान किसी भी तरह का कार्य पूजा के समान होता है जो मुक्तिदायक हो सकता है। शारीरिक रूप से किसी कर्म को न करना तथा मानसिक रूप से उसका चिंतन करना भगवान को पसंद नहीं है और वे इसे पाखंड मानते हैं। इसलिए, ऐसा संन्यासी, जो अपने घर और गृहस्थी को त्यागकर चला जाए और वहाँ भी उन्हीं विषय-वस्तुओं के बारे में सोचता रहे, वह स्वयं को धोखा देता है। वह सच्चा संन्यासी नहीं है।

एक गृहस्थ व्यक्ति, जो संसार के बीच रहते हुए भी अनासक्त भाव से अपने कर्तव्यों का पालन करता है, सच्चा संन्यासी है। हमारे पास केवल एक अधिकार है और वह अधिकार है, अपने कर्तव्य को यज्ञ की भाँति करना। संसार में कुछ भी केवल अपने लिए नहीं होता। केवल मनुष्य ही इस नियम का उल्लंघन करता है और फिर कष्ट पाता है, क्योंकि सृष्टि के नियम तोड़ने का दंड अवश्य मिलता है। जो इस बात को समझ नहीं पाते तथा विशुद्ध रूप से स्वार्थ के वशीभूत होकर कार्य करते हैं, उनका जीवन व्यर्थ है। इसके परिणामस्वरूप मनुष्य को केवल कष्ट और पुनर्जन्म प्राप्त होता है।

गीता के छठे अध्याय में ध्यान की बहुत सरल और प्रभावी विधि बताई गई है, जिसके द्वारा मस्तिष्क को ईश्वर के साथ एकाकार के लिए तैयार किया जा सकता है। सातवें अध्याय से आगे, भगवान भक्ति योग पर चर्चा करते हैं। परमात्मा का स्वभाव माया और आत्मा से निर्मित है। इनमें से माया निम्न श्रेणी की है। सच्चा भक्त, माया के प्रत्येक कण में केवल आत्मा के दर्शन करता है। आध्यात्मिक उत्थान के अनेक जन्मों के उपरांत, मनुष्य को ऐसी आध्यात्मिक दृष्टि प्राप्त हो जाती है कि उसे प्रत्येक वस्तु में केवल वासुदेव (भगवान) दिखाई देते हैं। ऐसा महात्मा दुर्लभ है! वासुदेवः सर्वमिति स महात्मा सुदुर्लभः!

गीता के आठवें अध्याय में सबसे अधिक भय उत्पन्न करने वाले तत्त्व, मृत्यु के विषय में बताया गया है। भगवान, अर्जुन को कहते हैं कि मनुष्य के मन में उसकी मृत्यु के समय जो विचार होता है, वही उसके अगले जन्म को निर्धारित करता है। इसलिए, जो मनुष्य मृत्यु के बाद भगवान को पाना चाहता है तो उसे मृत्यु के समय, भगवान का ही ध्यान करना चाहिए। परंतु यह इतना आसान नहीं होता क्योंकि मृत्यु के समय, व्यक्ति का विचार स्वतः उस वस्तु की ओर चला जाता है, जिसके विषय में उसने जीवन-भर सोचा है। यदि हमारे जीवन का ध्येय धन रहा है तो मृत्यु के समय, हमारा ध्यान उसी ओर

चला जाएगा। इसलिए भगवान कृष्ण, अर्जुन से कहते हैं कि यदि मनुष्य अपनी मृत्यु के समय भगवान के विषय में सोचना चाहता है तो उसे सदा भगवान का स्मरण करते रहना चाहिए। *मम अनुस्मर युध्य च* (सदा मेरा स्मरण करते हुए युद्ध करो)। इस तरह *गीता* का भक्तियोग चौबीस घंटे भगवान के साथ संबंध बनाए रखने के विषय में कहता है ताकि मृत्यु के समय, जब भौतिक शरीर नष्ट होता है और आत्मा ईश्वर में विलीन हो जाती है, तो जीव का परमात्मा के साथ मिलन हो सके।

अध्याय नौ में उस गूढ़ रहस्य का वर्णन है जिसके द्वारा मनुष्य इसी जीवन में मुक्ति प्राप्त कर सकता है। भक्त को केवल बाह्य कार्य ही नहीं अपितु भीतरी विचारों को भी भगवान के चरणों में अर्पित कर देना चाहिए। यहाँ तक कि नकारात्मक विचारों को भी समर्पित कर देना चाहिए, क्योंकि भगवान धीरे-धीरे बेकार वस्तु को भी स्वर्ण में बदल देते हैं। जो व्यक्ति सतत भगवान का ध्यान करता है, उसे किसी तरह की चिंता नहीं करनी चाहिए क्योंकि भगवान स्वयं वचन देते हैं कि वे ऐसे व्यक्ति के भौतिक और आध्यात्मिक कल्याण का ध्यान रखते हैं। भगवान उस व्यक्ति की हर तरह की आवश्यकता को पूर्ण करते हैं और उसे अध्यात्म के मार्ग पर चलने का अवसर देते हैं ताकि वह इसी जीवन में मुक्ति प्राप्त कर सके, जैसे भगवान ने पांडवों को मुक्ति दिलवाई थी। पांडव असहाय और प्रताड़ित थे तथा उन्हें नियति के निर्दयी थपेड़ों ने सताया था। चूँकि भगवान उनके साथ थे इसलिए, उन्हें विजय मिली और अपनी खोई हुई विरासत भी प्राप्त हो गई हालाँकि इसके लिए उन्हें नृशंस युद्ध करना पड़ा था। कृष्ण ने जो वचन अर्जुन को दिया है, वास्तव में, वह वचन हम सबके लिए है। *कौन्तेय प्रतिजानीहि न मे भक्तः प्रणश्यति* (हे अर्जुन, मैं तुम्हें वचन देता हूँ कि मेरे भक्त का कभी नाश नहीं होगा)।

दसवें अध्याय में विभूति योग समझाया गया है ताकि भक्त का मन, प्रत्येक वस्तु में ईश्वर के दर्शन करना सीख सके। आरंभ में, हमें विलक्षण वस्तुओं में जैसे, सूर्य, समुद्र, हिमालय आदि में ईश्वर को देखना चाहिए किंतु बाद में, हमें उरो छोटी से छोटी वस्तु में भी देखने का अभ्यास करना चाहिए। मनुष्य को चींटी से लेकर हाथी में तथा अत्यंत कुरूप से लेकर सुंदर वस्तुओं में और पापी से लेकर संत, सभी में भगवान को देखने का अभ्यास करना चाहिए।

गीता के ग्यारहवें अध्याय में, कृष्ण अर्जुन के समक्ष अपना भयानक और काल का रूप दिखाते हैं, जो सबसे बड़ा हन्ता एवं समस्त प्राणियों का विनाशक है। यह रूप उस रूप से भिन्न था, जो कृष्ण ने कुरु राजसभा में दिखाया था। यह रूप अत्यंत सुंदर होने के साथ-साथ, बहुत डरावना भी था क्योंकि वह अर्जुन द्वारा भगवान के विश्वरूप का दर्शन करने की याचना का प्रत्यक्ष उत्तर था। कृष्ण के मन में अर्जुन के प्रति इतना अधिक प्रेम था कि वे उसकी प्रत्येक इच्छा पूर्ण करने को तत्पर रहते थे। अर्जुन ने देखा कि भगवान के अंदर समूचा ब्रह्मांड समाहित था। इस दृश्य को देखकर अर्जुन को यह समझ में आया कि न केवल सब कुछ भगवान से उत्पन्न हुआ है, अपितु भगवान स्वयं ही सब कुछ हैं।

'मैं शाश्वत समय हूँ। मैं विधाता हूँ जिसके मुख सब दिशाओं में हैं। मैं मृत्यु हूँ तथा मैं ही जीवन का स्रोत हूँ, जिसमें से सब उत्पन्न होता है। वह बीज भी मैं ही हूँ, जिनके

कारण सभी प्राणियों की उत्पत्ति होती है। मैं तो अपने एक अंश मात्र से इस सम्पूर्ण ब्रह्माण्ड को धारण करके सर्वत्र स्थित रहता हूँ।'

अर्जुन को ज्ञात हुआ कि सब प्राणी ईश्वर में समाहित हैं। परंतु इस अध्याय का सबसे महत्त्वपूर्ण उपदेश, जो अर्जुन ने समझा, यह था कि जिन कर्मों को वह अपना समझता था, वे उसके न होकर भगवान द्वारा किए कर्म थे और भगवान ने अर्जुन को साधन के रूप में प्रयोग किया था।

भगवान का विराट रूप देखकर अर्जुन भयभीत और मुग्ध हो गया। उसने देखा कि असंख्य कौरव और पांडव भगवान के भीतर प्रवेश कर रहे थे। उनका प्रत्येक हाथ, प्रत्येक अस्त्र भगवान का हाथ और उनका अस्त्र दिख रहा था। जिस तरह भुनगे अग्नि-शिखा की ओर दौड़ते हैं, उसी तरह समस्त जीव भयंकर और तेज गति से कृष्ण में से बाहर निकल रहे थे। इस भीषण दृश्य को देखकर अर्जुन विस्मित रह गया। उसने कृष्ण से क्षमा माँगी। इतने वर्षों से वह कृष्ण को केवल असाधारण मनुष्य समझता आया था, किंतु तब उसने देखा कि उसका वह मित्र, संपूर्ण ब्रह्मांड का सखा था।

'हे परमेश्वर! हे सृष्टि के शरणदाता! मुझ पर कृपा कीजिए!' अपने अपराध का बोध होने पर अर्जुन घबराकर बोला। 'मैंने अतीत में आपके साथ किसी भी तरह का दुर्व्यवहार किया हो, तो कृपया मुझे क्षमा कर दीजिए क्योंकि आप असीम करुणा के सागर हैं!'

अर्जुन की यह प्रार्थना सुनकर भगवान ने एक बार फिर अपना पहले वाला रूप धारण कर लिया जिसे देख कर अर्जुन मुग्ध हो गया था। भगवान ने अर्जुन को अपना दिव्य रूप यह समझाने के लिए दिखाया था कि मनुष्य के पास सृजन अथवा विनाश करने की क्षमता नहीं है। वास्तव में, प्रत्येक कर्म, ब्रह्मांड का कर्म होता है। हम जब तक इस बात को नहीं समझेंगे, अपने कर्मों के परिणाम से बँधे रहेंगे, किंतु यह बात समझ में आ जाने के बाद हम बंधनमुक्त हो जाते हैं क्योंकि फिर हम भगवान के साधन के रूप में कार्य करते हैं। हमारा कर्तव्य केवल इतना है कि हम स्वयं को ईश्वर का उपयुक्त निमित्त बनाएँ ताकि वह यथोचित क्षमता में हमारा उपयोग कर सके। *निमित्त मात्रं भव सव्यसाची* (हे अर्जुन तुम मेरा निमित्त मात्र बनो)।

इस अध्याय का अंतिम श्लोक *गीता* के उपदेश का सारांश है। 'हे पांडु पुत्र, जो मेरे लिए कर्म करता है, जो मुझे अपने जीवन का परम लक्ष्य मानता है, जो मेरे प्रति पूर्ण रूप से समर्पित है, जो आसक्ति से मुक्त है तथा जो प्रत्येक प्राणी के प्रति ईर्ष्या से भी मुक्त है, वह मुझे आसानी से प्राप्त कर सकता है।'

गीता का बारहवाँ अध्याय भक्ति योग कहलाता है। अर्जुन के प्रश्न के उत्तर में भगवान बताते हैं कि निराकार ब्रह्म के प्रति समर्पण मनुष्य के लिए अत्यंत कठिन है क्योंकि मानव मस्तिष्क, आकार को देखने का अभ्यस्त होता है। इसलिए, साकार रूप में ईश्वर का ध्यान करना अधिक श्रेष्ठ माना जाता है क्योंकि भक्त के लिए भगवान किसी भी रूप में प्रस्तुत हो सकते हैं। यदि इस बोध के साथ ऐसा किया जाए की सभी आकार, उसी निराकार पुरुषोत्तम की ओर संकेत करते हैं तो भक्त आसानी से अपना लक्ष्य प्राप्त कर सकता है जिसे पाने

के लिए योगियों को कठिन प्रयास करना पड़ता है। निराकार ब्रह्म की उपासना करने वाला भक्त, इंद्रियों को विश्वासघाती मानता है और वह उन्हें बलपूर्वक अपने अधीन करने का प्रयास करता है। यद्यपि साकार की उपासना करने वाला भक्त अपनी पूजा के दौरान इंद्रियों का प्रयोग भी कर सकता है, ध्यान के समय ऐसा भक्त अपनी इंद्रियों की समस्त गतिविधियों का उपयोग करता है। वह उद्यान से पुष्प एकत्रित करता है और उन्हें भगवान के चरणों में अर्पित करता है। अपने प्रिय ईश्वर को किसी भी रूप में देखने पर वह भक्त समस्त सृष्टि की पूजा करता है। वह सबके प्रति करुणामयी और मैत्री भाव रखता है तथा उसे जो भी प्राप्त होता है उससे संतुष्ट हो जाता है। उसके लिए प्रत्येक वस्तु में ईश्वर की छवि मौजूद होती है। ऐसा भक्त दुःख और सुख में संतुलित रहता है तथा उन्माद से मुक्त रहता है। उसे किसी तरह की निराशा नहीं होती क्योंकि उसके मन में अपेक्षाएँ नहीं होतीं। वह पूर्ण रूप से संतुष्ट रहता है तथा उसके लिए प्रत्येक वस्तु ईश्वर का अनुपम उपहार होती है। उसकी ख़ुशी का स्रोत अलौकिक होता है। ईश्वर से प्रेम करना तथा अपनी क्षमता के अनुसार भगवान की सेवा करना ही उनका एकमात्र लक्ष्य होता है।

गीता के तेरहवें अध्याय में भगवान कृष्ण बताते हैं कि हमारा यह शरीर ही वह क्षेत्र है जिसे भगवान अपनी लीला के लिए प्रयोग करते हैं। वह दिव्यात्मा जो इस क्षेत्र का प्रयोग करती है उसे क्षेत्रज्ञ कहते हैं। समस्त प्राणियों के शरीर, कर्म के व्यक्तिगत क्षेत्र हैं और यह सृष्टि ब्रह्मांडीय क्षेत्र है परंतु इन सबको जानने वाला सर्वज्ञ एक ही है, जो स्वयं भगवान है, जिसे हम क्षेत्रज्ञ कहते हैं। अज्ञान की अवस्था में जीव सोचता है कि वही सर्वज्ञ है और वही नायक है, इसलिए वह विभिन्न क्षेत्रों में अपने भावी जन्मों के बीज बोता रहता है तथा उत्तरोत्तर गर्भ में अपने जन्म की फ़सल काटता रहता है। ज्ञान प्राप्त होने पर जीव को यह बोध होता है कि भगवान की प्रकृति ही असली नायक है और भगवान स्वयं सर्वज्ञ है तथा मनुष्य का अलग से अपना कोई अस्तित्व नहीं है। यह ज्ञान प्राप्त करने के साथ ही पृथक व्यक्ति के रूप में ब्रह्मांडीय नाटक में जीवात्मा की भूमिका समाप्त हो जाती है।

गीता के चौदहवें अध्याय में प्रकृति के तीन गुणों यानी सत्व, रज और तमस के विषय में बताया गया है। सत्व प्रकृति सामंजस्य तथा संतुलन के सिद्धांत पर चलती है। रज प्रकृति, कर्म के सिद्धांत का अनुसरण करती है तथा तमस प्रकृति, आलस्य और निष्क्रियता को दर्शाती है। प्रकृति के कार्य निष्पादन का यही तरीक़ा है, जिसके माध्यम से वह पूरी सृष्टि को सक्रिय बनाए रखती है। समस्त अकल्पनीय वस्तुएँ इन्हीं तीन गुणों के संयोजन से बनती हैं। रज और तमस प्रकृतियों को दूर करके सात्विक गुण जैसे, शांति, सामंजस्य आदि का विकास करने से मनुष्य को मुक्ति प्राप्त हो सकती है, क्योंकि इसके द्वारा हमारे माध्यम से भगवान की आभा को जगमगाने का अवसर मिलता है। अंत में, निस्संदेह, मनुष्य को सत्व गुण से भी परे जाना होता है क्योंकि वह भी प्रकृति का ही एक प्रकार है। वह जीव, जो इन तीनों गुणों से परे चला जाता है उसे त्रिगुणातीत कहते हैं तथा उसके गुण दूसरे अध्याय में उल्लिखित स्थितप्रज्ञ तथा तीसरे अध्याय में वर्णित कर्मयोगी के समान माने जाते हैं।

गीता के पंद्रहवें अध्याय को पुरुषोत्तम योग नाम दिया गया है, जिसमें भगवान कृष्ण स्वयं को पुरुषोत्तम कहते हैं जो क्षर और अक्षर दोनों के ऊपर है, जिनके परस्पर सहयोग

से इस पूरी सृष्टि की रचना हुई है। पुरुषोत्तम को इन दोनों से ऊपर बताया गया है क्योंकि वह ज्ञानातीत और अंतर्यामी है। भगवान प्रत्येक कण में मौजूद हैं, तथापि वे पूरी सृष्टि में नहीं समा सकते, क्योंकि प्रभाव कभी अपने भीतर कारण को समाहित नहीं कर सकता।

संसार की प्रक्रिया, एक विशाल वृक्ष की भाँति है जिसकी जड़ें ऊपर की ओर अनंत तक जाती हैं, जिसकी शाखाएँ नीचे संसार में फैली हुई हैं और उसकी आकाशीय जड़ें पृथ्वी के अंदर जाकर उसका अन्वेषण करती है तथा आत्मा को आसक्ति के मज़बूत बंधन से बाँधती है। मनुष्य को प्रज्ञा की धारदार तलवार द्वारा इन बंधन-युक्त जड़ों को काटकर मुक्ति प्राप्त करनी पड़ती है।

गीता के सोलहवें और सत्रहवें अध्याय में, स्वाभाविक परिणाम का उल्लेख किया गया है तथा अट्ठारहवें अध्याय में, *गीता* के पूर्ण उपदेश का सारांश बताया गया है। सोलहवें अध्याय में दैवी एवं आसुरी गुणों के बीच के अंतर को स्पष्ट किया गया है ताकि मनुष्य आसुरी गुणों से दूर रहकर दिव्य गुणों को विकसित कर सके। हालाँकि हम स्वयं को कितना भी श्रेष्ठ समझें, हमारे भीतर एक राक्षसी रूप सदा विद्यमान रहता है और मनुष्य को अपने अथक प्रयासों से उसे दूर करने की चेष्टा करनी चाहिए।

सत्रहवें अध्याय को श्रद्धात्रयविभाग योग कहा गया है क्योंकि इसमें भगवान ने अत्यंत प्रवीणता से इस बात का विश्लेषण किया है कि किस प्रकार सत्व, रज और तमस तीनों प्रकार के गुण, हमारे अत्यंत श्रेष्ठ कर्मों जैसे पूजा, दान और त्याग, आदि से लेकर हमारे भोजन जैसी अति सामान्य बातों को भी प्रभावित करते हैं। ये तीनों गुण, हमारे कर्मों के प्रत्येक पहलू को प्रभावित करते हैं जिसके कारण राजसिक व्यक्ति द्वारा दिया गया दान, दिखावा और प्रपंच बन जाता है, तामसिक व्यक्ति की पूजा, उच्चारण मात्र से अधिक कुछ नहीं रह जाती जिसमें अर्थ और विश्वास का सर्वथा अभाव होता है। अंत में सात्विक व्यक्ति द्वारा किए गए कर्म, उदारता से पूर्ण तथा के व्यक्तिगत लाभ की इच्छा से रहित होते हैं। ऐसा भोजन, जो स्वाद रहित होता है तथा हमारे मानसिक और शारीरिक बल और स्वास्थ्य के लिए हितकारी होता है उसे योगिक भोजन कहा जाता है और वह सात्विक प्रवृत्ति का होता है। राजसिक भोजन गर्म और मसालेदार होता है तथा शरीर में रोग एवं उन्माद को उत्पन्न करता है। तामसिक भोजन बासी और हानिकारक होने के कारण आलस्य एवं निद्रा का कारण बनता है। इस तरह, भगवान, मनुष्य की प्रकृति और गतिविधि के प्रत्येक पहलू का विश्लेषण करते हैं तथा भोजन के मूल स्तर से आरंभ करके रज और तमस गुणों को दूर करने एवं अपने तंत्र को तरीक़ा बताते हैं ताकि हम तीनों गुणों से पार जाकर पुरुषोत्तम की अवस्था को प्राप्त कर सकें। प्रत्येक कार्य के आरंभ और अंत में ॐ तत्सत् मंत्र का उच्चारण करना चाहिए क्योंकि यह ईश्वर का प्रतीक माना जाता है और कर्ता को यह याद दिलाता है कि समस्त कर्म, प्रकृति द्वारा किए जाते हैं तथा उन कर्मों के फल भी ईश्वर को ही समर्पित करने चाहिए।

अंत में, अट्ठारहवें अध्याय को मोक्षसंन्यास योग कहा गया है जिसमें भगवान उन सब बातों का सारांश बताते हैं जिनका उल्लेख वे पहले कर चुके हैं। वे इस बात की पुनरावृत्ति करते हैं कि सच्चा संन्यासी वही है, जो कर्ता भाव से मुक्त हो गया है और वही सच्चा

त्यागी भी है क्योंकि संन्यास लेने का अर्थ केवल भगवा वस्त्र पहनना और घर-परिवार को छोड़ देना नहीं है। इसके लिए मन से भौतिक जगत की वस्तुओं के प्रति आसक्ति को त्यागना पड़ता है। ऐसा व्यक्ति, संसार में रहते हुए भी पुरुषोत्तम के हाथों में निमित्त बनकर सांसारिक में अपनी भूमिका निभा सकता है। इसलिए, अर्जुन को अपने संबंधियों के प्रति तामसिक आसक्ति का त्याग करके अपना गांडीव धनुष उठाना है और अपनी भूमिका निभानी है। जैसे अर्जुन के हाथ में गांडीव है, उसी तरह अर्जुन स्वयं भगवान के हाथ में है। अपने प्रिय मित्र अर्जुन और उसके माध्यम से सारे संसार को भगवान कृष्ण के अंतिम शब्द हैं : 'मेरा ध्यान करते रहो तो तुम मुझे अवश्य प्राप्त कर लोगे। मैं तुम्हें यह वचन देता हूँ क्योंकि तुम मुझे अत्यंत प्रिय हो।' एक बार फिर अपने अंतिम आशीर्वाद के रूप में कृष्ण कहते हैं, 'सब धर्मों का त्याग करके, मेरी शरण में आ जाओ। मैं तुम्हें वचन देता हूँ कि मैं तुम्हें समस्त पापों से मुक्त करके मोक्ष प्रदान करूँगा।'

हम अपने जीवन का बोझ गधे की भाँति उठाते हैं और यह नहीं समझते कि हमारे भीतर मौजूद ईश्वर, हमारे जीवन के बोझ को उठाने, हमारे साथ रोने व हँसने, हमारी देख-भाल करने और हमें दिलासा देने के लिए सदा तत्पर रहता है। कोई अकेला पैदा नहीं होता और किसी को अकेले मरने कई आवश्यकता नहीं है तो फिर हम अकेले क्यों रहते हैं? हमें इस अर्जुन की भाँति, इस कुरुक्षेत्र में धकेला जाता है किंतु हम यहाँ अकेले और असहाय नहीं होते, अपितु हमारे भीतर स्थित वह दिव्य सारथी सदा हमारी रक्षा करता है। यदि हम उसे अपनी सहायता करने दें तो वह सदा हमारे साथ और हमारी सहायता के लिए मौजूद है। हमें अपने अहंकार के कवच को उतार देना चाहिए, जो हम सोचते हैं कि हमारी रक्षा करता है, परंतु वास्तव में हमें उस परमात्मा से, हमारे पुरुषोत्तम से दूर करता है, जो प्रियतम से अधिक प्रिय है, हमारा एकमात्र सखा, एकमात्र संबंधी तथा मानव जाति का एकमात्र मार्गदर्शक है। इसलिए, ईश्वर के समक्ष समर्पण कर दो तथा निश्चिंत होकर, सामंजस्य और शांति से रहो जैसे बालक अपनी माता की गोद में आराम से बैठ जाता है और माता, उसे जीवन के उतार-चढ़ाव और मुसीबतों से बचाकर ले जाती है।

भगवान ने स्नेहपूर्वक अर्जुन से पूछा, 'अर्जुन, क्या तुमने मेरे उपदेश को पूरे ध्यान से सुना है? क्या तुम्हारे अज्ञान से उत्पन्न के तुम्हारी दुविधा समाप्त हो गई है?'

यह सुनकर अर्जुन अपने स्पष्ट मस्तिष्क और लौह की भाँति फ़ौलादी तन के साथ निर्भय होकर उत्तर देता है, 'प्रभु, आपकी कृपा से मेरी दुविधा समाप्त हो गई है और मुझे ज्ञान प्राप्त हो गया है। मैं अब कृतसंकल्प हूँ तथा आपके आदेश का पूर्ण पालन करूँगा।'

यह कहकर, अर्जुन उठ खड़ा हुआ और उसने अपना देवदत्त शंख और कृष्ण ने अपना पांचजन्य शंख बजा दिया, जिससे पांडवों में प्रसन्नता तथा कौरव सेना में भय की लहर दौड़ गई। इस उपदेश के अंत में, संजय ने धृतराष्ट्र से कहा, 'महाराज, मैं धन्य हुआ! महर्षि व्यास की कृपा से, मैंने महायोगी से वह उपदेश सुना है और मैं पूर्ण रूप से मंत्रमुग्ध हूँ। मुझे पूर्ण विश्वास है कि जहाँ भी कृष्ण और धनुर्धारी अर्जुन हैं, वहीं समृद्धि, विजय, यश और धर्म रहते हैं।'

कृष्ण और अर्जुन, परमात्मा और जीवात्मा के प्रतीक हैं, जो शरीर रूपी रथ में सवार हैं। जब मनुष्य और भगवान एक साथ आ जाते हैं, जब व्यक्ति परमेश्वर के साथ मिलकर कर्म करता है, जब मनुष्य ईश्वर का चैतन्य निमित्त बन जाता है, तो उसकी पराजय कभी नहीं हो सकती। धर्म और विजय, इस आनंददायक मिलन के स्वाभाविक परिणाम हैं।

यह जीवात्मा न जन्म लेता है, न मरता है, न इसने पहले कभी जन्म लिया और न ही भविष्य में लेगा। यह जीवात्मा अजन्मा, शाश्वत, अविनाशी और चिरायु है। यह शरीर नष्ट हो जाता है, किंतु आत्मा अमर है।

जिस प्रकार हमारे शरीर में मौजूद आत्मा, बचपन से युवावस्था और फिर वृद्धावस्था तक हमारे साथ चलती है, उसी प्रकार यह मृत्यु के उपरांत नए शरीर में चली जाती है। इस विषय में ऋषियों को कोई संदेह नहीं है।

—श्रीमद् भगवद्गीता

हरि ॐ तत्सत्

ॐ

ॐ

ओउम् पार्थसारथये नमः!

अध्याय 26

महाभारत युद्ध

भीष्म द्रोण तता जयद्रथजला गान्धार नीलोत्पला,
शल्यग्रहावती क्रिपेनाा वहिन करणेना वेलाकुला,
अश्वत्थामा विकर्णा घोरमकरा, दुर्योधना वर्तिनी,
सोत्रिना खलु पाण्वैरनन्धिति कैवार्तका केशवा!

युद्ध की उस नृशंस नदी को, भीष्म और द्रोण जिसके तट थे, जयद्रथ जिसका पानी था, शकुनि जिसका कपटी नील-पद्म था, शल्य जिसमें रहने वाली बृहद् मछली था, कृप जिसका प्रवाह था, कर्ण जिसकी ज्वार लहर थी, अश्वत्थामा और विकर्ण जिसके भयंकर मगरमच्छ थे, दुर्योधन जिसका भँवर था, पांडवों ने केवट रूपी भगवान कृष्ण की सहायता से आसानी से पार कर लिया।

—श्रीमद् भगवद्गीता

सारी तैयारी हो चुकी थी तथा दोनों सेनाओं के बीच युद्ध आरंभ होने को था। युधिष्ठिर, जिसके सिर के ऊपर राजसी चिह्न के रूप में श्वेत छत्र लहरा रहा था, गंभीर मुद्रा में अपने रथ में बैठा शत्रु की सेना को देख रहा था। उसने सब कुछ भगवान की इच्छा पर छोड़कर, अपना कर्तव्य, चाहे वह कितना भी अरुचिकर क्यों न हो, निभाने का निश्चय कर लिया था। इसके बाद भीम आगे आया। उसे अपना कार्य करने में कोई हिचकिचाहट नहीं थी उसके बलशाली हाथ बहुत समय से दुष्ट दुःशासन से युद्ध करने को व्याकुल थे। बहुत लंबे समय से दबे हुए गुस्से के कारण उसका चेहरा लाल और भयानक हो गया था। फिर अर्जुन आया, जो भगवान कृष्ण द्वारा चलाए जा रहे चार श्वेत अश्व वाले रत्नजड़ित रथ पर सवार था और सारथी के स्थान पर बैठे भगवान कृष्ण ऐसा प्रतीत हो रहे थे मानो सहस्रों सूर्य एक साथ उदित होकर चमक रहे हों। कृष्ण का चेहरा करुणामयी था और वह उन सब लोगों को मोक्ष दिलवाने के लिए पर्याप्त था, जो उनके इस अद्‌भुत रूप का दर्शन पाने को उत्सुक थे। उन्होंने अपनी पतली अँगुलियों में तेज़ चलने वाले घोड़ों की

लगाम हलके हाथ से किंतु दृढ़तापूर्वक पकड़ी हुई थी और उनकी मनमोहक मुस्कान किसी आशीर्वाद की भाँति समस्त सेना के ऊपर छाई हुई थी। उन के बाद नकुल और सहदेव आए जो पतले और आकर्षक थे तथा उनके रथ को शानदार पूँछ और अयाल वाले दो अश्व खींच रहे थे। इनके बाद पांडव सेना का सेनापति और द्रौपदी का भाई, धृष्टद्युम्न आगे आया, जिसका जन्म द्रोण का वध करने के लिए हुआ था। प्रत्येक योद्धा के ऊपर उसकी विशिष्ट पताका लहरा रही थी।

दूसरी ओर सेना के मध्य में दुर्योधन दिखाई दिया जो अपने राजसी छत्र के नीचे एक हाथी पर सवार था। उसकी सेना का नेतृत्व भीष्म कर रहे थे, जिनकी पताका पर ताड़ का वृक्ष बना हुआ था। भीष्म ने चाँदी का कवच पहना था और उनके रथ के घोड़े श्वेत वर्ण के थे। भीष्म के पीछे द्रोणाचार्य थे, जिनके अश्व लाल रंग के थे और उनके पीछे वीर कर्ण था, जो भीष्म के युद्धभूमि से हटने की प्रतीक्षा में खड़ा था। दुर्योधन ने, जिसे सदा यह संदेह रहता था कि द्रोण और भीष्म की निष्ठा किसी और के प्रति है, अपने गुरु के निकट आकर उसे दबे शब्दों में यह चेतावनी दी कि यदि उन्होंने अपने कर्तव्य का निर्वहन ठीक से नहीं किया तो उन्हें उसके परिणाम भुगतने होंगे। वह बोला, 'गुरुवर! ध्यान रहे, पांडवों की सेना का नेतृत्व आपका बुद्धिमान शिष्य धृष्टद्युम्न और द्रुपद का पुत्र कर रहा है!'

दुर्योधन का यह कथन द्रोण पर जानबूझकर किया गया व्यंग्य था क्योंकि दुर्योधन को ऐसा लगता था कि द्रोण ने अपने प्रमुख शत्रु द्रुपद के पुत्र को, जिसने द्रोण के वध का प्रण किया था, युद्ध कौशल की शिक्षा देकर बहुत बड़ी मूर्खता की थी। निस्संदेह, दुर्योधन वीरता के उन महान नियमों को कभी नहीं समझ पाया, जिनसे द्रोण, भीष्म और युधिष्ठिर जैसे महात्मा प्रेरणा पाते थे। दुर्योधन ने द्रोणाचार्य को स्पष्ट शब्दों में चेतावनी दी कि भीष्म को किसी भी क़ीमत पर सुरक्षित रखना उनका दायित्व है। कुरु राजकुमार सिंह की भाँति गरज रहा था और फिर उसने अपना शंखनाद किया जो युद्ध के आरंभ होने की सूचना देता था। यह संकेत मिलने पर, युधिष्ठिर ने अपने रथ से उतरकर सबको चकित कर दिया, जब वह निहत्था भीष्म और द्रोण के निकट चला गया। उसे देखकर कौरव हँसने लगे। उन्हें लगा कि युधिष्ठिर फिर कोई कायरता पूर्ण कार्य करने वाला था, परंतु युधिष्ठिर निर्भय होकर अपने गुरुजनों के पास गया और उसने उन्हें प्रणाम करके कहा, 'हमने अपना राज्य वापस पाने की आकांक्षा में आप लोगों के विरुद्ध युद्ध लड़ने का दुस्साहस किया है, जबकि आप पूजनीय है। कृपया हमें क्षमा कीजिए और हमें अपना आशीर्वाद देकर आपके विरुद्ध युद्ध लड़ने की अनुमति प्रदान कीजिए।'

द्रोण और भीष्म के मन में अपने इस महान शिष्य के लिए, जो कभी धर्म के मार्ग से च्युत नहीं हुआ, अतिशय प्रेम और प्रशंसा का भाव था। उन दोनों ने युधिष्ठिर को आशीर्वाद दिया और उसे अपने विरुद्ध लड़ने की अनुमति प्रदान की। इसके बाद युधिष्ठिर लौट आया। इसके बाद, भीष्म ने दुर्योधन को कहा कि वे किसी भी पांडव की, जो उनके पुत्र के समान थे, हत्या नहीं करेंगे, किंतु उन्होंने दुर्योधन को यह वचन दिया कि वे प्रतिदिन पांडव सेना के दस हज़ार सैनिकों का वध करेंगे।

इसके बाद भगवान कृष्ण, अर्जुन को अपने साथ लेकर भीष्म पितामह के पास गए। भीष्म ने उनका स्वागत किया और कहा, 'श्रीकृष्ण, आपकी जय हो! आप अतीत, वर्तमान और भविष्य के ज्ञाता हैं। आपके लिए सब कुछ लीला के समान है। जब तक मेरे हाथ में शस्त्र है, हे कृष्ण, आपके अतिरिक्त कोई मुझे नहीं मार सकता। इसलिए, मैं चाहता हूँ कि आप मेरे विरुद्ध शस्त्र का प्रयोग करें। मैं देखना चाहता हूँ कि क्या आप मेरी इच्छा को पूरा करेंगे!' ऐसा कहकर भीष्म पितामह ने प्रिय अर्जुन का हाथ अपने हाथों में लिया और स्नेहपूर्वक उसके सिर पर हाथ फेर कर उसे आशीर्वाद दिया। अर्जुन की आँखों में आँसू आ गए। उसने पितामह को प्रणाम किया और फिर लौट आया। युधिष्ठिर ने शत्रु सेना की ओर देखकर ज़ोर से कहा, 'क्या आप में से कोई व्यक्ति हमारी ओर आना चाहता है? यदि है, तो हम उसका स्वागत करते हैं!' युधिष्ठिर के ऐसा कहने के बाद कौरवों का एक महान योद्धा तथा धृतराष्ट्र का दासी से उत्पन्न पुत्र, युयुत्सु पांडव सेना में आ गया। पांडवों ने प्रसन्नतापूर्वक उसका स्वागत किया।

उसी समय एक छोटा-सा पक्षी, जिसने युद्धभूमि के बीच में अपना घोंसला बना रखा था, अपने बच्चों के लिए परेशान होकर चिल्लाता हुआ आया। भगवान कृष्ण का ध्यान उसकी ओर चला गया। 'बेचारी माँ,' कृष्ण ने स्नेहपूर्वक कहा, 'तुम यहाँ सुरक्षित हो!'

ऐसा कहकर भगवान कृष्ण ने उसका घोंसला उठा कर एक ओर रख दिया तथा उस पक्षी के घोंसले को एक विशाल घंटी से ढँक दिया। वह भीषण युद्ध, अट्ठारह दिनों तक चला, किंतु भगवान की कृपा से, वह पक्षी और उसके बच्चे अपने घोंसले में सुरक्षित रहे। भगवान ने उसे प्रतिदिन भोजन भी प्रदान किया। इस घटना से यह पता लगता है कि ईश्वर अपनी सृष्टि के क्षुद्रतम प्राणियों का भी पूरा ध्यान रखते हैं। इसी तरह, कृष्ण ने युद्धभूमि में भी प्रत्येक व्यक्ति का ध्यान रखा, यद्यपि लोगों के अपने सीमित दृष्टिकोण के कारण यह पूरी तरह समझ में नहीं आई। कुछ लोग मृत्यु के तथा कुछ जीवन के अधिकारी थे और प्रत्येक को अपनी पात्रता के अनुसार परिणाम मिला। यह सब कुछ इतने सहज रूप से किया गया था कि वह सबको मात्र संयोग जैसा प्रतीत हो रहा था। यह भगवान का लीला करने का अपना तरीक़ा है। वे कभी-कभी मनुष्यों के मार्ग से कोई बाधा इसलिए हटा देते हैं ताकि वह अनवरुद्ध तरीक़े से आगे बढ़ सके और कभी-कभी इसी कारण से भी उसके मार्ग में बाधा उत्पन्न कर देते हैं। इस प्रकार, कर्म के सिद्धांत के अनुसार सृष्टि की घटनाएँ घटित होती रहती हैं, ताकि नियति का चक्र भली-भाँति चलता रहे, यद्यपि इस सब का अंत समस्त सृष्टि के विनाश के साथ होता है। महाभारत के युद्ध में, कृष्ण ने दोनों पक्षों के भाग्य को अनवरुद्ध ढंग से निर्देशित किया किंतु पांडवों के लिए, जिन्होंने पूर्ण रूप से स्वयं को कृष्ण के समक्ष समर्पित कर दिया था, भगवान ने अपने सामान्य नियमों का उल्लंघन करके सक्रिय भूमिका निभाई यद्यपि, सारथी के रूप में उनकी भूमिका असंबद्ध साक्षी से अधिक नहीं थी। इस तरह, कृष्ण ने पांडवों को अनेक बार उनकी अपनी भूल के परिणामों से बचाया। यदि किसी तरह का अधार्मिक कृत्य करना पड़ता, तो वे स्वयं करते थे क्योंकि भगवान समस्त नियमों से परे हैं जबकि मनुष्य के लिए उन्हीं नियमों का उल्लंघन करना पतन और अपयश का कारण बन जाता है। कभी-कभी, भक्त अव्यवहारिक और

मूर्खतापूर्ण कार्य कर बैठता है, तब भगवान हस्तक्षेप करके, स्वयं बदनामी लेकर भी अपने भक्त को बचा लेते हैं। ऐसे वृहद दृष्टिकोण के साथ, जिसमें समय की तीनों अवस्थाएँ - भूत, वर्तमान और भविष्य - समाहित रहती हैं, भगवान ही केवल यह निर्णय ले सकते हैं कि संसार के लिए क्या उचित है। जिस तरह पांडवों ने केवल अपने प्रेम के बल पर तथा अपने अहंकार का पूर्ण त्याग करके, भगवान कृष्ण से सब कुछ करवाया, उसी तरह भीष्म ने भी केवल अपने प्रेम की शक्ति द्वारा कृष्ण से अपने विरुद्ध शस्त्र उठवा दिया था, जैसा कि हमें आगे जानने को मिलेगा।

भीष्म ने यह कहते हुए युद्ध का आरंभ कर दिया, 'हे क्षत्रियों! आपके पास अपना साहस दिखाने का यह स्वर्णिम अवसर है। हम लोग स्वर्ग की चौखट पर खड़े हैं। वहाँ के द्वारा आपके लिए खुले हैं। किसी क्षत्रिय के लिए वृद्धावस्था में रोग से ग्रस्त होकर अपने घर की शैया पर आराम से मरना अत्यंत लज्जाजनक होता है! एक उचित कारण के लिए युद्धभूमि में प्राण गँवाना ही उसका सच्चा सौभाग्य है। इसलिए, आप साहसपूर्वक लड़ते हुए, बाणों से छलनी शरीर लेकर सीधा स्वर्ग जाओगे।' यह कहकर, भीष्म ने शंखनाद कर दिया। शत्रु पक्ष से भी युद्ध की घोषणा हो गई और दोनों सेनाएँ के अश्व और रथ दिल दहलाने वाली पुकार के साथ आगे बढ़ गए।

पहले दिन का युद्ध सावधानी से लड़ा गया। दोनों सेनाओं की रचना व्यूह के आकार में की गई थी, जिन्हें भेद पाना कठिन था। भीष्म पितामह को प्रणाम करके उस भीषण युद्ध में उतर गया। भीष्म की सहायता के लिए कुछ कौरव भाइयों के साथ, शकुनि और शल्य भी आ गए जबकि अर्जुन की सहायता के लिए उसका पुत्र अभिमन्यु युद्ध में उतर आया। अर्जुन ने भीष्म की पताका काट दी और अभिमन्यु ने भीष्म के घोड़ों को मार डाला। इसके बाद, अर्जुन ने शकुनि, शल्य और कौरव भाइयों को परास्त किया और फिर भीष्म से लड़ने पहुँच गया, जो अर्जुन से दूर जाकर पांडव सेना पर कहर बनकर टूट पड़े थे।

कुरु वंश के सबसे वृद्ध और सबसे युवा योद्धा के बीच ऐसा कुशल युद्ध, अत्यंत शानदार दृश्य था! आख़िर, सोलह वर्ष का युवा अभिमन्यु, जो युद्ध-कला में अपने पिता के समान प्रवीण था, न केवल भीष्म, अपितु शल्य और कृतवर्मा को भी घायल करने में सफल हो गया। धृष्टद्युम्न ने द्रोण को ललकारा किंतु वह पराजित हो गया। फिर, मत्स्य देश के राजकुमार उत्तर ने भीष्म को चुनौती दी, उनकी पताका काट दी, उनके सारथी को मार डाला तथा एक के बाद एक उनके अनेक रथ ध्वस्त कर दिए। अर्जुन से प्रशिक्षण प्राप्त करने के उपरांत, उत्तर भयंकर योद्धा बन गया था। भीष्म के मन में उस युवा योद्धा को लेकर दुविधा थी, किंतु शल्य को किसी तरह का संदेह नहीं था। उसने उत्तर पर भाला फेंका, जो उसके हृदय के पार हो गया और उत्तर की वहीं मृत्यु हो गई। यह उस युद्ध का पहला अधार्मिक कृत्य था। अपने छोटे भाई की दुर्दशा देखकर, उत्तर के बड़े भाई श्वेत को भीष्म पर बहुत क्रोध आया। उसने भगवान शिव से एक अजेय धनुष प्राप्त किया था। उसके प्रहार के सामने भीष्म, असहाय पड़ गए। उन्होंने समझ लिया कि उस धनुष के रहते, श्वेत को पराजित करना असंभव था, तो भीष्म ने ताना मारते हुए कहा, 'क्या तुम्हें केवल धनुर्विद्या की शिक्षा दी गई है? क्या तुम्हें तलवार से लड़ना नहीं आता?'

साहसी श्वेत ने तत्काल वह चुनौती स्वीकार कर ली और अपनी तलवार निकाल ली। इसके बाद, भीष्म ने भी अपने बाण से श्वेत का दाहिना हाथ काटकर अपनी छवि को धूमिल कर लिया। श्वेत अपने बाएँ हाथ से लड़ता रहा, किंतु भीष्म ने उसका दूसरा हाथ भी काट दिया। अत्यधिक रक्त बह जाने से श्वेत की मृत्यु हो गई। युधिष्ठिर बहुत निराश हुआ और उसने राजा विराट के प्रति युद्ध के पहले ही दिन उसके दोनों पुत्रों की मृत्यु पर शोक जताया और उसे सांत्वना देने लगा। इस तरह, पांडवों के लिए पहले दिन का अंत, बहुत दुःखद था और उधर, इसी बात से दुर्योधन हर्षित हो रहा था।

दूसरे दिन गतिरोध बना रहा। युद्ध के तीसरे दिन, भीष्म ने अपनी सेना को गरुड़ की आकृति में तथा पांडवों ने अर्द्धचंद्राकार आकृति में सजा दिया। सदा की भाँति, अर्जुन का युद्ध भीष्म से चलता रहा। इस बीच, भीम और उसकी राक्षसी पत्नी से उत्पन्न पुत्र, घटोत्कच के कारण, कौरव सेना में हाहाकार मच गया। राक्षसों के पास अनेक मायावी शक्तियाँ होती हैं, किंतु कृष्ण ने घटोत्कच को उनका प्रयोग करने के लिए मना कर दिया जब तक शत्रु पक्ष भी ऐसी ही युक्तियों का प्रयोग नहीं करे।

छठे दिन, दोनों ही सेनाओं में ज़बर्दस्त नरसंहार हुआ। द्रोण को परास्त करना असंभव हो गया था। भीम ने तेरह कौरव भाइयों को मारने के बाद, दुर्योधन के साथ लड़ाई में उसे भी परास्त कर दिया। दुर्योधन मूर्छित होकर गिर पड़ा और तब उसका साला, जयद्रथ उसे वहाँ से दूर ले गया। उस रात दुर्योधन भीष्म के पास गया। भीष्म ने उसे सांत्वना देते हुए उसके पीड़ा के लिए उसे औषधि दी। सातवें दिन, भीम के हाथों मारे गए कौरव भाइयों की संख्या छब्बीस तक पहुँच गई। दुर्योधन पहली बार भी भीष्म के सामने रोया। पितामह ने उससे कहा, 'अब रोने के लिए देर हो चुकी है। योद्धा रणभूमि में मरने के लिए ही जाते हैं!'

दुर्योधन को भीष्म की यह सलाह पसंद नहीं आई और उसने अपने भाई दुःशासन को भीष्म के पास भेजकर उन्हें सेनापति पद से हट जाने के लिए कहा ताकि वह कर्ण को सेना का दायित्व दे सके। कर्ण ने अपने मित्र दुर्योधन को बहुत बढ़-चढ़कर यह वचन दिया था कि वह भीष्म के न रहने पर संपूर्ण पांडव सेना का संहार कर देगा।

इधर अर्जुन का पुत्र इरावान, जो अपने मांस का बलिदान देने के कारण बहुत हद तक अपंग और अशक्त हो चुका था, अब भी कौरव सेना में ज़बरदस्त रक्तपात मचा रहा था। अंत में वह भी मार दिया गया। उसकी मृत्यु से पांडव पक्ष में शोक की लहर दौड़ गई। तब कृष्ण ने अर्जुन को सांत्वना दी।

युद्ध के आठवें दिन भीम, सात्यकि और युधिष्ठिर के नेतृत्व में पांडव सेना ने त्रिशूल-सी आकृति बना ली। उस दिन भीम की गदा के प्रहार से सोलह कौरव और मारे गए, जिससे उनकी संख्या बयालीस तक पहुँच गई। उस रात दुर्योधन ने एक बार फिर भीष्म को सेनापति पद से हट जाने के लिए कहा। भीष्म पितामह ने दुर्योधन को यह याद दिलाया कि उसने पांडवों का अधिकार छीनकर और द्रौपदी का अपमान करके बहुत बड़ी भूल की है। पितामह ने युद्धभूमि से अपने जीवित रहते सेनापति पद छोड़ने से मना कर दिया और अगले दिन युद्ध में अधिक बेहतर ढंग से लड़ने का वचन दिया। अगले दिन

भीष्म पितामह, रणभूमि में साक्षात यमराज के अवतार प्रतीत हो रहे थे। उनके भयानक अस्त्रों ने पांडव सेना को जलाकर भस्म कर दिया। पांडव यह समझ गए कि भीष्म के जीवित रहते उनकी विजय असंभव है। भगवान कृष्ण जानते थे कि अर्जुन द्वारा अनिच्छा से किए जा रहे प्रयासों से पितामह को परास्त करना कठिन होगा और उससे वह युद्ध अनावश्यक रूप से लंबा होता जाएगा। नवें दिन, जब कृष्ण ने देखा कि अर्जुन, भीष्म के साथ गंभीरता से युद्ध नहीं कर रहा था, तो वह स्वयं रथ से नीचे कूद पड़े और उन्होंने अपने हाथ में एक टूटे रथ का पहिया उठा लिया। वे क्रोधित होकर भीष्म को मारने के लिए दौड़े। यह देखकर भीष्म बहुत प्रसन्न हुए। उन्होंने हाथ जोड़कर कृष्ण का स्वागत करते हुए कहा, 'हे कृष्ण, आपकी जय हो! हे कमल नयन! मैं आपके हाथों मृत्यु को प्राप्त करके धन्य हो जाऊँगा!'

तभी अर्जुन भी रथ से कूद पड़ा। उसने कृष्ण के उठे हुए हाथ को रोक लिया तथा उन्हें ऐसा न करने का आग्रह किया। इस तरह भगवान के इस दिखावटी क्रोध के दो प्रभाव हुए। उन्होंने युद्ध के दौरान शस्त्र उठाने की भीष्म की इच्छा पूरी कर दी और वे अर्जुन को गंभीरता से युद्ध लड़ने के लिए प्रेरित करने में सफल हो गए।

दूसरी ओर, दुर्योधन पितामह को लगातार ताने मार रहा था और उन्हें अपमानित कर रहा था कि वह पांडवों को मारने के आधे-अधूरे प्रयास कर रहे हैं, यद्यपि भीष्म, पांडव सेना के दस हज़ार सैनिकों को प्रतिदिन मारने का अपना वचन पूरी निष्ठा से निभा रहे थे। उन्होंने दुर्योधन द्वारा किए जा रहे अपमान पर ध्यान नहीं दिया और अपने कर्तव्य का पालन करते रहे। इसी तरह दुर्योधन ने द्रोण का भी अपमान किया और उनको कहा कि वह अपने दायित्व को ठीक से नहीं निभा रहे हैं। यह सुनकर द्रोण ने भी पांडव सेना का ज़बर्दस्त संहार आरंभ कर दिया।

उसी रात जब दोनों पक्षों के सैनिक गहरी नींद सोए हुए थे, तो कृष्ण के सुझाव पर पाँचों पांडव भाई, चुपचाप अपने प्रिय पितामह से मिलने उनके शिविर में पहुँच गए। प्रिय पांडवों को देखकर भीष्म अत्यंत प्रसन्न हुए। उन्होंने उनसे वहाँ आने का कारण पूछा तो युधिष्ठिर ने कहा, 'पितामह! आप जब तक कौरव सेना का नेतृत्व कर रहे हैं, हमारे लिए विजय प्राप्त करना असंभव है। इसलिए हम आपसे यह पूछने आए हैं कि आपको किस प्रकार मारा जा सकता है, क्योंकि हमें पता है कि आपको आपकी इच्छा के विरुद्ध मारा नहीं जा सकता।'

एक पौत्र द्वारा अपने पितामह से पूछा गया यह अत्यंत विचित्र प्रश्न था और भीष्म ने उतना ही विचित्र उत्तर दिया। भीष्म धीरे-से मुस्कराए। वह जानते थे कि उनकी मुक्ति का समय आ चुका है। उन्हें इच्छा-मृत्यु का वरदान प्राप्त था। कुरु राजवंश के प्रति निष्ठा ने उन्हें इतने समय से पृथ्वी लोक पर रोक रखा था और अब वही निष्ठा उनके वहाँ से जाने का कारण बन गई थी। वे जीवन से थक चुके थे, पिछले कई दिनों से हो रहे अविवेकी नरसंहार से भी वे थक चुके थे और दुर्योधन की लगातार अपमानित करने वाले बातों ने भी उन्हें थका दिया था। बीते वर्षों में उन्होंने कुरु वंश की पताका को ऊँचा रखने का हर संभव प्रयास किया था और इसके लिए अनेक बार, अपने निजी सुख का बलिदान भी

दिया था। अब उन्हें महसूस हो रहा था कि उनके जीवन की सफलता का एकमात्र तरीक़ा पांडवों को उनका राज्य वापस दिलवाना था। अपने इस उद्देश्य की पूर्ति के लिए उन्हें अपने जीवन का बलिदान देना था क्योंकि वह जानते थे कि उनके जीवित रहते पांडवों की विजय असंभव है। वे इसके लिए भी पूरी तरह तैयार थे।

'यह सत्य है, पुत्र,' भीष्म ने युधिष्ठिर से कहा, 'कि मेरे जीवित रहने तक तुम्हारी विजय असंभव है। मेरे हाथ में जब तक शस्त्र हैं, तब तक तुम मुझे मार भी नहीं सकते। परंतु याद रखो कि मैं ऐसे व्यक्ति पर वार नहीं करता जो भयभीत हो, अथवा जो घायल हो या जिसने मेरे समक्ष समर्पण कर दिया हो। मैं किसी स्त्री पर अथवा ऐसे पुरुष पर, जो पहले कभी स्त्री रह चुका हो, भी वार नहीं करूँगा। यदि कल तुम इनमें से किसी व्यक्ति के पीछे से मुझ पर प्रहार करोगे तो तुम्हारा उद्देश्य पूर्ण हो सकता है और मेरी मृत्यु हो सकती है।'

भीष्म पितामह ने यह बात इतनी सहजता और शांत भाव से कही मानो वे अपनी मृत्यु के तरीक़े के विषय में नहीं, अपितु मौसम के बारे में बात कर रहे हों। इस तरह, उन्होंने अंत समय तक धर्म और साहस के नियमों का पालन किया। इसके बाद, कृष्ण ने पांडवों को याद दिलाया कि द्रौपदी का भाई, शिखंडिन वास्तव में पहले स्त्री था और वह बाद में, लिंग परिवर्तन द्वारा पुरुष बन गया था।

इस तरह, भीष्म के सामने ही यह निर्णय ले लिया गया कि अगले दिन अर्जुन, शिखंडिन के पीछे छिपकर भीष्म पर वार करेगा ताकि भीष्म बदले में, वार न कर सकें। इस योजना के निश्चित होने पर अर्जुन का मन स्नेह और ग्लानि से भर उठा। उसे अपने बचपन के दिन याद आने लगे, जब पितामह उसके साथ खेला करते थे क्योंकि उन्हें अपने सब पौत्रों में अर्जुन सबसे अधिक प्रिय था। भीष्म से इतना स्नेह पाने के बाद, अर्जुन उनके वक्ष पर अपने बाण का घातक प्रहार कैसे कर पाएगा? अर्जुन फूट-फूटकर रोने लगा तो स्वयं भीष्म ने उसे सांत्वना दी और उसे क्षत्रिय धर्म याद दिलाया तथा उसे अपना कर्तव्य निभाने के लिए प्रेरित किया। भगवान कृष्ण की करुणामयी दृष्टि ने भीष्म को आत्म-विभोर कर दिया। पांडव, जिस तरह आए थे, उसी तरह चुपचाप अपने शिविर में लौट गए। भीष्म को यह सोचकर बहुत राहत मिली कि आख़िरकार, उनकी लंबी और थकान-भरी यात्रा पूर्ण होने वाली थी।

यह प्रश्न उठना स्वाभाविक है कि कृष्ण ने, जिन्हें सब कुछ पहले से पता था, भीष्म को मारने का तरीक़ा पांडवों को पहले ही क्यों नहीं बता दिया, परंतु सदा की भाँति, कृष्ण चाहते थे कि प्रत्येक चरित्र के गुण समय के साथ प्रकट हों और भक्तों को उनकी महानता के विषय में पता लगे।

दसवें दिन का सूर्य उदय हुआ तो भीष्म को पता था कि वह उनके जीवन के युद्ध का अंतिम दिन था। उन्होंने रणभूमि में जाने से पूर्व, ईश्वर को प्रणाम किया। उस दिन कौरवों ने बहुत-से अपशकुन होते देखे। सूर्योदय के साथ ही भीष्म, युद्ध में उतर गए। वे जहाँ भी गए, अर्जुन का रथ उनका पीछा करता रहा। शिखंडिन, दिव्य सारथी के साथ खड़ा था और अर्जुन, उसके पीछे छिपकर, अपने पितामह पर एक के बाद एक बाण चलाता गया। भीष्म,

अवसर मिलते ही अर्जुन की ओर बाण तान देते थे, जबकि सामने खड़े शिखंडिन पर, जो पहले कभी स्त्री था, वार करने से कतराते थे। कौरवों ने भीष्म को बचाने का बहुत प्रयास किया, किंतु कृष्ण ने कुशल रथ-संचालन द्वारा अर्जुन को भीष्म के रथ के सामने लाकर खड़ा कर दिया। भीष्म प्रसन्नतापूर्वक हँसने लगे। उन्हें पता था कि उनका अंत निकट है, किंतु वे अंतिम क्षण तक, अपने कर्तव्य का पालन करने के लिए कृतसंकल्प थे। उन्होंने शिखंडिन को सावधानी से बचाते हुए, अर्जुन पर बाणों की वर्षा कर दी। अनेक बाणों ने भगवान के तन को भी छलनी कर दिया। उनके भक्त के बाण रूपी पूजा से उत्पन्न रक्त की बूँदों से उनका तन देदीप्यमान हो रहा था। वे भीष्म को देखकर मुस्कराते रहे। भीष्म भी भगवान को अपने सामने रथ चलाते देखकर प्रसन्न हो रहे थे। अर्जुन और शिखंडी के बाणों का, जो भीष्म के शरीर पर अधिकाधिक संख्या में गढ़ते जा रहे थे, भीष्म पर विशेष प्रभाव नहीं पड़ रहा था क्योंकि उनका सारा ध्यान भगवान के मनमोहक रूप में लगा हुआ था। अचानक, कृष्ण एक झटके से अपना रथ लेकर भीष्म के रथ के पास आ गए और उन्होंने किसी को बीच में आने का अवसर नहीं दिया। उन्होंने अपना पांचजन्य शंख उठाया और उसे बहुत देर तक ज़ोर-से बजाते रहे। उसमें से ॐ का स्वर निकल रहा था। वह स्वर भीष्म के कानों में गूँजने लगा और उनका मन भगवान के अनंत रूप में स्थित हो गया। भीष्म की आँखें भी भगवान के मनमोहक रूप पर स्थिर हो गईं। वह निराकार ईश्वर, जिसने समूचे संसार को मुग्ध करने वाला आकार धारण किया हुआ था, मानो भीष्म को वह खेल बंद करके अपने पास बुला रहा था।

अर्जुन, सब कुछ भुलाकर अपने कर्तव्य-पालन में जुट गया। उसने प्रेम और घृणा, दुःख और सुख के अंतर से ऊपर उठकर, अपने प्रिय पितामह पर बाणों की बौछार कर दी। युधिष्ठिर उस दृश्य को देख नहीं पाया क्योंकि उसकी आँखों से लगातार आँसू बह रहे थे, किंतु भीष्म इस बात से प्रसन्न थे कि शिखंडी के नहीं, अपितु केवल अर्जुन के बाण ही उन्हें भेद पाए थे। युद्धभूमि में केवल बाण चलने की आवाज़ आ रही थी। सभी योद्धा और उनके नगाड़े एवं तुरही शांत हो गए। सब लोग घबराकर उस महान दृश्य को देख रहे थे। आख़िर, अंतिम प्रहार का समय आ गया। दिवस के साथ भीष्म के जीवन का अंत हो रहा था। अर्जुन ने अंतिम बाण भीष्म की छाती में मारा। भीष्म का तन, अपने पौत्र के बाणों से विदीर्ण हो गया था किंतु उनके चेहरे पर अत्यंत सुंदर मुस्कान व्याप्त थी। भगवान कृष्ण का चेहरा, अस्त होते सूर्य की अंतिम किरणों में भी चमक रहा था। भीष्म, कृष्ण की ओर देखते हुए गिर पड़े, किंतु वे पूरी तरह धरती पर नहीं गिरे क्योंकि उनका पूरा शरीर बाणों से बिंधा हुआ था। इस तरह, भीष्म का तन बाणों से बनी शैय्या पर गिरा। आकाश से वर्षा होने लगी और दोनों ओर की सेनाओं से विलाप के स्वर उठने लगे, जो सर्वत्र फैल गए। ऐसा लगा मानो धरती माता, अपने सर्वश्रेष्ठ पुत्र की मृत्यु पर विलाप कर रही थी। परंतु इतने पर भी, भीष्म ने प्राण नहीं छोड़े क्योंकि उन्हें ध्यान आया कि उस समय, सूर्य दक्षिणायन (जून से दिसंबर) में था और वह समय मृत्यु के लिए शुभ नहीं माना जाता। भीष्म ने निश्चय किया कि वे प्राण त्यागने के लिए सूर्य के उत्तरायण में प्रवेश करने की प्रतीक्षा करेंगे।

भीष्म के गिरने के बाद, युद्धविराम की घोषणा की गई तथा दोनों ओर के योद्धा, भीष्म के आस-पास एकत्रित हो गए। नंगे पैर व बिना कवच के योद्धा, आहत पितामह के आस-पास खड़े हो गए। भीष्म के लिए सबको एक समान दुःख था। चूँकि भीष्म ने उत्तरायण तक जीवित रहने का निश्चय किया था, तो सबने उन्हें उठाकर युद्धभूमि से थोड़ा दूर लिटा देने का सुझाव दिया, किंतु भीष्म ने ऐसा करने से मना कर दिया। वे जिस स्थान पर गिरे, उन्होंने उसी जगह, शर-शैय्या पर लेटे रहने की इच्छा व्यक्त की।

'यह एक योद्धा के लिए सर्वोत्तम शैय्या है,' भीष्म ने कहा, 'किंतु मुझे अपने सिर के लिए सहारा चाहिए।'

भीष्म का सिर ही एकमात्र अंग था, जहाँ बाण नहीं लगे थे। दुर्योधन ने उनके लिए कोमल तकिए मँगवाए किंतु पितामह ने उन्हें लेने से मना कर दिया। कहते हैं, शिखंडी द्वारा मारा गया कोई भी बाण भीष्म के तन को नहीं भेद सका था उन्होंने अर्जुन से कहा, 'पुत्र अर्जुन, जैसे तुमने मेरे लिए यह शैय्या बनाई है, उसी तरह एक तकिए का प्रबंध भी करो।'

अर्जुन दुःख से मौन हो गया। वह अपने पितामह के चेहरे की ओर नहीं देख पा रहा था, किंतु उसे भीष्म की प्रार्थना का पालन करना था। उसने लगातार तीन बाण धरती में मारे गए। वे इतने सटीक थे कि उनसे महान योद्धा भीष्म के सिर को सहारा मिल गया। भीष्म को बहुत प्यास लगी थी और प्यास से उनकी जीभ ऊपरी तालू को छू रही थी। भीष्म ने पानी माँगा किंतु दुर्योधन द्वारा लाया गया जल भीष्म की प्यास नहीं बुझा सका। उन्होंने फिर से अर्जुन की ओर देखा और आँखों से अर्जुन को संकेत दे दिया। अर्जुन ने धरती के गर्भ में एक बाण मारा और उस स्थान से पानी का एक फव्वारा फूटा, जिसकी धार सीधी भीष्म पितामह के मुँह में जा गिरी। कहते हैं, उस समय माँ गंगा, स्वयं अपने प्रिय पुत्र की प्यास बुझाने धरती से बाहर निकल आई थीं। भीष्म को राहत मिली और उन्होंने अपने पुत्र की ओर कृतज्ञता पूर्ण दृष्टि से देखा। अर्जुन को भी गंगा के शीतल जल-सा एहसास हुआ। उससे उसके दर्द हृदय की पीड़ा भी कुछ कम हो गई।

भीष्म ने दुर्योधन को अपने चारों ओर गहरा गड्ढा बनाने का आदेश दिया ताकि जंगली जानवर उनके निकट नहीं आ सकें। भीष्म ने अपने ऊपर या आसपास किसी प्रकार का तंबू लगाने के लिए भी मना कर दिया क्योंकि वे अपने शेष दिन, एकांत में भगवान का ध्यान करते हुए बिताना चाहते थे। 'तुम में से जो लोग युद्ध के बाद जीवित रह जाएँगे, वे चाहें तो उत्तरायण के आरंभ पर मुझसे मिलने आ सकते हैं,' भीष्म ने कहा। उसके बाद उन्होंने दुर्योधन से कहा, 'पुत्र! अब मेरी बात सुनो। मेरी मृत्यु के साथ, इस शत्रुता को भी समाप्त कर दो। तुम्हारे लिए पांडवों को परास्त करना असंभव है। यदि तुमने इस युद्ध का अभी अंत नहीं किया तो तुम नष्ट हो जाओगे। कृपया मेरी बात मान लो और इस विवेकहीन नरसंहार को तुरंत रोक दो।' दुर्योधन सिर नीचे करके चुपचाप खड़ा रहा। भीष्म ने दुःख से अपनी आँखें बंद कर लीं और नियति के सामने समर्पण कर दिया।

उधर, कौरव शिविर में कर्ण को पूरी आशा थी कि अब उसे सेनापति नियुक्त कर दिया जाएगा, परंतु सब लोगों से विचार-विमर्श करने के उपरांत यह निर्णय लिया गया कि द्रोण को सेनापति बनाया जाए क्योंकि ऐसा न करने से द्रोण अप्रसन्न हो सकते थे।

इस प्रकार अगले कुछ दिन तक द्रोण ने कौरव सेना का नेतृत्व किया किंतु उनके समय में सेना के युद्ध-कौशल में भीष्म वाली भव्यता नहीं थी। युद्ध के ग्यारहवें दिन, कर्ण ने अपने वचनानुसार, पांडव सेना में हाहाकार मचा दिया। पांडव सेना में उस दिन का असली नायक अभिमन्यु था, जो अनेक कौरव योद्धाओं से अकेले युद्ध लड़ रहा था। दुर्योधन ने द्रोण को आदेश दिया कि वह युधिष्ठिर को जीवित पकड़ लाए ताकि युद्ध तत्काल समाप्त हो जाए। द्रोण ने पूरी कोशिश की परंतु युद्ध समाप्त होने तक, वे ऐसा करने में सफल नहीं हो सके। दुर्योधन ने हमेशा की तरह ताना मारा और उनका अपमान किया। द्रोण ने बदले में कहा कि जब तक भीम अपनी शक्तिशाली गदा के साथ युद्धभूमि में है और अर्जुन का साथ, भगवान कृष्ण दे रहे हैं, तब तक युधिष्ठिर को जीवित अथवा मृत पकड़ना असंभव है।

इस बीच त्रिगर्त बंधुओं ने वचन दिया कि वे अर्जुन को युधिष्ठिर से दूर ले जाएँगे। द्रोण ने कहा कि वे अगले दिन फिर से युधिष्ठिर को पकड़ने का प्रयास करेंगे। दुर्योधन द्वारा युधिष्ठिर को जीवित पकड़ने की इस योजना का समाचार पांडवों तक पहुँच गया। उन्होंने युधिष्ठिर को चारों ओर से सुरक्षित करने का निश्चय किया। सामने से अर्जुन और अभिमन्यु, पीछे से भीम और दोनों ओर से नकुल व सहदेव ने युधिष्ठिर को सुरक्षा प्रदान की। इस बीच त्रिगर्त, अर्जुन को युद्धभूमि से दो मील दूर ले गए। अर्जुन को युद्ध के लिए उनके पीछे जाना पड़ा, किंतु जाने से पूर्व, उसने अपने पुत्र अभिमन्यु और अपने भाइयों को यह चेतावनी दी कि वे किसी क़ीमत पर युधिष्ठिर को अकेला नहीं छोड़ें। परंतु उनके अथक प्रयासों के बावजूद, वे द्रोण को रोकने में सफल नहीं हो सके और आख़िर युधिष्ठिर को पीछे हटना पड़ा।

त्रिगर्तों को परास्त करने के बाद, नरकासुर के पुत्र भगदत्त ने अर्जुन को मार्ग में रोक लिया। यहाँ तक कि भीम को भी उससे युद्ध करने में कठिनाई हो रही थी। अर्जुन को देखकर भगदत्त ने अपना पूरा ज़ोर लगा दिया किंतु कृष्ण के अत्यंत कुशल सारथित्व के कारण, वह अर्जुन के निकट नहीं आ पा रहा था। आख़िर, उसने घातक वैष्णव अस्त्र का प्रयोग किया और उसे पूरी शक्ति के साथ अर्जुन पर छोड़ दिया। वह दिव्यास्त्र, बिजली की तरह अर्जुन की ओर लपका। अर्जुन ने अपने बचाव में जो तीर चलाए, उस दिव्यास्त्र ने, उन्हें पल भर में खंडित कर दिया। यदि वह अस्त्र अर्जुन को लग जाता तो निश्चित रूप से उसकी मृत्यु हो जाती, किंतु उसी समय भगवान कृष्ण, घोड़ों की लगाम हाथ से छोड़, स्वयं बीच में आ गए तथा उन्होंने उस घातक अस्त्र का प्रहार, अपने वक्ष पर ले लिया। सबको बहुत आश्चर्य हुआ कि वह अस्त्र कृष्ण से टकराते ही एक सुंदर वनमाला के रूप में परिवर्तित हो गया, जिसे भगवान विष्णु धारण किया करते हैं। कृष्ण कोई और नहीं, अपितु भगवान विष्णु के ही अवतार थे। उन्होंने अर्जुन को बताया कि उन्होंने अपने पिछले अवतार के समय वह दिव्यास्त्र, देवी पृथ्वी को दिया था और पृथ्वी ने उसे अपने पुत्र नरकासुर को दे दिया, जिसके पास से वह उसके पुत्र भगदत्त के पास पहुँच गया। वह अस्त्र किसी भी शस्त्रधारी योद्धा को मारने में सक्षम था। उस अस्त्र के नष्ट हो जाने के बाद भगदत्त दुर्बल पड़ गया तथा अर्जुन ने उसे आसानी से मार डाला।

बारहवें दिन भी द्रोण, युधिष्ठिर को पकड़ने में असमर्थ रहे। शाम को जब उनसे दुर्योधन द्वारा किए जा रहे कटाक्ष सहन नहीं हुए तो उन्होंने प्रतिज्ञा की कि अगले दिन वे या तो युधिष्ठिर को पकड़ लेंगे अथवा पांडव सेना के किसी एक श्रेष्ठ योद्धा का वध कर देंगे। तेरहवें दिन, उन्होंने अपनी सेना को पद्मव्यूह की आकृति में खड़ा कर दिया। वह स्वयं मध्य में खड़े हो गए और उन्होंने अपने सभी श्रेष्ठ योद्धाओं को संकेंद्रित वृत्त के रूप में खड़े रहने का आदेश दिया। शेष बचे त्रिगर्तों ने, जिन्हें संशप्तक कहते थे, अंतिम क्षण तक युद्ध करने का प्रण लिया। उन्होंने अर्जुन को मुख्य युद्ध-क्षेत्र से दूर ले जाने का वचन दिया। अर्जुन को उनके पीछे जाना पड़ा। पीछे से, द्रोण ने अपने अभेद्य चक्रव्यूह से पांडव सेना को ध्वस्त कर दिया। शीघ्र ही, यह स्पष्ट हो गया कि यदि व्यूह को तोड़ा न गया तो पांडव सेना नष्ट हो जाएगी।

उस व्यूह के भीतर प्रवेश करने और उसे तोड़कर बाहर निकलने का तरीक़ा, केवल अर्जुन को आता था। उसके पुत्र अभिमन्यु, व्यूह के भीतर घुसना तो जानता था, किंतु उसे व्यूह से बाहर निकलने का तरीक़ा नहीं आता था। कहते हैं, जिस समय वह अपनी माता सुभद्रा के गर्भ में था, तो एक बार सुभद्रा के भाई कृष्ण, व्यूह में प्रवेश का तरीक़ा सिखा रहे थे। प्रवेश का तरीक़ा बताने के बाद, कृष्ण ने देखा कि उनकी बहन को नींद आ रही है तो उन्होंने अपनी बात वहीं रोक दी। इस कारण, गर्भस्थ अभिमन्यु, व्यूह से बाहर निकलने का तरीक़ा नहीं सीख पाया।

युधिष्ठिर के लिए दुविधा की घड़ी थी क्योंकि अर्जुन युद्धभूमि में मौजूद नहीं था और व्यूह को तोड़ना भी अत्यंत आवश्यक था। युधिष्ठिर ने अभिमन्यु का चक्रव्यूह में प्रवेश करने के लिए कहा। युवा अभिमन्यु, सहर्ष इस बात के लिए तैयार हो गया किंतु उसने संकोच से कहा कि उसे बाहर निकलने का तरीक़ा नहीं आता तथा ऐसी स्थिति में भीम और अन्य योद्धाओं को उसके पीछे चलना होगा ताकि वह चक्रव्यूह को तोड़कर बाहर निकल सकें। भगवान कृष्ण द्वारा बताए गए मंत्र का आस्वान करके अभिमन्यु, उस अभेद्य चक्रव्यूह में प्रवेश कर गया। उसे पूरी आशा थी कि भीम तथा अन्य योद्धा उसके पीछे चक्रव्यूह में घुस जाएँगे। परंतु, अभिमन्यु के व्यूह में प्रवेश करते ही दुर्योधन का साला, जयद्रथ हाथियों की सेना लेकर आ गया और उसने बीच का मार्ग रोक दिया। उसने भीम को रोकने के लिए दिव्य फूलों की माला, जो उसे भगवान शिव ने दी थी, भीम के मार्ग में डाल दी। भीम तेज़ी से अभिमन्यु के पीछे आ रहा था किंतु वह भगवान शिव की माला को देखते ही रुक गया। उसने कहा, 'मैं अपने भाई के पुत्र का जीवन बचाने के लिए तो क्या, किसी क़ीमत पर अपने इष्ट देव की इस पवित्र माला को नहीं लाँघ सकता और नहीं इसका अपमान कर सकता हूँ।' ऐसा कहकर, भीम वहीं से वापस लौट गया।

इस बीच, अभिमन्यु चक्रव्यूह में आगे घुसता जा रहा था। द्रोणाचार्य, शल्य, कर्ण तथा अनेक कौरव योद्धाओं ने उस वीर युवक को रोकने का प्रयास किया किंतु उसने उन सबको पराजित कर दिया। दुर्योधन से यह सहन नहीं हुआ। उसने कहा, 'इस लड़के को किसी भी तरह मारना होगा, चाहे वह तरीक़ा उचित हो अथवा अनुचित!'

सबने जान लिया कि अभिमन्यु को न्यायोचित तरीक़े से हरा पाना असंभव था, क्योंकि उसने कौरव सेना के सर्वश्रेष्ठ योद्धाओं को अकेले पराजित कर दिया था। इसलिए, उन्होंने मिलकर न्यायपूर्ण तरीक़ों और युद्ध के नियमों को त्याग दिया तथा सबने मिलकर अकेले अभिमन्यु पर चारों ओर से आक्रमण कर दिया। कर्ण ने चुपचाप पीछे से आकर अभिमन्यु का धनुष तोड़ दिया तथा द्रोण ने उसके सारथी को मार डाला। द्रोणाचार्य, कर्ण, कृपाचार्य, अश्वत्थामा, कृतवर्मा, दुःशासन, दुर्योधन और जयद्रथ ने मिलकर अभिमन्यु को घेर लिया। जिस प्रकार एक सिंह, सियारों के झुंड से अकेले लड़ता है, उसी तरह अभिमन्यु ने निडर भाव से अपने शत्रुओं का सामना किया। वह अपने आश्चर्यजनक युद्ध-कौशल का प्रदर्शन करते हुए लड़ता रहा। उसे यह पूर्ण आशा थी कि उसके चाचा पीछे से शीघ्र ही उसकी सहायता के लिए आने वाले होंगे। उसने बिजली-सी फुर्ती के साथ अपनी तलवार निकाली तथा एक भी बाण स्वयं को लगने नहीं दिया। वह अचानक कर्ण के रथ पर चढ़ गया और उसके टुकड़े कर डाले। अभिमन्यु ने द्रोण को देखकर कहा, 'आप ब्राह्मण हैं और कौरवों के सेनापति हैं, फिर भी आप यह अन्याय होने दे रहे हैं कि छह महारथी मिलकर मेरे जैसे अकेले योद्धा पर आक्रमण कर रहे हैं!' उसने कर्ण से कहा, 'मैं सोचता था कि कम से कम, तुम तो कुछ शालीनता दिखाओगे। क्या तुम्हें मुझ पर पीछे से आक्रमण करने में तनिक भी लज्जा नहीं आई?'

वह बात करने का समय नहीं था। युद्ध के नियमों की अनदेखी करते हुए द्रोण ने अभिमन्यु का दाहिना हाथ, जिसमें उसने तलवार पकड़ी हुई थी, काट डाला। अभिमन्यु ने बिना घबराए अपनी तलवार बाएँ हाथ में थाम ली और अपने विरोधियों से लड़ता रहा। परंतु द्रोण ने क्रूरतापूर्वक अपने बाण से अभिमन्यु की तलवार भी काट दी। अभिमन्यु अब निहत्था हो चुका था। उसका धनुष और तलवार टूट चुकी थी, उसका सारथी मारा गया था तथा दाहिना हाथ भी काट दिया गया था। वह क्षत-विक्षत और रक्तरंजित अवस्था में था। अभिमन्यु ने अपने टूटे रथ का पहिया अपने बाएँ हाथ में उठाया और उसे घुमाते हुए अपने शत्रुओं पर टूट पड़ा। उसने फिर से कहा, 'मैं तुम्हें अपना सम्मान वापस पाने का एक और अवसर दे रहा हूँ। मुझसे एक-एक करके युद्ध करो क्योंकि मैं अकेला तुम सबको मार सकता हूँ।' यह कहते हुए वह द्रोण की ओर दौड़ा। वह उस समय भगवान विष्णु के समान दिख रहा था। वह अद्‌भुत दृश्य था। उसके तन से रक्त बह रहा था, किंतु उसके होंठों पर मुस्कान तथा बाएँ हाथ में रथ का पहिया था। इससे पहले कि वह पहिए से द्रोण पर वार कर पाता, कौरव सेना के उन छह महान योद्धाओं ने उसे घेर लिया तथा रथ के पहिए के टुकड़े-टुकड़े कर डाले। अभिमन्यु ने एक गदा उठा ली। उसने फिर से कहा, 'योद्धाओं! मुझसे एक-एक करके युद्ध करो और मैं तुम सब को परास्त कर दूँगा।'

इसके बाद, अभिमन्यु, दुःशासन के पुत्र की ओर बढ़ा और दोनों में भयंकर लड़ाई हुई। काफ़ी रक्त बह जाने के कारण अभिमन्यु कमज़ोर पड़ गया था। वह कुछ ही क्षणों में मूर्छित हो गया। इससे पहले कि वह उठ पाता, दुर्योधन के कहने पर जयद्रथ ने पीछे से युवा अभिमन्यु के सिर पर गदा से प्रहार किया और दुःशासन के पुत्र ने उसके विक्षिप्त तन पर वार करके अभिमन्यु का वध कर डाला। उन महान कौरव योद्धाओं ने मिलकर, कुरुक्षेत्र

की पावन भूमि पर अत्यंत घृणित अपराध किया। अर्जुन का श्रेष्ठ पुत्र, युद्धभूमि की मिट्टी में मृत पड़ा था और छह क्रूर एवं अत्याचारी पुरुष उसके शव के चारों ओर खुशी से नाच रहे थे। अभिमन्यु मिट्टी में कमल-पुष्प की कली की भाँति पड़ा हुआ था। उसके चारों ओर सैनिक एकत्रित हो गए। उन्मादी हाथियों के झुंड ने उसे कुचल डाला। व्यास कहते हैं, युद्ध भूमि के इर्द-गिर्द मँडराने वाले गिद्ध भी उस घटना पर दुःखी थे और उन्होंने कहा, 'नहीं! नहीं! हमें इस श्रेष्ठ योद्धा के शव से कुछ नहीं चाहिए!'

अभिमन्यु-वध इतना कायरता पूर्ण अपराध था कि उसके साथ ही द्वापर युग का अंत हो गया तथा वर्तमान कलियुग आरंभ हो गया।

आत्मा न जन्म लेती है और न मरती है। जन्म के समय आत्मा का कोई अस्तित्व नहीं होता। वह अजन्मा, शाश्वत एवं अतिप्राचीन है। शरीर के नष्ट होने पर आत्मा नष्ट नहीं होती।

—श्रीमद् भगवद्गीता

हरि ॐ तत्सत्

ॐ

ॐ

ओउम् कालात्मनो नमः!

अध्याय 27

युद्ध की समाप्ति

प्रपन्न पारिजात्या, तोत्रवैत्रैका पण्ये,
ज्ञानमुद्रया कृष्णाया, गीतामृताद्धुहे नमः।

भगवान कृष्ण को, जो कल्पवृक्ष के समान हैं, जो अपनी शरण में आए लोगों की रक्षा करते हैं, जिनके एक हाथ में चाबुक तथा दूसरे में ज्ञान मुद्रा है, जिन्होंने हमें गीता का दिव्य अमृत प्रदान किया है, बारंबार प्रणाम!

अभिमन्यु की मृत्यु का समाचार सुनकर युधिष्ठिर की मानसिक अवस्था की कल्पना की जा सकती है। युवा अभिमन्यु को चक्रव्यूह में भेजने की अपनी भूल के लिए वह स्वयं को दोषी मान रहा था। इस बीच संशप्तकों को पराजित करके अर्जुन लौट रहा था क्योंकि उसे युद्धभूमि में हुई घटना का पता नहीं था। कृष्ण जानते थे कि वहाँ क्या हुआ था। उन्होंने अर्जुन के पिता, इंद्रदेव को सहायता के लिए बुलाया। इंद्र ने वृद्ध पुरुष का रूप धारण किया, फिर एक विशाल चिता तैयार की तथा उसमें कूदने ही वाला था कि तभी अर्जुन और कृष्ण वहाँ आ पहुँचे। अर्जुन ने उस वृद्ध पुरुष से ऐसा करने का कारण पूछा तो वह वृद्ध बोला, 'मैंने अपना एकमात्र पुत्र गँवाया है, और यदि तुम मेरे स्थान पर होते तो तुम भी ऐसा ही करते!'

वृद्ध पुरुष को सांत्वना देने के लिए अर्जुन ने उत्तर दिया, 'कृपया ऐसा निकृष्ट कर्म मत करिए। मैं भगवान कृष्ण और अपने गांडीव की शपथ लेकर कहता हूँ कि यदि मैं अपने पुत्र को खो देता, तो भी ऐसा कार्य कभी नहीं करता!'

यह सुनकर उस वृद्ध व्यक्ति को राहत मिली। इसके बाद अर्जुन अपने रथ में बैठ गया और कृष्ण उसे लेकर वापस शिविर में आ गए। इस बीच, भगवान ने यह सावधानी बरती कि उन्होंने अर्जुन के अस्त्र-शस्त्र छुपा दिए। शिविर पहुँचने पर अर्जुन ने कहा देखा कि वहाँ भयानक मौन छाया हुआ था। मार्ग में भी सब लोग उससे आँखें चुरा रहे थे। उसने कृष्ण से पूछा, 'कृपया मुझे बताइए कि हम पर कौन-सा संकट आया है।' उसने कृष्ण की ओर देखा तो उसे उनकी आँखों में आँसू की बूँदें नज़र आईं।

'अभिमन्यु मारा गया!' कृष्ण ने उत्तर दिया।

अर्जुन इस सदमे को सहन न कर सका और मूर्छित होकर गिर पड़ा। पांडव शिविर में मौत-सा सन्नाटा छाया हुआ था। कोई भी पांडव भाई कुछ नहीं बोल रहा था। अर्जुन ने जब अपने प्रिय पुत्र के विक्षिप्त तन के अवशेष देखे तो वह रोते हुए बोला, 'हे वीर पुत्र! तुम अपने शत्रुओं के धनुष उठाने से पहले ही बाण चला देते थे, तो फिर उन्होंने तुम्हें किस प्रकार मार डाला? क्या तुम्हारी सचमुच मृत्यु हो चुकी है? तुम मुझे छोड़कर क्यों चले गए? मैं तुम्हारी माता को क्या उत्तर दूँगा? भाइयों, तुम तो जानते थे कि मैं अपने पुत्र से कितना प्रेम करता हूँ, तो फिर तुमने उसे इस प्रकार मरने कैसे दिया? सहदेव तुम तत्काल चिता तैयार करो, मैं अपने पुत्र के साथ आत्मदाह करूँगा!'

सहदेव ने बिना विरोध किए, अपने भाई की आज्ञा का पालन किया क्योंकि वह जानता था कि कृष्ण, अर्जुन को बचा लेंगे। युधिष्ठिर में हस्तक्षेप करने का साहस नहीं था क्योंकि वह स्वयं ग्लानि का शिकार था। वह केवल इतना कर पाया कि उसने याचना भरी दृष्टि से कृष्ण की ओर देखा। अर्जुन, भगवान की ओर देखने को तैयार नहीं था क्योंकि वह जानता था कि यदि कृष्ण चाहते तो उसके पुत्र को बचा सकते थे। कृष्ण ने दोबारा इंद्र को बुलाया। इंद्रदेव उसी वृद्ध पुरुष का रूप धारण कर आए, जिसे अर्जुन ने चिता में कूदने से बचाया था। वृद्ध व्यक्ति ने अर्जुन को उसकी शपथ याद दिलाई।

यह प्रश्न स्वाभाविक है कि भगवान ने अभिमन्यु की हत्या को क्यों नहीं रोका। भगवान कृष्ण द्वारा अर्जुन को *गीता* में दिया गया संदेश मनुष्य की आत्मा की अनश्वरता के विषय में ही है। निष्काम कर्म करने से उत्पन्न शक्ति द्वारा आत्मा, अपनी निम्न प्रकृति के आवरण से बाहर निकल आती है तथा दिव्य अवस्था को प्राप्त कर लेती है। इस प्रकार का कर्म हमें अपने सीमित अहंकार से मुक्ति दिलाता है और दिव्यता की श्रेष्ठ अवस्था तक पहुँचा देता है, जिससे हम अहंकारवश नहीं, अपितु भगवान के नाम पर कर्म करते हैं। अर्जुन से यही कर्म करवाने तथा उसे अपने भीतर की शक्ति से अवगत करवाने के लिए, ईश्वर ने यह लीला रची थी। इसी उद्देश्य से, भगवान ने सारथी की भूमिका भी निभाई थी और अर्जुन को भगवान ने विराट रूप दिखाया और कर्म करने का दिव्य उपदेश भी दिया था।

गीता में कृष्ण ने अर्जुन को दिखाया कि शरीर नष्ट हो जाता है, परंतु आत्मा कभी नहीं मरती क्योंकि शरीर नश्वर है और आत्मा शाश्वत है। दुःख और सुख, कष्ट और आनंद, पराजय और विजय को एक समान मानते हुए जीवन की युद्धभूमि में लड़ना ही मनुष्य का कर्तव्य है। इसके लिए भगवान उसे अपना निमित्त बनाते हैं। इसी कारण, अर्जुन तथा शेष पांडव भाइयों को अनेक बार, कष्ट और पीड़ा की अग्नि से गुजरना पड़ा। भगवान ने जीवन की द्विविधताओं को समाप्त करने के लिए नहीं, अपितु ज्ञान, विश्वास और कर्म का दृढ़ आधार तैयार करने के लिए अवतार लिया था ताकि मनुष्य अपने जीवन की वर्तमान अवस्था से ऊपर उठकर स्थितप्रज्ञ बन सके।

कृष्ण ने अर्जुन को दूसरे अध्याय का यही महान संदेश याद दिलाया, परंतु अर्जुन इतना अधिक दुःखी था कि कोई भी उसे सांत्वना नहीं दे सका। अर्जुन की मनोदशा को

देखते हुए भगवान ने उसको फटकारते हुए कहा, 'अर्जुन! तुम स्त्री की तरह विलाप क्यों कर रहे हो? तुम इस तरह आँसू बहाने के बजाय, अभिमन्यु के हत्यारे का नाम क्यों नहीं पूछते और उसका प्रतिशोध लेने की शपथ क्यों नहीं लेते?'

अर्जुन कर्म-प्रधान व्यक्ति था और उसे समझाने का यही एकमात्र तरीक़ा था। वह भगवान की बात सुनकर तुरंत उठ बैठा। उसे जब जयद्रथ की क्रूरता के विषय में पता लगा तो उसने शपथ ली, 'मैं भगवान कृष्ण और अपने गांडीव धनुष की शपथ लेता हूँ कि यदि कल सूर्यास्त से पहले, मैंने अपने पुत्र के हत्यारे, जयद्रथ का वध नहीं किया तो मैं स्वयं को अग्नि में भस्म कर लूँगा!' यह सुनकर पांडव भाइयों को अस्थाई तौर पर राहत मिली और उन्होंने भगवान की ओर कृतज्ञता भरी दृष्टि से देखा।

अर्जुन ने भगवान कृष्ण से कहा कि वे स्वयं सुभद्रा को उसके पुत्र की मृत्यु का समाचार दें क्योंकि उसमें ऐसा करने का साहस नहीं था। तब कृष्ण, अपनी प्रिय बहन के पास गए। सुभद्रा ने जब यह भयंकर समाचार सुना तो वह स्वयं को सँभाल न सकी। कृष्ण ने कुछ देर सुभद्रा को रोने दिया और फिर कहा, 'प्रिय बहन, तुम वृष्णि वंश की कन्या हो, तुम संसार के सर्वश्रेष्ठ धनुर्धर की पत्नी हो और एक महावीर की माता हो। अपने आँसुओं को पोंछ दो क्योंकि ऐसे पुत्र की माता को इस तरह रोना शोभा नहीं देता। अभिमन्यु को अन्याय पूर्ण ढंग से मारा गया है। वह साहसी योद्धा की भाँति लड़ते हुए मरा है। उसे कौरव सेना के छह महान योद्धाओं ने मिलकर मारा क्योंकि वे लोग उसे अकेले पराजित कर पा रहे थे। अपने दुःख को दूर करो और यह सोचो कि अब तुम्हारा पुत्र, देवताओं के साथ है। अर्जुन ने जयद्रथ का, जिसने तुम्हारे पुत्र को मारा है, वध करने की शपथ ली है। रोना बंद करो और उत्तरा को सांत्वना दो, जिसके गर्भ में अभिमन्यु का पुत्र पल रहा है। उसका ध्यान रखो क्योंकि उसके गर्भ पर भी ख़तरा है!'

यह कहकर कृष्ण, सुभद्रा को लेकर उत्तरा के पास गए। उन दोनों को सांत्वना दी और फिर अर्जुन के पास लौट आए। अर्जुन, भगवान कृष्ण की प्रतीक्षा कर रहा था क्योंकि वह सोने से पहले प्रतिदिन कृष्ण की पूजा करता था। पूजा के पश्चात, अर्जुन ने भगवान को फल और फूल अर्पित किए। कृष्ण ने अर्जुन को आशीर्वाद दिया तथा उसको कहा कि अगला दिन उसके लिए अत्यंत थकान भरा रहेगा, इसलिए उसे सो जाना चाहिए। कृष्ण ने अर्जुन को कहा कि उसे जयद्रथ तक पहुँचने से पहले कौरव सेना से निपटना होगा। उन्होंने अर्जुन को यह भी याद दिलाया कि उन दिनों दक्षिणायन का समय चल रहा है, इसलिए सूर्य जल्दी अस्त हो जाता है!

उस रात अर्जुन को एक विचित्र स्वप्न आया। उसने देखा कि भगवान कृष्ण, उसे कैलाश पर्वत ले गए हैं। मार्ग में अर्जुन को बहुत थकान हो रही थी और भूख भी लगी थी, किंतु शिवलिंग की पूजा-अर्चना से पूर्व उसने भोजन करने से मना कर दिया। कृष्ण के ज़ोर देने पर अर्जुन ने उनकी आज्ञा मान ली तथा शिव के लिए बनाई माला, कृष्ण को अर्पित कर दी। भगवान कृष्ण, ध्यानमग्न शिव की दक्षिणामूर्ति वाली मुद्रा बनाकर बैठ गए और अर्जुन से उसका अर्पण स्वीकार कर लिया। जब वे दोनों कैलाश पर्वत पहुँचे तो अर्जुन यह देखकर बहुत आश्चर्यचकित हुआ कि जो माला उसने भगवान कृष्ण को अर्पित

की थी, वह भगवान शिव के नीलकंठ में पड़ी हुई थी। भगवान शिव जानते थे कि अर्जुन के मन में क्या चल रहा है तो उन्होंने कहा, 'हे अर्जुन! सुनो, मैं और कृष्ण एक ही हैं। हम दोनों उसी निराकार ब्रह्म के स्वरूप हैं।'

श्रीकृष्ण ने कहा, 'हम यहाँ आपके पास जयद्रथ को मारने से पहले आशीर्वाद लेने आए हैं क्योंकि उसे आपसे वरदान प्राप्त है।'

जयद्रथ से शिव की कठोर तपस्या करके उनसे, पांडवों के संहार के लिए वरदान प्राप्त किया था। हालाँकि शिव ने जयद्रथ को वरदान दिए थे, किंतु यह भी कहा था कि उसकी कुटिल योजनाओं का पांडवों पर कोई प्रभाव नहीं पड़ेगा क्योंकि उन्हें श्रीकृष्ण का संरक्षण प्राप्त है। इसके बाद शिव ने अर्जुन को दिखाया कि किस प्रकार पाशुपतास्त्र के प्रभावशाली उपयोग द्वारा जयद्रथ को मारा जा सकता है।

इस बीच, धर्म के प्रति अतिशय प्रेम के कारण, युधिष्ठिर ने घटोत्कच को यह आदेश दिया कि वह शत्रु की सेना को अर्जुन की शपथ के विषय में जानकारी दे। दुर्योधन ने घटोत्कच के साथ भी क्रूरता दिखाई तथा उस संदेश के लिए कृतज्ञता व्यक्त करने के बजाए उसने घटोत्कच को अपमानित किया। जयद्रथ ने जब अपनी मृत्यु के विषय में अर्जुन की शपथ को सुना तो वह डरकर अपने देश भागने को तैयार हो गया, किंतु दुर्योधन ने उसे आश्वासन दिया कि उसे हर संभव सुरक्षा प्रदान की जाएगी। अगले दिन सुबह जयद्रथ को पांडव शिविर से बारह मील दूर किसी सुरक्षित स्थान पर भेज दिया गया।

चौदहवें दिन की सुबह, संशप्तकों के शेष सैनिकों ने अर्जुन को फिर से चुनौती दी। अर्जुन ने कुछ ही देर में उन्हें पराजित कर के भगा दिया और अपने लक्ष्य की ओर आगे बढ़ गया, किंतु बीच में द्रोण ने उसे रोक लिया।

अर्जुन ने कहा, 'आपने मेरे पुत्र की हत्या में सक्रिय भूमिका निभाई है, फिर भी आप मेरे गुरु हैं इसलिए मैं आपका वध नहीं करूँगा। कृपया मुझे जाने दीजिए क्योंकि मुझे शीघ्र ही जयद्रथ तक पहुँचना है!'

द्रोण को अपने किए पर सचमुच पछतावा था इसलिए उन्होंने अर्जुन को बिना क्षति पहुँचाए चुपचाप निकल जाने दिया। कौरव सेना ने बीच में अर्जुन का मार्ग रोका परंतु अर्जुन उनसे साहसपूर्वक लड़ता हुआ आगे बढ़ता रहा क्योंकि उसे सूर्य अस्त होने से पूर्व जयद्रथ तक पहुँचना था। आगे चलकर, उसे श्रुतायुध मिला। उसके पास ऐसी गदा थी जो किसी को भी तत्काल मार सकने में सक्षम थी, परंतु यदि उसका प्रहार किसी निहत्थे व्यक्ति पर किया जाए तो वह अपने प्रयोग करने वाले पर वार करके उसे ही समाप्त कर देती थी। अर्जुन ने श्रुतायुध के साथ भीषण युद्ध किया। श्रुतायुध ने अपनी गदा को अर्जुन पर फेंका तो भगवान कृष्ण ने तुरंत रथ की दिशा मोड़ कर अर्जुन को बचा लिया और गदा का वार अपने ऊपर ले लिया। चूँकि कृष्ण निहत्थे थे, इसलिए वह गदा तुरंत श्रुतायुध की ओर लौट गई और उसे मार डाला। धीरे-धीरे अर्जुन को यह समझ में आने लगा था कि उसके जीवन का प्रत्येक क्षण, उसके अपने युद्ध-कौशल के कारण नहीं, अपितु भगवान की कृपा से बचा हुआ था।

अर्जुन के अश्व थक चुके थे। भगवान ने प्राणियों के प्रति करुणा के अपने स्वाभाविक चिंतन के चलते, अर्जुन से कहा कि उन्हें आगे बढ़ने से पूर्व कुछ देर विश्राम करना होगा। उनके अश्व जिस बीच आराम कर रहे थे, अर्जुन ने रथ से उतरकर पैदल युद्ध किया। तब कृष्ण बोले, 'अर्जुन, घोड़ों की प्यास बुझाना ज़रूरी है किंतु यहाँ कहीं पानी नज़र नहीं आ रहा।' अर्जुन ने मुस्कराते हुए अपना धनुष उठाया और वरुणदेव का आह्वान करते हुए एक बाण धरती में मारा। उसी स्थान से पानी बाहर आ गया और एक सरोवर बन गया। भगवान कृष्ण ने रथ में बंधे घोड़ों को छोड़ दिया और उन्हें पेट-भर पानी पीने का अवसर दिया। इसके बाद उन्होंने धीरे-धीरे अश्वों के शरीर में धँसे बाण निकाले तथा उनके घावों को सहलाया। कृष्ण को कोई जल्दी नहीं थी और वे आराम से घोड़ों से प्रेमपूर्वक बातचीत कर रहे थे। इस बीच कौरव सेना, अर्जुन पर आक्रमण कर रही थी। अर्जुन उनके साथ आसानी से लड़ रहा था, जिस तरह अभिमन्यु ने एक दिन पहले लड़ाई लड़ी थी। कुछ देर बाद, भगवान कृष्ण ने घोड़ों को फिर से रथ में बाँध लिया और वह अर्जुन को लेकर कौरव सेना से आगे निकल गए। वे दोनों, सेना को परास्त करते हुए तेज़ी से वन की ओर दौड़ चले।

सूर्यास्त होने में कुछ ही समय बाक़ी था। अर्जुन, अपने प्रिय पुत्र की हत्या का प्रतिशोध लेने के लिए कृतसंकल्प था, परंतु अब तक उन्हें अपने लक्ष्य का पता नहीं लगा था। सूर्य अपनी लालिमा के साथ पश्चिमी क्षितिज में तेज़ी से नीचे जा रहा था। तब भगवान कृष्ण को फिर से अपने प्रिय भक्त का जीवन बचाने के लिए हस्तक्षेप करना पड़ा। उन्होंने अपने दिव्य सुदर्शन चक्र को ऊपर उठाकर सूर्य को ढँक दिया, जिसके कारण कौरवों को लगा मानो सूर्यास्त हो गया है। तब गुफा में छिपा हुआ जयद्रथ ख़ुशी से चिल्लाता हुआ बाहर निकल आया। अर्जुन अपने प्रतिशोध के लिए बेचैन था और कृष्ण भी गांडीव की टंकार सुनने को उत्सुक थे। अर्जुन ने किसी बात की चिंता नहीं की और वही किया जो उसे करने को कहा गया था। गांडीव की टंकार ज्यों ही हवा में गूँजी, जयद्रथ का हृदय भय से काँप उठा और उसी समय भगवान कृष्ण ने अपना सुदर्शन चक्र हटा लिया। अस्त होता हुआ सूर्य सबको फिर से दिखाई देने लगा। कृष्ण ने अर्जुन से कहा, 'देखो अर्जुन! वह रहा सूर्य! वह अभी अस्त नहीं हुआ है और तुम्हारे पुत्र का हत्यारा तुम्हारे सामने खड़ा है। वह सियार की भाँति अपनी गुफा से बाहर निकल आया है।'

अर्जुन चिता में कूदने की योजना बना रहा था, किंतु भगवान के शब्द सुनकर उसने जयद्रथ का सिर धड़ से अलग करने के लिए पाशुपतास्त्र निकाल लिया। कृष्ण जानते थे कि ख़तरा अभी टला नहीं था। जयद्रथ के पिता को भी एक वरदान मिला हुआ था कि जिस व्यक्ति के द्वारा उसके पुत्र जयद्रथ का सिर धरती पर गिरेगा, उसके सिर के टुकड़े हो जाएँगे। जयद्रथ का पिता स्यमंतपंचक सरोवर के निकट ध्यान में बैठा था। कृष्ण ने अर्जुन को कहा कि वह जयद्रथ का सिर इस तरह काटे कि उसका कटा सिर, उसी के पिता की गोद में गिरे। अर्जुन ने वैसा ही किया। जयद्रथ का कटा हुआ सिर, उसके वृद्ध पिता की गोद में गिरा। उसके पिता ने ज्यों ही एक रक्तरंजित सिर अपनी गोद में गिरा देखा, उसने वह सिर उठाकर धरती पर फेंक दिया। तभी उसके अपने सिर के टुकड़े हो गए।

इस तरह, भगवान कृष्ण ने एक बार फिर अर्जुन की रक्षा की। पाँचों पांडव भाई उनके चरणों में गिर पड़े। हमेशा की तरह कृष्ण ने किसी तरह का श्रेय नहीं लिया और बोले, 'श्रेष्ठ व्यक्ति का क्रोध ही उसका सबसे शक्तिशाली अस्त्र होता है! देवता भी किसी सदाचारी व्यक्ति को कष्ट पाता हुआ नहीं देख सकते, चाहे उन्होंने किसी दुष्ट को वरदान ही क्यों न दिया हो!'

अभिमन्यु की हत्या से उत्पन्न नकारात्मक तरंगें इतनी अधिक थीं कि युद्ध के सभी नियम तोड़ दिए गए थे और रात्रि के अंधकार में भी युद्ध चलता रहा। इसके बाद घटोत्कच ने अपनी मायावी शक्तियों का प्रयोग आरंभ कर दिया क्योंकि शत्रु पक्ष भी ऐसी ही युक्तियों का प्रयोग कर रहा था। घटोत्कच ने कौरव सेना में कोहराम मचा दिया। वह आधा राक्षस था, इसलिए उसकी शक्तियाँ रात्रि के समय बढ़ जाती थीं। अर्जुन, कर्ण से मुक़ाबला करने के लिए बेचैन था परंतु कृष्ण उसे रोकते रहे क्योंकि ऐसा करने का उपयुक्त समय नहीं आया था। कर्ण ने भी घटोत्कच को रोकने का प्रयास किया परंतु घटोत्कच पर उसके अस्त्र-शस्त्र काम नहीं कर रहे थे। घटोत्कच के आने के बाद कौरव सेना का एक बड़ा अंश नष्ट हो गया। तब दुर्योधन ने कर्ण से किसी भी तरह घटोत्कच को मारने की प्रार्थना की। कर्ण दुविधा में पड़ गया क्योंकि उसके पास केवल दो ही ऐसे अस्त्र थे - शक्ति और नागास्त्र - जिनके द्वारा घटोत्कच को मारा जा सकता था, लेकिन उसने दोनों ही अर्जुन को मारने के लिए रखे हुए थे क्योंकि वह उन अस्त्रों को केवल एक बार ही प्रयोग कर सकता था। दुर्योधन के बार बार कहने पर कर्ण ने अनिच्छा पूर्वक इंद्र द्वारा दी गई शक्ति का प्रयोग घटोत्कच पर कर दिया। उस दिव्यास्त्र ने घटोत्कच द्वारा फैलाया माया का पर्दा काट डाला तथा उससे घटोत्कच की मृत्यु हो गई। परंतु मृत्यु के समय भी, भीम का साहसी पुत्र, विनाशक सिद्ध हुआ क्योंकि उसने मरते समय अपना आकार इतना विशाल कर लिया कि उसके गिरते हुए शरीर के नीचे दबकर हज़ारों कौरव सैनिक मर गए। घटोत्कच की मृत्यु से पांडव शिविर में मातम छा गया। परंतु कृष्ण ने उन्हें सांत्वना देते हुए कहा कि घटोत्कच की मृत्यु से अर्जुन का जीवन सुरक्षित हो गया है क्योंकि अब कर्ण, अर्जुन के विरुद्ध शक्ति का प्रयोग नहीं कर सकता था। यही कारण था कि भगवान कृष्ण ने अर्जुन को कर्ण के साथ जल्दी युद्ध नहीं करने दिया।

युद्ध के पंद्रहवें दिन, दुर्योधन ने फिर द्रोण पर पांडवों के साथ पक्षपात करने का आरोप लगाया जबकि द्रोणाचार्य निर्ममता से पांडव सेना का नाश कर रहे थे और इस दौरान उन्होंने समस्त धर्म नियमों को ताक पर रख दिया था। दुर्योधन के अनुचित आरोपों तथा निर्दोषों की निर्मम हत्या ने उस स्वधर्मी ब्राह्मण द्रोण को जीवन के प्रति उदासीन कर दिया। फिर भी द्रोणाचार्य लड़ते रहे और आख़िरकार उन्होंने अपने बचपन के शत्रु द्रुपद को मार डाला। परंतु उन्हें इससे भी ख़ुशी नहीं हुई। द्रुपद की मृत्यु के बाद बचपन की स्मृतियाँ उनके मस्तिष्क में प्रकट होने लगीं और वे फिर से दुःखी हो गए। अपने पिता की मृत्यु का प्रतिशोध लेने के लिए द्रुपद-पुत्र, धृष्टद्युम्न आगे आया परंतु द्रोणाचार्य ने उसे आसानी से पराजित कर दिया। इसके बाद अर्जुन ने अपने वृद्ध गुरु के साथ युद्ध किया परंतु वह भी द्रोणाचार्य को रोक नहीं सका क्योंकि उस दिन द्रोण अपने जीवन की परवाह

न करते हुए युद्ध कर रहे थे। भगवान कृष्ण को पता था कि द्रोणाचार्य के मस्तिष्क में क्या चल रहा है और यह कि वे जीवन से कितने परेशान है तथा इस संसार को छोड़ कर जाना चाहते हैं। कृष्ण यह भी जानते थे कि द्रोण जब तक अपने अस्त्र-शस्त्र नीचे न रख दें, उन्हें मारना असंभव था। ऐसा करने के लिए द्रोण को उनके पुत्र अश्वत्थामा की मृत्यु का विश्वास दिलाना आवश्यक था। कृष्ण ने भीम को कहा कि वह अश्वत्थामा नाम के एक हाथी को मार दे और फिर कृष्ण ने युधिष्ठिर को इस बात के लिए तैयार किया कि यदि द्रोणाचार्य युधिष्ठिर से कोई प्रश्न करें, तो उसे भी इसी ढंग से उत्तर देना होगा। युधिष्ठिर के लिए असत्य बोलना असंभव था। कुछ देर बाद भीम लौटा और वह द्रोण को यह सुनाते हुए ज़ोर से बोला, 'मैंने अश्वत्थामा को मार डाला!'

द्रोण को भीम पर भरोसा नहीं था इसलिए उन्होंने युधिष्ठिर से उसकी पुष्टि करने को कहा। युधिष्ठिर ने अत्यंत अनिच्छा पूर्वक धीरे-से कहा, 'भीम ने अश्वत्थामा को मार डाला है, जो एक हाथी था!'

इसी बीच, भगवान कृष्ण ने शंखनाद किया, जिसके स्वर में युधिष्ठिर द्वारा अंत में कही गई हाथी वाली बात द्रोण को सुनाई नहीं दी। इससे उन्होंने यही निष्कर्ष निकाला कि उनके पुत्र की सचमुच मृत्यु हो गई है। वे जीवन के प्रति पूरी तरह उदासीन हो गए और आकाश की ओर देखने लगे। इसके बाद उस महान योद्धा ने अपने अस्त्र-शस्त्र नीचे रख दिए और रथ में ही ध्यान की मुद्रा बैठ गए। तभी धृष्टद्युम्न, जिसका जन्म द्रोण को मारने के लिए ही हुआ था, तेज़ी से आगे बढ़ा और उसने निर्ममता से द्रोणाचार्य का सिर धड़ से अलग कर दिया।

द्रोणाचार्य की मृत्यु के बाद कुरुक्षेत्र में अस्थाई युद्ध विराम की घोषणा कर दी गई। अश्वत्थामा ने जब अपने पिता की हत्या का समाचार सुना तो वह बहुत क्रोधित हुआ तथा घातक नारायण अस्त्र लेकर पांडवों के पीछे दौड़ा। वह दिव्यास्त्र उसे उसके पिता द्रोण ने दिया था जब वह बहुत छोटा था। अश्वत्थामा ने बचपन में अपने पिता के मन में अर्जुन के प्रति पक्षपात का भाव देखा तो उसने ईर्ष्या वश अपने पिता से कहा कि वे उसे कोई अस्त्र ऐसा प्रदान करें जो उनके अपने शिष्यों के पास न हो। तब द्रोणाचार्य ने अश्वत्थामा को नारायणास्त्र दिया था। वह अत्यंत घातक अस्त्र था तथा द्रोण ने अश्वत्थामा को यह चेतावनी दी थी कि उसे केवल घोर विपत्ति और आवश्यकता के समय ही उस दिव्यास्त्र का प्रयोग करना चाहिए। द्रोण ने यह भी कहा कि उसे केवल एक बार प्रयोग किया जा सकता था। अश्वत्थामा द्वारा नारायणास्त्र के प्रयोग से आकाश में सैकड़ों छोटे-छोटे बाण उत्पन्न हो गए और पांडवों का संपूर्ण वंश खतरे में पड़ गया। कृष्ण ने सबको आदेश दिया कि वे अपने-अपने अस्त्र-शस्त्र नीचे रख दें और दिव्य नारायणास्त्र को आदरपूर्वक प्रणाम करें। सब ने ऐसा ही किया, किंतु भीम अपने स्थान पर तिरस्कारपूर्ण मुद्रा में खड़ा रहा तो नारायणास्त्र भीम की दिशा में मुड़ गया। कृष्ण ने अंतिम क्षण पर भीम को नीचे कर दिया और स्वयं उसके सामने आ गए और फिर एक बार भगवान कृष्ण के सामने वह अस्त्र असहाय सिद्ध हो गया। अश्वत्थामा इन सब घटनाओं को देखकर बहुत क्रोधित हुआ। उसे लग रहा था मानो उसके पिता ने भी उसके साथ विश्वासघात किया था। उसी

समय महर्षि व्यास वहाँ प्रकट हुए और बोले, 'अश्वत्थामा! तुम्हारे पिता ने तुम्हारे साथ कोई विश्वासघात नहीं किया था। उन्होंने तुम्हें यह दिव्य नारायणास्त्र प्रदान किया, जिसमें भगवान नारायण की शक्ति है और तुमने उन लोगों पर इसका प्रयोग करने की मूर्खता की है, जो स्वयं नारायण के अवतार भगवान कृष्ण के संरक्षण में है।'

अश्वत्थामा को अपनी भूल का एहसास हो गया। उसने और कृपाचार्य ने दुर्योधन से उस विवेकहीन नरसंहार को रोकने की याचना की, परंतु दुर्योधन को अपनी विजय पर पूरा भरोसा था क्योंकि उसने कर्ण को कौरवों का अगला सेनापति नियुक्त कर दिया था। दुर्योधन ने नारायणी सेना को अर्जुन से युद्ध करने का आदेश दिया। उसमें कृष्ण के अपने ही बहुत-से पुत्र थे और इसलिए अर्जुन उनसे युद्ध नहीं करना चाहता था। परंतु कृष्ण ने, जो एक आदर्श कर्मयोगी हैं, अर्जुन को अपना कर्तव्य निभाने के लिए प्रेरित किया। इसके बाद, अर्जुन को नारायणी सेना से युद्ध करना पड़ा और उसके हाथों, भगवान कृष्ण के अनेक पुत्र मारे गए, जबकि भगवान स्वयं अर्जुन के रथ का सारथ्य करते रहे।

इसके बाद, कर्ण का अर्जुन के साथ युद्ध हुआ, परंतु उसे पराजित होकर लौटना पड़ा। कर्ण ने दुर्योधन के पास जाकर कहा कि वह अर्जुन को तभी मार सकता है यदि उसके पास भी कृष्ण के समान कुशल सारथी हो। तब कर्ण ने शल्य को अपना सारथी बनाने की प्रार्थना की। शल्य हालाँकि, कर्ण जैसे निम्न जाति के व्यक्ति का सारथी बनने का इच्छुक नहीं था, किंतु दुर्योधन द्वारा भगवान कृष्ण का उदाहरण देने पर, शल्य ने कर्ण का सारथी बनना स्वीकार कर लिया। शल्य कटु वचन और तीखी जिह्वा के लिए विख्यात था, इसलिए दुर्योधन ने कर्ण को समझाया कि वह शल्य की बातों को अन्यथा न ले तथा उस पर क्रोध न करे और शल्य के कुछ भी कहने पर उसका उत्तर भी न दे।

अगले दिन, युद्ध पर जाते हुए शल्य ने यह संकल्प किया हुआ था कि वह कर्ण को अपमानित करता जाएगा। कुछ ही देर बाद, उनकी शाब्दिक लड़ाई इतनी बढ़ गई कि उनका संबंध टूटने के कगार पर आ पहुँचा। यह अत्यंत आश्चर्य की बात थी कि ठीक वैसा ही दृश्य, अर्जुन के रथ पर भी देखा जा सकता था, जहाँ कृष्ण उसे कुछ इस तरह कह कर उत्तेजित कर रहे थे, 'कर्ण को न्यायोचित लड़ाई में पराजित करना असंभव है। तुम्हें उसे हराने के लिए छल करना होगा।'

जहाँ एक ओर कृष्ण के उत्तेजक शब्दों ने अर्जुन के मन में कर्ण को मारने के दृढ़ संकल्प को अधिक मज़बूत किया, वहीं दूसरी ओर, शल्य द्वारा कही गई बातों ने कर्ण को इतना क्रोधित कर दिया कि वह दुर्योधन को दिया गया वचन भूल गया और उसने शल्य को प्रत्येक बात का उत्तर देना आरंभ कर दिया।

कर्ण ने नकुल और युधिष्ठिर दोनों को परास्त कर दिया, परंतु उसने अपनी माता कुंती को यह वचन दिया था कि वह अर्जुन के अतिरिक्त किसी अन्य पांडव को नहीं मारेगा। इसलिए, उसने नकुल और युधिष्ठिर को जीवित छोड़ दिया। इस बीच, भीम ने कर्ण पर इतनी ज़ोर से प्रहार किया कि वह मूर्छित हो गया, परंतु भीम ने भी कर्ण को नहीं मारा क्योंकि अर्जुन ने कर्ण को मारने की शपथ ली हुई थी। इसके बाद कर्ण का मुक़ाबला, सहदेव से हुआ परंतु उसने सहदेव को भी छोड़ दिया। आख़िर कर्ण का सामना अर्जुन से

हो गया और उन दोनों के बीच भयंकर युद्ध छिड़ गया। कर्ण की स्थिति अर्जुन से बेहतर थी। कृष्ण ने जब अर्जुन से पूछा कि वह आधे मन से युद्ध क्यों कर रहा है तो अर्जुन ने उत्तर दिया, 'मुझे अपने सामने कर्ण नहीं, परंतु अपना एकमात्र भाई युधिष्ठिर दिखाई दे रहा है। मुझे नहीं पता कि ऐसा क्यों है, परंतु मैं इसके साथ युद्ध नहीं कर सकता। आप मुझे यहाँ से दूर ले चलिए!'

यह सुनकर कृष्ण, अर्जुन को कर्ण द्वारा बनाए गए बाणों के जाल से दूर युधिष्ठिर के शिविर में ले गए। वहाँ युधिष्ठिर कर्ण द्वारा किए गए प्रहार के फलस्वरूप घावों की पीड़ा से परेशान लेटा हुआ था। कृष्ण ने अर्जुन को अपने दायित्व से विमुख होने के लिए फटकारा तो अर्जुन, एक बार के लिए, अपने भाई से नाराज़ हो गया।

युद्ध के सत्रहवें दिन, कर्ण ने अपने अस्त्र-शस्त्र लिए और वह दुर्योधन से विदा लेकर युद्ध के लिए निकल पड़ा क्योंकि वह जानता था कि उस दिन निर्णायक युद्ध होने वाला था। इस बीच, भीम का सामना दुःशासन से हो गया। उसकी आँखों के सामने द्रौपदी के चीर-हरण का दृश्य उभर आया। उस दृश्य को सोचकर, भीम को इतना क्रोध आया कि उसने अपनी गदा एक तरफ़ फेंक दी और प्रशासन के बाल पकड़ लिए। उसने अपने हाथों और पैरों से दुःशासन का दायाँ हाथ तोड़ दिया और उसे उखाड़ डाला, जिस हाथ से दुःशासन, द्रौपदी को उसके सुंदर बालों से पकड़ कर हस्तिनापुर की गलियों में घसीटता हुआ कुरु राजसभा में लेकर गया था, जिस हाथ से उसने द्रौपदी के वस्त्र खींचने का प्रयास किया था। एक ज़बरदस्त झटके से, भीम ने दुःशासन को धरती पर पटक दिया और उसकी छाती पर चढ़ बैठा। उसने दुःशासन की पसलियाँ तोड़ दीं और उसकी छाती को चीरकर उसका लहू अपने होंठों से लगा लिया। तभी कृष्ण ने उसे उचित समय पर रोक दिया और भीम को दुःशासन का लहू थूकने के लिए कहा क्योंकि वह अपनी शपथ पूरी कर चुका था। यद्यपि भीम को बहुत क्रोध आ रहा था, उसने कृष्ण की बात मान ली। यह नृशंस दृश्य देखकर कर्ण पूरी तरह हतोत्साहित हो गया क्योंकि उसे भी द्रौपदी के चीर-हरण की वह शर्मनाक घटना याद थी। उसे उसके द्वारा कही गई बातें और उस दिन असहाय पांडवों द्वारा ली गई शपथ भी याद थी। उसने मुड़कर देखा कि अर्जुन ने एक लड़ाई में कर्ण के एकमात्र पुत्र को मार डाला था।

कर्ण ने अपने आँसू पोंछे और अर्जुन के साथ युद्ध के लिए तैयार हो गया। कर्ण और अर्जुन दोनों जानते थे कि वह उनके बीच होने वाला निर्णायक युद्ध था। दोनों एक दूसरे के साथ एक से बढ़कर एक शक्तिशाली अस्त्र-शस्त्रों से लड़ने लगे और मन ही मन एक-दूसरे के युद्ध कौशल की प्रशंसा करते गए! श्रेष्ठ योद्धा रुककर उन दोनों के बीच की लड़ाई को देख रहे थे, जिन्होंने एक दूसरे को मार डालने की शपथ ली थी। उन दोनों के सारथी अत्यंत कौशल और सावधानी से उनका रथ चला रहे थे।

आख़िरकार, कर्ण को यह समझ में आ गया कि उसके प्रयास विफल हो रहे हैं। उसने नागास्त्र प्रयोग करने का निश्चय किया। कर्ण ने नागास्त्र को अपने धनुष पर चढ़ाया और अत्यंत सावधानी से अर्जुन के गले पर निशाना साधा। उसके अस्त्र पर सर्प की आकृति बनी हुई थी, जिसका मुँह खुला हुआ और भयानक दाँत बाहर निकले हुए थे। कर्ण ने

ज्यों ही वह दिव्यास्त्र छोड़ा, वह बिजली की तेज़ी से अर्जुन की ओर बढ़ा। अर्जुन के साथ पहली बार ऐसा हुआ, जब उस महानायक के मन में किसी दिव्यास्त्र को देखकर भय पैदा हुआ था। उसने कृष्ण से उसकी रक्षा की याचना की। भगवान कृष्ण, जो पहले अनेक बार अर्जुन के बिना कहे उसकी रक्षा कर चुके थे, मुस्कराए और उन्होंने बहुत सहज रूप से अर्जुन के रथ को मिट्टी में बारह इंच नीचे दबा दिया। इसके फलस्वरूप कर्ण का नागास्त्र, जिसका निशाना उसने अर्जुन के गले पर साधा था, चूक गया और अर्जुन के सिर के ऊपर से, उसके मुकुट को गिराता हुआ निकल गया।

इसके बाद कर्ण ने सबसे शक्तिशाली दिव्यास्त्र, ब्रह्मास्त्र का प्रयोग करने का निश्चय किया, जिसका प्रयोग उसने अपने गुरु परशुराम से सीखा था परंतु कर्ण को यह सोचकर बहुत आश्चर्य हुआ कि उसे अपने गुरु के शाप के फलस्वरूप, ब्रह्मास्त्र के आह्वान का मंत्र याद नहीं आ रहा था। कर्ण का रथ भी मिट्टी में धँस गया और वह उसे बाहर नहीं निकल सका। शल्य ने रथ से नीचे उतरकर पहिए को निकालने से मना कर दिया। कर्ण ने शल्य को ऐसे समय पर साथ छोड़ने के लिए बहुत फटकारा। तब शल्य रथ से नीचे उतर गया और कर्ण को असहाय अवस्था में छोड़कर वहाँ से चला गया। कर्ण को अपने रथ से नीचे उतरना पड़ा। उसने स्वयं रथ के पहिए को मिट्टी से निकालने का बहुत प्रयास किया। इस बीच, उसने अर्जुन को कुछ देर के लिए युद्ध रोकने का आग्रह भी किया। अर्जुन उसकी बात मानने को तैयार हो गया था, परंतु कृष्ण ने, कर्मफल दाता की भूमिका निभाते हुए, कर्ण से कहा, 'हे कर्ण! तुम्हारा न्याय उस समय कहाँ गया था जब तुम कौरवों ने अकेले युवा अभिमन्यु को घेरकर उसकी हत्या कर दी थी?'

कर्ण को उस भयंकर घटना में अपनी भूमिका याद आई और वह समझ गया कि भगवान सत्य कह रहे थे। उसने एक लंबी श्वास ली और दोबारा रथ पर सवार हो गया। वह एक ही स्थान पर खड़े अपने रथ पर से ही अर्जुन से युद्ध करने लगा। अर्जुन ने इस बीच उसे बुरी तरह से घायल कर दिया था, किंतु वह कर्ण को मार नहीं सका। उस समय कृष्ण ने अर्जुन से कहा कि कर्ण को तब तक नहीं मारा जा सकता, जब तक उसके पुण्य पूरी तरह समाप्त नहीं हो जाते। ऐसी स्थिति में भगवान ने स्वयं एक भिक्षु का रूप धारण किया और कर्ण के पास माँगने पहुँच गए। उस समय कर्ण के पास देने को कुछ नहीं था तो भगवान ने उससे कहा, 'मैं तुम्हारे पुण्य लेने आया हूँ। मुझे उसी से संतुष्टि हो जाएगी।' कर्ण जानता था कि यह भी उसकी परीक्षा थी। इसलिए उसने मुस्कराते हुए उत्तर दिया, 'यदि आपको उससे संतुष्टि होती है, तो मैं सहर्ष आपको अपने द्वारा अतीत, वर्तमान और भविष्य में कमाए सभी पुण्य अर्पित करता हूँ!'

इस तरह कर्ण ने भगवान को, जो स्वयं पुण्य के दाता हैं, अपने समस्त पुण्य दान करके अमरत्व प्राप्त कर लिया। परंतु परीक्षा अभी समाप्त नहीं हुई थी। भगवान, कर्ण की और परीक्षा लेना चाहते थे, तो उन्होंने उससे कहा, 'ब्राह्मण को दिए जाने वाले दान के साथ, जल भी अर्पण किया जाता है।'

कर्ण ने उत्तर दिया, 'इस समय मेरे पास अपनी प्यास बुझाने के लिए भी जल उपलब्ध नहीं है। परंतु मैं आपको संतुष्ट करने के लिए कुछ और कर सकता हूँ।' यह कहकर कर्ण

ने अपने शरीर में धँसा एक बाण खींचकर बाहर निकाला तथा ब्राह्मण को अपना रक्त अर्पित कर दिया। रक्त की कमी हो जाने के कारण, कर्ण नीचे गिर पड़ा। तब भिक्षु ने उसे रथ के पहिए का सहारा देकर बैठा दिया।

अचानक कर्ण को अपने ऊपर पानी की बूँदें गिरने का एहसास हुआ। उसने आँखें खोलीं तो वह भगवान के दिव्य रूप को देखकर दंग रह गया। भगवान ने उसे अपने हाथों में उठा रखा था और वे करुणा-भरे नेत्रों से कर्ण को देख रहे थे। उनकी आँखों से गिरती अश्रु की बूँदें ही कर्ण को जल के समान लग रही थीं।

कृष्ण ने कहा, 'कर्ण, तुम्हारा नाम और तुम्हारी कीर्ति अमर रहेगी। तुमने अपने अपराधों के लिए पर्याप्त प्रायश्चित कर लिया है। अब तुम मुझसे कोई वरदान माँगो। मैं तुम्हारी इच्छा अवश्य पूरी करूँगा।'

कर्ण ने धीरे-से कहा, 'मैंने बहुत-से भयंकर अपराध किए हैं। मुझे केवल एक बात की तसल्ली है कि मैंने दुर्योधन के प्रति निष्ठा को पूरी तरह निभाया है और मैं उसकी कृतज्ञता के ऋण से मुक्त हो गया हूँ। मैंने कभी किसी को दान में माँगी गई वस्तु देने से मना नहीं किया। आप मुझे यह वरदान दीजिए कि यदि मुझे दोबारा जन्म लेना पड़े, तो मैं एक बार फिर मुझे दानवीरता का यह गुण प्राप्त हो सके तथा कोई मुझसे कुछ भी माँगे, तो मैं उसे मना न करूँ!'

भगवान कृष्ण ने कहा, 'कर्ण! तुम्हारी दानवीरता और उदारता की तुलना में, तुम्हारे अपराध नगण्य हैं। तुम्हें यह पीड़ा अपने उन्हीं अपराधों के कारण हो रही है, किंतु तुम चिंता मत करो। तुमने मुझे अपने पुण्य भी अर्पित कर दिए हैं। इस कारण, मैं तुम्हारे पापों का बोझ अपने ऊपर लेकर तुम्हें इस शारीरिक कष्ट से मुक्त कर रहा हूँ।' यह कहकर उन्होंने कर्ण को धीरे से बैठाया। वे वापस अर्जुन के पास गए और उसे कर्ण पर अंतिम बाण चलाने को कहा। अर्जुन निहत्थे शत्रु पर बाण चलाने का इच्छुक नहीं था, किंतु ईश्वर के आदेश का पालन करते हुए उसने अपना बाण, कर्ण पर छोड़ दिया। इस प्रकार उस महायोद्धा कर्ण की मृत्यु हो गई। यद्यपि उसने बहुत से अपराध किए थे परंतु उसका हृदय इतना उदार था कि लोग उसे केवल उसकी दानवीरता और उदारता के कारण याद रखते हैं। उसी समय, यह भविष्यवाणी हुई कि कर्ण का जन्म किसी निम्न जाति में नहीं हुआ, अपितु वह कुंती का पुत्र और पांडवों का ज्येष्ठ भाई था। यह सुनकर कुंती दौड़ती हुई युद्धभूमि में आई, जहाँ उसका मृत पुत्र और महायोद्धा कर्ण मिट्टी एवं रक्त से रंजित लेटा पड़ा था। उसने अपने मृत पुत्र को गोद में लिटाया और बहुत देर तक विलाप करती रही। उसने अपने वचनानुसार, सबको बताया कि कर्ण उसका प्रथम पुत्र था, हालाँकि यह बात सुनने के लिए उस समय पांडव वहाँ उपस्थित नहीं थे।

दुर्योधन भी तत्काल वहाँ पहुँच गया। यदि संसार में उसे कोई सबसे अधिक प्रिय था, तो वह कर्ण था। दुर्योधन को जब यह पता लगा कि कर्ण को अपने वंश का पता था और उसके बावजूद, उसने दुर्योधन के प्रति अपनी निष्ठा के कारण अपने भाइयों के विरुद्ध युद्ध किया, तो दुर्योधन बहुत दुःखी हुआ और उसे शांत करना कठिन हो गया। अर्जुन को तब यह समझ में आया कि उसे कर्ण और अपने बड़े भाई युधिष्ठिर के बीच इतनी समानता

क्यों महसूस हो रही थी और कर्ण को मारते समय वह अच्छा महसूस क्यों नहीं कर रहा था। इसके बाद कर्ण की पत्नी, कंचनमाला भी वहाँ आ पहुँची और उसने कर्ण के शव पर गिरकर बहुत देर तक विलाप किया। बाद में, वे सब कृष्ण के पास पहुँचे क्योंकि वे जानते थे कि कृष्ण को सब कुछ पता था, फिर भी उन्होंने उचित समय पर वह भेद प्रकट नहीं किया। वे लोग इस बात को भूल गए कि भगवान किसी के साथ पक्षपात नहीं करते। वे केवल यह सुनिश्चित करते हैं कि प्रत्येक व्यक्ति को वही फल मिले, जिसका वह पात्र है।

भगवान कृष्ण ने कहा, 'कर्ण ने स्वयं मुझसे यह प्रार्थना की थी कि उसके जन्म का रहस्य उसके मरने तक न खोला जाए। उसने दुर्योधन के प्रति कृतज्ञता के लिए स्वयं को बलिदान कर दिया। मैं जिस तरह यह कहने के लिए तैयार हूँ कि उसे पुनर्जन्म नहीं लेना पड़ेगा, उसी तरह उसकी मृत्यु का पूर्ण उत्तरदायित्व मैं स्वयं वहन करने के लिए भी तैयार हूँ। मैंने पिछले दो अवसरों पर तुम्हें कर्ण की वास्तविकता के विषय में संकेत दिया था, परंतु तुम इस बात को समझने के लिए तैयार नहीं थे। तुम में से किसी ने यह जानने का प्रयास नहीं किया कि द्रौपदी ने अपने मन में एक छठे व्यक्ति के होने की बात क्यों स्वीकार की थी और अर्जुन, कर्ण के भीतर, युधिष्ठिर की छवि देखकर पीछे क्यों हट गया था।'

इस प्रकार युद्ध का सत्रहवाँ दिन समाप्त हो गया। अट्ठारहवें दिन का आरंभ, अत्यंत उदासीनता-भरे वातावरण के साथ हुआ, मानो मौसम देवता भी उस दिन की दशा पर विलाप कर रहे थे। सबको, उस युद्ध का परिणाम पहले से पता था, परंतु दुर्योधन को फिर भी किसी चमत्कार की आशा थी। उसने अश्वत्थामा से परामर्श करके शल्य को नया सेनापति नियुक्त कर दिया। हालाँकि कौरव सेना में कुछ ही योद्धा शेष बचे थे, उन्होंने लड़ने का निश्चय किया। शल्य ने हताशा-जनित प्रेरणा के साथ, युद्ध आरंभ कर दिया। कृष्ण ने सुझाव दिया कि युधिष्ठिर को शल्य से युद्ध करना चाहिए। युधिष्ठिर ने भाले का शानदार प्रयोग करके सबको अचंभित कर दिया। बहुत लंबी और ज़बर्दस्त लड़ाई के बाद, युधिष्ठिर ने भगवान का नाम लेकर अपना भला फेंका तो वह सीधा शल्य की छाती के पार हो गया। तब कृष्ण ने बताया कि यह युधिष्ठिर द्वारा अर्जित धर्म की शक्ति का परिणाम था, जिसने शल्य को मार डाला। कौरव सेना अब पूरी तरह ध्वस्त और हताश हो चुकी थी। दुर्योधन ने उन्हें युद्ध के लिए प्रेरित किया और अपने शेष भाइयों को भी लड़ने के लिए भेज दिया। भीम ने कुछ ही समय में उन सबको मार डाला। नकुल ने शकुनि के पुत्र, उलूक का वध करके अपनी शपथ पूरी की। इसके बाद सहदेव ने अपनी शपथ पूर्ण करते हुए महाभारत के सबसे कुटिल व्यक्ति व गांधार के राजकुमार, शकुनि के हाथ काट डाले तथा उसे भयंकर पीड़ा से मरने के लिए युद्धभूमि में ही छोड़ दिया।

इसके बाद, पांडव शेष बची कौरव सेना को मारने के लिए निकल पड़े। सुबह का समय समाप्त होने तक केवल चार प्रमुख कौरव योद्धा बचे थे - दुर्योधन, अश्वत्थामा, कृपाचार्य और कृतवर्मा। युद्धभूमि को अपने ही भाइयों और प्रियजनों के कटे सिरों एवं रक्त से लाल भूमि को देखकर कौरव राजकुमार दुर्योधन, बच्चों की तरह रोने लगा। वह अपनी पराजय देखकर अत्यंत हताश हो गया। उसने वापस लौटकर द्वैपायन सरोवर में स्वयं को ठंडा करने का निश्चय किया। शेष तीन लोग भी उसके पीछे चल दिए। सरोवर

के निकट खड़े कुछ शिकारियों ने उनकी बातचीत सुन ली और उसके विषय में पांडवों को सूचित कर दिया, जो दुर्योधन को खोज रहे थे। वे तत्काल उस सरोवर पर पहुँच गए जहाँ दुर्योधन, कायरों की भाँति पानी में छिपा हुआ था और एक सरकंडे के द्वारा श्वास ले रहा था। कौरव सेना के वे तीन लोग भी इधर-उधर छिपे हुए थे। पानी में बुलबुले उठते देख, पांडवों को दुर्योधन के छिपने के स्थान का पता लग गया। उन्होंने दुर्योधन को कायर कहकर उकसाया तथा उसे बाहर निकलकर लड़ने के लिए कहा। यह सुनकर दुर्योधन सरोवर से बाहर आ गया और उसने युधिष्ठिर को उसका राज्य उदारतापूर्वक वापस करने का प्रस्ताव रखा। पांडव पराजित दुर्योधन का प्रस्ताव सुनकर हँसने लगे। उन्होंने दुर्योधन से वही कहा, जो एक बार दुर्योधन ने युधिष्ठिर से कहा था कि यदि वह अपना राज्य बचाना चाहता है तो उसे युद्ध करना होगा।

उसी समय युधिष्ठिर ने अपने स्वाभाविक अंदाज़ में, जो कभी-कभी मूर्खतापूर्ण प्रतीत होता था, दुर्योधन से कहा कि वह पांडवों में से किसी भी एक भाई से युद्ध कर सकता है और जो जीतेगा, उसे युद्ध की शेष संपदा मिल जाएगी। वह इस बात को भूल गया कि उसके भाई भीम ने दुर्योधन को मारने की शपथ ली थी। युधिष्ठिर किसी भी क़ीमत पर न्यायोचित बनने को व्याकुल रहता था। युधिष्ठिर के प्रस्ताव को सुनकर सभी पांडव दंग रह गए किंतु वे कुछ नहीं बोले, यद्यपि वे जानते थे कि उस प्रस्ताव का परिणाम उनकी सबकी आशाओं पर पानी फेर सकता है। परंतु दुर्योधन और भीम के बीच, शीत-युद्ध इतने लंबे समय से चल रहा था कि दुर्योधन को किसी अन्य पांडव से लड़ने का विचार तक नहीं आया। भीम द्वारा समस्त कौरव भाइयों की हत्या तथा अपने छोटे भाई दुःशासन के वध के नृशंस दृश्य को सोचकर दुर्योधन का रक्त उबलने लगा। उसकी आँखों में ख़ून उतर आया। वह युधिष्ठिर को तिरस्कारपूर्ण दृष्टि से देखने लगा, मानो वह उस दुर्बल प्रस्ताव के लिए उसका परिहास कर रहा हो। दुर्योधन ने फिर भीम को देखा। वे दोनों एक दूसरे को घूरने लगे। दोनों को अपना-अपना पुराना हिसाब चुकाना था और वे जानते थे कि उसका समय आ चुका था। उन दोनों को बहुत समय से उस क्षण की प्रतीक्षा थी।

दुर्योधन और भीम ने स्यमंतपंचक सरोवर के निकट निर्णायक युद्ध लड़ने का निश्चय किया। सभी सात लोग निर्धारित स्थान पर पहुँच गए। दुर्योधन के पास कवच नहीं था इसलिए भीम ने अपना कवच भी उतार दिया। उन दोनों के बीच युद्ध आरंभ होने से पहले, बलराम भी तीर्थयात्रा से लौट आए। वे अपने दोनों शिष्यों के बीच होने वाले उस महान युद्ध को देखने के लिए उपस्थित हो गए। उन्होंने दोनों को चेतावनी दी और अपने सिखाए नियमों का उचित पालन करने को कहा। शेष लोगों ने दोनों योद्धाओं के, जो उस निर्णायक युद्ध को लड़ने के लिए तैयार थे, चारों ओर एक घेरा बना दिया। दोनों ही बराबर के योद्धा थे। भीम का प्रहार अधिक शक्तिशाली था परंतु दुर्योधन का शरीर अपनी माता के दृष्टिपात के कारण अत्यंत फ़ौलादी हो चुका था। गांधारी ने दुर्योधन के शरीर में फ़ौलादी शक्ति भरने के लिए केवल एक बार आँखों से पट्टी उतारी थी। यद्यपि गांधारी ने उसे अपने समक्ष पूर्ण रूप से नग्न होकर आने को कहा था ताकि गांधारी के दृष्टिपात से दुर्योधन का प्रत्येक अंग वज्र के समान कठोर हो जाए, परंतु वह लज्जावश निर्वस्त्र नहीं

आया और उसने एक लंगोट पहन लिया, जिसके कारण उसकी जाँघों को छोड़कर उसका समस्त शरीर वज्र के समान फ़ौलादी हो गया था।

दुर्योधन बहुत सालों से भीम की लौह-प्रतिमा पर गदा-युद्ध का अभ्यास करता था और उसे इसी दिन की प्रतीक्षा थी। दुर्योधन को सतत अभ्यास के कारण भीम की ऊँचाई व चौड़ाई का भली-भाँति अंदाज़ था। वे दोनों कुछ देर तक लड़ते रहे। कुछ देर बाद दुर्योधन ने भीम से उसके शरीर के दुर्बल अंग के बारे में पूछा तो भीम ने सत्य बोल दिया और अपने सिर की ओर इशारा कर दिया। दुर्योधन ने तत्काल उसके सिर पर वार किया तो भीम काष्ठ के टुकड़े की भाँति धरती पर गिर पड़ा। इससे पहले कि दुर्योधन उसके शरीर पर प्रहार करता, भीम फिर से उठ बैठा। इसके बाद जब भीम ने दुर्योधन से उसके दुर्बल अंग के बारे में पूछा, तो दुर्योधन ने अपने सिर की ओर इशारा करते हुए झूठ बोल दिया। भीम ने पूरी शक्ति से उसके सिर पर प्रहार किया, किंतु दुर्योधन का सिर भी वज्र की भाँति मज़बूत था। उसका दुर्बल अंग वास्तव में उसकी जाँघें थीं। भीम ने द्रौपदी के चीर-हरण वाले दिन, दुर्योधन की जाँघें तोड़ने की शपथ ली थी। कुरु राजसभा में दुर्योधन ने अपनी जाँघें दिखाते हुए द्रौपदी को देखकर अश्लील संकेत किया था। परंतु युद्ध के आवेश में और सिर पर प्रहार के कारण भीम शायद उस बात को क्षणिक तौर पर भूल गया था। परंतु भगवान कृष्ण हमेशा की भाँति, पांडवों की सहायता के लिए आ गए और उन्होंने अपनी जाँघ थपथपाकर भीम को संकेत दे दिया। यह देखकर भीम की आँखों के सामने द्रौपदी के अपमान का दृश्य उभर आया। द्रौपदी की दयनीय और असहाय स्थिति को सोचकर भीम को बुरी तरह क्रोध आ गया। उसकी आँखें लाल हो गई और वह उन्नत साँड़ की भाँति अपने विरोधी की ओर दौड़ा। वह दुर्योधन की जाँघों को उसी दिन तोड़ देना चाहता था, जिस दिन द्रौपदी का अपमान हुआ था, परंतु उस दिन ऐसा करने का अवसर नहीं मिला। आज, उसे कोई, यहाँ तक कि अधर्म करने का विचार भी, नहीं रोक सका। दुर्योधन जैसे निकृष्ट और अधर्मी के साथ, जिसने पांडवों को पराजित करने के लिए हर तरह की धूर्त और कुटिल योजनाओं का सहारा लिया, लड़ने में धर्म और अधर्म का प्रश्न ही कहाँ था?

भीम ने अपनी गदा ऊपर उठाई मानो वह दुर्योधन के सिर पर प्रहार करने वाला था। ज्यों ही दुर्योधन प्रहार से बचने के लिए एक ओर उछला, भीम ने इतने वर्षों के दबे आवेश का आह्वान किया और अपनी गदा को पूरी शक्ति से दुर्योधन की जाँघों पर दे मारा। उसके शक्तिशाली प्रहार से दुर्योधन की जाँघें टूट गईं। वह नीचे गिर पड़ा और बुरी तरह घायल हो गया। भीम अपनी विजय पर सिंह की भाँति दहाड़ते हुए हँसा। परंतु उसका गुस्सा अभी शांत नहीं हुआ था। वह अपने पैर से दुर्योधन का सिर दबाने लगा क्योंकि उसके मतानुसार, सर्प के सिर को कुचल देना चाहिए। परंतु युधिष्ठिर बीच में आ गया और उसने भीम को रोक दिया। भीम अपने भाई के चरणों में गिर पड़ा। उसने कुरु राजवंश का मुकुट, जो अन्याय पूर्ण ढंग से उसे छीन लिया गया था, युधिष्ठिर के चरणों में रख दिया।

उसी समय बलराम, जो गदा-युद्ध देख रहे थे, दौड़ते हुए भीम के पास दौड़ते हुए आए। वे भीम द्वारा किए अनुचित प्रहार के लिए उसे दंडित करना चाहते थे। तभी कृष्ण ने बलराम को रोक कर पूछा कि उन्होंने दुर्योधन को पांडवों के विरुद्ध इतने अन्याय करने

पर क्यों नहीं रोका। बलराम ने कोई उत्तर नहीं दिया और चुपचाप द्वारका लौट गए। उन्होंने युद्ध समाप्त होने की प्रतीक्षा भी नहीं की। दुर्योधन भयंकर पीड़ा के उन क्षणों में भी कृष्ण को बुरा-भला कहने लगा।

कृष्ण ने शांत भाव से उत्तर दिया, 'तुम उन कष्ट और पीड़ाओं के विषय में सोचो, जो तुमने लोगों को दी हैं। तुम्हारे कारण असंख्य लोगों की जानें चली गईं, क्योंकि तुमने किसी बात को नहीं समझा और जब मैं शांति प्रस्ताव लेकर हस्तिनापुर आया था तो तुमने मेरी सलाह भी नहीं मानी। सभी प्राणियों को उनके कर्मों का फल भुगतना पड़ता है। समय का चक्र धीरे चलता है परंतु अंत में वह सृष्टि के विनाश को अपने भीतर समाहित कर लेता है।'

दुर्योधन को वहीं छोड़कर, पांडव अपने शिविर में लौट आए। अर्जुन के रथ से उतरते ही उसमें एक भयंकर विस्फोट हुआ और वह जलकर भस्म हो गया। यह देखकर सब लोग अचंभित हो गए।

अर्जुन की आँखों में आँसू आ गए। उसने कृष्ण से पूछा, 'प्रभु! मैं यह क्या देख रहा हूँ? मेरा यह रथ, जो मुझे अग्निदेव ने खांडव-दाह के समय प्रदान किया था, मेरे उतरते ही मेरी आँखों के सामने जलकर भस्म हो गया! इसका क्या कारण है?'

भगवान कृष्ण ने उत्तर दिया, 'यह रथ द्रोण, कर्ण और अश्वत्थामा द्वारा छोड़े गए अनेक शक्तिशाली अस्त्रों को इसलिए सहन कर पाया क्योंकि मैं उसके ऊपर सवार था। यह बहुत समय पहले जलकर भस्म हो जाता, परंतु मेरे इस पर मौजूद होने के कारण यह अभी तक जला नहीं था। अब जबकि तुमने अपना लक्ष्य प्राप्त कर लिया है तो मैं नीचे उतर आया हूँ। सृष्टि की समस्त वस्तुओं के साथ भी ऐसा ही होता है। प्रत्येक वस्तु की रचना किसी उद्देश्य से होती है। जिस क्षण, वह उद्देश्य पूर्ण हो जाता है, वह वस्तु भी नष्ट हो जाती है। यही स्थिति मनुष्यों के साथ होती है। प्रत्येक व्यक्ति, जीवन की इस विचित्र यात्रा में एक निश्चित और निर्धारित उद्देश्य से निकलता है और उस कार्य को पूरा करने के बाद, उसका उद्देश्य समाप्त हो जाता है। साथ ही, पृथ्वी पर उसकी आवश्यकता भी समाप्त हो जाती है और उसे इस लोक को छोड़कर जाना पड़ता है। यही बात मेरे साथ भी है। मैं इस पृथ्वीलोक पर एक विशेष उद्देश्य के लिए आया हूँ। वह उद्देश्य अभी पूर्ण नहीं हुआ है। परंतु जैसे ही वह क्षण आएगा और मेरा उद्देश्य पूरा हो जाएगा, मेरी भी मृत्यु हो जाएगी। इसी प्रकार, तुम्हारी और तुम्हारे प्रिय भाइयों की भी मृत्यु हो जाएगी। परंतु अभी शोक मत करो। हमें अभी बहुत-से कार्य करने हैं।' ऐसा कहकर, कृष्ण ने युधिष्ठिर को विजय के लिए शुभकामना दी।

वह सब शारीरिक और मानसिक रूप से बुरी तरह थक चुके थे और अपने शिविर में आराम करना चाहते थे। परंतु कृष्ण ने उन्हें ऐसा करने से रोक दिया और कहा कि पुरानी परंपरा के अनुसार, विजेताओं को शिविर के बाहर सोना चाहिए। इसलिए, पाँचों भाई, सात्यकि के साथ, अपने शिविर से बाहर सोए, जबकि भगवान कृष्ण ने हस्तिनापुर जाकर कौरवों के माता-पिता को सांत्वना देने का कृतज्ञता-रहित कार्य अपने हाथ में ले लिया।

संजय ने, जो नेत्रहीन धृतराष्ट्र को युद्धभूमि की घटनाओं का वर्णन सुना रहा था, समस्त कौरवों के विनाश की सूचना दी। कृष्ण जब हस्तिनापुर पहुँचे तो विदुर, धृतराष्ट्र और गांधारी को सांत्वना दे रहा था। भगवान की आँखें आँसुओं से भर आईं। उन्होंने जब वृद्ध माता-पिता की दुर्दशा को देखा तो वे उनके निकट बैठ गए और लंबे समय तक उनसे बातचीत करते रहे। कृष्ण ने गांधारी से कहा, 'क्या आपको वो दिन याद है, जब मैं शांति-प्रस्ताव लेकर हस्तिनापुर आया था और आपने दुर्योधन को कहा था, जहाँ धर्म है वहीं विजय है? आपने जैसा कहा था, वैसा ही हुआ! आपको इस नरसंहार के लिए पांडवों को दोष नहीं देना चाहिए। आपको पता ही होगा कि युधिष्ठिर ने युद्ध रोकने के लिए बहुत प्रयास किए, परंतु यदि दुर्योधन ने हमारे परामर्श पर ध्यान दिया होता तो इस विनाश को रोका जा सकता था। अब आपका यह कर्तव्य है कि आप पांडु के पुत्रों के साथ उचित व्यवहार करें। उन्होंने अपने जीवन में बहुत-से कष्ट सहन किए हैं। आपको उन पर क्रोध नहीं करना चाहिए।'

भगवान कृष्ण ने उनके साथ कुछ समय बिताया और उनके दुःखी हृदय को सांत्वना देने के बाद, वे वापस कुरुक्षेत्र लौट आए। उनके साथ संजय भी था, जो दुर्योधन को अपनी अंतिम श्रद्धांजलि देना चाहता था। दुर्योधन, उस समय अपने जीवन के अंतिम पीड़ादायक क्षण भोग रहा था। परंतु तब भी उसका हृदय प्रतिशोध की ज्वाला से जल रहा था। उसे अपने किए पर कोई पछतावा नहीं था। संजय के वापस जाने के बाद, अश्वत्थामा, कृप और कृतवर्मा भी दुर्योधन से मिलने पहुँचे। उन्होंने उसके दुःख को कम करने के लिए पांडवों को मारने का अंतिम प्रयास करने का निश्चय किया। यह सुनकर दुर्योधन बहुत प्रसन्न हुआ और उसने अश्वत्थामा को सेनापति बनाकर वहाँ से भेज दिया।

रात हो चुकी थी और वे तीनों एक वृक्ष के नीचे आराम कर रहे थे। तभी अश्वत्थामा ने देखा कि एक उलूक चुपचाप उस वृक्ष पर आया और उसने वृक्ष पर सोते हुए कौवों के बच्चों को मार डाला। यह देखकर अश्वत्थामा के उन्मत्त मस्तिष्क में एक कुटिल योजना जन्म लेने लगी। उसने कृपाचार्य और कृतवर्मा को जगाया और उन्हें अपनी योजना बताई। उन्होंने उसका साथ देने से मना कर दिया, परंतु अश्वत्थामा कृतसंकल्प था और उसने किसी तरह कृपाचार्य और कृतवर्मा को मना लिया। उन तीनों ने मिलकर पांडवों और उनकी सेना को सोते में निर्ममता से मार डालने की योजना बनाई। रात्रि के अंधकार में, वे तीनों दुष्ट, चुपचाप पांडव शिविर में प्रवेश कर गए। उस समय चूँकि युद्ध लगभग समाप्त हो चुका था, प्रहरी भी आराम कर रहे थे। भगवान कृष्ण के अतिरिक्त किसी ने सपने में भी ऐसी भयंकर घटना का अनुमान नहीं लगाया था। परंतु कृष्ण ने भी अपनी दैवी योजना के अंतर्गत, पांडवों के अतिरिक्त किसी अन्य को बचाने का कोई प्रयास नहीं किया। जिस प्रकार अर्जुन का रथ नष्ट हुआ था, उसी प्रकार शिविर में सो रहे शेष लोगों के शरीर रूपी रथ के नष्ट होने का भी समय आ चुका था।

अश्वत्थामा ने कृपाचार्य और कृतवर्मा को द्वार पर पहरा देने के लिए छोड़ दिया और उन्हें किसी भी भागते हुए व्यक्ति को मार देने का आदेश दे दिया। फिर वह स्वयं चुपचाप, उलूक की भाँति, शिविर में प्रवेश कर गया। उसका मन उस घृणित कार्य को करने तथा

दुर्योधन के प्रति अपनी निष्ठा व प्रेम व्यक्त करने को आतुर था। वह सबसे पहले धृष्टद्युम्न के शिविर में घुसा और वहाँ उसने धृष्टद्युम्न को बुरी तरह घायल कर दिया। धृष्टद्युम्न ने अश्वत्थामा से प्रार्थना की वह उसे तलवार से तत्काल मार डाले किंतु, उसने धृष्टद्युम्न का गला घोंटकर उसे मारा। उसके बाद, अश्वत्थामा ने शिखंडिन की निर्ममता से हत्या की और फिर वह पांडवों के शिविर में घुस गया। उस समय, पांडव और द्रौपदी के पाँच पुत्र सो रहे थे। अश्वत्थामा ने उन्हें ही पांडव समझ लिया और उसने अत्यंत बेरहमी से, उन बालकों के सिर काट डाले। कृपाचार्य ने शिविर में आग लगा दी ताकि वहाँ से कोई भी व्यक्ति जीवित बचकर न भाग सके।

पांडव शिविर में भगदड़ मच गई। जिन लोगों ने वहाँ से बचकर भागने का प्रयास किया, उन्हें तीनों कौरव हत्यारों ने पकड़कर मार डाला। अश्वत्थामा अपने रक्तरंजित हाथों में पाँच सिर पकड़े दुर्योधन के पास पहुँच गया और उसने वे सिर दुर्योधन को दे दिए ताकि वह पांडवों के कटे सिर देखकर शांति से मर सके। दुर्योधन ने उन सिरों को अपने हाथ में लिया और एक-एक करके उन्हें दबाकर कुचलने लगा। तभी उसे एहसास हुआ कि भीम का सिर इतनी आसानी से नहीं मसला जा सकता था। दुर्योधन ने एक मशाल मँगवाई और उसकी काँपती हुई रोशनी में देखा कि नियति ने एक बार फिर क्रूरतापूर्ण ढंग से विजय को उसके हाथ से छीन लिया था। अश्वत्थामा के प्रति कृतज्ञता का भाव, क्रोध में बदल गया और उसने अश्वत्थामा को पांडवों के पुत्रों की हत्या करने के लिए बुरी तरह फटकारा। इतनी फटकार सुनकर अश्वत्थामा परेशान होकर वहाँ से चला गया।

पीड़ा, क्रोध और हताशा से तड़पते दुर्योधन ने, जिसका कुटिलता में कोई सानी नहीं था, अपना जीवन त्याग दिया। अंतिम समय में उसे देखने वाला और उसकी मृत्यु पर विलाप करने वाला भी कोई नहीं था। उसके आस-पास केवल गिद्ध मंडरा रहे थे।

धृष्टद्युम्न के घायल सारथी ने अर्द्धरात्रि में हुए नरसंहार की सूचना पांडवों को दी। वह समाचार सुनकर पांडवों को अपनी खोखली विजय पर हुए अत्यंत दुःख हुआ। उन्नीसवें दिन, सुबह जब सूर्य उदय हुआ तो शिविर का दृश्य उदासीनता और हताशा-भरा था। पांचाली को साथ लेकर पांडवों ने उस भयंकर दृश्य को देखा। अपने बच्चों के विक्षिप्त तन देखकर वे मूर्छित हो गए। द्रौपदी को जब होश आया तो उसने भीम को अश्वत्थामा से प्रतिशोध लेने का आग्रह किया। भीम ने नकुल को अपना सारथी बनाया और वहाँ से चला गया। कृष्ण को अश्वत्थामा के ब्रह्मशिरास्त्र की शक्ति का पता था और वे जानते थे कि अश्वत्थामा, अपने जीवन को दाँव पर लगाकर भी, उस अस्त्र का प्रयोग करने से नहीं हिचकिचाएगा। इसलिए, वे भी अर्जुन के साथ भीम के पीछे चल पड़े।

भीम ने देखा कि अश्वत्थामा नदी के तट के पास छिपा था। उसका विवेक उसका साथ छोड़ चुका था। अश्वत्थामा को दुर्योधन जैसे दुष्टता के अवतार के लिए, निर्दोष सैनिकों और बालकों का वध करने पर भी संतोष नहीं हुआ। महान द्रोणाचार्य का पुत्र, जिसने अपने अधर्मी कृत्य से अपनी जाति और कुल की प्रतिष्ठा को पहले ही धूमिल कर लिया था, एक और भयंकर कृत्य करने की तैयारी में था। वह घास का एक तिनका लेकर उसे ब्रह्मशिरास्त्र की शक्ति से अभिमंत्रित कर रहा था। इसके बाद, उसने वह अस्त्र भीम और

अर्जुन पर यह कहकर छोड़ दिया, 'यह अस्त्र, संसार को पांडवों के कुल से रहित कर देगा!'

ब्रह्मशिरास्त्र, उस युग का सबसे शक्तिशाली अस्त्र था और उसके अत्यंत विनाशक व विध्वंसकारी परिणामों को ध्यान में रखते हुए, उसे किसी ने प्रयोग नहीं किया था। उसे अश्वत्थामा जैसे व्यक्ति को दिया ही नहीं जाना चाहिए था, जो नैतिक रूप से उसे प्रयोग करने का अधिकारी नहीं था।

अश्वत्थामा द्वारा छोड़े गए उस अस्त्र से भयंकर ज्वाला निकली, जो मानो समूचे संसार को जलाने को तैयार थी। कृष्ण ने अर्जुन को कहा कि उस अस्त्र को काटने के लिए उसे भी अपने ब्रह्मशिरास्त्र का प्रयोग करना होगा। अर्जुन ने भी वैसा ही किया। दोनों के ब्रह्मशिरास्त्र, आकाश में टकराने वाले थे। यदि वे अस्त्र परस्पर टकरा जाते तो पूरी सृष्टि नष्ट हो जाती। परंतु उसी समय, व्यास और नारद वहाँ पहुँच गए। उन्होंने अपनी तपोबल से उस भीषण विध्वंस को रोक दिया। कृष्ण ने अर्जुन को अपना अस्त्र वापस लेने को कहा। अर्जुन ने उनकी आज्ञा का तत्काल पालन करते हुए, अपना अस्त्र वापस लौटा लिया। परंतु अश्वत्थामा अपने अमानवीय कृत्य के कारण वह शक्ति खो चुका था। इसलिए वह अपने अस्त्र को वापस बुलाने में अक्षम था। अस्त्र का उपयुक्त प्रयोग न कर पाने के कारण अश्वत्थामा का ब्रह्मशिरास्त्र उसी की ओर मुड़ गया। वह अश्वत्थामा को नष्ट करने वाला था कि तभी वह भागता हुआ ऋषियों के पास गया और उनसे रक्षा की प्रार्थना की। ऋषियों ने द्रोणाचार्य का सम्मान करते हुए तथा यह देखकर कि ऐसी मृत्यु, अश्वत्थामा के लिए बहुत आसान मृत्यु होगी, उसे बचा लिया। इसके बाद अर्जुन ने अश्वत्थामा के हाथ-पैर बाँधे और वह उसे द्रौपदी के पास ले गया।

कृष्ण ने द्रौपदी की परीक्षा लेने के लिए कहा, 'तुम यदि चाहो तो अश्वत्थामा को मृत्युदंड दे सकती हो। तुम इसे कैसे मारना चाहोगी?'

भगवान जब अपने भक्तों की परीक्षा लेते हैं तो वह सामान्य तौर पर उन्हें उस परीक्षा में सफल होने की शक्ति भी प्रदान करते हैं। द्रौपदी ने अपनी महानता का परिचय देते हुए उत्तर दिया, 'इसने मेरे पाँच पुत्रों तथा मेरे प्रिय भाइयों की निर्ममता से हत्या की है। इसलिए इसे निकृष्टतम तरह का मृत्युदंड मिलना चाहिए। परंतु मुझे ध्यान है कि यह मेरे पति के गुरु का पुत्र है और इसकी माता कृपी, अभी जीवित हैं। मैं नहीं चाहती कि जो पीड़ा मैं इस समय भोग रही हूँ, वही कष्ट किसी अन्य स्त्री को भोगना पड़े। फिर, इसकी मृत्यु से मेरे पुत्र जीवित नहीं होंगे इसलिए, मैं इसे मृत्युदंड नहीं देना चाहती!'

भगवान कृष्ण, द्रौपदी के उत्तर को सुनकर बहुत प्रसन्न हुए। उन्होंने कहा, 'हम इसका सिर काटने के बजाए, इसके केश काट सकते हैं तथा इसके मस्तक की मणि निकाल सकते हैं। यह दंड, एक योद्धा के लिए मृत्यु के समान ही होगा!'

द्रौपदी ने कृष्ण की मान ली। भीम ने अश्वत्थामा के पाँच स्थान से केश काट डाले और उसके मस्तक की मणि को, जिससे उसे समस्त प्रकार के अस्त्र-शस्त्रों, रोग एवं भूख-प्यास से सुरक्षा प्राप्त थी, निकाल लिया। कहते हैं, विषैले सर्प को घायल करके छोड़ना बुद्धिमत्ता नहीं होती क्योंकि ऐसा करने से वह निर्दयी, फिर से कुटिल योजनाएँ बनाने लगता है। अश्वत्थामा के साथ भी ऐसा ही हुआ। दया रहित और विक्षिप्त अश्वत्थामा ने उस

अवस्था में भी पांडवों का अंत करने का एक अंतिम प्रयास किया क्योंकि वह जानता था कि कृष्ण के संरक्षण में रहने वाले पांडवों को सामान्य ढंग से कभी नहीं मारा जा सकेगा। उसने घास का एक और तिनका लिया और उसे फिर उसी शक्तिशाली मंत्र से अभिमंत्रित करके पांडवों की पत्तियों के गर्भस्थ शिशु पर छोड़ दिया ताकि पांडवों का वंश सदा के लिए समाप्त हो जाए। उस समय, पांडव शिविर में केवल अभिमन्यु की पत्नी, उत्तरा गर्भवती थी। अश्वत्थामा द्वारा छोड़ा गया वह वस्त्र तेज़ी से उत्तरा के गर्भ की बढ़ने लगा। यह देखकर भगवान कृष्ण की बहन और अभिमन्यु की माता, सुभद्रा दौड़कर कृष्ण के पास पहुँची और उनसे उत्तरा को बचाने की प्रार्थना करने लगी। भगवान कृष्ण ने तत्काल अपना सुदर्शन चक्र चलाकर अश्वत्थामा के दिव्यास्त्र को काट दिया और उत्तरा की रक्षा कर ली। इसके बाद, वे अश्वत्थामा के पास गए, जो अपने प्राण बचाकर वहाँ से भागना चाहता था। परंतु कृष्ण ने उसे पकड़ लिया और दंडित करने का निश्चय किया। अश्वत्थामा ने कृष्ण से मृत्युदंड की याचना की, परंतु भगवान के हाथों मृत्यु को प्राप्त होना, उस दुष्ट के लिए बहुत अच्छी मृत्यु होती!

भगवान कृष्ण ने अश्वत्थामा को भीषण शाप दिया, 'तुम कुष्ठ रोगी बनकर हज़ारों वर्षों तक इस संसार में भटकते रहोगे। कोई व्यक्ति तुमसे बात नहीं करेगा और तुम अनेक प्रकार के रोग और व्याधियों से ग्रस्त हो जाओगे। स्वयं तुम्हारा नाम, एक शाप बन जाएगा!'

यह भयंकर शाप सुनकर अश्वत्थामा डर गया और संसार में अनंत काल तक भटकने के लिए से चला गया।

मुझे पूर्ण विश्वास है कि जहाँ महायोगी कृष्ण और धनुर्धारी अर्जुन एक साथ खड़े हो जाएँ, वहीं समृद्धि, विजय, कीर्ति और धर्म होता है।

—श्रीमद् भगवद्गीता

हरि ॐ तत्सत्

ॐ

ॐ

ओउम् भीष्ममुक्तिप्रदायकाय नमः!

अध्याय 28

भीष्म का सुझाव

भक्त्याएश्या मनो यस्मिन, वाचा यन्नामा कीर्तयन्,
त्यजन कालेबरं यागी, मुच्यते कामकरमाभि,
स देवादेवो भगवान प्रतीक्षतं कलेबरमं, यवथितं हिनोम्यहम्,
प्रसन्नहासरूनालोचनोल्लासन्मुकम्भुजो ध्यानापदस्चतुर्भुजम्।

मृत्यु-शैय्या पर लेटे भीष्म ने युधिष्ठिर से कहा : 'जिन भगवान कृष्ण का पूर्ण निष्ठा के साथ ध्यान करने से, जिनका नाम लेने और यश गाने से मरणशील व्यक्ति, इच्छा और कर्तव्य के बंधनों से मुक्त हो जाता है, मैं उन मनमोहक चेहरे और दयालु मुस्कान वाले कमलाक्ष भगवान कृष्ण से प्रार्थना करता हूँ कि वे, जिन्हें सामान्यतया हृदय में ध्यान करके ही प्राप्त किया जा सकता है, मेरे द्वारा शरीर त्यागने तक मेरे भौतिक नेत्रों के सामने रहें!'

युद्ध समाप्त होने के अगले दिन कुरुक्षेत्र की युद्धभूमि पर सूर्योदय बहुत फीका और नीरस था, मानो वह भी हताशा और दुःख-भरे दृश्य को देखना नहीं चाहता था। गिद्ध एवं अन्य माँस-भक्षी प्राणी, युद्धभूमि के चारों ओर चीख-पुकार करते हुए मृत योद्धाओं और घोड़ों के बीच घूम रहे थे। यद्यपि पांडव अनाहत और विजयी रहे थे, उनकी अभिलाषाओं का अंत हो चुका था। उन्होंने अपने पुत्रों के प्राण गँवाकर, अपना राज्य वापस जीता था। उन्हें कुरु राज सिंहासन तो मिल गया परंतु उनके हृदय और घर, रिक्त हो गए थे। कुरुक्षेत्र की रक्तरंजित भूमि पर आर्य शूर वीरता का पुष्प सदा के लिए कुम्हला गया था। वे शूरवीर, जो लहराती हुई ध्वजा, उछलते अश्वों, रत्नजड़ित रथों और शंखनाद व नगाड़ों के शोर के बीच एक माह पहले युद्धभूमि में आए थे, अब शव बनकर ठंडी धरती पर चीलों, गिद्धों और सियारों का भोजन बने हुए थे। कुछ दूरी पर शाही स्त्रियों का समूह, दुःखी अवस्था में अपने मृतक संबंधियों की मृत्यु पर विलाप करता युद्धभूमि की ओर आ रहा था। जैसा कि भगवान कृष्ण ने द्रौपदी को युद्ध से पहले ही बता दिया था, उन स्त्रियों के केश खुले थे, वस्त्र अस्त-व्यस्त थे और सिंदूर, आँसुओं से भीगकर उनके चेहरे पर फैल गया था।

वे दुःख से छाती पीट रही थीं। उन्हें, जिन्हें राजमहलों की चारदीवारी के बाहर पहले कभी नहीं देखा गया था, देखकर पांडव घबरा गए। वे स्त्रियाँ अपने चेहरों से पर्दा हटाकर लोगों की नज़रों से बेपरवाह, युद्धभूमि में उसी तरह चली आ रही थीं, जैसे द्रौपदी को हस्तिनापुर की गलियों में खुलेआम घसीटा गया था। धृतराष्ट्र के सभी पुत्र मर चुके थे और जिस तरह चौदह वर्ष पूर्व द्रौपदी ने अपने यौवनकाल में, कौरवों के हाथों अपमानित किए जाने के बाद, विलाप किया था, उसी तरह कौरवों की विधवाएँ रो रहीं और विलाप कर रहीं थीं। उनकी हालत पर रोने वाला कोई नहीं था, परंतु उस दयनीय दृश्य को देखकर पांडव रो रहे थे क्योंकि उनके भीतर दया का दूध अब भी बह रहा था। पांडवों को मृत योद्धाओं के लिए, जो अपनी मृत्यु का कारण स्वयं बने थे, विलाप करती स्त्रियों के समान ही दुःख महसूस हो रहा था।

पांडवों के लिए वह दृश्य जब असहनीय हो गया, तो वे कृष्ण के साथ, धृतराष्ट्र और गांधारी से मिलने हस्तिनापुर चले गए क्योंकि वे दोनों अपनी आयु और नेत्रहीनता के कारण युद्धभूमि में नहीं आ सके थे। युधिष्ठिर राजमहल पहुँचते ही धृतराष्ट्र के चरणों में गिर पड़ा। धृतराष्ट्र ने उसे गले लगाया। इसके बाद भीम की बारी थी। धृतराष्ट्र को भीम पर इतना अधिक क्रोध आ रहा था कि उसने भीम को गले लगाते समय दबाकर मार डालने का प्रयास किया। परंतु कृष्ण ने सही समय पर, अत्यंत चालाकी से, भीम के स्थान पर उसकी लौह-प्रतिमा को धृतराष्ट्र के सामने कर दिया। यह वही प्रतिमा थी, जिस पर दुर्योधन प्रतिदिन गदा चलाने का अभ्यास करता था। धृतराष्ट्र ने भीम की लौह-प्रतिमा को इतनी ज़ोर से दबाया कि वह काँच की तरह टूटकर चकनाचूर हो गई। हालाँकि युद्ध, धृतराष्ट्र की अपनी ग़लती का परिणाम था, वह अपने पुत्रों की नियति को देख, अपनी खीझ छिपा नहीं पाया। उसने समय रहते, यदि दुर्योधन के क्रोध को नियंत्रित करने का प्रयास किया होता तथा उसे बचपन से ही धर्म के मार्ग पर चलने के लिए प्रेरित किया होता, तो उसे यह दिन नहीं देखना पड़ता। यही बात कृष्ण ने उसे पहले भी समझ आई थी। कृष्ण ने धृतराष्ट्र से कहा कि अब उसे पांडवों को पिता का प्रेम देना चाहिए।

इसके बाद, वे सब गांधारी से मिलने पहुँचे। गांधारी शुरू से जानती थी कि कुरुक्षेत्र के युद्ध में, उसके घर और वंश का नाश हो जाएगा। उसे यह भी पता था कि उसके पति की दुर्बलता और लोभ-वृत्ति के कारण ही विनाश हुआ था। परंतु अपने पति को उस विनाश के बोझ के नीचे दबता देख, गांधारी क्रोध और दुःख से जलने लगी। वह अपने पति के प्रति इतनी निष्ठावान थी कि उसने विवाह के दिन ही, स्वेच्छा से, अपनी आँखों पर पट्टी बाँधकर स्वयं को उन सुखों से वंचित कर लिया था, जो उसके पति के भाग्य में नहीं थे। उसकी निष्ठा और क्रोध में इतनी शक्ति थी कि वह पांडवों को देखने से घबरा रही थी क्योंकि उसे डर था कि कहीं उसका क्रोध पांडवों को जलाकर भस्म न कर दे। युधिष्ठिर ज्यों ही गांधारी का आशीर्वाद लेने के लिए आगे बढ़ा, गांधारी ने आँखें नीचे कर लीं। उसकी दृष्टि, युधिष्ठिर के पैरों पर पड़ी और उस स्थान से युधिष्ठिर के पैर जल गए! यह देखकर भीम और अर्जुन घबराकर कृष्ण के पीछे छिप गए। गांधारी के क्रोध की ज्वाला उनके सिरों के ऊपर से निकल गई!

इसके बाद, पांडव चौदह वर्ष बाद अपनी माता कुंती से मिलने पहुँचे। कुंती ने उन्हें स्नेहपूर्वक गले लगाया और उनके सिर पर प्रेम से हाथ फेरा। उसने द्रौपदी को गले लगाकर उसे भी सांत्वना दी। अंत में, वे सब धृतराष्ट्र और गांधारी को साथ लेकर युद्धभूमि में गए। गांधारी ने द्रौपदी से कहा, 'पुत्री! मेरी ओर देखो और स्वयं को दिलासा दो। विदुर ने यह भविष्यवाणी बहुत समय पहले की थी। कृष्ण ने भी, जब वे शांति-दूत बनकर हस्तिनापुर आए थे, इसकी चेतावनी दी थी। पुत्री, तुम्हारी तरह मेरे भी पुत्र युद्ध में मारे गए हैं। अब कौन किसे सांत्वना देगा? इस पूरे वंश का विनाश मेरे कारण हुआ है!'

वे लोग युद्धभूमि में पहुँच गए। गांधारी, मन की आँखों से सब कुछ देख रही थी। उसने कृष्ण को देखा। वह जानती थी कि कृष्ण अविनाशी हैं। उसने कृष्ण को मृतकों के शव दिखाए और विलाप करती पत्नियों की ओर संकेत किया। इसके बाद, वह दुर्योधन के शव के पास पहुँची तो मूर्छित होकर गिर पड़ी। कृष्ण, चुपचाप गांधारी के पास खड़े रहे। गांधारी ने उत्तरा को अपने पति अभिमन्यु के शव के निकट बैठकर विलाप करते देखा। उसका केवल छह माह पूर्व विवाह हुआ था। यह देखकर गांधारी का क्रोध फिर भड़क गया, परंतु इस बार वह भगवान कृष्ण पर केंद्रित था।

'देखो, कमलाक्ष!' गांधारी ने कहा। 'मेरे घर की अकेली और विधवा स्त्रियों को देखो, जिनके केश खुले हैं और आँखें रोने से सूज गई हैं। क्या आपको इनकी अपने पतियों के शव पर विलाप करती करुण चीख़-पुकार सुनाई नहीं देती? इन्हें देखो, ये किस तरह कुरुक्षेत्र की युद्धभूमि में अपने प्रिय पतियों के चेहरों को खोज रही हैं। ये अपने पतियों, पिताओं, पुत्रों और भाइयों को ढूँढ़ रही हैं। समूची युद्धभूमि इन पुत्र-हीन माताओं और विधवा स्त्रियों से भरी हुई है। मेरे वे यशस्वी और जोशीले योद्धा पुत्र कहाँ हैं? इस युद्ध भूमि में, उनके मूल्यवान रत्न और स्वर्ण-कवच बिखरे हुए हैं। उनके आभूषण फैले हुए हैं। उनके साहसी हाथों के अस्त्र-शस्त्र भूमि पर यहाँ-वहाँ पड़े हैं और उन्हें उठाने वाला कोई नहीं है। हे कृष्ण, इन दयनीय दृश्यों को देखकर मेरा शरीर दुःख से जल रहा है। मेरे लिए इस संसार में रिक्तता और हताशा के अतिरिक्त कुछ भी शेष नहीं रह गया है। मेरे लिए इस सृष्टि के तत्व नष्ट हो चुके हैं। यह भूमि, बुझी हुई अग्नि में काले पड़ चुके कोयले के टुकड़ों के समान, इस महायुद्ध में भाग लेने वाले वीर योद्धाओं से पटी हुई है। वे युवक, जो कभी अपनी पत्नियों के कोमल वक्ष पर आराम किया करते थे, अब पृथ्वी की ठंडी और कठोर भूमि पर निर्जीव पड़े हैं। उनके यश का गान करने के लिए भाटों व चारणों के स्थान पर, केवल सियार मौजूद हैं। इन स्त्रियों का करुण विलाप, भूखे भेड़ियों की चीख़ के साथ मिल गया है। कृष्ण! मेरे पुत्रों की नियति में उनके जन्म से लेकर अब तक क्या लिखा था? कुरु वंश के राजघराने पर यह विपदा कैसी आ पड़ी? इन भयानक घटनाओं को देखकर मेरा हृदय फट क्यों नहीं जाता? मैंने और मेरी विलाप करती इन पुत्रियों ने कौन-सा पाप किया था, जो हमारे ऊपर यह संकट आया है?'

कुंती और द्रौपदी का रुदन सुनकर गांधारी को अचानक एहसास हुआ कि यह संपूर्ण युद्ध केवल भगवान की लीला थी, जिसमें दोनों सेनाओं ने एक-दूसरे को नष्ट कर दिया था। उसने देखा कि इस पूरे युद्ध का निर्देशक-निर्माता उसके निकट ही खड़ा था।

गांधारी ने फिर से कृष्ण की ओर देखा। उसके हृदय इतना दुःखी था कि उसने भगवान कृष्ण को शाप देने का निश्चय कर लिया! वह बोली, 'जनार्दन! इस युद्ध भूमि पर दो सेनाएँ पूरी तरह नष्ट हो गई हैं। जब ये एक-दूसरे का विनाश कर रहे थे, उस समय आप कहाँ थे? क्या आप अंधे हो गए थे या आपने भी अपनी आँखों पर पट्टी बाँध ली थी? आपने कुरु वंश पर यह विपदा क्यों आने दी? मुझे भली-भाँति पता है कि यदि आप चाहते तो इस विनाश को रोक सकते थे। हे कंस विनाशक! आपने ऐसा क्यों नहीं किया? मैं अपनी निष्ठा और कर्तव्यपरायणता की शक्ति का आह्वान करते हुए आपको और आपके कुल को शाप देती हूँ कि आज से छत्तीस वर्ष बाद, आप स्वयं अपने सगे-संबंधियों का वध करेंगे और अपने पुत्रों और संबंधियों को मारने के बाद, आपकी भी एकांत में उसी तरह मृत्यु हो जाएगी, जिस तरह मेरा पुत्र दुर्योधन, कौरवों का राजा होते हुए भी एक सरोवर के निकट अकेला और असहाय अवस्था में मारा गया! आपके कुल की स्त्रियाँ, अपने पुत्रों, पतियों और मित्रों के मरने के बाद, उसी तरह रोएँगी और विलाप करेंगी, जिस तरह आज कौरवों की पत्नियाँ विलाप कर रही हैं!'

गांधारी का स्वर धीरे-धीरे उसकी सुबकी के नीचे दब गया। भगवान कृष्ण ने स्नेहपूर्वक गांधारी को देखते हुए कहा, 'माता, आप धन्य हैं क्योंकि आपने मेरा कार्य पूरा करने में मेरी सहायता की है। मेरे कुल, यानी यादव वंश के लोग अजेय हैं, इसीलिए उन्हें मेरे ही हाथों मारा जा सकता है। हे माता, मैं हाथ जोड़कर आपका यह शाप सहर्ष स्वीकार करता हूँ!'

उसके बाद भगवान कृष्ण ने धीरे-से नीचे झुककर वृद्ध रानी गांधारी को उठाया और कहा, 'उठिए गांधारी! इतने वर्षों में आपके पुत्रों ने धर्म के मार्ग पर चल रहे पांडवों के साथ जो अन्याय किए हैं, उनके विषय में सोचिए और देखिए कि इन्होंने कितने धैर्य के साथ वे सब अन्याय सहन किए। उस समय, मैं नहीं अपितु, आप स्वयं बेपरवाह थीं और अब उसके लिए आप मुझे दोष दे रही हैं। कर्म का सिद्धांत कठोर होते हुए भी अत्यंत न्यायसंगत होता है। मनुष्य जैसे कर्म करता है, उसे वैसा ही परिणाम प्राप्त होता है। आपके पुत्रों को और पांडवों के पुत्रों को, अपने-अपने कर्मों के अनुसार ही परिणाम मिला है। समय, जो सर्वशक्तिमान है, एक दिन हम सबको नष्ट कर देगा। यह भी ईश्वर का ही विधान था कि आपके और पांडवों के पुत्रों को इस प्रकार मृत्यु को प्राप्त होना था। अपने हृदय में शोक मत कीजिए। महारानी! दुःख करने से हृदय में अधिक दुःख उत्पन्न होता है। जिस तरह गाय, बोझ उठाने के लिए बछड़े को जन्म देती है, ब्राह्मण स्त्री, धार्मिक कार्यों के लिए संतान उत्पन्न करती है तथा श्रमिक स्त्री, पुत्रों को जन्म देकर श्रमिकों की संख्या में वृद्धि करती है। परंतु क्षत्रिय स्त्री, पुत्रों को इसीलिए जन्म देती है ताकि वे युद्ध भूमि में प्राण त्याग सकें। मुझे बताइए, विलाप करने से क्या लाभ होगा?'

गांधारी ने कृष्ण के वचनों को शांति से सुना। उसे सत्य का एहसास हुआ और उसने अपने दुःख से उत्पन्न अंतर्दृष्टि से देखा कि संपूर्ण संसार, मिथ्या है। उससे अधिक कुछ कहने की आवश्यकता नहीं थी। वह समझ गई कि दुर्बलता से दुःख और दुःख से और अधिक दुर्बलता उत्पन्न होती है, जैसा कि भगवान कृष्ण ने अर्जुन को युद्धभूमि में भी

समझाया था। यह जानने के बाद, वह धृतराष्ट्र और युधिष्ठिर तथा अन्य लोगों को साथ लेकर अपने मृतक पुत्रों के अंतिम संस्कार के लिए गंगा तट पर चली गई।

कुंती ने जब कर्ण की पत्नी को उसके शव के निकट बैठ विलाप करते देखा तो उससे सहन नहीं हुआ। वह देवी गंगा, जो कुंती-पुत्र कर्ण को वर्षों पूर्व बहाकर दूर ले गई थी, आज उसकी चिता की भस्म को ले जाने को तैयार थी। वह नदी मानव जाति की चिंताओं और परेशानियों से विरक्त, आज भी उसी शांत भाव से बह रही थी। कर्ण का अंतिम संस्कार करने के लिए उसके पुत्र नहीं बचे थे। वे सब युद्ध में मारे गए थे। कुंती को लगा कि उसने जन्म के समय ही कर्ण को त्याग दिया था और अपने पुत्र के साथ किए गए उस अन्याय की क्षतिपूर्ति करने का यही उचित समय था। तब कुंती दृढ़ क़दमों से युधिष्ठिर के पास गई और बोली, 'तुम्हें एक और व्यक्ति का अंतिम संस्कार करना है।' पाँचों भाइयों ने आश्चर्य से कुंती की ओर देखा। केवल भगवान कृष्ण, कुंती की दुविधा जानते थे। वे करुण दृष्टि से उन्हें देखते रहे।

युधिष्ठिर ने पूछा, 'मैं समझा नहीं। वह कौन व्यक्ति है, जिसका अंतिम संस्कार मुझे करना है?'

'वह कर्ण है! तुम्हें उसका संस्कार भी करना है,' कुंती ने उत्तर दिया।

युधिष्ठिर ने आश्चर्य से पूछा, 'मैं क्षत्रिय होकर, सूत-पुत्र का अंतिम संस्कार क्यों करूँ?'

कुंती पीड़ा से मौन हो गई। उसके कारण कर्ण को आजीवन क्षत्रिय का सम्मान नहीं मिला था, इसलिए वह चाहती थी कि मृत्युपर्यंत कर्ण को वह सम्मान प्राप्त हो सके। उसने कहा, 'वह सूत नहीं, अपितु क्षत्रिय था!'

'वह सूतपुत्र नहीं था!' पांडव अचंभित होकर ज़ोर से बोले। 'हमें बताइए माता, उसका पिता कौन था?'

कुंती ने उत्तर दिया, 'कर्ण सूर्यदेव का पुत्र था! वह सूत-पुत्र नहीं, अपितु सूर्य-पुत्र था! उसकी माता एक क्षत्राणी है। वह कर्ण के जन्म के समय अविवाहित थी, इसलिए उसने कर्ण को जन्म के समय ही त्यागकर, उसे नदी में बहा दिया था। बाद में, अधिरथ नाम का सूत और उसकी पत्नी राधा, उस बालक को अपने घर ले गए तथा अपनी संतान की भाँति, कर्ण का पालन-पोषण किया। कर्ण ने अन्य सब नामों की अपेक्षा, अपने लिए राधेय नाम चुनाव क्योंकि वह राधा को ही अपनी माता मानता था।'

पाँचों पांडव, कुंती की ओर आश्चर्य से देख रहे थे। आख़िर, युधिष्ठिर ने पूछा, 'उसकी असली माता कौन थी?'

सब लोग कुंती की ओर देखने लगे। कुंती ने भगवान कृष्ण की ओर देखा। कृष्ण ने अनंत करुणा से भरी दृष्टि से कुंती को देखा और उसके भीतर सत्य बोलने की शक्ति का संचार कर दिया। कुंती ने युधिष्ठिर को दृढ़तापूर्वक उत्तर दिया, 'मैं ही कर्ण की माता हूँ! कर्ण मेरा सबसे पहला पुत्र था।' यह कहकर कुंती मूर्छित होकर धरती पर गिर पड़ी। विदुर, उसे सँभालने के लिए दौड़ा।

युधिष्ठिर आश्चर्य से मौन हो गया। उसने भीम से कहा, 'कर्ण मेरा भाई था!' अर्जुन ने युधिष्ठिर की बाँह थाम ली और बोला, 'यह मैंने क्या किया? मैंने अपने ही भाई को मार डाला और अब, मैं उसकी मृत्यु पर हर्षित हो रहा हूँ!'

पांडव दुःख से मौन हो गए। कुंती को होश आया तो युधिष्ठिर ने उससे पूछा, 'क्या कर्ण को इस बात का पता था?'

कृष्ण ने कुंती की ओर से उत्तर देते हुए कहा, 'हाँ, उसे यह पता था!' पांडवों के सिर लज्जा से झुक गए। उन्हें वह समय याद आया, जब वे कर्ण को सूत-पुत्र कहकर बुलाते थे और वह फिर भी चुप रह जाता था। उन्होंने अपनी माता से पूछा, 'माता, आपने हमारे साथ ऐसा क्यों किया?' यह कहकर वे सब कुंती को छोड़कर वहाँ से चले गए। अंतिम संस्कार के उपरांत, परंपरानुसार, उन्हें एक माह तक नदी-तट पर ही रहना था। युधिष्ठिर सबसे अधिक शोकाकुल था। तब ऋषि व्यास और देवर्षि नारद, उसके पास आए। नारद ने युधिष्ठिर को कर्ण की कथा सुनाई तथा उसे सांत्वना देने का प्रयास किया।

इस बीच, कृष्ण अपने करुण स्वभाव के चलते, रानी कुंती के पास पहुँचे। वे जानते थे कि कुंती पर क्या बीत रही होगी। उसने अपने पाँच पुत्रों की रक्षा करने के लिए, अपने ज्येष्ठ पुत्र का बलिदान दे दिया था और अब वे लोग बार उससे दूर चले गए थे। भगवान कृष्ण ने कुंती के साथ, जिसने अपने बचपन से लेकर उस दिन तक अपने जीवन की अनेक परीक्षाओं और परेशानियों भरे समय को अत्यंत साहस से सहन किया था, कुछ समय बिताया।

कुंती ने भगवान कृष्ण से कहा, 'हे उत्तम पुरुष! हे परमेश्वर! मैं आपको प्रणाम करती हूँ। जिस प्रकार एक अज्ञानी दर्शक नाटकीय वस्त्र पहने हुए अभिनेता को पहचान नहीं पाता, उसी तरह मैं भी आपको पहचान नहीं सकी, क्योंकि आपने अपनी पहचान को साधारण मनुष्य के रूप में छिपा कर रखा। तथापि, मैं आपकी कृपा से इस मानव रूप के भीतर, आपके असली स्वरूप को देख और पहचान पाई हूँ। हे कृष्ण, मैं आपको प्रणाम करती हूँ! हे प्रभु, आप उपनिषदों के ब्रह्म हैं, जो अपनी लीला दर्शाने के लिए नंद के पुत्र के रूप में अवतरित हुए हैं।'

आपने जिस प्रकार दुष्ट कंस के कारागृह से अपनी दुःखी माता देवकी को छुड़ाया था, उसी तरह आपने संकट की अनेक स्थितियों से मुझे और मेरे पुत्रों को बचाया है। उन ख़तरनाक परिस्थितियों की गिनती नहीं की जा सकती, जब आपने हमारी रक्षा की है। आपने भीम की हत्या का प्रयास, वारणावत का लाक्षागृह षड्यंत्र, वन के ख़तरनाक राक्षस और पशु, द्रौपदी का अपमान और वनवास के दौरान सहन किए संकटों से लेकर इस महायुद्ध के महान योद्धाओं के अस्त्र-शस्त्रों तक सदा हमारी रक्षा की है। आपने अश्वत्थामा के ब्रह्मशिरास्त्र से उत्तरा के गर्भ की रक्षा द्वारा, हमारे कुल को नष्ट होने से बचाया है।

इसके बाद, कुंती ने दोषरहित ढंग से भगवान के समक्ष विशिष्ट प्रार्थना की। 'हे संसार के सर्वश्रेष्ठ गुरु! मैं आपसे प्रार्थना करती हूँ कि आप सदा मुझे दुःख देते रहिए। मैं चाहती हूँ कि मेरे आस-पास सदा संकट मौजूद रहें क्योंकि जब हमें चारों ओर से संकट का

एहसास होता है, हम केवल उसी समय ईश्वर को महसूस कर पाते हैं। हमारा मन, केवल भीषण दुःख और उन्माद के क्षणों में, एकाग्रचित्त होकर पूरी निष्ठा से आपको पुकारता है। उस समय, आप अपने भक्तों को बचाने के लिए दौड़े चले आते हैं। मुझे आपसे अपने लिए सुख-सुविधाएँ नहीं चाहिए, क्योंकि जब हमारा अच्छा समय आता है, तो हमारा कपटी मन आपको स्मरण नहीं करता, जबकि वे सुख-सुविधाएँ हमें आपकी कृपा से ही प्राप्त होती हैं। इसलिए मैं आपको धन्यवाद देती हूँ कि आपने हमें धन और वैभव नहीं दिया क्योंकि इसी कारण, हमें आपके रूप में अमूल्य निधि प्राप्त हो पाई है। निर्धनों का असली धन, आप हैं। मुझे राज्य अथवा कीर्ति की चिंता नहीं है। मैं अपने शेष जीवन में आपके दर्शन करना चाहती हूँ। आप शाश्वत, अनंत और सर्वशक्तिमान समय हैं, जिसकी सतत चाल, अच्छे, बुरे क्षुद्र और महान में कोई अंतर नहीं करती। गांधारी ने जो कहा, वह सत्य है। लोगों के बीच युद्ध करवाना आपका कार्य है। इससे मृत्यु और विनाश होता है। आपका न कोई मित्र है और न शत्रु। यहाँ तक कि आपके तथाकथित शत्रुओं का विनाश भी उनकी भलाई के लिए और उन्हें मोक्ष दिलवाने के लिए होता है क्योंकि आप अवतार रूप में, समस्त जीवों की मुक्ति का मार्ग प्रशस्त करते हैं। आपके विभिन्न अवतारों में अजन्मे और अविनाशी आत्मा का जन्म और उसकी गतिविधियाँ सचमुच एक रहस्य हैं। हे ईश्वर, मैं आपसे प्रार्थना करती हूँ कि आप हमें कभी न छोड़ें क्योंकि हम पूरी तरह आप पर निर्भर हैं। हम आपके अतिरिक्त किसी अन्य की शरण में नहीं जा सकते। हे भगवान, आप मेरे संबंधियों के प्रति मेरी आसक्ति को दूर करने में सहायता कीजिए। मेरी आसक्ति को अन्य समस्त वस्तुओं से दूर करने में मेरी सहायता कीजिए। जिस प्रकार गंगा, समुद्र में मिलती है, मैं उसी प्रकार आपकी ओर आना चाहती हूँ। आप करुणा के अनंत सागर हैं। आप प्रेम और आनंद की सतत धारा हैं। आप अर्जुन के मित्र हैं। आप गोकुल के स्वामी हैं। आप निर्बलों और ऋषियों के रक्षक हैं। आप महायोगी तथा मानव जाति के आध्यात्मिक गुरु हैं। मैं आपको बारंबार प्रणाम करती हूँ!'

ऐसा कहकर कुंती काष्ठ के टुकड़े की तरह, भगवान के चरणों में गिर पड़ी। वह अपने प्रेम और अपनी भावनाओं को सँभाल नहीं पा रही थी। उसे जब यह विचार आता कि भगवान कृष्ण ने किस प्रकार उसे और उसके पुत्रों को बचाया था, तो उसका मन हर्ष और आनंद से भर उठता था। भगवान कृष्ण के मन में, जो मानव शरीर धारण करके कुंती के सामने खड़े थे, समस्त प्राणियों के लिए अथाह प्रेम था। भगवान कृष्ण, कुंती को देखकर मनमोहक ढंग से मुस्कराए और उसकी प्रार्थना को स्वीकार करते हुए उन्होंने कुंती को उसकी पूर्ण और अटूट निष्ठा के लिए आशीर्वाद दिया।

एक माह का शोक समाप्त होने के उपरांत, युधिष्ठिर ने कृष्ण, व्यास एवं अन्य ऋषियों के सुझाव पर अपने राज्याभिषेक के लिए हामी भर दी। ब्राह्मणों और अतिथियों ने युधिष्ठिर का सम्मान किया। भाटों और चारणों ने उसकी स्तुति गाई और फिर स्वयं भगवान कृष्ण, युधिष्ठिर को अपने साथ लेकर राजसिंहासन तक गए। उन्होंने उसके सिर पर राजवंश का मुकुट रखा। वह विशिष्ट क्षण था जब स्वयं भगवान, एक मनुष्य का राज्याभिषेक कर रहे थे। युधिष्ठिर सचमुच कितना धन्य था!

रामायण की कथा में विपरीत स्थिति थी। वहाँ भगवान के अवतार श्रीराम का राज्याभिषेक एक मनुष्य, यानी महर्षि वशिष्ठ ने किया था। युधिष्ठिर के बाद भीम को युवराज़ बनाया गया तथा विदुर को राजा का मंत्री एवं निजी परामर्शदाता नियुक्त किया गया। संजय को राजस्व का कार्य सौंपा गया तथा अर्जुन को विदेश मंत्री एवं पांडवों का सेनापति नियुक्त किया गया। सहदेव को युधिष्ठिर का निजी अंगरक्षक एवं नकुल को भी सेनापति बनाया गया। युयुत्सु को अपने नेत्रहीन पिता धृतराष्ट्र एवं गांधारी का निजी अनुचर बनाया गया। अंत में, युधिष्ठिर ने कृष्ण से कहा, 'हे प्रभु! आपने मुझे मेरा राज्य वापस दिलवाया है। हमारे प्रति स्नेह वश, आपने मनुष्य की भूमिका निभाई है, जबकि आप शाश्वत परमात्मा के रूप में पूजनीय हैं। आप देवताओं के स्वामी हैं, फिर भी आपने एक मनुष्य की भाँति व्यवहार किया है। आप हमारे साथ रोए एवं हँसे हैं, आपने हमारे साथ दुःख सहन किया किया है। आप हमारे मार्गदर्शक हैं और आपने हमें सत्य का आभास करवाया है। मैं इन सबके बदले केवल इतना कर सकता हूँ कि आपके चरणों को अपने आँसुओं से धो सकता हूँ।' यह कहकर युधिष्ठिर, भगवान कृष्ण के चरणों में गिर पड़ा।

ऋषियों द्वारा सांत्वना देने तथा भगवान कृष्ण द्वारा स्वयं अनेक बार कहे जाने के बावजूद, युधिष्ठिर के मन में, युद्ध में हुए विनाश में उसकी भूमिका पर दुःख और पछतावा कम नहीं हो रहा था। वह इस बात को समझ नहीं पाया कि सब कुछ, ईश्वरीय इच्छा के फलस्वरूप हुआ था। उस भयंकर विनाश के लिए स्वयं को दोषी मानते हुए युधिष्ठिर का मन, दुःख और पीड़ा से भरा हुआ था।

'मैं कितना दुष्ट व्यक्ति हूँ!' उसने कहा। 'मैंने अपने शरीर के लिए, जो अंत में सियारों और गिद्धों का भोजन बन जाएगा, असंख्य लोगों का विनाश किया है। मैं हज़ारों वर्षों की पीड़ा भोगने के बाद भी नरक से मुक्त नहीं हो पाऊँगा क्योंकि मैंने बच्चों, ब्राह्मणों, मित्रों, संबंधियों, भाइयों और गुरुओं की हत्या की है। मैंने उन स्त्रियों को कष्ट दिया है, जिनके पति मेरे कारण मारे गए। मैं अनेक यज्ञ और दान करके भी इस पाप का प्रायश्चित नहीं कर सकता!'

युधिष्ठिर, अपने अपराध-भाव पर विचार करता हुआ उदासीनता में घिरता चला गया। कोई भी उसके मन को दुःख से मुक्त नहीं करवा पाया। उसने भगवान कृष्ण द्वारा अर्जुन को दिया गया उपदेश आत्मसात नहीं किया था। वह स्वयं को युद्ध का एकमात्र दोषी मान रहा था और यह सोचकर विलाप एवं दुःख करता जा रहा था। उसे देखकर भगवान कृष्ण ने युधिष्ठिर को भीष्म पितामह के पास ले जाने का निश्चय किया, जो अब भी शर-शैय्या पर लेटे हुए थे। इसके पीछे, कृष्ण के दो उद्देश्य थे। पहला, युधिष्ठिर की शंकाओं का निवारण करना और दूसरा, भीष्म को प्राण त्यागने से पहले आशीर्वाद प्रदान करना। सब लोग कुरुक्षेत्र की ओर चल पड़े, जहाँ भीष्म पितामह बाणों की शैया पर लेटे हुए थे। कृष्ण ने उनके आहत तन पर स्नेहपूर्वक हाथ रखा तो भीष्म को शांति और राहत का एहसास हुआ। उनका मस्तिष्क स्पष्ट होने लगा। ईश्वर की इच्छानुसार, भीष्म पितामह ने युधिष्ठिर को धर्म का उपदेश दिया।

भीष्म ने हाथ जोड़कर भगवान कृष्ण से कहा, 'आप तो स्वयं धर्म के प्रतीक हैं, फिर मुझे यह उपदेश युधिष्ठिर को देने के लिए क्यों कह रहे हैं? यह अवश्य ही आपके भक्त को यश देने का आपका दैवी तरीक़ा है!'

कृष्ण मुस्कराए और बोले, 'आपके वचन वेदों के समतुल्य हैं। ये आपको अमर कीर्ति प्रदान करेंगे। आप उपदेश आरंभ कीजिए।'

भीष्म ने, उस साकार रूप पर, जो सबके हृदय में वर्षों से स्थित था, अपने नेत्रों को केंद्रित किया उनकी आँखों में आँसू भर आए। उन्होंने युधिष्ठिर से कहा, 'पुत्र! विधाता की लीला सचमुच बहुत विचित्र है। तुम्हारे परिवार पर, जिसका मुखिया धर्म का पुत्र है, जिसकी रक्षा वायु-पुत्र भीम और गांडीवधारी अर्जुन करते हैं और जिसका मार्गदर्शन स्वयं भगवान श्रीकृष्ण करते हैं, ऐसा संकट क्यों आना चाहिए? भगवान की माया को कोई नहीं समझ सकता। यहाँ तक कि दूरदर्शी ऋषिगण भी, जिन्होंने ईश्वर को जानने का प्रयास किया है, उसे समझने में असफल हैं। इसलिए हे सम्राट युधिष्ठिर, यह मानते हुए कि सब कुछ विधि द्वारा निर्धारित है, अब तुम ईश्वर के आदेश का पालन और अपनी अनाथ हो चुकी प्रजा की रक्षा करो। सच्चा धर्म वही है, जो विकास की प्रक्रिया को आगे बढ़ाता है। विपरीत परिस्थितियों का सामना करते हुए घृणा और प्रेम तथा पसंद-नापसंद से ऊपर उठकर स्वधर्म का पालन करना ही बुद्धिमान व्यक्ति का लक्षण है। तुम्हारा कर्तव्य केवल कर्म करना है, उसके फल पर तुम्हारा कोई अधिकार नहीं है। वह पूरी तरह ईश्वर के हाथ होता है। यही मोक्ष का मार्ग है। फल की इच्छा से किया गया कार्य, कर्म-बंधन को जन्म देता है और अनासक्ति पूर्ण ढंग से किया गया वही कार्य, मुक्ति प्रदान करता है। अपने अहंकार का त्याग कर दो, जो तुम्हारे यश का श्रेय स्वयं लेना चाहता है। तुम कीर्ति अथवा अपमान के अधिकारी नहीं हो। इन कार्यों को करने वाला केवल ईश्वर है। यह भी सचमुच विचित्र बात है कि स्वयं भगवान नारायण, जो तुम्हारे साथ हैं, तुम्हें उपदेश के लिए मेरे पास लेकर आए हैं। वे तुम्हारी बुआ के पुत्र हैं, तुम्हारे मित्र हैं, तुम्हारे निःस्वार्थ साथी हैं और तुम्हारे सबसे बड़े हितैषी हैं। तुमने उनकी सेवाएँ ली हैं और यहाँ तक कि उनका सारथी के रूप में भी उपयोग किया है। वे तुमसे प्रेम करते हैं, इसलिए उन्होंने अपनी समस्त भूमिकाओं को भली-भाँति निभाया है। उन्होंने इन कार्यों को करने में हर्ष अथवा अपमानित महसूस नहीं किया। वे समस्त प्राणियों की आत्मा हैं, वे समदर्शी हैं तथा अहंकार से पूरी तरह मुक्त हैं। वे अपनी असीम अनुकंपा के कारण, तुम्हें मेरे पास लेकर आए हैं क्योंकि वे जानते हैं कि मेरे जाने का समय हो चुका है। मैं भगवान से प्रार्थना करता हूँ कि वे, जिन्हें केवल योगी अपने हृदय में महसूस कर सकते हैं, मेरे द्वारा प्राण त्यागने तक मेरी आँखों के सामने रहें!'

यह सुनकर युधिष्ठिर समझ गया कि अर्जुन ने भी युद्धभूमि में भगवान के विराट रूप का दर्शन किया था और यह कि कृष्ण, जो पांडवों के साथ सामान्य मानवीय व्यवहार करते थे, स्वयं भगवान का रूप थे। युधिष्ठिर ने आँखें बंद कीं और अपनी भूलों और त्रुटियों के लिए मन में भगवान से क्षमा माँगी। उसने जब अश्रुपूरित आँखों से कृष्ण की ओर देखा तो वे उसे स्नेहपूर्वक देख रहे थे। कृष्ण जानते थे कि युधिष्ठिर के मन में क्या चल रहा है। भगवान के करुण दृष्टिपात से युधिष्ठिर को संतोष हुआ और उसने पितामह

के पास जाकर उनसे धर्म के सभी पक्षों, मनुष्य के कर्तव्यों, राजा के कर्तव्यों तथा मोक्ष के इच्छुक लोगों के धर्म के विषय में प्रश्न किए।

भीष्म ने इन विषयों तथा धर्म के सभी पहलुओं पर युधिष्ठिर को लंबा आख्यान दिया, जिसे सुनकर युधिष्ठिर पूरी तरह संतुष्ट हो गया। भीष्म द्वारा दिए गए उपदेश का सार इस प्रकार था : 'नियति सर्वशक्तिमान है किंतु पुरुषार्थ द्वारा नियति को बदला जा सकता है। सत्य सबसे शक्तिशाली होता है। सत्य के मार्ग पर चलने वाला मनुष्य, जीवन में कभी असफल नहीं होता। मनुष्य को सदा आत्म-संयम, विनम्रता और धर्म का पालन करना चाहिए। उसका स्वभाव न अधिक नम्य और न अधिक कठोर होना चाहिए। परिस्थितियों के अनुसार स्वयं को परिवर्तित करना पड़ता है। दुर्बलता, सद्गुण नहीं है, अपितु वह अनेक दुर्गुणों को जन्म देती है। मनुष्य को करुणा के मार्ग पर चलते हुए कड़े अनुशासन का पालन करना चाहिए। अनियमितता और अधर्म के प्रति सहनशीलता, मनुष्य के पतन का कारण बनती है। जीवन, आलस्य से नष्ट होता है और पुरुषार्थ द्वारा उसे समृद्ध बनाया जा सकता है। घृणा, जीवन का सबसे भयंकर विष है। प्रेम, मनुष्य को संरचनात्मक बल प्रदान करता है क्योंकि वह अत्यंत शक्तिशाली होता है। प्रेम द्वारा पापी को भी सुधारा जा सकता है। धर्म ही मनुष्य का एकमात्र मित्र है, क्योंकि वह सदा उस शरीर का, जिसे एक समय पर सब छोड़ देते हैं, साथ देता है।'

युधिष्ठिर ने भीष्म से पूछा, 'मनुष्य को ईश्वर की किस रूप में और किस प्रकार आराधना करनी चाहिए?' भीष्म मुस्कराए और कृष्ण की ओर देखकर बोले, 'वे परमेश्वर, जो समस्त मानवजाति को शरण देते हैं, मेरे निकट खड़े हैं। ये इस सृष्टि के ईश्वर और देवताओं के स्वामी हैं तथा संपूर्ण संसार में व्याप्त हैं। उनका ध्यान करने तथा नाम लेने से, मनुष्य अपने दुःखों से मुक्ति पा लेता है। ईश्वर, दिव्य ऊर्जा के श्रेष्ठ स्रोत हैं। उनका ध्यान करना सर्वश्रेष्ठ प्रायश्चित है तथा वे ही शाश्वत ब्रह्म स्वरूप हैं। स्वयं को भगवान के चरणों में समर्पित कर दो क्योंकि वे ही अतीत वर्तमान और भविष्य के स्वामी हैं, वे ही परमेश्वर और पुरुषोत्तम हैं!'

यह कहकर भीष्म थककर लेट गए, परंतु उनके मुख पर प्रसन्नता का भाव था। उन्होंने "विष्णु सहस्रनाम" का जाप आरंभ कर दिया और फिर युधिष्ठिर को आशीर्वाद देकर उसे उत्तरायण आरंभ होने पर फिर से आने को कहा।

उत्तरायण के प्रथम दिन, वे सभी फिर से भीष्म से मिलने आए। भीष्म ने भगवान कृष्ण से कहा, 'आप सृष्टि के स्वामी हैं। आप पुरुषोत्तम हैं और परमात्मा हैं। कृपया मुझे अपना विश्वरूप दिखाइए!'

भगवान ने भीष्म पितामह की इच्छा को पूरा कर दिया। भीष्म ने कुछ पुष्प मँगवाए और उनसे भगवान कृष्ण की आराधना की। भीष्म ने कहा, 'आप संसार के स्वामी हैं। आप उत्तम पुरुष और इस सृष्टि के रचयिता हैं। आप ही परमात्मा हैं। कृपया मुझे इस मानव शरीर को त्यागने की अनुमति प्रदान कीजिए। आपकी अनुमति मिलने के बाद, मैं उच्चतम अवस्था को प्राप्त कर सकूँगा।'

भगवान ने कहा, 'देवव्रत, मैं तुम्हें अपने धाम लौटने की अनुमति देता हूँ। तुम वापस वसुओं के पास लौट जाओ। मृत्यु के बाद, इस संसार में तुम्हारा पुनर्जन्म नहीं होगा। मृत्यु, तुम्हारे द्वार पर सेवक की भाँति, तुम्हारी प्रतीक्षा कर रही है। मैं तुम्हें वापस जाने की अनुमति देता हूँ।'

भीष्म पितामह ने फिर से पांडवों को बुलाकर कहा, 'सदा सत्य के मार्ग पर चलना। मन, वचन और कर्म से सत्य का पालन करना, आत्म त्याग का अभ्यास करना और सबके साथ करुण व्यवहार रखना। परम ब्रह्म का ज्ञान प्राप्त करना। यही सब धर्मों का धर्म है। ध्यान रखना कि जहाँ भगवान कृष्ण हैं, वहीं धर्म है और जहाँ धर्म है, विजय वहीं है।'

ऐसा कहकर भीष्म पितामह ने अपनी आँखें बंद कर ली और अपनी समस्त ऊर्जा को सिर के ऊपर केंद्रित कर लिया। फिर वे इच्छा-मृत्यु के वरदान का प्रयोग करते हुए दिव्य प्रकाश के रूप में, वहाँ से प्रस्थान कर गए। उनके आसपास खड़े लोगों ने उनके शरीर से दिव्य ज्योति को निकलते देखा, जो धीरे-धीरे ऊपर उठकर आकाश में विलीन हो गई। उस समय, मंद समीर बह रही थी और मधुर संगीत सुनाई दे रहा था। इसी के साथ भीष्म पितामह ने मानव शरीर को सदा के लिए त्याग दिया। यहाँ तक कि मृत्यु को भी उनकी प्रतीक्षा करनी पड़ी। पांडवों ने अपने प्रिय भीष्म पितामह का आदरपूर्वक अंतिम संस्कार संपन्न किया।

कहते हैं, जब भीष्म पितामह की अस्थियों को अगले दिन गंगा में बहाया गया, तो कुछ क्षण के लिए नदी का प्रवाह रुक गया था। देवी गंगा स्वयं बाहर निकल कर आईं तथा उन्होंने भगवान कृष्ण के समक्ष अपने प्रिय पुत्र की मृत्यु पर शोक व्यक्त किया।

भगवान ने गंगा से कहा, 'देवी! आप साधारण मनुष्य की भाँति विलाप क्यों कर रही हैं? आपका पुत्र एक अमर वसु था, जिसने शाप के कारण पृथ्वी पर बहुत लंबा समय व्यतीत किया। अब आपको प्रसन्न होना चाहिए कि वह अपने लोक में वापस लौट गया है!'

भगवान के वचन सुनकर गंगा को संतोष हुआ। वह अपने पुत्र की अस्थियाँ अपने साथ लेकर सामान्य रूप से बहने लगी।

भगवान कृष्ण, पांडवों के साथ हस्तिनापुर लौट आए और कुछ समय उनके साथ ही रहे। बाद में, उन्होंने अपने शहर द्वारका जाने का निश्चय किया। वे पांडवों से विदा लेने के बाद अपने रथ पर सवार हो गए। यद्यपि पांडवों ने अपने पुत्रों और सगे-संबंधियों का संहार होते देखा था, परंतु उन्हें तब भी इतना दुःख नहीं हुआ जितना श्रीकृष्ण के हस्तिनापुर से जाते समय हुआ था। उन्हें अपना जीवन, परिस्थितियों के सागर में नियंत्रण-रहित नाव के समान प्रतीत हो रहा था। वे लोग भगवान के दिव्य प्रभाव से स्वयं को सदा सुरक्षित महसूस करते थे। वे युद्ध के समय भी स्वयं को अजेय मानते थे क्योंकि भगवान कृष्ण उनके साथ थे। उनके लिए कृष्ण से वियोग असहनीय हो गया था। अर्जुन, कृष्ण को छोड़ने नगर के द्वार तक साथ गया। वह वापस नहीं लौटना चाहता था, परंतु कृष्ण के आग्रह पर उसे लौटना पड़ा क्योंकि युधिष्ठिर के लिए अर्जुन का साथ आवश्यक था। जिस प्रकार किसी बेल का सहारा अचानक छीन लिया जाता है, उसी प्रकार कृष्ण का साथ छूट जाने से

अर्जुन हताश व उदास वापस लौट आया। भगवान की एक झलक पाने के लिए हस्तिनापुर के हज़ारों नागरिक उनके साथ गए थे, परंतु वे भी बाद में निराश होकर वापस लौट आए।

द्वारका जाते समय, कृष्ण को मार्ग में उनका एक पुराना मित्र मिला, जिसका नाम उत्तंग था। वह सदा भ्रमण करता रहता था, इसलिए उसे इस बीच हुई घटनाओं की जानकारी नहीं थी। उत्तंग ने कौरवों और पांडवों के विषय में कृष्ण से पूछा तो कृष्ण ने उसे सभी घटनाओं एवं युद्ध की संपूर्ण जानकारी प्रदान की। यह सुनकर उत्तंग को बहुत क्रोध आया क्योंकि उसका मानना था कि यदि कृष्ण चाहते, तो युद्ध को रोक सकते थे। कृष्ण ने उसे शांत किया और समझाया कि यह सब उनकी दैवी योजना का हिस्सा था तथा युद्ध का होना अवश्यंभावी था। कर्म के अकाट्य सिद्धांत के अनुसार, भगवान द्वारा बनाए गए सृष्टि के नियमों में, उन्हीं के द्वारा हस्तक्षेप करना अनुचित था।

'हे उत्तंग! मैं प्रत्येक युग में, धर्म की स्थापना के लिए अवतार लेता हूँ। यदि इसके लिए अधर्म का नाश करना आवश्यक होता है, तो मैं काल के रूप में प्रकट होकर समस्त प्राणियों का विनाश करता हूँ। जीवन और मृत्यु, एक ही सिक्के के दो पहलू हैं। एक के बिना, दूसरे का अस्तित्व संभव नहीं है। मैंने धृतराष्ट्र के पुत्रों को धर्म के मार्ग पर लाने का बहुत प्रयास किया, परंतु वे सब कुटिलता में लिप्त थे और उन्होंने धर्म की आवाज़ को नहीं सुना। मैंने यहाँ तक कि उन्हें अपना विराट रूप देखने के लिए दिव्य-दृष्टि भी प्रदान की थी। इसलिए, इस युद्ध को रोका नहीं जा सका!'

दुर्योधन को देखकर यह स्पष्ट हो गया था कि अनियंत्रित स्वतंत्रता, मनुष्य के पतन का कारण बनती है। स्वतंत्रता एक सार्वभौमिक सिद्धांत है, परंतु यह किसी एक व्यक्ति का विशेषाधिकार नहीं हो सकता। यही कारण है, इतिहास व्यक्ति विशेष की चिंता नहीं करता। बड़े-बड़े साम्राज्य और सम्राट भी धूल में मिल जाते हैं। सृष्टि में न्याय की स्थापना के लिए किसी व्यक्ति, परिवार, समुदाय या साम्राज्य का कोई महत्त्व नहीं होता। दैवी योजना का पूर्ण होना अत्यंत महत्त्वपूर्ण है क्योंकि इसी के द्वारा मानवता धीरे-धीरे अनेक चरणों से गुज़रती हुई दिव्यता को प्राप्त करती है। इस प्रकार, महाभारत युद्ध में भगवान द्वारा किए कार्यों का भी दैवी उद्देश्य था और इस उद्देश्य को तब तक नहीं समझा जा सकता, जब तक हम अमरत्व के उस सागर-तट तक नहीं पहुँच जाते, जो ईश्वर का सार तत्व है।

उत्तंग ने भगवान द्वारा दिए स्पष्टीकरण को स्वीकार कर लिया। उसने दिव्य रूप देखने के लिए दृष्टि माँगी। कृष्ण ने उत्तंग की प्रार्थना स्वीकार कर ली और उसे अपने विराट रूप का दर्शन करवाया। फिर, उन्होंने उत्तंग को वरदान माँगने को कहा।

उत्तंग, सरल व्यक्ति था, इसलिए उसकी अधिक इच्छाएँ नहीं थीं, परंतु भगवान द्वारा ज़ोर दिए जाने पर उसने कहा, 'प्रभु! मैं प्रायः लंबी यात्राएँ करता हूँ और इस बीच मुझे कई बार, तेज़ प्यास लगती है। यदि आप मुझसे प्रसन्न हैं, तो यह वरदान दीजिए कि मुझे जब कभी पानी की आवश्यकता हो, तो वह मुझे तत्काल मिल जाए!'

'तथास्तु!' भगवान कृष्ण ने कहा। इस प्रकार, कृष्ण ने उत्तंग को आशीर्वाद दिया और फिर दोनों अपने-अपने मार्ग पर चले गए।

कुछ समय बाद, एक बार एक रेगिस्तान से गुज़रते समय, उत्तंग को बहुत ज़ोर-से प्यास लगी। तब उसे भगवान द्वारा दिया वरदान याद आया। उसी क्षण, गंदे कपड़ों में एक निम्न जाति का व्यक्ति, पशु की खाल से बनी मशक में पानी लेकर उत्तंग के पास पहुँच गया। उसने उत्तंग को पानी देना चाहा परंतु उत्तंग ने, उच्च कुल का ब्राह्मण होने के नाते, उस निम्न-जाति के व्यक्ति से पानी लेना अस्वीकार कर दिया। वह व्यक्ति अपने मार्ग पर आगे चला गया। तभी उत्तंग के सामने भगवान कृष्ण प्रकट हुए। उत्तंग ने भगवान को ऐसे गंदे व्यक्ति के हाथों पानी भिजवाने के लिए अप्रिय शब्द कह दिए।

कृष्ण मुस्कराए और बोले, 'उत्तंग! मैंने तुम्हारे लिए देवराज इंद्र से आग्रह किया था कि वे तुम्हें अमृतपान करवा दें। इंद्र इस बात के लिए तैयार नहीं हुए क्योंकि वे किसी मनुष्य को अमर बनाना नहीं चाहते थे। परंतु, मेरे ज़ोर देने पर इंद्र ने हामी भर दी। उन्होंने स्वयं निम्न-जाति के मनुष्य का रूप धारण करके, तुम्हें अमृत पिलाने का निश्चय किया। वे तुम्हारे मन की शुद्धता की परीक्षा लेना चाहते थे। मैंने यह सोचकर इंद्र की चुनौती स्वीकार कर ली कि तुम ज्ञानी पुरुष हो तथा समदर्शी होने के कारण, तुम प्रत्येक मनुष्य में ईश्वर का दर्शन करते हो। इसलिए मुझे विश्वास था कि तुम जाति-भेद की चिंता नहीं करोगे, परंतु तुमने अपनी मूर्खता से अमर होने का अवसर गँवा दिया!'

उत्तर को अपनी भूल का एहसास हो गया। भगवान उसे जो बात सिखाना चाहते थे, वह उसे समझ गया। तब उसने कर्म और सिद्धांत दोनों तरह से ज्ञानी बनने का प्रण किया।

मुझ पर ध्यान केंद्रित करो, मेरे प्रति समर्पित हो जाओ और अपना सब कुछ मुझे अर्पित कर दो। मैं तुम्हें यह वचन देता हूँ कि तुम मुझे प्राप्त कर लोगे क्योंकि मैं तुमसे सचमुच प्रेम करता हूँ। अपने समस्त कर्तव्य त्याग कर मेरी शरण में आ जाओ। किसी बात की चिंता मत करो, क्योंकि मैं तुम्हें समस्त पापों से मुक्त कर दूँगा और तुम्हें मोक्ष की प्राप्ति होगी।

—श्रीमद् भगवद्गीता

हरि ॐ तत्सत्

ॐ

ॐ

ओऽम् सच्चिदानंदाय नमः!

अध्याय 29

सुदामा की कथा

तस्यैव मे सौहृदसख्यमैत्री दास्यं पुनर्जन्मनि जन्मनि स्यात्।
महानुभावेन गुणालयेन विषंजतस्तत्पुषप्रसंगः।।

कुचेल ने कहा, 'मैं भगवान कृष्ण से, जिनके साथ मेरा घनिष्ठ संबंध है और जो समस्त सद्गुणों के धाम हैं, प्रार्थना करता हूँ कि मुझे प्रत्येक जन्म में उनकी भक्ति और सेवा करने का अवसर मिलता रहे। मैं यह भी प्रार्थना करता हूँ कि मुझे भगवान के भक्तों का सहयोग भी प्राप्त होता रहे।'

—श्रीमद् भागवत पुराण

कुछ समय बाद, भगवान कृष्ण द्वारका पहुँच गए, जहाँ यादवों ने बड़े हर्ष से उनका स्वागत किया। दुर्भाग्य से कृष्ण वहाँ कुछ ही माह रह सके, क्योंकि युधिष्ठिर ने उन्हें कुछ आवश्यक कार्य से गुरु राजधानी वापस बुलवाया। युधिष्ठिर अतीत में हुई घटनाओं से परेशान था और कृष्ण के जाने के बाद, उसका दुःख और बढ़ गया था। भीष्म के उपदेश तथा अन्य ऋषियों से मिले ज्ञान के बावजूद, वह स्वयं को युद्ध में हुए नरसंहार के दुःख से बाहर नहीं निकाल पा रहा था। तब व्यास ने युधिष्ठिर को अश्वमेध यज्ञ करने की सलाह दी, जिससे उसके सभी पापों का प्रायश्चित हो सकता था। युधिष्ठिर ने उनकी बात मान ली और कृष्ण को बुलाकर यज्ञ के लिए आशीर्वाद माँगा, जैसे उन्होंने वर्षों पहले राजसूय यज्ञ के लिए युधिष्ठिर को आशीर्वाद दिया था।

उत्तरा के गर्भ में पल रहे शिशु को बचाने के लिए भगवान कृष्ण समय से पहुँच गए थे। उन्होंने स्वयं को अँगूठे के आकार का बना लिया और उत्तरा के गर्भ में प्रवेश करके अश्वत्थामा द्वारा छोड़े गए अस्त्र से उसकी रक्षा कर ली। यह उस समय हुआ था, जब अश्वत्थामा ने उत्तरा के गर्भ पर ब्रह्मास्त्र छोड़ा था। इतने समय बाद उत्तरा के गर्भ से शिशु के जन्म का समय आ चुका था। यही वह कथा है कि कृष्ण ने उत्तरा के गर्भ में किस तरह प्रवेश करके उसके शिशु की रक्षा की थी। परंतु वह बालक, जन्म लेने के बाद भी

निर्जीव प्रतीत हो रहा था। कृष्ण की बहन, सुभद्रा और अभिमन्यु की विधवा पत्नी, उत्तरा रोने लगीं। उन्होंने भगवान कृष्ण से बालक को बचाने की प्रार्थना की। कृष्ण ने कहा, 'यदि कोई नित्य ब्रह्मचारी, इस बालक को स्पर्श कर ले तो यह पुनर्जीवित हो जाएगा!'

उनके निकट बहुत से ऋषि-मुनि खड़े थे परंतु किसी ने उस शिशु को स्पर्श करने का साहस नहीं किया। अंत में, भगवान स्वयं आगे आए और उन्होंने निर्जीव बालक को अपनी गोद में उठा लिया। कृष्ण ने धीरे-से अपना हाथ बालक के सिर से पैर तक फेरा। उनके पावन स्पर्श से बालक ने गहरी श्वास ली और वह तत्काल जीवित हो गया। वहाँ उपस्थित सभी लोग, हर्ष और उत्साह से भर उठे।

राजमहल एक बार फिर प्रसन्नता का धाम बन गया। उस बालक के जन्म के साथ, युधिष्ठिर ने भी अपना दुःख त्याग दिया। वह जान गया था कि कुरु राजसिंहासन का उत्तराधिकारी आ चुका है, क्योंकि उस बालक का जन्म अत्यंत शुभ घड़ी में हुआ था।

ऋषियों ने उसे अनेक आशीर्वाद दिए और कहा, 'महाराज! जब अश्वत्थामा द्वारा छोड़े गए ब्रह्मशिरास्त्र से कुरु वंश का यह बीज नष्ट होने को था, तब सर्वशक्तिमान भगवान विष्णु ने उसे बचाकर आपको यह उपहार दिया है। इसलिए यह बालक विष्णु का महान भक्त और हस्तिनापुर का राजा बनेगा। इसका नाम विष्णुरथ (जिसे विष्णु ने बचाया हो) रखना चाहिए। इसे परीक्षित (जो परीक्षा लेता हो) के नाम से भी जाना जाएगा, क्योंकि यह सदा प्राणियों की परीक्षा लेकर यह जानने का प्रयास करता रहेगा कि अपनी माता के गर्भ में इसने जिस दिव्य रूप के दर्शन किए थे, क्या वही रूप सृष्टि के समस्त प्राणियों में होता है।'

परीक्षित ने, जो उस समय अपनी माता के गर्भ में था, अपने निकट अँगूठे के आकार की एक अत्यंत मनमोहक कृष्ण-वर्ण पीत-वस्त्रधारी आकृति देखी थी। उस आकृति ने अपने गदा से अश्वत्थामा के ब्रह्मास्त्र को नष्ट कर दिया था। दस माह के उस बालक ने अपनी माता के गर्भ में देखा कि इस चमत्कार के बाद, वह आकृति ग़ायब हो गई। वह अपनी माता के गर्भ से बाहर निकलने के बाद, सबके चेहरों में उसी दिव्य आकृति को खोजता रहता था।

कुछ ही समय में, अश्वमेध यज्ञ की तैयारियाँ होने लगीं क्योंकि महाभारत के युद्ध के बाद राजकोष लगभग रिक्त हो गया था। उनके पास यज्ञ के लिए पर्याप्त धनराशि उपलब्ध नहीं थी। तब भगवान कृष्ण के कहने पर पांडव, हिमालय पर्वत गए और वहाँ से आवश्यक धन-संपदा लेकर लौट आए। इसके बाद यज्ञ अत्यंत हर्षोल्लास के साथ संपन्न हुआ और उससे युधिष्ठिर के मन को बहुत शांति मिली।

भगवान कृष्ण ने पांडवों के साथ कुछ और समय व्यतीत किया। अर्जुन और कृष्ण अपने युवा काल के मनपसंद स्थानों पर घूमने गए। उस समय तक अर्जुन, युद्ध में *गीता* का उपदेश भूल चुका था परंतु वह स्वयं को भगवान का महान भक्त मानता था। भगवान, सदा अपने भक्तों का अहंकार नष्ट करने के लिए विचित्र परिस्थितियों का निर्माण करते रहते थे। एक दिन जब वे दोनों साधारण वेश में घूम रहे थे तो उनकी भेंट एक ब्राह्मण से हुई जो अत्यंत क्रोध में अपनी तलवार की धार तेज़ कर रहा था। अर्जुन उसे देख कर

आश्चर्यचकित हो गया और उसने पूछा, 'हे ब्राह्मण देवता, आपके मन में हिंसा का विचार क्यों उत्पन्न हुआ है?'

ब्राह्मण ने उत्तर दिया, 'अपने स्वामी के लिए किसी की हत्या करना पाप नहीं होता। तीन लोगों ने ईश्वर के साथ दुर्व्यवहार किया है। एक तो उनका दोस्त सुदामा है, जिसने प्रभु से अपने पैर धुलवाए और फिर उन्हें गंदे वस्त्र में बंधा चिवड़ा खाने को विवश किया। दूसरा, वह देवर्षि नारद है, जो सदा प्रभु का नाम जपकर, उनकी निद्रा भंग करता है। तीसरा, वह अर्जुन है, जिसने मेरे प्रभु को अपने रथ का सारथी बना दिया!'

यह सुनकर अर्जुन असहज हो गया, जिसे देखकर कृष्ण को बड़ा आनंद आया। उन्होंने धीरे-से अर्जुन को कहा, 'कभी-कभी, वीरता से विवेक बेहतर होता है!' उनका कहने का आशय था कि इससे पहले, वह क्रोधी ब्राह्मण उनकी असलियत जान जाए, उन्हें वहाँ से चुपचाप चले जाना चाहिए!

उस ब्राह्मण द्वारा बताई सुदामा वाली घटना महाभारत युद्ध के तुरंत बाद हुई थी। उस समय भगवान श्रीकृष्ण द्वारका में रहते थे। सुदामा एक ब्राह्मण था, जिसे उसके वस्त्रों की दुर्दशा के कारण कुचेल भी कहा जाता था। उसने कृष्ण और बलराम के साथ अवंति में गुरु संदीपनी के आश्रम में विद्या-ग्रहण की थी। यद्यपि उन लोगों ने गुरुकुल छोड़ते समय, एक-दूसरे के संपर्क में रहने का वचन दिया था, परंतु जैसा कि बचपन के मित्रों में होता है, कुछ समय बाद, उनका संपर्क टूट गया। परंतु कृष्ण के साथ घनिष्ठता ने निर्धन सुदामा में अटूट निष्ठा और प्रेम जाग्रत कर दिया। वह आजीवन भगवान की भक्ति करता रहा और उसे अपने निजी कल्याण की कभी चिंता नहीं की। वह सदा भगवान की स्तुति गाता और उनके यश का गान करता रहता था। उसकी अवस्था देखकर उसके कुछ मित्रों ने उसका विवाह करवा दिया ताकि उसकी देखभाल के लिए उसे एक साथी मिल जाए। सौभाग्य से, सुदामा की पत्नी अत्यंत सदाचारी और निष्ठावान स्त्री थी। परंतु सुदामा अत्यंत लापरवाह था, जिसके कारण उसकी पत्नी को भिक्षा माँगकर किसी तरह जीवन निर्वाह करना पड़ता था। कुचेल ने कभी यह नहीं सोचा कि इस तरह उनका काम कैसे चलेगा, क्योंकि उसे पूरा विश्वास था कि भगवान सदा की भाँति उनका ध्यान रखेंगे। उसकी आवश्यकताएँ बहुत कम थीं और उसे जो भी मिलता, वह उससे संतुष्ट हो जाता था अन्यथा उपवास कर लेता था। परंतु उसकी पत्नी इतनी सौभाग्यशाली नहीं थी। उससे अपने बच्चों की भूख और दुर्दशा देखी नहीं जाती थी। एक बार उसे भिक्षा में कुछ प्राप्त नहीं हुआ और कई दिन तक भोजन का प्रबंध नहीं हो पाया। अपने बच्चों को भूख से मरता देख, सुदामा की पत्नी, अपने पति से बोली, 'हे ब्राह्मण देव! मैंने सुना है कि लक्ष्मीपति और यादवों के रक्षक, भगवान कृष्ण आपके मित्र थे और आपके साथ गुरुकुल में साथ पढ़ते थे। उन्हें धार्मिक लोग पसंद हैं और वे सबको शरण देते हैं। क्या आप अपनी सहायता के लिए उनके पास नहीं जा सकते? उनके लिए यह बहुत सरल कार्य है। इससे हमारे परिवार की रक्षा हो सकेगी। हमारे बच्चों की हालत बहुत ख़राब है। कृपया मेरी बात मानकर उनके पास सहायता के लिए चले जाइए!'

कुचेल को यह बात पसंद नहीं आई। भगवान से, जो मनुष्य को अमरत्व देने की क्षमता रखते हैं, भौतिक पदार्थों की याचना करना, सुदामा को अत्यंत कष्टकारी प्रतीत हुआ। परंतु भगवान सबकी आवश्यकताएँ जानते हैं। सुदामा का मानना था कि यदि भगवान ने उन्हें धन नहीं दिया तो इसका अर्थ यह है कि वह धन के योग्य नहीं है। भगवान से धन की याचना करना, उनका अपमान करने के समान होगा। भौतिक संपत्ति का अभाव, सुदामा के लिए कोई अर्थ नहीं रखता था। उसे किसी प्रकार का कष्ट नहीं था। वह भगवान का सच्चा भक्त था और वह प्रत्येक क्षण, भगवान से प्रेम करना और उनकी आराधना करने के अतिरिक्त कुछ नहीं चाहता था। उसे किसी फल की इच्छा नहीं थी।

परंतु अपनी पत्नी द्वारा अनेक बार आग्रह किए जाने के बाद, सुदामा ने उसकी बात मान ली। परंतु उसका मुख्य कारण यह था कि उसे अपने प्रभु से एक बार फिर मिलने का अवसर प्राप्त हो रहा था। तभी उसे यह चिंता हुई कि वह अपने मित्र के पास ख़ाली हाथ कैसे जाएगा। वह कृष्ण के लिए कोई उपहार ले जाना चाहता था। इसलिए, उसने अपनी पत्नी से कुछ पकाकर लाने के लिए कहा। वह सुदामा को आश्चर्य से देखने लगी। उनके घर में मूलभूत आवश्यकताओं का भी अभाव था और ऐसे में, उसका पति, राजा के लिए किसी उपयुक्त उपहार की माँग कर रहा था! वह सोचने लगी कि उसे क्या करना चाहिए। अचानक कुचेल ने स्वयं ही एक अच्छा सुझाव दिया।

'मुझे मालूम है, कृष्ण को क्या पसंद है!' सुदामा ने कहा। 'कृष्ण को चिवड़ा बहुत अच्छा लगता है। हमारे गुरु की पत्नी भी हमारे लिए चिवड़ा बनाया करती थीं। तुम थोड़ा चावल ले आओ और उसका चिवड़ा बनाकर मुझे दे दो। मैं कृष्ण के लिए वही ले जाऊँगा।'

सुदामा की पत्नी बेचारी, परेशान हो गई। उसे चावल कहाँ से मिलता! उसने कई दिनों से कुछ पकाया नहीं था। वह अपने पड़ोसियों से उधार ले कर थक चुकी थी। वह हताश होकर घर से बाहर गई तो उसे सामने से एक व्यक्ति आता दिखाई दिया। यद्यपि, वह अजनबी था, सुदामा की पत्नी ने उसके सामने हाथ फैला दिए। उस व्यक्ति ने अपने थैले से तीन मुट्ठी चावल निकाले और सुदामा की पत्नी को दे दिए। कहते हैं, भगवान स्वयं उसकी सहायता के लिए वहाँ आए थे! इस प्रकार की अप्रत्याशित सहायता पाकर, सुदामा की पत्नी बहुत प्रसन्न हुई। वह भागकर घर आई और उसने चावल साफ़ किए। फिर, उन्हें कूटकर उसका चिवड़ा बना लिया, हालाँकि वह मात्रा में बहुत कम था। उसे चिवड़ा बाँधने के लिए कपड़े की आवश्यकता थी। परंतु निर्धनता से भरे घर में पोटली के लिए कपड़ा भी न था। तब सुदामा की पत्नी ने अपनी फटी साड़ी से एक टुकड़ा निकाला और स्नेहपूर्वक चिवड़ा उसमें बाँधकर सुदामा को दे दिया। पोटली लेकर सुदामा अगले दिन घर से निकल गया।

सुदामा, भगवान कृष्ण से मिलने के विचार से अत्यंत प्रसन्न था। वह शाम तक द्वारका पहुँच गया। उसने अस्त होते सूर्य की किरणों के प्रकाश में राजमहल के चमकते स्तंभ देखे। प्रत्येक बढ़ते क़दम के साथ, उसके हृदय की गति बढ़ती जा रही थी। उसने कई दिन से भोजन नहीं किया था, फिर भी उसके क़दम तेज़ी से आगे बढ़ रहे थे और उसकी थकी आँखों में भगवान से मिलने की चमक थी।

'क्या वह मुझे पहचान लेंगे?' सुदामा ने सोचा। 'क्या वह मुझे याद कर सकेंगे?'

वह डरता हुआ राजमहल के द्वार पर पहुँचा और सोचने लगा कि उसे क्या करना चाहिए। महल के द्वारपालों ने उसे उत्सुकता से देखा और वहाँ से भगा दिया।

महल के भीतर कृष्ण की पत्नी, रुक्मिणी को कृष्ण का व्याकुल और अशांत व्यवहार देखकर आश्चर्य हो रहा था। कृष्ण का किसी काम में ध्यान नहीं लग रहा था। वे बार-बार बुर्ज पर जाकर मार्ग की ओर देखने लगते। आख़िर रुक्मिणी ने डरते हुए कृष्ण की व्याकुलता का कारण पूछ लिया। कृष्ण ने उत्तर दिया, 'मैं अपने एक प्रिय मित्र की प्रतीक्षा कर रहा हूँ। वह मुझसे मिलने आने वाला है। वह मुझे अत्यंत प्रिय है, अतः उसके लिए स्वादिष्ट भोजन और रहने के लिए अच्छे कक्ष का प्रबंध करो!'

इसके बाद, रुक्मिणी भी किसी राजसी रथ के आने की प्रतीक्षा करने लगी। परंतु संध्याकाल तक वहाँ कोई नहीं आया। अचानक भगवान अपने झूले से उठे और भागते हुए महल के द्वार पर पहुँच गए। उनके पीछे, अतिथि के स्वागत के लिए हाथ में बहुमूल्य सामान लेकर रुक्मिणी भी भागी। वह नगर के महल के द्वार पर पहुँची तो यह देखकर स्तब्ध रह गई कि कृष्ण ने एक अत्यंत क्षीणकाय और निर्धन व्यक्ति को गले लगाया हुआ था। उसका तन कपड़ों में लिपटे नर कंकाल से अधिक कुछ नहीं था! परंतु भगवान के संकेत करते ही, वह भागकर आई और उसने सुगंधित जल से सुदामा के चरण धोए।

कृष्ण, सुदामा को साथ लेकर कक्ष में पहुँच गए। वहाँ उन्होंने सुदामा को अपने झूले पर बैठाया और वे स्वयं भी कुचेल के पास बैठ गए। उन्होंने सुदामा के दुर्बल गले में हाथ डाल दिया। रुक्मिणी उन दोनों को पंखा झलने लगी। सुदामा यह देखकर आश्चर्यचकित था। उसने स्वप्न में भी इस प्रकार के स्वागत की कल्पना नहीं की थी। वह ख़ुशी से फूला नहीं समाया। कृष्ण ने उससे अनेक प्रश्न किए, किंतु वह किसी भी प्रश्न का बुद्धिमानी से उत्तर नहीं दे सका।

'प्रिय मित्र, तुम मेरे पास पहले क्यों नहीं आए? तुम्हारा जीवन कैसा चल रहा है? क्या तुम्हारा विवाह हो गया? तुम्हारी कितनी संतानें हैं?' सुदामा ने सोचा कि कृष्ण से प्रार्थना करने का यही उपयुक्त अवसर है, परंतु वह बेचारा वहाँ आने का कारण ही भूल गया। वह केवल मुस्कराया और कृष्ण के मनमोहक चेहरे को देखता रहा। सुदामा ने जब अपना ऐसा भव्य स्वागत देखा, तो वह चिवड़ा की पोटली के बारे में, जो उसने अपनी बगल में दबा रखी थी, सोचकर बहुत लज्जित हुआ। राजमहल के सभी लोग भगवान को उस दुर्बल ब्राह्मण से इतना प्रेमपूर्वक व्यवहार करते देख आश्चर्य थे। संसार के लोग जिस व्यक्ति को हीन भावना से देखते थे, उसे भगवान अपने भाई के समान प्रेम कर रहे थे! उस व्यक्ति में ऐसा कौन-सा गुण था, जो भगवान उसके साथ ऐसा व्यवहार कर रहे थे? कुछ ही देर में बलराम भी वहाँ आ गए और फिर वे दोनों सुदामा के पास बैठकर गुरुकुल में बिताए दिनों को याद करके हर्षित होने लगे। भगवान कृष्ण ने गुरु संदीपनी की महानता के विषय में कहना आरंभ किया।

'मनुष्य के माता-पिता ही उसके पहले गुरु होते हैं, इसलिए माता-पिता की गुरु के समान आराधना करनी चाहिए। इसके बाद गले में यज्ञोपवीत पहनाकर, मनुष्य को वेदों के अध्ययन के योग्य बनाने वाला व्यक्ति, उसका दूसरा गुरु होता है। वह प्रथम गुरु से अधिक

महान होता है। अंत में, जो ब्रह्म-ज्ञान देता है, वह सर्वश्रेष्ठ गुरु है। यद्यपि मैं समस्त प्राणियों में विद्यमान हूँ, परंतु गुरु के माध्यम से मेरी आराधना करना ही मुझे सबसे अधिक प्रिय है। मनुष्य, गुरु की कृपा से ही अपनी आध्यात्मिक महत्त्वाकांक्षा और अभिलाषा को पूर्ण कर पाता है।'

कुचेल ने उत्तर दिया, 'हे परमेश्वर! आप समस्त लोकों के गुरु हैं! गुरु के आश्रम में आपके साथ कुछ दिन बिताने का जिसे सौभाग्य मिला हो, ऐसे व्यक्ति को जीवन में और क्या चाहिए? मैं आपके साथ बिताए दिन कैसे भूल सकता हूँ? उसी समय से मेरा जीवन आपको याद करके और आपका ध्यान करके बीता है। क्या आपको याद है कि हम किस प्रकार गुरु के कहने पर वन में जलाने के लिए लकड़ी लेने जाते थे और कैसे हम एक बार भारी वर्षा में फँसकर पूरी रात वापस नहीं लौट पाए थे? उस दिन, आपने मुझे शरण दी थी और हमारे दयालु गुरु के अगले दिन सुबह लौटने तक आपने मुझे बचाया था। निश्चय ही, अपने पूज्य गुरुदेव के आशीर्वाद से ही मुझे आपके साथ समय बिताने का अवसर मिला था।'

यह कहकर कुचेल, कृष्ण के और निकट आ गया। वह उन्हें प्रेमपूर्वक देखने लगा, परंतु उसने पूरा समय अपने हाथ से बग़ल को दबाए रखा क्योंकि वह नहीं चाहता था कि भगवान की दृष्टि उसके चेहरे की पोटली पर पड़े।

भगवान कृष्ण जानते थे कि सुदामा के मन में क्या है। उन्होंने जानबूझकर सुदामा की पोटली की ओर देखकर संकेत किया और वे इस बात की प्रतीक्षा करते रहे कि सुदामा स्वयं वह भेंट उन्हें देगा। परंतु सुदामा ने वह पोटली बग़ल से नहीं निकाली, अपितु वह उसे और कसकर पकड़ कर बैठ गया। हालाँकि प्रभु को किसी वस्तु की आवश्यकता अथवा आशा नहीं होती, परंतु व अपने भक्तों द्वारा दी गई वस्तु, सहर्ष स्वीकार कर लेते हैं। ऐसा इसलिए कि वह वस्तु, भक्त द्वारा अपने प्रभु के प्रति प्रेम का प्रतीक होती है। भगवान के लिए भेंट का आकार नहीं, अपितु भेंट देते समय हृदय की भावना महत्त्वपूर्ण होती है। धन की देवी लक्ष्मी के स्वामी के समक्ष हम सभी कुचेल हैं। इसलिए हम उन्हें प्रेम-भरी आँखों से मुट्ठी-भर चिवड़ा भी दे सकते हैं। आख़िर जब भगवान ने देखा कि सुदामा, उस भेंट देने को तैयार ही नहीं था, तो उन्होंने सुदामा को चिढ़ाते हुए कहा, 'प्रिय मित्र! तुम मेरे लिए क्या भेंट लाए हो? प्रेम से दी गई छोटी-सी वस्तु भी मुझे अत्यंत प्रिय लगती है, चाहे वह पत्ता, फल, पुष्प अथवा अन्न का दाना या पानी हो। मैं उसे सहर्ष स्वीकार करता हूँ!' भगवान द्वारा दिए गए इतने संकेत के बावजूद, सुदामा नीचे देखता रहा और उसने बग़ल से पोटली निकालकर कृष्ण को नहीं दी।

आख़िरकार, भगवान प्रतीक्षा करते हुए थक गए और उन्होंने सुदामा को चिढ़ाने का विचार भी छोड़ दिया। फिर कृष्ण ने आगे बढ़कर सुदामा की बग़ल से पोटली खींच ली। 'यह क्या है?' उन्होंने आँखों में चमक लाते हुए सुदामा से पूछा। 'तुम बहुत चतुर हो! तुमने यह बग़ल में क्या छुपा रखा है?'

भगवान कृष्ण ने फटी हुई पोटली खोली और उसमें रखा चिवड़ा देखकर कहा, 'तुम बड़ी चतुराई से, वही वस्तु लाए हो, जो मुझे सबसे अधिक प्रिय है! क्या तुम्हें याद है कि

हमारे गुरु की पत्नी ने हमारे लिए चिवड़ा बनाया था। मैंने तब से उतना स्वादिष्ट चिवड़ा कभी नहीं खाया। परंतु मुझे विश्वास है कि तुम्हारी पत्नी ने भी वैसा ही चिवड़ा बनाया होगा। राजकुमारियों को यह कला नहीं आती!' भगवान कृष्ण ने रुक्मिणी की ओर देखते हुए परिहास किया।

कृष्ण ने पोटली खोली और हाथ में चिवड़ा लेकर खा लिया। उनके चेहरे पर संतोष का भाव था। वे दोबारा मुट्ठी में लेकर चिवड़ा खाने ही वाले थे कि रुक्मिणी ने उनका हाथ पकड़ लिया। 'स्वामी, इतनी शीघ्रता न कीजिए! क्या आप मुझे भी दान कर देंगे?' रुक्मिणी ने पूछा। भगवान ने जब पहली मुट्ठी चिवड़ा खाया, तो उन्होंने सुदामा को समस्त भौतिक पदार्थों से संपन्न कर दिया था। रुक्मिणी को भय था, यदि कृष्ण ने एक मुट्ठी चिवड़ा और खा लिया, तो धन की देवी, लक्ष्मी कहीं कुचेल के घर में अपना निवास न बना ले! यदि हम कुचेल की भाँति प्रेम और विनम्रता के साथ ईश्वर को कुछ भेंट करते हैं तो इसमें संदेह नहीं कि हमें ईश्वर की कृपा प्राप्त हो जाती है। परंतु हम केवल बाज़ार की भाषा जानते हैं। हम भगवान को भेंट भी प्रलोभन के रूप में देते हैं और इसलिए, हमें वही मिलता है, जिसके हम पात्र हैं!

कुचेल ने रात्रि आनंदपूर्वक भगवान कृष्ण के साथ बिताई, परंतु उसे कृष्ण के पास आने का कारण याद नहीं आया। उसे अपनी पत्नी और बच्चों का विचार भी नहीं आया यद्यपि कृष्ण ने सुदामा की परीक्षा लेने के लिए अनेक बार उसके आने का कारण पूछा परंतु कुचेल का मन भगवान के ध्यान से बिलकुल नहीं भटका। आख़िर, सुबह हो गई तब सुदामा अनिच्छा पूर्वक उठा। उसे आशा थी कि भगवान उसे रुकने को कहेंगे, परंतु कृष्ण ने ऐसा कुछ नहीं किया और न ही सुदामा को अपनी ओर से कुछ दिया। उन्होंने केवल सुदामा को इसी प्रकार आते रहने का आग्रह किया। सुदामा ने कृष्ण से प्रेमपूर्वक विदा ली। कृष्ण ने उसे गले लगाया और उसे महल के द्वार तक छोड़ने गए। कुचेल को इस बात का दुःख नहीं था कि भगवान ने उसे कोई उपहार नहीं दिया, परंतु वह अपने प्रभु से अलग होने के कारण दुःखी था।

वह वापस लौट रहा था तो उसे अचानक कृष्ण से मिलने का कारण याद आया। वह सोचने लगा कि लौटकर अपनी पत्नी से क्या कहेगा, परंतु फिर उसने यह बात अपने मन से निकाल दी। उसका मन तो भगवान के साथ बिताए समय को सोचकर ही आनंदित हो रहा था। उसने सोचा, 'यद्यपि मैं निर्धनों में सबसे निर्धन हूँ, फिर भी उन्होंने मुझे हृदय से लगाया, जहाँ स्वयं लक्ष्मी निवास करती हैं। उन्होंने मुझे भाई की तरह अपने पास बैठाया, जहाँ उनके साथ उनकी पत्नी बैठती हैं। उनकी पत्नी ने मुझे पंखे से हवा की। उन्होंने स्वयं मेरी सेवा की, मेरे पैर धोए और मेरे तन पर चंदन का लेप लगाकर मुझे आशीर्वाद दिया। मुझे उन्होंने, जो देवताओं के भी स्वामी हैं, राजा जैसा सम्मान दिया। उन्होंने मुझे धन न देकर मुझ पर बहुत कृपा की है क्योंकि वे जानते हैं कि अचानक बहुत-सा धन मिल जाने से निर्धन व्यक्ति का दिमाग़ ख़राब हो जाता है और वह उसके पतन का कारण बन सकता है।'

यह विचार करते हुए सुदामा अपने घर पहुँच गया। उसने देखा कि जहाँ उसका घर था, उस स्थान पर एक विशाल भवन खड़ा था, जो कृष्ण के महल के समान जगमगा रहा था। वह थोड़ी दूरी पर रुक गया। उसे लगा कि सोच-विचार में डूबा होने के कारण, वह दोबारा द्वारका पहुँच गया है। उस भवन के आसपास उद्यान और सरोवर थे, जिनमें कमल-पुष्प खिले हुए थे और हंस विहार कर रहे थे। बेचारा सुदामा द्वार के बाहर खड़ा रहा। तभी उसने देखा कि रेशमी वस्त्र और रत्नों से सुसज्जित एक अत्यंत सुंदर स्त्री बहुत-सी दासियों के साथ उसकी ओर आ रही थी। वह स्त्री, देवी लक्ष्मी के समान प्रतीत हो रही थी। पहले उसे लगा कि उसे दृष्टि-भ्रम हो रहा है, परंतु वह स्त्री निकट आई तो उसने देखा कि वह उसकी अपनी पत्नी थी। लोग उसकी दुर्बल स्थिति के कारण, उसे क्षमा कहते थे। सुदामा की पत्नी ने द्वार खोला और सुदामा को अपने साथ भीतर ले गई। उसने सुदामा को नहलाया और उसे अनमोल वस्त्रों व आभूषणों से सजाया। सुदामा के बच्चे भी उसके साथ खेलने लगे। धन-संपत्ति की चकाचौंध को देखकर सुदामा व्याकुल हो गया। उसने आँखें बंद कर लीं और वह विचार करने लगा।

'मेरे जैसे निर्धन व्यक्ति को अचानक इतना वैभव और समृद्धि मिलने का कारण अवश्य ही, अनुकंपा की प्रतिमूर्ति कृष्ण से हुई मेरी भेंट है। भगवान कृष्ण अपने भक्तों पर संपन्नता बरसाते हैं, जैसे बादल बिना पूर्वसूचना के वर्षा कर देते हैं। कृष्ण ने मेरे चिवड़ा इतना प्रेम से खाया, परंतु हे ईश्वर, आपने मुझे इतनी संपत्ति प्रदान की है कि यह सचमुच मेरी महान परीक्षा है। मैं आपसे केवल इतनी प्रार्थना करता हूँ कि आप मुझे प्रत्येक जन्म में अपनी अचल भक्ति और सेवा का आशीर्वाद प्रदान करें। यही मेरी एकमात्र प्रार्थना है।'

यह विचार करके सुदामा ने सभी भौतिक पदार्थों का परित्याग करने की इच्छा व्यक्त की, परंतु अपनी पत्नी को प्रसन्न करने के लिए उसने निश्चय किया कि वह उस भवन के भौतिक सुखों से अनासक्त होकर केवल वहाँ अतिथि के रूप में रहेगा।

'मेरी यही प्रार्थना है कि इस भौतिक अवस्था में परिवर्तन से मेरी आध्यात्मिक अवस्था में कोई परिवर्तन न हो। मैं केवल आपका स्मरण करना चाहता हूँ। मेरा इन सांसारिक सुखों से कोई संबंध नहीं है।'

सुदामा जब कृष्ण से मिलने गया तो उसने फटे-पुराने वस्त्र पहने थे परंतु उसे अपने वस्त्रों की चिंता नहीं थी। कृष्ण के पास से लौटने के बाद वह रेशमी वस्त्रों में लिपटा था, किंतु तब भी उसका मन उसी प्रकार निश्चिंत था। वह जिस तरह पहले निर्धनता में संतुष्ट तथा उसी प्रकार, कृष्ण द्वारा दी समृद्धि का भी उस पर कोई प्रभाव नहीं पड़ा। वह सच्चा स्थितप्रज्ञ था, जिसे *गीता* में प्रबुद्ध कहा गया है। वास्तव में, भगवान ने सुदामा को वे सुख-सुविधाएँ उसकी पत्नी के लिए दी थीं क्योंकि सुदामा की पत्नी भी भगवान की भक्त थी, जो अपने बच्चों की करुण स्थिति और भूख को सहन नहीं कर पाई थी। उस निर्धन स्त्री ने प्रेम और निष्ठा से भगवान का मन जीत लिया था, जिसे तलवारों से भी नहीं जीता जा सकता। सुदामा की पत्नी, अपने पति और बच्चों के प्रति आजीवन निष्ठावान रही और सुदामा ने अपना संपूर्ण जीवन भगवान के स्मरण में व्यतीत कर दिया। अंत में, सुदामा ने सांसारिक बंधनों से मुक्त होकर मोक्ष प्राप्त किया।

समस्त प्राणियों के प्रति हिंसा का त्याग ही सबसे बड़ा त्याग है। इच्छाओं का त्याग, असली प्रायश्चित्त होता है। मनुष्य द्वारा स्वयं पर नियंत्रण ही साहस का असली प्रमाण है। प्रत्येक प्राणी को समान रूप से देखना, सच्ची निष्ठा का प्रतीक है।

—उद्धव गीता में भगवान कृष्ण,
श्रीमद् भागवत

हे अर्जुन, तुम पूर्ण रूप से ईश्वर की शरण में चले जाओ, क्योंकि उनकी कृपा से तुम्हें परम शांति और शाश्वत धाम की प्राप्ति होगी।

—श्रीमद् भगवद्गीता

हरि ॐ तत्सत्

ॐ

ॐ

ओउम् धर्मकृते नमः!

अध्याय 30

धर्म सर्वोपरि है

कौन्तेय प्रति जानीहि
न मे भक्तः प्रणश्यति।

हे कुंती पुत्र (अर्जुन), मैं तुम्हें वचन देता हूँ कि मेरे भक्त का कभी पतन नहीं होता।

—श्रीमद् भगवद्गीता

युद्ध समाप्त होने के बाद कुछ वर्ष शांति से बीत गए। युधिष्ठिर, एक आदर्श राजा सिद्ध हुआ और उसके शासनकाल में लोगों के मन में रामराज्य की याद ताज़ा हो गई। उसने बुद्धिमानी से और बहुत अच्छी तरह शासन किया। उसके लिए अपनी प्रजा का हित सदा सर्वोपरि रहता था। भारतवर्ष में, महाभारत युद्ध के प्रभाव से एक बार फिर धर्म की स्थापना हो गई, जैसा कि भगवान ने भविष्यवाणी की थी।

एक बार भगवान कृष्ण अपने मित्र उद्धव और सात्यकि तथा कुछ अन्य ऋषि-मुनियों के साथ विदेह राज्य की राजधानी, मिथिला पहुँचे जो उस समय अपने दार्शनिक राजा जनक के कारण विख्यात थी। राजा जनक महान संत थे और भगवान के अनन्य भक्त थे। मिथिला में सुखदेव नाम का एक निर्धन ब्राह्मण था, जो सदा भगवान कृष्ण की भक्ति में लीन रहता था। उसकी जीवन की आवश्यकताएँ अत्यंत सीमित थीं और वह बिना अधिक प्रयास के, जो भी प्राप्त हो जाता, उससे संतुष्ट रहता था। उसे प्रतिदिन अपने लिए पर्याप्त मात्रा में भोजन सामग्री प्राप्त हो जाती थी। *गीता* के उपदेश के अनुसार, भगवान कहते हैं कि एक श्रेष्ठ व्यक्ति की यही पहचान होती है कि उसे बिना माँगे जो मिल जाए वह उससे संतुष्ट रहता है क्योंकि वह जानता है कि भगवान उसकी भौतिक आवश्यकताओं को समझते हैं। भगवान कृष्ण द्वारा मिथिला जाने का उद्देश्य, राजा जनक और उस निर्धन ब्राह्मण दोनों से मिलना था। दोनों ही भगवान के भक्त थे। द्वारका से मिथिला तक का मार्ग भीड़ से भरा था और लोग भारतवर्ष के सुदूर स्थानों से भगवान की झलक पाने आए हुए थे। भगवान कृष्ण के मनमोहक चेहरे और उनकी मधुर मुस्कान को देखकर सबको ऐसा लगा

मानो उन्हें परमज्ञान मिल गया था। मिथिला की गलियों को सुंदर ढंग से सजाया गया था और लोग ईश्वर का दर्शन करने को उत्सुक थे। विदेह के राजा और वह निर्धन ब्राह्मण श्रुतिदेव, दोनों भगवान कृष्ण के चरणों में गिर पड़े और उन्हें एक दिन और एक ही समय पर अपने घर आने का निमंत्रण दिया। कृष्ण ने उन दोनों का निमंत्रण स्वीकार कर लिया क्योंकि दोनों ने कृष्ण को बुलाने के लिए शुभ घड़ी चुनी थी और कृष्ण, दोनों में से किसी को भी आहत नहीं करना चाहते थे।

भगवान कृष्ण, जब अपने दल सहित महल पहुँचे, तो वहाँ उनका राजसी सत्कार किया गया तथा उन्हें सोने की थालियों में उनकी मनपसंद सुस्वादु भोजन परोसा गया। राजा ने भगवान के चरण धोए और वहाँ उपस्थित लोगों पर पावन जल छिड़का। राजा ने स्वयं उनकी सब आवश्यकताओं को पूरा किया तथा किसी अन्य को भगवान का कोई कार्य नहीं करने दिया। इस प्रकार, भगवान कृष्ण की आराधना करने के उपरांत, राजा ने उन्हें कुछ दिनों के लिए अपने नगर में रहने का आग्रह किया। कृष्ण ने राजा की बात स्वीकार कर ली।

इधर ब्राह्मण ने भी अपनी स्थिति के अनुसार, कृष्ण के स्वागत की तैयारियाँ की थीं। उसने अपनी कुटिया को धोया और उसे साफ़ करके चमकाया तथा मिट्टी के फ़र्श पर घास का आसन बिछाया। उसने कुटिया में सब तरह की शुभ वस्तुएँ रख दीं। भगवान कृष्ण, जब ऋषि-मुनियों के साथ श्रुतिदेव के घर पहुँचे तो ब्राह्मण की प्रसन्नता का ठिकाना न रहा। वह ख़ुशी से नाचने लगा और उसने सबको आसन पर बैठाया। उसने भगवान के चरण धोए तथा सबके ऊपर पावन जल का छिड़काव किया। इसके बाद ब्राह्मण में फल, तुलसी-दल और कमल-पुष्प से भगवान की अर्चना की। ये सामग्री उसने वन से एकत्रित की थी। उसने अतिथियों के लिए औषधीय जल और खाने को बेर के ताज़ा फल रखे। फल खाने के बाद पानी अधिक मीठा और स्वादिष्ट लगता था। भगवान कृष्ण ने सामने रखे मिट्टी के पात्रों में से टूटा हुआ पात्र चुना। श्रुतिदेव ने देखा तो उसकी आँखों में आँसू आ गए। वह भगवान के चरणों में गिरकर बोला, 'हे परमेश्वर! जिस प्रकार आप मनुष्यों में से सबसे दुर्बल लोगों को चुनकर उन्हें अपना आशीर्वाद प्रदान करते हैं, उसी प्रकार आपने इन पात्रों में से टूटा हुआ पात्र चुना है! आपका यह व्यवहार उन लोगों को विचित्र जान पड़ेगा जिनकी दृष्टि अहंकार से ग्रस्त है। केवल निष्ठावान लोग ही आपकी रहस्यमय लीलाओं को समझ सकते हैं। आप इस भवसागर में तैर हम जैसे असहाय लोगों को ज्ञान प्रदान कीजिए। बताइए, हम किस प्रकार आपकी स्तुति करें और किस रूप में आपकी वंदना करें?'

भगवान कृष्ण ने श्रुतदेव का हाथ अपने हाथों में लेते हुए ऋषियों की महानता पर उपदेश दिया, 'हे विप्रवर! मैं धर्मनिष्ठ लोगों में निवास करता हूँ। ये मेरे प्रतिरूप हैं और इसलिए इन्हें वही सम्मान देना चाहिए, जो तुम मुझे देते हो। यही मेरी सच्ची पूजा है। मुझे पूजा-अर्चना में मूल्यवान वस्तुओं की आवश्यकता नहीं है। धर्मनिष्ठ लोग ही वेदों के सच्चे प्रतिरूप होते हैं। जो लोग मंदिर में जाकर मूर्तियों की पूजा और ऋषियों का अपमान करते हैं, वह बड़े पाप के भागी बनते हैं। ये सब लोग तुम्हें आशीर्वाद देने आए हैं। ये संसार में भ्रमण करते हैं, विभिन्न स्थानों और प्रदेशों को अपने चरण-धूलि से पवित्र करते हैं।'

भगवान एवं अन्य ऋषियों द्वारा आशीर्वाद प्राप्त करने के बाद श्रुतिदेव भाव-विभोर हो गया।

भगवान ने उन दोनों स्थानों पर एक साथ निमंत्रण स्वीकार करके यह दर्शाया कि उनके लिए निर्धनता और संपन्नता एक समान हैं। वास्तव में, मानव मन की स्थिति और उसकी निष्ठा सबसे महत्त्वपूर्ण होती है। एक व्यक्ति बेर के फल अर्पित करता है, तो दूसरा कोई मूल्यवान फल। परंतु भगवान की दृष्टि में प्रेम से दी गई किसी भी वस्तु का मूल्य एक समान होता है।

अनेक धर्म ऐसा मानते हैं कि वैभव और संपन्नता आत्मज्ञान में बाधा डालती हैं। ऐसा इसलिए है कि धन और वैभव के साथ मनुष्य में अहंकार जाग्रत हो जाता है और ईश्वर को प्राप्त करने के मार्ग में वही असली बाधा है। जबकि दूसरी ओर निर्धन व्यक्ति अधिक सरलता से ईश्वर को प्राप्त कर लेता है क्योंकि उसके पास और कोई आश्रयदाता नहीं होता। वह अपनी समस्त आवश्यकताओं के लिए ईश्वर पर आश्रित रहता है। इसके विपरीत वैभवशाली लोग, चाटुकारों और झूठी प्रशंसा करने वालों से घिरे रहने के कारण स्वयं को सुरक्षित समझते हैं और इसलिए उनकी दृष्टि में भगवान का मूल्य कम हो जाता है।

मिथिला का राजा बहुलाश्व, स्वयं को ईश्वर की अनुकंपा से मिले अपार धन-वैभव का संरक्षक मात्र मानता था। वह अपने धन का उपयोग निर्धनों की सहायता और ऋषि-मुनियों की आवश्यकताओं की पूर्ति के लिए करता था। उसने अपने समस्त वैभव को ईश्वर के चरणों में अर्पित कर दिया था। श्रुतिदेव से हमें यह सीखने को मिलता है कि व्यक्ति को यह सोचकर दुःखी नहीं होना चाहिए कि उसके पास भगवान को अर्पित करने के लिए कुछ नहीं है। भगवान की दृष्टि में सबसे अधिक महत्त्व भौतिक पदार्थ का नहीं, अपितु विनम्रता और निष्ठावान हृदय का होता है।

युधिष्ठिर के शासन को पंद्रह वर्ष बीत चुके थे। एक दिन रात्रि में, विदुर, धृतराष्ट्र के पास आया और उसने कहा कि सांसारिक जीवन त्यागने का समय हो चुका है क्योंकि जीवन अब नीरस हो गया है और वन में जाकर शेष दिन बिताने का समय है। नेत्रहीन राजा धृतराष्ट्र को अपने बुद्धिमान भाई का परामर्श ठीक लगा। उसने अगले ही दिन वन में प्रस्थान करने का निश्चय किया। उसने यह बात पांडवों को बताई। गांधारी, संजय और कुंती ने भी धृतराष्ट्र के साथ वन जाने का निश्चय कर लिया क्योंकि वे जानते थे कि विदुर का परामर्श उन सबके हित में है। उन्हें रोकने के सभी प्रयास विफल हो गए। पांडवों ने अपनी माता कुंती को रोकने का प्रयास किया, परंतु कुंती का विचार था कि उसे अपने जीवनकाल में शेष बचे दिनों में गांधारी और धृतराष्ट्र की सेवा करनी चाहिए। शायद उसके पुत्रों द्वारा गांधारी और धृतराष्ट्र के पुत्रों के प्रति हुए अपराध का यही प्रायश्चित था।

कुंती ने युधिष्ठिर से कहा, 'मुझे मत रोको। मैं सेवा करते हुए मरना चाहती हूँ। अपने सबसे छोटे भाई सहदेव का ध्यान रखना और कभी धर्म के मार्ग को मत छोड़ना।' ऐसा कहकर कुंती ने अपने उदात्त चरित्र का उदाहरण प्रस्तुत किया। अगले दिन वे सब विदुर को साथ लेकर हिमालय पर्वत की ओर प्रस्थान कर गए।

उनके प्रस्थान के कुछ ही दिन के बाद, विदुर की मृत्यु हो गई। परंतु मरने से पूर्व विदुर ने अपना आध्यात्मिक ज्ञान युधिष्ठिर को सौंप दिया था। दो वर्ष के बाद, वन में

लगी एक भीषण आग में, धृतराष्ट्र और गांधारी की भी मृत्यु हो गई। संजय ने अपना शेष जीवन, हिमालय में व्यतीत किया।

इसके शीघ्र बाद अर्जुन, कृष्ण के साथ रहने के लिए द्वारका आया। कृष्ण ने महसूस किया कि उनका मित्र अर्जुन, युद्धभूमि में दिए *गीता* के उपदेश को पूरी तरह भूल चुका था। भगवान कृष्ण ने उसे वह उपदेश याद दिलाने का प्रयास किया। उनके नगर में एक ब्राह्मण रहता था। उसके घर में सभी नवजात शिशुओं की तत्काल मृत्यु हो जाती थी। जब भी ऐसा होता तो वह ब्राह्मण, अपने बालक का शव लेकर भगवान के महल के द्वार पर आता और चिल्लाता, 'मेरे इस बालक की मृत्यु, क्षत्रियों के दुष्कर्मों के कारण हुई है, जिन्होंने धर्मनिष्ठ लोगों को मारा है। वे स्वयं दुष्कर्मों में लिप्त हैं। अत्याचारी और अविवेकी राजाओं द्वारा शासित प्रजा की नियति में निर्धनता और दुर्भाग्य ही होता है।'

उस ब्राह्मण की जब नौवीं संतान भी मृत्यु को प्राप्त हो गई, तो वह अपने नियमानुसार, यादव राजसभा में आकर अपनी बातें दोहराने लगा। उस समय, अर्जुन भी वहाँ उपस्थित था। वह ब्राह्मण की बात सुनकर बहुत दुःखी हुआ। उसने कहा, 'हे ब्राह्मण देव! आप इस तरह विलाप क्यों कर रहे हैं? क्या आपके राज्य में कोई क्षत्रिय नहीं है, जो हाथ में धनुष उठाकर आपकी सहायता कर सके?' ब्राह्मण के जाने के बाद, अर्जुन ने कृष्ण से उस घटना के विषय में पूछा। भगवान कृष्ण केवल मुस्कराए और बोले, 'इस मनुष्य के पूर्व जन्मों के कर्मों को कौन टाल सकता है? अपने कर्मों को सभी को भोगना पड़ता है।'

अर्जुन इस उत्तर से संतुष्ट नहीं हुआ। वह स्वयं को महाभारत युद्ध का महानायक समझता था। वह इस बात को भूल गया कि युद्ध में उसकी विजय, किसके सहयोग से हुई थी। वह तत्काल ब्राह्मण की सहायता के लिए निकल पड़ा। उसने ब्राह्मण से कहा, 'हे विप्र! आप चिंता न कीजिए। जब भी आपकी पत्नी दोबारा गर्भवती हो, तो आप मुझे बताना, मैं आपके पुत्र की रक्षा करूँगा।'

अर्जुन ने जब कहा कि वह ब्राह्मण की संतान के जन्म में उसकी सहायता करेगा, तो ब्राह्मण उसकी बात सुनकर संतोष नहीं हुआ। उसने अर्जुन से पूछा, 'जिस कार्य को बलराम, कृष्ण, प्रद्युम्न और अनिरुद्ध भी नहीं कर सके, उस कार्य को पूर्ण करने वाले तुम कौन हो?'

अर्जुन ने बड़े गर्व से अपने वंश का परिचय दिया और कहा, 'यह सत्य है कि मैं उनमें से कोई नहीं हूँ। परंतु मैं पांडवों का मँझला भाई, अर्जुन हूँ। मेरे धनुष का नाम गांडीव है। आप मेरी शक्ति को कम मत समझिए। स्वयं त्रिनेत्र धारी भगवान शिव ने भी मेरी शक्ति को माना है। मैं अगली बार आपकी संतान की अवश्य रक्षा करूँगा, चाहे मुझे इसके लिए यमराज से युद्ध क्यों ना करना पड़े। यदि मैं अपने वचन में असफल हुआ तो मैं आत्मदाह कर लूँगा!'

ब्राह्मण के पास खोने को कुछ नहीं था। उसने अर्जुन की सहायता स्वीकार कर ली। कुछ ही समय बाद, ब्राह्मण की पत्नी गर्भवती हो गई। ब्राह्मण, समय-समय पर अर्जुन को गर्भस्थ शिशु के विषय में सूचना देता रहा। वह जब भी अर्जुन के पास आता, तो अर्जुन, उसके साथ गुप्त मंत्रणा करता था। कृष्ण ने अनेक बार अर्जुन से इस विषय में पूछा परंतु अर्जुन ने भगवान कृष्ण को कुछ नहीं बताया। वह उन्हें कुछ भी कहकर टाल देता था।

अर्जुन का अहंकार इतना बढ़ गया कि उसने एक बार भी भगवान से सहायता नहीं माँगी। आख़िरकार, प्रसव का दिन आ पहुँचा। ब्राह्मण दौड़ता हुआ अर्जुन के पास गया और अपनी पत्नी की प्रसव-पीड़ा की सूचना दी। अर्जुन ने अपना गांडीव धनुष और अक्षय प्रकाश तरकश उठाया तथा तेज़ी से ब्राह्मण की सहायता के लिए चल पड़ा। वह अभी महल से बाहर निकाला ही था कि कृष्ण ने उससे कहा, 'अर्जुन, तुम इतनी सुबह कहाँ जा रहे हो?'

भगवान कृष्ण, वास्तव में, अर्जुन को एक अंतिम अवसर देना चाहते थे। परंतु अहंकारी अर्जुन ने उत्तर दिया, 'मैं प्रातः कालीन भ्रमण के लिए जा रहा हूँ!'

'भ्रमण के लिए जा रहे हो? वह भी गांडीव लेकर? मित्र, तुम किसके पास जा रहे हो? क्या आसपास कोई जंगली पशु है? मुझे ऐसा लगता है कि तुम्हें किसी संकट की आशंका है। क्या मैं तुम्हारे साथ चलूँ?'

'नहीं, नहीं, नहीं! आप इतनी सुबह कष्ट मत कीजिए,' अर्जुन ने जल्दी से उत्तर दिया।

'कोई बात नहीं,' भगवान कृष्ण बोले। 'यदि आवश्यकता हो, तो मुझे बुला लेना। तुम जानते हो कि मैं तत्काल तुम्हारी सहायता के लिए उपस्थित हो जाऊँगा।'

इतने संकेत देने के बाद भी अर्जुन ने भगवान कृष्ण को कुछ नहीं बताया। उसे महाभारत युद्ध जीतने के बाद अपनी शक्ति पर बहुत घमंड हो गया था। वह भूल गया कि यदि भगवान कृष्ण उसकी सहायता न करते, तो वह युद्ध में हज़ारों बार मारा जा सकता था। इसके अतिरिक्त भगवान, प्रत्येक मनुष्य के हृदय में संकट के समय उन्हें बुलाने का आग्रह करते हैं और संकट चाहे बड़ा हो या छोटा भगवान अपने भक्तों के लिए उसे आसानी से सहन कर लेते हैं। ऐसी कोई समस्या नहीं जिसका समाधान भगवान के पास नहीं हो परंतु अहंकार दलित होने के कारण हम भगवान की सहायता लेने से मना कर देते हैं। वे कहते हैं, "तुम अपना अहंकार मेरे चरणों में अर्पित कर दो तुम मुझ पर पूर्ण विश्वास करो निष्ठा से मुझे याद करो और मैं निश्चित रूप से जीवन के युद्ध में तुम्हें विजय दिलवाऊँगा और उसके बाद तुम्हें मोक्ष की प्राप्ति भी होगी।"

भक्ति और प्राप्ति का यही वह मधुर मार्ग था, जिसके विषय में अनेक वर्ष पूर्व, कृष्ण ने युद्धभूमि पर अर्जुन को बताया था। परंतु वह इस बात को भूल गया था। शीघ्र ही अर्जुन का अहंकार टूटने वाला था और उसे इस बात का ज्ञान होने वाला था कि भगवान की सहायता के बिना वह पूरी तरह असहाय है।

अर्जुन, तेज़ी से ब्राह्मण के घर की ओर चला और वहाँ पहुँचते ही ब्राह्मण ने उसे प्रसव का समाचार दिया। अर्जुन ने ब्राह्मण का भय दूर करने का वचन दिया। उसके बाद, अर्जुन ने जिस तरह अनेक वर्ष पूर्व, खांडव वन को अपने बाणों से ढँका था, उसी तरह उसने प्रसव-कक्ष को भी अपने बाणों से पूरी तरह बंद कर दिया। फिर, वह स्वयं उस कक्ष के द्वार पर बैठ गया ताकि उसकी अनुमति के बिना कोई वहाँ नहीं आ सके।

कुछ ही देर बाद उसे एक भयंकर चीख़ सुनाई दी। तभी घबराया हुआ ब्राह्मण बाहर भागता हुआ आया और बोला, 'दुष्ट राक्षस! यह तुमने क्या किया? इससे पहले भी नौ

बार ऐसा हो चुका है, परंतु मुझे कम से कम अपने बालक का शव देखने को मिल जाता था। परंतु तुम्हारे बीच में पड़ने के बाद, इस बार तो मेरे शिशु का शव भी ग़ायब हो गया है। मुझे तुम्हारी बात नहीं माननी चाहिए थी। जब कृष्ण और बलराम मेरी रक्षा नहीं कर सके, तो मैंने तुमसे ऐसा करने की आशा कैसे कर ली?'

ब्राह्मण की बात बिलकुल स्पष्ट थी। उसने अभी तक अपने क्रोध पर नियंत्रण रखा हुआ था, परंतु अब ऐसा करना उसके लिए कठिन हो गया। उसने लकड़ी के ढेर की ओर इशारा करते हुए कहा, 'वहाँ लकड़ियाँ रखी हैं। तुम्हें जो चाहिए स्वयं ले लो। मैं कम से कम, तुम्हें आग में जलते हुए तो देख सकूँगा!'

बेचारा अर्जुन घबरा गया। वह कुछ पल शांत खड़ा रहा और फिर बोला, 'मुझे थोड़ा समय दीजिए। मैं संसार-भर में खोजूँगा। आपका शिशु तीनों लोकों में जहाँ भी होगा, मैं अवश्य उसे आपके पास लेकर आऊँगा!'

ब्राह्मण ने अर्जुन की ओर संदिग्ध दृष्टि से देखा। फिर अनिच्छा पूर्वक उसे जाने की अनुमति दे दी। अर्जुन ने अपने इष्टदेव भगवान शिव का आह्वान किया और वहाँ से यमराज के पास और फिर, इंद्र के स्वर्ग में भी गया। परंतु उसे कहीं भी शिशु नहीं मिला। बहुत समय खोजने के बाद, वह ख़ाली हाथ वापस ब्राह्मण के पास लौट आया। ब्राह्मण ने अर्जुन के लिए पहले से चिता तैयार कर दी थी, क्योंकि वह जानता था कि अर्जुन की खोज का परिणाम क्या होगा! अर्जुन का रंग फीका पड़ गया। परंतु वह घबराया नहीं और उस ने चिता में अग्नि जलाई। भगवान शिव को याद किया और फिर अग्नि के बीच में कूदने के लिए उसने तीन क़दम पीछे की ओर बढ़ाए। वह अपने अंतिम क्षण में भी भगवान कृष्ण का स्मरण नहीं कर रहा था। परंतु भगवान, अपने भक्तों को कभी नहीं छोड़ते। यदि भक्त उन्हें भूल भी जाए, तो भी भगवान उसे नहीं भूलते! अर्जुन ने जैसे ही तीसरा क़दम पीछे लिया, उसे किसी ने पीछे से पकड़ लिया। अर्जुन ने बिना पीछे मुड़े, स्वयं को छुड़ाने का प्रयास किया और कहा, 'मुझे छोड़ दो। मैं आत्महत्या करने का निश्चय कर चुका हूँ!'

'इतना क्रोध!' पीछे से आवाज़ आई। अर्जुन ने मुड़कर देखा तो कृष्ण खड़े मुस्करा रहे थे। 'मित्र, तुम मेरे पास क्यों नहीं आए? क्या तुम नहीं जानते, ऐसा कुछ नहीं जो मैं तुम्हारे लिए नहीं कर सकता? तुम मेरे मित्र, मेरे भक्त और मुझे अत्यंत प्रिय हो। तुम मुझमें और मैं तुम्हारे भीतर निवास करता हूँ। मैं तुम्हें कैसे छोड़ सकता हूँ? मेरे साथ आओ। मैं तुम्हें कुछ दिखाना चाहता हूँ!'

भगवान कृष्ण, अर्जुन को अपने साथ रथ में बैठाकर पश्चिम दिशा की ओर चल पड़े। वे सात महाद्वीपों और समुद्रों को पार कर गए। अर्जुन को लगा मानो, वे पृथ्वी से ऊपर उठ गए थे और फिर धीरे-धीरे, बाहरी अंतरिक्ष के घोर अंधकार में प्रवेश कर गए थे। भगवान कृष्ण ने अपने सुदर्शन चक्र को आगे छोड़कर मार्ग को आलोकित कर दिया। अंत में, वे भगवान विष्णु के धाम, वैकुंठ लोक पहुँच गए। अर्जुन ने देखा कि शक्तिशाली वायु के प्रभाव से क्षीर सागर में भयंकर लहरें उठ रही थीं। वहाँ उसने विशालकाय और अद्भुत सर्प आदिशेष के दर्शन किए, जिनके सहस्रों सिरों पर असंख्य रत्न जुड़े हुए थे। उनकी गर्दन और जिह्वा नीले रंग की थी। वे चमचमाते रत्नजड़ित पर्वत के समान दिख

रहे थे। अर्जुन ने उस विशाल सर्प के ऊपर, परमेश्वर महाविष्णु को विराजमान देखा। उन्होंने पीले वस्त्र धारण किए हुए थे और उनका शांत मुख एवं दीप्तिमान नेत्र अद्‌भुत लग रहे थे। भगवान विष्णु के वक्ष पर, कृष्ण की भाँति, श्रीवत्स का चिह्न अंकित था। उन्होंने गले में वनमाला तथा कौस्तुभ मणि धारण की हुई थी। उनके चारों ओर ऋषि-मुनि, अनुचर उपस्थित थे।

कृष्ण ने अपनी लीला के अंतर्गत, भगवान विष्णु को प्रणाम किया। फिर, अर्जुन ने भी भगवान को प्रणाम किया। भगवान विष्णु ने गूँजती हुई आवाज़ में कहा, 'मैं उस ब्राह्मण के शिशु को अपने साथ यहाँ ले आया था ताकि तुम दोनों से मिल सकूँ। तुम आदि ऋषि, नर और नारायण के अवतार हो, जो मेरे ही स्वरूप हैं! यद्यपि तुम्हारी कोई अभिलाषा नहीं है, तुमने संसार के हित और कल्याण के लिए अपने कर्तव्य का पालन किया है तथा धर्म की रक्षा की है।'

अर्जुन को यह देखकर बहुत आश्चर्य हुआ कि उस ब्राह्मण के सभी पुत्र भगवान के आस-पास खेल रहे थे। वे बालक आनंद के धाम से लौटकर पृथ्वीलोक पर नहीं जाना चाहते थे। इसके बाद कृष्ण और अर्जुन ने भगवान विष्णु को प्रणाम किया तथा अपने साथ ब्राह्मण के दसों शिशुओं को लेकर ब्राह्मण के पास पहुँच गए। इस प्रकार अर्जुन ने अपना वचन पूरा किया।

एक बार फिर, अर्जुन को अपनी भूल का एहसास हुआ और उसने देखा कि मनुष्य द्वारा किए गए सफल प्रयास, जिन्हें वह अपने प्रयास समझता है, ईश्वर की कृपा के बिना संभव नहीं होते। वह भगवान कृष्ण के चरणों में लेट गया और उसने क्षमा याचना की। इसी तरह, उसने कृष्ण का विराट रूप देखकर युद्धभूमि में उन्हें प्रणाम किया था।

'तुम यदि मुझे भूल भी जाओ, तो भी मैं तुम्हें कभी नहीं छोड़ूँगा! जिस क्षण मनुष्य स्वयं को मेरे समक्ष समर्पित कर देता है, मैं उसे सही दिशा में प्रेरित कर देता हूँ। मित्र, मैं उस व्यक्ति को इस भौतिक संसार के वन से उसी प्रकार सुरक्षित निकालकर ले जाता हूँ, जैसे एक बिल्ली अपने बच्चों को सुरक्षित ले जाती है।'

भगवान ने, पृथ्वी पर अपनी यात्रा के अंतिम वर्षों में, अपने प्रियजनों को अनेक सुझाव दिए तथा उन सबकी सहायता की, जिन्होंने उनसे सहायता माँगी। यही उनके उपदेश की महानता है। भगवान कहते हैं कि प्रत्येक मनुष्य अपने स्वभाव के अनुसार, अपने लिए सर्वोच्च मार्ग चुन सकता है और उसे यही करना भी चाहिए।

प्रकृति के तीन गुण होते हैं - सत्व, रज और तम।

मानव स्वभाव को भी इन्हीं तीन श्रेणियों में विभाजित किया जा सकता है। सात्विक लोग, सदा भलाई की बात करते हैं और उनके मन में प्रेम और अहिंसा का भाव होता है। राजसिक व्यक्ति, सदा खोने और पाने के विषय में सोचता है और उसके भीतर क्रोध, कामना और लोभ विद्यमान रहते हैं। तामसिक प्रवृत्ति के लोग, आलस्य और अज्ञान से भरे होते हैं और उन्हें सोने, खाने तथा पशु के समान जीवन जीने की आदत होती है। उन्हें किसी प्रकार के ज्ञान में रुचि नहीं होती और वे निष्क्रिय जीवन व्यतीत करते हैं। वास्तव में, किसी भी मनुष्य में ये तीन गुण विशुद्ध रूप से नहीं पाए जाते। हम सब में तीनों

प्रवृत्तियों का मिश्रण समाहित होता है। सात्विक मनुष्य, प्रकाश और भलाई का प्रतीक होता है, जबकि राजसिक प्रवृत्ति का मनुष्य, सदा चिंताग्रस्त रहता है और वह योजनाएँ बनाता रहता है। अर्जुन भी इसी श्रेणी का व्यक्ति था। ऐसे लोगों के लिए भगवान सुझाव देते हैं कि उन्हें आगे बढ़ कर कर्म करना चाहिए परंतु उन्हें अपने समस्त कर्म, ईश्वर को समर्पित कर देने चाहिए। किसी कर्म के फल की इच्छा नहीं करनी चाहिए। यह सुनने में थोड़ा कठिन लगता है, परंतु अभ्यास द्वारा इसे सफलतापूर्वक किया जा सकता है। इसके लिए मस्तिष्क को प्रशिक्षित करने की आवश्यकता होती है। भगवान कहते हैं, कोई भी व्यक्ति पूरी तरह अकर्मण्य बनकर नहीं रह सकता। इसलिए यह जानना आवश्यक है कि मनुष्य को कर्म किस प्रकार करना चाहिए, ताकि वह कर्म उसके लिए बंधन उत्पन्न न कर सके। इच्छा या फल की कामना से किया गया कोई भी कार्य, एक नई इच्छा को जन्म देता है। इससे कर्म की मज़बूत बेड़ियाँ बन जाती हैं और इसी कारण मनुष्य का पुनर्जन्म होता है। इसे ही जीवन और मृत्यु का संसार-चक्र कहते हैं।

यह एक भ्रम है कि कर्म करने से मनुष्य बंधन में बंध जाता है। वास्तव में, कर्म का फल पाने की इच्छा, बंधन पैदा करती है। कोई भी कर्म, बाहरी रूप से कितना भी अच्छा दिखे, यदि वह किसी स्वार्थ से किया गया है तो भगवान, जो सबके हृदय और मन के विचारों को जान लेते हैं, उस कर्म को व्यर्थ मानते हैं। इसके विपरीत, कोई कर्म, चाहे वांछित परिणाम न दे, परंतु यदि वह सात्विक इच्छा से किया गया है तो वह कोई बंधन उत्पन्न नहीं करता। उससे मनुष्य का आध्यात्मिक उत्थान होता है। भगवान, मनुष्य को सफलता या असफलता की चिंता छोड़कर, अपने कर्तव्य का पालन करने की सलाह देते हैं। संसार की दृष्टि में, जो कार्य विफल प्रतीत होता है, वह भगवान की दृष्टि में शानदार सफलता हो सकती है।

स्वयं को फल की उत्सुकता से मुक्त करने पर हमें, वही उन्मुक्तता का एहसास होता है, जिसका सुख ऋषि-मुनि प्राप्त करते हैं। हमें कर्ता-भाव से मुक्त होकर, स्वयं को भगवान के साधन के रूप में स्वीकार करना चाहिए। बार-बार, ऐसा सोचने पर हम उन्मादी प्रवृत्ति को नियंत्रित कर सकते हैं तथा ईश्वरीय इच्छा के शुद्ध और शांत प्रभाव का अनुभव कर सकते हैं। राजसिक प्रवृत्ति के व्यक्ति के लिए यह मार्ग, ज़बरदस्ती एक स्थान पर बैठकर स्वयं को ध्यान करने पर विवश करने से बेहतर है क्योंकि उसका संपूर्ण शरीर किसी न किसी तरह की गतिविधि करने को उत्सुक रहता है। तामसी प्रवृत्ति वाले लोगों को यथासंभव, एक जगह बैठकर जाप करने का अभ्यास करना चाहिए। इसके लिए अधिक प्रयास की आवश्यकता नहीं है, क्योंकि यह उनकी स्वाभाविक प्रवृत्ति के विरुद्ध होता है। जिस प्रकार रोगी बिना औषधि के गुणों को समझे, उसके सेवन से स्वस्थ हो जाता है, उसी प्रकार, यदि भगवान का नाम, बिना समझे और यांत्रिकीय ढंग से भी लिया जाए, तो भी मनुष्य के जीवन में परिवर्तन होता है। मुख्य बात यही है कि आलस्य होने पर भी मनुष्य को बैठकर जप करने का अभ्यास करने के प्रति कृतसंकल्प होना चाहिए। यदि मनुष्य मन में निश्चय कर ले कि उसे योगाभ्यास द्वारा स्वयं में सुधार लाना है, तो वह निश्चित रूप से अपने भीतर सुधार ला सकता है।

हम ईश्वर की संतान हैं और हम अपनी-अपनी गति से मोक्ष की ओर बढ़ सकते हैं। मनुष्य जीवन के इस अनादि व अनंत विद्यालय में किसी को बाहर निकाला नहीं जाता। हमें एक बार नहीं, अपितु अनेक बार एक ही कक्षा को दोहराना पड़ सकता है। हमें दस अथवा दस हज़ार जन्म लेने पड़ सकते हैं। परंतु कोई आत्मा सदा के लिए यहाँ नहीं भटकती क्योंकि प्रत्येक आत्मा, ईश्वर का अंश है। इस बात से कोई अंतर नहीं पड़ता कि आध्यात्मिक उत्थान के स्तर पर उसकी स्थिति ऊपर अथवा नीचे है। महत्त्वपूर्ण बात यह है कि प्रत्येक व्यक्ति को आत्म-सुधार का प्रयास करना चाहिए और इसी संकल्प और निष्ठा द्वारा हमारी विजय होती है। भगवान कृष्ण का यही सुंदर दर्शन है, जो प्रत्येक मनुष्य को उसके स्वभाव और उसकी दुर्बलताओं के बावजूद मोक्ष प्राप्त करने का वचन देता है और उसे उसके स्वभाव के अनुसार, अपने लिए मार्ग चुनने की स्वतंत्रता भी प्रदान करता है। ऐसा कोई नियम नहीं कि केवल एक ही मार्ग सही है। मोक्ष प्राप्त करने के अलग-अलग मार्ग हो सकते हैं।

भगवान ने हमें जिस रूप में बनाया है, वे हमें उसी रूप में स्वीकार करते हैं। वे सिर्फ़ इतना चाहते हैं कि हम अपने स्थान से धीरे-धीरे आगे बढ़ें। भगवान, हमसे ऐसी कोई आशा नहीं करते कि हम अपनी क्षमता से अधिक करें अथवा शुद्धता की किसी असंभव शिखर पर अचानक कूद जाएँ। भगवान कहते हैं, जो अन्य देवताओं की अर्चना करते हैं वह भी उसी पुरुषोत्तम को पूजते हैं क्योंकि यह सृष्टि, ईश्वर का ही स्वरूप है तथा इसमें किसी 'अन्य' की पूजा अर्चना करना संभव ही नहीं है। जो व्यक्ति सृष्टि में ईश्वर को देख लेता है, वही सच्चा ज्ञानी और दृष्टा है। यही परम ज्ञान है। शेष सब कुछ गौण हो जाता है, जिस प्रकार मकड़ी के शरीर से महीन तार निकलता है उसी प्रकार भगवान ने इस सृष्टि की रचना की है। हमें, मकड़ी के जाल में फँसी मक्खी की भाँति, संघर्ष नहीं करना चाहिए, अपितु अपना अहंकार त्यागकर ईश्वर की शरण में जाना चाहिए। वे हमारा पथ प्रदर्शित करते हैं और हमें अपने अंतिम गंतव्य तक लेकर जाते हैं। इस मार्ग में प्रमुख बाधा, हमारा अपना अहंकार है। यही प्रश्न कृष्ण के पिता वसुदेव ने उनसे किया था।

कृष्ण के माता-पिता ने उनके जन्म के समय उनका दिव्य रूप देखा था। परंतु जैसा कि मानव मस्तिष्क के साथ सामान्यतः होता है, अपने शिशु के साथ बढ़ती घनिष्ठता के कारण, वे उस अद्‌भुत रूप को भूल गए और कृष्ण को साधारण मनुष्य समझने लगे। उन्हें अपने जीवन के अंतिम दिनों में, स्यमंतपंचक के ऋषियों का सुझाव याद आया और उन्होंने उनसे परामर्श लेने का निश्चय किया।

वसुदेव, अपने पुत्र कृष्ण के पास आए और बोले, 'मैंने इस नश्वर शरीर को अपना मान लिया था और मैं यह सोचता रहा कि आप केवल मेरे ही पुत्र हैं। मस्तिष्क के सभी तंत्र भली-भाँति कार्य करते हैं तो मनुष्य के लिए अपने जन्म को भुला पाना कठिन होता है। इस कारण मैंने इसका वास्तविक उद्देश्य समझे बिना, अपना समय नष्ट कर दिया। मुझे परमेश्वर को प्राप्त करने का प्रयास करना चाहिए था। आपने इस संपूर्ण जगत को आत्म-केंद्रित आसक्ति के बंधन में बाँध रखा है। आपने जन्म के समय, हमें अपने अवतार का उद्देश्य बताया था। मैं शरीर के साथ आसक्ति होने के कारण आपके वचनों को भूल

गया। कृपया मुझे बताइए कि मैं कर्ता-भाव से मुक्त कैसे हो सकता हूँ। मैं अपने शक्तिशाली अहंकार को, जो मोक्ष के मार्ग में बाधा है, कैसे दूर कर सकता हूँ? आपने कितने ही लोगों को मुक्ति प्रदान की है। क्या आप अपने पिता को मोक्ष प्राप्त करने का मार्ग नहीं बताएँगे?'

भगवान कृष्ण ने अपने पिता को प्रणाम किया और फिर मुस्कराते हुए बोले, 'हे यदुवंशियों में श्रेष्ठ! हम सबको, आपको और मुझे, चल और अचल प्रत्येक वस्तु को, ईश्वर का स्वरूप समझना चाहिए। इस बात को कि "यह मेरा है" सोचने में कुछ ग़लत नहीं है, परंतु समस्या तब उत्पन्न होती है, जब आप अपने दृष्टिकोण को केवल पारिवारिक संबंधों तक सीमित कर लेते हैं। अपनी दृष्टि का विस्तार कीजिए, ताकि उसमें संपूर्ण जगत समाहित हो सके। यदि आप मुझमें यानी अपने पुत्र में, ईश्वर का रूप देख सकते हैं, तो संसार के सभी स्त्री और पुरुषों में आपको अपने पुत्र और पुत्रियों का स्वरूप दिखाई देना चाहिए तभी आप उनकी दिव्यता को देख पाएँगे। मैं समस्त प्राणियों की आत्मा, विश्वात्मा हूँ। इसलिए आपको पूरे संसार को अपना समझना चाहिए और इसमें रहने वाले प्रत्येक प्राणी को मेरा रूप मानना चाहिए। इस विविधता में एकता का दर्शन करने से, आप समूची सृष्टि को विस्तारित रूप में देख सकेंगे। आपके भीतर जो दिव्यता है, वही समस्त प्राणियों के हृदय में भी विद्यमान है। अपने अहंकार को अपने शरीर और अपने परिवार तक सीमित न करके, उसे पूरी सृष्टि तक फैलने दीजिए। यही मुक्ति का मार्ग है!' जगद्गुरु ने वसुदेव को इतने सरल ढंग से उनके स्वभाव के अनुसार उपदेश देकर उनकी संकीर्ण विचारधारा को विस्तारित कर दिया।

उसके बाद कृष्ण की माता, देवकी उनके पास आईं। उनकी अभिलाषाएँ भिन्न थीं, परंतु उनको भी पूरा करते हुए, कृष्ण ने उन्हें मोक्ष प्रदान किया। देवकी ने कहा, 'प्रिय पुत्र कृष्ण, मुझे पता है कि तुम परमेश्वर के रूप हो और अपने किसी दैवी उद्देश्य से तुमने मेरे गर्भ से जन्म लिया है। मैं तुम्हारे संपर्क में आकर गौरवान्वित महसूस करती हूँ। परंतु मानवीयता दुर्बलता के चलते, मैं अपने मातृत्व की भावना से ऊपर नहीं उठ पाई। तुम्हारे जन्म से पूर्व, मेरे छह पुत्र हुए थे। मैं उन्हें देखना चाहती हूँ। मैंने सुना है कि तुम, अपने गुरु संदीपनी की पत्नी के आग्रह पर उनके पुत्र को वापस ले आए थे। क्या तुम मेरी प्रार्थना स्वीकार करके मुझे मेरे पुत्रों और तुम्हारे भाइयों का, जिन्हें मेरे भाई कंस ने मार डाला था, दर्शन करवा सकते हो?'

देवकी की बात सुनकर कृष्ण मुस्कराए। उसी क्षण देवकी को लगा कि उनकी आँखों के सामने उनके छहों पुत्र नृत्य कर रहे थे। देवकी ने उन्हें गोद में ले लिया। उनकी इच्छा पूर्ण हो गई और उन्हें संतोष हो गया। भगवान की माया से भ्रमित होकर देवकी ने उन बच्चों को अपनी गोद में बैठाया, उन्हें चूमा और दुलारा। देवकी के वक्ष में अमृत की शेष बूँदें प्रसाद रूप में पाकर, उन बच्चों को तत्काल मोक्ष प्राप्त हो गया। उन्होंने देवकी को प्रणाम किया और फिर कृष्ण को प्रणाम करके वे बालक, दिव्य लोक चले गए। इन विचित्र घटनाओं को देखकर देवकी को बहुत आश्चर्य हुआ और उन्होंने कृष्ण से पूछा, 'पुत्र, मैं जानती हूँ कि तुम महान योगी हो। परंतु मुझे बताओ, क्या तुमने मेरे पुत्रों माया से उत्पन्न किया था? वे सचमुच यहाँ आए थे अथवा वह केवल मेरा भ्रम था?'

कृष्ण ने हँसते हुए उत्तर दिया, 'यह संपूर्ण संसार माया है। यह नश्वर है। हम अपनी इंद्रियों द्वारा जो कुछ अनुभव करते हैं, वह सब अस्थाई और नश्वर है। कुछ वस्तुएँ, कुछ क्षणों के लिए रहती हैं, कुछ घंटों के लिए और कुछ वर्षों के लिए तथा कुछ विशेष वस्तुएँ, शताब्दियों तक विद्यमान रहती हैं। परंतु अंत में, सबका नाश हो जाता है। प्रत्येक वस्तु परिवर्तनशील है और उसे जन्म, विकास और मृत्यु के चक्र से गुज़रना पड़ता है। ये सभी वस्तुओं के जन्मजात गुण होते हैं। एकमात्र सच्चा और अनश्वर अस्तित्व, केवल भगवान का होता है। इसलिए अपने मन को पति, घर और बच्चों जैसी क्षणभंगुर वस्तुओं में नहीं लगाना चाहिए क्योंकि वे सब कुछ समय बाद नष्ट हो जाती हैं। मनुष्य को केवल प्रभु के चरणों की अभिलाषा होनी चाहिए क्योंकि उसी से व्यक्ति को असीम आनंद की प्राप्ति होती है। सप्रेम समर्पण द्वारा भगवान व्यक्ति को सनातन जीवन के मार्ग पर प्रेरित करते हैं। आपको इस भवसागर से बचाने के लिए जब नाव आपके निकट उपस्थित है, तो आप तिनके का सहारा क्यों लेते हैं? मनुष्य को केवल ईश्वर की इच्छा करनी चाहिए क्योंकि उसी से असीम आनंद के तट पर पहुँचा जा सकता है।'

भगवान कृष्ण का यह सुंदर उपदेश सुनने के बाद देवकी को भी मोक्ष प्राप्त हो गया। दुर्भाग्य से, कृष्ण के अपने पुत्रों ने कभी उनसे सहयोग नहीं माँगा। भगवान, ऐसे लोगों को परामर्श और सहायता प्रदान नहीं करते, जो उसे ग्रहण करने के इच्छुक नहीं होते। ज्ञान, बाज़ार में लेन-देन की वस्तु नहीं है और न ही उसे चिल्लाकर किसी को बताया जा सकता है। ज्ञान प्राप्त करने के इच्छुक मनुष्य को विनम्रता के साथ गुरु की शरण में जाना चाहिए, तभी उसे उपदेश का लाभ मिल सकता है। इसलिए, कृष्ण ने अपने पुत्रों पर कभी अपना उपदेश थोपने का प्रयास नहीं किया, न अपने पुत्रों की निंदा की और न ही उन्हें उनके चुने हुए मार्ग पर चलने से रोका। भगवान को जब तक सहायता के लिए पुकारा नहीं जाता, वे साक्षी, अनासक्त और तटस्थ की भूमिका में रहते हैं।

हरि ॐ तत्सत्

ॐ

ॐ

ओउम् सर्वेश्वराय नमः!

अध्याय 31

ऋषियों का शाप

शिरो मद्पादयो कृत्वा, बाहुभ्यं च परस्परम्,
प्रपन्नं पाहिमामिशा भीतमं मृत्यूग्रहरणावत!

अपने सिर को मेरे चरणों पर रखकर और अपने दोनों हाथों से चरण पकड़कर, उसे यह प्रार्थना करनी चाहिए, 'अपने इस सेवक पर कृपा कीजिए, जो मृत्यु रूपी मगरमच्छों से भरे भवसागर के भय से आपके चरणों में शरण माँगने आया है।'

—श्रीमद् भागवत

उस युग का अंत निकट था। कुरुक्षेत्र में हुए महायुद्ध को अनेक वर्ष बीत चुके थे तथा लोग उसके विषय में लगभग भूल गए थे। उस घटना को छत्तीस वर्ष हो गए थे और गांधारी द्वारा निर्धारित अवधि के बाद उसके दिए शाप का का समय निकट आ रहा था। युधिष्ठिर के शासनकाल में भारतवर्ष में शांति और समृद्धि का वातावरण था। भारतवर्ष के विभिन्न क्षेत्रों में रहने वाले लोग, अपने बुद्धिमान और श्रेष्ठ सम्राट के कार्यों से संतुष्ट थे। दुष्ट राजाओं का नाश हो गया था और युद्ध के दौरान कुटिल शक्तियों का दमन हो चुका था। कुरु वंश को चुनौती देने के लिए यादवों के अतिरिक्त कोई शेष नहीं था।

यमुना नदी पर स्थित, मथुरा नगरी से लेकर पश्चिमी सागर तट पर स्थित, द्वारका तक यादवों का प्रदेश फैला हुआ था। वहाँ सब कुछ प्रचुर मात्रा में उपलब्ध था। यादव अजेय योद्धा थे और उन पर आक्रमण करने का किसी में साहस नहीं था। यादव कुल के लोगों को सुख-सुविधाओं के जीवन की आदत पड़ चुकी थी। भगवान कृष्ण के नेतृत्व में, उन्होंने असीम समृद्धि और वैभव प्राप्त किया था। उनके नगर अत्यंत सुंदर थे और जीवन शैली बहुत शानदार थी। वे लोग पूर्ण रूप से स्वस्थ और बलशाली थे तथा उनकी स्त्रियाँ अत्यंत सुंदर और मनमोहक थीं। उन्हें सब प्रकार से भगवान का आशीर्वाद प्राप्त था। परंतु जैसे सुंदर पुष्प में धीरे-धीरे कीड़ा लग जाता है, उसी प्रकार अत्यधिक समृद्धि ने अपने दुष्प्रभाव दिखाने आरंभ कर दिए थे। शारीरिक स्वास्थ्य और आध्यात्मिक ज्ञान से परिपूर्ण

यादवों की पीढ़ी धीरे-धीरे नैतिक रूप से दुर्बल और शारीरिक रूप से क्षीण होती जा रही थी। कृष्ण के अपने पुत्र भी इसका अपवाद नहीं थे। भगवान ने, पारिवारिक संबंध होने के बावजूद, उनके साथ दया नहीं की। उनके लिए पूरी सृष्टि एक समान थी। कृष्ण जानते थे कि यादवों को उनके अतिरिक्त कोई शक्ति परास्त नहीं कर सकती, इसलिए उन्हें पता था कि उन्हें शल्य-चिकित्सक की भूमिका निभाते हुए शरीर के सड़े अंग को काटना पड़ेगा। गांधारी के शाप के फलित होने का समय आ गया था!

गांधारी के शाप के लिए समुचित परिस्थितियाँ उत्पन्न करने हेतु, भगवान कृष्ण ने कुछ ऋषियों को द्वारका आमंत्रित किया। यादव परिवारों के कुछ लोगों ने, जिनमें कृष्ण और उनकी पत्नी जांबवती का पुत्र सांब भी शामिल था, ऋषियों का मज़ाक उड़ाया और उनसे काल्पनिक समस्या के विषय में प्रश्न किए। सांब ने गर्भवती स्त्री का वेश धारण किया तथा उसके मित्रों ने ऋषियों से कहा, 'हे ऋषिवर! यह युवा और सुंदर स्त्री गर्भवती है। यह लज्जावश, आप से सीधे प्रश्न नहीं करना चाहती। इसलिए इसकी ओर से हम आपसे एक प्रश्न पूछ रहे हैं। यह अपने शिशु का लिंग जानने के लिए उत्सुक है। इसके मन में पुत्र की इच्छा है। आप अपनी शक्ति द्वारा इसकी इच्छा को पूरा कर दीजिए!'

भगवान कृष्ण ने ऋषियों का सम्मान करने के परामर्श दिया था, तथापि उन लोगों ने ऋषियों के साथ परिहास किया और उनका अपमान किया। ऋषियों ने नाराज़ होकर उन्हें शाप दे डाला और कहा, 'मूर्खो! इसके गर्भ से न कन्या पैदा होगी और न ही पुत्र उत्पन्न होगा, बल्कि यह स्त्री लोहे के मूसल को जन्म देगी और वह मूसल तुम्हारे वंश के विनाश करने में मुख्य भूमिका निभाएगा!'

वे लोग उस असंभव-से शाप को सुनकर ज़ोर से हँसने लगे। परंतु उनका उपहास क्षणभंगुर था। ऋषियों के जाने के तत्काल बाद, सांब को भयंकर पीड़ा होने लगी और कुछ ही देर में उसके पेट से एक लोहे का मूसल बाहर निकल आया। वे लोग उसे देखकर डर गए और मूसल को लेकर राजा उग्रसेन के पास पहुँचे। राजा भी इस कथा को सुनकर घबरा गया। उसने वह मूसल, एक लोहार को दिया और उसको तोड़कर उसका चूरा बनाने को कहा। मूसल को तोड़कर उसका चूरा करने के प्रयास विफल हो गया। मूसल का एक टुकड़ा शेष रह गया। लोगों ने उस टुकड़े के साथ लौह का चूर्ण, समुद्र में फेंक दिया। समुद्र की लहरें मूसल के चूर्ण को बहाकर प्रभास क्षेत्र में ले गईं। वहाँ उस चूर्ण में से तलवार जैसी लंबी और तीखी घास उग आई। लोहे के उस शेष टुकड़े को एक मछली ने निगल लिया। वह मछली एक मछुआरे के जाल में फँस गई। मछुआरे ने मछली का पेट काटा तो उसमें से मूसल का टुकड़ा निकला। उस टुकड़े से मछुआरे ने एक बाण तैयार किया और वह बाण जर नामक एक शिकारी को दे दिया। भगवान कृष्ण को किसी ने इन घटनाओं के विषय में नहीं बताया, परंतु वे सब कुछ जानते थे। यद्यपि वे गांधारी के शाप के दुष्प्रभावों को काटने में सक्षम थे, उन्होंने ऐसा कुछ नहीं किया। वह स्वयं काल का अंश थे, जो समस्त प्राणियों को नष्ट कर देता है। भगवान की सहमति से ही सृष्टि की समस्त वस्तुओं काल के गाल में जाती हैं।

इस बीच, लोगों में यह समाचार फैल गया और उनमें अज्ञात भय व्याप्त हो गया। उनका अहंकार जब अपने चरम पर था तो उन्हें अपने सिर पर संकट की छाया दिखाई देने लगी। उग्रसेन को पता था कि यदि उन्होंने अपना संयम बनाए रखा तो उन्हें किसी बात से घबराने की आवश्यकता नहीं है क्योंकि उनके कोई बाहरी शत्रु नहीं थे। उनके शत्रु उनके भीतर ही विद्यमान थे। लोभ, कामना और क्रोध नाम के इन शत्रुओं के विषय में, कृष्ण ने अर्जुन को युद्धभूमि में बहुत पहले सावधान किया था। उग्रसेन को इस बात का पता था और इसलिए उसने अपने राज्य में मदिरा की बिक्री पर रोक लगा रखी थी। उसकी प्रजा भी अपने राजा की बुद्धिमत्ता का निष्ठापूर्वक पालन करती थी।

यह देखते हुए कि भगवान का इस मर्त्यलोक से जाने का समय निकट आ रहा था, ब्रह्मा और शिव सहित सभी देवी-देवता उनकी झलक पाने के लिए द्वारका पहुँच गए। उन्होंने द्वारका नगरी में, जो अपने सौंदर्य और वैभव के लिए विख्यात थी, कृष्ण का अद्‌भुत रूप देखा। उन्होंने माला पहनाकर भगवान की वंदना की।

ब्रह्मा बोले, 'हे प्रभु! मैंने आपसे प्रार्थना की थी कि पृथ्वी को अधर्म से मुक्त करना चाहिए। आपने उससे कहीं अधिक कार्य पूरा कर दिया है। आपने मानव जाति में धर्म की स्थापना की है। आपकी कीर्ति पूरे संसार में फैली हुई है। यदु कुल में जन्म लेने के बाद, आपने संसार के हित में अनेक लीलाएँ की हैं। हे प्रभु, आपकी इन्हीं लीलाओं का वर्णन सुनकर कलियुग के, जो शीघ्र ही आने वाला है, लोग पुण्य प्राप्त करेंगे और अज्ञान के अंधकार से मुक्त हो पाएँगे। हे ईश्वर! आपको यदुवंश में अवतार लिए हुए 125 वर्ष बीत चुके हैं। हे कृपानिधान, आपने देवताओं का उद्देश्य पूर्ण कर दिया है। अब आपके करने लायक़ कोई कार्य नहीं शेष नहीं है। राशियों के अनुसार, यादव वंश विनाश के निकट पहुँच चुका है। यदि आप उचित समझें, तो आप अपने परमधाम लौट सकते हैं। आप हमारी, अपने अनुचरों की, रक्षा कीजिए!'

भगवान ने ब्रह्मा की प्रार्थना स्वीकार कर ली और अपने अंतिम प्रस्थान के लिए तैयारियाँ करने लगे।

इन भयानक घटनाओं और भगवान कृष्ण की गंभीर मुद्रा को देखकर, उनके मित्र, प्रधानमंत्री और परम भक्त उद्धव, उनके पास आए। कृष्ण एकांत में बैठे हुए थे, तो उद्धव ने भगवान को प्रणाम किया और कहा, 'हे महायोगी! आप अपनी कथा सुनने वालों को आशीर्वाद प्रदान करते हैं। परंतु मुझे डर है कि आप अपने ही कुल का विनाश करने के बाद, इस संसार को त्यागने की तैयारी कर रहे हैं। आप ऋषियों द्वारा दिए गए शाप को काटने की क्षमता रखते हैं, तो भी आपने इस विषय में कुछ नहीं किया। इससे मेरा भय और बढ़ गया है। हे कृष्ण, आप मेरे प्रभु हैं। मैं आपके बिना इस पृथ्वी पर एक पल भी जीवित नहीं रह सकता। यहाँ तक कि वे लोग, जिन्होंने केवल आप के विषय में सुना है, सामान्य जीवन नहीं जी सकेंगे, फिर मैंने तो अपना पूरा जीवन आपकी सेवा में बिताया है। मैं आपसे अलग होकर कैसे रहूँगा? मैं उठते-बैठते, जागते-सोते, चलते, बात करते, खाते और पीते समय, सदा आपके साथ रहता हूँ। मैंने आपके पुराने वस्त्र पहने हैं, आपका झूठा भोजन खाया है तथा आपके द्वारा छोड़ा गया चंदन का लेप और पुष्प मालाएँ

पहनी हैं। मैं आपकी छाया की तरह आपके साथ रहता हूँ और ऐसा करते, मुझे एक सौ वर्ष से अधिक बीत गए हैं। ऐसी स्थिति में, मैं आपके बिना कैसे रहूँगा? हे देवताओं के स्वामी! असहायों के मित्र! आप कृपया मुझे छोड़कर मत जाइए। आप जहाँ भी जाएँगे, मुझे अपने साथ लेकर चलिए!'

यह सुनकर कृष्ण स्नेहपूर्वक मुस्कराए। वे उद्धव को बहुत प्रेम करते थे क्योंकि मथुरा से गोकुल आने के बाद, उद्धव सदा उनके साथ रहे थे। उद्धव ज्ञान-भक्त का आदर्श उदाहरण थे। ज्ञान और भक्ति का अनूठा मिश्रण थे और उनको भगवान ने अपना अंतिम संदेश सुनाया था। भगवान कृष्ण ने उद्धव को, जो उनके चरणों में गिर पड़े थे, प्रेम से उठाया और कहा, 'उद्धव, यह सत्य है कि मैं इस संसार को छोड़कर जा रहा हूँ क्योंकि यहाँ मेरा कार्य पूर्ण हो गया है। परंतु तुम्हें अभी बहुत कार्य करना है। तुम मेरे संदेश को संसार-भर में पहुँचाओगे, क्योंकि तुमने अपना अहंकार मेरे चरणों में अर्पित कर दिया है। इसलिए तुम इस भव-सागर से आसानी से पार हो जाओगे। परंतु हे उद्धव, जो लोग हमारे बाद यहाँ आएँगे, उन्हें आत्मसमर्पण तथा प्रेम के मार्ग पर चलने का तरीक़ा नहीं पता होगा, जो तुमने सीख लिया है। इसलिए तुम्हें गुरु बनना है। अपने परिवार, मित्रों तथा शरीर से प्रेम ही जीव को संसार से बाँधे रखता है और वही उसके असंख्य पुनर्जन्म का कारण बनता है। अपने संबंधियों से इस प्रेमासक्ति को त्याग दो और मेरे प्रति समर्पित हो जाओ। प्रत्येक वस्तु में मेरा दर्शन करो। यह संसार, जैसा मन और इंद्रियाँ देखती है, केवल माया है। यह नश्वर है। अनियंत्रित इंद्रिय वाले व्यक्ति को इस संसार में रहकर भ्रम हो जाता है। ऐसा व्यक्ति अच्छाई और बुराई की अवधारणा में बँध जाता है तथा वह सामान्य कर्म, अकर्म और निषेध कर्म के अंतर को देखने लगता है। परंतु जो मनुष्य इस संसार को माया जानकर इसमें भगवान की छवि को देखता है तथा जिसे किसी प्रकार की बाधा दिखाई नहीं पड़ती, वह अच्छाई और बुराई के भेद से ऊपर उठ जाता है। ऐसे मनुष्य, विवश होकर बुराई से दूर नहीं रहते और अच्छाई को लाभकारी जानकर उसका प्रचार नहीं करते। उनकी प्रतिक्रिया स्वतः प्रेरित होती है। उन्हें बालक के समान, प्रेरणा की आवश्यकता नहीं होती। ऐसे लोग सदा सत्य में स्थित रहते हैं। उन्हें माया-जगत में ईश्वर की छवि दिखाई देती है और वे कर्म-बंधन से मुक्त हो जाते हैं।'

उद्धव ने कहा, 'हे प्रभु! मेरे जैसे व्यक्ति के अनासक्ति की अवस्था को प्राप्त करना अत्यंत कठिन है। कृपया मुझे इस अवस्था को प्राप्त करने का तरीक़ा बताइए!'

भगवान कृष्ण ने उत्तर दिया, 'सबके पास सत्य को जानने तथा अपने जीवन में बुराइयों से ऊपर उठने की क्षमता होती है। इसके लिए उन्हें गुरु की आवश्यकता नहीं है। मनुष्य के पास ज्ञान और स्वाभाविक क्षमता उपलब्ध है तथा वह अपना गुरु स्वयं बन सकता है। ध्यान से देखने और निष्कर्ष निकालने पर, मनुष्य अपने हित की बातों को आसानी से समझ सकता है। मनुष्य अपनी इंद्रियों मात्र के प्रयोग से परमात्मा को नहीं जान सकता परंतु कल्पना और निष्कर्ष द्वारा तथा मन और बुद्धि के प्रयोग से, बुद्धिमान व्यक्ति सत्य का दर्शन कर सकता है। संसार में अनेक ऐसी वस्तुएँ हैं, जो भगवान की उपस्थिति की ओर संकेत करती हैं। मैं तुम्हें महर्षि दत्तात्रेय और अपने पूर्वज यदु के बीच हुए संवाद के विषय

में बताता हूँ। एक बार, महाराज यदु की भेंट, ऋषि दत्तात्रेय से हो गई और उन्होंने यह प्रश्न किया, 'हे विप्रवर! कृपया मुझे बताइए कि आपके हृदय में इतना आनंद कैसे उत्पन्न होता है, जबकि आपके पास मनोरंजन का कोई साधन उपलब्ध नहीं है!'

यदु का यह प्रश्न सुनकर ऋषि ने उत्तर दिया, 'महाराज! मैंने अपने भ्रमण काल के दौरान चौबीस गुरुओं से ज्ञान प्राप्त किया है। यह गुरु हैं - पृथ्वी, वायु, आकाश, जल, अग्नि, सूर्य, चंद्र, पक्षी, अजगर, समुद्र, नदी, कीट, मधुमक्खी, हाथी, हिरण, मछली, पिंगला वेश्या, बाज, कन्या, तीरगर, सर्प, मकड़ी और ततैया!'

'मैंने पृथ्वी से धैर्य और असहनशीलता सीखी है। मैंने वृक्षों से निःस्वार्थ भाव से दूसरों की सेवा करना और अपने जीवन को सार्थक बनाना सीखा है। ऋषियों को वायु की भाँति, इंद्रियों के संपर्क से होने वाले अच्छे व बुरे प्रभावों से बचना चाहिए। जिस प्रकार वायु अनेक स्थानों के ऊपर से बहती है, परंतु उनके संपर्क से अप्रभावित रहती है, उसी तरह संन्यासी को भी अप्रभावित रहना चाहिए। जिस तरह आकाश, बादलों के गुज़रने से अप्रभावित रहता है, उसी तरह आत्मा को भी उस शरीर से विरक्त रहना चाहिए, जिसमें वह विनाश करती है। संन्यासी को जल की भाँति मधुर और शुद्ध रहना चाहिए। वह अग्नि के समान किसी भी वस्तु के संपर्क में आने से दूषित नहीं होता, अपितु उस वस्तु को भी शुद्ध कर देता है। जिस प्रकार अग्नि ईंधन के हृदय में छिपकर रहती है, उसी तरह भगवान भी प्रत्येक वस्तु के अंतः करण में रहते हैं। चंद्रमा, यद्यपि घटता व बढ़ता दिखाई देता है परंतु वास्तव में, उसमें कोई परिवर्तन नहीं होता। इसी प्रकार शरीर में होने वाले परिवर्तन से आत्मा प्रभावित नहीं होती। जिस प्रकार सूर्य का प्रतिबिंब, विभिन्न प्रकार के जल में दिखाई देता है, उसी तरह प्रत्येक वस्तु में आत्मा के दर्शन होते हैं।'

'मैंने कबूतर के परिवार को देखकर यह सीखा कि मनुष्य को किसी से अत्यधिक प्रेम या आसक्ति नहीं रखनी चाहिए क्योंकि वह उसके विनाश का कारण बन जाता है, जिस प्रकार कबूतर ने अपनी पत्नी और बच्चों को शिकारी के जाल में फँसा देख कर आत्महत्या कर ली थी। मैंने अजगर से सीखा कि वह स्वाद के प्रति आकृष्ट नहीं होता। इसीलिए, वह शिकार को ढूँढ़ने नहीं जाता। जो भी जीव अपनी नियति के प्रभाव से अजगर के निकट आता है, वह उसे पकड़ कर निगल लेता है। इसी तरह संन्यासी को भी जो कुछ मिले, उसे खा लेना चाहिए। संन्यासी को समुद्र के समान शांत, स्थिर और विवेकशील होना चाहिए। समुद्र, जिस प्रकार अपने भीतर अथाह जल होने के बावजूद, अपनी सीमाओं का उल्लंघन नहीं करता, उसी तरह संन्यासी को भी ईश्वर का ध्यान करना चाहिए और जीवन में अच्छी बातों के होने या न होने से प्रभावित नहीं होना चाहिए। हमें संसार की वस्तुएँ आकर्षित करती हैं, परंतु हम यदि उनके प्रलोभन में भटक जाएँगे तो हमारा वही अंत होगा, जो पतंगे का अग्निशिखा में गिरकर होता है। मधुमक्खी, जिस प्रकार प्रत्येक फूल से केवल थोड़ा-सा पराग एकत्रित करती है, उसी तरह संन्यासी को भी भिक्षा में थोड़ा भोजन लेना चाहिए। यदि कोई संन्यासी, भोजन का संग्रह करने लगे तो उसका वही अंत होता है, जैसे शहद संग्रह के लिए मधुमक्खी के छत्ते को जला दिया जाता है। संन्यासी को किसी स्त्री के साथ शारीरिक संपर्क नहीं बनाना चाहिए, क्योंकि ऐंद्रिय स्पर्श मनुष्य को वैसे ही भटका देता है,

जैसे एक शक्तिशाली हाथी, हथिनी के संपर्क में आकर उन्मत्त हो जाता है। कोई शिकारी हिरण को हिरणी की आवाज़ सुनाकर अपने जाल में फँसा लेता है, इसीलिए संन्यासी को कामुक संगीत से दूर रहना चाहिए क्योंकि श्रवण का सुख भी उसे पथभ्रष्ट कर सकता है। मछली की हत्या, स्वाद के लिए की जाती है। बुद्धिमान व्यक्ति को मितभोजी होना चाहिए और स्वाद के सुख पर, जो अत्यंत शक्तिशाली इंद्रिय सुख है, नियंत्रण रखना चाहिए। प्रत्येक प्राणी में कोई एक तरह की इंद्रिय अधिक विकसित होती है और वही उसके विनाश का कारण बनती है। परंतु मनुष्यों में पाँचों इंद्रियाँ समान रूप से शक्तिशाली होती हैं, इसलिए उसे सब तरफ़ से अपनी रक्षा करनी चाहिए। पिंगला नाम की वेश्या से मैंने सीखा कि इच्छा ही समस्त दुःखों का कारण है। इच्छारहित होने से परमानंद की प्राप्ति होती है। मैंने चील से यह सीखा है कि संन्यासी को मूल्यवान वस्तुओं से दूर रहना चाहिए क्योंकि ऐसी किसी वस्तु के कारण लोग पीछे पड़ जाते हैं जैसे एक छोटे पक्षी को बहुत-से बड़े पक्षियों ने इसलिए घेर लिया क्योंकि उसकी चोंच में मांस का छोटा-सा टुकड़ा था। संन्यासी को बालक की भाँति, चिंतामुक्त और आनंदमयी जीवन व्यतीत करना चाहिए। केवल बालक और संन्यासी ही चिंताओं से पूरी तरह मुक्त जीवन व्यतीत कर सकते हैं।'

'मैंने एक कन्या को देखा जिसने हाथ में अनेक चूड़ियाँ पहनी हुई थीं। उस कन्या की चूड़ियाँ परस्पर टकराकर आवाज़ कर रही थीं, जिससे उसका ध्यान भटक रहा था। आख़िर, उसने एक को छोड़कर शेष चूड़ियाँ उतार दीं क्योंकि हाथ में केवल एक चूड़ी के रहने से आवाज़ नहीं होती। उसे देखकर मैंने यह सीखा कि संन्यासी को सदा अकेले रहना चाहिए। मैंने तीरगर से यह सीखा कि मनुष्य को अपना ध्यान भटकने नहीं देना चाहिए और अपने मस्तिष्क को पूरी तरह केंद्रित रखना चाहिए। तीरगर अपने तीर को पैना करते समय किसी अन्य बात पर ध्यान नहीं देता। सर्प, जिस प्रकार अपना घर नहीं बनाता और वह चूहे के बिल में ही रहता है, उसी तरह संन्यासी को भी अपना घर नहीं बनाना चाहिए। एक मकड़ी, जिस तरह अपना जाला स्वयं बनाकर, उसकी देखभाल करती और फिर स्वयं ही उसे नष्ट कर देती है, उसी प्रकार, संन्यासी भी स्वयं अपने संसार की रचना, उसकी देखभाल और उसका विनाश करता है। मैंने ततैया को देखकर सीखा कि मनुष्य चाहे तो किसी भी वस्तु पर, चाहे वह प्रेम, भय अथवा घृणा हो, ध्यान केंद्रित करके उसे प्राप्त कर सकता है।'

'आख़िर में, मेरा शरीर भी मेरा गुरु है, जिससे मैंने विरक्ति और विवेक सीखा है। तथापि, मैं इससे अनासक्त रहता हूँ क्योंकि मुझे पता है कि यह मेरी मृत्यु के पश्चात मेरा नहीं रहेगा, अपितु इसे कुत्ते, गिद्ध और सियार खा जाएँगे। हमें यह मानव शरीर अनेक प्राणियों के शरीर में रहने और असंख्य जन्म लेने के उपरांत प्राप्त होता है। इसलिए हमारे पास यह जब तक है, हमें इसे सत्कर्म के लिए उपयोग करना चाहिए। हमें यह जिस उद्देश्य के लिए प्राप्त हुआ है, उस उद्देश्य भी पूरा करने का प्रयास करना चाहिए।'

इस प्रकार, राजा यदु को यह उपदेश देकर ऋषि दत्तात्रेय अनासक्त व उन्मुक्त भाव से अपने मार्ग पर आगे चले गए। भगवान कृष्ण ने उद्धव को सच्चे संन्यासी के गुण बताए क्योंकि वे संसार को त्यागने के लिए तैयार था। उन्होंने अर्जुन को कर्मयोग सिखाया क्योंकि

वह कर्म-प्रधान व्यक्ति था, जिस तरह भगवान कृष्ण ने प्रत्येक मनुष्य को उसके स्वभाव के अनुसार उपदेश दिया था ताकि वह अपने आध्यात्मिक उत्थान के मार्ग पर आगे बढ़ सके।

इसके उपरांत, भगवान कृष्ण ने उद्धव को भागवत धर्म पर उपदेश दिया, जो भक्ति और समर्पण पर आधारित है और यही कृष्ण का सनातन धर्म के इतिहास में सबसे विशिष्ट योगदान माना जाता है।

भागवत धर्म का पालन करने वालों को कर्म करने से बचना नहीं चाहिए और अपने निजी हितों को त्यागकर, स्वधर्म का पालन करना चाहिए। उन्हें यम और नियम के सिद्धांतों पर भी चलना चाहिए और ऐसा करने के पश्चात अपने मस्तिष्क और शरीर की शुद्धिकरण के उपरांत, उन्हें किसी योग्य गुरु की सेवा करके उसे ज्ञान प्राप्त करना चाहिए। समस्त प्राणियों में आत्मा का स्वरूप एक है, इसलिए अपनी पत्नी, बच्चों अथवा संपत्ति के विषय में सोचना व्यर्थ होता है। मनुष्य, जब प्रकृति के गुणों से उत्पन्न शरीर के साथ स्वयं को जोड़कर देखता है, तो जीव की संसार में आसक्ति उत्पन्न होती है। सत्य का पूर्ण ज्ञान होने से मनुष्य, इन बंधनों से मुक्त हो जाता है। अनेक बातों की अवधारणा मन में रहने तक जीव को मुक्ति नहीं मिलती और उसे सदा मृत्यु का भय सताता रहता है।

उद्धव ने भगवान कृष्ण से पूछा कि एक ही आत्मा को एक ही समय पर बंधनमुक्त और बंधन-युक्त कैसे कहा जा सकता है।

भगवान ने उत्तर दिया, 'मुक्ति और बंधन के विषय में सारी बातें केवल शरीर और मन के संदर्भ में की जाती हैं, जो आत्मा नहीं, अपितु गुरु से उत्पन्न होती हैं। जीव और आत्मा, एक वृक्ष पर बैठे दो पक्षियों के समान हैं। जीव, वृक्ष के फलों पर चोंच मारता है। वह मीठे फल खाता है और खट्टे छोड़ देता है तथा पसंद व नापसंद द्वारा नियंत्रित होता है। अज्ञानी होने के कारण, उसके मन में वृक्ष के फलों के प्रति इच्छा सदा बनी रहती है। दूसरा पक्षी, जो आत्मा का स्वरूप है, उस वृक्ष के फल खाए बिना भी आराम से रहता है। इसी प्रकार, ज्ञानी मनुष्य, शरीर में रहते हुए भी शरीर से मोह नहीं करता। इसके विपरीत, अज्ञानी मनुष्य स्वयं को शरीर समझने लगता है और इसलिए उसे शरीर को होने वाले दुःख व सुख को भोगना पड़ता है। सच्चा संन्यासी, वस्तुओं अथवा इंद्रियों के संपर्क से अप्रभावित रहता है। यद्यपि, उसकी इंद्रियाँ अपने चरम पर होती हैं, वह साक्षी बनकर रहता है। उसका शरीर होता है परंतु वह शरीर की इच्छाओं से मुक्त रहता है। उसे इस बात से अंतर नहीं पड़ता कि उसके शरीर को पसंद किया जाता है अथवा नापसंद। उसे जीवन के अनुभव, अनुकूल या प्रतिकूल प्रतीत नहीं होते। मनुष्य आध्यात्मिक ज्ञान में श्रेष्ठ होकर भी यदि मेरा स्मरण नहीं करता, तो उसके प्रयास व्यर्थ जाते हैं, जैसे कोई व्यक्ति बाँझ गाय को पाल कर, उससे दूध प्राप्त करने की आशा रखता है।'

उद्धव ने कृष्ण से पूछा, 'श्रेष्ठ साधु कौन है और श्रेष्ठ प्रकार की भक्ति किस प्रकार की होती है?'

भगवान कृष्ण ने उत्तर दिया, 'जो दयालु, क्षमाशील और सत्यवान है, वही सच्चा साधु है। वह सुख और दुःख से अप्रभावित रहता है तथा संपूर्ण इंद्रिय नियंत्रण द्वारा वह सबकी मदद करता है। साधु, शांत एवं अनासक्त भाव से रहता है। वह मितभोजी होता

है और सदा सतर्क एवं साहसी बना रहता है। यदि उसे दूसरों से सम्मान नहीं मिलता, तो भी वह दूसरों को उचित सम्मान देता है। वह अपने भौतिक कल्याण के कार्यों से दूर रहकर, अपनी समस्त ऊर्जा को मेरे स्मरण में लगाता है। जो व्यक्ति, मेरी अनंतता और महानता का ज्ञान न होते हुए भी मुझे स्मरण करता है और पूरी तरह मुझ पर आश्रित रहता है, वही मेरा श्रेष्ठ भक्त है। इसी प्रकार, संतों के संपर्क में रहने से और निष्ठापूर्वक जीवन व्यतीत करने से, वृंदावन की गाएँ, वहाँ के वृक्ष, पशु और गोपियों ने भी मुझे प्राप्त कर लिया। इन सब में गोपियाँ श्रेष्ठ उदाहरण हैं। जिस प्रकार समाधि की अवस्था में, ऋषि-मुनियों के मस्तिष्क से नाम और आकार का भेद मिट जाता है, जिस तरह नदियाँ, समुद्र में मिलकर अपना अस्तित्व खो देती हैं, उसी प्रकार वृंदावन की गोपियाँ, मुझे पाकर अपना अस्तित्व भूल गई थीं। उन्होंने मेरे लिए अपने स्वजनों और संबंधियों को भी त्याग दिया। उसके मन से शरीर का बोध भी मिट गया था। वे यद्यपि मुझे ईश्वर के रूप में नहीं जानती थीं, तथापि उन्होंने प्रेम की शक्ति से मुझे प्राप्त कर लिया।'

'इसलिए हे उद्धव, शास्त्रों में दिए नियमों और निषेध पर निर्भर न रहते हुए, अपने मन, मस्तिष्क और आत्मा से मेरे प्रति समर्पित कर दो क्योंकि मैं ही समस्त प्राणियों की आत्मा हूँ। मुक्ति का यही एकमात्र मार्ग है। मेरे सच्चे भक्त किसी तरह की इच्छा नहीं रखते। उन्हें सम्राट बनने की इच्छा भी नहीं होती। वे न ब्रह्मज्ञान, न स्वर्ग और न ही योग शक्तियों को प्राप्त करना चाहते हैं। यहाँ तक कि, उन्हें मोक्ष की लालसा भी नहीं होती। उनका एकमात्र लक्ष्य मुझे प्राप्त करना है। मुझे ऐसे भक्त सबसे अधिक प्रिय होते हैं। मैं उन्हें स्वयं से अधिक प्रेम करता हूँ। मैं स्वयं ऐसे संन्यासियों के पदचिह्नों पर चलता हूँ ताकि मेरे भीतर के लोक, उन संन्यासियों की पावन चरण-धूलि से शुद्ध हो सकें। वे मेरे अतिरिक्त किसी वस्तु की इच्छा नहीं करते। वे अपने आध्यात्मिक जीवन के आरंभ में इंद्रियों द्वारा नियंत्रित रहते हैं, परंतु उनके प्रेम और निष्ठा-भाव में जैसे-जैसे वृद्धि होती जाती है, वे ऐंद्रिय बंधन से मुक्त होते जाते हैं। जिस ज्वलंत अग्निशिखा किसी भी वस्तु को भस्म कर देती है, उसी प्रकार मेरे प्रति निष्ठा रखने से मनुष्य के विकास में आने वाली समस्त बाधाएँ और पाप नष्ट हो जाते हैं। भक्ति के अतिरिक्त, अन्य किसी योग, दर्शन, वेदाध्ययन, तपस्या अथवा त्याग में मुझे प्राप्त करने की शक्ति नहीं है!'

'जिन लोगों की जिह्वा, मेरे विषय में बात करते हुए प्रसन्नता से लड़खड़ाती है, जिनके हृदय में समस्त प्राणियों के प्रति अतिशय प्रेम है, जो मेरी माया द्वारा रचित रहस्यमय लीलाओं के विषय में विचार करके हँसते हैं, जो मुझसे दूर होकर रोते हैं, जो मेरे अतिरिक्त किसी की चिंता नहीं करते, जिनका अपना अस्तित्व समाप्त हो जाता है और जो सदा मेरा स्मरण करते हैं, हे उद्धव, ऐसे लोग तीनों लोकों को शुद्ध करते हैं। हे मित्र, संसार में ऐसे लोग बहुत कम होते हैं। यदि तुम्हें कोई ऐसा व्यक्ति मिले, तो उसकी पूजा करो और उसे मेरे समान समझो। श्रेष्ठ अवस्था को प्राप्त करने का यही तरीक़ा है कि तुम सदा मेरा स्मरण करो। जिस तरह ऐंद्रिय सुखों का विचार करते रहने से मनुष्य, उनके प्रति आसक्त हो जाता है, उसी तरह सतत रूप से मेरा विचार करते रहने से, मनुष्य मुझे प्राप्त कर लेता है। इसलिए, जैसे व्यक्ति अपने प्रियतम के विषय में सोचता रहता है, उसी तरह

प्रत्येक कार्य को करते समय सदा मेरा स्मरण करते रहो। ऐसा करने से, तुम मुझमें विलीन हो जाओगे। मैं तुम्हें यह रहस्य इसलिए बता रहा हूँ, क्योंकि तुम मुझे अत्यधिक प्रिय हो!'

मेरी दिव्य अवस्था को प्राप्त करना सौभाग्य है, मेरे प्रति निष्ठावान होना सबसे बड़ा लाभ है। निजी स्वार्थ से प्रेरित विचारों का नाश करना, सच्चा विवेक है। दुष्कर्मों से दूर रहना, सच्चा तिरस्कार माना जाता है।

—उद्धव गीता में, भगवान कृष्ण,
श्रीमद् भागवत

सदा मेरा स्मरण करो, तब तुम मेरी कृपा से समस्त बाधाओं को पार कर लोगे। परंतु यदि तुम अहंकार वश, मेरी बात नहीं मानोगे, तो तुम्हारा नाश हो जाएगा!

—श्रीमद् भगवद्गीता

हरि ॐ तत्सत्

ॐ

ॐ

ओ३म् भागवताय नमः!

अध्याय 32

उद्धव को परामर्श

नमोस्तु ते महायोगिन् प्रपन्नमनुशाधि माम,
यदा त्वच्चरणामभोजे रतिः स्यादनपायिनी।

हे महायोगी, आपको प्रणाम! आप समस्त प्रयासरत योगियों को फल प्रदान करने वाले हैं। मुझ सेवक को, जिसका कोई अन्य आश्रय नहीं है, यह आशीर्वाद दीजिए कि मैं सदा आपके चरण-कमल की अचल भक्ति करता रहूँ।

—श्रीमद् भागवत

उद्धव का अगला प्रश्न ध्यान से संबंधित था। भगवान कृष्ण ने उसका भी समुचित उत्तर दिया। अंत में, उन्होंने उद्धव को उन सिद्धियों से सावधान रहने के लिए कहा जो योगियों को प्राप्त हो जाती हैं। उन सिद्धियों को जान-बूझकर प्राप्त करने का प्रयास बाधा बन जाता है और योगी के पतन का कारण भी बन सकता है क्योंकि उनसे मन पथ-भ्रष्ट हो जाता है और वह भगवत्प्राप्ति के अपने मुख्य उद्देश्य से भटक सकता है। उसके बाद, उद्धव ने भगवान से उनकी विभूतियों के विषय में पूछा, जैसे अर्जुन ने युद्धभूमि में पूछा था। भगवान ने उद्धव को भी वही उत्तर दिया और कहा कि अणुओं की संख्या गिनना सरल है परंतु उनकी विभूतियाँ असंख्य हैं और इसलिए उनकी सूची बनाना असंभव है।

उद्धव ने फिर कृष्ण से वर्णाश्रम धर्म अर्थात, मनुष्य के जन्म और स्थान के संबंध में उनके कर्तव्यों के विषय में प्रश्न किया। उद्धव को उस प्रश्न का उत्तर देने के बाद, भगवान ने यह भी कहा धर्म, मनुष्य की जाति और संप्रदाय पर निर्भर नहीं करता। वह सब प्राणियों के लिए एक समान होता है और निर्ममता, कपट, कामना, क्रोध और लोभ से मुक्त होता है। समस्त प्राणियों के हित में किया गया कार्य ही धर्म है।

उद्धव ने भगवान से ज्ञान और भक्ति को समझाने की प्रार्थना की।

भगवान ने उत्तर दिया, 'सृष्टि के रचयिता ब्रह्मा से लेकर संसार के क्षुद्रतम जीव तक में परमात्मा का दर्शन करना ही असली ज्ञान है। मनुष्य जब प्रत्येक वस्तु और प्राणी में

परमात्मा के दर्शन करने लगता है, तो इस बोध को ज्ञान कहते हैं। मैं तुम्हें भक्ति के विषय में पहले भी बता चुका हूँ किंतु तुम्हारे प्रति अतिशय प्रेम के कारण मैं उसे दोहराता हूँ और यह भी बताता हूँ कि भक्ति का संचार किस तरह होता है। मेरे नाम का सतत जाप, निष्ठापूर्वक मेरी पूजा, मेरे भक्तों की तत्परता से सेवा, हर पल मेरा स्मरण और अपनी समस्त इंद्रियों का मेरे लिए उपयोग करना भक्ति प्राप्त करने के कुछ तरीके हैं। मनुष्य को मेरी अर्चना करने के लिए इंद्रियाँ प्रदान की गई हैं। मेरी पूजा करने के लिए हाथ हैं, मेरी रचना को देखने के लिए आँखें हैं, प्रत्येक वस्तु में मेरी सुगंध महसूस करने के लिए नासिका है, मेरा यश सुनने के लिए कान हैं, प्रत्येक भोजन पदार्थ में मेरा स्वाद पाने को जिह्वा है तथा मेरी स्तुति गाने के लिए स्वर, गीत एवं ऋचाएँ दी गई हैं। संपूर्ण सृष्टि, मेरी विभूतियों को प्राप्त करने का साधन है, जिससे प्राणी को आत्म-संतोष प्राप्त होता है। इनका निष्ठापूर्वक पालन करने से, मनुष्य आत्म-समर्पण की अवस्था तक पहुँचकर, गहन एवं अटूट भक्ति प्राप्त कर सकता है।'

इसके बाद, उद्धव ने भगवान से दान, सत्य, साहस आदि सद्गुणों के वास्तविक अर्थ समझाने का आग्रह किया। भगवान ने उत्तर दिया, 'केवल भौतिक पदार्थों को दान, असली देना नहीं होता, अपितु किसी के प्रति दुर्भावना न रखना और उसका अहित करने से बचना ही सच्चा और श्रेष्ठ दान कहलाता है। प्रत्येक वस्तु में भगवान के दर्शन करना, सत्य है। धर्म, सबसे बड़ी पूँजी है। शत्रुओं को मारने के बजाय, अपने मन और इंद्रियों पर पूर्ण संयम करना ही सच्चा साहस कहलाता है। धन नहीं, अपितु भक्ति अर्जित करना सबसे बड़ा लाभ है। सच्चा सौंदर्य, शरीर की सजावट से नहीं, अपितु इच्छाओं का त्याग और तपस्या द्वारा प्राप्त होता है। नरक कोई स्थान नहीं है, अपितु जीवन में तमोगुण की प्रधानता ही असली नरक है। मनुष्य का सबसे महत्त्वपूर्ण संबंधी, गुरु है और वह ईश्वर के समान होता है। सद्गुणों से संपन्न व्यक्ति ही समृद्धशाली माना जाता है, जबकि अपनी वस्तुओं से संतुष्ट न रहने वाला लोभी मनुष्य, दरिद्र होता है। मानव शरीर, निवास-स्थान है और उससे आसक्ति न रखने वाला व्यक्ति उसका असली स्वामी होता है। शरीर से आसक्ति रखने वाला मनुष्य, उसका दास बन जाता है। हे उद्धव, संक्षेप में, अच्छे और बुरे का भेद है, परंतु इन दोनों से ऊपर उठना ही असली सद्गुण है।'

उद्धव ने तत्काल भगवान से इस बात पर प्रश्न किया। 'हमारे शास्त्र, इन दोनों में भेद करने को कहते हैं, परंतु आप कहते हैं कि इन दोनों में कोई भेद नहीं है। इससे मेरे मन में शंका उत्पन्न हो गई है। कृपया, मुझे ज्ञान दीजिए।'

भगवान ने कहा, 'सद्गुणों और दुर्गुणों का निर्धारण, उनके भीतर के अंतर्जात गुणों से नहीं, अपितु मानव जाति के आध्यात्मिक विकास के साथ उनकी प्रासंगिकता पर निर्भर करता है। शास्त्रों और ग्रंथों में, कर्मों एवं वस्तुओं को अच्छा या बुरा, इसलिए कहा गया है ताकि मनुष्य जाति को पशु-वत व्यवहार करने से रोका जा सके। इनमें से कुछ नियम, आध्यात्मिक विकास में सहायक हैं और कुछ का व्यवहारिक महत्त्व है। आध्यात्मिक तथा नैतिक क्षमता के दायरे में रहना और कार्य करना, अच्छा माना जाता है। इन नियमों का उद्देश्य, मनुष्य को अधिक चिंतनशील बनाना है।'

'इन नियमों को केवल समय और स्थान द्वारा नियत परिस्थितियों में ही लागू किया जा सकता है। किसी संदर्भ में जो बात सही है, वही बात किसी अन्य संदर्भ में ग़लत हो सकती है। उदाहरण के लिए, किसी गृहस्थ के लिए अपने घर-परिवार की चिंता न करना ग़लत है, एक संन्यासी के लिए ऐसा करना उचित है। नैतिक स्तर पर उच्च स्थान पर आसीन किसी व्यक्ति के संदर्भ जो कार्य पाप है, वही कार्य, किसी निचले स्तर के व्यक्ति के लिए, जो इन नियमों से अनभिज्ञ है, सही हो सकता है। जो व्यक्ति मिट्टी में गिरा पड़ा है, वह उससे अधिक नीचे नहीं गिर सकता। जो व्यक्ति ऊपर है, उसके गिरने की संभावना हो सकती है। धर्म और अधर्म के इस लचीले सिद्धांत से हमें यह सबक़ मिलता है कि लोगों को बाहरी संसार की अस्थायी प्रकृति को समझना चाहिए तथा धीरे-धीरे भौतिक इच्छाओं से दूर होते हुए, अपना ध्यान परमात्मा में लगाने का प्रयास करना चाहिए। मनुष्य जितना अधिक ऐसा करेगा, उतना ही मुक्त होता जाएगा। यदि साधक से किसी प्रकार या अपराध हो जाए, तो उसका प्रायश्चित शास्त्र-सम्मत विधि से न करके आध्यात्मिक एकात्म द्वारा करना चाहिए।'

'हे उद्धव, हमें मानव शरीर ईश्वर प्राप्ति के लिए मिलता है। ज्ञान, कर्म और भक्ति योग के अभ्यास से मनुष्य, जीवन में अपने उच्चतम लक्ष्य को प्राप्त कर सकता है। परंतु व्यक्ति को सदा ध्यान रखना चाहिए कि यह शरीर नश्वर है, इसलिए अपनी मृत्यु से पहले, मनुष्य को अपने लक्ष्य तक पहुँचने के लिए प्रयासरत रहना चाहिए। पक्षी वृक्षों पर बैठते हैं, परंतु वृक्ष के गिरने से पहले वे अपना स्थान बदलकर किसी अन्य सुरक्षित स्थान पर चले जाते हैं।'

'इस जीवन के वृक्ष को कालरूपी लकड़हारा कभी भी काट सकता है, इसलिए इसके कटने से पूर्व, ज्ञानी लोगों को मेरे चरणों में स्थान प्राप्त कर लेना चाहिए। क्रोध, लोभ और उन्माद के शक्तिशाली थपेड़ों से तुम्हारे शरीर की दुर्बल नौका कभी भी टूट सकती है, इसलिए शीघ्र ही मेरी शरण में आ जाओ। मैं तुम्हें इस भव-सागर को पार करवा दूँगा। मैं तुम्हारा गुरु बनकर, तुम्हारी नौका के कप्तान की भूमिका निभाऊँगा और तुम्हें सही दिशा में आगे बढ़ने के लिए प्रेरित करूँगा।'

इसके बाद उद्धव ने भगवान से मृत्यु के विषय में प्रश्न किया। भगवान ने उत्तर दिया, 'कर्म द्वारा मन, पाँच इंद्रियाँ और प्रवृत्तियाँ बनती है। इन प्रवृत्तियों से हमारा लिंग शरीर अथवा कारण शरीर, जिसे सूक्ष्म शरीर भी कहते हैं, बनता है। यही सूक्ष्म शरीर, एक काया से दूसरी काया में प्रवेश करता है। मरणशील व्यक्ति के अपने कार्यों और स्मृतियों से भटका हुआ उसका मन, जीवन के विलक्षण अनुभव और आसक्तियों के विषय में विचार करता रहता है। इसके फलस्वरूप उसे ऐसा लगता होता है कि वह नए शरीर में प्रवेश कर गया है, जो उसके विचारों की गहनता से निर्मित हुआ है। नए शरीर की चेतना के अस्तित्व में आने के साथ ही, पुराने शरीर और उसकी स्मृति पूरी तरह ग़ायब हो जाती है। मनुष्य, नए शरीर के प्रति आकर्षण के चलते, पुरानी काया की स्मृति पूरी तरह भूल जाता है।'

'मृत्यु के साथ, पुराने शरीर की स्मृति का अंत हो जाता है और जन्म के साथ अगले शरीर के प्रति आसक्ति आरंभ हो जाती है। इस प्रक्रिया को स्वप्न अवस्था के अध्ययन द्वारा

समझा जा सकता है। स्वप्न की अवस्था में जीव अपने चेतन शरीर से अनभिज्ञ होता है। वह अपने सूक्ष्म शरीर के साथ जुड़ जाता है। अग्नि से उठती लौ और जलधारा के नीचे बहता पानी, परिवर्तनशील है। हम इन परिवर्तनों से अनभिज्ञ रहते हैं। इसी प्रकार समय के साथ, प्रत्येक प्राणी में परिवर्तन होता है। मनुष्य की आत्मा, जन्म से लेकर मृत्यु तक होने वाले इन परिवर्तनों की साक्षी होती है, परंतु इन प्रक्रियाओं के साथ उसमें परिवर्तित नहीं होता।'

'मनुष्य किसी पौधे को बढ़ता हुआ देखता है तो वह उसके अंकुरित होने और बड़ा होकर वृक्ष बनने तक, सभी परिवर्तनों को देख पाता है। अंत में, वह उसे क्षय होकर नष्ट होता भी देखता है। परंतु वह इन अवस्थाओं से भिन्न है। इसी प्रकार आत्मा, शरीर के विषय में और उसमें होने वाले परिवर्तनों के बारे में जानती है, लेकिन वह स्वयं उसका हिस्सा नहीं बनती। अज्ञानी मनुष्य, आत्मा और शरीर में भेद नहीं कर पाता और स्वयं को शरीर मान लेता है। इस तरह, वह जन्म और मृत्यु के चक्र में फँसा रहता है। यदि मृत्यु के समय, मनुष्य में सत्वगुण प्रधान हो, तो जीव को ऋषि अथवा देवता का शरीर प्राप्त होता है। यदि उसमें रजोगुण प्रधान होता है, तो मनुष्य अगले जन्म में असुर अथवा मनुष्य का रूप धारण करता है। तमोगुण प्रधान होने पर, वह किसी दुराचारी अथवा प्रेत योनि में जन्म लेता है। जिस प्रकार, नाटक देखने वाला व्यक्ति, मंच पर कलाकारों के साथ गाता और हँसता या रोता है तथा उनके साथ मानसिक रूप से जुड़ जाता है, उसी प्रकार जीव निष्क्रिय रहते हुए भी, बुद्धि की प्रेरणा से शरीर की भाँति व्यवहार करने लगता है। जैसे किसी सो रहे व्यक्ति के साथ, उसके स्वप्न के अनुभव तब तक रहते हैं जब तक स्वप्न चलता है, उसी प्रकार मनुष्य को सत्य का आभास होने तक, उसके लिए संसार के अनुभव चलते रहते हैं। यह याद रखना चाहिए कि आत्मा के प्रति अज्ञान होना, मनुष्य के मन को भ्रमित करता है। इसलिए, किसी प्रकार के अपमान, दुर्व्यवहार परिहास या निंदा होने पर भी मनुष्य को अपनी आस्था अडिग रखनी चाहिए। उसे अपनी आंतरिक शांति बनाए रखनी चाहिए तथा इन भावों को पूर्वजन्म के कर्म-फल के रूप में देखना चाहिए।'

इसका उदाहरण देते हुए, भगवान कृष्ण ने उद्धव को एक भिक्षु की कथा सुनाई, जो लोगों द्वारा किए अपमान और निंदा को समान रूप से सहन करता था क्योंकि वह जानता था कि उसने अपने पूर्वजन्म में, जब वह युवा और धनी था, अनेक लोगों का अपमान किया था और यह उसी का परिणाम था।

उस भिक्षु का गीत इस प्रकार है : 'मनुष्य का मन, संसार के शक्तिशाली चक्र को घुमाने का मुख्य कारण है। यह अन्य सभी इंद्रियों से अधिक शक्तिशाली होता है। मन पर नियंत्रण करने वाला व्यक्ति ही सच्चा साहसी होता है। मन एक अजेय शत्रु है, जो अकल्पनीय गति से कार्य करता है। इस पर नियंत्रण रखने का प्रयास न करने से, मूर्ख मनुष्य दूसरे लोगों से व्यर्थ झगड़े करता है, उन्हें अपना मित्र या शत्रु अथवा तटस्थ मान लेता है। वास्तव में, आत्मा ही एकमात्र सत्य है और "अन्य" का होना, मानव के मस्तिष्क की कल्पना मात्र है। लोग अपने दुर्भाग्य के लिए ग्रह-नक्षत्रों को दोष देते हैं, परंतु ग्रह-नक्षत्र आत्मा को कैसे प्रभावित कर सकते हैं? इनका प्रभाव केवल शरीर पर होता है और इसलिए,

शरीर के साथ एकात्म का भाव रखने वाले लोग ही ग्रह-नक्षत्रों द्वारा प्रभावित होते हैं। आत्मा इन व्यवस्थाओं से परे है, तो फिर मनुष्य किस पर क्रोध करे? यदि व्यक्ति की जीभ कट जाती है, तो क्या वह अपने दाँत तोड़ देता है? जिसे सत्य का ज्ञान नहीं हुआ, केवल वही दूसरों से भयभीत होता है।'

भगवान कृष्ण ने आगे कहा, 'यह संसार, जो प्रसन्नता और दुःख का जनक है तथा लोगों को मित्र, शत्रु, आदि की में श्रेणियों में रखता है, पूरी तरह मानव मस्तिष्क द्वारा बनाया गया है। इसलिए उद्धव, मनुष्य को अपने मन को पूर्ण रूप से मेरे प्रति समर्पित करके, उस पर नियंत्रण करने का प्रयास करना चाहिए। यही सब प्रकार की योग पद्धतियों का सार तत्व है।'

इसके बाद भगवान कृष्ण ने सृष्टि और संहार के दर्शन के विषय में बात की। 'वह विशुद्ध चेतना, जो अपरिवर्तनशील है और विचारों तथा वाणी से परे है, मेरी रहस्यमय माया के कारण दृष्टा और दृश्य के बीच विभाजित हो जाती है। इनमें से एक प्रकृति है, जिसकी प्रकट और अप्रकट, दो अवस्थाएँ होती हैं। दूसरा पुरुष है, जो चेतना का केंद्र है तथा परमेश्वर है। प्रकृति में डूबा जीव, अपनी कर्म प्रवृत्तियों के कारण, सत्व रज और तम गुणों के साथ अस्तित्व में आता है। सभी वस्तुओं के, चाहे वे छोटी हों अथवा बड़ी, पुरुष और प्रकृति, कारण है जिनसे वे अस्तित्व में आई हैं। यह सत्य कारण तत्व है, जो इन वस्तुओं का सार तत्व भी कहलाता है। इन कारणों के अतिरिक्त, प्रभावों की कोई शत्रुता नहीं होती। ब्रह्म ही सबका परम कारण तत्व है और इसीलिए, वह परम सत्य है। समय, परिस्थितियों के चलते, प्रभावों के इस ब्रह्मांड में तत्व के रूप में दिखाई देता है। ये तीनों, पुरुष, प्रकृति और समय, मेरे अर्थात परमब्रह्म के स्वरूप हैं। जब तक ईश्वर की रचनात्मक इच्छा रहती है, भौतिक ऊर्जा का सतत प्रवाह चलता रहता है। इसके कारण जीव अपने पूर्व जन्मों के आधार पर दुःख और सुख प्राप्त करता है। जब यह रचनात्मक इच्छा समाप्त हो जाती है, तो प्रलय का समय निकट आ जाता है और यह ब्रह्मांड, जिसमें असंख्य ब्रह्मांड उत्पन्न और नष्ट होते हैं, काल का ग्रास बन जाता है। इसके कारण, इस सृष्टि की सभी वस्तुएँ नष्ट होकर अपने कारण रूप में विलीन हो जाती हैं। हे उद्धव, इन प्रक्रियाओं का चिंतन करो। इससे तुम्हारा मस्तिष्क भ्रम से मुक्त हो जाएगा।'

इसके बाद, भगवान कृष्ण ने तीनों गुणों और मस्तिष्क पर उसके प्रभावों पर चर्चा की। 'संसार की सभी वस्तुएँ, तीन गुणों द्वारा निर्मित हैं। जीव, अपनी यात्रा के काल-चक्र में इन तीन गुणों के कारण घूमता रहता है तथा अपने कर्मों से प्रभावित होता है। वह जीव, जो इन गुणों के प्रभाव से मुक्त हो जाता है और मुझमें निष्ठापूर्वक स्थित हो जाता है, मुझे प्राप्त कर लेता है। इसलिए, जिस प्राणी को आध्यात्मिक ज्ञान का साधन, यह मानव शरीर मिला है, उसे भौतिक पदार्थों का त्याग करके केवल मुझसे प्रेम करना चाहिए।'

इसके उपरांत, भगवान ने उद्धव को कामुक सुखों से ग्रस्त लोगों की संगति के ख़तरे पर बात की। उन्होंने राजा पुरुरवा की कहानी सुनाई। उर्वशी नाम की अप्सरा के प्रति आसक्ति होने से, उस राजा का पतन हो गया था और बाद में, वह संतों की संगति में आने से उस बंधन से मुक्त हो गया था। मनुष्य का मन आसानी से भटक जाता है और

वह संतों की संगति में रहने से स्वाभाविक तौर पर पवित्र जीवन की ओर प्रेरित हो जाता है। जिस प्रकार समस्त प्राणियों के लिए भोजन ही जीवन का आधार है, उसी तरह जो लोग इस भव-सागर में डूब रहे हैं, उनके लिए संतों की संगति ही एकमात्र रक्षा का सहारा है। सूर्य की रोशनी में बाहरी वस्तुएँ दिखाई देती हैं, किंतु संत, मनुष्य को आध्यात्मिक दृष्टि देने की क्षमता रखते हैं।'

इसके बाद, उद्धव ने भगवान से ज्ञान, कर्म और भक्ति योग का फिर से संक्षेप में वर्णन करने तथा कर्मकांडी पूजा की विधि बताने को कहा।

भगवान कृष्ण ने उत्तर दिया, 'स्वर्ण, यदि आभूषण-रूप में हो अथवा किसी ढेर के रूप में, वह स्वर्ण ही रहता है। उसका रूप बदल जाता है, परंतु उसकी मूलभूत प्रकृति में कोई परिवर्तन नहीं होता। इसी प्रकार, मनुष्य को सृष्टि के आरंभ, मध्य और अंत में मेरा ही दर्शन करना चाहिए। यदि तुम मुझे ज्ञान द्वारा प्राप्त करना चाहते हो, तो तुम्हें अधिक दूर नहीं जाना पड़ेगा। श्रेष्ठ ब्राह्मण से लेकर निम्न जाति के चांडाल तक, सृष्टि के रचयिता ब्रह्मा से लेकर प्रत्येक प्राणी तक, सर्वत्र केवल मैं ही मैं हूँ। प्रत्येक वस्तु और प्राणी में केवल मेरा दर्शन करना चाहिए। इसे "ज्ञान" कहते हैं। यही विवेक है। विविधता में एकता को देखने का प्रयास करो। प्रत्येक वस्तु के सार को जानने की क्षमता रखना ही सच्चा ज्ञान है। वर्षा की एक बूँद से लेकर विशाल समुद्र तक, सबके हृदय में, केवल मैं उपस्थित हूँ। जो इस बात को जानता है और इसी के अनुसार कार्य करता है, वही सच्चा ज्ञानी है। जो प्रत्येक प्राणी में मेरा दर्शन करता है, वही असली पंडित है। साधु-संतों और निम्न जाति में, शिष्य अथवा गुरु में, सूर्य अथवा आग की चिंगारी में, शांत अथवा क्रूर व्यक्ति में, सर्वत्र मेरा दर्शन करना ही सच्चा ज्ञान कहलाता है। मनुष्य को अपने मित्रों और संबंधियों द्वारा किए अपमान की उपेक्षा कर देनी चाहिए। उसे बाहरी कारणों से किसी को छोटा या बड़ा नहीं समझना चाहिए। उसे अहंकार का त्याग करके समस्त प्राणियों के सामने, चाहे वह कुत्ता, निम्न जाति का मनुष्य, पशु, पक्षी अथवा गधा आदि कोई भी हो, सबको प्रणाम करना चाहिए। सबके भीतर परमात्मा के दर्शन करने चाहिए। यही सच्चा ज्ञान कहलाता है।' उद्धव ने उत्तर दिया, 'प्रभु, मेरे लिए ऐसा करना बहुत कठिन है। मैं जानता हूँ कि आप जो कह रहे हैं, वह सत्य है। परंतु मेरा मन दुर्बल है और मैं आपके इस ज्ञान पर अमल नहीं कर पाता हूँ। विवेक के अभाव में, केवल ज्ञान प्राप्त करना पर्याप्त नहीं होता। मुझे कोई अन्य सरल मार्ग बताइए।'

भगवान कृष्ण ने उत्तर दिया, 'मानव मस्तिष्क, जब तक समस्त प्राणियों में मेरे स्वरूप का दर्शन करना न सीख जाए, तब तक व्यक्ति को बाहरी पूजा-अर्चना और कर्मों द्वारा मुझे प्राप्त करने का प्रयास करना चाहिए। ऐसा करने से भक्तों को ज्ञान प्राप्त होता है, जिसके द्वारा वह प्रत्येक वस्तु को ब्रह्म समझने लगता है। आध्यात्मिक अनुशासन की पद्धतियों में मेरे अनुसार, सर्वश्रेष्ठ यही है कि प्रत्येक वस्तु में मेरी उपस्थिति को महसूस किया जाए। इसके लिए मन, वचन और कर्म को साधन बनाना चाहिए। भागवत धर्म का यही सार है। इसमें सब कर्मों को मेरे प्रति समर्पित कर दिया जाता है और फल की इच्छा नहीं की जाती। ऐसा करने से किसी भी तरह का प्रयास व्यर्थ नहीं जाता। लाभ की इच्छा से किया

गया कोई भी कर्म, यदि उचित ढंग से भी किया जाए, तो वह व्यर्थ चला जाता है। परंतु इस मार्ग में प्रत्येक कर्म से मनुष्य का, इस जन्म में नहीं तो अगले जन्म में, आध्यात्मिक विकास अवश्य होता है। इन कर्मों का आधार आध्यात्मिक होता है, इसलिए इनका प्रभाव नष्ट नहीं होता। यहाँ तक कि रोने अथवा भाग जाने जैसा साधारण कार्य भी, मुझे समर्पित कर दिया जाए, तो वह भी आध्यात्मिक रूप से महत्त्वपूर्ण हो जाता है। तो फिर उन उच्च आध्यात्मिक कर्मों का तो क्या कहना, जो चैतन्य रूप से, इसी दिशा में किए जाते हैं? अपने नश्वर शरीर को साधन बनाकर, मुझ अविनाशी तक पहुँचना ही असली विवेक और कौशल-भरा कार्य है। हे उद्धव, तुम प्रत्येक कर्म के फल को मुझे अर्पित कर दो। कार्य की सफलता अथवा असफलता की चिंता मत करो क्योंकि वह कार्य मुझे अर्पित करने के बाद तुम्हें उसका फल देना, मेरा कर्तव्य हो जाता है। एक अच्छा अधिवक्ता, इस बात की चिंता नहीं करता कि उसका पक्ष ग़लत है अथवा सही। उसका कर्तव्य केवल न्यायाधीश के सामने समस्त तथ्यों को रखना होता है। न्याय करना न्यायाधीश का कार्य है, इसलिए तुम्हारे कर्मों का हिसाब करना मेरा कर्तव्य है।'

इसके बाद धार्मिक अनुष्ठानों की पद्धति के विषय में उद्धव ने प्रश्न किया तो भगवान ने उसे विस्तार से उन बातों के विषय में बताया। अंत में भगवान ने कहा, 'मेरी पूजा-अर्चना करने के अनेक तरीक़े हैं। परंतु सबसे सुरक्षित नियम यही है कि प्रत्येक वस्तु को मुझे अर्पित कर दिया जाए। यदि तुम मुझे कोई विशिष्ट वस्तु अर्पित करना चाहते हो, तो ध्यान रहे कि मैं प्रेम से अर्पित की गई कोई भी वस्तु सहर्ष स्वीकार कर लेता हूँ। तुम मुझे प्रेम से यदि कोई पत्र, फल, पुष्प अथवा यहाँ तक कि जल, अर्पित करोगे तो मैं अत्यंत प्रसन्न हो जाऊँगा। बिना किसी इच्छा-भाव से की गई पूजा ही श्रेष्ठ पूजा मानी जाती है क्योंकि मैं तब यह निर्णय कर पाता हूँ कि मेरे भक्त के लिए क्या सर्वश्रेष्ठ है। पूजा के अंत में, तुम्हें अपने निजी कर्म का बोध, त्याग देना चाहिए और अपनी आत्मा को मेरे प्रति समर्पित कर देना चाहिए, तभी तुम्हारी पूजा सफल मानी जाएगी।'

उद्धव ने प्रश्न किया, 'यदि मैं रेगिस्तान में हूँ, जहाँ जल उपलब्ध नहीं होता, वहाँ मुझे क्या करना चाहिए? वहाँ मैं आपकी पूजा किस प्रकार करूँ?'

कृष्ण ने मुस्कराकर उत्तर दिया, 'मित्र, जब तक तुम्हारी आँखों का जल सूखा नहीं है, तुम्हें चिंता करने की आवश्यकता नहीं है! मुझे अपने भक्त की आँख से गिरी आँसू की एक बूँद भी, मूल्यवान रत्न से अधिक प्रिय है।'

यह सुनकर उद्धव भाव विभोर हो उठा। उसकी आँखें, आँसुओं से भर आईं। वह कुछ पल के लिए मौन हो गया। अंत में उसने अपने लिए नहीं, अपितु आने वाली पीढ़ियों के लिए एक और प्रश्न किया।

'स्वामी, आपने जिन बातों की चर्चा की, वे शब्द भी मेरे लिए अत्यंत कठिन हो सकते हैं। मेरे लिए तीर्थयात्रा पर जाना और प्रतिदिन आपकी पूजा-अर्चना करना संभव नहीं है। कलियुग का आगमन होने वाला है। तब लोगों की समृद्धि और जीवन दोनों कम होंगे। किसी कार्य को करने के लिए पर्याप्त समय उपलब्ध नहीं होगा। ऐसे में कृपया आप मुझे कोई छोटा मार्ग बताइए, जिससे मैं आपको प्राप्त कर सकूँ।'

भगवान कृष्ण ने उद्धव को स्नेहपूर्वक देखा और उत्तर दिया, 'मेरे अवतार लेने तक, गंगा नदी में डुबकी लगाने से समस्त पापों का नाश हो जाता था। परंतु अब, सहस्रों जन्मों के पापों को नष्ट करने के लिए मेरी पावन कथा में एक डुबकी लगाना भी पर्याप्त होगा। जो मनुष्य मेरी जीवन-गाथा का श्रवण करेगा तथा उसे अन्य लोगों भी सुनाएगा, वह स्वयं पवित्र होकर, दूसरों को भी पवित्र कर सकेगा। यदि तुम्हारे लिए, ऐसा करना भी कठिन हो तो मेरे नाम से बहती किसी भी नदी में डुबकी लगा लेना पर्याप्त होगा। मोक्ष पाने के लिए मेरे नाम का जाप भी किया जा सकता है। मेरे नाम, वैदिक मंत्रों की भाँति, कठिन नहीं हैं। उन्हें आसानी से उच्चारित किया जा सकता है। मनुष्य के जन्म, लिंग अथवा आयु से उसका कोई संबंध नहीं। मेरे नाम का जाप कोई भी आसानी से कर सकता है। मेरा नाम शहद से अधिक मीठा और आनंददायक है। वह वेदों के पके व रसदार फल के समान है। जिस प्रकार बछड़ा, अपनी माता के पीछे चलता है, मैं भी उसी तरह अपना नाम जपने वालों के पीछे चलता हूँ तथा उन्हें किसी प्रकार का कष्ट नहीं होने देता। इस प्रकार मेरे जीवन की कथाओं को सुनने और मेरा नाम जपने से, तुम अवश्य ही मृत्यु पर विजय प्राप्त कर सकते हो। जिस प्रकार मधु का सेवन करने के बाद, कुछ और मधुर-पान करने की आवश्यकता नहीं होती, उसी तरह इस उपदेश को सुनने के बाद, आध्यात्मिक व्यक्ति को और अधिक जानने या समझने की आवश्यकता नहीं है।'

भगवान कृष्ण का उपदेश सुनकर उद्धव मौन हो गए। तब भगवान ने उन्हें आशीर्वाद दिया। उद्धव ने, बहुत प्रयास करके अपने मन और अपनी भावनाओं को नियंत्रित किया। उद्धव का स्वर, प्रेमावेश से रुँध गया था। उनकी आँखों से आँसू बह रहे थे। उद्धव ने कहा, 'हे प्रभु, मैं इस मर्त्यलोक से प्रस्थान करने के बाद, आपको कहाँ खोज पाऊँगा? मैं आपको कहाँ ढूँढ़ने जाऊँगा?'

भगवान ने उत्तर दिया, 'हे उद्धव, तुम मंदिर में जा सकते हो। मैं वहाँ रहता हूँ और यदि तुम्हें इस बात की शंका हो कि मेरे मंदिर कहाँ हैं तो मैं तुम्हें इसका उत्तर देता हूँ। मेरे मंदिर, मेरे भक्तों के हृदय में स्थित हैं। इसलिए मेरे भक्तों के पास जाओ। जब भी मेरा नाम जाप होगा अथवा मेरी कथा सुनाई जाएगी, मैं वहाँ उपस्थित रहूँगा। इसलिए मेरे भक्तों के बीच मुझे खोजने का प्रयास करो, क्योंकि मैं उन्हीं के रूप में इस संसार में मौजूद रहता हूँ।'

उद्धव, भगवान से अलग होने का दुःख सहन नहीं कर पा रहा था। वह कुछ देर के लिए मौन हो गया। भगवान कृष्ण ने उद्धव को देख कर पूछा, 'प्रिय मित्र, क्या तुम संतुष्ट हो? क्या तुम्हारी सभी शंकाएँ दूर हो गई हैं?'

उद्धव ने रुँधे गले और अश्रुपूरित नेत्रों से उत्तर दिया, 'हे परम गुरु, जिस प्रकार अंधकार और ठंड से ग्रस्त लोगों को जलती हुई अग्नि के पास बैठकर आराम मिलता है, उसी तरह आपके निकट बैठकर और आपका उपदेश सुनकर मेरा भ्रम पूरी तरह नष्ट हो चुका है। आपने मेरे मन के गहन अंधकार में ज्ञान का दीपक जला दिया है। आपने मेरे हृदय में अपने नाम की सतत ज्वाला प्रज्ज्वलित कर दी है। आपने मेरे संबंधियों के प्रति मेरी दृढ़ आसक्ति को तोड़ दिया है। आप मेरे भीतर इस प्रकार समाहित हो गए हैं कि

मुझे अब किसी की आवश्यकता नहीं है। मैं आपको और क्या अर्पित करूँ, जबकि मैंने अपना सब कुछ आपको अर्पित कर दिया है? आप स्वयं सबको भेंट देने वाले हैं, तो मैं आपके सामने क्या भेंट प्रस्तुत करूँ? हे प्रभु मैं आपके चरणों में स्वयं को प्रस्तुत करता हूँ, क्योंकि मेरे पास आपको देने के लिए और कुछ नहीं है!' ऐसा कहकर उद्धव, करुणानिधान भगवान कृष्ण के चरणों में लेट गए और बोले, 'हे महायोगी, मैं आपको प्रणाम करता हूँ। मैंने स्वयं को आपके चरण-कमलों में अर्पित कर दिया है। मेरे पास आपके अतिरिक्त कोई आश्रय नहीं है। मुझे अपनी अटूट और अचल निष्ठा प्रदान कीजिए। मैं जहाँ भी जाऊँ, मैं कोई भी कार्य करूँ, मेरा मन प्रतिपल आपके चरणों का ध्यान करता रहे और मेरे हृदय में आपका शाश्वत और अनश्वर प्रेम विद्यमान रहे!'

उद्धव ऐसा कहकर भगवान के चरणों में बहुत देर तक बैठे रहे। भगवान ने अपना पावन हाथ, उद्धव के सिर पर फेरा और उन्हें आशीर्वाद दिया। उन्होंने उद्धव को धीरे से उठाया और उन्हें अपना अंतिम उपदेश दिया। 'हे उद्धव, मैं चाहता हूँ कि तुम हिमालय के प्रसिद्ध तीर्थस्थान बद्रिकाश्रम चले जाओ। वह स्थान विशिष्ट रूप से पवित्र माना जाता है। वहाँ अलकनंदा नदी बहती है, जिसके दर्शन मात्र से मनुष्य का मन पवित्र हो जाता है। उस स्थान पर जाकर, वल्कल वस्त्र धारण करो, कंदमूल और फल खा कर अपना जीवन व्यतीत करो। मौसम की चिंता नहीं करते हुए धैर्यपूर्वक, प्रतिकूल परिस्थितियों का सामना करो। स्वयं को समस्त सांसारिक सुखों और इच्छाओं से दूर करके निरंतर मेरे उपदेश का चिंतन करो। अपनी वाणी और विचारों को पूरी तरह मुझमें केंद्रित करके भागवत धर्म का, जिसकी मैंने तुम्हें शिक्षा दी है, पालन करो। तुम इस भौतिक संसार को शीघ्र ही पार करके मुझ तक पहुँच जाओगे।'

भगवान का आदेश पाकर उद्धव ने अपने स्वामी की परिक्रमा की और उनके चरणों पर अपना सिर झुकाया। उद्धव के मस्तिष्क से तीनों गुण लुप्त हो गए थे, परंतु अपने प्रिय स्वामी को छोड़ने का विचार और मन में दुःख लेकर बद्रीनाथ जाने के विषय में सोचने से ही, उद्धव की आँखों में आँसू आ गए। उन्होंने अश्रुधारा से भगवान के चरण धोए। भगवान से वियोग का दुःख इतना अधिक था कि उद्धव उस स्थान से हिल नहीं पा रहे थे। वे उसी स्थान पर बहुत देर तक खड़े अपने स्वामी को देखते रहे।

भगवान, उद्धव की दुविधा को समझ गए। वे बोले, 'तुम, मुझे अपने पुत्रों से भी अधिक प्रिय हो। तुम, मुझे अपनी पत्नियों से भी अधिक प्रिय हो। तुम ज्ञान-भक्त के एक अद्‌भुत उदाहरण हो। तुमने मुझे अपने प्रेम के बंधन में बाँध लिया है। परंतु अब हमारे अलग होने का समय आ गया है, क्योंकि हमारे शरीर पंच तत्वों से बने हैं और अब उन्हें वापस उन्हीं तत्वों में विलीन होना है। इसलिए मित्र, अब तुम जाओ और वैसा ही करो, जैसा मैंने तुम्हें कहा है।'

उद्धव की अनिच्छा को देखते हुए भगवान ने कहा, 'मैंने राम के रूप में अपने पूर्व अवतार में, अपने भाई भरत से अलग होते समय, उसे अपने खड़ाऊँ दिए थे। तुम्हारी तरह, वह भी मुझसे अलग नहीं हो पा रहा था। इसलिए मित्र, मैं अब अपने खड़ाऊँ तुम्हें दे रहा हूँ, क्योंकि ये सदा मेरे चरणों से, जो मेरे भक्तों का परम लक्ष्य है, बँधे रहते हैं।

तुम इन्हें अपने साथ बद्रिकाश्रम ले जाओ क्योंकि मुझे अब इनकी आवश्यकता नहीं है।'

उद्धव ने आदरपूर्वक भगवान की वह भेंट स्वीकार कर ली। उद्धव ने अश्रुपूरित नेत्रों से कहा, 'हे पादुका! आप कृपया मुझे प्रभु के चरण कमलों से अलग होने का कारण मत मानिए। कृपया मुझे क्षमा कर दीजिए। आप एक बार फिर प्रभु के चरण कमलों की सुगंध ले लीजिए और फिर हम यहाँ से चलेंगे।'

ऐसा कहकर उद्धव ने एक बार फिर वे खड़ाऊँ, प्रभु के चरणों के पास रख दिए। इसके बाद, उद्धव ने उन्हें अपने सिर पर धारण करके भगवान की परिक्रमा की। उद्धव की आँखों से आँसू बह रहे थे। उन्होंने अनेक बार जाते हुए पीछे मुड़कर प्रभु को देखा। उस पल उद्धव को वृंदावन की गोपियों का दुःख वास्तव में समझ में आ रहा था। उद्धव ने जब अंतिम बार पीछे मुड़कर देखा, तो कृष्ण भी उन्हें देख रहे थे। पहली बार उद्धव को कृष्ण की आँखों में आँसुओं की बूँद दिखाई दी। उद्धव दौड़कर वापस आए और भगवान के चरणों में गिर पड़े। भगवान ने कुछ नहीं कहा। भगवान ने उद्धव को ऊपर उठाकर उनके माथे को प्रेम से चूमा तथा उन्हें अपने मार्ग पर आगे बढ़ने का संकेत कर दिया। उद्धव का मन अवर्णनीय प्रसन्नता से भरा हुआ था। उन्होंने भगवान के अंतिम दर्शन किए। वातावरण में मधुर संगीत सुनाई दे रहा था। आकाश में देवगण हाथ जोड़े खड़े थे। उद्धव के हृदय में असीम शांति थी। उन्हें ऐसा प्रतीत हो रहा था मानो उनमें और कृष्ण में कोई भेद नहीं था। आकाश में उपस्थित देवगण, उनकी प्रशंसा में स्तुति गीत गा रहे थे। महान भक्त उद्धव ने अपने शरीर का बोध त्यागकर, उत्तर दिशा की ओर यात्रा आरंभ कर दी। कुछ समय बाद, वे हिमालय में बद्रिकाश्रम नामक तीर्थस्थान पर पहुँच गए। उन्होंने अपने जीवन के शेष दिन, भगवान के आदेशानुसार, व्यतीत किए और फिर अंत में परम धाम को प्राप्त किया।

भगवान के उस सर्वाधिक अद्भुत रूप का बार-बार स्मरण करने से मुझे असीम प्रसन्नता एवं सुख प्राप्त होता है।

—श्रीमद् भगवद्गीता

हरि ॐ तत्सत्

ॐ

ॐ

ओउम् विश्वासमयी नमः।

अध्याय 33

अविनाशी का अंत

भवे भवे यथा भक्ति पाद्योत्सव जायते।
तदा कुरुष्व देवेश नाथस्त्वं नो यतः प्रभो।।
नामसंकीर्तनं यस्य सर्वपापप्रणाशनम्।
प्रणामो दुःखशमनस्तं नमामि हरिं परम्।

हे प्रभु, आप हमें यह आशीर्वाद दीजिए कि हमारे कितने भी जन्म हों, हम प्रत्येक जन्म में, सदा आपके चरणों का स्मरण करते रहें। उस परम हरि को बारंबार प्रणाम, जिनका केवल नाम जपने से, हम समस्त पापों से मुक्त हो जाते हैं तथा जिनको प्रणाम करने मात्र से हमारे समस्त कष्ट दूर हो जाते हैं।

—श्रीमद् भागवत

अपने सर्वप्रिय भक्त उद्धव को अंतिम उपदेश देने के बाद, भगवान के समस्त कार्य पूर्ण हो चुके थे। वे अपने दैवी जीवन के महान नाटक के अंतिम दृश्य का पर्दा उठने की शांतिपूर्वक प्रतीक्षा करने लगे।

द्वारका नगरी एक भीषण महारोग की चपेट में आ चुकी थी, जो उसके प्रत्येक अंग को नष्ट कर रहा था और धीरे-धीरे, परंतु निश्चित रूप से, उसकी शक्ति को ग्रस रहा था। कृष्ण के पुत्र, सांब एवं उसके मित्रों द्वारा ऋषियों के अपमान के बाद से, द्वारका के नागरिक भय से काँप रहे थे। उनके मन में एक अज्ञात भय, सदा विद्यमान रहता था। प्रसन्नता और समृद्धि से परिपूर्ण नगरी उदासी के अंधकार में घिर गई थी।

समुद्र में भीषण और तेज़ हवाएँ चलने लगीं। द्वारका वासियों को प्रतिदिन अपशकुन दिखाई पड़ते थे। नगर की गलियों में चूहे घूमते थे, घड़ों में दरारें पड़ गई थीं। वक, उलूकों की भाँति तथा बकरियाँ, भेड़ियों की भाँति शोर मचाती थीं। गायों और हाथियों के गर्भ से गधे जन्म लेने लगे थे। कुत्तों ने बिल्लियों को और नेवलों ने चूहों को जन्म देना आरंभ कर दिया था। सूर्य जब द्वारका नगरी पर उदय होता तो उसके चारों ओर सिर कटे मनुष्य

नज़र आते थे। ऐसी स्थिति में, नियति से भयभीत यादव, भगवान कृष्ण के पास पहुँचे। भगवान उनकी प्रतीक्षा कर रहे थे। उन्हें पता था कि गांधारी द्वारा दिए गए शाप के सत्य होने का समय आ गया था। भगवान कृष्ण ने नियति के चक्र को पलटने का प्रयास नहीं किया और उन्होंने, घटनाओं को सरलता से पूरा हो जाने के लिए स्वयं को शांत एवं प्रसन्न भाव से तैयार कर लिया। भगवान ने नगर-भर में अपने दूत भेजकर लोगों को समुद्र के दूसरे छोर पर स्थित, प्रभावक्षेत्र में तीर्थयात्रा पर जाने का आदेश दिया, जहाँ सरस्वती नदी पश्चिम दिशा में बहती थी। भगवान ने कहा, 'प्रभास में पवित्र स्नान करने से हम लोग देवताओं और ऋषि-मुनियों के प्रिय हो जाएँगे और शायद उससे यह संकट टल जाए।'

सबने उनका प्रस्ताव स्वीकार कर लिया। उन्होंने नौका में बैठकर समुद्र पार किया और फिर अपने रथों पर सवार होकर प्रभास की ओर चल पड़े। उन्होंने मदिरा और भोजन सामग्री के विशाल भंडार, अपने साथ रख लिए। हालाँकि राजा ने मदिरा के निर्माण एवं सेवन पर प्रतिबंध लगा रखा था, परंतु द्वारका में ग़ैर-क़ानूनी तरीक़े से मदिरा बनाई जाती थी। नगर के पुरुष, अनेक प्रकार के खाद्य-पदार्थ और मदिरा लेकर चल पड़े। उन्हें इस बात का पता नहीं था कि वे वापस फिर कभी नहीं लौट सकेंगे। केवल भगवान कृष्ण, समय की गति को जानते थे। वे सब कुछ शांत भाव से देख रहे थे।

समुद्र-तट पर पहुँचने के बाद, उन लोगों ने वहाँ अपना शिविर लगा दिया और दीर्घकालीन आवास की तैयारी कर ली। परंतु विधि के विधान के अनुसार, उस स्थान पर तीखी घास के विशाल झुरमुट उगे हुए थे। वह घास समुद्र-तट पर उगी तलवारों के समान लग रही थी। उन लोगों ने कुछ सप्ताह तक भगवान कृष्ण के आदेश का पालन किया और देवताओं की उपासना की तथा पवित्र कर्म करते हुए अपना समय व्यतीत किया। परंतु शीघ्र ही, प्रारब्ध के कारण, उन्होंने पूजा-अर्चना और उपवास आदि त्यागकर आनंद-प्रमोद एवं खाना-पीना आरंभ कर दिया। आरंभ में, मदिरा का सेवन छुप-छुपकर होता था परंतु बाद में, भोजन के साथ खुलकर मदिरा का सेवन किया जाने लगा। शीघ्र ही, वहाँ मदिरा पानी के समान बहने लगी। वे लोग, तीर्थयात्रा का उद्देश्य भूल गए और समुद्र-तट पर संगीत, हास-परिहास और आनंद का माहौल गुंजायमान हो गया। वहाँ पूजा-अर्चना स्तुति और वंदना के स्थान पर, खेल और मौज मस्ती का माहौल बन गया।

धीरे-धीरे, उनका विवेक समाप्त होता गया और वे बड़ी मात्रा में मदिरा का सेवन करने लगे। कुछ समय बाद, घमंडी और अहंकारी यादव योद्धाओं के बीच झगड़ा प्रारंभ हो गया और मदिरा के में उनकी मति भ्रमित हो गई। यदि लकड़ी सूखी हो तो एक चिंगारी भी भीषण आग का रूप ले सकती है। उस झगड़े का आरंभ, मदिरा के प्रभाव में, बहुत समय पहले हुए युद्ध की किसी पुरानी स्मृति के कारण हुआ। चूँकि यादव सेना, दुर्योधन की ओर से युद्ध लड़ रही थी जबकि कृष्ण के साथी, सात्यकि ने पांडवों के पक्ष में युद्ध करने का निश्चय किया था, इसलिए सात्यकि और कृतवर्मा, परस्पर विरोधी हो गए थे। मदिरा के प्रभाव में, सात्यकि ने कृतवर्मा से कहा, 'क्या कोई क्षत्रिय, सोते हुए योद्धाओं पर आक्रमण करके उन्हें मारता है?' सात्यकि ने यह इसलिए कहा क्योंकि कृतवर्मा ने अश्वत्थामा के अविवेकी आदेश का पालन करके सोते हुए सैनिकों को मार डाला था।

'तुम्हारी यह बात कहने की हिम्मत कैसे हुई, जबकि तुमने स्वयं योगासन में बैठे भूरिश्रवा को मारा था!' कृतवर्मा क्रोध में चिल्लाया।

शीघ्र ही इस झगड़े में अन्य यादव भी शामिल हो गए और कुछ ही क्षणों में बात, मारपीट तक पहुँच गई। कुछ देर बाद, आमोद-प्रमोद का माहौल, संहार के नृशंस दृश्य में बदल गया। सगे-संबंधी, एक दूसरे के विरुद्ध खड़े हो गए। पुत्र ने गुरु को और गुरु ने अपने पुत्र को मार डाला। यादव, अपने अंत तक पहुँच रहे थे। वे धीरे-धीरे मृत्यु की ओर अग्रसर हो रहे थे, जैसे पतंगा अग्निशिखा की ओर दौड़कर अपने प्राण गँवा देते हैं। उन लोगों में से एक ने भी वहाँ से भागकर जाने का विचार नहीं किया।

'सोते हुए बालकों को मारने वाले कायर का अंत ऐसा ही होता है,' यह कहते हुए सात्यकि ने कृतवर्मा पर हमला किया और उसका सिर काट डाला।

कृतवर्मा के समर्थक, तत्काल सात्यकि पर टूट पड़े। प्रद्युम्न उसकी सहायता के लिए दौड़ा और वे दोनों उस मुठभेड़ में मारे गए। मदिरा के प्रभाव से उन्मत्त और विधि के विधान से प्रेरित होकर, वे सब एक-दूसरे को मारने पर अड़े थे तथा तीर-तलवार भाले और गदा से लड़ रहे थे। जिस प्रकार उन्मत्त हाथी, वन में कोहराम मचाते हुए एक-दूसरे को मार डालते हैं, उसी तरह कुछ अश्व पर सवार और कुछ सैनिक पैदल थे, कुछ भैंसे पर तो कुछ गधों पर बैठकर लड़ रहे थे।

नियति द्वारा भ्रमित, उन महान यादव सैनिकों ने एक-दूसरे से युद्ध किया और वे अपने संबंध भी भुला बैठे। पिता, अपने पुत्र से, भाई, अपने भाइयों से, चाचा, अपने भतीजों से, पितामह, अपने पुत्रों से और मित्र, अपने मित्रों से लड़कर एक-दूसरे को मारने के लिए तत्पर थे। जब उनके अस्त्र-शस्त्र आदि समाप्त हो गए, उनके धनुष टूट गए, गदा चकनाचूर हो गए, तो उन्होंने वहाँ उगी तीखी घास उखाड़ ली। हाथों में बाणों के समान घास के भले लेकर, वे एक-दूसरे की ओर दौड़े। भगवान कृष्ण अकेले खड़े शांत भाव से झगड़े को देख रहे थे और उनके अपने सगे-संबंधी मदिरा के प्रभाव से उनमें परस्पर एक दूसरे का विनाश कर रहे थे। उन पागल लोगों ने कृष्ण और बलराम पर भी आक्रमण कर दिया तो बदले में, उन दोनों ने भी अपने बचाव के लिए काँटेदार घास उखाड़ ली। भगवान की माया के प्रभाव से, यादवों का क्रोध बढ़ता गया और परिहास में पैदा हुई एक चिंगारी ने यादवों के समूचे वंश का नाश कर दिया। जिस प्रकार, बाँस के पेड़ों के आपस में रगड़ने से पैदा हुई चिंगारी, उसी वन को जला देती है, उसी तरह वे लोग भी परस्पर लड़कर एक-दूसरे को नष्ट करने कर रहे थे।

एक-एक करके, जैसे-जैसे यादव योद्धा मर रहे थे, झगड़े का स्वर थमता जा रहा था। कुछ देर बाद, आनंद-मंगल का दृश्य, नृशंस नरसंहार में बदल गया। यादवों का शक्तिशाली और तेजस्वी कुल समाप्त हो गया था। सफ़ेद लहरों से भरे समुद्र-तट पर बैठे बलराम, समाधि में लीन हो गए और उनके मस्तक से एक तेज़ प्रकाश, चाँदी के सर्प की भाँति निकला और आकाश में विलीन हो गया।

उधर, हस्तिनापुर में सोते हुए अर्जुन को यह विचार आया कि भगवान उसे बुला रहे हैं। जब वह सोने के लिए लेटा तो उसे लगा कि भगवान का सुंदरतम रूप स्नेहपूर्वक उसे देख कर मुस्करा रहा है।

भगवान ने कहा, 'अर्जुन, क्या तुम्हें याद है कि मैंने तुम्हें बताया था कि हर बात का कोई न कोई उद्देश्य होता है? मैं तुम्हें यही कहने आया हूँ कि मेरे जीवन का उद्देश्य पूर्ण हो गया है और अब मैं यहाँ से प्रस्थान कर रहा हूँ। शीघ्र ही, तुम भी मेरे पीछे आओगे।' इसके बाद, वह दृश्य अर्जुन के आँखों से ओझल हो गया। अर्जुन उठ बैठा। वह पीला पड़ गया था और भय से काँप रहा था।

भगवान यदि चाहते तो बलराम की भाँति, योग समाधि द्वारा आसानी से अपने प्राण त्याग सकते थे। परंतु वे उस समय, मनुष्य की भूमिका में थे और उन्हें इस खेल के नियमों के अनुसार ही खेलना था।

यह जानते हुए कि उनके प्रस्थान का समय आ चुका था, वे वापस अपनी नगरी लौट गए। उन्होंने अपने पिता को राज्य का कार्यभार सौंप दिया और वृष्णिवंश की स्त्रियों को अर्जुन के लौटने तक उनके संरक्षण में छोड़ दिया। कृष्ण ने अपने पिता के चरण छुए और जाने की तैयारी कर ली। उनके घर की स्त्रियाँ विलाप करने लगीं। यह देखकर भगवान कृष्ण ने मुस्कराकर कहा, 'हस्तिनापुर से लौटकर अर्जुन, आपको ले जाएगा तथा आपकी समस्त आवश्यकताएँ पूरी करेगा!'

ऐसा कहकर, भगवान कृष्ण ने महल छोड़ दिया और वन की ओर प्रस्थान कर गए। संसार ने उनके कृष्ण रूप को फिर कभी नहीं देखा। गहन वन में प्रवेश करने के बाद, वे शांत भाव से एक अश्वत्थ वृक्ष के नीचे बैठ गए और साधना में लीन हो गए। उन्होंने स्वयं को एकाग्रचित्त करके अपना ध्यान, परमब्रह्म में स्थित कर लिया, जो उन्हीं का अपना स्वरूप है! दैवी मिलन के अभेद्य कवच में लिपटे भगवान कृष्ण का वह रूप, अत्यंत मनोहारी था। उनकी आभा से आसपास का वातावरण दीप्तिमान हो रहा था। वर्षा-मेघों की भाँति, नीले वर्ण और पिघले स्वर्ण की तरह चमकते भगवान कृष्ण, वक्ष पर श्रीवत्स चिह्न धारण किए, कानों में मत्स्य कुंडल पहने, हाथों व पैरों में अनेक प्रकार के आभूषण धारण करके और गले में वनमाला डाले समाधि में बैठे थे। उनका कमल-पुष्प के समान गुलाबी बायाँ पैर, उनके दाएँ पैर पर रखा था। वे गांधारी के शाप के अंतिम अंश के पूर्ण होने की प्रतीक्षा कर रहे थे।

जर नाम के शिकारी को मछुआरे से लौह-मूसल का शेष टुकड़ा प्राप्त हुआ था और उसने उससे एक पैना बाण तैयार कर लिया था। उस गहन वन में घूमते हुए शिकारी ने भगवान कृष्ण के गुलाबी पैर को हिरण का मुख समझकर अपना बाण चला दिया। इसके बाद, वह अपने शिकार को प्राप्त करने के लिए उसकी ओर दौड़ा। वहाँ पहुँचकर भगवान कृष्ण के दिव्य रूप को देखकर अचंभित रह गया। उसे बहुत पछतावा हुआ और वह भगवान के चरणों में गिर पड़ा। वह फूट-फूटकर रोने लगा। भगवान कृष्ण ने अपनी आँखें खोलीं तथा शिकारी को आशीर्वाद दिया। भगवान कृष्ण ने अपने इस अवतार में सर्वप्रथम पूतना का उद्धार किया था, जो उन्हें बचपन में अपने स्तन पर विष लगाकर कृष्ण को

मारने आई थी तथा अपने इस अवतार में अंतिम बार, भगवान ने जर नामक शिकारी का उद्धार किया, जिसने उन्हें विषैला बाण मारा था। कहते हैं, जर पूर्वजन्म में बाली था, जिसे भगवान श्रीराम ने पेड़ के पीछे से छिपकर मारा था। अपने इस जन्म में बाली ने जर का रूप धारण करके अपना प्रतिशोध लिया था। इस बार भगवान शिकार बने थे और जर ने वृक्ष के पीछे से वार किया था!

जर ने वैकुंठ के स्वामी भगवान कृष्ण से याचना की, 'मुझे क्षमा कर दीजिए। मैंने अनजाने में यह अपराध कर दिया है। मैं वन्य पशुओं का शिकार करता हूँ। आप मुझे तत्काल मार दीजिए ताकि मैं फिर कभी ऐसा भयंकर अपराध न कर सकूँ। देवता भी आपकी रहस्यमय लीला को समझने में असमर्थ हैं, तो फिर मेरे जैसा अज्ञानी और मूढ़ शिकारी, आपकी इस जैसे लीला का उद्देश्य कैसे समझ सकता है?'

भगवान कृष्ण ने उत्तर दिया, 'तुम्हें भयभीत होने की आवश्यकता नहीं है। तुमने मेरी ही इच्छा के कारण यह कार्य किया है। तुम, मुझसे पहले वैकुंठ लोक पहुँच जाओगे। तुम उस लोक में जाने वाले हो, जहाँ केवल महान और सत्कार्य करने वाले लोग ही जाते हैं।'

भगवान को लेने रथ आया था और उनके आदेश पर, जर भी उसी रथ में सवार हो गया और भगवान के साथ परमधाम पहुँच गया।

भगवान कृष्ण को उनके नश्वर शरीर में देखने वाला अंतिम व्यक्ति, कृष्ण का सारथी दारुक था। वह भगवान कृष्ण के गले में पड़ी पाँच जंगली फूलों से बनी वनमाला की सुगंध का पीछा करते हुए वहाँ आ गया था। उसने भगवान कृष्ण को अश्वत्थ वृक्ष के नीचे, अपने दीप्तिमान अस्त्र-शस्त्रों के साथ और दिव्य आभा के बीच बैठे देखा। वह दृश्य देखकर दारुक उनकी ओर दौड़ा। वह उनके चरणों में गिर गया और बोला, 'हे प्रभु, मैं मार्ग भटक गया था और इस गहन वन में आपको खोजने का प्रयास कर रहा था। मुझे दिशाभ्रम हो गया था। मुझे नहीं पता कि मुझे कहाँ जाना चाहिए और क्या करना चाहिए।'

भगवान कृष्ण ने उत्तर दिया, 'दारुक, तुम द्वारका चले जाओ और वहाँ जो लोग शेष हैं, उन्हें यह सूचना दे दो कि मैंने अपना शरीर त्याग दिया है। सब लोगों को नगर तत्काल ख़ाली करने के लिए कह दो क्योंकि अब से ठीक सात दिन बाद, द्वारका नगरी, समुद्र में डूब जाएगी। उन सब लोगों को उनके परिवारों सहित, तथा मेरे माता-पिता और मेरी पत्नियों को अर्जुन के संरक्षण में हस्तिनापुर भेज दो। यह संदेश देने के बाद, तुम भी हस्तिनापुर चले जाना और अर्जुन को सारी बात बता देना। फिर तुम, अर्जुन को साथ लेकर द्वारका जाना और वहाँ सभी स्त्रियों और बच्चों को लेकर हस्तिनापुर लौट आना। तुम मेरे सारथी हो, इसलिए याद रखो, मैं प्रत्येक मनुष्य के हृदय में रहकर सारथी की भूमिका निभाता हूँ। तुम भागवत धर्म का पालन करो, जिसका मैंने उपदेश दिया है। समस्त संसार को मेरी माया की अभिव्यक्ति समझो तथा अपने जीवन को मेरे हाथों में सौंपकर शांति से रहो।'

भगवान कृष्ण का यह आदेश पाकर दारुक ने उनकी परिक्रमा की और उन्हें प्रणाम किया। भगवान ने उसके सिर पर हाथ रखकर उसे आशीर्वाद दिया। वह अपने स्वामी के आदेशानुसार, दुःखी मन से द्वारका लौटा आया। इसके बाद, आकाश में देवतागण प्रकट

हो गए, जो भगवान कृष्ण के सांसारिक जीवन के नाटक का अंतिम दृश्य देखने आए थे। भगवान के जन्म के समान, उनकी मृत्यु का दृश्य भी अत्यंत रहस्यमय था। उनकी माया को कोई नहीं समझ सकता और वह उन वस्तुओं को, जिनका पहले अस्तित्व नहीं था, अस्तित्व में लाती है और फिर उनका अस्तित्व नष्ट कर देती है। जन्म और मृत्यु, सांसारिक रचना के सिक्के के दो पहलू हैं। परंतु यदि इन्हें सृष्टि के रचयिता पर लागू किया जाए, तो इनका कोई अर्थ नहीं निकलता।

भगवान के जन्म के समय जैसा हुआ था, उसी तरह, उनकी मृत्यु के समय पर भी आकाश मोतियों के प्रकाश से आलोकित हो गया, वायु में मधुर संगीत व्याप्त था और उस विशिष्ट घटना को देखने के लिए देवतागण उपस्थित हो गए थे। श्रीकृष्ण की मनमोहक आँखें, सबको देख रही थीं। उनके नेत्रों में शाश्वत ज्ञान था और वे अनंत प्रेम से प्रकाशमान थीं। उन नेत्रों में अपनी सृष्टि के प्रति गहरी करुणा थी। उसके बाद कृष्ण कमल-पुष्प के समान नेत्र, धीरे-धीरे बंद हो गए। उनका अद्भुत एवं विलक्षण रूप, जिसका समस्त संसार ध्यान करता है, अलौकिक प्रकाश से चमक रहा था। फिर वह सबकी आँखों के सामने, पंच महाभूत तत्व में विलीन हो गया।

जिस तरह बादलों के बीच चमकती बिजली की दिशा दिखाई नहीं देती, उसी प्रकार वहाँ उपस्थित प्राणी, भगवान कृष्ण के प्रस्थान का मार्ग नहीं देख पाए। उस समय नगाड़े और तुरही बज रहे थे तथा उस स्थान पर, जहाँ भगवान कृष्ण बैठे थे, पुष्प-वर्षा हो रही थी। देवताओं और ऋषि मुनियों ने उस जगह को प्रणाम किया। उन्हें यह सोचकर आश्चर्य हो रहा था कि उस परमात्मा ने, जो संसार की रचना, उसका पालन-पोषण और उसका विध्वंस नष्ट करने की क्षमता रखता है, अपने वंश का विनाश होने के उपरांत अपने शरीर का भी त्याग कर दिया। भगवान कृष्ण संभवतः यह दर्शाना चाहते थे कि उनके नश्वर शरीर का कोई मूल्य नहीं है और यह कि परमब्रह्म में ध्यान लगाने वाले लोगों के लिए, शरीर का उद्देश्य पूर्ण हो जाने के बाद उसका कोई महत्त्व शेष नहीं रहता।

इस प्रकार भगवान के विलक्षण जीवन का अंतिम दृश्य पूर्ण हो गया। इत्र की शीशी के टूटने के बाद भी उसकी सुगंध वातावरण में व्याप्त रहती है। उसी तरह, भगवान की स्मृति भी अपने भक्तों के हृदय में अनंतकाल तक विद्यमान रहती है क्योंकि वह अनंत, शाश्वत, अजन्मे और अविनाशी भगवान नारायण के जीवन की सुगंध थी, जिन्होंने अपने बाद आने वाली असंख्य पीढ़ियों की प्रसन्नता और उनकी मुक्ति के लिए नश्वर जीवन का बोझ उठाया! ओ३म् नमो नारायणाय!

कृष्ण से अलग हो जाने के बाद, दारुक भी द्वारका पहुँच गया। उसने वसुदेव और उग्रसेन को प्रणाम किया तथा आँसुओं से उनके चरण धोए। इसके बाद उसने वृष्णिवंशियों के विनाश की पूरी कथा विस्तार से कही। वे उस कथा को सुनकर स्तब्ध रह गए। भगवान की मृत्यु का समाचार सुनकर सब अत्यंत दुःखी थे। वे लोग उस स्थान पर गए, जहाँ उनके सगे-संबंधी मृत पड़े थे। देवकी, रोहिणी और वसुदेव से अपने प्रिय पुत्रों से दूर होने का दुःख सहन नहीं हुआ और उन्होंने अपने प्राण त्याग दिए। रुक्मिणी तथा भगवान कृष्ण की अन्य पत्नियों ने चिता में कूद कर अपने प्राण दे दिए।

उसके बाद दारुक, हस्तिनापुर गया और उसने वह समाचार अर्जुन को सुनाया। वह अर्जुन के साथ से लौटकर द्वारका आया और उसने संहार के दृश्य को अपनी आँखों से देखा। अर्जुन ने सबका विधिपूर्वक अंतिम संस्कार किया। भगवान के महाप्रयाण के सात दिन बाद, समुद्र में भीषण लहरें उठती और समृद्धिशाली द्वारका नगरी सदा के लिए डूब गई। इस कथा को सुनाने के लिए केवल कुछ लोग शेष रह गए।

'समुद्र-तट से टकराती लहरों ने अचानक विकराल रूप धारण कर लिया। सागर, अपनी सीमाएँ तोड़कर नगर में घुस आया। नगर की गलियाँ, समुद्र के अथाह जल में निमग्न हो गईं। समुद्र ने नगर की प्रत्येक वस्तु को ढँक लिया। अर्जुन ने देखा कि एक-एक करके नगर के सारे भवन पानी के अंदर समा गए। उसने अंतिम बार कृष्ण के महल पर दृष्टि डाली और उसके कुछ ही क्षणों बाद, सब कुछ समाप्त हो गया। वह विशाल सागर, सरोवर की भाँति शांत दिख रहा था। पांडवों के अत्यंत प्रिय स्थान, द्वारका का अब वहाँ कोई चिह्न शेष नहीं था। द्वारका अब सिर्फ़ एक नाम था, केवल एक स्मृति थी।' (*महाभारत* से लिया गया विवरण)।

अर्जुन दुःखी मन से शेष बची स्त्रियों और बच्चों को लेकर हस्तिनापुर लौट आया।

हस्तिनापुर में युधिष्ठिर को पहले से अनर्थ की आशंका थी। उसने जब अर्जुन का कुम्हलाया चेहरा देखा तो उसके संदेह और भय की पुष्टि हो गई। उसने काँपते स्वर में, द्वारका में अपने प्रियजनों के कुशल-क्षेम के विषय में पूछा।

अर्जुन बहुत देर तक कुछ नहीं बोल सका। अंत में, उसने भगवान कृष्ण के प्रेम और करुणामयी लीलाओं को ध्यान में रखते हुए, भावुक और रुँधे गले से बोलना शुरू किया। उसने जब अपने युद्ध-कौशल के विषय में सोचा तो वह इस निष्कर्ष पर पहुँचा कि यदि उसके साथ भगवान का सहयोग नहीं होता, तो उसके लिए वे अद्भुत कार्य करना संभव नहीं था।

'महाराज!' अर्जुन ने कहा, 'आप जिन लोगों के विषय में पूछ रहे हैं, वे अब वहाँ नहीं रहते। वहाँ केवल हमारे चार या पाँच मित्र शेष रह गए हैं। जिस प्रकार शरीर से प्राण निकल जाने के बाद, किसी प्रियजन का शरीर भी हमें अप्रिय लगने लगता है, उसी प्रकार अपने प्रिय सखा कृष्ण के जाने के बाद, मुझे यह संसार अप्रिय लगने लगा है। मेरी शक्ति, जिसे देखकर देवता भी अचंभित रह जाते थे, क्षीण पड़ गई है। मेरे हृदय का उत्साह चला गया है। मैं अत्यंत दुर्बल हो गया हूँ क्योंकि अब मेरे साथ मेरा प्रिय मित्र और शुभ-चिंतक नहीं है। आपको इस बात पर विश्वास नहीं होगा, परंतु द्वारका से लौटते समय, मैं भील जाति के लोगों द्वारा बुरी तरह पराजित हुआ हूँ। मेरे पास वही गांडीव धनुष था, वही बाण थे और मैं वही योद्धा हूँ, जिसके समक्ष संसार के महानतम योद्धा आत्म-समर्पण कर चुके हैं। परंतु आज भगवान कृष्ण मेरे साथ नहीं है और इसीलिए, मेरे धनुष-बाण और मेरी शक्ति उसी प्रकार व्यर्थ साबित हुए हैं, जैसे रेगिस्तान अथवा किसी बंजर भूमि में, बीज बोने का कार्य व्यर्थ हो जाता है! मैं अब यह बात समझ रहा हूँ कि केवल कृष्ण की कृपा से ही मैं वे विलक्षण कार्य कर पाया था। मैंने जब द्रौपदी के स्वयंवर में राजाओं को पराजित किया और कौरवों की सागर-सी अनंत सेना को पार किया। भीष्म, द्रोण और कर्ण जैसे महान

योद्धाओं वाली सेना के समक्ष, भगवान कृष्ण ने सारथी रूप में, मेरे रथ के अत्यंत कुशल संचालन द्वारा उन सब महान योद्धाओं का अपने दृष्टिपात मात्र से संहार कर डाला था। मुझे कर्ण, शल्य और जयद्रथ आदि के शक्तिशाली शस्त्रों से, भगवान कृष्ण ही बचाते आए थे। महाराज, मैं जब कृष्ण की उन बातों के विषय में सोचता हूँ, जब वे हमारे साथ बैठकर परिहास करते थे और अपनी मनमोहक मुस्कान से हमें मुग्ध कर देते थे। उन्होंने किस प्रकार मुझे युद्ध में अपना अमर उपदेश दिया था, उन्होंने कैसे मुझे अपना विश्वरूप दिखाया था, जिसे उन्होंने कभी किसी के समक्ष प्रकट नहीं किया था। यह सब सोचकर मेरा हृदय दग्ध हो रहा है। मेरी अपमानजनक और मूर्खतापूर्ण बातों को वे सहन किया करते थे। मेरे लिए अब यही उचित होगा कि मैं उनके मूल्यवान उपदेश का पालन करूँ, परंतु मेरा हृदय अत्यंत भारी हो गया है। भगवान कृष्ण के बिना इस संसार में जीवित रहना व्यर्थ प्रतीत होता है।'

अर्जुन की बातें सुनकर युधिष्ठिर और अन्य पांडव भी दुःखी हो गए। जीवन के प्रति उनकी रुचि समाप्त हो गई और उन सबने महाप्रस्थान करने का निश्चय किया। कहते हैं, भगवान कृष्ण, जिस दिन इस पृथ्वी से गए, उसी दिन कलियुग आरंभ हो गया था! युधिष्ठिर ने अपनी प्रजा के कल्याण के लिए यादव और कुरु वंश को आगे बढ़ाने की व्यवस्था कर दी। उन्होंने मथुरा में कृष्ण के एकमात्र जीवित पुत्र को राजा बना दिया तथा पांडवों के एकमात्र पुत्र परीक्षित को हस्तिनापुर का राजा नियुक्त कर दिया। कृपाचार्य को कुलगुरु तथा सुभद्रा एवं युयुत्सु को उनकी देखभाल के लिए छोड़ दिया। इसके बाद, पांडवों ने द्रौपदी सहित अपने राजसी वस्त्र और आभूषण त्याग दिए। उन्होंने वल्कल वस्त्र धारण करके हस्तिनापुर की नगरी को सदा के लिए त्याग दिया।

वे सबसे पहले द्वारका नगरी गए, जहाँ उन्होंने देखा कि पूरा नगर पानी के अंदर डूब चुका था। उन्हें ऐसा प्रतीत हुआ मानो उनके समस्त मित्रों की आत्माएँ पानी के भीतर से उन्हें पुकार रही थीं। सहसा उनके समक्ष, अग्निदेव प्रकट हुए और उन्होंने अर्जुन से कहा, 'मैंने गांडीव धनुष और अक्षय तरकश वरुणदेव से प्राप्त किए थे। अब इनका उद्देश्य पूर्ण हो चुका है, इसलिए तुम ये दोनों वस्तुओं वापस कर दो।'

अर्जुन आगे बढ़ा और उसने तट के किनारे खड़े होकर अपना महान गांडीव धनुष तथा दोनों अक्षय तरकश, समुद्र में फेंक दिए। समुद्र से एक ऊँची लहर ऊपर उठी और उन्हें लील गई।

इसके बाद, पांडवों ने हिमालय पर्वत में तपस्या पर जाने से पूर्व भारतवर्ष की परिक्रमा करने का निश्चय किया। उन्हें बद्रिकाश्रम में उद्धव से मिलने की आशा थी। वे पहले पूर्वी दिशा की ओर गए, और फिर दक्षिणी छोर से होते हुए, अपनी यात्रा को पश्चिमी तट की ओर मोड़ दिया। अंत में, वे उत्तरी दिशा की ओर चल पड़े। इस प्रकार उन्होंने भारतवर्ष की परिक्रमा पूर्ण कर ली।

अपनी यात्रा के अंत में वह ध्यानस्थ योगियों के धाम हिमालय पर्वत पहुँच गए। उन्होंने शानदार हिम से ढँके पर्वत-शिखर देखे और उनसे भी आगे दिव्य मेरु पर्वत खड़ा था। वहीं एक कुत्ता और एक बैल भी उनके साथ यात्रा में सम्मिलित हो गए। कहते हैं, स्वयं भगवान शिव ने बैल का रूप धारण किया था। पांडवों ने उसका पीछा किया और अंत

में उसे पकड़ लिया। उस पशु के पाँच हिस्से हो गए और पाँचों पांडवों के हाथ में एक-एक हिस्सा आया। उन्होंने उन हिस्सों को विभिन्न स्थानों पर फेंक दिया। वे अंश जहाँ-जहाँ गिरे, वहीं हिमालय पर्वत पर, भगवान शिव के पाँच मुख्य मंदिर बन गए, जिन्हें बाद में पंच केदार का नाम दिया गया। उसके बाद पांडव, बद्रिकाश्रम की ओर चल दिए, जहाँ भगवान कृष्ण ने उन्हें उद्धव से मिलने को कहा था। वे सब एक पंक्ति में चल रहे थे और उनके पीछे, कुत्ता चल रहा था। उनकी यात्रा जैसे-जैसे बद्रिकाश्रम की ओर बढ़ रही थी, उनके जीवन के अपराध उनके समक्ष प्रस्तुत होने लगे। वे एक-एक करके नीचे गिरने लगे। सबसे पहले द्रौपदी गिरी। युधिष्ठिर बिना लड़खड़ाए आगे बढ़ता रहा। तब भीम ने युधिष्ठिर से पूछा कि द्रौपदी के गिरने का क्या कारण है। युधिष्ठिर ने उत्तर दिया कि द्रौपदी ने सदा अर्जुन के साथ पक्षपात किया था। कुछ देर बाद सहदेव गिर गया। तब युधिष्ठिर ने भीम को बताया कि उसे अपनी बुद्धि और विवेक पर बहुत घमंड था। कुछ समय बाद, नकुल के गिरने पर युधिष्ठिर ने कहा कि उसे अपने शारीरिक सौंदर्य पर घमंड था। इसके बाद, जब अर्जुन नीचे गिरा तो युधिष्ठिर ने बताया कि अर्जुन को अपने साहस और शक्ति पर बहुत अहंकार था। काफ़ी प्रयास के बाद भी वह युधिष्ठिर के साथ चलने का प्रयास करता रहा, किंतु कुछ देर बाद ही, वह भी लड़खड़ा कर गिर पड़ा। युधिष्ठिर ने उसे कहा कि उसे अपने शारीरिक बल पर घमंड था और अत्यधिक भोजन करना उसके जीवन की बड़ी भूल थी। युधिष्ठिर ने पीछे मुड़कर नहीं देखा और वह धीरे-धीरे आगे बढ़ता रहा। वह कुत्ता अब भी युधिष्ठिर के पीछे चल रहा था। अचानक बहुत ज़ोर से तूफ़ान आया और तभी देवराज इंद्र, अपने रथ में वहाँ प्रकट हुए। इंद्र ने युधिष्ठिर से पूछा कि वह अपने पत्नी और भाइयों के गिरने पर भी क्यों नहीं रुका।

युधिष्ठिर ने उत्तर दिया, 'अपने लक्ष्य की ओर बढ़ते समय मनुष्य को उन चीज़ों के प्रति, जिन्हें स्वाभाविक तौर पर छोड़ना पड़ता है, आसक्ति नहीं रखनी चाहिए। इस नश्वर शरीर को भी एक दिन त्यागना पड़ता है। मनुष्य के साथ केवल उसकी आत्मा रह जाती है। मैं उसकी आत्मा की तलाश कर रहा हूँ, इसलिए मुझे इनके नश्वर शरीर के प्रति आसक्ति नहीं है।'

इंद्र ने कहा, 'तुम्हारे भाइयों और तुम्हारी पत्नी की अमर आत्मा तुमसे पहले स्वर्ग पहुँच गई है। परंतु नियति ने तुम्हें यह विशेषाधिकार दिया है कि तुम सशरीर स्वर्ग जा सकोगे। इसलिए मैं तुम्हें अपने साथ ले जाने आया हूँ।'

इसके बाद, देवराज इंद्र ने युधिष्ठिर को अपने साथ रथ में बैठा लिया। तभी वह कुत्ता भी उनके पीछे दौड़ता हुआ आया। परंतु इंद्र ने कुत्ते को रथ में नहीं बैठने दिया और युधिष्ठिर से कहा, 'स्वर्ग में कुत्तों के लिए कोई स्थान नहीं है!'

युधिष्ठिर ने उत्तर दिया, 'यदि इस कुत्ते के लिए वहाँ कोई स्थान नहीं तो मेरे लिए भी वहाँ स्थान नहीं हो सकता। मैं ऐसे प्राणी को छोड़ नहीं सकता, जो मेरे प्रति निष्ठावान हो अथवा जिसे मैंने सुरक्षा प्रदान की हो अथवा जो अपनी सुरक्षा स्वयं करने में असमर्थ हो। इस बेचारे जीव को यहाँ अकेला छोड़ने से बेहतर होगा कि मैं स्वर्ग जाने की इच्छा का त्याग कर दूँ!'

इंद्र ने युधिष्ठिर को समझाने का प्रयास किया, 'महाराज! आप ऐसी मूर्खतापूर्ण बात क्यों करते हैं? आपने जब द्रौपदी और अपने भाइयों का त्याग कर दिया, फिर इस कुत्ते को त्याग देने में क्या परेशानी है?'

युधिष्ठिर ने उत्तर दिया, 'मेरे भाई और मेरी पत्नी, जब तक जीवित थे, मैंने उनका त्याग नहीं किया। मैंने केवल उनके निर्जीव शरीर का त्याग किया है, जिसे अब जीवित नहीं किया जा सकता। किसी आश्रित प्राणी का त्याग करना, धर्म के विरुद्ध है। इसलिए मैं स्वर्ग जाने का आपका प्रस्ताव अस्वीकार करता हूँ!'

युधिष्ठिर ने जैसे ही अपनी बात समाप्त की, वह कुत्ता ग़ायब हो गया। उसके स्थान पर साक्षात यमधर्म प्रकट हो गए, जो युधिष्ठिर के अपने पिता थे। वे बोले, 'युधिष्ठिर, तुम्हारी जय हो! तुमने एक कुत्ते की रक्षा के लिए स्वर्ग का त्याग कर दिया। निश्चय ही स्वर्ग में तुमसे अधिक महान कोई नहीं है।'

इस बीच, आकाश से पुष्प-वर्षा और युधिष्ठिर की जय-जयकार होने लगी। तब युधिष्ठिर, देवराज इंद्र के साथ रथ में सवार हो गया और सशरीर स्वर्ग पहुँच गया। वहाँ पहुँचने पर उसे अपने भाई और पत्नी दिखाई नहीं दिए। उनके स्थान पर उसने दुर्योधन और उसके भाइयों को बैठे देखा। यह देखकर युधिष्ठिर ने इंद्र से कहा, 'मैं इस स्थान पर नहीं रह सकता, चाहे मुझे यहाँ कितना भी सुख प्राप्त हो। मैं अपनी पत्नी द्रौपदी और भाइयों के साथ ही रहूँगा।'

इसके बाद, युधिष्ठिर को एक अंधेरे और भयंकर स्थान पर ले जाया गया, जो काटने वाले कीड़ों और माँसभक्षी जीवों से भरा था। इंद्र के अनुचर, जो युधिष्ठिर के साथ चल रहे थे, बोले, 'महाराज, हम इससे आगे आपके साथ नहीं जा सकते। अब हमें लौटना होगा। यदि आप चाहें तो आप भी हमारे साथ वापस लौट सकते हैं।'

उस अंधेरे स्थान की दुर्गंध और वहाँ के उदासी-भरे वातावरण से युधिष्ठिर का मन क्षुब्ध हो गया। वह कुछ पल वहीं किंकर्तव्यविमूढ़-सा खड़ा। उसी समय उसने अपने भाइयों और अपनी पत्नी की करुण आवाज़ सुनी। वे सब उससे रुकने की याचना कर रहे थे, क्योंकि युधिष्ठिर के पावन रूप को देखकर उनकी पीड़ित आत्माओं को राहत मिल रही थी।

युधिष्ठिर कुछ पल खड़ा सोचता रहा। 'दुर्योधन और कौरव, स्वर्ग में हैं और मेरे भाई, नरक में! यह सृष्टि में कैसा अन्याय हो रहा है? इस अपराध के लिए मैं देवताओं का भी त्याग कर दूँगा! जाओ!' युधिष्ठिर ने उन अनुचरों से कहा, 'तुम्हें जिन देवताओं ने भेजा है, उनके पास जाओ और उनसे कहो कि युधिष्ठिर उस आनंददायक स्थान पर नहीं रहेगा। मैं यहीं अपने भाइयों के साथ रहूँगा, जहाँ मेरे रहने से उन्हें राहत मिलेगी।'

अनुचरों ने अपना सिर झुकाया और शीघ्रता से निकल गए। युधिष्ठिर, वहाँ खड़ा बहुत लंबे समय तक विधि के विचित्र न्याय पर विचार करता रहा। उसी क्षण, उसे शीतल व सुगंधित हवा का झोंका महसूस हुआ। उसके समस्त अप्रिय विचार ग़ायब हो गए। युधिष्ठिर ने अपना सिर उठाया तो देवगण, उसके आस-पास खड़े थे।

उन्होंने कहा, 'महाराज, यह पीड़ादायक अनुभव समाप्त होने वाले हैं। अब आप अपने स्थान पर जा सकते हैं। कोई भी राजा, कितना भी महान हो, उसे नरक का एक बार दर्शन अवश्य करना चाहिए। वे लोग अत्यंत भाग्यशाली हैं, जिनके पुण्य कर्म, उनके दुष्कर्मों से अधिक होते हैं। उन्हें कुछ समय के लिए पीड़ा भोग नहीं पड़ती है, परंतु बाद में, वे सुख से रहते हैं। परंतु दुष्टों के संदर्भ में विपरीत स्थिति होती है। वे अपने कुछ अच्छे कर्मों के फल, कुछ समय के लिए भोगते हैं परंतु, उनका शेष जीवन, नरक के समान कष्टप्रद स्थितियों में व्यतीत होता है। कौरवों को कुछ समय के लिए स्वर्ग का सुख मिलेगा क्योंकि भगवान कृष्ण ने कर्ण को यह वचन दिया था कि कुरुक्षेत्र की युद्धभूमि में मारे गए सभी लोगों को स्वर्ग मिलेगा। परंतु उसके बाद, वे सब अपने अगले जन्म में दुःख भोगने के लिए नरक में जाएँगे। आपको और आपके भाइयों को बहुत कम समय के लिए नरक का दुःख देखने को मिला है। इसलिए महाराज, अब आप हमारे साथ चलिए। यहाँ दिव्य गंगा नदी है। उसमें स्नान करके अपने शरीर का त्याग कर दीजिए और उसी के साथ आपका दुःख भी नष्ट हो जाएगा। आपकी कीर्ति सदा अमर रहेगी। फिर, आप अपने संबंधियों एवं अपनी पत्नी द्रौपदी के साथ सुखपूर्वक रह सकते हैं।'

इस प्रकार भगवान कृष्ण के प्रिय पांडवों की कथा समाप्त होती है। भगवान कृष्ण, पांडवों को अपकीर्ति और दुःख से बचाने के लिए अपना बलिदान देने को तत्पर रहते थे। उन्होंने महाभारत युद्ध के दौरान, समस्त अधार्मिक कृत्यों का दोष अपने ऊपर ले लिया, ताकि उनकी शरण में आए लोग सुरक्षित रह सकें। पृथ्वी और स्वर्ग, दोनों स्थानों पर पांडवों को कड़ी परीक्षा देनी पड़ी, किंतु उसके बाद वे मानव जन्म की दुर्बलताओं को पार करके भगवान की कृपा से दिव्यता की उच्चावस्था तक पहुँच गए। ऐसा करके, उन्होंने भावी पीढ़ियों को विशेष प्रेरणा प्रदान की है।

आपके कष्ट निवारक वचनों का अमृत, दुःख भोग रहे प्राणियों को जीवन और आशा प्रदान करता है। संत उनकी प्रशंसा करते हैं और उनको सुनने मात्र से सबको सौभाग्य और समृद्धि प्राप्त होती है। इन उपदेशों का प्रचार करने वाले लोग अपने श्रोताओं को संतोषदायक वचन सुनाते हैं।

—श्रीमद् भागवत

हरि ॐ तत्सत्

ॐ

ॐ

ओ३म् लीला मनुषविग्रहाय नमः!

उपसंहार

लीला

यो लीलालास्य समलांगो,
गतो अलोलोपि लालताम्,
तम लीलावपुशम बालम्,
वन्दे लीलार्थ सिद्धये।

मैं उस बालक के चंचल रूप को प्रणाम करता हूँ, जिसने सृष्टि का उद्देश्य पूर्ण करने के लिए अवतार लिया और जो पूर्ण रूप से असंबद्ध रहकर, अपनी ही सृष्टि की नृत्य-नाटिका में पूर्ण रूप से सम्मिलित प्रतीत होता है।

वह अचल, शाश्वत, अविनाशी ब्रह्म क्यों प्रकट होता है? अद्वैत क्यों और कैसे बन जाता है? अद्वैत कहता है, विविधता केवल भ्रम है। सब कुछ माया है। केवल ब्रह्म का अस्तित्व है। केवल वही सत्य है, शेष सब कुछ मिथ्या है। यह बोध हो जाने के बाद संसार का समस्त द्वैतवाद समाप्त हो जाता है।

हालाँकि पुराणों में इसका मधुर स्पष्टीकरण दिया गया है। भगवान नारायण, उत्तम पुरुष हैं, जो ब्रह्म-समान हैं। उनकी सृष्टि, उनकी लीला का रूप है। उन्हें शेषनाग पर अपनी पत्नी, लक्ष्मी के साथ आनंदमग्न स्थिति में दर्शाया जाता है। वे अपने धाम से अपनी सृष्टि का आनंद लेने के लिए अवतार लेते हैं। वे अनेक अवतार लेते हैं, परंतु कृष्ण के रूप में उनका अवतार अत्यंत रोचक है। वह उल्लास-भरी हँसी है, जिसमें उनकी अपनी रचना का सौंदर्य और उसकी दुर्बलताएँ परिलक्षित होती हैं। वे उसके सौंदर्य की प्रशंसा करते हैं तथा उसके अर्थ की ऊँचाई और गहराई के बीच भ्रमण करते हैं। वे कभी, अपने बनाए नियमों का पालन करते हैं तो कभी उनका उल्लंघन करते हैं क्योंकि वे पुरुषोत्तम हैं। भगवान नारायण, सच्चिदानंद है और कृष्ण के रूप में उनका अवतार उनके इसी आनंद की अभिव्यक्ति है। इसी कारण, उनकी लीला, प्रसन्नता और मधुरता के कारण, इस सृष्टि की रचना संभव हो पाई है। भगवान कृष्ण, दिव्य प्रेम के अवतार हैं, परमात्मा के प्रति प्रेम का सार-तत्व हैं, क्योंकि जीव को भी दोषी माना जाता है। केवल परमात्मा ही, परमात्मा

के समान किसी को प्रेम कर सकता है। भगवान कृष्ण, स्वयं परमेश्वर का शाश्वत, अनंत, अमर और अविनाशी रूप हैं। भगवान ने अपने आनंद के संसार से अवतार लिया और वृंदावन के कृष्ण वर्ण के बालक के रूप में जन्म लिया। उनकी बाँसुरी की धुन, नश्वर जीवन के निम्नस्तरीय और अज्ञानी नाटक को दिव्य आनंद में परिवर्तित कर देती है। जिन्हें कृष्ण की यह मोहक और प्रेम-भरी धुन सुनाई नहीं देती, उन्हें कुरुक्षेत्र में कृष्ण के चाबुक की कटु आवाज़ सुनाई देती है। परंतु वह, किसी दृष्टा के लिए, उनके प्रेम का एक और अलग पक्ष है। यदि कहीं पर कृष्ण ने मानव-निर्धारित परिपाटी को तोड़ा है, तो साथ ही, उन्होंने अनेक नवीन परिपाटियों की रचना भी की है। इसके लिए उन्हें मनुष्य के सुप्त मस्तिष्क को जाग्रत करना पड़ा है, ताकि वह मुक्त हो सके और दिव्यता को प्राप्त कर सके। भगवान कृष्ण का रूप, आदर्श प्रेम और आदर्श सौंदर्य के साथ आदर्श प्रसन्नता को जन्म देता है तथा वह अपने इस स्वरूप में, सच्चिदानंद की पूर्ण अभिव्यक्ति करते हैं।

यदि कृष्ण की ऐसी स्थिति है, तो जीव के विषय में क्या कहा जाए? वे किस प्रकार और कैसे प्रकट होते हैं? क्या वे परमात्मा का रूप नहीं हैं? क्या वे इस लीला का अंश नहीं हैं? तो फिर उन्हें इस लीला का बोध क्यों नहीं होता? वे अपने पाप के लिए कष्ट क्यों पाते हैं? वे हँसते एवं रोते क्यों हैं? किसी भिखारी को यह समझ क्यों नहीं आता कि वह फटे-पुराने वस्त्रों में वास्तव में, एक दिव्यात्मा है? पुराणों के अनुसार, संपूर्ण जीवन भगवान की लीला है, जिसमें वे स्वयं नायक और खलनायक हैं, वही अभिनेता और दर्शक हैं, वे ही स्वयं निर्माता और निर्देशक हैं। भगवान स्वयं इस लीला का गीत और उसका मन हैं। वे ही इस नाटक का प्रत्येक चरण हैं। वे अपनी प्रकृति, अपनी ऊर्जा और अपनी इच्छा से ही स्वयं को इन विविध रूपों में प्रकट करते हैं। परंतु फिर यह प्रश्न उठता है कि वे अपनी ही रचना के जाल में स्वयं क्यों फँसने को तैयार हो जाते हैं? क्या मकड़ी अपने जाल में कभी स्वयं फँसती है? इसका उत्तर बहुत सरल है। श्रेष्ठ अभिनेता वही होते हैं, जो अपने पात्र के व्यक्तित्व में अपने निजी जीवन को पूरी तरह डुबा देते हैं। इसी प्रकार, सृष्टि की लीला में जो परम अभिनेता है, वह अपनी वास्तविक प्रकृति को भुलाकर, अपनी ही माया में स्वयं उलझने को तैयार हो जाता है ताकि वह अपनी विभिन्न भूमिकाओं को सफलतापूर्वक और संतोषजनक रूप से निभा सके। वह सिंहासन पर बैठा राजा बनता है और वही, वीथिकाओं में बैठा भिखारी भी बन जाता है। वही हत्यारा है, तो वही मृत पीड़ित बन जाता है। वह स्वयं न्यायाधीश बनकर न्याय करता है। वह इस नाटक का अकेला अभिनेता है। वही दर्शक है, वही अनुभव करता है तथा अपने मूल दिव्य रूप को भुलाकर, वह अपनी भूमिका में पूरी तरह डूब जाता है। वह हँसता है, रोता है, नाचता है, गाता है और जीता एवं मरता है। यह सब उसकी लीला का अंश है।

भगवान का अवतार, जीव को उसके दिव्य आरंभ के जटिल जाल से मुक्त करने के लिए होता है ताकि वह अपनी स्वाभाविक अवस्था को समझ सके। जो लोग भगवान की जादुई बाँसुरी के मधुर संगीत को सुन लेते हैं, वे अत्यंत भाग्यशाली होते हैं। उनके लिए सांसारिक जगत का कोई महत्त्व नहीं होता तथा वे वृंदावन की गोपियों की भाँति, अपना सब कुछ त्यागकर श्याम सुंदर, मनमोहन, वनमाली जैसे भगवान के प्रेममयी एवं सुंदर रूप को

प्राप्त करने के लिए दौड़े चले जाते हैं! एक अद्वैतवादी, व्यक्तित्व से परे अवर्णनीय अस्तित्व को खोजता है। परंतु कृष्ण का भक्त, अपने ईश्वर में ही अवर्णनीय व्यक्तित्व का दर्शन करता है। ईश्वर से प्रेम करके तथा उनसे मिलन द्वारा जीव, दिव्य आनंद प्राप्त कर सकता है। ईश्वर ने उद्धव और अर्जुन को यही वचन दिया था। इस बोध के उपरांत, एक भिक्षु यह समझ जाता है कि वह वास्तव में, एक राजा है, जिसने केवल भिक्षु की भूमिका निभाई है। इसके बाद यह लीला समाप्त हो जाती है, पर्दा गिर जाता है और अभिनेता, निर्माता, निर्देशक और दर्शक, सत्, चित और आनंद की श्रेष्ठ अवस्था को प्राप्त कर लेते हैं।

यही भगवान की अकथनीय, मनमोहक और प्रेममयी लीला कहलाती है।

इस संपूर्ण लीला के निर्माता, निर्देशक और एकमात्र अभिनेता, वनमाली के चरण कमलों में सादर समर्पण!

हरि ॐ तत्सत्

ॐ

अनुवादक की ओर से

ऐसा माना जाता है कि भगवान विष्णु के नौ अवतार हो चुके हैं और अब कलियुग में, कल्कि रूप में उनके दसवें अवतार की प्रतीक्षा है। यूँ तो विष्णु के सभी अवतार प्रमुख रूप से पृथ्वी पर पापियों के नाश और धर्म की स्थापना के लिए हुए, परंतु इन सब अवतारों में, सबसे अधिक रहस्यमय और रोमांचकारी अवतार, श्रीकृष्ण का है। कृष्ण के जन्म से लेकर महाप्रयाण तक उनका जीवन, संसार के लिए किसी चमत्कार से कम नहीं रहा। श्रीकृष्ण ने अपने दैवी उद्देश्य की पूर्ति हेतु, समय-समय पर साम, दाम, दंड और भेद का भरपूर उपयोग किया। उन्होंने धर्म की स्थापना तथा और अपने भक्तों की रक्षा के लिए स्वयं अनेक बार नियमों से परे कृत्य किए, कुटिल योजनाएँ बनाईं और उन्हें दोषरहित ढंग से क्रियान्वित किया! भगवान द्वारा अपने ही बनाए नियमों का उल्लंघन अनुचित-सा लग सकता है, परंतु उनके उपदेशों को पढ़कर पता लगता है कि ऐसा सोचना, अज्ञानी मन का भ्रम है। वास्तव में, भगवान के प्रत्येक कर्म के पीछे उनके भक्तों का उद्धार तथा कर्म के सिद्धांत की अनुपालना छिपी है। वे स्वयं इस सिद्धांत से बंधे हुए हैं। कुरुक्षेत्र की युद्धभूमि में, अर्जुन को कर्म के इसी अकाट्य सिद्धांत का ज्ञान देकर, भगवान श्रीकृष्ण ने अद्भुत ढंग से उसका मोह-भंग किया और मानव-जाति के लिए *श्रीमद् भगवद्गीता* नामक सबसे महत्त्वपूर्ण ग्रंथ की रचना की।

श्रीकृष्ण का जीवन और उनके उपदेश, अनेक ग्रंथों में समाहित हैं। उनका अध्ययन करने के लिए काफी समय चाहिए। परंतु, देवी वनमाली ने उन ग्रंथों में उपलब्ध सामग्री का सार-तत्व, इस पुस्तक में प्रस्तुत करके समाज के हित में महान कार्य किया है। इस पुस्तक ने सचमुच मेरे हृदय को छुआ है। केवल तीन माह के दौरान, जिस बीच मैंने इस पुस्तक का अनुवाद किया, मेरे जीवन और मेरी सोच में अच्छे और सकारात्मक बदलाव आए हैं। मैं पूरे विश्वास के साथ कह सकता हूँ कि इस पुस्तक में जीवन को परिवर्तित करने की ज़बर्दस्त क्षमता है। मैं मंजुल पब्लिशिंग हाउस का आभार व्यक्त करता हूँ जो उन्होंने मुझे इतनी सुंदर पुस्तक का अनुवाद करने के योग्य समझा!

अनुवादक के बारे में

आशुतोष गर्ग का जन्म 1973 में दिल्ली में हुआ। इन्होंने एम.ए.(हिंदी), स्नातकोत्तर डिप्लोमा (अनुवाद, पत्रकारिता) तथा एम.बी.ए. किया है। लेखन-प्रतिभा अपने पिता डॉ.लक्ष्मी नारायण गर्ग से विरासत में मिली। स्कूल के दिनों में काव्य-लेखन से लेखन का सफ़र आरंभ किया और अब तक इनकी कई पुस्तकें प्रकाशित हो चुकी हैं। आशुतोष अंग्रेज़ी व हिंदी दोनों भाषाओं पर समान रूप से अधिकार रखते हैं तथा अनुवाद के क्षेत्र में एक परिचित नाम हैं। इन्होंने लेखन व संपादन के क्षेत्र में भी सराहनीय कार्य किया है। *शिक्षार्थी हिंदी प्रयोग कोश, द्विभाषी प्रशासनिक शब्द-प्रयोग कोश, एक सौ एक रोचक पहेलियाँ* तथा *मैं अल्बर्ट आइंस्टाइन बोल रहा हूँ* इनकी मौलिक पुस्तकें हैं। इसके अतिरिक्त *द्रौपदी की महाभारत, दशराजन्* तथा *द लाइफ़ ऐंड टाइम्स ऑफ़ थॉमस अल्वा एडिसन* इनके प्रमुख अनुवाद हैं। इनकी कुछ अन्य पुस्तकें प्रकाशनाधीन हैं। समाचार-पत्र व पत्रिकाओं में नियमित रूप से लिखते हैं। आजकल रेल मंत्रालय में उप-निदेशक के पद पर कार्यरत हैं।